U0475942

达夫文集

郁达夫

杂文集（上）

郁达夫 ◎ 著

吉林出版集团股份有限公司

目 录

在方向转换的途中 …………………………………… 1
私窃创作原稿者赐鉴 …………………………………… 4
中学生向哪里走——中学生的出路问题 …………… 5
学生运动在中国 ………………………………………… 9
山海关 …………………………………………………… 14
营救郑毓秀博士的提议 ………………………………… 16
炉边独语 ………………………………………………… 18
从法治转向武治的日本 ………………………………… 21
非法与非非法 …………………………………………… 23
一文一武的教训 ………………………………………… 25
说木铎少年 ……………………………………………… 27
说春游 …………………………………………………… 29
暴力与倾向 ……………………………………………… 31
错误的悲剧 ……………………………………………… 33
小学教育与社会 ………………………………………… 34
说"沉默" ……………………………………………… 36
说谎的衰落 ……………………………………………… 38
苍蝇脚上的毫毛 ………………………………………… 40
中国妇女应上哪儿跑 …………………………………… 43

郁达夫全集

残年急景	44
中国是一个灾国	49
出版界的年轮	50
高楼小说	52
青年的出路和做人	66
防空自卫庸谈	70
我所喜爱的文艺读物	73
祝　辞	74
"九一八"六周年的现在	75
战时教育	76
文化界的散兵线	87
自大狂与幼稚病	89
读胡博士的演词	91
抗战周年	92
政治与军事	93
《晨星》、《文艺》征稿简约	96
希望于投稿诸君者！	97
《星洲日报》十周年纪念	98
介绍《淹留百首》作者	100
送峇华机工回国服务	101
星华茶业工友互助社开幕词	102
文协近讯	104
福建的防卫问题	105
日本的议会政治	108
日本的赌博	111
文字闲谈	112
抗战中的教育	114

目 录

祝教师们的奋斗	116
"八一三"淞沪抗战的意义	118
"八一三"抗战两周年纪念	120
孔夫子博览会开幕词	122
今年的双十节	123
我国语言文字	126
关于宪政	128
敌阁的倒溃	130
粤桂的胜利	132
文艺上的损失	134
土罗的问题	136
古登白耳希的发明活字纪念	138
关于华校课程的改订	140
敌我之间	141
意大利参战与敌国	147
敌国目前的致命伤	149
田中奏折与近卫国策	153
欢迎美国新闻记者团	157
英美合作的反应	160
美苏接近和远东	162
越南降敌后国际的反应	165
欧战的持久和扩大	168
滇缅路恢复运输后的远东	171
巴尔干现状与苏土英	174
编辑余谈	177
简说一年来的敌国国情	178
诗人杨骚的南来	181

介绍《四库全书珍本初集》 182
《七大问题》序 184
轴心国两面作战与马来亚 185
民主国家将在远东首先胜利 188
关于《马来亚一日》及其他 190
编余杂谈 191
美派军事代表团来华的意义 192
澳洲缅甸与中国的交谊 195
太平洋危机移到了大西洋 198
十年教训 201
预告《读了〈广州事情〉》 204
告浙江教育当局 205
诉诸日本无产阶级文艺界同志 207
Huala！Huala 208
说死以及自杀情死之类 209
说食色与欲 213
为小林的被害檄日本警视厅 215
说妥洽 217
著书与教书 219
清谈的由来 221
说模仿 222
说公文的用白话 224
谈结婚 225
驻美德国大使的抗议 227
说姓氏 229
答《申报·妇女园地》沁一先生 231
说(勖)杭州人 233

目 录

璨霞道情	235
弄弄文笔并不是职业	237
新年的旧事	240
读明人的诗画笔记之类	242
新生活与现代生活	244
东门老圃放言	248
关于使用国货	250
九国公约开会	252
对于九国公约国会议之要求	253
日语播音的宣传要点	255
手民之误	257
抗战自入第二期后	259
我们只有一条路	261
西方的猴子	262
地大物博人口众多	263
友人们的消息	265
夏芝的逝世	266
苏联与日本	267
再送回祖国服务的机工同志	270
关于捐助文协的事情	272
獭祭的功用	274
看英将妥协至若何程度	276
倭武人的神化	277
致电英京新闻界	279
敦请出任售票顾问函	280
写作的内容	281
"九一"记者节演剧筹赈宣言	283

语言与文字	284
战时的忧郁症	287
文人的待遇	289
美倭之间	292
美倭商约废止期届以后	295
勿骄勿馁的精神	297
错综的欧局	299
因谋保障作家生活而想起的话	301
傀儡登台以后的敌我情势	303
欧战扩大与中国	305
抗战现阶段的诸问题	307
华中大捷与色当战役	311
今后的世界战局	313
敌最近的侵略形势	315
"八一三"抗战纪念前夕	317
倭阁新政体制和我们的反攻	320
华北捷讯与敌阀之孤注	324
敌人敢发动新的攻势吗？	327
"九一八"九周年	330
欧局僵持下的越南	333
美国对远东及轴心国的态度	336
缅甸与中国之友谊	339
欧战重心的转移	342
敌内阁又将改组么？	345
关于租税及南洋商联会问题	348
星华文艺工作者致侨胞书	351
《马来亚的一日》的补充	353

目 录

关于《一日》的展期	354
编余杂谈	356
削弱侵略者的实力	357
关于《一日》的稿件	360
反侵略国际大会感言	361
敌寇会马上向苏联进攻么？	364
遗 嘱	367
自 传	368
牢骚五种	412
广州事情	418
讨钱称臣考	424
《白华》的出现	426
谣言预言之类的诞生	428
睡病颂	430
中国人的出路	431
上海的将来	435
武士道的活用	436
清贫慰语	438
娱霞杂载	440
不幸而为中国女子	446
说写字	447
世界动态与中国	449
鲁迅先生纪念奖金基金的募集	452
不厌重复的一件事情	454
我们在后方	455
国与家	456
财聚民散的现状	458

估　敌 …………………………………………………… 460
废历的新年 ………………………………………… 464
读《毛拉在中国》 ………………………………… 466
艺术家的午睡 ……………………………………… 470
"天凉好个秋" ……………………………………… 471
寒冬小品——节季气候及迷信 …………………… 473
声东击西 …………………………………………… 475
自力与他力 ………………………………………… 477
对　话 ……………………………………………… 478
谁是我们的同伴者 ………………………………… 482
政权和民权 ………………………………………… 486
说冒骗 ……………………………………………… 488
元旦感想 …………………………………………… 490
参观平津书画版画联合展览会题词 ……………… 491
说肥瘦长短之类 …………………………………… 492
中国文学让外国人来研究 ………………………… 494
战争与和平 ………………………………………… 495
文救协会理事会告诸同志书 ……………………… 498
预言与历史 ………………………………………… 500
轰炸妇孺的国际制裁 ……………………………… 502
苏日间的爆竹 ……………………………………… 504
日本思想的中心 …………………………………… 506
第二期抗战的成果 ………………………………… 511
谈轰炸 ……………………………………………… 515
教师待遇改善问题 ………………………………… 518
敌在浙闽的攻势 …………………………………… 520
永久的和平 ………………………………………… 521

目 录

从苏芬停战说到远东 ………………………………… 523
今年的"三二九"纪念日 ……………………………… 525
《教育》周刊发刊辞 …………………………………… 527
为己与为人 ……………………………………………… 529
敌寇政治进攻的两大动向 ……………………………… 530
太平洋上的"八一三"前夜 …………………………… 532
敌寇南进的积极步骤 …………………………………… 535
关于侨汇之再限制 ……………………………………… 537
荷印·越南·以及中东 ………………………………… 540
敌寇又来求和 …………………………………………… 543
介绍敬庐学校 …………………………………………… 546
因鸦片而想起的种种 …………………………………… 547
谨献给《南风半月刊》的编者 ………………………… 549
欧战二周年与远东 ……………………………………… 550
敌美谈商与敌阁的危机 ………………………………… 553
以德苏战局为中心 ……………………………………… 556
三十年的双十节 ………………………………………… 559
乡村里的阶级 …………………………………………… 561
《关于文艺作品的派》的订正 ………………………… 563
大学教育 ………………………………………………… 564
秋阴蕞记 ………………………………………………… 566
说产业落后国的利益 …………………………………… 569
新年试笔 ………………………………………………… 570
就家字来说 ……………………………………………… 571
可忧虑的一九三七年 …………………………………… 573
救亡是义务 ……………………………………………… 574
图书的惨劫 ……………………………………………… 575

9

郁达夫全集

倭敌已在想绝计了	577
抗战两年来的军事	579
抗战两年来敌我之经济与政治	583
利用年假	587
一年来马华文化的进展	588
迎年小感	592
图书馆与学者	593
文人的团结	595
轴心国联盟与中国	597
美国、苏联与轴心国	600
再来提倡《马来亚的一日》	603
《马来亚的一日》试征规约	604
郭诞过后	605
悼罗佩脱·孝脱义士	607
梦想的中国梦想的个人生活	609
谈健忘	610
有目的的日记	612
东南地狱	614
毫毛三根	617
教育要注意发展创造欲	620
怎样消夏——唯有读书好	622
人与书	623
这假冒还胜似那假冒	624
承前启后的现代儿童	626
南洋文化的前途	627
再告投稿诸君	631
战时学生修养	632

目 录

杂谈近事	633
和从哪里讲起？	635
空袭闲谈	638
捐助文协的计划	642
致重庆国民政府电	644
"九一"记者节	645
对新闻纸的饥渴感	647
纪念"九一八"	649
敌人的文化侵略	652
等春季过后	654
废历新年	655
敌军阀的讳言真象	657
侵略者的剿灭文化	659
祝新中国剧团的成功	661
叙关著《现代报纸论》	662
敌人对安南所取的策略	663
密锣紧鼓中之东西战局	665
介绍杜迪希	668
今天是"九一八"	669
廿九年双十节的前夕	671
滇缅路重开与我抗建的步骤	674
美国的决心与轴心国	677
配合抗战形势的抗战文艺	680
太平洋风云险恶中之"八一三"	682
远东情势变化的豫测	685

11

在方向转换的途中

    目下中国的革命，事实上变成了怎么的一种状态，暂且不论，然而无论何人，对于我们中国现在大众的努力目标，至少至少在精神上，总应该承认底下的三点：

    一，这一次的革命，是中国全民众的要求解放运动。

    二，这一次的革命，是马克斯的阶级斗争理论的实现。

    三，这一次的中国革命，是世界革命的初步。

    因为我们这一次的革命，精神上有这三种意义，所以这一回的革命运动，和往日的情形不同。第一，目下中国的全民众，不论其手中有无枪械，凡系无产阶级或被压迫阶级中的人，全部都立在同一的战线之上，直接间接，都在从事于革命运动。第二，这一次的革命运动，并非是个人与个人权力之争，也并非是由于少数人的发动，或得成就于少数人之手的。第三，从世界的大势，人类的本能看来，这一次的革命的最终理想，没有完成以先，革命运动不会停止的。

    从理论说也好，从实际说也好，凡是头脑清晰一点的人，对于中国这一次的革命运动及其趋势，都可以看得十分明白，而局中的人，现在还有许多，在那里东西迷惘，这实在是中国革命的耻辱。

    现在就各种事实综合起来，把我们这一次革命运动的障碍物来分析一下，我们就可以知道那些迷梦者所受的毒，其出处是在什么地方的。总而言之，帝国主义者，当这一个生死存亡之际，他们要拼死的活动，拼命的挑拨，是一件很明显的事实。这一层谁也看得清，谁也识得破，并且其根不深，伎俩有限，为害还小，其次，足以破坏我们目下革命运动的最大危险，还是中国人脑筋里洗涤不去的封建时代的英雄主义。

现在当革命运动还未完成的中间，武力当然是革命的重心，然而当全民众还没有武装，有兵器的阶级，还自成一个阶级的时候，这一种武力，很带有几分危险性，尤其是在中国。

革命当然是一种暴力行动，这一种暴力行动的直接演动者，当然是革命的军队。然而这些军队，苟对于革命没有了解，他们就要以革命的成功，作为他们一个阶级的特异功绩，反过来就可以继承旧日的军阀，而再来压迫民众。

这一种现象，在无论哪一国的革命史上都可以看见，也是社会革命过程中必经的一条黑暗之路，然而在中国这种封建思想很深而民众的自觉还没有彻底的民族中间，革命运动不入这一条黑暗之路则已，一入这一条黑暗之路，则中国的民众，中国的无产阶级，至少要吃十年大苦。

所以在这一个危险过程中，我们民众所应该做的工作，自然只有两条路：第一，把革命的武力重心，夺归我们的民众。第二，想法子打倒封建时代遗下来的英雄主义。

处在目下的这一个世界潮流里，我们要知道，光凭一两个英雄，来指使民众，利用民众，是万万办不到的事情。真正识时务的革命领导者，应该一步不离开民众，以民众的利害为利害，以民众的敌人为敌人，万事要听民众的指挥，要服从民众的命令才行。若有一二位英雄，以为这是迂阔之谈，那么你们且看着，且看你们个人独裁的高压政策，能够持续几何时。

况且现在中国革命，还只做成了一半，万一功亏一篑的现在，不幸有上举的黑暗行为出现，那么非但这一次的革命，要全部化为乌有，就是世界的被压迫的民众，也要受我们的影响，我希望大家努力，大家反省，使中国的民族不要成了世界的笑柄。

一九二七年四月八日上海

私窃创作原稿者赐鉴

谨告者：郁达夫先生未完之创作原稿《没落》的头上数页，不识被何人窃去。现郁先生因欲续成此稿，急在找寻。如有人能将该稿送还，或告以私窃人姓名者，本局当予以相当酬报。报知信件乞寄至北新书局编辑所内。

中学生向哪里走——中学生的出路问题

托生在现代中国的民众中间,彻底的说起来,真正有出路的人,怕只有两种。一种是六十岁以上的老人,一种是未离母胎的胎儿。老人的出路就是那条自然的死路,胎儿的出路就是出生,出生之后,可又是 X 了。

不要说别的,我们中国的老弱男女,在现代的不合理的社会组织之中,就是西洋人在数世纪之前所享有的人身自由(habeascorpus)的权利都还争取不到,更哪里说得上财产、事业、思想、言论和精神上的种种自由与发展呢?

当然,在现代中国的一部分极少数人的中间,——(这一部分的人的称呼,我本想用一个"牛人"字来代替的。因为它们是非畜非人,对于我们人类是一种最有危害的特异动物)——它们是有它们的出路的。这一部分极少数的东西,就是新旧的军阀和附属在这些军阀之下的买办、官僚、走狗、龟兔之类,它们的横征暴敛,敲剥欺凌,荒淫堕落,暗杀明争,就是它们的出路。可是它们的这一种出路,当然不是吾人的真正的出路,正如狗所爱吃的东西,不是我们人所爱吃的东西一样。并且中国社会的所以致有今日,我们中国多数民众的所以没有出路,正都因为有了它们这些少数东西存在在那里的缘故。

照这样的说起来,那么我们民众的两条出路,岂不是很简单明了的么,就是第一,马上去杀尽这些少数的东西,第二,否则就大家去自杀。

但是我们没有武器,没有组织,没有训练,没有勇敢,是马上杀它们不了的。那么,直截快当的另外的一条出路,就只有大家去自杀了。可是大家都去自杀了的时候,那连做棺材埋死尸的人都要绝迹了,少数的新旧军阀和它们的走狗龟兔,又哪里肯来替我们收殓死尸呢?所以自杀的一条路,自然是不成话的无理的想头。

于是乎我们就不得不在这两条极端的出路之中,另寻一条生路。于是乎就不得不妥协。于是乎就有现在中国的五花八门的社会。于是乎就有国民党、改组派、共产党、取消派、中国青年党、自由主义派、军阀、绑匪、强盗等等的出现。于是乎更有所谓教育机关、大学、中学、小学等的产生。

现在先承认了这一个妥协的前提,我们才可以来谈谈中学生的出路。

中学生的定义如何,我却没有十分明了,然而大体的说起来,大约系指国民中间的一部分青年,在某一个相当的年龄之下,已经修完了相当的初等教育,为造成社会的健全人格,正在进入中等教育机关中,而在修学的男女学生而言。

所以中学生是一般国民中间的一部分民众,是年龄在十三四左右的青年,是为造成健全社会而在中等学校修学中的学生。

一般国民的出路,广义的说起来,也就是中学生的出路。同样,一般国民的出路的目标(就是马上去把那些军阀和寄生在军阀之下的走狗龟兔杀尽的这一件事情),也就是中学生的出路的目标。一般国民在无可奈何之中,暂时隐忍偷生,一步一步的在预备实现这目标的努力,也就是中学生的努力力点之所在,这是无待赘说的。

但中学生是年龄在十三四岁左右的青年,所以中学生的努力方向，又不得不顺随年龄的生理条件，而另有限制与特情。

人生的十三四岁，若以节季来比拟，正是阳春二三月生活力极盛的时候。身体的发育，到此特行紧张，一步飞跃，就须脱离幼年的稚弱而转入青春泼剌的活动期去，所以在这一个时期里，比什么都重要的，就是将来的强健体格的锻炼与育成。我以为中学教育的目的，若在造成为改革社会而奋斗的勇士的时候，那就是把现在中学课程中的大半科目，尽行删去，而以强身养气的操练来代替，也并不为过。总之，社会的组成，由于个人的集合，个人的事业作为，系于他的身体的康强，而个人身体的强弱的分歧点，却在这一个中学修学时代的两三年当中。

青年在中学修学时期里，生理上必然须发生的两种特异的现象，是谁也逃不过的。第一，是性的发动，第二，是因性的发动的结果，而对于人生的怀疑。这两种现象，若不适宜善导，使驱入于积极的能动的方面去，则一个青年的生死都还难保，其他什么国家，什么社会，什么人类的问题，当然都谈不到了。

所以我以为中学生的出路的第一条，就在上举的两重铁门关的打破，与一个轰轰烈烈的壮强身体的培成。

但是光有了强壮的身体，而没有高深的学识，稳固的理想，有用的技术，来指使这个身体，那么人之所以异于禽兽者几希——新旧军阀底下的兵卒龟兔之类，都是这一批东西——也是万万不可以的。所以中学生的出路的第二条，就在有用的知识的获得。

大抵一个人的记忆力最强，习惯性最容易养成，好奇心最发达的年龄，就在这十三四岁的中学时期当中。而这记忆力、习惯性、好奇心的三者，却是获得确实的知识的三大要件。所以中学时代读在那里的书卷，是一生到死也不会遗忘的基本知识。别的人我不晓得，单就我自己个人来说，我觉得在大学里，在社会上，所得到的经验学问，真正有限得很。我现在在这里使用的一点外国文的根底，和常识的一般，都还是在中学时代修得的东西而已。

可是说到学识，也有种种的不同的。有些学问知识，说起来原也很高深，性质上许也很有趣，但是因为不适合于我们现代社会的缘故，修得了之后，往往是非徒无益，反而有害的，也很不少。所以我觉得中学生在获取知识的当中，要先定下一个标准来，注意到时代社会的潮流趋势，加以一番慎重的选择才可以。革命八股的无意识的抄袭，标语口号的瞎喊盲吹，甚而至于周公孔子之乎者也的满口文章，都是不合于时代的偏狂者的行径，不是我们现在的中学青年所应走的道路。

在五四运动起来之后，中国的一般学生口上，盛行着两句最普通的口号，叫"读书不忘救国，救国不忘读书"。现在时势变迁，这两句口号，也同时调小曲一样，换了一换新鲜，改作了"读书不忘革命，革命不忘读书"了。这两句话虽则冠冕堂皇，说来顺口，但其实是有点不大讲得通的，假如你到了无书可读——除了革命八股之外——没有读书的自由的时候，那你还有什么"读书不忘革命，革命不忘读书"呢？

总而言之，无论是大学生、中学生、小学生，我们都是国民的一部分。一般国民的出路，就是我们的出路。一般国民的出路的目标，已在前面说起过了。我们因为地位现状的不同，所走的道路，一时或许有点参差小异，但是归根结蒂，多数民众所走的方向，却是一致的。就是如何的去尽我们的最善，而来把这出路的最后目标实现出来，就是"马上去把那些军阀和寄生在军阀之下的走狗龟兔杀尽"的这一件事情。

学生运动在中国

学生本来是不成一个阶级的,因为在现代的文明国家里,无论系属于哪一阶级或哪一团体的国民,大家都要经过一个学生时代才行,多则十余年,少也五六载。所以就人的一生讲起来,属于学生时代的年限,比到属于专门职业的年限,简直是无限小与无限大之比。从这一个定数看来,我们晓得学生时代不过是人生所必经的一个特殊阶段,而这团体中的分子又是最游移不定的番代成分,所以我说学生在秩序经常的文明国里是不能成一个固定阶级或团体的。

但是在中国则学生在社会上的意义,有点不同。

中国的学生具有我们目下所说的诸条件的近代学生,是从戊戌政变之后,废止科举,设立学堂以来,方才产生的一种社会成分。从前的大学生,和举子读书人之类,是不合乎现代所说的学生诸条件的,所以"学生"在中国的历史;即远溯自一八九八年起,到今日止,也不过只有三十余年,可是在这三十余年之中,我们试想想有哪一种社会运动不是学生群众居于重要的地位的?辛亥革命,若没有那些当时的热烈的回国留学生——不死者后来却都腐化成为军阀了——和各地的陆军学校、讲武堂、高等学堂、中学堂的学生在参加运动,是不是可以把满清的统治权夺得过来的?五四运动,烧毁卖国者曹陆的第宅,使一般低能外交家心胆俱裂者又是何人?"三一八"流血于国门,给昏庸的段祺瑞,奸佞的章士钊——那时的命案刑事私诉,我也不知道有没有结束,若还没有结束的话,我倒想推荐大律师章士钊再来重理一理,当时的受难家属在上海的人正可以到他的事务所去请教请教(这也并不是劝大家去打死老虎的意思)——以当头的一棒的,难道不是学生群众么?其他如"五卅"的惨案,一九二七年上海军阀的驱逐,国民革命军北伐的成功,试想想看有哪一宗社会革命运动不是学生居于重要的地位的?

何以中国的学生在社会上会有这样重大的意义的呢?这原因我想先来说一说明白。

第一,中国人口虽混说是四万万,然而其中的识字阶级向来是只有一百万不足。而此一百万读书种子之中,真正家庭富裕,得安然享受读书权利的人,怕只有百分之一二。何以在中国读书会这样的艰难,读书的人数会这样的少的呢?这就是因为中国向来的在上者的政策,就是"民可使由之,不可使知之"的政策,百姓愈愚,统治阶级愈可以为所欲为,而一己或少数阶级的私欲就愈可以扩张得极大。所以民国成立以前不必去说它,就是民国成立以后,直到今日为止,各军阀只晓得先事剥削以饱私囊,私囊饱了,就再养一己之兵以维持其剥削永续的能力。对于教育,则极端在压迫,阻挠,不使发达,不使长成,若可能的话,则他们军阀及军阀的走狗们还处处在想做出比秦始皇更惨酷的事情来。唯其是这样,所以学生为自身学业计,为将来出路计,他们的一团不得不结束得特别的牢,对压迫不得不反抗得分外的烈。而又因一切帝国主义者在中国和军阀联合在一处压迫中国民族,所以稍稍明达事理,通一点国际情势的中国少数学生,就更不得不负起唤醒民众的责任。上层的压迫压榨得如此其紧,下层的民众,又被蒙蔽得如此其愚,所以夹在中间的学生就自然地不得不形成一个有机的阶级,而以上抗强权,下领民众为他们的职责。社会愈混乱，军阀愈跋扈，则这一个阶级的任务也愈加的大。这就是学生阶级在中国的社会上居然发生了重大意义的第一个原因。

上举的第一个原因，若可以名之曰造成学生阶级为中国社会的推动力的客观条件的话，那现在所举的第二个原因，可以名之为心理的条件。何以呢？因为在中国的政治、社会以及一切集团和个人的心中泛滥着的腐化的病菌，只有学生阶级是侵蚀不进的。换言之，就是中国人之还留得一点天良，能使这一点天良焕发，保有着牺牲奋进的精神和勇气的，在目下，只有学生阶级。从前曾有一位道学先生说过，中国人的文法变化只有一个字，就是你揩油，我揩油，他揩油，你们揩油，我们揩油，他们揩油，揩油的外国字是 squeeze，所以文法变化叫作 I, you, we, they squeeze, he squeezes。这中国人的损人利己之心，实在是三千年间有中国民族以来的最大特征。说起来原是世界上人人都有的这一个利己之心，何以会只在中国如此发达的呢？这是因为中国在过去，无论在宗教上，哲学上，都没有一个伟大的人格者提倡过为大众而牺牲的精神的缘故。我们都明白知道，佛教思想也是外来的思想，但佛教的垂训，最后的涅槃也不过是想消极的消灭了自己的肉体，因以脱离苦海而免去烦恼。要去把苦海弄得甜蜜，要去把烦恼扫一扫干净这些奋斗的精神，佛经里是没有的。孔子的哲学，也只是一种明哲保身，危邦不居乱邦不入的为我哲学。古来的中国哲学家中，倡导牺牲，和外国的基督教精神差近的，只有一个墨子。然而他自从受了孔子的抨击以来，就一向不为儒家所重视了。此外像在一般民众脑里时时盘踞着的侠客剑仙之流，大都也不过是劫富济贫，拿了贪官污吏的钱财来和贫民大家分润分润罢了，要他自己牺牲了财产生命来救大众的那些侠客，是不大有的。而在外国呢，却不然。耶稣基督，就是一个为大众而牺牲的最大的模范。基督教的这为大众而牺牲的教义在中世纪就开了武士道的花，以后一直传下来，直到现在，虽则外形虚伪的基督教是被打倒了，然而它的为大众而牺牲的精神是依然存在的。所以无论什么主义制度，在中国以外的各国都行得好，唯有到中国来却行不出的最大原因，也就在这里。

我在以上所说的这一大堆废话，目的并不是在提倡基督教，不过是想说出中国人的损人利己之心，是一切进步的障碍，是一切腐朽的原因而已，而这损人利己之心只有在学生时代的青年，是没有的。

我们在这里所说的学生，大约都是年龄在二十左右，血气方刚，没有同污恶的社会接触过，家累全无，只在向未来着眼而并不顾到左右过去的青年。因此，在中国社会里只有他们能够前进，奋斗，牺牲；只有他们是纯洁勇敢，没有其他的目的而只在为正义呼号的团体。所以屡被欺骗的民众只有他们的说话是要听的，裁判贪官污吏军阀财阀，只有他们配举起第一块石头来。说他们是被利用的人，就是想利用他们或曾经利用过他们的恶党，说这话者自己就先应该惭死。压迫破坏或阻挠他们的运动的人就是正义的敌人，他们的轨外行动，正因为有这洁白的正义的光在那里照耀的缘故，是无论何人都应该容忍的。他们的父母师长正应该因他们的这些行动而感到光荣，什么管理不严，什么引咎自劾，都是些卑污贪鄙到极点的无耻之谈。请看一看当日曾利用了他们而达到升官发财的目的，现在却和他们立在相反的地位的伟人杰士的行动心迹，我们就可以明白了。

因为上举的两大原因的结果，所以学生运动在中国，就必然的成了推进社会的一大原动力。近来每看见有人在举出历史上的大学生的节义正气来替中国的学生运动作辩护，其实这些是可以不必的，因为学生运动本身就是一个最上的辩护。况且像东汉李元礼的杀张让之弟，宋陈东的身殉李纲的古例，是和现在的学生运动的意义不合的。他们的牺牲是尊奉封建社会的礼教的结果，系为君主一个人的牺牲，而现在的学生运动，却是有代表群众的公意，完成社会革命的大使命带在那里的。所以现在的学生运动，将来必然地要和劳苦群众联合起来，结成一条共同战线，才能达到他们的目的。在历史的事实上，若要举出一个和现在的学生运动意义相吻合的例来，那只有一八四八年维也纳的革命，大致和现在中国的情形很相像。那时候的学生是和乌屋克曼站立在一条战线之上，而目的在将哈泊斯婆尔希家（Habsburg）的专制统治打倒的，详细的情形请看 Wilhelm Blos 著的一八四八至一八四九的《德国革命运动》（*Die Deutsche Revolution*）的二三八页以下各节就可以知道。学生运动的真精神若光表现表现在请愿游行这些形式之上，那是不能够发生什么社会的意义的，因为中国在学生阶级之外，还有许多许多的劳苦群众在那里。学生阶级必须浸入到群众的里面，去作一个酵素，使他们也同样的蒸发起来，组织起来，武装起来，来和帝国主义对抗，来和为帝国主义作爪牙的军阀、统治资产阶级、奸商及一切阻挠社会前进的对象来对抗，我们才可以见得到新世界开始的曙光。

一九三一年十二月

山海关

小的时候，所知道的山海关这一个名字，是在社戏场里得来的知识。一面大纛旗，中间写着一个吴字，遮在一位英风烈烈的须生的背后，还有许多跑龙套的，穿盔甲的，驰骋在他的前面。这一位白面须生的大帅，拿的是银枪，穿的是白盔白甲，唱两句戏，就是一阵锣鼓，戏台上热闹得异常，我们在台下的小孩子们也喜欢得无底，于是便拍着手连喊着："好戏，好戏！"

后来长大了，读到了吴梅村的《圆圆曲》，看到了清朝的开国史，又于去北戴河的时候，遥望此关，胸中真有无限的感慨；但是小时候在戏台上所见的那位威风凛凛的将军的状貌，却总在脑子里和山海关的三个字联结在一起。

"炮竹一声除旧，桃符万户更新"，我们小百姓同王小二似的小心翼翼地过了年，正在祷祝着政府不要再加租税，外国人不要再打进来的一月三日，忽而在报上又见了一张照相。这照相上的相貌倒也像是一个人，一双鼠目，满含着淫猥的劣意，鼻下的一簇小胡子，似乎在证明他的血统，像是大和民族的小浪人的落胤，可惜这照相只登了半截，所以心肺究竟是狼是狗却看不出来。照相的上面第一段，也登着很大很大的日军侵入山海关，此人应该负责的一行大字，可是背后的一面大纛旗却不见了。

"春风昨夜到榆关！"卢弼的这一句话，倒成了千百年前的"烧饼歌"，报纸的记载里，果然说日军进关，中国兵后退，平津戒严,"故国烟花一夜残"了。

山海关是河北临榆县之所辖,系属于中国本部十八省的地域,日本人是宽宏量大,对中国决没有领土的野心的,——这是日本人的宣言——可是中国人却比日本人更是宽宏量大,对自己的领土,更没有野心,所以日本人大约也是迫不得已,只好进关来替中国人来代行管理管理。

昨天我们几个敢怒不敢言的穷小子,还在私议,说中国目下的现状,正和明末清初的时候一样,有南朝的天子,也有北地的吴王,还有洪承畴、钱牧斋,还有马士英、阮大铖,还有一班在议避讳,上尊号的读书人,色色俱全,样样都有,但只缺少了几个崇祯帝、史可法、瞿式耜之类的呆人。

现在山海关一开,这一出"明清之际"的活剧,越演越像,越演越来得起劲了,但我们这些在台下看戏的人,都因为上了年纪,有了一点知识,非但叫好不敢再叫一声,就是拍手也不敢再拍一下;战战兢兢,大家只在台下预备着一副眼泪,好于大难来时也上台去演一出"哭庙"的悲剧了。

一九三三年一月四日

营救郑毓秀博士的提议

监察院委员高友唐于弹劾郑毓秀一文（见一月十三日《申报》）中，举发郑毓秀贪污舞弊，证据确凿。论此事之是非，不但久成上海律师公会之谈话材料，就是上海居民大概也都如瞎子吃馄饨肚里有数吧，不必我们来批评。该弹劾原文中的账目之类。暂且按下不录，现在且先抄一段弹章的末尾下来再说：

……以上所列三款，实犯《刑法》三百五十七条，一百七十五条之罪，按之《刑法》一百四十条，应加重本刑三分之一，无可曲宥。伏查郑毓秀自卸任后，在沪充当律师，对于词讼案件，一手包办，为所欲为，始则以白为黑，继竟无中生有，民事不能拘押，则以假扣押恐吓之，刑事不问虚实，但有控告，则以拘押恐吓之，均为诈财或胁迫和解之工具，其所诈之财，闻已在数百——不知是否千字之误，待考——万元。推检中虽不乏自好之士，稍持正谊，即立予左迁。其无气节者，无不俯首听命，受其指挥，法院一时有"博士电话到，推检吓一跳"之谣，乃纪实也。数年以来，上海人民，因受郑毓秀恶势力所摧残，倾家荡产者若而人，负屈自杀者若而人，社会之道德陵夷，法院之人格扫地，皆郑毓秀杨肇熉等所酿成。只以贿赂虽行，证据难获，人民受其害而无法告诉，以至郑杨等胆大妄为，肆无忌惮。兹幸天夺其魄，被友唐于当事人存款簿内，发现重大侵占，又于其交代册中，发现湮灭证据及侵占，讵能再事姑容。况上海为外交视线所集之地，现值收回法权之际，若不严加纠弹，则外人必有所借口，影响于收回法权者甚巨。谨依弹劾法第二条，检齐当事人存款簿五本，交代册三本，提出弹劾。请政府破除情面，迅将前上海地方特区法院院长杨肇熉，前上海地方审判厅厅长郑毓秀，……，……等，一并移转杭州地方法院，从重治罪，并追缴侵占各款，以儆奸贪，而平众怒。为国家整纲纪，为法界挽声誉，胥在于斯……

记得前几个月，山东江苏，各有几个贪了七八百元赃的知事枪毙了，最近在广东，也有几个调查日货委员会的委员，为受了几百元的贿被枪决了。知法犯法，自然应该罪加一等。自民国成立以来，二十年间，为受了几百元的贿的缘故，被枪决的知事小官，不知曾有了几十百个。这一回郑博士的犯罪，政府若真的"破除情面"，执起法来，审定有罪，那一定是个死罪，因为死罪是最大的刑罚，若有比死罪再大一点的刑罚的话，那或许会再加一等，也未可知。不过这是上下平等，法治精神贯彻到底的国家，才办得了的事情，在中国则大有商量的余地。我现在因为要营救被告贪赃枉法的郑博士、杨院长等，特郑重提出两条办法如下：

第一，行政会议开一个会，同发封北新的事情一样，马上下一个"应毋庸议"行政命令，来取消法律的起诉。不然——

第二，请王宠惠、魏道明两博士，组织一调查团，如李顿爵士之调查满洲一样，先来调查事实，然后再据法理来研究应否得罪之类的事情。

一九三三年一月十三日

炉边独语

一

言论自由，在中国还谈不到。据中国民权保障同盟的宣言——中国民众以革命的大牺牲所要求之民权，至今尚未实现，实为最可痛心之事。抑制舆论与非法逮捕杀戮之记载，几为报章所习见；甚至青年男女有时加以政治犯之嫌疑，遂不免秘密军法审判之处分——这样看来则欧洲中世在黑暗时代所给予百姓的人身享有权（habeas corpus），在中国还依然仍旧没有获得。三四千年前周厉王秦始皇当国的时候是如此，三四千年后革命成功的现在也还是如此。试问一个人对于自己的身体，都还不能保有安全，哪还有什么言论不言论呢？没有言论的人，是可以存在的，但世上是否可以有一种没有身体的人的？

英国小说家康泊东·麦干荠，最近因为写了一篇回忆录，漏泄了大战中当他在希腊英国情报部服务时候的秘密，被罚了两千元。这事情幸亏是发生在自由主义摇篮地的英国，所以 C. M. 的首级保住了，假使是在中国的话，大家试想想，结果将变成怎么的一个样子？萧伯纳倚老卖老，说英国可以放弃印度，结果也只受了一次殖民地总督的警告，试想想这事情若发生在中国，则又将闹成怎样的结局。

所以我感在目下的中国,要主张争取言论自由,还是主张者的一种奢侈。

二

王薇子先生,以陈紫荷画的《秋风马背图》索题,两三月来,不曾缴卷,现在偶尔翻阅日记,见到了这一件事情,就想出了四句歪诗:

一幅青春失意图,残山剩水认模糊。
秋风马背仙霞岭,载得船娘九姓无?

因为他当时正从福建失意回来,所以便想到了宝竹坡的江山船,这事情是从《李莼客日记》里看来的。

三

偶然翻开王仲瞿《烟霞万古楼集》,看见了一首他示三岁儿子善才的诗,觉得有趣之至,抄在下面。

善才生二十五月矣,计识得二百五十余字,示以诗云:
阿爷四岁识千字,一一形书晓其义,
儿今三岁字二百,他日为文定奇特。
人间识字天上嗾,阿爷自误还误儿,儿莫学阿爷!
知书娘道好,至今饿死无人保,
夷齐庙里要香烟,谁捧藜羹到门祷?
阿爷配食两庑去,赖尔门庭来洒扫。

秦皇烧书黑如炭，豫让吞之不当饭，
鱼盐作相盗作将，天下功名在屠贩。
儿不闻，仓颉作字鬼神哭，从此文人食无粟。
又不闻，轩辕黄帝不用一字丁，风后力牧为公卿。

王仲瞿奇才不遇，诗像是太史公的文章。曾在杭州武林门外两马塍之间和夫人金秋红结王庵以偕隐，现在已经没有人晓得这王庵的遗址了。友人陈紫荷为他撰过年谱，但因材料不多，中途废止。每谈到"江东余子老王郎，来抱琵琶哭大王"之句，还是慷慨激昂，说总有一天要把这王仲瞿的年谱编成。

四

悲哀之词易工，也是自然之势。因为人的感情，快活的时候，是弛放的，悲哀的时候，是紧张的。子食于丧者之侧，未尝饱也，悲哀的感染，比快乐当然更来得速而且切。李后主亡国之后的词，简直是一字一泪，无论何人读了，也不得不为他肠断，比起前期"花明月暗笼轻雾"来，自然是"多少恨昨夜梦魂中"好得多了。还有欣赏文学的心境，中国人与外国人似乎稍微有点不同。外国人就文论文，似乎以倾向于艺术至上主义者为多。譬如英国人读贝伦、奢来之诗，对于诗人们的乱伦悖德的私行，完全置之度外。还有维农的强盗杀人，蓝鲍的色情倒错，在法国都不妨碍他们的、大诗人的声誉。而中国人则当读到文天祥、岳武穆的诗歌的时候，首先想起的，却是这些作者的人格的背景。从这一方面说来，又是悲剧比喜剧更容易成功的一个秘诀。严分宜、阮大铖，诗并非不佳，然而没有人去读，就因为他们的人格卑污，不能构成悲壮美的背景的缘故。

从法治转向武治的日本

日本的政治舞台，本来就是武人角逐的斗兽场。明治维新以前，在专政的所谓幕府将军，所谓摄政关白，哪一个不是凶暴的军阀？二千五百年来，除了神功皇后，圣德太子等几个杰出的人才，利用了皇位，稍有建白以外，日本人每在举以夸世的万世一系的皇族，在政治上何尝有过一点威力？一世纪前，黑船骤至，红毛碧眼儿的铁炮，惊破了矮人们的迷梦，于是乎尊皇攘夷，大政奉还的统一局面，方始成功了。

维新以后，愚昧的军阀，胁于全国的潮流，逼于世界的趋势，又受了坚忍的文治派的启发，不敢再为戎首，来破坏这个曾经过不少的流血和牺牲，惨淡经营，艰难造就的宪政。七十年间，这蕞尔的岛国，所以能够称霸于东洋，逞凶于世界者，都是法治精神之所赐也。

到了现在，议会政治也疲敝了，由贫富的悬绝而来的不安也扩大了，又加以世界新潮流的刺激，与政治中枢人物的无能，藏牙隐爪，久思蠢动的武人们，自然要乘此良机，起来篡夺政治了啦。暗杀的横行，国本社的活动，共产党的检举，南满洲的出兵，哪一件不是武人篡夺政治的证据？日本是在十字路上了，是在将从法治转向武治去的前夜了，这不但我们旁观者看得很清，就是日本本国的老政治家尾崎行雄，也在伦敦声明过武人的将行专政，日本国运的将次告终。

郁达夫全集

　　我虽不是预言家，但我相信日本在十年之内一定会起绝大的变动。先是军阀的横行，法律秩序的全灭，后来就是被压迫的大众的奋起，日本国体政体的改造。我们且等着罢！血样的红光，定会从这日出之国里照射到全世界来！

非法与非非法

中国民权保障同盟，在北平成立了分会，为营救许多因抗日及反帝而被捕的学生之类，曾费了不少的气力。北平市党部，因而有诬为非法团体的建议。

法，种类似乎很多很多。上海附近常有人出卖富阳法，中国全国又有人人会变的戏法，《三娘教子》里头还有一根打小孩的竹棒叫作家法，这些法，倒是我们所习见的东西。至于法治精神的法，立法司法的法，我们却只在各种委员的名称上，衙门的招牌上，以及报纸的命令上看见过。真正的法律的化身，正义的公判，是非的决断，在中国的社会上，政治上，好像是不大遇得到的样子。外国人画的法律的女神，是眼睛上包着一块布，手里头拿着一具天平秤的。我想在中国若要画出这女神来，也可以全抄这幅外国的画，不过要再在她手里的秤盘之上，加上些枪杆子或用金子打成的砝码之类就对。

最近中国民权保障同盟会所竭力反对和援助的几件案件，是大家所晓得的：（一）镇江新闻记者刘煜生的被害事件，（二）因反抗日帝国主义者来侵而被捕的学生工人事件，（三）为争政治上的言论出版集会结社游行等的自由而遭拘禁的政治犯事件，等等。我们要决定该同盟的是非法或非非法，还须先问一问它所反对的事情是非法或非非法才对。

所以我们要问，刘煜生的被害是非法的不是？满洲国是不是我们大家应该承认拥护的合法组织？言论出版等自由，在法律上应不应该给予人民的？

中国到了目下这一个危机四伏的时期，大家应该醒醒了，尽躲在门角落里撒烂污，难道真的就不怕天明的曙光到来了么？

一文一武的教训

中国在最近又接着了两位外国导师的教训，一位是文的，一位是武的。

文的，当然是那位油嘴老翁萧伯纳。他在北平对新闻记者说：中国人的一种奇异的特性，是他们对一切外国人的那种不可思议的客气和亲善，而在他们自己的中间，却老是那么不客气，老在打着仗的。他又说，长城是无异于平常的矮墙了。

武的，就是新近攻进热河来的日本帝国主义者的大炮和飞机。这些大炮和飞机，也在笑着对中国人说：你们中国人对外国人真客气，对自己的老百姓真太不客气。东三省一让几千几万里，现在这热河，等你们的战时公债弄到手，后援慰劳金收集起来之后，少不得又要退让的。长城一道，本来是筑以防外国的来侵的，现在却作了外国人的堡垒和界线，总算是中国人替外国人费力筑成的防御工事了。

一面想起在所谓国难期中的山东、四川、贵州的战争，真不得不令人佩服，佩服这两位外国导师的教训的确切。末了，我只好来抄两句改两句旧诗，以表彰我大中华民族的进步。

改《诗经》：

兄弟阋于墙，外迎其侮。

抄人嘲李鸿章翁同和诗：

宰相合肥天下瘦，军机常熟庶民荒。

改昔人咏长城诗：

秦筑长城比铁牢，当时城此岂知劳，
可怜一月初三夜，白送他人作战壕。

说木铎少年

直率痛快的骂人，原是要有特权的人才能骂的。从前有一种皇恩钦赐的木铎老人，穿起黄袍，拿着板子，日日在农村或市镇上闲行，只教遇见有不孝的乡党子弟，他就可以仗了皇帝的势力，任意打你骂你，或竟拖你上就近的衙门里去处你以死罪。现在朝代换了，一批新的皇恩钦赐的木铎少年，却应天运而生，揭笔杆而起，来演起这把戏来了。

木铎少年，自然要比木铎老人强得多。老人们穿的那件有皇恩钦赐四字写着的黄麻外套，少年们当然不屑穿了，说不定他们还会和叛逆子弟一样地穿上一套摩登的洋服。这么一来，第一他们就可以避去为主公做忠实走狗的嫌疑，而装作光明正大得同武都头一样的一条英雄好汉。他们可以在金銮殿上放屁，可以在众人头上撒尿。但乡党的叛逆子弟若见了他们而捏一捏鼻，则他们就会忘记了自身的恶臭，而大声的骂你是鬼鬼祟祟，十足下流，不敢掀开鼻子和他们较量。

他们还能站在第三者的地位，向主公讽示以如何来处置叛逆，说："某某，某某，不是那么被做了的么？你为什么不步此后尘呢？"他们更会借了光明正大的招牌，公然的来通风报信，说："某某就是某某的化名，住在什么地方。"

记得《左传》里有一段叫作蹇叔哭师。秦穆公不听蹇叔之谏而出师，蹇叔因自己的儿子也在一道，所以哭而送之曰："晋人御师必于殽，殽有二陵焉，其南陵，夏后皋之墓也，其北陵，文王之所辟风雨也，必死是间，吾收尔骨焉。"当时讲这一段书的塾师对我们说："蹇叔这老头儿真厉害，他在哭声里，就告诉了他的儿子以地理和战略了，这文章真写得多么婉曲！"我觉得现代的那些木铎少年们，却都有蹇叔那么的本领。

说春游

　　春天的好处，在于人的不大想吃饭；春天的坏处，在于人的不大想做事。"终日昏昏醉梦间"，这便是春天的神致。醉了做梦，自然是不想吃饭，也不想做事情了，但是例外却也有，墦间乞食的齐人，就是可以破坏这定例的例外。总之春天不是读书天，春服既成，春情初动，踏青扫墓，还愿进香，倒似乎是春天的唯一的正经。李太白的春夜宴桃李园的一序，真正是能够把捉住春天的心理的大块文章，中国颓废诗人的哲学，在此短短一序里，也可以见一斑了。

　　但是李白也并不是一味出卖颓废的诗人，同时在他的建丑月十五日虎丘山夜宴序里，他也曾说明了他的可以颓废的原委。"方今内有夔龙皋伊，以佐百揆，外有方叔召虎，以守四方，江海之人，高枕无事，则琴壶以宴友朋，啸歌以展霞月，吾党之职也……"回头来一看我们中国目下的现状，却是如何？但远火似乎终于烧不着近水，华北的烽烟，当然是与我们无关，所以沪杭路局，尽可以开游春的特别专车，电影皇后，也可以张永夜的舞场清宴。

　　说到游，原并不是坏事。《礼记·月令篇》说："仲夏之月，可以远眺望，可以升山陵。"况且孔子北游，喟然而叹，迫二三子之各言其志。太史公游览名山大川，而文章以著。德国中世，子弟之修了修业年期者，必使之出游，以广见闻，所以于修业年限

（Lehrjahre）之后，必有游历年限（wanderjahre）的规定。像这一种游历，是有所得的远游，是点缀太平的人事，原也未可厚非。不过中国到了目下的这一个现状，饿骨满郊而烽烟遍地，有闲有产的阶级，该不该这么的浪费，倒还是一个问题。

虽然，游春可以不忘救国，救国也可以不忘游春，但这句话是真的么？

暴力与倾向

《明史》里有一段记载说："燕王即位，铁铉被执，入见；背立庭中，正言不屈；割其耳鼻，终不回顾。成祖怒，脔其肉纳铉口，令啖，曰：'甘乎？'厉声曰：'忠臣之肉，有何不甘！'至死，骂不绝口。命盛油镬，投尸煮之，拨使北向，辗转向外。更令内侍以铁棒夹之北向，成祖笑曰：'尔今亦朝我耶？'语未毕，油沸，内侍手皆烂，咸弃棒走，骨仍向外。"这一段记载的真实性，虽然还有点疑问，因为去今好几世纪以前的事情，史官之笔，须打几个折扣来读，正未易言；但有两点，却可以用我们所耳闻目睹的事实来作参证，料想它的不虚。第一，是中国人用虐刑的天才，大约可以算得起世界第一了。就是英国的亨利八世，在历史上是以暴虐著名的，但说到了用刑的一点，却还赶不上中国现代的无论哪一处侦探队或捕房暗探室里的私刑。杠杆的道理，外国人发明了是用在机械上面的，而中国人会把它去用在老虎凳上；电气的发明，外国人是应用在日用的器具之上，以省物力便起居施疗治的，而中国人独能把它应用作拷问之助。从这些地方看来，则成祖的油锅、铁棒，"割肉令自啖之"等等花样，也许不是假话。第二，想用暴力来统一思想，甚至不惜用卑污恶劣的手段，来使一般人臣服归顺的笨想头，也是"自古已然，于今尤烈"的中国人的老脾气。

可是，私刑尽管由你去用，暴力也尽管由你去加，但铁铉的尸骨，却终于不能够使它北面而朝，也是人类的一种可喜的倾向。"匹夫不可夺志也"，是中国圣经贤传里曾经提出过的口号。"除死无他罪，讨饭不再穷"，是民间用以自硬的阿Q的强词。可惜成祖还见不及此，否则油锅、铁棒等麻烦，都可以省掉，而《明史》的史官，也可以略去那一笔记载了。

错误的悲剧

《错误的喜剧》(*The Comed of Errors*)是莎士比亚的一篇少作的剧名,这喜剧的由来,是因为了两个主人的双生子和侍候着这两人的一对仆人双生子的面貌的两两酷似。

错误,原是我们日常所不能避免的一种精神不足的表现,因之喜剧的成分,也十九不得不借助于此。但是因悲剧的结果,而故意造成错误,或因错误的结果,而致发生悲剧的社会事情,在人事日繁的今日,为数也着实不少。譬如《天方夜谭》中的亚里·吧吧故事内之打混号门的粉笔十字号,斯替文孙的小说 The Wrong Box 里的箱尸之类,虽然都是令人发笑的一种错误的颠倒,但其间的严重性,也十足可以构得成一出悲剧。以最普通的几件日常事例来说,若乡间老头儿的娶新娘,当女家相攸的时候。去请一位白面书生来庖代;或投稿不中,假用了女作家的相片名字,去颠倒编辑先生的神志等等,都是如此。

以最近的时事来作譬喻,则偶因姓名的相同,或精神的异状,而致涉及嫌疑,被捉入官,不得不吃一番大苦的事情,也比比皆是。至若黄河水溢,平时不专心于河工水政的地方负责人员,各以错误责人,而不以陨越自劾的那些口实诳词,则更是可笑而又可叹的社会不幸,更无怪乎国府文官处的明令,要把委员的人名遗忘倒错了。

小学教育与社会

　　自己的小孩，进了幼稚园之后，本来是一天到晚在家里捣乱的顽童，居然也晓得起唱歌，写字，作画，行礼来了；那一位德国牧师的儿子弗利特利几·弗留倍儿（Friedrich Froebel）的伟大，到现在，我才切身地感到。

　　统观中国各地的小学教育，除有些实在是荒僻得不堪的地方，仍在遵守着中国传统的私塾制外，大抵都改良，进步，而且也很有成效了；可是中国的社会全体，以及服务——尤其是做官——的人才，却反而一天比一天的坏，那又是什么缘故呢？若要归罪于教育，我想总是中学，或大学的不对罢？小学教育是容易统一，改善的；而小孩子的习气，也大半是于进中学或大学之后，渲染而成。所以卢骚的《爱弥儿》，罗素的《教育论》，对于十二三至二十余的那一段年龄，都不肯放松。中国的虐待小学教员（如薪金的微薄，劳动时间的增多，任职保障的全无等），原是使中国教育堕落的一个原因，但大学中学的当局之不负责任，将学校视作衙门，以教育追随政治，当然又是更大的原因无疑。

　　还有我们一出大学，一入社会，就以为教育是与我们无关了，做人和读书，或做官发财和教育，是像牛肉和金刚钻一样的完全无关的那一种观念，或者也许是促成中国社会紊乱的最后最大的一个总原因。

　　中国古人说："学到老！"雅典的立法者所龙（Solon）说：

"我在常是不断地学着的中间一年年的老了。"教育中年人的中年学校,和教育老年人的老年学校,世界上当然是没有的,重要的不过是在我们入社会之后自己对自己反省,和社会相互间的提倡勉励而已。

说"沉默"

❧❧❧

  自发的沉默，中外一律地都视为人生的美德。中国人说："祸从口出！"所以金人要三缄其口。英国喀拉衣耳说："沉默与玄秘！若这时代还是造神坛的时代，那神坛正还该献造给它们。"他又引着一句瑞士的金言"言语是银的，沉默是金的"而改造过说："言语是一时的，沉默是永久的。"比利时的那位神秘诗人梅泰林克在一本《心贫者之宝》（Le Trésor des Humbles）的散文集里，更把沉默推崇得至高至上，无以复加。

  他甚至说，言语的沟通灵魂，远不如沉默的来得彻底。尤其是两人相爱的时候，决定此爱者，乃是来自两人间的最初的那一个沉默。在远道回家，别离在即，大喜临头，生命终息，或大大的不幸，将次到来的一瞬间，沉默总在我们的先头，所以人们在人数多的时候，最怕的也就是这一个沉默。沉默的严肃，就是爱和死和运命的严肃。

  梅泰林克的赞美沉默，自然是有他的见地在的，但非自发的沉默，却未免有点儿难受。先让我来说一个故事：火德星君纪晓岚，酷嗜淡巴菰，有一日正在吞云吐雾，校修着《四库全书》的时候，忽听报说："皇上来了！"他把烟斗向靴袋里一塞，就匆忙地下去接驾。后来烟火烧上袜子、皮肉，干焦气都熏出外面来了，皇上问："有什么在烧？"他老人家却只装着苦笑，镇静地回覆说：

"没有什么！"像这一种的沉默，可真是应了法国人的说法，言语是隐秘思想的艺术（Speech is the art of concealing thought）了；但艺术虽然成了功，而皮肉可不免受了痛。

说谎的衰落

《说谎的衰落》（The Decay of Lying），这是唯美者王尔特的一篇以对话来写出的论文题目。他诋毁写实主义，追怀古昔的美的虚幻世界，以为说谎造谣的这种艺术，至近代而衰落尽了，所以他的同时代的作家，和稍古一点的英法前辈，一个个都受了他的警句的嘲弄。他说美国人的没有好文学创制出来，就因为他们的开国元勋的不知道说谎。华盛顿斧砍樱树的那一个传说，就是窒杀美国人的创造本能的一种毒素。

王尔特的这种奇矫的见解，究竟对与不对，已经有许多文艺批评家畅论过了，我们暂且不去管它。回头来一看我们中国古今的文人，觉得在说谎造谣的艺术上，的确要比西洋人落后得多。成王剪桐叶为圭，戏封叔虞，是何等有趣的雅事，而周公认真，最好的一个谎，就被拆破。赵高指鹿为马，也是一个好玩意儿。但背后要加以刑诛，谋成实用，趣事就变成恶事了。

到了现代，这说谎的艺术，更加变得恶劣到了极顶，新闻记事，每因说谎而露出马脚，小刊物的造谣说谎，恶劣当然更甚。不说别的，就说关于我个人的记事罢，有一个刊物，刚说过我在杭州奔走于三四流政客之门，钻营牵拍，得了一个三十元一月的报屁股编辑；同时另一个刊物，却又说我在对雪赋诗，悠闲风雅到了无以复加；为求这说谎话的像煞是真起见，这位先生，还自绞脑汁，替我做了好几首新又不新，旧又不旧的很有独创性的咏雪诗。你想一般造谣的艺术，衰落到了如此的地步，中国的民族，还能创造得出大作品吗？

苍蝇脚上的毫毛

一 解 题

苍蝇脚上,究竟是不是同人类或禽类一样有毫毛,我可不晓得。此地的用这一个题目,意思是在表明微之又微、以至极微的代替形容词。自林语堂宣言了什么苍蝇宇宙以来,老看见有人用了这两字来回敬他;这原是很有趣味的文字的戏弄。但是偶用一次是有趣的文字,你用了两次,三次,四次,五次,六次,七次,八次,九次,十次,十一次,十×次之后,鲜味要失掉的。所以我在这里,首先得说明,并不是在效那第几十几次的颦,将苍蝇拿来作炮架,而说苍蝇的脚就是传染病毒的东西。

二 尚方宝剑

偶尔坐了洋车跑过苏堤,那位年老的洋车夫,在对了三潭印月的退省庵,喟然而作长叹。我问他:"为什么?"他说:"现在像彭宫保那样有尚方宝剑的刚直的人没有了,所以我们老百姓得吃苦。若像彭宫保那样的人现在有几个,把坏人绰拉绰拉的杀杀干净,岂不痛快。"我说:"彭宫保的有没有尚方宝剑,我不晓得;但是他的先斩后奏的威风,只在安徽用了一次,杀了一个他自己部下的水师军官之奸占人妻而谋杀其夫者。但是现在皇帝没有了，你将怎么办呢？"他想了一想，愤愤地说："皇帝没有了，百姓总有的！"我又问他："假使你有了尚方宝剑，你头一个想杀什么人？"他说："张寿元！"我问："谁是张寿元？"他说："是他把我们的财产夺去的。"我问："第二个呢？"他说："是某某！"我又问："谁是某某？"他又气愤了起来说："说来说去你还不晓得么？这一个大家知道的天下世界最坏的坏人！"我不敢问下去了，因为在他的气性头上，若问他第三个的时候，说不定他就会回转头来，说一声："是坐在车上的你！"

前些日子，有一个教育机关，问我来要一篇告诫学生的文章；我因为和学生生活隔绝得太久了，所以先请了一位大学生，一位中学生，一位小学的高年级生来问他们以同样的问题。

大学生说："压迫学生，佯言不干，而暗弄枪花者斩！造了房子，而虚报账目者斩！把持学校，以学校为衙门者斩！……"他还要说下去，我说："慢来慢来，你要杀的人太多了，且听了第二位说了再讲。"

中学生说："我要斩的人，同大学生的意见一样，不过还要多几个。"

小学生说："更多了，不过从我们的切身问题讲来，是有两种人不得不斩的：一，以学校为发财宝库，不顾学生性命者，不得不斩；二，背后牵线，想造成清一色而舞弊营私者，不得不斩！"

如此说来，尚方宝剑，的确是忙得很。

三　相

看相，似乎是中国人的特技，但是外国也有很精练的人。外国的工场管理人，就须备有这一种技能，方称上选。听说他们雇工人的时候，总须相一番面貌，看这一个工人，会不会变成细胞而来煽动罢工。但不知工场管理法的课本里，讲到这条的时候，用的还是柳庄的系统呢，还是麻衣的系统。可见世事总无独而有偶，不但"古已有之"，亦且"中外一律"的了。譬如说"点秀女"罢，外国也有标准美人的投票，外国也有总统的选举；法国革命的初期，并且还把"摸摸乐"脱得精光，抬着行街哩！

四　出气店

听说巴黎有一种店，店里陈设着极美丽细致脆薄的器皿，标上价目，旁边摆着一根铁杖，任顾客来敲打捣毁。敲完之后，算一算账，就此付钱了结。这一种店，生意兴隆，老有气愤愤的人跑来，一顿乱打，打得笑逐颜开，付钱而去。这一种店的名目叫作什么，我不晓得，就姑且叫它作出气店罢。英美的大都，据说这一种店是没有的，大约因为言论比较自由，大家都在纸上做文章了，所以可以省去一种特殊的营业。中国则更加自由了，妇女们受了气，可以上野外去号哭，叫花子受了气可以沿路而骂街；而且农村破产，国民经济枯完，这种店当然是开不得发的。可是《论语》却竟模仿了巴黎的企业者而变相地成功了，现在还更有许多攻击《论语》者，目的大约也不外此。总而言之，长歌当哭，幽默当哭，攻击幽默，闲情也当哭，反正是晦气了出气店里的器皿。

一九三四年十二月

中国妇女应上哪儿跑

记者先生：

　　你们的那个题目，就出得太彻底。照现在中国的情形来看，完全把家庭丢去，似乎是不可能的。而妇女的职业，又不见得十分多。况且大学毕业的男子，尚在这里叹就职难，更何况乎一般的女子。难道中国女子的教育，真正是这么的受得透辟，人人可以去做佣工而不至于怨恨的么？

　　我的意思，虽似乎是求全的责备，或者也许嫌太旧一点，总以为是家庭与职业，应该同时顾到。不得已而求其次，则独身成年的女子，应该离开家庭；已婚的妇女，还应该先顾到家庭，而后再谈职业。况且中国的封建制度，还没有完全打倒；若一小家庭的主妇（大家族中之已婚妇女，当在例外），不顾家庭而跑了出去，致使男人不得不受育儿治家之累，岂非将见笑于封建的余孽？

　　总之这问题，是一个现社会的大问题，断非短短的一篇小论所谈得了；上面的几句空话，也不过是过渡时代的一个补救策而已。

残年急景

一　遗　嘱

笑话年年有，今年特地多。近旁有一间学府里的祭酒，大约因为大兴土木，油水喝得过分，头脑烘得冬了，最近回环曲折，绕了许多道路，叩请某人下了一道谕旨。他命学生日日跪诵，说是新的遗嘱。而回到私室，笑对旁人，又说这是父亲大人的手谕。人问你父亲为什么与你不同姓氏？他又说，这是衣食父母之意。

二　天路历程

有一册书，名叫《更岂有此理》，中记一段上天之路；说天之离地，相去只三四百里，由下达上，迟行三日可至，往返，最多也不过五六日。人问"何所据而云然？"作者说："此事家喻户晓，人人共知。你看，送灶神上天，岂不是腊月廿四，而迎归则在三十，月小当然是廿九天。上天一次，往还岂不是五六日？以坐轿的平均速率来算，岂不只三四百里？"记得前两年，林语堂氏也曾说过送灶神的用饧糖，灶神倒似乎是中国幽默的发电机。

三　《醉司命》词

因说到了灶神，更想起杭州才子缪莲仙之笔记《涂说》里，有一则游戏词："笠舫有《沁园春》词四阕，题皆游戏，语趣而工。《醉司命》云：稽首轩光，吾宁媚于，郭公有灵。怕中郎厮养。误撞楼破，夫人乡忌，同踞觚听。蔬且充羊，豆还撒马，烛婢双行跪在陉。牙饧少，把糟糠风味，奏上天庭。　　比邻妇也倾瓶；乍絮絮叨叨念有经。愿米盐凌什，团圈共爨，羹汤欢喜，火旺添丁。虞诩长增，孙卿休减，臣突黔于墨突形。神其醉，看朱衣赤髻，夸去忪惺。"这词用典故太多，虽工却少趣，还不如同一调的《咏不倒翁》词，倒来得轻松："矍铄哉翁，适从何来，辱在泥涂？看三眠三起，公然倔强，一颦一笑，全是模糊。捧腹堂堂，点头娓娓，危目能持颠自扶。移时仆，似儿童逃学，装做须臾。　　怪渠捻断髭须，惹春梦婆未认得吾。尽相君之背，者般富贵，人心如面，依样葫芦，托地翻身，凭空粉碎，还识先生乌有无？休轻诋，问人间强项，若是班乎？"

四　一元航空券

买航空券一元，有五万元的头奖希望。缪莲仙《涂说》里的一篇《妄想词》，却早把这钱的支配计划好了。"天上骕一声，掉下了五万金。忙将三万来营运。一万金，买田置产；五千金，捐个前程,；还剩五千金，遨游四海，遍处访佳人。"

五　挽活佛联

《涂说》中更录有挽活佛一联云："渺渺三魂，活佛竟成死鬼；

迢迢万里,东来不复西归。"今夏喇嘛过济南,听说有三人热死车中,这一对联语,倒正好转赠给他们。

六　月夜听诗

我藏有木版《无稽谰语》五卷,作者自署为兰皋居士,上有甲寅仲夏之月自序一篇,想系乾隆五十九年之甲寅。后见坊间石印本,所称《欢喜三续今古奇观》,内容实在就是这《无稽谰语》的短篇集,不过把各篇前后颠倒了一下,将目录弄了一弄乱,合五卷成了四卷而已。全书笔墨清丽,趣味隽永;但记事多猥亵,似乎有伤雅道。原书第四卷中,有一篇《月夜听诗》的短文,写得很有趣,特抄在下面,以作中国幽默的另一体的榜样。

临安某生,弱冠领乡荐,入都应礼部试,被放,怅然南归。行至维扬,资斧乏绝;暂寓僧寺西廊下,将求鬻文以作路费,奈人地生疏,无由自炫。一夕,月明如清昼,出步殿庭中,闻东廊窗内,有人喁喁絮语。近窗窥之,见二人对坐;一短而多髯,一翩翩年少,皆儒冠儒服,把酒对酌。少年者曰:"弟不敢使兄独呕心肝,故数日来亦搜索枯肠,效灼艾分痛之意;但机致一畅,仅得一联云:诱他酒客常入座,引得诗人上了楼。"髯者点头曰:"叶楼字极佳,可称后来之秀。仆承重委,推敲半月,幸腹稿已成,差不辱命。"少年喜曰:"凭仗高才,倘使雀屏中选,非特多金报德,定当感佩终身。"年长者掀髯笑曰:"此诗一投,指顾赤绳系足;尚望谅我捉刀苦心,勿作寻常吟咏视也!"少年唯唯请教,髯者朗吟云:"酒家有酒出新篘,一幅青旗入两眸,只说东南多大店,谁知西北有高楼。"少年拍案曰:"楼字之妙,真令人百思不到。"髯者曰:"未也!四韵最难,无过瘳字,仆昨晚卧而思之,如有神助,得句云:望将过去心先醉,吃了之时病也瘳。"少年顿足拊掌,乐不可支,叹曰:"岂弟孤步州边,一时无两?当今天下,锦绣才人,尽搁笔拜下风矣。"髯又诵结句云:"若要一年生意可,再标几个在前头。"生不觉失笑曰:"闻君佳咏,顿开茅塞;但酒香唇燥,何不令窗外人与饮一卮?"髯者惊曰:"隔墙有耳,若使偷谱霓裳,不啻以蓝田双璧授他人矣。"少年者怒,拔关而出,奋臂直前,扭生胸,欲殴,生谢唐突。少年怒目厉声曰:"夺人妻子,誓不共天,何止唐突?"生曰:"耳聆佳作,实未尝目见闺仪,哪得有夺妻之事?"少年益怒曰:"窃诗即所以夺妻,尚强辩耶?"生又谢曰:"仆异方流寓,室中自有糟糠,断不敢渔及君家尊眷也。"髯者闻言,出观曰:"既有家室,当无他虑;且观其仪度言辞,似亦略解涂鸦者,不可有伤和气。"少年亦改容谢曰:"一时情急,未及致详,以至开罪多多,幸入座共饮。"乃从容谢过。携生手,入室坐,满斟大卮以进。生问曰:"此诗何题?原韵倡自何人?何便有关佳偶?"髯者曰:"此间有查侍郎者,晚居林下,无凤毛而有掌珍,慎选东床快婿,先观仪表,继试内才,此兄姓郑,家累巨万金,援例授中翰衔,弱冠未婚。月前,侍郎公皮相外貌,选中三十有二人,郑兄亦在列。因拈闺中人咏酒帘诗一章,命依韵属和;其全诗,则余忘之,但志其原韵五字为蒭眸楼瘳头耳。"生曰:"然则郑兄何不即席挥毫?何乃商诸野寺?万一捷足先得,悔无及矣。"年少者作色曰:"谈何容易?无论枯题险韵,谁能七步而成?抑且闱中玉尺分明，非可冒昧下笔；是以同时三十余人，皆作缓兵之计，乞退而捻氍，陆续呈阅。吾幸幼识虬髯，求拜方略，荷蒙季诺，肯赐琼瑶，君已于窗外备闻，万勿漏泄，致败我密谋也。"生曰："诺。"连举数觞，告别而返，乃挑灯振笔书云："黄娇隔宿试新蒭，倩尔招摇引醉眸，疏雨杏花寒食店，东风芳草夕阳楼。却疑天上星旗落，会遣人间渴病瘳，留珮斛貂都细事，最怜卓氏在炉头。"吟毕，书于浣花笺上。翌日，闻至侍郎家，告阍者曰："远方之人，行囊告罄，聊奉和章，仰祈资助；寒闺自有荆布，非藉以作来凰引也。"阍者入白，出，达主人命曰："尊构极佳，既非求偶，不敢延见，谨奉朱提半百，聊供途次一餐。"生欣然拜登，遂匆匆买棹以归。

一月八日午后抄毕

中国是一个灾国

"一雨街头尽激湍，未晴几日又愁干，从来说道天难做，天到台州分外难。"曾记得天台诗人戴石屏，仿佛有过这样的几句诗；实在在靠天吃饭做人的中国，做天也真不容易。动不动不是水灾，就是旱灾，间或还有风灾、火灾、兵灾、匪灾、……灾等。一年到头，报纸上差不多接连不断，登得次数最多的，便是各地的灾状；因而中外善士为灾民请命，为灾民而发起的游艺，善举，以及游艺助赈等广告记事，也特别的多。我每天看报，见到了这些，总要思索半天，觉得人世上的矛盾真有点莫名其妙。中国既有这么些个大善士，忠义之徒产生，何以偏会苍天无眼，独向中国来降这许多灾。或者还是因为在中国的中外籍大善士特别的多，天所以特来降灾，以彰他们的明德的么？

外国报上，记不测之灾的记事，当然也有；然而这总不过几年或几十年中偶发一次而已；并且灾发之后，总也不过记载至一星期或半月就休止，以后便恢复平时的状态了，独在中国却会得连月连年的记载过去。难道因为记政治要犯忌讳，说国际要危及邦交之故，故而说说灾祥，反可以尽了报纸对社会的义务，终胜于发白纸三张的么？

总之，我觉得中国实在灾也太多，中外的大善士也太多，报纸上灾情的记载，也未免太多一点。

一九三五年九月十八日

出版界的年轮

年轮本来是植物学上的一个专门名词，不过用在此地的意思，却只是普遍字义的解释。中国的出版界，和中国的政治、社会一样，花样实在太多，变化也真剧烈。前几年听说是杂志年、翻译年、小品年、杂文年，现在又说是小报年了。从堂堂的大论文，而一变为小品杂文，更从几百页的杂志，或十四十六张的大报，再变而为半张的蝇头细字的读物；在这一种变迁的反面，也就可以看出中国地图的变换，与中国国运人事的衰落来。

而这中间，尤其是显著的两个现象，是粗纸滥印的一折书的流行，和高价大部的古书类书的再兴。人家或者还要称赞这两件事情，说是中国现代的文艺复兴，但其实也就是中国社会，已经走到了衰颓的极边的一个证明。

一折书是为适应经济破产后的大众而产生的企图，用意未始不善，结果影响，也不会没有；但试一检查这些一折书的内容，那就糟了。所翻印的仍旧都是封建时代的几本最普通流行的书；新的作品和新的选本，只占了十分之一的地位；而这十分之一的新书，也浅薄、错乱到了万分。大众的思想，既不能脱出封建时代的臼窠，而新的芽蓓，又浅薄错乱到了这般的地步，试问这一国的国民，还有什么希望。

旧书的重印，本来也没有什么不合之处；但大家都走上了这一条倒退的大路，新的光明的开辟，更没有第二个人出来担负，却是目下中国的特殊的现象。这些大部的丛书类书，是为中国有产的中坚阶级与知识阶级而印的；一个社会的上层阶级，只剩了一点过去的追怀，而没有了现在与将来，那这社会岂不是和地下的本贝城一样，岂不是个个都变成了僵尸？

还有一层，从中国出版界的流行上，可以看得出来的一个最大的弱点，是中国人的没有创造的精神。模仿取巧的小聪明，损人利己的恶习惯，是谁都具有的，但是新的创意，却在中国人的脑里耙扬不出半点来。所以在立身处世上，大家只知道做官可以发财；在经商营业上，大家只知道作伪就是正路。你出一本什么，我也马上出一本什么，你定一个商标，我也同样画一个葫芦；到了强邻压境，城下缔盟的时节，还要说一声："敌国外患，何代没有？犯而不校，斯真君子。我但求能胜国人，也就是一世之雄了。"

高楼小说

解　题

　　平常不大会说大话，尤其不善于说谎话（撒一个谎就要被人家拆穿，而自己更是拆穿这谎来的第一个人，因为老会瞒不住地哄笑出来），所以只能学学虫吟鼠叫，顶多顶多也只吱吱地响几声而已；这一种响声，我想叫它们作"小说"。这一次因欲改变一下环境，寻求一点材料来写些游记之类的东西之故，飘然地到了福建，实在是只同断了线的轻气球一样，来也并无目的，去也不留踪影的一种汗漫——并非浪漫——的游行。福州地当闽江的曲口，年年要涨大水，因而寓居的处所，也拣上了南台江上的最高一层楼；所谓高楼者，就系指我现在寄住着的这一间屋顶间而言。读者诸君，看了我这一个标题，第一请不要误会，以为我在写高楼上的才子佳人式的粉红色的历史，也不要以为我在模仿那位巴黎学士院的才人，身住在屋顶而对窗外面的虫鸟世人，簸弄着哲学家似的言辞。

一　说我的做了官

　　因为我人既到了福州，而这里的当局又发表了一道委某某为参议的命令，于是乎上海的各小报就有了材料了。有些说，某某人做了官；有些说某某人否认着做官；更有些说，某某人是可惜得很，竟把文学家的头衔卖去了，还只卖了二百元一月的小官薪——这一个二百元一月的官俸，也不知是哪一个给批出来的，连据说是做了官的我自己，也还是莫名其土地堂（且学一学小报作家的大笔吧！）在这里！——总之是"耶稣自有理"，"公婆各有理"，你要说他们不对，他们倒也写得像煞有介事，连我上车前夜，和老婆在内房里闲谈的一幕都被揭发出来了；可是你若说他们对呢，那天下的是非黑白，简直是要颠倒了。但是，这些倒总还不在话下，现在既被说在做了官，那借这官字来做一篇小文章，总该是宪法上所不禁的自由，我且先从官字来立说吧！

按官犹事也，做官若只指做事，那做做官当然是没有什么。又官谓各当其任无差错也，那不管是从前我在上海杭州做些什么，现在到了福州又做些什么，原是与官不官无甚关系的。可是细味各小报及报尾的许多言论，似乎他们都不把官字解释得那么古奥。大约做官可以发财，可以摆官架子，可以打官话，可以指使小官，敲剥百姓，可以放火杀人，可以……等等，才是他们的所谓官字。若说做官是这样百事百可以的话，那我倒也很想做一下他们心目中的官，来对他们作一下威势看看；但这事实的不能成立，已经在他们讥讽我的文字的洪流上可以证明了；所以这一次的说我做了官，终竟是无异于他们自己的证实了他们的不对。并且从这一点也可以推想到从前他们所加于我的许多头衔，究竟是怎么样的内容。他们曾说过我是颓废派的代表，说过我是醇酒妇人，鸦片麻雀，无恶不作的文人。

二 说日本少年军人的发魇

日本的少年军官兵佐三千人，最近在帝都暴动，占领京中各官署要所，杀死了许多他们的天皇所任命的内阁官员，是大家在报上所新见的事实。这一幕政变的全武行，我不晓得还是叫它作悲剧呢喜剧。杭州人的俗话，叫好笑的趣事统作"发魇"，下面的一个魇字，不知是不是这样的写法？但日本的这一回事情，我想法好以这两个字来批评。我们试回想想希脱勒的断行 coupd'état 的当时，后来在他所发表的反对党的罪状里，有因他们在滥行鸡奸的一条，这真是多么发魇的事实呀！

日本的少年军官，口口声声，只说是在尊皇爱国，但实际上却用了天皇所发给他们的子弹兵械，杀死了许多天皇所亲任的上级的官员，这还不是发魇么？明治维新，所赖以立国的根基，是在法治的两字，而现在却竟可以以三千的枪杆，推翻一切了；宪法的尊严，天皇的地位，在少年军人的眼里，岂不也只是一个魇而已耳了么？

很有人来问这一次日本的叛乱与中国的利害问题的，我以为这次叛变，关系中国的利害倒还事小，对于日本的将来，却是影响很大很大。中国的所以不能统一，不能御侮，终至版图日削的原因，其弊是在政治的不上轨道，军阀的为所欲为；这一次日本的事变，倒有的像起中国的政情来了，那以后的日本，也就可以推想而知。

一九三六年二月廿九日

三　说"中"与"一"

宋人有两句名言，叫作"兼近四隅，不失其所者，中是也；并总万物，不失其元者，一是也。"这几句话，无论在做人，弄政治，办外交上，都用得着。中庸之道，一以贯之，本来就是儒家的理想，均势不保，畸重畸轻，这现象在社会上流露，就变成贫富的悬绝，阶级的形成；在政治外交上流露，就变成依赖与屈从。然而从反面来攻击，原不患乎无辞，所谓以夷制夷，所谓二重外交，便是进攻的口实。弱国何尝没有外交？只教善处其中，始终如一，天下的难事就可以简易化了。

四　说谣言的滋长

空穴来风，必先有隙，谣言的起始，当然是有一点点因头。可是雪地滚球，愈滚愈大，结果弄得球心的一点，完全不见，也是谣言的自然之势。甲说一句"东京造了反"，乙就会把它变作"卵泡打着裰"；有一种游戏，叫作打密电，所利用的，就是这一种错误的传授。男女数十人，环坐起来，由甲密向乙的耳里传送一句话，以后由乙而丙而丁，依次密传过去，到了最后的一人，叫他公布出来，这一句话会变得奇形怪状，完全与本意不符。别的不说，就只说关于我个人的上海谣传罢，先说我中了航空券的头奖，后说我到福建来做了官，又说我的俸金有一百五，二百，以至于三百，更说我是来做教育厅长的。关于一个人的事情，尚且纷歧杂乱到如此，关于社会的变动，政治的情报，自然更要添头添脚，换皮去骨了。弭之之法，还是以公开为上策，吠犬不咬，响屁不臭；万事能开诚而布公，谣言自然会失去它的诱惑的秘性。

五　说交通之与人情风俗

交通之有益社会，在小学的作文里，也时时可以看到；但是明知之，而不做之，却是中国人的通病，也无怪乎胡博士的要发"知难行亦不易"之叹了。即在福州一隅来说，西北障着仙霞杉岭，东南濒着大海，交通自古就不大便当。因此弄得人情固执，社会守旧，封建时代的遗习，还到处可以看得出来。中原人士，对福建亦视同蛮域，一向就不大注意，结果，福建人自然也只好闭关自守，与中原气脉不通。现在虽则已经到了陆有公路，水有轮只，空有飞机的地步，但是因气候的不定，路工的未竣等等关系，和南京上海的交通，还是常常不能稳定，这在文化上、建设上、国防上，终觉得是一个绝大的障碍，我们只希望五丁力士的早日的来临。

六　说历史的循环

顾祖禹《读史方舆纪要》卷九十五序福建一文中说："昔东晋时有孙恩者，出没海岛，为闽浙患。恩死，其党卢循继之。循灭，余种悉遁入闽。今泉州夷户，有曰泉郎者，亦曰游艇子，厥类甚繁，其居止，常在船上；船之式，头尾尖高，中平阔，冲波逆浪，都无畏惧，名曰了鸟船，往往走异域，称海商；招诱凶徒，渐成暴乱。嘉靖中，倭夷蹂躏之祸，此辈所致也。"又说："倭夷之志，在子女玉帛而已，然其倡乱者，非皆倭也，即所谓泉郎之徒也。"从这些话里看来，汉奸原是无代无之；亡中国者中国人，为虎作伥者，是伥鬼，仍系被虎吃了的人，并非老虎自身。所以中国人老爱说，历史是循环的；帝制虽除，而外戚宦官之祸仍烈，泉郎虽亡，而泉郎的同志，仍布满闽浙。这话虽有一半真理，但也觉得不可墨守旧文。历史虽有时有循环的外形，而其中可总逃不了进化的至理。现代汉奸之所凭借者，岂但了鸟船而已，其背后还有不驻兵区域的护符；倭夷之志，又岂只在子女玉帛？进一层更有和好的同盟。不过进化原理，有时也有例外，譬如张经、俞大猷、戚继光等的战绩，现在却还没有；非但没有，简直还在向后的演进。执此两端来看历史，我真不知还是来赞成进化论好呢，还是来说循环论好？

七　说文人的出路

先附来函一封。

达夫先生：

对不起——自己来介绍自己，我是一个岁数并不怎样大而生理上已经老朽的人。我的故乡是在已经被蚕蚀去了的秋海棠叶的一角上，姓甚名谁，恕不宣布——但并不犯共产党嫌疑，请放心。职业一向填什么证明书，或者保证书时都是"儒"，但现在可不敢"班门弄斧"，老实告诉你，我是一个教员。然而可不是"国粹"教员，而且有生以来，就没有同"国粹"打过招呼——除了有一次因念一句"大学之道在明明德"而生一场疟疾，而费去两瓶"金鸡纳霜"以外。虽然如此，我可很喜欢"国粹"的近族——"文学"，或者是"文艺"。然而虽然喜欢，但念的并不多，一则是职业的关系，二则是不认识外国字。英文除了"a boy and a dog"和"It is a cat"两句能认识，还能背着书本写下来外，其余则"恕不招待"。至于高尔基、歌德，还有什么大小仲马等，更没有半面之缘，虽然我可也知道，高尔基专门骂他舅舅，歌德则专门结婚，而大小仲马则是"父子作家"，然而这是"道听途说"得来的，至于真的高尔基等，如果在旧书摊上相遇，那也只能列入"It is a cat"之流；因为他们全是弯弯曲曲的东西，和我们的"横平竖直"，是丝毫不发生关系。因此我求知识的唯一方法，只有出在我们仓颉先生的手里。

在过去我念过"背插单刀"的黄天霸,还念过自第一集起,以至第三十二续集还没有止的《彭公案》,当然还有其他,如贾宝玉、宋江之流。"九一八"事变,从边塞被赶到文化重心的北平,又幸从一位"鬼头鬼脑"的同学的狗皮褥子底下,翻出一本《呐喊》,虽然当时那位同学不大高兴,似乎认我有维持公安的嫌疑,然而终于被我从头到尾读过了,而那位同学也未因此而吃官司。于是我晓得文学之中,还有阿Q其人,但再找第二个阿Q就不见了。结果遇到《漂流三部曲》,而知道同老婆吵架,可以到城隍庙告状。然而这还不足为奇,不晓得是在某年某月,竟和你先生的《沉沦》,还有好多的什么集——恕记不清了——见了面,天尸尸,这是怎么了?"呜呼!呜呼!呜呜呼呼!"当时确这样的"呜"过"呼"过,还赞成过封你为文妖的那位先生的高见远识。然而——也许不是然而,是因为"入鲍鱼之市,久而不闻其臭"的一句话,所以我又觉得阿Q怕老婆找城隍,和"捧着脸蛋乱咬"等,究竟比"柳条儿弯弯,花瓣儿片片"要来得实在些,或者有用些,于是我在"文艺"大道上,就错了轨而走入"引车卖浆"的辙里。

广读而不作,似乎不大甘心,况且还有"青年文艺家"这个美名词,在不断的窑姐般招着手。于是"由读而作,由作而改,由改而丢",中间十足的经过四个整年,然而结果还只好"读作改丢",至于和旁人一角量,则又成小巫见大巫之势;因此虽有投稿发表之野心,但勇气总是鼓不足,于是一页一页的开明稿纸,只有一匣一匣的自来火往回换。

现在灰心了！灰心告诉谁呢？老婆不管这些闲事，只要有自来火往回换，并且每天能伏在案头写稿纸；而不像你先生往韩家潭跑去找银弟，她就心满意足了。至于所谓文艺先进者——如"思想界权威"——"小品圣人"——"艺术的艺术家"——"三角或多角大王"——以及被封为"颓废派"的你先生，还有等等，我是一个也不认识。虽然现在我的家，也和《恋爱日记三种》的作者一样——同周作人先生住在一个胡同里；然而周先生的家，我可没有去过一次，至于枣树上的红枣，更没有福分，只能看着眼馋而已。因此我有点彷徨了——不——大概是找不着路了吧！

在第八十二期《论语》上，晓得先生就任主编之职，贺，我没有资格，而且不知这种职务在先生身上，究竟是荣是辱，所以废话不敢多说。但从这里得到先生的通信处——因为主编总要到编辑社的——心中非常的高兴，以为在文学的道路上，今后至少要算是摸到一只电筒。然而第八十三期《论语》出版时，先生竟告诉我们暂不北来，预备在福建寻找郑成功烈士的遗迹，这是如何的失望啊！但"老天无绝人之路"，不晓得是在《时报》还是什么报，得到先生与陈主席有交情，而被封为什么"议"的消息，同时登出薪金"法币二百"，但第二天则又改成"三百"，究竟是二百或三百，与我并不发生关系——因为我不来问你借钱。但须等几个月以后，才能回沪就职，这遥远的日期，使人如何的着急呀！如何等得了呀！所以——大概是"不揣冒昧"吧——竟寄一封讨麻烦的求教信到福建省政府，求他们代转。然而心中又在恐惶，恐惶这封信会被丢掉，但这也只有祈祷上帝保佑——阿门。

　　我的学识大略，已经在上边说过，究竟像——一知半解——门外汉——半路出家——不懂外国文——不愿看翻译书——这种人，若永久的下去，能否有一点希望？假若不可能的话，我就不必再做"癞虾蟆想吃天鹅肉"的梦，而致眼球一点一点的加长起来，设若能，又当怎样使他进步呢？这写了改，而改了丢的事，我实在不愿继续下去了！请指一条明路。

　　这是一封不客气的请教信，如果先生以为可以公开的话，请在下期《论语》上见覆，否则盼望能得到一封指教信，因为一个找不着路的人，他的苦闷，不止一万分啊！

　　　　　　　　　　　　请求者黑白顿首

　　下面再来作答。

黑白先生：

　　对不起——恕我借了你的来信，当作我的文章。文人的出路，向来就只有两条，一条是"不做文人"，一条是"不要靠文章来吃饭"。我这答案，也许是文不对题，所答并非你所问的地方；但细味来函，则意在言外，这两层却是先决的条件。若这条件解决之后，则做文章当然是自由的行为；不但"读作改丢"这一套，尽可以反复地演，就是捻断吟髭，掉入醋瓮，也决不犯法，只教你吃得起痛。至于将来的有没有成功的希望，那请你不必顾虑，文学未必一定是几个有特权者的私产，世间无难事，所怕的倒是有心人。他如发表的援引之类，更可以不必担心，不才如我，当然也能为你尽一臂之劳。其次是古人的许多教训，也可以为我们取法的，譬如顾亭林说，文不贵多，只须有几篇能传，就可以了。又如陈去非问崔德符以作诗之要，崔说："凡作诗，工拙所未论，大要，忌俗而已。天下书，虽不可不读，然慎不可有意于用事。"总之博观而约取，厚积而薄发，是第一步工夫。至于文字的内容，就是现在流行语的所谓意识呢，当从胡文定公释心远时所举的上蔡之语："莫为婴儿之态，而有大人之器；莫为一身之谋，而有天下之志；莫为终身之计，而有后世之虑；此之谓心远。"立言不为一时，文须有益于天下，才是真正作者。

一九三六年三月末日

八　说预言

世间的事情，大抵理有所必然，势有所必至；佛家说因果，儒家说知天，并谓继周者虽百世亦可知；预言岂真有魔术的么？要不外乎推理度势而已。月晕而风，础润而雨，古人并非星相家，也非天文学家，不过以经验来推算事理，大致微中。韦尔思的预言一九三六年有大战，系根据海军协约的期满，与夫俄德准备之完成等事实；更言日本的必并吞中国的全部，乃鉴于中国人的不喜欢抵抗。

可是预言也有时会不中，那便是人的问题了；悬崖勒马，鸣鼓反旗，虽有智者，也难捉摸，这不过是一时的小出入；结果却总如宋人之所说："善观天下之势者，犹良医之视疾；方安宁无事之时，语人曰，其后将有大忧，则众必骇笑。惟识微见几之士，然后能逆知其渐，故不忧于可忧，而忧之于无足忧者，至忧也。"所以杞人忧天，夸父追日，人家或将笑他们的愚，我却想佩服他们的德。

九　说开卷有益

开卷有益，是古人奖励读书的一句成语。从前读到一册坏书，读后每觉得为古人所欺;现在多了一点知识,反过来又觉得古人的不我欺了。总之,好书读了,原有所得,就是可以知道它的好处在哪里;可是坏书读了,而知道它的坏的原因与地方,岂不也是一得?从前孔子说的"三人行,必有我师"之意,也不一定是从正的一方面着想,反过来在负的一方面,也何尝不可以为鉴戒。因此,从前是非有定评之书不读的,现在却马勃牛溲,一例的都想看看了,这大约总也是一种进步的现象。

十　说登高而望远

《礼记·月令篇》里说:"仲夏之月,可以远眺望,可以升山陵。"我想远眺望,升山陵,又何必一定是在仲夏之月?大抵的人,上了高台,四望远处,总没有一个人会感到不快的。这我想也是 inferiority complex(不及错觉)的作用。人实在也太渺小了,而欲望之高,心愿之大,却真是万物之灵;除人而外,恐怕没有一件动植物,更及得人来。因而登之高处,俯视一切,一时就可以满足满足欲望,以为自己是高于一切了,自然也就感到快活。耶稣之被引至高山,使看下界,撒但兄原也在利用这一点人的弱点。古人说游览,大抵是志在登高。譬如穆天子袭昆仑之丘,游轩辕之宫,眺望钟山之岭。又如齐景公游于牛山,而北望齐国曰:"美者国乎,郁郁蓁蓁。"还有楚王登疆台而望崇山,左江右湖,以临方湟,其乐忘死。至于"国破山河在,城春草木深"之后,举目有了山河之感,那么登高而望远,可又有了别的意义;古人叫作卧薪尝胆,现代人就叫作瞭望失地,究竟是快乐还是悲哀,我不是诗人,也不是要人,这话却不容易说。

一九三六年四月十一日

十一　移家别纪

杭州信来，说是新修的一间草舍，已经油漆完成了，旬日之内，就打算搬进去住，教我若走得开，该回来一趟；于是就抛去了许多闽海的亲朋，走下了那一间四层楼的屋顶，踏上了就是乘她而去的三北公司的轮船，于是又做了鸡声马背，摇摇不定的长途的旅客。

船中两宵无事，暂且按下不表；踏上了上海的岸头，觉得第一件异样的怪事，就是海关检查员的工作的起劲。

"国内往来，又不是飘洋过海的外国商船，何以要查得那么紧呢？"我有点觉得奇怪，所以捉到了一位海关役员，就这么的问他。

他先对我一笑，随后就简单明了的答了我一声说："防走私呀！"中国国家的最大几宗收入，似乎是关税、盐税、统税之类，农村破产，农民断种，田赋是靠不住的了，这走私的一道，却的确是可以制中国人死命的一条恶计。欲亡人国，先吸国髓，灯尽油干，不亡自亡，前几年对于不平等条约的箝制，我们还在引为大憾，现在却连这一种不平等条约的关税协定都用不着了，这又是一种如何毒狠的进攻策略！人进我退，退到了不能退的地步，还要一声声地说和平，还难道是古圣昔贤"以礼让为国"的教训的结果么？我怀疑，我也在切齿。

上岸之后，去找几位住在上海的朋友，接谈之下，才晓得了最近各地查禁刊物的命令的苛严；外国人对中国人，用那一副手段，中国人对中国人，又用这一副手段，地厚天高，百姓真无所逃于天地之间了；眼见得自己的老婆被人强占，而这被奸的女子，还要禁你发声，这气教你究竟将到哪里去出呢！

踏到了四马路的书业市场去一看，在百业萧条的目下，似乎这一业还保留着一丝的活气。但是单行本不销,廉价的杂志却占据了出版界的首席,这状态又哪里能够说是文化上的常态?上面压着一大块千斤重的铁板,一群面黄肌瘦的人,只在这重压下喘着渐渐短缩的气,渐喘渐短,渐喘渐微,这不是临终的现象,又是什么?

在阴晴的灰色天盖下,上了沪杭车座,那一批乘春行乐的同路客人,还是和每年春天所见到的一样,说的是上海话,穿的是外国衣,吃的是沙利文麦瑞儿的糖果和面包;真个是国泰民安,风调雨顺,你假若向他们说一句"中国就得亡了!"我相信他们会大笑起来,因为"中国亡就由它去亡,上海是不会亡的"是他们的信念。

五小时后,天下了微雨,在黄昏的灯影里,遇见了到车站来接的儿子和女人。几个月不见了,心里虽则感到了异样的喜悦,但面上却觉得总是生生的,这一种混合感情的难熬与痒蚀,我想就是叫最善写心理变化的鬼才泊罗斯脱来写,也写不周全的,所以在这里只能不说了。

第二天搬家,把书籍器具等草草安置了一下;第三天因为感到了疲倦,不想挺起身来整理书籍,午睡之余,却拿起了笔,写了这一篇身边的杂记。

一九三六年五月五日记于杭州之新居风雨茅庐

纸上谈兵两则

一 爱国心的功过

当第一次世界大战结束后不久的时候,有一位美国的记者,曾写过一册叫作《爱国私心,还有点儿不够》的书。他大数狭义爱国之足以破坏和平，摧残文化，终而至于对人类、对社会成一绝大的威胁。这话虽则有十足的宗教意味与懦弱的人道主义色彩，但大致当然是不错的。一味的蛮横，一味的强暴，假言爱国，便可以将人类互助，国际信义，以及自家的体面都置之不顾的chauvinist们，结果，非但对人类、社会、文化是一大威胁，就是他自己本身，也势必至于变成众矢之的，非为周围的人所屠戮不能止。

对于他人的这一种侵略的、狭义的爱国心，既有了这样的判断，那么我们自己，也务必要小心一点，不陷入到这种爱国邪道上去才对。敌国外患，何代没有？我们所持的是正义，所抗的是横暴，只教合此意识，同此目的的人，都是我们的朋友。秉此大义来言战言和，就是失败了之后，也可以为天下后世人所谅宥。同时敌国之中，敌国的与国之中，能持正义，殉公道的人，数目也一定不少；我们只教能激励，能坚持，能鼓动，他们总有一天会被我们所感化，而起来作我们的后盾。春秋时两国交战国民，联合起来制止杀伐的事情很多很多，这是在战云暗淡的期间，所应该注意的一点。

二　国防是一时的还是永久的？

中国有一句格言，叫作"应未雨而绸缪，毋临渴而掘井"，对于个人的行动尚且如此，对于一国的国防，自然更非有一种百年的大计不可。

国人所患的大病，就在头痛医头，脚痛医脚的一种搪塞哲学；将这哲学实现到国防上去，就变成现在那么的狼狈不治之症了。当然，临时的救急处置，自然也不可缺少，但同时永久的计划，也一样的不能够忽略。试看看"九一八"事件以后，几年之中，我们的国防大计，究竟完成了几种？平时我们所奉行的，是不是全部搪塞一时的计划？若要作战，这当然又是该注意的一点。

青年的出路和做人

——一九三六年三月一日在青年学术研究会演讲

主席，诸位，在这二星期当中，来找我谈话的朋友很多，演讲也讲了好多次，要说的话，差不多说完了。

诸位，人是一样的，我和各位也是一样的，关于知识和经验也是差不多。在过去一般社会上的人，就加一个专门名词在我身上——叫作浪漫派、颓废派作家——，在最近上海、南京、浙江各报纸上，像开玩笑般，说我做官了。做官是有多种的，我们且先来解释这个官字。官尤事也，官者，人尽其责之谓也。若是如此，那做官就是做人。我现在即使做了一个芝麻绿豆官，也和我的做人并没有相背或转变的地方。

对社会，对国家有点贡献，不贪污，不敲吸民间的膏脂，这是正当的做官，像这种官，也大可以做得，可惜以前贪官污吏和"只许官厅放火，不许百姓点灯"这一类的官太多，所以把"做官"二字弄得不好听了，现在的官，只变成升官发财，贪官污吏之官。故上海各报骂我写文章没出路，吃不饱饭，就跑到福建来"做官"了，像煞有介事的。

因此我便联想到青年出路问题，青年的出路，我以为可以分做积极和消极两方面来说。

说到积极方面，一个人是要生活的，是要从事生产的生活，能够利己利人才对。除做文章外，也可以从事生产事业，如工、农、商……等等，不过还是从小处做起，运用必要的技巧，去营生活，去从事一切，才是正当的做人。譬如上海小说家天虚我生，从前是个杂文编著者，后来心机一转，觉得咬文嚼字，做做文章，并不是一个人的正当事业，于是就去改行从事实业去了，这我们当然不能够说他是不对。还有在山东有一位武训公，他是未受过教育的，到处受人奚落，后来，他发誓了，要办一个学校，可是他没有钱，但他就去做了乞丐，到处行乞，结果，他办了二个、三个、以至十数个的学校。这也是做人不必尽走一条路的实例，只教目的、宗旨不变，手段是可以不问的。

以上数点足以证明做一件事情，应从小处着手，结果是会成功的，这些是积极解决生活问题的一面。在消极方面呢，当然是要把欲望降低来才对。Maupassant 的 Necklace 故事，告诉我们一条假的项链和价值最贵项链，实用上也是一个样的。那女主人为了赔偿宝贵的项链而潦倒一生，由这故事，可以给我们很好的教训。

现在一般的青年，对于生活的欲望太高，在社会上得不到完满的生活，就想造成一篇暴力的文章，来左右社会。此种现象，在东京、上海各地都有，福州也有，唯比较少一点。

至于我的个人生活，倒也是无所谓的，有钱我也是这样子，一天不吃饭，二个光饼过一天也行，一个星期没有钱用，我也并不要紧，故说一个人，对于生活的条件，不要太高，对于职业应该随便，如工、农、商等，小而卑的职业，都可去做，不要说是要做官，才算是工作。

今天我对演讲，是没有预备的，因为原定系十一时到十二时，在大清早起来，看到报纸上才晓得改为九时半，差不多是一起来，就走来了。

演讲，外国人的演讲，有些是讨论的方式的，所以我今天也来模仿一下，暂定二十分钟……三十分钟，请诸位提出问题来讨论，因为单独一个说，有点像我一个人说是对，你们都不对的样子，故我特利用这个公开演讲的机会，来共同讨论问题。

"关于文学介绍"

这个题目，我前次在青年会已谈过了，记得在不久以前，上海有一班人，提倡"民族文学"，是非常卖力，那时候，结果是"此路不通"，到处碰壁，当时的人们，听到"民族文学"这四个字，就有点"头晕"，到了现在，就有事实来证明这"民族文学"怎样。

前几天晚上，有一个朋友来谈天，谈到现在很流行的报告文学，应该是文学中很重要的一支，此意很对。

报告文学是什么？

对内，用很浅显的笔调，来报告最近时事的消息，告诉给在水平线下的大众，同时也可介绍国际上瞬刻万变的情形，告诉国际上的人们，对中国的注视，或动向等。

对外，报告些远东的风云，东方的风俗、民意等等。

这一种报告文学，我相信，是能得到大家的欢迎，是能够一时得到效力的。

"关于民族主义，浪漫、颓废主义"

民族主义，我是不提倡的，也不想打倒的。关于民族主义文学怎么样？我现在不愿意加个批评，唯各地多数刊物上，是已经实际都充满民族意识的文字了。

浪漫、颓废主义，以前很多人讲我是浪漫颓废主义者，这种论调，是非常不对的；"浪漫"，是每个人年青时代都有的，青年人对理想不符，社会不满，就起有破坏一切，打倒一切的心，这种精神,是西洋所说的浪漫主义的精神,我在年青的时候,也有此种普通的习惯,故一般人均目我为浪漫、颓废主义者。现在,我一经年岁加增了一点,年青时候的那种勇往直前,不顾一切的行为思想,都没有了。生活上因为在大病之后,也稍为改良,故一般人又说我是转变了,其实这也是环境使然的转变。

"关于旧道德……"

旧道德,是否应加发扬的?事实是很明显,时代如巨轮般流转,这个时代的环境背景是否还会再适合那个环境所产生的旧道德呢?事实上是绝对不可能的。同时,旧道德中,充满着虚伪、自利、自私的成分,这一种倾向,是破坏社会秩序最大毒素。

总之,道德无所谓新旧,唯真纯的人才能够说得上道德的两字,若言不顾行,行不顾言,那不管你天天在高叫道德,结果终是一个坏人。

最后,我并不是想在福建做官,在最近会到闽南闽北走一圈,我希望在后来,能够再和诸位见面,现在时候已不早了,就此完结散会吧。

防空自卫庸谈

鄙人对于航空防空，一点儿学识经验都没有；但承福建航空协会分会的不弃，嘱来作一次播音的宣传，辞不获已，只好来讲几句大家所知道的常谈。

诸位同胞！时势到了现在，看起来世界第二次大战是免不了的了。希脱勒进兵莱茵区域，并且还在要求恢复第一次世界大战以前的殖民地，罗迦诺公约，凡赛由和约，当然只是一张废纸；国联的丑态毕露，各国的自私自利的原形，暴露得丝缕无余。俄伪日三方面，又蠢蠢思动，万一风云一急，当然是我们中国人的晦气。

前世纪的上半，英国曾有一位科学军事通，著过一部理想小说，说外国兵包围伦敦，在泰姆士河上放散了毒瓦斯与病源菌，因之大英帝国的百姓，死得干干净净，鸯格罗萨克逊人种，终至于在地球上绝迹了。当时他的这一种空想，其用意无非是在警告英国的上下，教他们要安不忘危，着手准备，庶几可以免去国破人亡的惨祸，而这一种无稽的空想，现在却居然实现了；诸君但看一看意大利在亚比西尼亚天空所放的毒瓦斯，就可以了解。所以现代的战争，并非单是兴败的问题，简直是人种绝灭的问题；战祸之所以会变得这般剧烈的原因，就因为以后的交战国的武器，就只在空军的能否制敌，与防空的设备如何。

在任何方面都落人后的中国，要想以空军来抵制敌人，是办不到的。迫不得已，只好更加注意于防空的自卫。当然，要想防空，一方面原也不得不组织有力的空军，以资掩护；可是在这一方面，我们还缺少飞机制造与航空的人才，所以积极的来讲，这两点，是应该由我们民众去努力的。至于消极的防空呢，我们先要有三种精神上的准备。第一，民众要守纪律而服从命令，譬如上方有命令来时，教我们后退若干公里，或掩藏若干时候，我们就该马上很有秩序地遵从，庶几可以使敌机达不到目的。更有如交通管制，灯火统制等紧要命令来的时候，我们也该忍一时的不便，绝对的服从。第二，是行动的神速；西方有一句古话，说潮水与时间是不等人的，而飞机与毒瓦斯，更是不等人的了，若行动不神速敏捷，到了战争时期，又哪里能够保全我们的生命财产？第三，在危急的时期里，大家应有一致互助的精神；不要以为自己是逃出了险境了，他人就可以不顾。

我们先有了这三种精神的准备之后，然后才可以讲究科学的，机器的防空方法，譬如探照灯、高射炮之类的制造、安置、与使用，虽是军人的职守，但我们民众，平时也应该去研究；到了危急的时候，飞机炸弹是不问前方后方，或是战斗员与非战斗员的。其次是掩护物的用意，譬如植树栽林，使我们的财产，都掩盖在树林的底下，就是最简单的一法。起住宅时，不必太高，不可太密集，最好是家家能有地下室与隧道的设备。此外则临时假保护物来掩护自己的住处，使敌机侦察不出我们的行止聚处的方法很多很多，我们应该平时留心，及时使用，方可有所备而无所恐。又其次，是口罩药品之类的器具的预备。万一敌机来散放毒瓦斯的时候，若备有种种器具药品在身边，虽则不能说是绝对的安全，但总可以救出一半的死亡。这些器具药品之类，买买是非常便宜的；我们若有戒心，在平时也可以略备一些，以防不测；不要到得临时，大家再来你争我夺，现出无秩序无训练的状态。

鄙人本来是一点儿航空防空的知识也没有的，上面所说的一席话，不过是最普通的常谈而已。诸位若要想得到更进一步的防空知识，请随时去向航空协会的诸君请教，他们会有小册子之类的宣传书分送给大家！

我所喜爱的文艺读物

鲁迅:《野草》。
茅盾:《子夜》。
沈从文:《阿丽思漫游中国》。

祝　辞

　　在广义的国防之下，文艺当然是重要的一面。《回声》同人，在过去曾有不少的成绩，希望将来，更能够突飞猛进，为复兴民族的先驱。

郁达夫
九月廿四日

"九一八"六周年的现在

"九一八"不战而退,养成敌人之骄,促成我军之愤。这次被逼而战,证实敌人之怯,我军之勇。以义军而当骄师,胜负之数,不待蓍龟。塞墨壁垒之碑文,已永铭在宝山城头,卡儿寨旗之决心,亦早下在我民族胸中。孔曰成仁,孟曰取义,我死犹如泰山,敌死则并鸿毛之不如。精诚团结,持久抗战,区区倭寇,何难一鼓荡平?唯战线后之生产问题,战胜后之建设问题,却为我民族目前之最大课题。文化界同人,于慰劳军人,宣传正义,抚视伤兵,倡制凯歌之余,对此应加以十二分的注意。

一九三七年 九一八

战时教育

战时教育的意义，当分两层来说：第一，是适应战时的应急教育；第二，是准备战后复兴的国民教育。

从第一种意义来讲，战时的财力、物力、人力，应该统合起来，尽量接济前方；凡国家的一切设施，一切所有，都应该先顾虑及此。所以教育经费，在战时必然要减少，师资及壮丁，要被征去前方，或为战时必要工作而忙煞，教育的地点及设备，自然也不得不受种种的限制。因而上海的生活教育社，有下列的方案和办法，提出来供大家的研究：

（甲）战时教育方案

（一）战时教育之目的

一，培养并充实军事力量，以作持久战、消耗战之人力的补充。

二，培养技术人才，以谋抗战物力之数量的增加及效能的提高。

三，谋民众力量与军事力量之携手。

四，普及民众教育，提高民众文化水准。

（二）战时教育之总则

一，把一切产业组织，战时工作组织，及任何可以形成集体生活的地方，统在争取中华民族之解放这一个目标下面，变做战时的学校。

二，抗战之一切活动及对于抗战之全面的认识，便是战时教育的课程。

三，在上述新的战时学校内所施行的有组织有计划的集体自我教育，便是战时教育的杠杆。

（三）战时教育之机构

一，除研究院而外，各级学校皆予以改造。

二，全国设战时教育设计委员会，省设战时教育工作委员会，县设战时教育指导委员会，来主持整个战时教育工作。

三，按（甲）各人之生理状态；（乙）工作能力及（丙）当前工作需要，将原有学生、民众以及失学儿童分别加入所列各项组织。

四，战时教育机构

（甲）文化细胞与文化网。

文化细胞是战时教育基础的机构；家庭、工厂、店铺、军队、里弄、村落统可以组织，它的工作有识字、传信、口头新闻报道、卫生、唱歌等活动。文化网则为若干文化细胞之总体。它对文化细胞的活动负着辅导的责任。此外它可以举行壁报及其他文化细胞所不能单独进行之事项。

（乙）战时工作教育机构。

利用战时各种各样的工作组织作为战时教育机构。倘若文化网文化细胞代替了过去的小学教育及民众教育，那么这种战时工作教育机构便多少是代替中学教育及普通科的大学教育。

按工作性质分，可有义勇团、救护队、侦察队、新闻网、国防生产突击队等新的教育机构。

（丙）各种战时工作干部训练班及救亡大学。

各种战时工作训练班有类平时教育之师范学校，救亡大学则类平日教育之师范大学。当前工作需要某种干部，便开办某种干部训练班。

（丁）研究院。

这是与国防生产及军事技术有关的研究机关；实科教授，成绩优良的实科大学生及专家方得加入。

（戊）战时宣传与教育机构。

如剧团歌咏团、战时普及教育队、战时教育服务团、农村服务团、宣传队等等。

（四）战时教育之方法

一，如何把普通的团体和战时工作组织转变为战时教育机构。

（甲）建立严肃的集体生活。

（乙）在集体生活中举行政治的自我教育。

（丙）在集体生活中举行工作的自我教育。

（丁）必要时，在集体生活或个别训练方式下进行文化教育。

（戊）缅行工作检查，自我批评，并总结各种工作经验。

二，自我教育之具体方法。

（甲）配合政治经济各方面的情势，订定工作计划。

（乙）工作执行。

（丙）工作检查。

（丁）自我批评。

（戊）工作经验的总结。

（己）理论的检验及变化。

（庚）理论与经验的记录（时间与精力可能允许的话）。

三，每一机构内应设一专人或专组，负责主持计划，检查批评，总结，及校阅工作记录之责。

（五）战时教育之课程

一、必修的课程

（甲）集体生活中之各项知能如集会、卫生、秩序等知能，团体与个人之认识等。

（乙）世界大势之认识。

一，近代资本主义的经济结构。

二，帝国主义与殖民地。

三，世界主要国家对立之阵容。

四，世界前途的瞻望。

五，其他。

（丙）中国与日本的认识。

一，中国与日本之历史地理的认识。

二，日本侵略中国之历史。

三，中国国内之和平与统一。

四，中国全面抗战之意义。

五，中国之必然的胜利。

（丁）战时常识，如军事常识，防空防毒救护之知能。

（戊）民众训练工作的经验与理论。

（己）识字教育工作的经验。

以上可按各人，各战时教育机构之文化水准而异其学习之程度。

二、选修的特种科目。

按战时工作组织之性质异其科目。

三、研究事项

（甲）机器之制造与修理。

（乙）贱价而又耐用的防毒面具之制造。

（丙）汽油之代用品。

（丁）生产合理化之研究。

（戊）其他。

（六）战时教育之教师

一，战时教育之教师，已失去了它绝对的意义，不仅是教育者影响了、教育了被教育者；同时教育者也为被教育者所影响、所教育。

二，在不同的工作领域内相师相学。

三，但在相对的意义上，教师还是存在的。

一切工作干部都是战时教育的教师。

前进的知识分子，前进的大众，前进的儿童和技术专家——都是战时教育的教师。（提案执笔者王洞若）

生活教育社同时还提出有战时教育的具体办法一案（执笔者满力涛），对于大学或各种专门学校及研究院的办法如下：

a，设立一个战时专门教育委员会，按照战时的需要，看全国应有哪些最高的专门研究机关，然后再看各大学的特点，和特殊情况，将各大学改成各种专门研究所。性质相同的可以合并起来，性质相异的可以分开，多余的就裁撤掉，没有的立刻补设起来，大概现时极需的有如下的几种：

甲，机械工程研究所（附兵器研究所）；

乙，化学战争研究所（附防毒研究所）；

丙，战时经济研究所（附战时财政研究所）；

丁，粮食管理研究所；

戊，交通管理研究所；

已，电信研究所；

庚，军事政治研究所；

辛，航空研究所（附防空研究所）；

壬，医药研究所；

癸，其他。

b，使这些研究所和各该部门的工作组织，紧密地联在一起，全所的指导员和研究员，都要尽可能全体参加各该部门的实际工作。

c，各研究所应完全放弃旧日那种迂缓无用的课程，而以各该部门之紧急需要为课程。

d，各研究所除去专门的研究外，也应有经常的时事讨论，政治研究，其他必要的训练。

对于中小学校，他们以为应该全部停办，但为救这集团的分散后不易再聚集之故，拟加以彻底的改造：

a，全体师生皆停止一切平时的生活程序，而组织中学生救亡协会，儿童救亡协会，或各种战时服务团，以此等救亡生活为教育生活。

b，在此等组织中，成立自我教育指导委员会，依据一般救亡团体的方法，执行政治的、时事的、工作的自我教育。

c，组织战时普及教育服务团，或小先生服务团，推行民众教育，在教育民众的工作中，教育自己。

d，在一般的工作以外，更尽可能地注意到语文方面的进修，和各种基本常识的学习。

对于一般散漫的民众教育，办法如下：

a，由政府、救亡团体、教育团体切实合作，组织战时普及教育委员会，负责设计指导，同时动员大中小学生，及文化人组织战时普及教育服务团，深入民间进行教育活动。

b，活动方法，最好完全改变旧日的态度，注重民众组织工作。首先根据他们的日常生活，组织一般的互助团体为难民互助会、战时互助会、民众消防队、村镇里弄联合会之类，然后再渐渐把它转化为直接的抗战团体，在教育活动中进行这些组织，在这些组织中的生活中，进行普及教育工作。

（上列方案及办法各见《抵抗》三日刊第七、八号）

他们的方案和办法，究竟能不能被当局采取而见诸施行，当然是一问题，但战时教育的具体计划，总算也有了一个很粗的轮廓。虽则在课程与师资及编制方面，还很有可以讨论的余地，而接近战地的一般关心教育之士，所见者总大抵略同，关于战时应急教育的议论和实际，我就只抄录上举两文，作为代表，另外不更加以讨论。底下只想将关于复兴民族的新国民教育的内容，约略地来说几点。

由敌人的一意摧残轰毁我们的文化机关，和竭力逮捕惨杀我们的知识分子那两点看来，便知敌人想侵吞我国家，绝灭我种族，首务即在扫除我民族的文化，窒塞我民族的知识，而文化与知识的养源，谁也知道是在教育。战时教育的第二层意义，重心就在这里。

中国教育的革新，初期是在前清的末季，改书院废科举，把向来的教育内容及举士擢才的制度，改成了现代化。其后民国成立，国民革命成功，虽在教育的内容，与学校的编制上，有很多的改进；但对于根本的国民精神与国民意识，仍没有加以最大的注意。所谓国民者，系指在国家这一个集团之下，共同奋斗、努力、生存着的一员而言；离开了国家这一个集团，这分子就失去了目标，失去了意义，因而也不得生存——断无生存之理——。是以国民的理想，就在国家的形成，而使它巩固发展永续下去；没有了国家，当然也就没有了国民。因此，国民教育的任务，就集合在国家这一集团之下的一民族的共同思想，共同感想，与共同意志的养成。国民教育的基础第一当然是应置在这国家的集体思想，与民族的共通意识之上的。清朝是征服我们的异族，他们所施给我们的教育，自然不外乎培养我们的自私自利之心，削弱我们的团结力量，要我们失去了自觉而做一个驯服的奴隶。清朝养士施教，垂三百年，这一个教育中心思想，不幸到了民国，还仍保持着它的惰性的潜力；各自营私，不顾全体，只知有我，不知有国有同胞，就是这教育的成功。

所以在现时，或战后，我们要想施行复兴民族的新国民教育，第一就应该把这传统的奴性教育思想肃清，而把民族意识，国家观念，渐渐地或急速地扶植起来，才能有济。但在这里应注意的，就是国民教育中对于国家观念的唤起，与民族意识的加强，并不是狭义的军国主义的提倡。只知侵略他人的军国主义，或欺凌压迫弱小民族的资本帝国主义，是我们所绝端反对的洪水猛兽，也系包括在我们的国民教育纲要中的一项。可是民族意识加强，坚实的统一国家形成以后，本来是只欲用以自卫的国力，老有变成侵略倾向的可能；故而我们的国民教育中第二个核心，应该是国民道德的培养。在国家这一集团之下，国民全体，互相谅解，营共同的生活，对于一共同目标，协力前进，本系每一个国民的天职。但是在营共同生活的集团之中，要使共同生活健全发展，那个人的公德，第一就不得不使它尽量发挥。说到了公德两字，似乎颇有语病，易使人想起与私德的对立；不过我们在这里所说的，是包括国民道德的全体而讲，公私之界，颇不易分；总之是凡一近代国家的国民，若不守住这国民道德，没有这道德的基础时，他就丧失了国民的资格，就是法外人了。

国民道德的内容，包含得极广，就是上举的民族意识，国家观念，也可以说是国民道德抽象的内涵；若想具体地把它列举起来，我们最好是用了已成的熟语来加以说明。陈主席屡次训诫僚属及青年的立身处世三大警句，就是国民道德的实际条项，现在想把它们来借用一下。

第一，是公正。不偏之谓公，不倚之谓正，这二字字义的解释，看去似很平常，但内容却极其复杂。先就"公"字来讲，必须有辨别、认识的头脑，才能分得出公私，向光明的大道前进。一不小心，堕入了假公济私的魔障，你自以为在替天行道，但实际却与公字往往要背道而驰；所谓失之毫厘，差以千里，认识不清，毛病大抵总在几微之处。其次"正"是正义感的发露，社会有社会的正义，国家及国际间，有国家国际的正义。我们是一国民，同时也是社会人，世界人；处处有正义要我们严守厉行，大小之间，并没有矛盾，并没有偏倚的。侵略者的幻觉，就在这正义感的变形上面。我们是反对侵略的，所以我们对正义，尤不应曲解。

第二，是认真。系将上面公正的实际认清之后，移入力行时的一种毅力，亦即是帮助我们认识辨别的一种内在基础。因循，苟且，知而不行，行而不坚，或知而不足，不知而不求知，都是不认真的结果。

第三，是有勇气。勇者并不是蛮勇之谓；凡见义不为为非勇。欺凌弱小为非勇，贪图便宜，使乖取巧，自私自利皆为非勇，从这几点消极的方面来一看，我们也可以知道一个有勇气的大概是怎样了。侵略者恃其兵力，横施虐杀，究竟是勇不是勇呢？当然不是的。

所以国民意识的确立，与国民道德的发扬，应该是我们的战后新教育的两大础石。这基础的筑成，先要赖于国语的统一，与文字的普及（有意、德各国先例可证），其次是史地知识的广播，尤其是民族成长与民权伸缩的历史。

每一国民，先有了这教育基础之后，然后方可授以适应于共同生活之专门技能与知识，以期各人尽其社会的职分，使得各从事于最适当的活动而竭尽其所能。在这一方面，当然要以科学精神为根底。先养成尊重科学的风气为急务。至于体育的锻炼，应与其他教育机关能保持平衡，原为斯宾塞尔氏以来所公认的学说，就是智德体三育的并进，但在战时或战后的教育，往往有偏重体育的倾向，我以为在我们的新教育纲目中，对这一点还应该慎重。三育并进，原是应该，偏重身体的锻炼，而忽略了国民教育的基础，以及专门知识技能的培养，则我们的新兴国民，也难保不演出德日军国民所犯的一样的惨剧。

教育是创造文化的冶炉，天地生人，原始人是同天地山川草木一样的自然物。必须经过陶冶，加以训育，受过社会的同化作用，自家庭而学校，自学校而大社会，随时随地，接受他人及社会的影响，而亦同时影响于社会及他人，文化才有进步，对国家对社会才能尽其集体安全的连带职责。

战后的世界，面目当然要一变，战后的教育，趋势自然也不同。像罗素在《到和平之路》里所说的那种绝对和平主义者的教育主张，我们虽然也有一半赞同，可是那些迹近无抵抗的彻底非战论旨，我们却不能囫囵接受。他说我们应当把好斗的残酷，及愤怒等心理一概剔除，这是对的；但他说我们不应当存国防之心，这却难了。世界大同，消灭战祸，大家来努力创造文化，原是我们的理想。但在这理想未实现以前，我们还是要我们的国防。

十月二十日

文化界的散兵线

　　文化人在抗战期间，凡一国民所应做的事情，他都应该去做，如应征兵之召，输款纳物，担任搬运，救护伤兵之类。此外因为是文化人之故，知识较一般人为高，头脑亦比一般人有组织，所以还要担负起文化人特殊的任务。

　　第一，是宣传。国际的，可以去唤起正义，揭发兽行，联合世界的文化人来扑杀那疯犬，就是专以侵略为事的日本帝国主义者。这宣传，当然要包括日本的非战文化团体，及反战的日本民众在内。国内的，对无近代知识的广大民众，可告以战事的现状，国际的形势，抗战的方法步骤，以及将来的准备与出路。

　　第二，是组织。光是宣传，而不从事组织，是没有用处的，所以有了宣传和抗战方法之后，就要行动。上马杀贼，下马作露布，是一种；渗入到无论哪一层的无论哪一个团体里去，做这团体的脑细胞，如加入工会、农会、妇女抗敌会、学生救亡会、商民后援会，甚至乞儿总会、洋车夫联合会等等去做组织、推进的工作，又是一种。

　　第三，是广泛地带社会性的教育。不识字者，教他们识字，男女老幼，都可以。不必要正式的学校，规定的时间。写标语，画图画，大道讲演，说评话，扮装表现，领导或参加游行演剧等都是。

　　最后，才是弄笔杆，做文章，撰成万世不磨灭的作品。可以使顽者廉，懦者立，可以惊天地，泣鬼神，更可以将敌人凶暴的印象，永印在我民族的心里。可以防战后的团结心松懈及民族堕落现象的发生。亦可以昭示子孙以父祖的创业之艰难与困苦。总之，文化人可做的事情很多很多，要纵的横的都会、农村、向各处去进行，造成一种社会的推动力与后一代的潜势力。但是，最要紧的，还是文化人自身，先要谋各党各系各派的精诚的团结。

自大狂与幼稚病

自大狂，亦称自我狂。系野心过烈，神经中枢起特别变化，理智为物欲所蔽，人性受兽性支配时的一种病态。这种病，原始起于个人，以为自我大于一切，一切就是自我。譬如三千里外，有人因见狗打架而发一笑，这自我狂者，虽远在三千里外，就以为人在笑他。同样的症状，很多很多，于是嗔恚无时，心神不定，愈演愈进，终非变成嗜杀狂的那一种恶症不可。这一种个人，在某一社会。某一国家，或某一民族中，数目多的时候，则这社会，国家，或民族，也得渐由自大狂，而进至于嗜杀狂的末一段，因而自取灭亡。

自大狂的另一征候，是幼稚病。先由理智思想的幼稚起，渐而至于言语的幼稚，行动的幼稚，结果，也同样地，可以引个人或集团到嗜杀狂的境地。再进一步，即不杀人，也必至于自杀。

读者诸君，看了我这两种病态心理的分析之后，大约总也马上可以了解日本这一次侵略战争的原因在哪里了。因几个军阀的自大狂与幼稚病的推动，日本当局竟领导全国走入了歧途。世界各国，无一国不认日本为疯狂，而这疯狂的结果，无疑地必至于自杀。

我们要想抗战，要想制敌，第一得先克服这两种病态的萌芽。领袖曾再三的告诉我们，要镇静。又告诉我们，小胜勿骄，小败勿馁，最后胜利，必属于我。现在前线战事，虽小有不利之处，然决不足以动摇我们的自信。自信并非自大。战略上的一时移动与后退，决不是决定最后胜利的楔子，断不宜就抱悲观。悲观就是幼稚。我们要加强团结，我们也要奋斗到底。

读胡博士的演词

前昨两天,《民报》特载栏,录有胡适博士在美国向侨胞讲的演词一篇。前段所说的,中国已完成百分之百的统一,各党各派各系,从前是反抗中央的,现在各已精诚团结,在最高领袖指导之下,一致抗敌了。这话很对,新兴中国只单持这一点理由,我想就可以制胜而有余。但后段对日本的分析,胡博士未免太抱悲观。就是说日本的经济不至于崩溃,民众不至于起自坏作用的两点。日本经济制度的脆弱,国债数额之庞大,实为世界各国所绝无之现象。即在平时,人民已觉负担太重了,军阀财阀,每为此事而忧心,故有饮鸩止渴,此次大规模侵略的孤注政策之决行。在这一个危机之下,说日本的经济,于战后还可以榨出几十万万来,我却不信。日本历年所发的平时公债,大部分都压积在日本银行的金库里,日本公债的国际市场,早已没有顾主了。日本的经济学者,尚在惶惶然顾虑到恶性膨胀的结果,经济制度的必至于崩溃,而胡博士还在说日本战后经济之可靠,对这一点的分析,我却很抱有疑问。民众的动摇,是紧跟着经济制度而来的,不管你警察如何的严密,军队如何的凶暴,民众若一有不平,则日本人老说的"农民一揆"是必然地要起来的,但凭军力的压力,怕是弹压不住的。

除此两点之外,胡博士的演词,我也全部赞成,尤其是注重于自力更生,劝国人不要生依赖之心的那一段话,确为我民族在这时候所必有的决心。

抗战周年

以为三个月，可以全部灭尽中国的日本法西斯军阀，近来也似乎有了觉悟，开始唱起长期侵略的鸟调儿来了。自以为三个月也可以亡尽的我国恐日病患者，现在都已霍然去了旧疾，对于抗战必胜的信念，一日坚固一日，比开始抗战的当时，恰恰加强了三百六十五倍。这是目下的实际情形，这恐怕也要成为将来总决算时的两颗五位的算盘珠。保卫大武汉的决心，民众与士兵一样的铁定了下来，大家都在说："有力者只有在此时出力，有钱者情愿于不看见老头票的前夜，少数的将法币贡献给国家。"因为敌兵一到，就会要你出命！力与钱自然要比生命落一等，为保守扶养生命的东西之故，而愿意先把生命不加以秤衡的呆子，现在的中华民族里，恐怕只有寥寥的几个，它们的名字就叫做汉奸。

抗战周年纪念的日期，恰巧与保卫大武汉的运动，交叉在十字街头，生命的火上，就加足了瓦碎的玉树神油，敌机的推进机，恐怕都要升化成一道黑烟，而缭绕在扬子江的高空。警报过多了，就也不足为怪，不以为奇，因为一般民众的抗战决心，大部是由警报来唤起的。

黎明期近了，东亚的安定势力，不是虐杀，也不是乱炸，更不是奸淫与虏掠，恐怕是残留在每一个民族，每一个国家最下层民众心里的人道与正义这两个无形的集团军。

抗战周年纪念日于武汉

政治与军事

蒋委员长当年对共产党用兵的时候,曾经说过"三分军事,七分政治"的话,而德名将克劳粹昧知的名著《战争论》里,亦曾说过,"战争是政治的延长",一个国家的政治,假如真正是彻底澄清的话,当然,内乱也不会起,外侮也不敢入,战争是决不致于发生的。即使受到了侵略,防御自然有余,准备哪里会得不足?

现在,中国对日本法西斯军阀的侵略抗战,已经有一年了,虽则失地很多,而民众的敌忾心,反而加强,国家的统一业,因以告成;以失来偿得,的确也还偿得过。可是以战争而论,截至现在为止,我们该坦白地承认,并没有取得绝对的胜利。这原因,不在武器的不足,不在士兵的不勇,也不在国际助力的缺乏,根本问题,总还是在政治的不良。所以,我常常说,我们的军事上的失败,与其说在物质方面,还不如说在精神方面,来得适当,中国政治的不良,虽则积弊很深,但是贪污、不公、虚浮、腐败到绝顶的一段,当从国民政府分共以后算起,直到现在为止的一个时期。

从前的贪官污吏,私财积至百万,已经是为众所共弃,青史上最坏的人了;但是现在呢,且数一数中央的大吏,在外国银行的存款,在外国市场的投资,在外国通都大邑的产业,节节都是在几万万以上,他们并没有兴产业,他们也没有做商贾,这些钱究竟是哪里来的呢？上梁不正下梁歪，居上者既然贪污，下面的人自然再也没有一个廉洁的了。就是到了生死存亡的现在，将领中间，仍有克扣军饷的。办军需，造工事的，个个都挂羊头，卖狗肉，一攫而又至千金万金万万金。伤兵医院长，难民救济所长，吃慈善饭的善棍，也还是一个样子。县知事，科长科员，下而至于办事员书记，公家的钱，老百姓的钱，敲得着便敲，诈得到便诈。直到联保主任，有借派公债抽壮丁而发财的，也有因办公差，放款项而得利的。而谋利不怕血腥臭得最厉害的，尤其是散布在各地的各级党棍子。中央虽也有严惩贪污的明文，实际上也着实执行了几次枪决，可是窃钩者诛，窃国者侯，贪污只在五百元上下的，倒死得很多，而贪污到几百万以上的，非但毫不受影响，中央却还似乎是少他们不得的样子，左一个委员，右一个部长，总是非他们莫办然的。

　　官纪不正之后，自然是赏罚不明了。对国家民族，对抗战有功绩的人，膺中央的重赏者，原也不少，但是真正的专门人才，真正的想为国效命的忠良分子，大批都被摈而不用；当道的，负重任的，多半或是一党一派的私人，或是出卖狗皮膏药的贩子。明朝的亡，亡于东厂；现在虽则已没有了外戚宦官，但是这一种风气，又何尝与明末有点儿两样呢。抡擢人才，天下为公，取消小组织的命令，虽也尽管在发；可是小组织的活动依然，精诚团结的实效，一些也不曾得收。你排斥我，我排斥你，你也只想保存实力，我也只想扶持党羽，正义不伸，廉耻丧尽，貌合神离，利令智昏，滔滔者天下皆是。在南京是如此，到了武汉，也还难免这样，降而至于内地各处，只有得比从前更暗无天日了，在这种情形之下，在这一种政治积弊之下，你说我们的战事，会不会取得绝对胜利的呢！

　　至于前线的士兵哩，实在是可爱，实在为国家民族而牺牲，他们所得的，只是七折八扣的几元军饷，所吃的，只是几个铁样的馒头，日夜风餐雨沐，死守在壕沟里，以血肉之躯，而与敌人的精强炮火来拼，没有后悔，没有怨言。这一种士兵，假如被西欧任何一国训练运用起来，有不独霸天下者，请你们来割我的头，食我的肉。

其次，是我们的老百姓了。做工事，是他们，上面发下来的钱，他们是拿不到的；被征用，被抽调，也是他们，上面的精详周到的命令，他们是看不到的。平时不施以教育，这时更不施以训练与组织，——原因也因为了党派，——实在饥饿不过了，受了几毫钱与几粒米的恩惠，为敌人所利用之后，受杀头枪毙等极刑的，也就是他们，上面的告诫，宣传品，他们或者是看不到，或者是看不懂。

上面所说的种种，还只是过去我们政治不良的一端，其他具体的细事，当然更举不胜举，书不胜书。中央近来也彻底地在励精图治，想把这些积弊，一件件的纠正过来。自第三期抗战序幕揭开以来，军事上已经有了把握，此后就在这政治的澄清。大约不久的将来，我们总可以看到一个绝大的变革，把过去的贪污不惩，赏罚不明，虚名是务的种种弊政除去，而实施抗战建国的政治，最后胜利的枢纽，就在这里，我们对中央的拥护与期待，也就在这里。

至于敌人的国情，与国际的助力哩，我们在这里可以不必说。木不自腐，虫何由生？依赖他人，亦非上策。抗战必胜，建国必成的努力，只在于我们自己。

《晨星》、《文艺》征稿简约

一、本栏欢迎短小精悍的论文、随笔、小说与独幕剧等。

二、本栏来稿，恕不一一寄还，请投稿诸君预录副本，自存稿底，庶免错落失去。但篇幅较长或有特殊情形之稿件，请于来稿时附寄邮票，事前声明，不用时亦能代为寄返。

三、来稿经刊载后，当略具薄酬，于每月底结算，每月初支付，另有稿费单奉寄，到后请签名盖章，本埠投稿诸君，请向本报会计处，外埠请向本报代理处领取。

四、稿件用笔名时，请以真名实姓及通信地址告知编者，以便通信。

五、不愿受酬者，请于稿上注明。

六、译稿请附寄原书，当负责重为寄还。

希望于投稿诸君者！

　　《晨星》园地，承诸君不弃，得有今日；以后更想再进一步，得如来汉脱（Leigh Hunt）说诗时的主张，成一多样统一的美观；所以深望投稿诸君，于游记、随笔、速写、论文之外，多方面的去采取材料。如书评、人物论、报告、图画（木刻、照相等）等方面，都可以去试一试看。还有小说，无奈长稿太多，短小在几千字以内的独少，这一方面，亦希望努力一下，得产生出如法国人所谓的 Conte 出来。

《星洲日报》十周年纪念

宇宙间最大的两个疑问，一是时间，一是空间，从争夺殖民地的热烈，战争的频发，及马尔萨斯主义者的认真的各点看来，似乎是空间的疑问，已经被人类解决了一半了；可是南极北极的探险队，还在继续地努力，地球与火星的交通，还没有办到，而太阳系的各行星中，究竟有没有一处，同地球一样的这问题，还没有得到答案。空间依旧是无限，而且是不可知的。使人最感到不可捉摸，而无论哪一个在它面前，都不得不低头的，尤其是时间。有史以前，已经有了多少年月，到现在谁也不敢断言；在我们以后，更有多少时间的继续，也只有天知道。"天若有情天亦老"，恐怕结果，连天也管不了这个。况且人的一代，无论哪一个，究竟会到哪一年哪一月哪一日死，更其是没有人能够预定，除了决心犯自杀罪者之外，倘若有一个假定能真的实现的话，我们就假定有一天，人类在地球上完全绝灭了；试想在这一瞬间，时间是不是仍旧会和人类毫无关系地继续下去的？——写到了这里，我就想起了俄国伊凡·蒲宁所做的那一篇《新金山的绅士》——我们常常以"天长地久"这四个字来形容继续的长远；但是天地的久长，还是相对的，时间的久长，才是绝对的事实。

可是人类终竟是好胜的，亦是能自欺自慰的，对于这绝对不能征服的时间，也想出了一个法子来制服它，用以自相慰藉；这征服的方法，就是历数家羲和氏的日月岁时的制定。

割时间的一片，定以为年，分年成月，分月成日成时，这实在是古今来的一个最大的发明。

所以，《星洲日报》自创刊以来，到如今已经有十年的历史了；这十年，比起时间这概念的悠久来，原只短短的一瞬间，但由不知晦朔的朝菌，与不知春秋的蟪蛄来说，真是一段很长很久的历程无疑。至少至少，《星洲日报》在这十年里，已经征服了时间这一个怪物，使过去的十年，不同于以前的十年一样地无声而无臭。仅在这一点上，也很值得我们的纪念。更何况，南洋是文化水准很低的殖民地，而新闻事业却是文化事业中最有力的开路队；我们先不要从它的销路与报质这一方面来讲，只从在这一个环境之下，在这一个社会之中，居然能巍然独立，持续到十年以上的岁月，试问这一件事件，是不是更值得我们来纪念的。

维持到十年之久的这《星洲日报》，以后当然更要想法子使它长成发育起来，担负起抗敌建国的重大责任；罗马古城，不是一日之功能建得成，既然有了这磐石般的基础之后，上面自然要再加上以更坚固的建筑。这近乎理想的大建筑物的完成，当然还有待于木工石工雕匠的共同的努力。区区下走，不过是新近来参加的一名卑而又小的雕刻小工而已。

廿八年一月十三日

介绍《淹留百首》作者

　　顺德廖平子先生，少承家学，早著才名。清末痛心国事，游学东瀛，役□革命。归国后主广东《平民报》、《天声报》、香港《中国日报》、《真报》等报笔□，与潘达潡先生为至友。革命后功成□居，谢绝仕进，以书画自娱。潘先生□办广州花埭孤儿院时，延为该院讲师，间以蘋□笔，撰诗文投登粤港各报。所著有《村居百话》、《自怡室诗□》等□世。其诗恬□高迈，恰肖其人。兹因违□马交，特撰纪事诗《淹留百首》邮交本报发表，言中有物，可作广州失陷诗史读，阅者诸君幸祈留意。

送峇华机工回国服务

峇华机工回国服务团四十八人，于二月十六日到星洲，由廖团长率领，已于今日附轮回国，这真是要使我们感激涕零的一件壮举。这四十八位勇士，非但代表了华侨，证明了侨胞的出力出钱，在绝大牺牲下誓死争取民族的自由与独立；并且也代表了中华民族的正气，证明了我中华民族，是决不会做亡国贱奴的民族。

四十八位义士，年富力强，热情潮涌，北上疆场，当然是已经立下了牺牲到底的志愿；唯或因气候不同，风俗习惯互异，或因言语一时不通，致与同上前线奋斗的其他同胞，不能互传意志，像这些地方，都希望能预先看清，勿至因一时的懊恼，而灰其心。

长期抗战，以后必须继续下去，非达到侵略者完全退出我们的国土，退出我们的兄弟之邦，高丽半岛等地，决不罢休，像这次回国服务的专门人才，以后我们更希望大量地送出。故国在盼望她海外的儿女回来服务，犹大旱之望云霓。尤其是航空的将士，使用机械化兵器的部队，以及其他的机器技术人员。

四十八位义士，从此踏上回故国的船了。前途珍重，我们当于可能的最短时期内，来预备欢迎诸君奏凯回来的盛典！

星华茶业工友互助社开幕词

今天能参加茶业工友互助社的成立纪念开幕典礼，实不胜荣幸与欢喜，鄙人所欲向诸君贡献的，有两点意见，一，是加强我们的信念；二，是加强我们的团结。所谓信念者，就是建国必成，抗战必胜的信念。这应该举事实来说明。鄙人初由祖国来此，战线的前方都曾经去走过的，在表面上看，仿佛是我们失地很多，从东四省起，以及冀鲁苏晋皖浙各地，多有敌人的足迹，但实际去一走，则可以看到敌人所占据的，完全是几个在名义上的空城。实际上，则行政、游击、交通等的控制权，都在我们的手里，你只教去实地看一看，就知道敌人的后方，就是我们的前方，这句话的不虚。所以，有一位外国记者毛拉说，敌人所说的占领中国，实在是只等于几个游泳者占领了一个水池，游泳者因军器——即飞机大炮的多而且凶——优良之故，在池内原可以为所欲为，但他一游过后，后面的水就包围拢来了。这话实在很准确地说出了我们游击战的姿态，敌人想仅仅以一二百万的军队，来占领我们的土地，是万不可能的。况且，近代战争，于军器战、阵地战之外，重要的是经济战、外交战、全民实力战等。经济战，则我们有英美的后援，是大家所晓得的。外交战，则敌人早成孤立，英美法苏已在联合制敌一事，也是近来最明显的国际动态。至于全民实力战斗，则我有四万万五千万男女，已决心和敌人拼命，除游击区的富藏实力不算外，光就西南北的六七省来说，也足够抗战，至六七年而有余。我们的现状是如此，敌人的现状呢，外则，国际信用完全失坠，已无现款购买军火，内则未亡人多于在前线的军人，壮丁抽尽，民怨沸腾，内阁则三改四易，命令亦早发夕改，军费膨胀到老百姓穿不起皮鞋，军人厌战到集团自杀之风盛行，工业国一变而为全国制军需的野蛮国，输出品完全没有了。在这一个相对情形之下，你说我们的信念，是不是绝对可以加强的？这是一点。其次是加强我们的团结的一事，敌人的想破坏我们的统一，破坏我们的团结，所用的是两个毒计。一，是以华制华，弄出汉奸傀儡来杀我们自家人，我们且看他同时南北的发动两大汉奸，来主张和平一事，就可以知道。但是吴佩孚的一个通电，分明是敌人的假造，而汪精卫的一个通电，却已为我全国上下，及各友邦人士所唾弃了。敌人心劳日拙，欲破坏我们的团结，倒反而促进了我们的团结。二，是想破坏我们的金融，使人民对中央减少信心。但敌人所发的军用票，非但对外汇毫没有价值，就是在我们已沦陷的游击区里，也完全买不到东西。所以敌人的这两个破坏我们的统一，破坏我们的团结的计划，都已经完全失败了。反之，我们的团结，正因为敌人的百计破坏，而更加强了强度，这从今天的这一个茶业工友互助社的结成上来一看，即可以知道。诸君应该知道，团结就是力量。譬如，一粒沙，是没有什么用处的，但是结成了水门汀后，就可以造成这体育馆那么坚强的建筑，可以抵抗飞机大炮了。我们希望这团结能够日渐推广，日渐巩固，由马来亚而及祖国，甚而至于欧美的工友，先由小而大，再由各业的团结，进而结成一民族或主义的大团结，更希望明年周年纪念开会的日子，在这里将坐满各地的代表，鄙人可以再和诸君来说一年来抗战的成功与团结的力量。

文协近讯

最近接到全国文艺界抗敌协会的来信,并《抗战文艺》三十二号,三三、三四合刊号两册(系三卷八期,与九、十期合刊)。因系在重庆印的刊物,所以纸质极坏。《晨星》的今明两日,特将其中有价值之文字,转载两篇。《抗战文艺》,现已成为我国抗战期间有全国性、统一性的唯一刊物,在本埠的推销,正在与各书店接洽中。

此外,则文协已于四月五日举行投票改选理事,决定由在渝的百七八十位会员中,举出三十人,另由散居成都、昆明、贵阳、桂林、襄樊、嘉定、香港、陕西、上海、福建、广东、湖南、南洋、新疆等地之会员中,选举十五人,共举四十五人为二届理事。

其余情报,当待下次接信后,再来报告。

福建的防卫问题

前些日子，报上曾传有敌军拟大规模南侵，将泉、漳、潮、汕等处，一律蹂躏的消息。但是从敌人目下的处境看来，我们以为这事是万不可能的。第一，因为敌军的人数给养不敷，第二，因为这些于作战上并不重要的平常地带，在这时占领了去，无异于对游击队送些抗战的礼物，对老百姓加重些切齿的痛恨，给地痞流氓以及恶军人做一批小小的房掠生意，此外，则一点儿作战的意思也没有。

所以，我敢断定，敌人是不会上这一个再深陷几尺泥足的当的。

至于我们福建的防卫呢？海岸当然没有很多坚固的炮垒，海上也没有堪战的船只；但沿海一带，却有一条血肉的长城，那就是在当地生长着的壮丁队，敌人若只在海上开炮，壮丁们当然是无可奈何，但敌人倘若一行登陆呢，则岸离千米达之后，恐怕就是倭坟的灰骨坑了，沿海一带的渔民，以及半农半商的壮丁们，战斗力有时候比正规军还大些，并且数目也非常之多。尤其是闽南的热血青年，从前是勇于械斗者，现在是已被训练得急于公战了；闽南一带，究竟是出黄漳浦、郑延平的地方，忠义之气，延到现在也还没有绝迹。

福建离海岸一百里之西北西南及正西部呢，敌人就是坐了飞机，也不容易去得；山上复有山，水旁又有水，施行起游击战来，先就闽西一带来说,至少也要牵制住敌人十万的大军,每日平均待补额(即牺牲数)恐将非三千人内外不可。此外则因恶性疟疾及住(地)血吸虫等地方病之故,敌人若想驻在那里的话,则一天也可以要他们付十分之一二的经常代价。

至于我们的设防呢,是早就照发动游击战时能应用地那配备好的。壮丁训练,已经有二百万人了,他们对于乡土的观念,特别的深,对于生死的顾虑,特别的少。当沪上"八一三"战争发生时,大场的一次反攻,倭军死了二千,带领的,就是没有经过训练的八闽健儿,是属于卢兴荣部下的。这一师人,现在已经完全为国而牺牲了。

所以,对于福建的防卫问题,我以为在军事上,是不大成问题的。关系较大的,倒是在持久抗战期中,人民的生产,和产品的出口及运输等问题。福建现在的海口,还有泉州、福州、及三都澳,与鼓浪屿等处,但万一都被敌人封锁以后,至少要用帆船在各岸载货出口了。而陆路呢,只有出汕头的一条,但泉、漳倘有事,则潮、汕当然也要吃紧的。往北去,是出浙江的温州,宁波,往西,当然是直通内地,也可以衔接桂林、昆明。在这一个运输不便的交通系统之下,最困难的,是木材、茶叶、果实等大宗货品的输出。

米,只够自给,再加上一些杂粮,一千二百万人的食粮也就有了;盐是沿海一带,随地都有的,所以对于输入,倒还不成问题,重要的却是输出问题。

我们这一次抗战,是要坚持到底的,说不定要十年五年地支持过去。两国的胜负,是取决在谁能持久;所以,要讲到福建的防卫,我以为生产方面,比军事方面,更为重要。

现在,省府对于公路的开辟,水陆交通工具的改良,已经不遗(余)力地在做了;所缺少的,却是资金的流入,小工业(如纤维工业及稍为近代化一点的垦殖牧畜业等）的提倡。

闽西南及西北，有的是空地、森林。只教有三五千元的小资本，及一家五六人的工作者去开垦移住，渐渐成一移民区的话，将来的希望，是无穷的。赣东及闽西的可耕植之处，若联合开发起来，至少在农业上的产量，可以抵得过比利时的一倍，意大利的十分之八。

现在省政府已在立法，保护侨民回去投资，亦希望南洋的工人阶级中之稍有资本、而在失业中之人，组织团体，回去开垦。

中央筹赈会亦在去年年底，拨了二百万元救济难民的基金，预备专作小额贷款及办理移民垦殖之用；我以为这一方面的深谋远虑，与周到的计划，在我们长期抗战的局面下，倒比军事方面的防卫，还要关系重大些。

日本的议会政治

日本议会政治的崩溃，换句话说，也就是日本宪政的没落，与法治精神的完全的绝灭，当然是兆始在三年前（一九三六）的"二二六"叛逆事件的出现，完成在这一次侵华战争的发动。

中国在闭关自守的古代，尚且有一句话，叫作天下以马上得之，但不能以马上治之。这就是说，军事并不是人世社会的一切，这也是说军事不过是为达到一个理想，实现一个目的的暂时手段的一种。以拿破仑战术理论著名的卡尔克劳粹维梓，在他那本名著《战争论》头上也决定的在说，战争不过是政治的延长，人类在这世上经营努力的结果和理想的实现，必然地须由于政治，而不是由于军事的。人的一生，社会的各处，若只是战争的话，那不能执武器，不能辨黑白的婴孩，就不会长成大人了。从这一点极普通的常识来想，就可以明白人类是决不为了杀戮与战争而出生，社会也决不只因战争而存在，或可以成立的。

所以，蒋委员长说，政治重于军事；人类的所以能进步，国家的所以能富强，社会的所以能安定，根本就都在于政治。政治的上不上轨道，便是决定一国家、一民族，或一人类集团的能不能存在的指南针。

日本的明治天皇，唯其是看到了这一点，所以千方百计，才奠下了宪政的基础。他首先就取消了利欲熏心的军阀的特权，其次，便限制了武士阶级的横行，再其次又规定了人民上下全体的权利与义务。执有武器的个人或阶级不能任一已之私，而妄作妄为之后，集团的安宁，才保得住，社会的共同利益，才有发展的可能。少数人应该牺牲他们超出限度外的欲望，而尊重他人的自由；在最大多数人的最大幸福之前，一己或一小集团的私欲，是完全应该绝灭的！这便是法治的精神，这也就是日本宪政的要谛，与日本议会政治的由来。日本亦正唯其坚实施行了这宪政之后，才足以致国内的富强，才有和中国与俄国两次战争的胜利。这真理是日本国民差不多每一个人都明白了解的常识；但这常识，现在却被极少数的军阀完全以刀剑枪炮的威胁，包掩蒙蔽下去了。

被视为日本宪政唯一础石的议会，尤其在这一次，第七十四回所谓兴亚议会开会的期中，我们很彻底地已看到了日本议会完全的破产，与日本宪政的凄惨的临终。日本已经不是一个法治国家了。在这样的国家里，自然用不着议会，更加也谈不到政治。

一百万万元以上的军费以及其他的本预算追加预算案，是不许议员质问而定要通过的，根本召开议会，提出议案这一举动，就是多事。

国民精神总动员案，虽则已经宣布实行得很久很久了；但日本国民却根本就不知道什么是精神，应该怎么样的动员。还有所谓东亚新秩序的瞎说，结局就只有这五个大字，至于内容、限度、建设方法等等，非但议员们不知道，日本国民完全不晓得，就连在口头上说惯的阁员们自身，也摸不着一丝一毫的头脑。

内政改革案，已成了无期的延期，国民再组织案——近卫内阁所提倡的——简直是为大家所忘掉了。

由这次平沼内阁所造成的提案中最切实的两件议案，就是所谓物资动员计划，以及生产扩充四年计划的两案，内容也不过是加强了强夺民间的一切物资和限制其他一切产业，统使归并到军需工业去的一个变相的法令。

说到外交，只空空提了一提"道义外交"的一块金字招牌，说到大政的方向，更只是些"万民辅翼"、"总亲和总协力"（日本的全体主义，并不与西洋的相同）等空洞的名词。为政者以这些话来搪塞民众，而民众代表的议员们，也只轻轻以一笑了之，上下相欺相蔽，便完成了这日本目下的万民辅翼的政治全体。

尤其可笑的，是从前代表工农，站在马克思主义的立场，反对军阀，反对帝国主义侵略的无产社会大众党，现在竟想与高标法西斯主义的东方会合成一个新党。社大党的三十几位议员们，竟把人民生活的高涨，恶性通货的膨胀，工资的低减，租税的激增，集会结社言论等自由的毫无等问题，完全转换成了全体主义军国的造成。

至于对中国侵略战的善后处置呢？议员们也不敢问，阁员们也不敢答。全体上下，只在看军阀们的醉狂的兴致的如何。只有一点，却是由海陆两军部的代表说出了，就是汪精卫即使上台做了傀儡，万事听从日本的指使以后，华中华南的日本军队，也是决不撤退的。

所以，日本的宪政，日本的议会政治，现在已经完全崩溃了；以后就只是军阀摄政，关白或幕府制的复活，万一事机不巧，军阀要自起内讧，则擅行废立，划分南北朝的历史旧剧，也许会得重演一次。近来报上，已频传着日皇将亲政的消息，举一反三，从这些地方看来，或可以知道一点日本政治内幕的实情。

日本的赌博

《日本的泥足》著者弗来大·优脱莱女士，在她那本新著《日本在中国的孤注一掷》里（第一章末节，二十一页）曾经说起，日本在中国的赌博，争点有三。一，是不用大规模的战争而夺取华北。二，是预计南京陷后，国民党中的卖国分子，会投降日本，来做傀儡政府的首领。三，是英美两大国，不会用经济绝交的方法来阻止日本的侵略。

当去年五月，优脱莱女士在写这书的时候，她断定地说，一二两着，日本是输了；因为我们大规模地揭起了抗战之旗，而南京陷后，国民党中的卖国分子，也不敢公然出来主张投降。

事至最近，局面似乎一变；叛国分子，已经公然出来主和了，但可惜是迟了一年，这一输着，仍旧要连输下去。

至于第三着呢？我们对罗斯福总统，与赫尔国务卿的正义呼声，当然是有耳共闻，美国早已不供给侵略者以轰炸不设防城市的飞机了；英国的助华态度，更加显明，当然结果，是会走上联合经济制寇这一条路上去的。

优脱莱女士，在去年五月，就说日本是必败无疑，但当时还说第三着赌博日本还得到了相当的成功。现在则可以断定三着连输，泥足不拔，日寇的末日，当然是就在指顾之间。

文字闲谈

手民之误

唐诗小杜，"秋尽江南草未凋"句，有人说原本系作"草木凋"，木改成未，是手民之误，当时没有手民，当然是木刻师之误，这一误，却误得很有意思。

可是有些时候，却误不得半字，譬如江瑶柱之误作江淫柱，吴稚晖之误成吴雌浑之类。

手民之误，在外国也常有，最近还看到一则德国趣闻，只有晓德文的能够了解，原来德人称希特勒作领袖，原文读若"特儿·否（优）勒"。特儿是冠词，否（优）勒是领导者的意思，而手民误将冠词与名词排在一道，且误"提"作"推"，于是"特儿·否（优）勒"便变作"勿儿·否（优）勒"，领袖就变作为诱拐者了。

说这些废话的原因，是为了有几个在我所写的文字中的错字，须订正的缘故。

第一，唐李德裕的那一首有名的诗，末一句是"月中清露点朝衣"，这点字实在奇□不过，而前些日子引用的时候，却被手民误排作了□字。

第二，在本期的《青年月刊》上，我有二十八字的一首打油诗，系赠给郭氏两姐弟的，原文为：

椰园人似月中仙，秋菊春兰各自妍。
南国重赓邦媛志，林宗林下记双贤。

"邦媛"用的是《诗经·鄘风》的成句，"君子偕老，邦之媛也"，却被手民误作了"郑媛"，郑与邦虽只差半字，但郑卫之音，却非正始之音，所以不得不辩。

《永乐大典》

大家都知道，《四库全书》，是由《永乐大典》的残本中□缀成功的典籍，但《永乐大典》的编□方法，就有点奇特。譬如说一个"天"字吧，将与"天"字有关的种种典故，物类，都抄进去，倒也未始不可。最难得的是，譬如"天章阁"三字之下，就把天章阁的一部藏书目录，也全抄了进去。"天随子"三字之下，则将陆龟蒙的全集，全抄进去的一点。

《永乐大典》的黄面大本，我只在外国博物馆及北平京师图书馆里看到过五六册原本，但这一种为择一字，而不惜抄入几十万或几百字的编□方法，觉得真是古今中外，决无其偶的创举。

抗战中的教育

教育，谁也晓得是抗战建国中最重要的一个政治设施。革命在革心，民族复兴，就要靠民族能一代一代的有进步，这些都是一般常说的话。而抗战以后，无论对于民众，对于军队，甚至于对于俘虏，各军事当局，就地的知识分子，以及当时当地的其他各当局者，都在竭尽全力，施以启发或坚持的教育。像这些从前并不是从事于教育，现在也并不是专负国家指定的教育责任的人，都看到了教育的重要，各在负起重任来苦干了，这当然是一种很好的现象，也就是我们抗战所以能支持过去，最后胜利所以必能得到的一种事实证明。但可痛心的，却是抗战以前，就负了教育专责，抗战以后，也仍在吃教育饭的那些名闻全国的教育专家，以及全国上下的各教育行政长官，还是不知人间有羞耻悲惨事，而只在无功而受禄。

先从大学来说吧！我国国立大学，在抗战之前，已经有二十余所了，分配地点，大半是在沿海一带，以及故都的北平，首都的南京，通商口岸的上海、天津、青岛等处。

自从这次抗战事起之后，当时的大学当局，事前既没有周密的准备，事后也只迁移了几个办事的人，和一些光身的教授们，到西北西南的内地去。大学的名目虽则仍旧存在，办事员教职员们，虽则也仍在支薪领俸，可是仪器、工厂、图书，却多没有了。不但这些教育工具完全没有了，有些大学，简直连学生也没有了，可是像这样的大学，国家也仍在支出经费，维持他们的名目。

最可笑的，是几个大学，同时迁到了一地，于是，就变成了联合大学。几个校长，就联合起来组成了校长团或委员会，同一科目的教授们也同样地组成了教授团或委员会。假如说，有三个大学吧，每一个大学，教职员本来有二百人的话，于是组成联合大学之后，教职员就有六百人了。可是学生呢，联合起来，恐怕还不到六十个。

而这每个大学的经费和场面呢，却是和战前一样地在支出，在安排的。

至于已沦陷，或半沦陷的省份呢？教育经费，当然也同样地为省库支出的一大宗。可是小学呢？是由治安维持会的汉奸们在主持了。中学呢，就在省府迁移所在地的乡村里挂上一块招牌而已。学生的有无，功课的授否，教职员的如何？大抵是外间人所不易晓得的。

本来是教育比较进步的江浙两省，情形就是如此，其他的直鲁豫皖等地，当然也可想而知了。

我们试想想，在这一种教育行政，和教育制度之下，来应付目下生死存亡的紧急局面，哪里能够赶得上军事迈进的步骤？

过去中国之衰，原因虽有种种，但教育的不振，当然是主要的基因之一，而现在抗战已到了将近两年，军事的进步，一日千里，敌我的比较，死伤人数，不打折扣的话，照现在的统计算来，是敌死三而我死一，可是政治的澄清，尤其是教育界痼疾的革除，还是没有起色。这当然是以后大可注意的一个问题。

近来，因为侨胞的教育问题，常常有人谈起，故而联想到了在抗战中的我国的教育。

从祖国来的人们，大家都在说，抗战建国的军事，我们已经有把握了。但是，政治总还没有进步到配合得上军事的地步。对于教育，我尤其有这样的感想。

祝教师们的奋斗

今天是教师节,中华各处的教师,所最感苦痛的,是在哪些地方?要减少苦痛,应该如何的奋斗?这些,我想教师们本身,当然要比我们认识得清楚,所以用不着我们来饶舌。我们在这里所希望的,第一,就是想祝教师们奋斗的成功;第二,是祝教师们于成功之后,更要奋发勉励,为国献身。

祖国抗战,将近两周年了,不达最后胜利的目的,抗战决不会终止。所以,以后再继续几年战争,是谁也不敢预说的。在目前,我们第一,还须坚苦卓绝,尽全力以期最后胜利的早日到来。这虽是在这时候的每一个中华国民所应尽的职责,但是教师们却是知识分子中的领导者,是世上的光,是世上的盐,所以在启发和鼓吹的一方面说来,教师们却同平常的人不同。他们可以通过了学生的媒介,而风掩到各中层的家族中去的。

其次,是抗战胜利之后的建设的责任。这一步工作,恐怕比抗战还更为艰苦,更为重要。文化、实业、道德、政治,以及其他的一切,在抗战胜利之后,都非要重新从头建设起不可。在抗战期间所借的外债要还,所被破坏的工商业要兼程赶进,文化事业、国防事业,以及一切的一切,都要加以彻底的整理与创始;而担任这些重要工作的人才,现在,就都刚寄托在各位教师们的手里。这一个重任,恐怕比起现在负军事全责的我们的领袖,还更要重大到好几百倍!

敬爱的教师们！被拿破仑蹂躏后的德国复兴，全赖费希德所提倡的国民教育的普及！而我们的这一次的被蹂躏，比德意志当时，还更凶惨。这创痍的修复，与现代国家的建设，我们就只在盼望各位教师们的能为我们造出一代新人才来担负起这种亚脱拉斯的重负。

"八一三"淞沪抗战的意义

淞沪一带,当然不是大决战的战场,尤其是在海军大炮射程之内的一带地方。

可是这一次我国抗战中的一段序幕,接芦沟桥"七七"而起的"八一三"的沪战,它的意义,却非常重大。

第一,上海是中外人士集中的地方,在上海附近的一举一动,完全是同在巴黎、伦敦、纽约,或柏林、罗马附近的一举一动一样,最容易唤起全世界的视听。

第二,沪战发生后,我们才展开了全面抗战的阵容,并且已显示了我中央抗战到底的决心,敌人的在虹桥机场挑战的轻举妄动,实在就是它今日欲进不可,欲罢不能的泥足的第一步。

第三,因沪战的发动,敌人的蚕食诡计,事件地方化的阴谋,才被我们粉碎。

第四,敌人陆军的无力,作战的拙劣,经沪战的证明,纸老虎才被揭穿。它的增援军队的来得不适当,即在飞机大炮(海陆空合作的)等优良武器掩护之下,死亡率之高,仍远超出了我们的预想之外。

敌人此次的冒险深入,师老无功,若以拿破仑的墨斯哥失败来作比的话,那淞沪的一役,和拿破仑飞渡尼门河后,在斯墨伦斯哥的一场苦战,是完全情形一样的。

我们的所以要纪念"八一三"的沪战,为的就是上举的诸种原因。我相信一年半载之后,我们定可以在淞沪的失地里,重建起巍峨雄壮的战胜纪念碑来。

"八一三"抗战两周年纪念

关于"八一三"抗战的意义,已在《总汇新报》的《世纪风》里写过一点了,再来重复一遍的话,是:

一,因"八一三"的抗战,而耸动了全世界的视听。

二,因"八一三"的抗战,而展开了我全面抗战的阵容。

三,因"八一三"的抗战,而证明了敌军的脆弱,我军的刚强。

四,因"八一三"的抗战,而坚定了我抗战到底的决心。

凡此种种,都是使我们不得不纪念"八一三"这一个日子的理由。可是抗战正在好转,胜利也在目前的此刻,我们应把只纪念某一个日子的决心,移换作日日纪念,刻刻纪念,如吴王夫差之使人立门侧,每逢出入时唤发复仇的警告一样。

所以,"八一三"的到来,只有增加一层我们日日铭刻在心的预备复仇的决意和实践而已。

回想起两年前的此日,笔者正在上海;空气虽则极度紧张,大家还以为敌人决不敢冒此大险,而进攻淞沪。因为敌国政府的计划,是在竭力想把卢沟桥的事件地方化,而实现它的逐步蚕食的野心。

但是,敌政府无法统制军部,敌军部又无法统制驻在中国的敌少壮军人(所谓出先军部);所以,步步深入,致陷成了目下的这一个小蛇吞象,吞吐不得的苦境。

在我们这一方面呢，原是早已觉悟到要拼一下命的。因为蚕食之祸，其来也渐，被它局部吞食，必至万劫不复，非演成国亡种灭的慢性毁灭不止。

果然，"八一三"的沪战爆发了，这淞沪一隅的几个月抵抗，我曾经把它比作俄军对拿破仑的在斯墨伦斯哥的那一次苦战。徐州的会战，当是拉·墨斯哥伐的一役了。现在敌军虽已占领了我们的南京、武汉，同拿破仑的占领莫斯科一样。可是拿破仑还有自知之明，还知道自行退出，而顽固不灵的敌军，恐怕要全变成了骨灰之后，才能够退还岛国。

抗战两年又一月，敌我的情形，无论在军事上、政治上、经济上、国际上，已形成与战前相反的地位。万一敌竟加入德意军事同盟，而促成苏联、美国、英法在远东的大联合时，倭寇的覆灭，我们的胜利，将更来得迅捷。欧洲大战，虽是敌人最在希望的事情，但希特勒，墨索里尼，却不会像敌军阀那么的没有远见，没有自知之明。

所谓八九月的世界大战争勃发的危机，已因波兰的强硬，和法英苏三国的同盟而和缓了下来。欧局一靖，远东问题，就将在敌经济崩溃的一原因下，彻底的被清算。

我们原不存依赖友邦助我之心，但友邦为自己的权益的被侵，却自然不得不起来予打击者以打击。

法币的跌价作战，我们已粉碎了敌人夺我外汇之毒计，傀儡的将次登场，亦只是敌计无所出的穷余下策而已。大约明年的八月十三，我们已可以在沪战的废地上筑起伟大的纪念碑来了。我们只须再努一下力，再抗一年战，以后就是胜利的日子。

廿八年八月十一日

孔夫子博览会开幕词

今天孔夫子博览会在这里举行开□□□，我们第一点要声明的，绝不是提倡复古。我们只觉得我们中国的文化，在海外的宣传工作，还做得不够，很有使人家知道知道所谓中国文化，究竟有些什么东西的必要。说到中国文化，那么自然要把对这文化的最大影响者举出来做个例子，孔夫子所给予我们中国文化的□□，是很大很大的这一句话，想来是谁也不会否认的吧。那么我们要想认识中国的文化，就也有研究研究一下孔子的必要。

孔夫子是□之□者也，使他老夫子而生在今日的话，我想他的抗战到底，联合民主国家，反对侵略的主张，决不会和我们有丝毫的出入。至于因孔子的教条，而发生了许多封建械梏的惨酷的事实，那并不是孔子之罪，而是曲解孔子的许多□□伪道学家的责任。

食古不化，以古而非今的人，大抵是别有作用的人，每当外族入主中国之后，假借孔子的学说来收服人心，或者有些君主，利用了孔子来实行专制愚民的，都因□孔子的□学□，□理论，没有被一般人认识的缘故。

现在当这博览会开幕之际，我们特请教育界前辈林文庆博士来主持典礼，就因为林博士是真正的儒者，是我们所尊敬的通才硕士，有学问而□有道□的典□。现在时间不早，就请林博士来剪彩。

今年的双十节

每一个国庆纪念日，都值得我们来庆祝，年年总有该庆祝的一个特别理由，但是今年，却来得最为充分。

第一，因为今年的国庆纪念日，是抗战开始后的第三次的国庆日，也就是我们的最后胜利将次到来的第一个国庆日。

第二，每年到了这一个纪念日，我们都不得不追忆从前开国时，诸革命先烈创业的艰难；所以，在今年，我们更不得不特别的淬厉奋发，加强团结，集中意志与力量，来发扬光大我们开国诸先烈手创的国家，早日完成我们全民族抗战建国的大业。

第三，在欧战开始，敌人与苏联暂定边衅的此刻，我竟能以半月的守御，歼灭敌人抽调过来的精锐之师三个师团，使易攻难守的长沙城，仍安如磐石。这就是敌军总崩溃的前奏，也就是我们新练的雄师，川滇黔诸省的健儿小献身手的开端。我早已说过，两湖将为敌人的最后坟墓，鄂西、湘南的诸沼泽和山区地带，是我们最后歼灭敌军的天定地域，这话，现在已经露了一个应验的征兆；单就这一点来说，就是单从长沙外围战的大捷来说，今年的国庆纪念日，也完全和过去的二十七个国庆纪念日不同，是该由我们来大大地庆祝的。

有此三个理由，我们在今年的纪念日，真觉得前途希望无穷，这国庆日便是"柳暗花明又一村"的转扭处。

回头再来一估计敌人的种种失策，我们就更可以预卜着半年之内，前线将更有惊人的捷报传来，至少至少，在今年的年底，我们可以把敌人驱逐出扬子江的北岸。这话，有什么根据呢？请先从天时来说，河北的大水灾，就是敌人梦想以华制华，以战养战的一个大打击。河北平原的棉花、大豆，以及长芦的盐田，山西及北平附近的煤铁，在平时已经不能如敌人理想那么地有丰富的收获的，今年自然更加没有希望了。并且一入秋季，塞北就会下雪，冀南也将寒冷到使戍军不能守住夜岗的地步。这时候，正是我游击队活跃的时候，在山西，在河北，我们在这一两月之内，一定可以使敌军多加几万无言凯旋的灰骨。

再从地理来说，鄂西一带，敌人总攻了无数次，损失了将近十余万的人马，到现在还是依然不动；西不能渡汉水，南不能得潜江；入秋水浅，敌人对洞庭的青草，对下峡的急湍，将更计无所出。而一鼓下长沙，绕常德而袭沙市，入衡阳而夺桂林的迷梦，不消说，早已被我们的守军，粉碎得片甲无存，所以，今后的抗战地势，除山陕的山岳地带，早已证明敌骑的不能寸步伸展外，就是在两湖，在河南，在赣西北，都是于我有利的。

三，讲人和。敌人正在苦心经营的一个最后计划，就是由汪逆出来组织的伪中央。以此傀儡政府为中心，它此后的政治进攻，经济进攻，就可以不劳而获，欺骗得我国沦陷区的民众，欺骗得在东亚有利权关系的各与国了。可是傀儡争权，唯利自视；华北王傀儡，和南京梁傀儡，绝对不愿和汪傀儡合作，来组织一卖国股份傀儡大公司；所以，汪逆能否登场，还是一个问题；即使袍笏登场，扮演了加官晋爵的第一出傀儡戏后，其后马上就会因傀儡的互轧而塌台，是谁都料得到的。这就是第一使敌人的以华制华诡计不得售的病根。其次，则敌人的兵众，到了这侵略第三年的时期，实在是厌战惧战，已经到了极点了。这从这次长沙的守御战中，就可以看得出来。兵器是敌人的好，大炮、飞机、战车、战舰的配合，是他们的来得齐全；运输工具，又是他们的来得迅捷，何以敌人这次对长沙这一块地的总攻，还会得失败的呢？是他们的兵众，无斗志了，中上级的将校，又不时在起冲突，最后，就连担任侵略中国统帅的西尾请到了，也终于没有办法。

所以，从这种种方面来说，我们已经是操到了胜利的左券；此外，只教国际方面，如美国的海上的活动，和苏俄的远东的大操，再加上一点颜色，对敌人表示一下态度，则侵略者就可听到四面的楚歌声，兵败如山倒。内部的裂痕，和外部的崩溃，不难同时出现的。

我们在今年的国庆纪念日，应该特别庆祝的理由，就此也可以明白了。可是，庆祝的方法，我们也不得不和往年不同地来变一变，就是更要尽我们出钱出力的责任，更要巩固我们的团结，更要坚强我们的信心，更要协力起来肃清国内外的汉奸们！

我国语言文字

　　余与张明慈先生相识已十余年，自余莅星后，彼屡邀余至学院演讲，因工作与时间关系，不克如愿，今夜乃得来此讲演，殊深欢慰。吾今所欲讲者，即我国之语言与文字是也。吾国文字虽然相同，而语言则各异，各省有各省语言，各地有各地语言。即以福建而论，每县以至每一乡村之语言，亦有不同。我国同胞，因所受教育较低，故不能人人了解国音，所以甲省军阀与乙省军阀以前为争权利，因起战争，以致造成闽帮、粤帮及其他帮派，故欲强国，必先废除帮派。

　　前年余应东京学校及社团演讲时，曾由日赴台湾，彼处有一帝大分校。吾闻台人所讲者乃闽南语，其风俗习惯与吾国中相似。台湾灭亡之初，其儿童尚许读《三字经》、《千字文》等，及余至台湾时，已禁令儿童读汉文矣，可不悲哉！不特不令其不可读汉文，反道令其读写日文。至于言论，亦大被束缚，偶有喜庆事，仅能讲几句平常语而已。如请人讲评话，须至更深夜静，万籁无声之时关门低讲，旁人欲听者，则须窃听。如有三、二人同行谈笑之际，则必突来其他一人（警察）随其后，如听其语略带政治意味者，即将其人逮捕，使之饱尝铁窗风味。似此言论不自由，生活不自由，则生不如死，足见亡国之惨也。余在台湾时，台人来会晤余如见家人，感情甚为欢洽，余亦曾往听其"评话"，彼等泣，余亦随之而洒同情之泪。

吾国文字优美，即世界各国亦无与伦比。论其形则象形，如凸则山字之象形也；至其音韵，亦较西洋诗歌为活动。日本文化袭自我国，其文字一半为汉文，一半则由汉文中变化而来。以前倭曾有废除汉字之议，而欲以罗马字代替，然终难实现。余曾谓彼帮著名学者，日本欲废汉文，即废其根本，盖彼实源于我也，且以罗马字代替，更为困难。彼等亦承认余言之不谬。

　　吾国语言文字均极美妙，诸君如能熟习，则知诗歌文词，其味无穷，运用之妙，在乎其人。如能将吾言而远为传播之，则更善矣！

关于宪政

上星期日，因为大家得空，有六七位朋友，聚合在一起，作了一次关于宪政问题座谈。对于这一问题，国内的新闻杂志上，当然已议论得详详尽尽，就是在星洲，我们的新年特刊里，也已经收罗了各位立场不同的代表者的文章。宪政的必须实施，实施宪政的有助于抗战建国，以及何为宪政，现今世界上有几种典型的宪政等，现在实在是可以不必赘说了；因为人家早已订成了书，制成了有系统、有意义的文件，堆叠在我们的面前；我们只教有心思，有趣味去翻读一下，就可以原原本本地得到全部的知识和判断。

所以，我们所谈的重要之点，不外乎底下的两项，第一，立法是纸上文章，是容易求其完美的，就譬如国际间和平合作条约的签订。重要的，是在这完美的法令的实施；遵法者能不能照条文去遵守，执法者能不能照条文去执行。过去中国的每一次的选举，何尝没有很完美的选举法令？然而选出来的代表怎样呢？大抵总是以贿选或欺骗威胁等手段得来的居多。

就譬如说敌国吧，名义上居然也是一个立宪的国家，关于财政预算，人民负担，以及外交军事诸大政，是非由议会批准，不能决定的；可是事实上又怎么样？议会对于军阀们提出的议案，敢不照样通过么？

故而，我们对于这一次宪政的施行，是在望其真正的实施。

对于人民的自由、平等，以及各党派在政治上的自由、平等，都能真正照法定的条文般能够实现。空头支票，或者发了支票而又加以涂改，及打折扣的宪政，在我们是以为大可不必的。再进一步，万一宪法公布施行了，而实际上仍不能实现时，那当用什么方法来制止？这是重要的一点。

其次，是关于马来亚华侨，和宪政的问题。譬如国民代表大会中由马华侨胞所公选的代表数目，是不是足够代表全马华的侨众大多数的利益的？人数问题是一项。此外，则这些代表的产生方法，是不是尽善尽美，足以完全代表各阶层及大多数的侨众的意思的？代表产出问题，又是一项。

总括那一次座谈的结果，除必然的话，及大家已经明了的一般的话不说外，我以为重要之点，也不外乎上述的两项。

方法原是很多，但欲求一果能实现而又最少弊端的较为理想的规定，却也颇非容易。并且即使由几位有识者想出了适当的方法，而这方法的能不能被采用，又是一个疑问。

因而，处士横议，只能作一种参考资料，及鼓励大家起来从实在处研究宪政而已；说来说去，还是宣传这一点工作，倒是实实在在，可以做得到的，当然，效果的如何，暂且可以不问。

敌阁的倒溃

　　报载敌国内阁，因对中国的用兵，南北失利；而国内的人民生活，又困苦到了极端，所以政党首先表示不信任，要求阿部辞职；军阀复以危言相逼，谓即使用速成方法，滥造出一中国伪中央新政权，亦不足以抵销倒阁的理由。

　　总之，无论如何，在此情形下，阿部内阁已经日暮途穷，处入不得不倒之境了。于是倭国政论家，想来想去，想得没有法子，就有些人主张组一元勋内阁，来压抑气焰万丈的跋扈军人，与汹汹不静的人民怨怼。

　　所谓元勋内阁者，就系指过去明治二十五年第二次伊藤内阁上台，萨长的元勋如黑田、大山、山县、井上等都参加进去那么的内阁而言。

　　但是敌军阀侵华的野心不戢，对第三国的损害行动不停止，仍是这样的一味蛮干下去，即敌国的形势，只会得一日险恶一日，即使组成了无论什么内阁，找墨索里尼、希特勒、斯大林、张伯伦入了阁，也是没有用处的。

　　中国的侵略战事不停止，敌国国内的人民生活决不会复常，欧美各国对敌的哀求媚谄，也决不会给以一丝的返报，是铁定的事实。敌人自作聪明，谬以为中国可全吞，世界可独霸，而倒来倒去，唯其内阁万能之是求，岂非本末颠倒的一大笑话。

　　敌国的倒阁运动，对我原无甚利害的关系，但就这事的本身来说，就证明了敌国上下的束手无策，内则人民愤怼，革命将兴；外则兵连祸结，与国全无，不出一年，行将见敌军阀们之为民众所屠歼，实属毫无疑问的事实。

粤桂的胜利

继着长沙外围的大捷之后，其次是粤南的大捷，这次桂南之役，虽说还没有结束，但是前半段争夺战中，我们已毙敌两万，克服宾阳武鸣，南下势如破竹，包围了南宁，预料敌在南宁，必将增军死守，我们的战略，是等他援兵聚集之后，先断他的后路，然后再以瓮中饿鳖之计，等他们瘦毙在南宁。

交战二年零七月有奇的日子中，我们的连捷音讯，在近半年中，尤其是纷至沓来。这一个现象，究竟是好是坏，我也可以不必说；而且，在数百万人对垒的局势下，扫毙几万敌人，也不值得大惊小怪；可是像这一种战势，所给予敌人的全线精神上的打击，可不是笔墨所能形容，数字得以算出的。

敌人的虚伪宣传，是陆军的百战百胜，海军的世界无敌，而这一次，可竟被没有枪械，没有战斗能力的我中国老弱之兵所迭败，看他们在前线作战的士兵，以后会起怎么样的感想？

统制新闻，压迫言论的手段，在敌国虽则周到得无以复加，但是残存回去的伤病兵会说话，装载回国去的尸灰木匣会说话，第三国的通信机关、言论机关会说话，交战以后激增的寡妇数目会说话，像这样的皇军的战绩与荣誉，终有一日会在敌国的民众之间大白的；已经是因种种苛征暴敛，限制榨取，而苦得无以为生的敌国民众，难道真会得同绵羊一样，永远任军阀们去吞骨衣皮，尽情宰割的么？

我们的希望，并不在将敌军的主力，一举而消灭，也不在旦夕之间，就可以把各处名城同时来克复，我们就只想象这样的一扫两万人，再扫数千人地对敌国的民众，加以一种警告。杀日本民众的，并不是支那的为保卫乡土而战的英勇军队，却是在他们自己身边的几个军阀。

文艺上的损失

上期《文艺》里，老舍的来信中，曾说到了在重庆以及内地的文协会员和作家们，都穷得不得了；大规模的文章就无法写。即使写了以后，也没有市场，没有发表的地方，没有养活作者的资粮，可以使作者继续地写他的大规模的作品；这是文艺的一大损失。

因此，重庆的文协总部，以及各地的文协分会，都在发起增加稿费运动，要求政府机关，公共团体，有良心的出版业者，新闻杂志事业经营者，都将眼光放远大一点，对写作者予以帮助；使正在走上光明大道去的中国文艺，不致因敌人的摧残，而致中落或中断。

内地的物价飞涨，生活艰难，一般经商或从事筋肉劳动者，自然可以将高生活费，转嫁给他人，而勉强维持过去；独有握笔杆写文章的人，因为著作和思想，不是战时直接需要的固形物质与实际动力，所以他们就没有方法增加他们的价格。而同时，写文章的人的生活，却是和一般人一样地要维持的。

我们在前些时，也曾经说过，文化人应该同一般的穷苦大众一样地吃苦，并没有要求比一般过更优裕生活的权利；可是反过来说，文化人也并不是应该比一般劳苦大众更吃苦的。所以，这一次在新都，在桂林、昆明，以及各战地后方的文化人，所发起的增加稿费运动，我们很希望他们能够成功，可以解一时的倒悬，而增加我抗日文化的主力。同时，我们更希望在海外的各侨胞所主办的文化事业机关，也能够尽其全力，向国内的文化人致一臂之助。伤兵、难民，原应该救助，落难的文化人，也同样地要救助一下才对。

至于具体的办法呢，则一时很难说，单是消极地送几个捐款去，是无济于事的；当然要想出有持久性的办法来才可以。

譬如，非战地区，或后方的后方的文章市场的开放，出版事业、文化事业的经营等，是一个办法。文学奖金的设定，是一个办法。国内外文化人才调查介绍处的设立，是一个办法。

对于文化人的救助，虽是目前抗战局势紧张中的一个小问题，但对于将来的建国事业，对于发扬光大中国文化的各方面，却是富有着重大意义的一件事情。

土罗的问题

苏芬停战以后，举世的视线，已转向到了巴尔干，最成问题的，是土耳其和罗马尼亚的两国。土耳其因经济（输出入）关系，与德比较接近，虽有英土法土协约在前，而事实上英法所保障者，为欧洲各国若向土侵略时之行动，苏联倘向土耳其有所作为，则英法未必能引协约而与以援助。所以，一般的猜测，以为苏联既对芬兰可以用兵，则对土耳其亦可以提出准许苏联黑海舰队得自由进出达达内儿海峡等要求。况且，自新土耳其成立，举国厉行近代化、工业化之后，苏联对土耳其的物质上、技术上的帮助，亦很可观，苏土的友谊，本来也是十分亲善的。这一层，当然会使英法不得不起疑虑，而加以预防。

其次，则罗马尼亚之倍萨拉媲亚，苏联始终认为不属于罗国之失地。若仿苏德瓜分波兰之成例，来瓜分罗马尼亚，事实亦很可能，所以一般观察者，总以为继波兰、芬兰之后，而将被苏德牺牲者，当为罗马尼亚。

这巴尔干两国，对苏德之关系，原属可虑，然我们却敢断定，在目下，苏德决无余力，来向巴尔干用兵。一般猜测，都系杞忧。理由是很简单。土耳其民族主义高涨，国内团结一致，伊势抹脱·伊内奴之毅力与决心，断不比已故之凯末尔为较弱；苏联当然对此点也看得很清，与对芬兰之态度，决不至于一样，此其一。

再则，巴尔干各中立小国之联盟，土耳其对伊朗、阿富汗等国在宗教上之联系，亦足以威胁苏德而有余；英法的后盾，更无论矣。

至于罗马尼亚问题，虽较土耳其为危险，因德对罗之物质供给（尤其是汽油），视为生存必需品之一；然而苏联与意大利两国，对德亦岂能任其所为；吾人但以此次墨索里尼与希特勒之会谈，及罗王赦免国内纳粹系之铁卫团两事来遽下判断，未免对国际关系，看得太简单了。

所以，对罗马尼亚的将来，说它会变成亲德结苏，以勉求己身之不被瓜分则可；若说德苏意三国连成一气，马上会向罗马尼亚下屠刀，则事属必不可能。这其间，尚需看英法的外交与实力，以及美意两国的意向如何，方能定局。

在这里，因赦免铁卫团事，而顺便不得不提一提的，却是罗马尼亚王加罗尔二世的家事。原来加罗尔二世，因恋一犹太妇人来泊斯扣之故，一时曾被迫出国，而让王位于其幼子。一九三〇年，因其弟尼哥拉斯与曼牛等之助，始能复国。亲王尼哥拉斯，原系纳粹，系铁卫团首领之一，于一九三八年被放逐出国者。此次罗王赦免铁卫团，当与尼哥拉斯有关的无疑。特附记这一段经过于此，或亦可作将来罗马尼亚国内政起伏的参考。

古登白耳希的发明活字纪念

自从德国印刷业者约翰内斯·古登白耳希于一四四〇年（一说一四五四年）发明了廿六活字的印刷术以来，到今年整整的有了五百年的历史。所以，今年是活字印刷术发明以后的五世纪纪念的年代，欧洲各国当然都有文字纪念这一位文化传播者的丰功伟德。但在我们东方人的眼里，却以为古登白耳希的发明，并不稀奇。因为欧洲也有考古学家在证说中国人的发明活字，远在古登白耳希之前。这活字印刷术，由中国传至朝鲜，然后由朝鲜再传至欧洲，因而古登白耳希心机一动，就模仿着发明了那可以移动排列的二十六个活字。

总之，不管活字的发明，是否以中国为第一（这事当然是与火药的发明一样地，对世界文化会有绝大贡献），可是自经古登白耳希的廿六活字的印刷发明以后，欧洲的文化，的确起了一个大革命。

第一，因活字排版的《圣经》流通以后，宗教革命的起因，就伏线于此了。

第二，因宗教改革之后，而附带起来的政治革命、文化革命，由中世纪的大黑暗时代，一变而为近世的开明时代，其起因也不得不归功于这活字印刷术的应用。

再进一步，由这木刻活字的发明，而到了现代的铅字联排或自动排字机的改进，世界的文化就由启蒙而及于大成了。再说我们的一生，自小学以至于大学，及至由大学而入社会，差不多无一时期离得了印刷品的应用。近代文化人的每日食粮中最重要的报纸，更是我们不可或缺的一种精神营养的血液。至于宣传战的纸张，且一致被认为比子弹炮弹更为有效，更必须的东西了。

所以，印刷术的有助于文化，有益于人类，是如此如此。而一个最滑稽的现象，却是到了这一个时代，与古登白耳希同样地在德国，还有一个人名希脱勒者，在开倒车，烧书报，逐学者，打算以炮火来代替书册。

这一个活生生的讽刺，英法两国的写作人都在当作了好材料，而赶写滑稽有趣的文章。实实在在，古登白耳希若在他的故乡的曼恩兹地方，要立一纪念铜像的话，则那位蓄有卓别林小胡髭的油漆匠，应该被铸成一个铁像，跪在他的像前，如汪逆铁像在总理像前的一样。

最后，让我们介绍一下这一位古登白耳希氏的简短历史于此。约翰内斯·古登白耳希，于一三九八年生于德国的曼恩兹，卒于一四六八年。曾与约翰·富世脱合股，经营印刷事业。后因亏折，两人间曾发生过讼事。古登白耳希其他的事迹不详，由其所发明之活字印行的书籍，著名者有三十六行之《圣经》，与四十二行之《圣经》（即世所称之《麦查兰圣经》）。这两种《圣经》的犊皮纸本，在一八七三年代，每册的价钱，曾有过三千四百镑的纪录。还有一种拉丁字典，名《加沙力贡》者，初版本在一九二〇年竞卖，一册曾售至九百六十镑云。

关于华校课程的改订

　　此次当地政府，邀集华校教育专家，各质意见，拟商订改编华校课程的事情，我们认为是□□改进的一个好机会。但最重的一点，须认清华校与英文学校不同。华校是为教育华侨子弟而设的学校，所以对于国文国语，总须格外的留意加重才行。

　　但看此次会考评定的结果，华校的国文成绩，□比往年为差，对此我们真觉得十分的痛心。

　　须知华校毕业生的大部分，是打算将来回祖国去升学的；万一国文赶不上，则事事落后，将来也就没有造就了。

　　当然，我们也并不是说，只教国文好，其他的课目，就可以不问；但以次序而论，我们总觉得须以国文为最重要课目，英文科学次之。因而对于钟点的分配，亦当以这一个目标□前提。在当地的□□里，增进英文学校的机会比较得多，而增进国语国文学校的机会比较得少。所以，我们希望各教育家，及当局者，能留意于这一点。

敌我之间

因为从小的教育，是在敌国受的缘故，旅居十余年，其间自然有了不少的日本朋友，回国以后，在福州、上海、杭州等处闲居的中间，敌国的那些文武官吏，以及文人学者，来游中国，他们大抵总要和我见见谈谈。别的且不提，就说这一次两国交战中的许多将领，如松井石根、长谷川、阿部等，他们到中国来，总来看我，而我到日本去，也是常和他们相见的。

七七抗战事发，和这些敌国友人，自然不能再讲私交了；虽然，关于我个人的消息，在他们的新闻杂志上，也间或被提作议论。甚至在战后我的家庭纠纷，也在敌国的文艺界，当成了一个话柄。而在《大风》上发表的那篇《毁家诗纪》，亦经被译载在本年度一月号的《日本评论》皇纪二千六百年纪念大特辑上。按之春秋之义，对这些我自然只能以不问的态度置之。

这一回，可又接到了东京《读卖新闻》社学艺部的一封来信，中附有文艺批评家新居格氏致我的一封公开状的原稿。编者还再三恳请，一定要我对新居格氏也写一篇同样的答书。对此我曾经考虑得很久，若置之不理呢，恐怕将被人笑我小国民的悻悻之情，而无君子之宽宏大量；若私相授受，为敌国的新闻杂志撰文，万一被歪曲翻译，拿去作为宣传的材料呢？则第一就违背了春秋之义；第二，也无以对这次殉国的我老母胞兄等在天之灵。所以到了最后，我才决定，先把来书译出在此，然后仍以中文作一答覆，

郁达夫全集

披露在我自编的这《晨星》栏里,将报剪下寄去,庶几对于公谊私交,或可勉求其两全。

现在,先将新居氏的公开状,翻译在下面。

寄郁达夫君

我现在正读完了冈崎俊夫君译的你那篇很好的短篇小说《过去》,因此机缘,在我的脑里,又展开了过去关于你的回想。

与你最初的相见,大约总有十几年了吧。还记得当时由你的领导,去玩了上海南市的中国风的公园,在静安寺的那闲静的外国坟山里散了步;更在霞飞路的一角,一家咖啡馆里小息了许多时。

在这里,你曾告诉我,这是中国近代的知识界的男女常来的地方,而你自己也将于最近上安徽大学去教书。

我再问你去"讲的是什么呢?"你说"将去讲《源氏物语》,大约将从《桐壶》的一卷讲起吧!"直到现在,也还没有完全读过《源氏物语》的我,对你的这一句话,实在感到了一种惊异,于是话头就转到了中国的可与《源氏物语》匹敌的《红楼梦》,我说起了《红楼梦》的英译本,而你却说,那一个英文的译名 Dreams of RedChamber 实在有点不大适当,我还记得你当时所说明的理由。

数年前,当我第二次去上海的时候,听说你已移住到了杭州。曾遇见了你的令兄郁华氏,他说:"舍弟在两三日前,曾由杭州来过上海,刚于昨天回去。他若晓得你这次的来沪,恐怕是要以不能相见为怅的。"

但是,其后居然和你在东京有了见面的机会。因为日本的笔会开常会,招待了你和郭沫若君,来作笔会的客人，我于是在席上又得和你叙了一次久阔之情。

中日战争（达夫按：敌人通称作"日支事变"）起来了。

你不知现在在哪里？在做些什么？是我常常想起的事情。人与人之间的感情，是不会因两国之间所酿成的不幸事而改变的。这，不但对你如此，就是对我所认识的全部中国友人一，都是同样的在这里想念。

我真在祈祷着，愿两国间的不幸能早一日除去，仍如以前一样，不，不，或者比以前更加亲密地，能使我们有互作关于艺术的交谈的机会。实际上，从事于文学的同志之间，大抵是能互相理解，互相信赖，披肝沥胆，而率真地来作深谈的；因为"人间性"是共通的问题。总之，是友好，日本的友人，或中国的友人等形容词，是用不着去想及的。

总而言之，两国间根本的和平转生，是冷的人与人之间相互信赖的结纽，战争是用不着的，政策也是用不着的。况且，在创造人的世界里，政策更是全然无用的东西，所以会通也很快。

老实说吧，我对于二十世纪的现状，真抱有不少的怀疑，我很感到这是政治家的言论时代。可是，这当然也或有不得不如此的理由在那里。那就足以证明人类生活之中，还有不少的缺陷存在着。但是创造人却不能放弃对这些缺陷，而加以创造的真正的重责，你以为这话对么？郁君！

于此短文草了之顷，我也在谨祝你的康健！

新居格

致新居格氏

　　敬爱的新居君，由东京《读卖新闻》社学艺部，转来了你给我的一封公开状，在这两国交战中的今天，承你不弃，还在挂念到我的近状，对这友谊我是十分地在感激。诚如你来书中之所说，国家与国家间，虽有干戈杀伐的不幸，但个人的友谊，是不会变的。岂但是个人间的友谊，我相信就是民众与民众间的同情，也仍是一样地存在着。在这里，我可以举一个例，日本的有许多因参加战争而到中国来的朋友，他们已经在重庆，在桂林，在昆明等地，受着我们的优待。他们自动地组织了广大的同盟，在演戏募款，营救我们的难民伤兵，也同我们在一道工作，想使真正的和平，早日到来。他们用日本话所演的戏，叫做《三兄弟》，竟也使我们的同胞看了为之落泪。新居君！人情是普天下都一样的。正义感，人道，天良，是谁也具有着的。王阳明先生的良知之说，到了今天，到了这杀伐残酷的末日，也还是颠扑不破的真理！

　　日本国内的情状，以及你们所呼吸着的空气，我都明白；所以关于政治的话，关于时局的话，我在此地，可不必说。因为即使说了，你也决计不会看到。不过有一点，我可以告诉你，中国的老百姓（民众），却因这一次战争的结果，大大地进步了。他们知道了要团结，他们知道了要坚苦卓绝，忍耐到底。他们都有了"任何牺牲，也在所不惜"的决心。他们都把国家的危难，认作了自己的责任。因为战争是在中国的土地上在进行。飞机轰炸下所丧生的，都是他们的父老姊妹。日本的炸弹，提醒了他们的国族观念。

就以我个人来说吧,这一次的战争,毁坏了我在杭州在富阳的田园旧业,夺去了我七十岁的生身老母,以及你曾经在上海会见过的胞兄;藏书三万册,以及爱妻王氏,都因这一次的战争,离我而去了;但我对这种种,却只存了一个信心,就是"正义,终有一天,会来补偿我的一切损失"。

我在高等学校做学生的时代,曾经读过一篇奥国作家 Kleist 做的小说《米舍耳·可儿哈斯》,我的现在的决心,也正同这一位要求正义至最后一息的主人公一样。

你来信上所说的"对二十世纪现状的怀疑","人类生活还有很多的缺陷","我们创造者应该起来真正补足这些缺陷",我是十二分的同感。现在中国的许多创造者们,已经在分头进行了这一步工作。中国的文艺,在这短短的三年之内,有了三百年的进步;中国的知识阶级,现在差不多个个都已经成了实际的创造者了。你假使能在目下这时候,来到中国内地(战地的后方),仔细观察一下,将很坦白地承认我这一句话的并不是空言。

中国所持的,是地大物博,人口众多;所差的是人心的不良。可是经过了这次战争的洗礼,所持的更发挥了它们的威光,所差的已改进到了十之八九。民族中间的渣滓,已被浪淘净尽了;现在在后方负重致远的,都是很良好的国民。

中国的民众,原是最爱好和平的;可是他们也能辨别真正的和平与虚伪的和平不同。和平是总有一天会在东半球出现的,但他们觉得现在恐怕还不是时候。

新居君!你以为我在上面所说的,都是带着威胁性的大言壮语么?不,决不,这些都是现在自由中国的现状,实情。不管这一篇文字,能不能达到你的眼前,我总想将现在我们的心状、环境,对你作一个无虚饰的报道。一半也可以使你晓得我及其他你的友人们的近状,一半也可供作日本的民众的参考。看事情,要看实际,断不能老蒙在鼓里,盲听一面之辞,去上"民可使由之,不可使知之"的老当。

最后,我在日本的友人,实在也是很多;我在前四年去日本时所受的诸君的款待,现在也还历历地在我的心目中回旋。尤其是当我到了京都,一下车就上了奈良,去拜访了志贺直哉氏,致令京都的警察厅起了恐慌,找不到他们要负责保护的旅客一层,直到此刻,我也在抱歉。

因覆书之便,我想顺手在此地提起一笔,敬祝那些友人们的康健。至于你呢,新居君,我想我们总还有握手欢谈的一天的。在那时候,我想一切阻碍和平,挑动干戈的魔物,总已经都上了天堂或降到地狱里去了。我们将以赤诚的心,真挚的情,来谈艺术,来为世界人类的一切缺陷谋弥补的方法。

郁达夫

(附言:正当此文草了之际,我却接到了林语堂氏从故国寄来的信。他已经到了重庆安住下来了;不久的将来,将赴战地去视察,收集材料,完成他第二部的大著。他的《北京的一瞬间》,想你总也已经看过;现在正由我在这里替他译成中文。翻译的底本,是经他自己详细注解说明过的。我相信我这中译本出世之后,对于日本现在已经出版的同书的两种译本,必能加以许多的订正。)

意大利参战与敌国

欧战已转入第二阶段，德军与英法军在巴黎外围将行决战的前夕，最大的问题，自然是意大利参战的时日问题。假使巴黎外围战而旷日持久，于德不利的话，则意大利的参战，自然可以给与将崩溃的纳粹德国以许多威势，而法国有受夹击的可能。假使意大利的参战，而目的只在地中海、非洲的法属各地，以及苏伊士运河的控制，则法本国的战局影响还少一点，但军心也不免要动摇一下。

但笔者仍始终抱有英法联军必胜的信念，即使意大利在今明宣布参战，英法军必将背城借一，更加奋发起来，哀兵制胜，是兵家的定论。所以我们对于欧局，总仍旧抱着乐观的态度。

现在我们所应顾虑到的，倒并不是在欧局。第一，我们且首先须想一想，意大利若参战之后，我们敌国将取怎么样的一种态度？

敌经济使节团在罗马，和墨索利尼会不会签订密约？敌兵的集中华南，军舰的齐集海南岛，用意究竟是在哪里？

敌人的不敢向荷印、马来亚进攻，是一般人都想得到的事实；那么在南洋各地，最轻而易举，能供敌人侵略的地方，是在哪里？

进可以夹击我云南广西，退可以作为南进的根据要港，既不必苦战恶斗，又不至挑起美国苏联的恶感的一块敌人所垂涎的肥肉，不是法属的安南，又是什么？我白崇禧将军已经说过了。

所以，在这一个欧洲大战，将行决定胜负的重要关头，我们料到意大利必至投机而起，而跟踪意大利投机之后，将起来发一下趁火打劫的小财的，当然是日本向越南的进攻。

敌人既有胆量向越南动手，则在中国的英法租界，及香港广州湾等，自然也有问题。这些在目下虽然还是一种臆测，但万一不幸而言中，则中国的处境，自然又要加一重困难，因为海口的被封锁，将因此而更被严密监视的原故。

敌国目前的致命伤

敌阀与中国搏斗了三整年的现在，在敌国最成问题的，自然是人的资源和经济的资源的枯竭的两点。

人口在日本的统计，本是照大正年间的一次国势总调查后的推算而决定的，男女老幼总计起来，混说是七千万。但这一个数目，当然比实际的人口，要多算一成之几，并且有许多北海道的土民，琉球岛的从未服过兵役的部落渔民等，也一总计算在内。而日本国民的性别，一般又是女多于男，和我们中国的男多于女恰恰成一个反比。

所以，照这一个情形来下推断，日本总人口中，除去三千七百万的女子以外，剩下来的三千三百万男丁之中，再除下三分之二强的老弱与未成年的男子，其中最多最多，也不过有一千万人，可作劳动工人，耕植农夫，经商，作吏，及服兵役的壮丁等。但是据一般的统计，要送一个壮丁，去前线作战，至少至少，在后方为给养这一个壮丁之故，如送衣食与薪给，赡养出征人的家属，与供给以军需弹药之类，要有七个壮丁，为他的后盾，才过得去。因此，在战争开始的时期，我们就估计日本全国，除驻防台湾、朝鲜与日本本土的留守军队及维持治安的警察宪兵二十万，压制伪满，及防范苏联边境的军队五十万以外，得尽量送到中国大陆上来驻防作战的有效正规军，无论如何，也不能超过二百三十万人的数目。这估计，为增强我们的警觉性，和定下作战胜利的基础准备起见，自然只会估计得过高一点，决不会估计得过少，当然是不会有错误的。可是在这二百三十万的敌国正规军之中，于三年搏斗之余的现在，还能在火线上作战的壮丁，难道得有超出一百万以上的数目的可能么？当然是不可能的，因为敌兵在中国战场上死亡及因伤病等而消灭战斗能力的总计，实在已达到了一百五十万以上的数目。

因此之故，所以敌人在中国前线便形成了点线不能联络的凋落现象，而在敌本国呢，则发生了劳工不足，产业停滞的极度恐慌。

因农村青年的出征，而致影响到食粮的不足，因产业工人之群趋至军需工厂，而致一般生产不足，直接间接影响到生活不安，物价高涨等记事，我们在敌国的新闻杂志上，天天可以看到。而在我国各地，无论在游击区与对阵区，敌人或三千或五百地零整在被我们歼灭的数目，我们只教有耐性去计算，一天一天的累积起来，一年一月，又该总计有若干的一个惊人巨数？

这是敌寇妄想征服中国，三年以来，最感到痛苦的"人的资源"枯竭的一点。

其次再说到敌国的经济，自从侵略中国的战端开始以来，到去年的会计年度终止时止，明中暗中，敌国已支出了超过三百亿的军费政费；而一九四〇年的预算，除表面上说得出来的项目，亦已超过了百亿之外，其他如军费的临时追加，秘密造舰费的支出等等，总计起来，恐怕不会得在一百三十亿以下。

而对这庞大支出的应付，在敌国不外乎竭泽而渔的加税，滥发赤字公债，使通货恶性膨胀（滥发不兑现纸币、军用票，及变一名目的纸币如联银券、华兴券等），流用国民节约贮金等几条绝路。因为敌国是先天不足的国家，资源是一点儿也没有的。生产原料、重工业军需工业的原料，一切都须仰给于外国。兼之敌国在国际间信誉又差,自从发动侵略中国的战事以来,外债是分文也没有借到的希望的。因这种种原因的结果,在敌国就自然而然的形成了物质不足,物价飞涨,和平生产工业全停(因之对外贸易亦形停顿),重工业的企业,全都因煤铁电力不足而枉费资财,半途僵毙的诸种最坏的恶现象。

其中尤其是影响到民众生活,致使全国社会一般发生不安的,是物价的高涨的一点。政府虽竭尽全力,想推行低物价政策;无如事实上,生产停顿,物资不足,所以官定低物价价格,虽则皇皇在那里公布,而产家及贩卖者,终不能好好的就范。所以经济警察,物资总动员计划等高压统治政策,尽管由你去公布施行,但是暗市的价格,却一日也不停地在三倍五倍的超过官价而飞涨上去,阿部内阁的倒溃,原因也就在这里。并且因为在华北及上海等处,滥发了与日元联系的联银券与华兴券军用票之后,这与日元理应同价的纸票,比我法币要低跌二三成;因之在伪满,在华北华中,同是一种劣货,因纸票价跌之故,卖价会涨至比敌国内更高二三倍之数。敌国的物资,自然亦因而外流,反使敌国内变成即使有了现款,也买不到物品的窘象。而这些物资,流到了华北华中,换成与日元联系的华兴联银券后,结果还是等于塞漏洞的泥沙,对于敌国外汇,仍是毫无补益的。

敌国逢到了这两大资源枯竭的致命伤后,现在所急急乎想谋自救的一条出路,就只有赶快结束对中国的侵略战争的一个最后的希望。他们的不顾人道,频频轰炸我战时新都,并将第三国的使馆、医院、学校及妇孺一齐炸毁;以及不顾国际公法,并未宣战而阻止第三国与我的交通等手忙脚乱的恫胁暴行,归根结蒂,原因就都是为此。

敌阀到了目前,事实上已走到了崩溃的末路了。向中国再行宣战么?这事在法理上在实际上,都已不可能;因为他在南京已经制造了一个傀儡政府，而又早已对我中央政府宣言说不再视作和战的对手了。用实力来征服全中国么？兵员不多，力量不足，即使想保现状而谋对峙，尚且不能，更何况乎要上溯长江的天险，北袭晋陕的山区呢？

迫不得已，敌阀就只有一个趁火打劫，向我接壤的诸与国去施行威胁的下策。但在中国的泥足未拔，英美各国亦已看穿了他的阴谋，轻易是决不会上这无赖者的当的。越南、缅甸、香港、津沪，风云虽似极险，但我敢断言，敌人决不敢再冒一大不韪，而有动武之举。

总之，我们的抗战已整整三周年了；从此再过一年半载，我们就可以安稳地达到最后胜利的目的地了，希望我们全国上下内外的同胞，当此时机都能在这最后关头，再齐心努一步力！

田中奏折与近卫国策

划出敌国侵略世界政策全部轮廓的田中义一奏折，虽是二十几年前的一个古董，但不料这陈死人，也竟会借尸还魂，而成了今日近卫侵略国策的内容大要。

田中的意思是要征服世界，须先征服中国，要征服中国，须先侵吞满蒙；这是敌国上下，尤其是军人，所奉为圭臬的金言；这也就是我国朝野，就是妇人孺子，都知道的敌国的野心。

现在，让我们且先来看一看近卫所宣布的国策吧！第一，所谓安定世界的新秩序，岂不就是征服世界的另一种辞令？第二，他说要确定世界新秩序，就得先建立大东亚新秩序。而这大东亚新秩序的建立范围，在田中当时，还只限于征服中国大陆，但现在在近卫的国策里，并把法属安南，荷属东印度，以及英属马来亚，也包括在内；仔细按来，则菲律宾，缅甸，印度，泰国等当然也属于东亚的范围以内的，不过松冈还没有明言罢了。

所以，在敌阀的心目中，是田中所立下的征服世界的工作，在目下，已完成了一半，就是满蒙已经侵并，中国大陆也差不多正在征服，而此后再进一步的计划，就是先拿越南，再取荷印，泰国，马来亚，然后更徐图缅甸，印度，和菲律宾了。

敌阀在实行这一步骤之先的初步动作呢，是先将势力所及的范围以内之英侨美侨，或任何其他中立国的侨民，用秘密法令这一个名词来加以逮捕与杀戮，使英美正式成为敌国，然后再附和德意，而分取荷印及其他欧洲各战败国的殖民地。

以上所言，并非笔者有意造作的危词；我们但须一按实际，事事都有对证。你且看东京路透社代表考克斯的被杀，其他各地诸英侨美侨的被捕被审问，以及平津英美各籍救世军干部，及寄留在高丽台湾的外侨之被召唤与审问，岂不是敌阀推行这侵略世界政策的初步动作么？以后敌阀的这一种暴行，当然只会得日甚一日，层出不穷，而决不会得减少。且从松冈发表的谈话里看来，也已明白指出，敌国今后将绝对放弃到现在为止的那种八方美人式的外交政策，对于援助我国抗战的各友邦，都一例地采取敌对的态度；反之，对于同有侵略野心的国家，如德意之类，将竭力逢迎，自己赶上去而求为盟友。并且，在敌国的海陆军部的公文里，似已公然把英国指称作敌国了。

对此种种，虽则英国仍以张伯伦氏之绥靖政策为外交指标，但求息事宁人，只希望敌国能勿为已甚，而将各无辜被捕之英侨释放，并勿再任意杀戮英侨，而再有如对驻东京路透社代表考克斯氏之暴行；外相哈里法克斯且亦提及滇缅路禁运事件之大让步，唯求敌国之能因此而顾及一点交谊，勿乘英国正当危难之今日，再作下井投石之举动。

当然，英国的这种宽大容忍，是我们所佩服的。但敌阀之能不能成全这一种君子式的外交，却是一个问题。

所以，现在能促成或阻碍敌国这一个征服世界计划的大关键，还是全在于中国的究竟有无抗战到底的决心这一点微妙的心理上面。

近卫及其所代表的少壮军阀们，在不得已而或进攻西北之先，已下了绝大的决心，愿意向中国求和的消息，早在国际间宣传得很久了。使中国而有一点动摇，对敌国的提议和平，以及各种优谦条件，而能表示些须接受之意，则敌阀的大志，就马上得逞，他们即将抽出几师团兵力来攻略香港、荷印了。这已如矢在弦上，有不得不发之势的事实，不但敌国人知道，中国人知道，就是南洋各属的当局者，也明明知道的。

可是中国却是尊重条约，尊重国际信谊，也不是轻易出卖友邦的国家。中国的抗战到底的决心，是不管敌阀的和平进攻，来得如何猛烈，也不会有一丝一毫的动摇的。

并且，对于国际情势，中国也看得很清很远，敌阀在目下正当急于南进之际，虽则有优谦的条件提出，教中国不必再和敌国对垒了，将中国五百万的精兵和敌兵联合起来，向南进展，先夺取了南洋各属地方来分割一下，岂非两得之举。但是，对于向不确守信谊，向不尊重国际条约的敌国，中国又岂能马上就会上它的当？敌阀的和平进攻，对中国在目下显然是决不会发生一点效力的。

不过在这一个紧要关头，我们也希望同中国一样，在为正义自由与独立而战的各与国，眼光能放得远大一点，不致使中国感到过分的困难，而致堕入敌人的彀中。

如美国的禁运废铁，煤油，以及航空用的精炼汽油之类的禁令，才是对敌阀的侵略政策最适当的答覆。除此以外的妥协让步，则对敌只有助长它侵略野心之效用，而对中国只有使失败主义者们增加投降敌国的口实，而造成中日联军，共同南进的危机。

由莫洛托夫的演词看来，则苏联和敌国也已有恢复正常状态的可能了。今后的苏联，将努力于新归并的波罗的海滨三小国的整理，和多瑙河流域的种种关系的改进。莫洛托夫的声明"不介入"欧战，或正是嗾使德意早日进攻英国的意思，而敌国的扬言"不介入"欧战，也就是实际上帮助德意，在东亚"介入"欧战的用意。

当已故敌阀田中义一的征服世界政策将次实现的现在，我们原不希望与东亚有关的各国再睡在梦里,而取妥协让步的消极政策,同时也想警告我国的朝野,切勿为敌阀和平进攻的谣言所煽动。

欢迎美国新闻记者团

美国新闻记者团十一人，应澳洲及荷印当局之邀请，曾乘飞机历游澳洲荷印各地，于前日到星，曾参观当地各重要区域，与风景地带，将于明日乘荷印邮机飞赴婆罗洲之巴力巴港，更转香港而飞返美国。该团在澳洲、荷印、星洲、及婆罗洲、香港等地所停留之时间，虽属不久，然他们所得的印象，必异常深刻；因而我们亦可以断定，他们返美国后，所促生的影响亦必将非常之重大。同人等虽则因语言文字之不同，及主客处地之互异，未能略尽东道之谊，而作一次深谈。但华字报记者及我侨全体对该记者团之表示热烈欢迎，则与当地政府，及澳洲、荷印各当局，初无二致。

本来，新闻记者，是国际间，社会上的真理与正义之有力代言人，在平时之职责，就非常重大，在这战时，更可以不必说了。而尤其是拥护民主政治，负有厚重实力，一言一动，可以左右现世界政治大局之美国新闻记者，当此世界文化，正受着纳粹、法西斯蒂和倭军阀暴力摧残，危机一发，绝续存亡之际，其所负使命之巨大，当更不可以言语来形容。正唯其是如此，所以我们于竭诚欢迎该记者团来星之余，觉得还有一吐肺腑，尽情相告之必要。

关于欧洲之战局，及英美之联系，该团当比我们观察得更为周到，知道得更加详细，我们可以毋庸赘言，这里所说的，自然是只限于远东的一隅也。

第一，敌阀自从发动对华侵略战争以来，三年之中，对我非武装平民，尤其是对我老幼妇孺之奸淫杀戮，已造成人类有史以来，最惨酷、最恶毒之纪录。关于这层，各国报章杂志，曾迭有记载，我们在这里，可以不必再述。我们只须说一句，敌人的残暴狠毒，尤其是对于我沦陷区之妇人孺子，其所施行的种种虐杀奸污情形，决非古今来任何想象力最丰富之历史家或文学家所能笔述。

第二，敌人的滥炸我不设防城市，及非军事要区，以及彻底破坏我文化机关，与第三国之教会、医院、使领馆等暴行，更为自有国际公法以来之绝无现象。美国记者诸君，可惜无时间更由香港飞向我抗战后方如重庆等地去一行，否则，诸君将不信人类竟会有如此的行为；而古代史书所纪载之野蛮种族，比之现代倭寇，或竟可以称作极度文明。

第三，倭寇现正在积极图谋南进，将南洋全部，划入彼等所谓之大东亚经济圈内；在最近的将来，也许会对法属越南，荷属东印度，或竟向菲列宾、马来亚，乃至澳洲等地，再来施行一次。当他们封锁天津租界，及在南京北平等地对英美男女侨民所施之侮辱与虐待，尚系小试其锋者，殊不足以表明倭寇之残酷性于万一。

第四，使倭寇而如此不顾国际公法，不顾正义人道，终亦无人出面加以指摘，加以制裁，则今后之人类，恐将不复有存续之希望。

为此种种，我们想向记者诸君大声疾呼，诸君返美国后，务须本其天职，将这些暴行，这些惨状，尽情传播给太平洋彼岸之美国国民；使他们晓得，在地球的这一面，有这样的一种吸血的民族存在。他们的奸淫虐杀滥炸的工作，到了三年之后的现在也还在继续进行，而这些武器，汽油，大半还都是美国供给他们的。

诸君在美国，都是负有厚重声望，拥有广大群众的名记者，诸君之一言一语，马上可以引起舆论，左右政治，我们希望诸君能够促醒当局，对敌寇绝对断绝经济往来，使不能维持对华虐杀的勾当。

敌寇是色厉内荏，欺软怕硬的劣等黩武者，美国若能加以强硬的行动制裁，则不但中国的妇孺，以后可以不再遭蹂躏，就是南洋各属，也不至有坠入蛇蝎地狱之危险。

美国历来对远东之态度，原属光明磊落，事事不肯与倭寇妥洽；如九国公约之倡议，绝对不承认满洲南京各傀儡组织之声明，对日商约之废止，以及声言维持荷印现状，与将对倭清算各种暴行总账之类。但我们总还觉得不够彻底。

我们对于美国在远东之政策，总希望能更积极一点，勿事事待英国与倭妥协之后，再来作补救，或矫枉的筹谋，务须于当英顾全远东权益，及顾全旧日英日同盟交谊，欲作让步之际，切实对英劝告，使能与美国采取一致强硬的行动。宁为鸡口，毋为牛后，虽系我国之古谚，但我们却都希望美国于对付远东事变时，能决行这一种态度。

现在我国抗战局面正在转变，国共合作，日见坚强，人民团结，也日臻稳固。不出半年，我们将有绝大的反攻阵势展开。对于越南，敌寇若进一兵一卒，我就将发动大军，协助安南当局，抵抗侵略。我们对倭寇，绝无妥协，永不言和，除非由倭国民众起来，打倒万恶的军阀，而真诚地来和我们握手。我们将一直的抵抗下去，到最后胜利到来时为止。我们的这一决心，亦希望诸君能带回去告诉给全美爱好正义，反对侵略的民众。欲保持太平洋的文明与兴隆，非先将侵略者斩草除根地肃清以后，决不可能。美国和中国，实在是未来太平洋繁荣的保卫者。诸君于亲来游历之后，当更能切实了解其中的实际。我们于热诚欢迎诸君长空万里的东游之余，更愿贡献这一点浅见，以作诸君此次远游的纪念。

英美合作的反应

前周末的伦敦夜袭，平民死伤，数达千余（据报，死者约四百余，重伤者约千四百余，确数尚未悉），泰晤士河两岸及三角地带，受炸之烈，为欧战以来所未有，纳粹的空中法宝，至此而恶毒倾尽，英国平民居舍及学校等之被毁，不下于敌寇对我新都重庆所施之暴行，这是欧洲战局中新开展的一面。

反过来一看远东，则敌兵已在安南登陆，我为自卫计，自然亦不得不先占滇越边境重要作战据点以为之备；万一敌兵不南进而北上，则我军当然只有深入越南，迎头痛击之一策。在安南作战之事，看来似乎矢已离弦，不能再作一刻之犹豫，这又是远东战局在最近新出现之一幕，真刀真枪的实力比赛。虽则将来将扩展至若何程度，现在还不能预言，但东西两大战局之已急转直下，愈趋愈烈，愈扩愈大，则系已定之势。

东西两强盗国，倭寇与纳粹，何以忽于此时，而不顾一切，竟敢下此孤注，识者当然不难洞察强盗国之肺腑。盖英美合作，愈益坚定，狗急跳墙，强盗们欲于万死中求一生路，就不得不出此最后一掷也。从这东西两战局之局面忽趋紧张而来下判断，我们在反面亦就可以看到，英美的切实合作，对于倭寇与纳粹，是如何重大的一个打击。同时，也可以说，简直是倭寇与纳粹的致命伤。

本来敌寇对美国之在远东，早就诚惶诚恐，唯恐其从强硬的抗议而转向入实际的行动。但到现在为止，敌总还以为美国有大西洋与太平洋两处的辽阔海疆须守，以太平洋来比大西洋，当然是后者重于前者。敌寇趁此邻人火起之际，以为即使施行些小窃偷盗的行为，大量的美国，或者会轻轻放过的。但美国的执政者们，却不像到处绥靖的张伯伦氏。见义勇为，言出必行，却是新大陆人的固有气概。这一回大西洋的防御，已臻巩固之后，对于太平洋自然不肯放松。关岛设防，须三年以后方得完成，则对付敌寇的积极南侵，当然只有借星加坡来作海军根据地之一法。再进一步而与澳洲联防，与苏联协定，自然也是预料中事。敌寇向安南荷印之蠢动，事实上已促成了英美在太平洋方面之切实合作，发动了美国完全禁铁输出之建议，或将更诱致美国对倭之绝对经济制裁之施行，也说不定。是则寇之发动南侵，实系其自掘坟墓之动作，及川当系其丧钟之摇振人无疑。

敌国内之狂呼联德，大举反英，以及军部机关报《国民新闻》之虚声恫吓，所表现的，只是断末魔之狂吆，金轮际之闷搅而已。

美国赠英驱逐舰中，人员配备之迅速，以及今后之强度军需接济，势必突飞猛进，有加无已，使已臻坚强之英海军得更增强如铜墙铁壁。纳粹直到今日而始发动疯狂乱炸，实已失其闪电战之初效。有人谓汪逆之放空炮，火药似有潮湿气味，吾人亦敢断言纳粹此次之空中闪电，光芒亦已传入了避雷针下，遁至地底而变作了散雷。轰炸愈烈，英民众之抗战，恐亦将愈为坚强，这从前周末夜伦敦大袭时之士气中可以看出。我行都重庆，迭遭狂炸，市民之敌忾心亦随之而愈坚，今则英伦士民，亦于惨遭大炸时，而表现其不屈不挠，艰苦奋斗的真精神了。东西两大民族，即此一点，已可以后先辉映于史册。且待我们各于最后胜利得到之日，再来举行一次永保和平正义的联欢大会庆祝吧！

美苏接近和远东

澳洲《雪特尼前驱晨报》驻华盛顿记者，曾在该报发表通信，谓英正在促美苏联合起来，对敌寇在远东之狂暴，共同加以制止。并且美国因徇英国之请，似已有和苏联接近之意。而对于美澳的联防，以及关于太平洋防务与英国的合作，亦已议定并行之原则，且将加强对中国之帮助，俾得增加抗战实力，一面又拟加紧对敌之禁运，使敌再无肆意破坏与侵略之实力。

此记事之内容，我们已获有多种电讯之证实，大约不久必能实现。尤其当敌寇正在急图荷印越南，取旁若无人之猖狂态度的今日，英美在太平洋的切实合作，更为不能稍缓须臾之急事。况正当美加联防成立之后，再加入一澳洲的联防，自属驾轻而就熟。所以，我们对于英美在南太平洋的真诚合作，认为系天经地义，不得不然的事情。但英美苏联三国对于远东的共同协议，究竟接近到了若何程度，现在却还很难说。

不过按之今年六月，英美新任大使的同时到苏，而英国大使克里浦斯爵士的工作尤其起劲，则我们对于英美苏三国的日见接近，特别是关于远东问题的意见一致，却也没有丝毫疑问的余地。

美国对中国，一向是取着友好的态度的。海约翰氏所主张之门户开放，机会均等，当系美国对华政策的一个基本原则。其后在华盛顿会议席上之重申此义，以及一九二三年九国公约之缔订，"九一八"事发后之史汀生的抗议，一直下来，到此次我抗战军兴，美国对敌阀之种种警告，与夫对敌通商条约之废止，并最近关于废铁石油之禁运，一贯下来，美国对远东的主张与态度，实可谓为有条不紊，前后一致之行动。

而在美国种种主张正义人道之声明与抗议之中，在敌阀南进益急的今日，觉得特别有重大意义的，当无过于对荷印维持现状，及反对滇缅路封锁的两事。

美国在荷印的投资，仅次于荷兰与英国，而荷印的树胶、锡、麻，以及金鸡纳之类的产品。又为美国国防上及日常生活上所必不可缺之产品。若一旦荷印的经济、军事、政治与物产，全部或大部被敌寇所控制，则此事不但将影响及美国的国防，即美国之日常生活，亦将起绝大的恐慌。

现在当敌寇的魔手，已渐伸入荷印，而方谋扼其咽喉，诱其入彀之际，美国若再不起来主持正义，制止敌寇之狂暴恶行，则将来在太平洋上，将何以立足？此征之于美国己身之利益，吾人亦必知美国决不肯轻轻放过，让敌寇安然占有荷印这一块黄金土地也。

是以，美国当英国正在和纳粹死拼，无暇东顾之此刻，毅然出而负担太平洋的防务，使海洋洲、南洋群岛之现状，不致有所变更，当然是极合理，极自然的处置。

其次，关于滇缅路的禁运，其实影响于我之抗战事小，影响于我对美输出，偿还借款之物资转运，如桐油、钨矿，以及其他矿产原料之事却绝大。

所以，英美在远东若果有彻底合作之诚意，则滇缅路禁运之一事，急宜立刻废止，恢复三月以前之原状。此事在英国，亦已有人在作大规模之运动，想英伦虽在被日夜狂炸之中，当局者总不至于置之而不问。

至于苏联，则一向是同情被压迫民族之解放运动，及反对武力侵略的。其对我国之援助与友善，自苏维埃政府成立以来，亦始终没有过动摇及改变。现在虽则关于多瑙河各国重缔新盟，以及罗马尼亚之倾向轴心独裁，不免在西方略有所注意；但对于远东，当然亦不肯放弃其历史的主张，使美国而肯捐除成见，伸手缔盟，则苏联亦必乐于响应的无疑。敌寇虽亦在竭力煽动，务欲博取苏联的欢心，阻止与英美的接近；但苏联的执政者们却早已胸有成竹，轻易是不会被敌寇利用的。

且苏联与美国，无论在远东或在世界的市场，利害上并无冲突矛盾之处；此次大战后之世界大局，亦正在等候苏联与美国的联合，方有重见光明之希望。纳粹与法西斯蒂，为威胁民主政治之大敌，苏联和美国的当局者，同时都看得很清。此次欧战结束之后，纳粹之凶焰，若不完全被英国消灭，说不定会转而东向，延烧到世界谷仓的乌克来尼亚去。德苏互不侵犯条约，不过为谋一时之便宜计，决不是永久的结合。斯大林当然也看得到的。因此之故，所以我们觉得美苏的接近，非但是十分可能，而且为保障世界文化，与人类和平计，亦属必要。

若果英美苏三国，对于远东，能联合起来，制止倭寇的暴行，则不出一月，倭寇就非崩溃不可。倭寇原亦早见及此。所以现在对中国，则先与汪逆订了什么和平协定，对我中央则在声言大举进攻，对荷印又在威胁利诱，想于短时日内攫取荷印经济、军事、政治上的各种优先权利，而对越南则正在百计恫吓，想使其屈服。所以然者，不过想于英美苏三国联合干涉之前，造成已成事实，使趁火打劫之计划，得完全实现也。

虽则现在敌寇之各种狡计，都还在分头进行之中，但我们却确信英美之合作步骤，已臻巩固，美苏之一致行动，实现也属不难，而决定敌寇运命之最后因素，当在我国之猛烈反攻。等我准备就绪，全线出以一击，则势如摧枯拉朽，敌寇自不得不抱头鼠窜也。

越南降敌后国际的反应

越南降敌之经过，约略已如前昨两天外电之所传；然据敌方之声言，则敌兵初入越南时之法军抵抗，亦相当地激烈。此从法方死伤百三十一人，被俘二百四十人之数字上，可以看出。虽则今后在越南境内，再有无此等壮举之发生，尚属一个疑问；总之，敌兵已侵入越南，而法国之投降政府，又已作了一次投降之事实，总已千真而万确。越南已矣，而因此所引起之国际反响，则正方兴而未艾。

第一，先说我国；对法提出严重抗议，固可以不必说，即为自卫计，立时进兵安南，亦属应有之事。不过越东一带，地属平原，以我军器配备较差之部队，而与敌之机械化部队相搏斗，是否合算，尚属疑问。是以，我第一步必先在越北山岳地带，先据重要军事地点，坚壁清野，以待敌寇之来攻，当为作战上之定策。敌取越南之主旨，倘果如敌阀之所言，纯为结束中国战争，则敌取攻势，我取守势，自属必然之理；倘敌之所言，而为锐意南进之掩饰，则敌兵正可不必北上送死，势将南下与西进，急图缅甸与泰国，最多最多，亦不过向我滇黔各不设防区域，来几次无聊的惨杀妇孺之空袭而已。这事在一月之后，便见分晓，现在还很难说。

其次，再说与越南壤地毗连之英国，据昨今伦敦之消息，则英本国因对越南此次降敌之真相未明，一时尚不作任何之批评。

英当局之真正态度，当以本月二十八日滇缅路禁运三月的协定满期后之表示来决定，本报于昨日社论中，曾经言及，而敌方亦已先在作威胁之虚势了。这对于英国本身，实系决心放弃东亚权益与否之分歧点，我们总希望英当局能看清暴敌的野心，速与美国取一致之行动，而表示坚决态度以制机先，勿至噬脐莫及，致再临慕尼克退让之覆辙。

第三，美国的奋起制敌，现在当然是最适当的时机，纽约各报，已一致提议，用最严厉最实际之完全禁运石油废铁及其他一切助敌为虐之输出品，并召还东京驻日美大使以示意，为最高明之政策。而据合众社所得华盛顿方面之可靠消息，美当局似亦已下了决心，将采取空头抗议等外交酬酢以上之行动，而作一次对侵略国暴行无度的总答覆。

不过制止侵略国之暴行，用釜底抽薪之计，消极地减少侵略国之力量，原属必要，然而积极地出动军舰，速与英国联络，完成太平洋上的防务，以及大量地以物质经济来支持被侵略国之抵抗，尤属必要。关于此点，不知美国当局，究竟曾否计及，我们深望美国在最近期内，有积极的表示。

第四，从苏联的一贯立场来说，则对于弱小国家之横被侵略，应该表示反对，不过巴尔干半岛之风云方紧，而多瑙河区之防围未固的现在，向以和平固守为职志之苏联，是否能仗义执言，向敌阀有所表示，原属不可知之事。并且敌阀南进，与苏联之利害，最多亦不过有树胶供应上之冲突，其对越南之降敌，暂时只缄默旁观，自在吾人意料之中。今后苏联对敌之动向，当从英美二国，向苏联作用得如何以为断，倘苏联果能有高瞻远瞩之深谋，则对一向以反共为口号之敌国，亦当在事先防备及一二，不至完全取隔岸观火之态度。

第五，自由法国戈尔将军对达加之进攻，以及法国各旧殖民地之群起响应而作抵抗，系全世界被侵略国意气之表示；甚至远处在东方之不甘作亡国奴的法国子民，亦有奋起投军抗敌之壮举，当为对各侵略国之一种有力的示威，大约闻风兴起使顽者廉而懦者立之英勇行为，今后定将层出而不穷。直布罗陀虽被空袭，而全世界之反侵略气运，却已高涨到了极度的沸点。以敌之此次侵略越南为界线，今后之反侵略战争，在全世界必将愈演而愈烈，是可断言的趋势；东西各侵略国之气焰，此后自然只有日减一日的命运。

最后，要说到敌对荷印的侵略步骤了。荷印的地位与处境，与越南的不同，当然可以不必赘说，而荷印的当局似乎也不至于马上就会屈服，如越南的样子，这从敌使小林，到了巴城多日的现在，具体谈判，尚未开始的一点来看，也可以猜测到一二。此外，则荷印尚有美国在撑腰，自然也是它能够坚强不屈的重大一主因；但是最大的原因，还是在于荷兰本国虽已受了敌人的摧残，而女皇维尔赫敏娜，却仍是不主张投降的缘故。

所以，这一次荷印与敌国的谈判，虽然不至于同一九三四年六月在巴城的荷敌会商时一样，终至于使敌方得不到好果，但至少至少，荷印的让步，亦决不至如越南的屈辱，竟会完全失去了主权领土的完整。

不过反覆无常，进退不定，以威胁利诱之狡计，作得寸进尺之阴谋，是敌人惯弄的把戏，从前对我国的东四省是如此，现在对越南亦如此，将来对荷印，也决不会踏出这一个方式以外去的。荷印当局应该事先作预防，切勿再示以软弱，而使侵略的魔手得渐伸而渐长，这不独是荷印本身的存亡之所系，恐怕也是整个南太平洋生死之所关也。

欧战的持久和扩大

自从纳粹的闪电战术闪至海峡而失效,以及连日连夜的空袭,也不能动摇英国抗战到底的决心以后,我们就早已看出,欧战非持久不可。但兵连祸结,两虎相斗,自然双方都蒙受着不利。可是在美国竭力替英国帮忙,而纳粹法西斯的野心,又愈来愈大的此刻,欧洲的战局,一时却也很难有收拾的可能。战局一持久,自然难免于扩大。其在远东的小丑,利用邻居失火的机会,偷偷摸摸,来他一二次打劫。倘若仍不算欧战的扩大到太平洋的话,则此次柏林会议之后,在非洲,在地中海,以及在伊倍利亚半岛和巴尔干半岛,都有随时展开大战的可能。

据马特立的报道,西内相孙纳,仆仆于欧洲道上。所谈的似是关于西班牙的参战,及参战后所能得到的报酬问题。

然据我们及美洲各国的观察,都以为西班牙内战三年,元气未复,此时断难参战。且反弗朗哥之人民阵线的散兵,满布在比来尼山的前后,其数亦不下二十五万。万一西班牙当局一行参战,则此辈必将利用机会,乘时兴起。况西班牙在经济上,须英国接济,在物资上,有赖美国援助,若一经参战,则德意断不能补偿英美两国对西班牙的供应之缺。所以,我们认为非至德意胜利在望,或英国兵力全无之际,西班牙实不愿意加入轴心国去,而招至己身的糜烂。不过希特勒、利宾特洛浦等所惯用之手段,为极巧妙的威胁与利诱。再加上以墨索利尼与齐阿诺之压迫,则西班牙之被卷入旋涡,亦许在最近会成事实。

若西班牙而一参战,则葡萄牙当然亦不能安居局外,而维持中立;不附英,即依德,两者之间,必择一路,从此伊倍利亚半岛,就也不得不受烽火的洗礼。

再则,西班牙若参加战争,德意所能利用的,是以西班牙军去攻直布罗陀,并且假道西班牙境,大量送战车陆军及种种重兵器去非洲,沿西海岸而向南向东,实行分宰非洲之计划。据传此次柏林会议,早有以摩洛哥给西班牙,西非洲让纳粹德,埃及、斯丹、杜尼西亚,以及叙利亚归意之预定;是则侵略国家,过屠门而大嚼,先已将非洲地图划分好了,这当然是欧战扩大之最可能的一面。

另一面的扩大,当然是在沿巴尔干南端至地中海,红海,到印度洋的一段。万一希腊而被轴心国所侵蚀,土耳其当然会暗中受苏联的怂恿,表面对英国践盟约而参加入战争,巴尔干各小国,自然也会合纵连横,各自寻求依附国而□□,于是地中海的两岸四周就不得不成海陆空军的大战场。战场愈扩大,决战亦愈不易,循环因果相往复,欧战就又得因扩大而持久。

因欧战的持久与扩大,而影响及太平洋的问题,当然是美国在这一方面的责任,究将负至若何程度的一点。

敌寇与泰国之参加轴心国军事同盟,对欧洲轴心国原无多大的补益;但在太平洋上,用来威胁英美,尤其是威胁英国的领土与权益,却也很有一点效验。越南已入敌寇的掌握,是其南进第一步的成功;敌寇第二步的打算,当然是在如何骗住美国而勿使有实际的行动,自己则可跳过菲列宾,再将魔爪远伸到荷印。

美国在十一月总统大选决定之前,是很难有动兵用武的可能的。几次抗议,与几个宣言,在贪得无厌的敌寇眼里,自然比等于一张废纸的条约还无价值。大胆妄为的敌阀,虽则在中国泥足未拔之前,看准了美国的这弱点,或许会再来一次拼死的冒险,倒也并非是绝不可能的事情。

　　倘若敌寇而果出此举,则欧战便得实际地扩大到太平洋上,我国之苦战三年又四月的成果,便可以于此时采摘了。何以故呢?第一,因为在敌寇方面,军事目标愈分散,各处实力便愈小;第二,美国对敌寇所加的经济制裁,到那时才会发生实在的效力。第三,美国到了最后,也必然会使用庞大的海军力量,而加以一击。第四,敌寇国内的矛盾与破绽,也必于此际,同时暴露出来。有此四因,自然会发生一果,其□□□? 就是消化不良,又因食伤而倒毙。我们平时所说的敌寇总崩溃,以及驱逐敌寇出境的总反攻,不到此期,就不会得实现,现在距这时期已经不远了。我中枢之军事负责人,曾声言过说,最后胜利,将不出一年;但依我们的观察,恐怕这期间还会得缩短至一半。

滇缅路恢复运输后的远东

当敌寇向英国提出要求，希望滇缅路禁止军器运输的时候，我们就向英国当局忠告过，侵略者的胃口，决不可以给予甜头，加以刺激，否则就会得寸进尺，欲壑愈填而愈深。你若想以让步来绥抚，结果只有一个失败。事后果然，英国于对敌让步后不久，便有敌寇对各地英侨，无故加以逮捕与虐杀之举；继而更不顾英美维持南洋现状之声明，又大举侵入安南，作南进之尝试。至于最近的轴心国盟约之签订，与我租给英国的刘公岛之占领，是明明白白，已在对英美取敌对的行动了。

本来，敌寇对中国并未正式宣战，它的无理向第三国的要求，是不合国际公法的。但英国一面想再试一下绥抚，以为敌寇对英的态度，因此或可以变得缓和一点；一面或亦为想从中调停，使中日战事得早日结束，故而应允敌寇封锁滇缅路军火运输三个月。现在英国可也已看清了敌寇的冥顽不尽，不复再可以理喻了，故而毅然决定了滇缅路的重行开放，这对我今后的抗战，自然会有很大的帮助。我们在这里，可以先声明一句，中英的国交，将从此而更进一步，从前中国人对英国所怀有的不快之感，也可以因此而一扫。

当滇越一路，终被敌寇在安南截断之后的今日，滇缅路的运输，对我军器的输入，和土产的输出，是如何的重要，以及敌寇即使来炸，也当然不会有什么效果等，我参政员杭君已经说过。

我们今后，当一层更上，将滇缅铁路，也敷设它成来。使这一方面的交通，可以直达到扬子江边，则我国现在的抗战工作，和将来的西南开发，自然会有长足的进步。

从这次滇缅路的重行开放，英国因而广得了美国苏联和我国的齐声赞颂的一点来看，我们觉得对付侵略轴心国的反侵略同盟，即英美中苏四民主国的紧紧联系，并不是不可能的。况且现在德意已承认攻英失败，在改变战略，将精兵抽派到罗马尼亚去作东进（纳粹）与南下（法西斯蒂）的准备了。苏联为保守乌克兰的谷仓，自然是乐于和英美携手的无疑。

至于远东的局势，在英美已坚决表示了态度的今日，敌寇自然只会得退缩。大胆的敌阀与傀儡近卫，在中国玩火三年，人力财力，早就消耗尽净。近更侵入了越南，陷入泥沼的一足未拔，而另一足又将有被胶住之势，今后还哪里更有能力，想与英美在太平洋上争锋？

当然，德意是在日夜压迫敌寇，要它向马来西亚和缅甸进攻。但矮子进闹场的苦楚，只有敌寇自己心里明白。这签订轴心同盟的结果，将渐渐地在它的兵力分散，和资源断绝上见到应效。

敌寇对荷印的资源掠夺，这一回恐怕也要受加入轴心同盟之累，使它今后将无法可施。因为敌寇之威胁与蛮干，到了目下，已达到了最大量的饱和之点。此后敌对荷印，决没有像对安南那么的容易得手。譬如说以海军来威胁吧，则菲列宾与星加坡的两道难关，将如何的越过？苟以空军与陆军来威胁，则敌对中国侵略的陆空军还嫌不够，又哪里来这许多飞机和人马呢？

所以，因美侨的撤退，与美国海军后备军的召集之故，似乎远东的局势，异常紧张，太平洋上的大战，仿佛是将一触即发的样子。但依笔者的观察，则敌寇决不敢轻易盲动。对于滇缅路的开放，提提抗议，或者是□□的举动。至于出以实际行动，竟向马来亚或缅甸进兵,则敌寇虽愚,恐怕也决不会这样快的就图自尽。因为在太平洋上向英美启衅,实际上是等于自杀的一点,敌寇原也知道得很清楚的。

  因滇缅路的开放,英国的态度,总算明朗化了。此后香港对我的接济,自然也可以渐渐恢复以前的状态。所以,我之抗战,今后也将进入一新阶段。等苏联的态度决定,我之军器运到各战区之日,便是我总反攻开始之期。东西侵略者们的命运,将在这半年之内被决定了。愿我海内外的同胞,在这最后制胜的关头,再来尽一下力!

巴尔干现状与苏土英

自从纳粹攻英失败,将其精粹之军假装作为罗马尼亚训练新军的军官团,而混入罗国以后,连日电讯,详报德军之开入罗马尼亚的,已约有十师团以上。最近且报有大批海空军亦开入罗国,将以黑海之康士坦萨为海军根据地而从事于海军之扩张与建军,至于德国飞机之来往于罗马尼亚领空,那更是当然之事。因此之故,巴尔干南部之各邦,如保加利亚,南斯拉夫,希腊,以及土耳其等,遂各起戒心,大有岌岌不可终日之势。

若以纳粹闪电战之精兵,更加以意大利军之辅佐,大举而临保加利亚、南斯拉夫,或希腊诸小国,则胜负之数,自可预卜。不过苟欲通过土耳其,而长驱入叙利亚、巴勒斯坦,则此事亦谈何容易。

第一,土耳其一千七百万人口之中,可以应用之精兵,共有一百五十余万。新土耳其之海陆空军,各有现代配备,各具国家民族意识,且自第一次世界大战以还,在开麦儿第一任总统领导之下,土国军队曾转战各方,迭著战功。其战斗力之坚强,决非欧洲各小国如荷比丹麦等之军队所可比拟。所以,纳粹之目的,若只在占领罗马尼亚之油田,与夫□国之食粮产品等之掠夺,则事实上或可办到。除此而外,恐怕发展也不会有多大的成就。因为与土耳其及巴尔干问题联关的,还有英苏等国在。纳粹法西斯蒂的如意算盘,决不能一直的打通下去。

英国在东部地中海之军备，在平时就不肯放松，因为要想保伊朗与伊拉克等地之汽油供给，以及与印度、南洋及远东之交通联系，则红海，苏彝士河，地中海的一段，对英国无异于输血的主要动脉。从印度洋的波斯湾起，沿阿敕伯的南岸，由亚丁而至地中海之赛泊拉斯岛，哪一处不驻有充分之英海空军以资防御？自从法国屈服，对德意单独抗战展开之后，英对于这一方面的防御准备，自然只会得加重。各殖民地军队的源源开至，以及大量军需机械之储藏，在前一月，已很可观。英国国防总指挥岂不早就声明过了么？"英国的国防，不但是对于英本国，配备得十分周到，就是其他的英国属地，自直布罗陀而至地中海与东南非洲，远及于星加坡，香港，亦已巩固得如铜墙铁壁了。"这一句话，当然不只是空向侵略国家的大言威胁。

并且，在一九三九年十月缔订之英土法互助盟约，并不曾因法国之中途投降而失效。至今英土两国尚保有着极密之关系。德意若不顾一切，而长驱南下，则战线延长，敌国增加，是一定的结果，纳粹狂徒，虽有时会因疯而失去理性，但对这一点利害，或者是还看得清的。

其次，因纳粹占领罗马尼亚的结果，直接发生危惧的，原为巴尔干南部各小国，但间接不得不起戒心的，自然便是苏联。

苏联自从巩固了北部的边疆芬兰，收回波罗的海沿岸的三国，以及恢复波兰的东部失地之后，所余的就是南面的一道防御线还未打稳，使黑海的苏联舰队，得自由通□□□□□□及达达纳儿□□，原是俄国历史上的宿望。然至少至少，为保守南俄的谷仓乌克兰及高加索起见，则黑海的军港奥迭萨，断不容许他人擅来窥伺。现在纳粹既占领了罗马尼亚，又想在康士坦萨建立海军，则苏联显然已受到绝大的威胁。路透电讯所报道的苏联在倍萨拉比亚一带业已增兵预防云云，当系自然的结果。

因此之故，苏联与土耳其的关系，以后也只会得日密一日，不问轴心国家如何派使节团去向苏联打躬作揖，苏联为保持己国的安全，终不肯轻轻与轴心国联合在一起，是可断言的。

须知苏联并非侵略国家，它的政策，始终是一贯的中立，而这中立政策的核心，就是在于保持苏联本身的安全。关于苏联这一保持本身安全的外交政策，英国国际问题研究家华特女士，曾有很透辟的论断。照她的所说，则苏俄从前之签订勃莱斯脱·立多斯克屈辱条约，以及此次与德国结互不侵犯约定，并分割波兰，奠定北欧，都不外想确保自身的安全而已。因俄国幅员之广，疆界之长，并因国内一向之政治、经济、文化之停滞，俄国对于四邻，无日不在危惧之中。即革命之后，无产阶级专了政，欲促成世界革命而未成，于是便不得不锐意经营内政的现在，其亟欲确保己身安全之观念，仍旧和往日是没有分别的。

所以，纳粹的占领罗马尼亚，一面虽似扩张了领土，增加了汽油粮食的供给之场，然其他一面，则和苏联又发生了间隔，其为利为害，现在可真难说。这和敌寇在远东，因占领安南，而招致美国的反感，至有目下撤回远东美侨，和敌寇断绝经济通汇，以及召集海军预备兵等结果，也许将成很好的对称。

我们相信，轴心国到了现在，已面临一绝大危机。若不及早回头，临崖拉马，恐怕就会有崩溃的现象发生。我们且看在最近半月之内，德意究将取哪一种的步骤，和敌寇在远东，将作怎么样的帮凶行动吧。

编辑余谈

一年容易，今年又是岁暮的三十一日了。以我两年来看稿的经验来说，总觉得这一边的文艺执笔者，不大喜欢短文。平均我总每天要接到三十封以上的投稿书信，其中以三四千字的小说为最多，诗次之，短小精悍的杂文却最少。当然，写杂文要有经验，有学识，有文学的修养。年青的人，或不容易具备这些条件，但我们总希望大家去炼思想，炼文字，炼观察力，多试多写这种简短的杂文。因为这一种文字，是最适合于副刊的。余事等明年再说，谨在这里向投稿者诸君行一暂别的敬礼。

简说一年来的敌国国情

去年敌国一年来的政潮起伏，对国际对中国的态度变幻，虽则丑态百出，奇形毕露；然而简单的说一句，就是因对华事变的冒险失败，经济濒于破产，政治已经破产；想全国法西斯化，而又化不成功，想结束对华事变而又结束不了的断末魔的苦闷。

一九四〇年即敌国昭和十五年的开头大事，就是在我粤北的一次大败仗，打得那些华南贼寇，抱头鼠窜而逃，伤亡将近二万余人。而敌国内的第三代短命内阁阿部，却因国民生计的困难，低物价政策的失败，米、电力、石炭以及一般资源的枯竭恐慌和少数阁僚的不易补充，政党间磨擦的尖锐化，更加以军部对他的不满而下场。

继阿部而起的无米内阁米内，当然也不是能炊的巧妇，一月十六日上场之后，首先就碰到了美日商约废弃的一个硬钉。通货恶性膨胀，黑市横行，继米粮、电力、石炭，及日用品不足之后，更加上了壮丁死亡日多的劳动力的不足，因此众怨沸腾。人民对军部对敌阀侵华失败的不满和愤慨，就在第七十五次议会开会之初，变作了斋藤隆夫向军部向当局的严厉责问辞，而引起了摇动全国的大波澜。

这一场风波，总算是将斋藤免去议员职务而勉强收了场。但泛滥在全国各阶层间的不满与不平，却是无法消灭的。因而敌阀情急智生，为消灭国内的反抗与厌战倾向起见，就加速使阿部来南京与汪逆私订和约，想借此以欺骗敌国的百姓，但事机不密，这和约全部，又为高陶所揭露。

国际间的情势呢？因外相有田八郎，想缓和英美，拉拢苏联而失败的结果，法西斯军阀就乘机抬头，当四五月欧战扩大，荷兰危急之秋，逼迫有田，发出所谓关心荷印的谈话，趁火打劫，认为"若欲实行新秩序"，"大东亚经济圈"等，这正是黄金不符的机会。敌寇南进的暴徒侵入以后，又有什么"大东亚"的声明。不但如此，当荷兰被纳粹吞并，军部法西斯，尤认传声筒有田的声明为不足，于是更群起而攻击有田的所谓"东亚门罗主义"的一段声明，是未经四相会议通过的。对于米内内阁所提倡的借助重臣，调整国务之议，攻击得尤为激烈，于是元老重臣的汤浅，就也因而被迫而去了职（汤浅最近传已赍志以殁）。

军部法西斯的凶焰，自此更相继增高，对议会政治，也提出了严重的弹劾，一面暗中又使近卫提倡所谓"新政治体制"的口号，想把敌国六七十年来的宪政，一举而击破，组成全国一党，纯粹法西斯化的军部独裁的政体。

自五月中旬以后，荷比相继被纳粹所蹂躏而屈伏，六月十四日，德军侵入巴黎，六月十八，我宜昌陷落之后，素来就主张联德意，反英美苏联的敌军部及走狗们，气焰更不可一世了。在国内则利用佃俊六陆相攻击有田，攻击内阁，而欲使米内倒台，逼迫各政党自行解散；在国外，则开始发动侵略越南的军事，以要求禁止运输接济中国之军需品为名，向越南、缅甸而进迫，意欲马上实现其南进的野心。

米内内阁于七月十六日被迫辞职之后，继米内而上台的，当然是除军部的走狗近卫而外，无人取尝试这一个内外交窘的组阁任务了。于是由"政治新体制"而"大政翼赞会"，列举了许多抽象的要纲，一面想讨好军部，一面又要想结交财阀，渡过这一个经济濒于破产，政治已经破产，军事也已显露了败征的难关。

自九月二十四日，敌军开入越南同登，而进据安南东京地方，一面又派小林去荷印而想攫夺荷印的资源。九月二十七日德意日三轴心国军事政治经济同盟条约公布以后，敌寇在国际间的孤立地位，便更形孤立了。英美当然是已一变了她们对太平洋的含糊态度，对于敌寇取了平行的强硬政策。如重开滇缅路的运输，以大量军需及借款助我等，便是实例。本来是有可以接近的趋势的，近来可也因为敌凶焰的高涨之故，而表示起犹豫来了。并且又因欧洲的战局，英则渐渐加强，大有反击纳粹，使之溃退之势。意国现已到处被击，军事上大大失败，敌阀自然不得不起绝大的烦闷。前次闲院宫的辞职，仅仅显露了一点敌自认加入轴心国同盟为失败之朕兆的倾向，到得近来，自然更为显著。

至其向我的和平进攻，提出种种诱和条件，又恳求德国从中调解；逼汪伪政府于十一月三十日签订和平条约；任野村大将赴美国大使之任，冀求美国对敌寇的态度转变等，就是敌阀自认加入轴心同盟失败以后的种种反应。

总之，目下的敌国内外，一则因经济陷于绝境，不能稍有松一口气的机会，一则因世界各民主国已联合了起来，同时对它加紧压迫的结果，实在已经到了不能动弹的地步。并且更因近来我国加紧了总反攻的准备，豫计明年春夏之交，在我华中华南以及河北一带的敌寇，将因受我全面反攻，而有总崩溃的可能。我们在这一个抗战将得最后胜利的关头，同胞自然要更加团结，更加出钱出力，共赴国难，才可以造成一九四一年的全线总胜利的局面。我国胜利的曙光，今晨已经普照大地了；今后大家自然应该一步一步的使它发扬光大，坚强炽烈起来。我们欢迎这一个抗战胜利的一九四一年。

诗人杨骚的南来

与杨骚在福州别后,已经有三年不见了。虽在报章杂志上,时时看到他的消息,但是从武汉而湘西,从湘西而桂粤,我却终于没有机会和他在旅途中一见。现在他从抗战的陪都,经过香港,而到了这长年是夏的南国,我们很庆幸旧友的无恙,同时又欣幸着南荒的热带上,重增了一位执笔的战士。

诗人是曾经到过各战区去慰劳将士、视察过抗战的实况的,我们希望他能于征尘暂洗后,将他的所见所闻,都写出来报告给我们。

文化人在这一战乱时代里所能做的事情并不少,尤其是在文化和我国不同的这南岛,我们希望诗人杨骚能给予我们以簇新的制作,而增加些我们的兴奋。

介绍《四库全书珍本初集》

《四库全书》系清乾隆三十八年集全国通才，开《四库全书》馆，征求天下书籍，阅时十余年而成，统计十六万八千余册，分抄七份，建七阁以贮之。文渊阁在文华殿后，文溯阁在奉天行宫，文津阁在热河避暑山庄，文源阁在圆明园，此名内延四阁。今文源阁所藏，荡然无存，其余三阁，尚无阙失。又以江浙为文人所聚，特于江苏扬州大观堂建文汇阁，江苏镇江之金山寺建文宗阁，浙江西湖之孤山建文澜阁。文汇，文宗，毁于兵燹，文澜之书，亦于乱后补钞，非当年旧帙，今改存浙江图书馆中。《四库全书》帙卷之富，集中国古来典籍之大成，以数十年之岁月，成此巨大之工程，真历史所仅见。

该书原有七部，分存文渊，文源，文津，文宗，文汇，文溯，文澜七阁，前清咸丰十年，英法联军入京，文源阁化为灰烬，太平军之役，文宗，文汇两阁亦相继毁灭，民国二十年"九一八"事变，文溯一囗沦入鬼域，现存文津，文澜两部，亦均有残缺。文渊阁所藏，独为完善，中央政府关怀世变日亟，为导扬国光，保存我国宏富珍秘之典籍起见，特委托商务印书馆于民国二十三年影印《四库全书珍本初集》，公之于世，从此百年来之珍秘典籍，风行海内外，世界共推。

自抗战以来，祖国珍贵典籍类多惨遭浩劫，本书影存之本亦多散失，本坡商务印书馆曾向国内各地征求，幸得影印珍本初集全部运星，以供南□图书馆及爱好祖国文献者之珍藏。初集凡二百三十一种，本装六开本，共千九百六十册，全部实售价为叻币四百零五元。

《七大问题》序

佛教在其本土印度衰微以后,经典文献,反集中到了中国,自汉唐以降,下迄明清,高僧哲士之深究佛理,居能独其身,出能兼天下的佛门弟子,我国史册上记载特多。而此次抗战军兴,佛教徒或从事救伤济难,或挺身宣扬正义,种种英勇公德,昭彰在人耳目。佛家宗旨,只在出世等谬说,因此,已可一扫而空。

慈航法师,此次为国宣劳,曾经历印度、锡兰、缅甸等地,为我国中枢,争得不少国际同情,而于驻锡马六甲时,又不惜现身说法,向一般善男信女,讲解佛旨之与救国为人有关诸大问题。佛陀宏旨,乃在救国济人,深入世间,此理终于大白。法师所讲各节,经金明法师笔录成书,由各善信出资刊行,以广流传。因恐我国的青年士女,习于传统陋见,以佛家学说为隐遁消极,避世独善的一流,故乐为之介绍,愿天下有心人,都能一读此书,而加以三思。

郁达夫序于星洲寓庐

轴心国两面作战与马来亚

纳粹侵略苏联，迄今已入第七星期，师老无功，损失却极重大，共计伤亡人数在一百五十万以上，机械化部队动员四分之三，已被歼灭大半，而飞机坦克车的损失将各逾万数，但此战的结局，还是遥遥无期。现在德虽再调动意大利、罗马尼亚、西班牙，及奥匈等国的杂凑军队赶赴东线填防，——因纳粹兵种已竭。——正想作第三次闪电的进击。然据各军事观察家的预断，则皆谓此次闪电进击，德方实力，必较前两次为差。因精粹的师团四十余师，已全被毁灭，而此次若再失败，则纳粹的全部崩溃，为期也不甚远。

纳粹的所以会受到这样的失败，其原因是在两面作战，分散了它的兵力。这不但旁观者知道，就是纳粹的许多将领，也因此而和疯狂的希特拉起了冲突。现在英军已开赴北冰洋，将与苏联取夹击之势，纳粹狼狈失措，应付维艰，大约这两面作战的苦楚，将在这一两星期内，教纳粹饱尝到滋味。

纳粹既铸下了这一大错，殷鉴不远，在东方的轴心强盗，难道还会不知所戒，再犯下一个两面作战的最大过失么？以常理来推断，我们决定敌寇是决不会的，所以敌寇的不血刃而侵吞越南，现在又想以故智来蚕食泰国，其主因是在看准了英美的不致于兴师。假使英美早就表示敌若侵吞越南泰国，将不惜与敌以干戈相见的坚决态度，则不但泰国可保无虞，就是越南也决不会被侵占得如此之快。

现在敌寇是已在越南尝到了甜头，而且刀已出鞘，不用至极处，自然不容白白地再行收回。泰国的被威胁而屈服，自是意计中事。到了贼已升堂而入室，英美还仍不出以坚决的表示，则将来的后患，自属无穷。不过敌寇若侵吞泰越完了以后，会不会再进一步而西入缅甸呢？我们自然料到他在德苏胜败未决之前一定不敢。

何以到了现在还可以作这样大胆的断语呢？我们在头上已经说过，纳粹已经吃了两面作战的大亏，敌寇是决不会再踏这一个覆辙的。敌若一侵缅甸，无论如何，英国当然不得不立时起来了。虽然敌寇的拆散民主国在远东合作的工作，已经做得相当成功，美国或者将在敌保证不与菲列宾与荷印之下而一时缓和下去，但英国可到底是事关己身，不能将自己的属地拱手让人。而且澳洲的海陆相也连日发表声明，不啻是对敌下了战书，即不问马来亚及缅甸的防务，已固若金汤，就是一有缓急，英国调动地中海、非洲、印度的大军来缅马应战，也决不是敌寇的败残之师，所能承当得起的。

所以，事到今日，我们就敢大胆的断定，敌寇决不敢西侵缅甸，尤其是不敢南侵马来亚。而这一个大胆的断言，却是以英国的作战决心为后盾的。

至于马来亚与缅甸的防务呢，当局者早已有过详细的广播词了，我们在此地可以不必重说。但照敌寇估计，则英国精军之驻马来亚者有十三万余，在缅甸的约有八九万之众。此外的英海空军实力，无论如何，当在敌寇驻越全数兵力的一倍以上。并且，这还是英国一国在马缅的现存军实，若再将美在夏威夷、菲列宾之海陆空军与荷印澳洲印度的全部海陆空军合计起来，则兵力之强，自然要远超出敌寇的数倍乃至数十倍。

故而我们认定马来亚的安全,其金汤永固,毫不成问题的。无论如何敌寇不敢轻易动兵南侵马来亚半岛。即使敌竟敢不顾死生,向英挑动战事,要想打到马来亚来,恐怕也是比登天还难。因此,我们想忠告我们的侨众,大家应该努力准备,想出如何方可加速扑灭东西轴心强盗的方法,不必稍存恐惧之心,而自相骚扰。我们尤其要在此忠告各位在马来亚经商或从事产业的中坚人物,切不可乘此机会来高抬物价,或减低生产。政府对于扰乱市场的奸商,自会有严厉的取缔。而对于生产事业,当然更会有切实保护的指示,以期集中全力,共御外侮。当然,安不忘危,我们对于金兰湾到星加坡只有六百哩海程的这一事实,也不可忘记。

最后,要说到敌寇的北进了。这不过是敌寇的一种烟幕,我们在昨日的社论里已经说过,以常胜著称的纳粹,尚且因两面作战而受到了这一次的大教训,比纳粹实力远逊的敌寇,难道再会去犯三面作战的大错么?这是不会的。总之,我们要以镇静的态度,作周到的准备,来研求如何可以扑灭侵略者的凶焰,这在抗战的祖国原是如此,就在侨居的马来亚也是一样。

民主国家将在远东首先胜利

我郭外长于五日国府纪念周中检讨国际情势时，曾谓民主集团，将首先在远东胜利。轴心国最弱之一环的敌寇，于遭逢中英美苏荷之联合经济制裁后，势必首先崩溃无疑。郭外长之作此断语，盖以中英美荷之强硬对日，齐一步骤，施行最完密之经济封锁，使已在经济与军事破产途上之敌寇加速地趋于崩溃为前提。英美若于此时在远东，果能取一坚决之态度，联合各友邦及属邦，厉行完全与敌经济绝交之政策，一面更调集海陆空军，陈兵境上，制止敌寇之南侵，则已在中国惨遭灭顶之敌寇，自然只有弃甲曳兵而退走或立时崩溃的两途。本来得寸进尺，欺善怕硬，是轴心强盗之通性。纳粹原是如此，敌寇也何独不然。这一点想也是英美所洞悉的。

现在越南已为敌所吞并，而泰国则正在被威胁至最后关头之际。敌寇的魔爪，果然因慑于民主国两巨头之会商，而在表示退缩了。虽然，罗斯福总统与丘吉尔首相，果在北大西洋会商与否？其所会商之重要内容，果系完全为共同制敌及援苏与否？此时仍尚无确息。而敌之情报部发言人石井，却已在声明敌对泰国之要求，只限于经济之范畴了。这当然是由于大批英国陆空军陆续开到马来亚，美国两巡洋舰之寄泊澳洲，以及美国中下级军官多数抵达菲列宾等事实的一个反应。

所以，我们曾再三说过，英美若果欲维护在远东之权益与领土，有效地禁止敌寇的南侵，除实际准备作战，彻底表示强硬不妥协之态度而外，实在更没有第二条路可走。

此外，则中国之大举反攻，当然为决定敌寇命运的最后之一击。现在敌寇被中国所吸收住之军队，全线仍不下一百万人。敌欲向南向北，作两面威胁之计，国内后备兵及免役兵之征集，已竭泽而渔，亦再凑调不出五六个师团。前数日路透电传，敌国各工厂及农村，已因此次大批军队之召集而陷于绝境。劳工不足，壮丁抽完，现在迫不得已，已在改编全国中学以上之学生，而施以训练，预备将这些青年，送上前线去作最后一批炮灰了。

是以自德苏战争开始，敌侵吞越南军事发动以来，新开至伪满及越南布防的敌军，统计约有四十余万。扬子江流域抽调十万，珠江流域再抽调十万外，其余五六师团，势非由敌国内将老弱残兵及未成年者勉强凑合起来不可。这些毫无战斗经验的新兵，无论其被调至中国换防，抑或送上南太平洋新辟的战场，他们的战斗力的薄弱，当然是可想而知的。故而英美在此时正应从速予我以飞机及重兵器等的接济，俾我得早日作大举反攻之准备。一俟民主国在南太平洋之联合部署完妥后，同时并起，共作扑灭东方法西斯蒂的围剿。若能如此，使经济制裁与军事制裁取得配合而双管齐下，则区区敌寇，还怕它不就范么？我郭外长的所谓民主集团将首先在远东胜利的一语，其内容所指，大约总是这一个意思。

最近据中央社及本报之专电所传，我在宜昌一带，已小试反攻而取得胜利；预料不久以后，我们在粤南晋南以及浙闽沿海，也将一一采取主动，驱逐敌军。在这一个紧要的关头，我们原不惜重大牺牲，为民主国家作一支柱，奋起而与敌寇相周旋。但同时也希望英美能撑起腰来，向全世界自由，文化，与民主的大敌，施以一强而有力的制裁。

关于《马来亚一日》及其他

　　近几日来（自八月十五日以后），接到《马来亚一日》的稿子多得很，大约平均每日总有一百余封，我们正在细细批阅，打算尽量先在《晨星》、《文汇》两副刊发表后，再将余稿类分，修改，然后重行计划编印书本的问题。编审委员会组织范围的大小，要等九月十五日，征稿截止后，视稿件数目的如何而决定。若稿件过多，当多请文化人来参加这一工作，务使各方面的人，多能依他们的意见（如专家的意见之类），来决定去取，和修改稿件。

　　因为来稿一时颇多，所以批阅不能立时完毕，所以，发表的迟早，与原稿件的性质及优异无关。

编余杂谈

上海《大晚报》载，沪市英国经纪人家里雇用的厨司买了一只鸭蛋，据说，是预备自己吃的，不料到得夜间，那只蛋放在厨房里的窗槛上，却通体放光，雪亮得像一株圣诞树，于是哄动遐迩，观者潮涌而至，认为是一只宝贝，竟至有人不惜出两千元重价以收买，——然而那厨司还不肯。

上海原是五光十色、无奇不有的地方，小市民的好奇心，也比别地方人更厉害。马路上两只狗相打，尚且"观者如堵"，挤得水泄不通，更何况鸭蛋会发光呢。好几年前曾有所谓"蟹背美人"这宝贝，据说也曾哄动一时，蟹背会发现美人，那自然是邪气的希奇的，大报小报，竟相刊载，但不知怎样，后来终于沉寂下去，无人提及了，实在很可惜。现在又有所谓"发光鸭蛋"，这和"蟹背美人"，恰是无独有偶。

美派军事代表团来华的意义

　　据华盛顿二十六日合众社电，罗斯福大总统，为充分援用租借法案，而使援助中国抗战易收实效起见，已决派一军事代表团来中国。该团由曾在中国美大使馆服务多年之约翰麦格罗特少将率领，决于半月后起程来华。我驻美大使胡适氏，亦曾于面谒罗大总统后，关于此事，对新闻记者发表谈话。谓关于对中国之援助，罗大总统与丘吉尔首相在海上会商时，亦经通盘规划，英美两国，对于援助中国抗战，今后只会加强，决不至于放松云云。

　　事实胜于雄辩，正当敌寇曲解丘吉尔首相在廿四日晚所发表之广播词，大放谣言，谓英美将牺牲中国，而与日本妥协之此刻，有罗斯福大总统这一决定之发表，对敌寇不啻是当头之一棒。而民主国家目下之合作加强，已处处采取积极主动姿势。以后反击侵略国家，将毫不容情，拥护独立自由之民主阵线，必获最后胜利各节，也都可以此一事来作证明。

　　当然，我们的抗战，所持者是自力更生的信念。即使各民主国家，因忙于应付己身的种种困难，对我只给以精神上的援助，我们也一定可以击败敌寇，而达到抗战胜利的最后目的。盖敌寇之必败，其运命并非于英美联合宣言发表之此日，方始决定。实则于"七七"寻衅，及其后加入轴心同盟时，就早注定了。不过各民主国家一经联系加紧，行动加速，态度加强之后，则不但敌寇总崩溃的到来,会大大地缩短时间,就是纳粹的没落,也必然地会得加速。

现在侵略阵线与反侵略的民主阵线界限早已划分得十分清楚。而一国的兴败,亦必然与全局有关。英美的援助中国,援助苏联,实在也就等于援助自己。我们与苏联的抗战到底,誓灭轴心凶焰,实在也就等于为英美与民主自由而战。这事,罗大总统与丘吉尔首相,不消说是早就看到了的。所以,海上会商之后,对苏联之具体表示,为将在莫斯科举行之三强会议案的提出;而对中国的表示,当然是在这一次军事代表团的派遣。

敌寇驻美大使野村之屡向赫尔叩头,以及敌情报部发言人石井之频频表示,谓美国即使将煤油及军需品接济苏联,通过日本领海而至海参威,日本亦不欲加以阻止,不过情绪上终感不快等宣言,就足证明,想向英美求饶者,是敌寇,并不是英美。并且丘吉尔之广播词,也义正辞严,对敌寇只加以强硬之申斥,并不曾说及美国之欲绥靖敌寇。而且在最近,石井曾经更进一步,明白地公布,敌寇只希望英美对敌之经济封锁,能稍稍放宽;而对苏联,只希望保证不将由美援苏之军需攻击敌寇敌方,就感到满足。从这些反证来看,则更可见英美将牺牲中国与敌寇妥协之谣言,是敌人所放出,英美的态度,只在警告日本,不要自行切腹,妄想在远东再启战端(特夫古柏语)而已。

何况英苏在伊朗,已有与立查沙谈判订约,军事行动业将于一星期内结束之消息。是则以后美国之舰队,将完全活动在太平洋上,驻夏威夷之美太平洋舰队,并无调动之必要。而美国今后援英、援苏、援华之军需,亦只将在一线上直行,自美国西部而至星洲仰光,复经印度洋而至波斯湾内。事实上东半球将成为民主国家之后花园,而太平洋与印度洋亦将成为各民主国家之内海。敌寇纵欲逞强,哪里还敢动一动手?所以,我们认为这一次美国派遣军事代表团来华的意义，不但在实际接济我抗战军火与作战计划上，有绝大的帮助，就是在击破敌寇的谣言攻势上，也有无比的效力。

澳洲缅甸与中国的交谊

自从敌寇的南进日亟，整个侵吞了越南以来，英美为恐危及于菲列宾、马来亚与荷印，同时采取并行政策，冻结敌寇资金，断绝对敌商务关系，且亦加强南洋各属之防务，一面又对敌发出警告，因而太平洋上风云一时骤呈险恶之象。直到今日，太平洋战事勃发的危机，亦并不能说是完全已经过去。在这中间，除荷印与菲列宾的充实防务，增加海陆空军，预备无论何时，敌来即予以迎头痛击外，对敌寇的南侵，关心最切、防备亦最周密的，自然是英国联邦中的两员：澳洲自治领与缅甸了。

中英两国，在东西反侵略反法西斯蒂阵线上，所处的地位相同，所下的决心一致，从主义与利害等无论哪一方面来讲，今后的团结，只会得日趋日紧，决不会背道而驰。正唯其如此，所以，中国与澳洲、缅甸，更因为同受敌寇侵略的直接威胁之故，自后的关系，也只会得亲密之上再加亲密。在这一种现状之下，我们得见中澳互派使节一事的实现，尤其是最近在星洲得亲聆澳洲首任驻华公使伊戈尔斯顿爵士之伟论，实属至可欣慰的盛事。

按澳洲与中国的发生关系，远在百余年前。中国人称澳洲作新金山，以与美洲西部的旧金山相对立。所以，英国在澳洲的拓荒辟土，开矿力田，我们中国的华侨，当然也尽了一部分的力量。不过其后因澳洲当局之政策改换，对我侨之取缔及入口限制，渐行紧缩，至我侨民之数，自数万而减至数千。其间更因移民律与海关禁例之严，所发生之民间悲剧亦复不少。如在澳生长之侨民，回祖国结婚，但新妇非在澳洲出生之故，而不能入境之案件，过去时有所闻。且因主客势殊，黄白种异，如一八六一年七月之兰滨惨案，更为中澳邦交史上之一污点。

现在则时移势易，中澳人民都满怀了如兄如弟之热情，咸望努力作中澳间商务、文化、产业上之沟通。如中国出产之桐油、猪鬃，以及军需工业上所必不可缺之钨矿等类，正可与澳洲之羊毛、小麦、果实及其他之农产矿产品相互易。澳洲今后若欲自农业国而进展为工业国，则劳工必感缺少，而中国则劳工尽有剩余。中国在战胜后之诸般建设，机械与技术专家，自亦相需孔急，若向澳洲去求供给，自然比远向英本国或美国而借材，更为简捷。凡从这种种方面着想，我们第一，希望澳洲政府，能将移民律改宽，使中国人民，今后得频繁往来。第二，在文化沟通方面，希望互组考察团，互派留学生，以及每年有交换教授之制定，使两国的情形，得通过文化界之宣传而普及于民间。第三，两国的投资，更可以设法而使其活跃，如澳洲政府对中国之实物借款，以及对于中国游资之在沪港或马来亚者，尽量吸收去澳洲开发等，都系目下所应做之急务。澳洲顾问在我国业绩之最彰彰者，如端纳先生在西安事变当时之为蒋委座而尽力，我国人士久已各抱感激之敬意。此次伊戈尔斯顿爵士，更以满腔热忱，而赴中国首任公使之任，以爵士之道德声望，经验学识而作沟通中澳交谊之桥梁，我们可以预祝将来必有更大之成就。

至于缅甸之与中国，自历史地理人种文化各方面讲，应有亲睦的交谊，实系必然的趋势。自从滇缅路开通，中缅访问团互相往来，以及此次敌寇猖獗逞强，直接威胁及中缅国境以来，中缅今后的存亡命运，已成不可分之局面。若滇缅铁道与滇缅边境之若干支路，再行筑成，则中缅虽属异境，实则已宛若一家，此后的政治经济文化，势必至于打成一片。且自今年之中英划界问题解决，与此次缅甸政府允免美国援华军实之过境税后，我们对于英国及缅甸的感激，更非楮笔所能形容。凡此种种，都系侵略国家所促成之佳果，民主国家联系的加密，缅甸实为一最重要之枢纽。中缅的交谊愈密切，敌寇的威胁自愈失其效力，再加上以美国援我之物资，而为中缅接缝处之水门汀，则铁壁铜墙，对敌寇之防卫，势必更见稳固了。

正当敌寇在泰国阴谋显露之际，澳洲、缅甸与中国，同时有此交谊日进之事实的表现。我们认为就是民主国胜利的前兆。

太平洋危机移到了大西洋

因敌寇侵占越南所引起的太平洋危机，自近卫亲致书面于罗斯福大总统后，旬日以来，在华盛顿有寇使野村与国务卿赫尔之频繁的会商，在寇京复有美格鲁大使与寇外相丰田的不断的折冲。据十日上海合众社电所传，谓日美或将于本周内订立一临时的协定。我们从邱吉尔首相与伊登外相的演词，以及英内阁远东特派员古柏氏的谈吐里，都可以看出，英美只欲在远东阻止敌进一步的侵略，并不想在远东挑起太平洋的战争。而在敌寇的一面，也明知若此时，与英美为敌，势必是自取灭亡，故而故意付价还价，无非欲求英美对敌寇的封锁，能稍为放松一点点而已。

根据敌情报部代言人之所露示，则美对敌显然已有给予以若干油类之意思。所谓只教日本也能得到美国的石油，则美纵对苏联接济以军需，源源由海参威而上陆，亦属与敌寇毫无关系的云云，当即指此事而言。故而敌枢密院有业已批准与美谈判之消息，而各重要方面所作关于远东的谈话，也都说远东情势，已经由紧张而略弛，热度虽未减低，步调实已趋缓了。

重庆方面，我郭外长对此次敌美之谈商，亦早发表有声明，谓太平洋问题，不经中国之承认，决无解决的可能。英美亦断不会不得中国之同意而径与敌寇谈妥协。敌美本未尝宣战，故亦无从而言和，所谓和平谈判之名词，实系敌寇所造作，欲用以减轻敌国内民众之怨尤，而使敌阁得苟延残喘的用意。

故而综合各方面情势看来，敌美之间，一时为缓和远东局势起见，成立几项暂时协定，似是已有了眉目。如美对敌略略放松一切物资（包括油铁棉花等）之禁运，而敌对南侵，不作更进一步之冒险之类。至于完全妥协，牺牲中国，则我们早已说过，是绝对不可能的事实，况且中国也并非可以自由被他人牺牲的国家，而英美牺牲了中国，非但对世界的威信将扫地，并且也是毫无利得的事情，损人而不利己，英美是断不会取此下愚之政策的。

从太平洋而转眼来一看大西洋，则敌美之所以要一时成立暂时协定的理由，也可得到一解答，而合众社九日电讯所说的对美国将被卷入战争的威胁，已由太平洋而移到了大西洋之消息，更并非是不经之谈了。

第一，继纳粹袭击美舰格里尔号之后，复有钢水手号与西沙号之被击沉，因攻俄而致损失得不可收拾的疯狂纳粹，今后将与第一次世界大战时一样，势必施行无限制的潜水艇政策，已由威胁而付诸实行了。

第二，罗斯福大总统对于海上自由之主张，或见之于宣言，或发之于声明，在此数月之中，已不知反复力说了多少次，直至最近，更重作一确切之声明，即自美国至冰岛之航路，当绝对消除一切的障碍；又以后美舰在海上若遇到危害，当毫不容情地即加以剿灭。这虽非对纳粹之正式宣战书，然而事实上与宣战却也相去得并不是很远。参议员乔其说："事到如今，各种连续发生的事变，确在使美国趋向参战的一条路上走。"参议员詹姆斯麦莱也说："希脱勒似在制造事变，要迫使美国卷入战争的旋涡中去。"而在同一合众社之消息内，更谓斯毕资贝干的远征，就是使罗斯福总统将白海之战区禁航令解去之先声。

是以，美国之将改正中立法，渐渐地已倾向到了参战的一方面去，早已成矢在弦上之局势；而在两洋舰队尚未完成到一半的今日，则在大西洋吃紧的时候，自然不想再在太平洋上惹起一点小风波。敌寇的想迁延时日，欲静观德苏战争之结果，或等待德英之再次交锋的苦衷，在英美的一方面，也何尝是没有？就这一点来推断敌美谈商的内容，则不待华盛顿与东京的公布，也可以猜想到一半了。

总之，太平洋的危机，确已经移到了大西洋，而美国的参战与不参战，事实上也不会得马上就发生什么重大的变化。不过敌寇若已向英美求饶蒙准了以后，则今后对中国，自不免又有一番小骚扰。但是英美对我的援助，决不会完全就停止，而我们的局部反攻将胜利，也是毫无疑问的。

十年教训

——"九一八"的前夕

　　自敌寇遵照了田中奏折的传统政策，欲实现其征服世界的迷梦，于民国二十年的"九一八"开始侵入东北以来，到今年的此日，已经整整地满了十年。在这十年之中，敌寇灭亡中国的计划，秩序整然，一步也不曾放松，由冀东而热河察绥，以及内蒙河北；甚至"一二八"当时，就想伸足入扬子江流域，渐逼渐紧，终于使我不得不于"七七"芦沟桥之役，忍痛奋起，下全面抗战的决心。

　　我们回顾这十年来之失策，第一，是在于"九一八"当时之不抵抗，东北四省，就轻轻断送在军阀余孽之手。第二，是过信了国联，没有看清当时欧美国际间内在的矛盾，如当时英法对德及因争取欧洲霸权之故的同床异梦，以及英美对于远东的各有用心。第三，还是在于我们自己的不一致对外，不知早日团结。

　　我们对敌寇侵略的这种种失策，说起来原只能恨我们自己的政治军事，在当时的不上轨道。但这同样的失策，在欧洲的各先进民主国家，也竟不能避免，终于使侵略者得东西勾结，气焰日高，卒至制成了这一次空前未有的世界大屠杀的惨痛局面。星火燎原，养痈遗患，过去的痛史，说了也没有什么用处，还是让我们来一检现势，再说将来，倒是光明在望，反可以增加我们争取胜利的信心。

　　我们由这十年来惨痛的教训中所得的最大结果，是自己的命运要自己去开拓，只教信念坚定，绝处也可以逢生的一点。试将我四年前，抗战初期的民气军实，与国家的处境，和现在来一比，就很容易可以看出，"生于忧患，死于逸乐"，"无敌国外患者，国恒亡"这两句古语的信而足征。在抗战初期，不但敌人在夸说三个月足可以亡我，就是对我抱同情之第三国，以及我国民众之大部分，也都以为以积弱之中国，而与号称世界一等强国之敌寇来拼，胜负之数，可不待蓍龟；中国但能抗战一年，已属奇迹，更哪里有最后战胜之理？

但是，现在我抗战已进入了第五年，而无论从兵种民气，军实，和经济机构等各方面来讲，不但是丝毫不曾减弱，并且反逐渐地在加强。虽然，各民主国家之对我援助，原是一个绝大的因素，可是战斗员数目的激增，后方产业的进展，地下地上富源的开发，与夫万众一心，民众对国族观念的认清，却都是我自发的心得，不抗战，我们决不会使这伟大的实力，能发扬光大得如此之速；不抗战，我们的团结坚忍之美德，也无从使世人看到得这样的显著。

正当这"九一八"十周年纪念来临之期，虽然敌寇又在利用国际情势，与轴心阴谋，大作其和平与谣言之进攻，可是我与敌寇，决无于现在正将胜利之际言和之理，这不待重庆当局之正式申明，我们也早可以断言。而美国的不至于牺牲中国，完全向敌寇让步，也不待罗斯福总统的向国会详报援助我之细账，与郭部长之对美大使作深谈，我们也早可以料到。

罗斯福大总统，虽则在几次广播演词中，都不曾提及远东，可是意在言外，对轴心国海盗行为之惩处，决无大西洋与太平洋之分。而对于武装护航，务使因援用租借法案而运出之军火物资，能安全送达目的地之宣言，不已就尽够证明美国对敌寇的态度了么？况且，为充实太平洋防务之故，最近美国又有在圣诞岛新辟军港之议。而此次格拉第氏来菲列宾与荷印各属，所调查建议的，又属与美国整个国防有重大关系的军需工业之物资。从这种种方面来下观察，我们认为所谓敌美间已有默契，或敌美间协定之各阶段与步骤，还不外乎是捕风捉影之悬猜，这对于我的自力更生，与抗战到底的国策，终于是不能发生什么影响的。

况且，敌寇的侵略成性，得寸进尺，毫无信义，不但是十年来给了我们中国以一大教训，就是对于全世界爱好和平的民主国家，也是一个好教训。授盗以柄，与虎谋皮，美国当不会在思彻底灭除世界侵略分子之此际，而出此自相矛盾之下策。

这一个"九一八"十周年纪念的日子，恰好在纳粹以空军侵英满一周年纪念日之后。在纳粹空军大举侵英一周年纪念日中，英远东军总司令波汉爵士，与英前情报部大臣达夫古柏氏之演词，我们在这里也可以借用，中国已经不是十年前的中国，也不是四年前的中国了。而世界各民主国家，如英美苏联荷兰诸国对剿灭侵略者的决心与协力，也远非一年前尚属犹豫未决时之可比了。

九月十四日，又是一百三十年前（一八一二）拿破仑带领六十万大军侵入莫斯科的日子。苏联的代言人，在那一天广播词中向希脱勒的妙讥我们也可以借用一下。意思是想问一问敌寇间的疯狂军阀，到了现在还敢说一声三月亡华的那一句无耻壮语否？

预告《读了〈广州事情〉》

　　刚寄到的仿吾的一篇《读了〈广州事情〉》,虽由编者立交印刷所,但因这期急于上印,实无余地插排。除在这里预告一下外,并向作者致歉。

告浙江教育当局

浙江自古是文化灿烂之邦，不过近几十年来，弄得萎靡不振，鬼怪横行。杭州的市民，到如今还不晓得什么是世界，什么是中国。他们只知道在西湖边上喝喝茶，在荐桥大街买买菜，吃的是油，穿的是绸，做的是梦，父亲是如此，母亲是如此，儿子也是如此，孙男孙女，完全是一个样儿。无反抗心，无男子气，一个军阀来，就开一次欢迎会，一件新事情起来，在这事情已经过去了的时候，也打一个电报凑凑趣。闲下来就到城隍山上去问问流年，看看八字。这一种封建时代的生活样式，在最近的杭州城里，还在流行着，支配着，恐怕在将来，也是不容易变更的。

现在可是不同了，青天白日的旗帜，张在吴山的顶上了，虽则现在军兴未艾，还没有整理内部的余暇，可是教育机关，也已经成立，种种新兴的什么部什么部，也都有了负责的人了。你们这些为民众工作者，当然要想一种方法出来，使昏梦未醒的一班杭州市民，开开眼睛，清清头脑。

浙江人在外面从事教育的人很多，而浙江的教育的腐败不振，连比广东的一县都还比不上。这是什么缘故呢？就是因为在浙江从事教育的人，都是以教育为招牌，而一意专心于结交权贵，扩张自己的势力与地位，同时把持着教育会，不让新人进去，不使学生有自由发展的余地的原因。所以在前清末叶的几位老古董，现在还在那里变把戏。时势一变，他们也一变，总而言之，统而言之，教育机关，他们总不肯放手，弄得每次改选职员的时候，笑话百出，比贿选议员的行动，还要奇怪。他们物以类聚，和江苏的几个教棍如黄任之、沈信卿之流，结合在一处，招牌虽挂得很好看，然而实际上的营私舞弊，为虎作伥，比军阀官僚门下的卑卑小子，还要厉害。所以杭州的大学，在前五年已有决定的杭州的大学，不消说还办不起来，就是许多已创立的中小学之流，也弄得变成了中原之鹿，只任他们的剥削敲吃，成绩一年坏一年，内容一日凋零一日，在这一回的杭州革命以前，几几乎成了空旷的茅亭，毫没有一丝的书香气味。更可痛的，就是这一批教棍，在不久之前。还连结了军阀，在杭州杀死了许多妨碍他们的进路的学生。像这样的杭州的教育界，在这一个时期里，若不根本的改组一番，那我们要革命干什么？岂不是比猫猫虎虎，做牛做马的过去更坏么？

所以在这一个当儿，我想浙江的当局，应该下一个决心，把那些卑污苟贱，无所作为的教棍赶一赶清楚，根本的划定一笔整款出来做教育经费，好教吴山脚下的健儿，能够得到新的训练和新的觉悟，来继续他们以后的更彻底更不妥协的革命工作。

第一，我想杭州有许多外国人的产业——譬如什么哈同，什么梅某的——马上可以由教育当局取得回来做杭州教育界的公产。第二，我想当孙传芳在杭州时所加的杂税，可于军事结束之后，划作教育经费。第三，有许多从前虐杀人民、敲剥小民的官僚政客的不动产，都应该没收起来，作创办杭州中山大学的基址。

这几件事情，是很容易办到的事情，在杭州当教育重任的诸君，我希望你们不要反叛了我们民众的信托。

一九二七年三月十七日

诉诸日本无产阶级文艺界同志

中华民族，现今在一种新的压迫之下，其苦闷比前更甚了。现在我们不但集会结社的自由没有，就是言论的自由，也被那些新军阀剥夺去了。

蒋介石头脑昏乱，封建思想未除，这一回中华民族的解放运动，功败垂成，是他一个人的责任。现在还要反过来，勾结英国帝国主义者、日本资本家和支那往日的旧军阀旧官僚等，联合成一气，竭力的在施行他的高压政策、虐杀政策。我们觉得蒋介石之类的新军阀，比往昔的旧军阀更有碍于我们的国民革命。中华民族的全民革命，若不成功，世界□□。是不会发动的。无产阶级只知有阶级，不知有祖国，尤其是无产阶级文艺界上的战士，不应该有国境的观念。

目下日本的无产阶级，应该尽其全力来帮助中国的无产阶级，应该唤醒日本的军阀和资本家的迷梦，阻止他们帮助蒋介石或张作霖。在过去的半年中，日本无产阶级帮助我们的地方，我们也认得很清，在此地不得不表谢意。今后希望我们更有密切的提携，强烈的互助，庶几世界被压迫的民众，全部能够得到自由，得到平等，造成一个世界无产阶级□□□□□。

一九二七年四月廿八日

Huala！Huala

义勇军天天打胜仗，逼近沈阳、长春、牛庄，××、×××、××××，……等处，不知逼近了多少次。杀伤日本兵及伪满洲国军，不计其数。依照报上消息看来中国已经是大胜了，日本人应该去恳求国联，出来讲句公道话，帮帮日本的忙才对。鲁迅先生新出的《三闲集》里，头上有一篇和人讨论小说的真实性的文字，中间叙着一段江北人的变戏法的说话，说："老者用刀向小孩的光脊肋上一刺，刀柄里的紫苏水便四溅得鲜血淋漓，于是乎老者就叫着Huala！Huala！向四周看戏法的要钱。"我只希望报上的油墨不是紫苏水，而我们劳苦群众所出的义捐全不是Huala、Huala的应声才好！

说死以及自杀情死之类

死是全部的生物必须经过的最后的一重门，但我们人类——尤其是中国人——仿佛对死这一件事情，来得特别的怕。因而在新年里，在喜庆场等地方，大家都不敢提到这一个字，以为不吉。其实我们人类是时时刻刻，日日年年，在那里死下去的，今日之我，并非昨日之我，一刻前之我，当然不是现在的一刻之我了。死，怕它干吗？照英国裴孔（1561—1626）说来，人对死的恐怖，是因见了临终的难过，朋友的悲啼，丧葬的行列，与夫死相的难看等而增加，正如小孩的恐惧黑暗，会因听了大人的传说而增加一样。伟大善良，有作为的人，是不怕死的。裴孔在他那篇论死的文章里，并且还引了许多赛乃喀、该撒、在诺的话在那里，教人不要怕死，教人须做好人，做事业，热心于令名的流传。但我想写这一篇论文的裴孔自身，当伤了风，睡在他朋友家里的冷床之上，到了将死的时候，一定也在那里后悔的，后悔着不该去做那一回冰肉的试验，致受了寒。哲人中间，话虽说得很透辟，年纪虽也活得相当的高，但对于死的恐怖，仍旧是避免不脱，到后来仍要去迷信鬼神的，很多很多。尤其年老的人，怕死更加怕得厉害，这只须读一读高尔基做的托尔斯泰的印象记，就可以晓得这位八十几岁的老先生对死是如何的恐怖了。

厌世哲学家爱杜华特·丰·哈尔脱曼，从科学的生物学的研究，而说到了人的不得不死。教人时时刻刻记住，生是偶然，而细胞的崩溃，与肉体的死去，却是千真万确，没有例外的。在这教训里，当然是可以使智者见智，仁者见仁，并不是在说，人横竖是要死的，还不是猫猫虎虎地过去一辈子就算了。反之，因感到了生也有涯，而知也无涯之故，加紧速力去用功做事业的人也不在少数，这原是死对人类的一种积极的贡献。再退一步说，假使中国的各要人，都能想到最后是必有一个死在那里等他的话，那从我们四万万穷苦同胞身上所绞榨去的一百三十万万的公债，及不知几千万万的租税等，都不会变成私人的户头，存到外国银行里去了。人是总有一死的，要昧尽天良，搜括这么许多钱干吗？这岂不是死之一念，对人类的消极的贡献？可惜中国人只在怕死，而没有想到死的必不能避免。厌世哲学，从这一方面看来，我倒觉得在中国还有大来提倡的必要。从厌世哲学里，必然要演绎出来的结论，是自杀。善哉，叔本华之言，"自杀何罪？"人之所以比上帝厉害的地方，就在上帝要想自杀，也死不成功（因为神是永生的），而人却可以以他自己的意志，来解决自己的生命。既然入世是苦，生存是空的时候，那自杀也不过是空中之空罢了，罪于何有？吃白食的宣教师们说自杀是罪恶，全系空谈，不通的立法者们，把自杀列入刑条，欲对自杀者加以重刑，尤其是滑稽得可笑。一个对死都没有恐惧的人，对于刑律的威胁，还有一点什么恐惧呢？

不过自杀既不是罪恶，而人生总不免一死的话，那直截了当，还不如大家去自杀去罢，倒可以免得许多麻烦。厌世哲学的真义，是不是在这里？这我想不但哈尔脱曼没有说过，就是厌世哲学的老祖宗叔本华也不在那么想的。否则像猴子似的这一位丑奴儿，何必要著他的《想象与观念的世界》，何必要见英国诗人贝郎而吃醋，何必要和他娘去为争财产而涉讼，何必要和一个同居的女裁缝师去打架呢？人之自杀，盖出于不得已也，必定要精神上的苦痛，能胜过死的时候的肉体上的苦痛的时候，才干得了的事情。若同吃茶喝酒一样，自杀是那么便利快乐的话，那受了重重压迫的中国民众，早就个个都去自杀了，谁还愿意去完粮纳税，为几个军阀要人做牛马呢？

快乐的自杀，有是一定有的，猜想起来，大约情死这一件事情，是比较其他的死来得快乐一点。"一声河满子，双泪落君前"，还不算情死，绿珠、关盼盼、柳如是等，也算不得情死，至于黄慧如、马振华等，更不是情死了。快乐的情死，由我看来，在想象中出现的，只能算《金瓶梅》里的西门庆，这从肉体的方面着想，大约一定是同喝酒醉杀，跳舞跳杀是一样的结果。其次在史实上出现，而死的时候，男女两人又各感到精神上的快乐的，大约总要算德国的薄命诗人亨利·克拉衣斯脱（Heinrich von Kleist1777—1811）和福艾儿夫人亨利·爱戴（Frau Henriette Vogel）的情死了。当这快乐的耶稣圣诞节前，且向大家先告个罪儿，让我来把这一出悲壮的大戏剧的结末，详细说一说，权当作这一篇短文的煞尾罢！

克拉衣斯脱不幸，生作了和会向拿破仑低头，会对伐以玛公喀儿·奥古斯脱献媚而做大官的大诗人歌德并世的人。因而潦倒一生，弄得馇粥不全，声名狼藉，倒还是小事，到了一八一一年的时候，他的忧伤郁闷，竟使他对人类对世界的希望完全断绝，成了一个为忧郁症所压倒的病人。正在这前后，他因他朋友亚·弥勒（A. Müller）的介绍，认识了福艾儿夫人亨利·爱戴。她的忧伤郁闷，多病多愁，却正好和克拉衣斯脱并驾齐驱。两人之间，就因互爱音乐的结果，而成了莫逆的挚交。有一天克拉衣斯脱听了她的歌唱之后，觉得这高尚的颂赞歌诗，唱得分外的美丽，他就兴奋着对她说："多么美丽吓！这是最适合于自杀的时候的。"当时她还不说什么，只默默地对他凝视了一回。后来她又问起他说：

"前回的戏言，你记不记得起了？我若要求你将我杀死的时候，你能不食言否？""我克拉衣斯脱是一诺千金的男子汉，哪会食言！"于是一八一一年十一月二十的午后，两个人就快快活活的坐车出了柏林，到了去朴此达姆有三五里远的万岁湖滨（wansee）。在旅舍里高高兴兴的过了一夜，第二日并且还打发人送信到了城里。便在这翌日的午后，两个人散步到了湖滨的洼处，拍拍的两声，他们的多愁多病的躯壳，就此解脱了。城里的朋友们接到了他们两人合写的很快乐的报告最后消息的信后，急急赶来，他们俩的不幸的灵魂，早就飞到了天国里去了。福艾儿夫人是向天躺着，一弹系从左胸部衣服解开之后穿入，从左肩后，穿出的，两只纤手还好好地叠着搁在胸前。克拉衣斯脱是跪在亨利·爱戴的面前，一弹系从嘴里打进脑里穿出的。两人的红白相间的面上，笑容都还在那里荡漾着哩！

一九三二年十二月廿二日

说食色与欲

食色性也,这是千真万确的事情。"朱门酒肉臭,野有饿死骨",所以要有阶级斗争。一边是"后宫佳丽三千人","尽日君王看不足",一边是"石壕村里夫妻别","夫戍萧关妾在吴",所以要革命。然而食色两欲,因为是基本的欲望,满足满足是非常容易的。任你是一个怎样的大食家,只教有斗酒只鸡,三碗白饭,一个大饼,总也可以打得倒了。吃饱之后,就是何曾请客,再也吃不下去的。至于色字,我想无论怎样的精力家,最多十个女人也就可以对付了罢,经历过十个女人之后,就是西施太真,再也挑不起性欲来了,所以原始的基本欲望,是容易对付的;最难对付的,却是超出乎必要之外,有长无已,终而至于非变成病态不可的那一个抽象的欲字。哲学家或名之曰欲念,中国的旧套文章里所说的欲壑,就是这个东西。

照西洋哲学家说来,这一个欲字,是进化的主动力,因为有欲,大家才去做工,发明,贮蓄……然后才有社会,进化,文明……这原也不错,从欲念的好的方面说来,当然是如此的。可是在中国,这好的方面的欲念,反不见发达,而在作长足的进步的,却偏是这欲念所摧生的坏的一方面事实。中国人因为有欲,所以要去刮地皮,卖官爵,争地盘,×××,弄到后来,变得目的意识也完全忘了,甚而至于倒认手段就是目的。《儒林外史》里的一位吝啬者,到死时不肯断气,只在顾惜油灯里的两根灯草,决不是想象,却是中国社会里常有的事情。正唯其是如此,所以老子要劝人知足,佛家要苦说涅槃,叔本华要绝灭意欲,而罗素在说所有欲的务宜抑制,创造欲的必使增加,才是消灭战争的根本大法。哲人之教,诚然不错,但中国可惜是进化得太早了。

当欧洲产业革命未起来之先,中国在数千年前,就饱满了这些知足无为的大训,所以正应该激励欲念的生长,催发物质的进步的时代,中国倒落得个逍遥自在。及到十九世纪以后,西洋物质文明的绚烂华富,流入了中国,中国人之久苦于无为知足的干枯寂寞者,就一跃而从这极端跳到了那极端。于是江河日下,洪水滔天,我们中国人就成了一个创造由他们(西洋人)去创造,享乐且由我们来享乐的民族。斯般格拉正在愁虑到西洋文化没落的年头,中国要人恰好是穿四十两银子一双的丝袜,开五十两银子一瓶的香槟酒的日子。霹雳一声,日本和其他各帝国主义的军队,堂堂开入了中国,穷苦老百姓,非但食色都无,连一条性命都保持不了了。忧国之士,才议论纷纭,思想起何以彼之能强,我之能弱来。于是守旧者,就说物质文明害了中国,急进者就说先知先觉,先圣先贤,便是造成现代中国积弱的罪魁。两方都说得有理,可是两方似乎都还没有说得全对。

总之,第一是"时机"的问题:中国正因进化得太早,便成了落后得太迟,当应当提倡物质文明的时代,只提倡了些幽灵似的精神文明。第二是"取舍"的问题:西洋物质文明,同时候侵蚀到了东方,而日本却取了它的好的一方面,中国只取了它的坏的一方面,譬如是一个胡桃,日本人取了它的肉,而中国人却只取了它的壳。

物质文明有什么罪呢?欲念又有什么罪呢?

为小林的被害檄日本警视厅

  资本帝国主义末期的法雪斯蒂狂犬们听着！你们平时自负着是执法的机械，日本天皇的顺民，社会治安的保障的，你们真的知不知道人间有羞耻事了？

  小林多喜二氏，是一个手无寸铁的文人，即使你们因他参加了左翼文化团体而目为非法，也尽可以按了你们国家现行的法律以判罪；于秘密中，黑暗里将他惨杀，以卑鄙恶劣的手段，禁止他的丧葬行列，禁止他的尸体解剖，禁止这被害事件的新闻记载，只仅仅以心脏麻痹四字了之，究竟是小林的心脏麻痹了呢，还是你们的心脏麻痹了？这简直是匪的行为，兽的行为，你们自在夸耀的世界一等强国的正义在哪里，法治精神在哪里？

  你们平时老在扬言讥笑，笑中国是匪国，笑中国是不懂法治的劣等国家，以惨害大杉荣的全家老幼男女，及这一回的惨害小林事件看来，则你们的行动，你们的法治，究竟比中国政府及中国劣等军阀的行为优秀得多少？

  像这一种行动，你们还要强辩说是合乎日本帝国国法的话，那你们的帝国简直并不是在昭和治下的帝国，你们的国法也不是日本帝国的国法了，你们不是日本帝国的叛民是什么？你们自以为是统一的国家，但日本帝国之内又有了你们这一个警察帝国，昭和皇帝之外，又有了你们这些警察皇帝，长此下去，日本帝国还可以称作统一的国家的么？

你们出兵侵入满洲热河，出兵图吞上海的时候，唯一的口实，就说是为保持该地的治安，为保护该地侨民的生命财产；现在在你们帝都之下，尚且不能保障人民的生命，对一为社会谋幸福而奋斗的日本国民，还要加以惨害，难道你们的保障治安的天职，就在这同疯犬似的乱咬乱杀么？

你们若想一洗这一个叛君称帝，蔑视法纪，扰乱治安的污点，第一警视总监就应该负责自决，切腹以谢你们的天皇及皇宗皇祖之灵。第二，凡与这一次谋害小林事件有关的刑事侦探警察等人，都应该按照预谋杀人的刑律，施以极刑，方能维持法纪。否则等将来你们日本的民众审判到来之时，一定还须加重和扩大对你们的刑罚。

一九三三年三月

说妥洽

英国约翰·毛莱（John Morley）的妥洽论，实际上是鞭挞时人的不妥洽论，而中国的对日不妥洽，实在却是最彻底的妥洽。一让，再让，三让，而东三省，而热河，而……这还不是妥洽是什么？因看到了中外名实的相反，所以来说一说妥洽。庄子曰，名者实之宾也，大哉言乎，中国人的优根性，就在此矣。

却说妥洽之由来，因为如此这般，猫猫虎虎，个人就可以从中得利。某执政因妥洽而做了皇帝，某将军因妥洽而得了地盘，某先生因妥洽而巩固了自己的权位，借得他人的力量，成就自己的素愿，国家于我何有哉，百姓于我何有哉。这不是妥洽之功用又是什么？

在中国，并且非但人是最爱妥洽的，就是正直无私的神道，大抵也是爱妥洽的。小时候看到的社戏里的百寿图，那位短命鬼，居然会因一餐酒食之力而加添了寿数。人死了，只须上城隍庙里去多烧些纸帛，鬼也为贪了贿赂之故，会减轻它们加于死人的毒刑重罚。所以多行不义的中国红人，往往去修庙进香，压榨穷苦阶级的洋场财阀，每又是好施乐善。慈善风行，罪障消灭，而小百姓乃愈来而愈苦，这又是中国的天道神明爱妥洽的反响。

这些原是大人先生们中间的妥洽。但在我们小百姓之间，却又不然了。穷人和穷人，每会因一钱之故，而相骂，而相打，而丧失了性命。穷乡僻壤的居民之爱打官司，喜因细事而械斗，暂且按下不说,就以上海街头而论,一日一夜,在细民的中间,偶因不相干的一句话,或一举动之故,而惹起的明争暗斗,叫骂杀伤,真不知有几十百起,结果倒便宜了巡捕房里的先生,弄得生意兴隆,财源茂盛,这又是不妥洽之害也。

如此说来,则我这短文的结论,自然是"由此观之,可以人而不妥洽乎"了。

著书与教书

　　著书者与教书者，所走的，虽然都是关于书的一条路，但这两种职业，却是绝对相克的事实，是一般没有身历其境的人所不能了解的。大家总只以为教教书，就可以把教材来出一本书。著书的人，于未完成他的书之先，就可以拿了他所收集的材料去教教。这两件事情，是一而二，二而一，最容易简单也没有的事，殊不知其中的甘苦，却有远超出乎寻常人所能猜度的范围之外者。

　　先来说著书与教书的目的。两者的主要目的当然是一样，都在传播知识，创造文化。其次，副目的当然也是什么人都所不能免的一件事情，就是在吃饭。不错，著书者与教书者的目的，完全是一样的。不过世人若只因目的的相同，而即认这两件事情为合一体，那就不对了，因为为达到这目的之故，而经过的过程，有大不相同的地方在那里。

　　第一，两者的群众，或者说听讲者（the audience）与读者（the reading public）之间，就有大大的差别。著作家的读者群，是没有时地、年龄、知识、阶级、职业等的限制的，而教书先生的听众，则大抵都须受着上举的各种限制。还有著作者的读者群，是不大会与著作者见面的，而教书先生的听众，却是面对面的活着跃动着的人。单就这一点上来说，我们就可以感到，著作者是何等的自由，而教书者又须受几多的束缚！所以有许多学问很好的人，一立上讲台，往往会说不出话来；而有许多辩才雄健的人，就是没有真学问，也会说得头头是道，使听者倾心。

　　第二，是著作者与教书者的心理的变化。著作者，因为享受着上面所说的许多自由，所以他的全部心灵，可以专注在著作的一点上。不嫌精细，不怕深沉，推敲磨练，到自己觉得满意的时候，方将他的著作拿出去问世。而教书者，因对方坐在那里恭听的，是名为人的感情动物，所以因时因地都不得不受着听众的感情的支配。感情一动，思路就要散乱，先且不必说讲者自己的情感气氛，就是单以听众的情感反映到讲者的心里去之后的那一种反应作用来说，教书先生就不容易有十足的把握了，更何况现代的青年或大众，都是富有着叛逆心理的生物呢！

　　第三，是理智与情感的冲突。从事于创造文学（creativeliterature）或者说创作的人，是绝对不宜于教书的；因为创作者须以情感为根底，而教书者所独重的是理智。理智的伸展培养，往往可以把情感杀死，而情感的热浪高潮，也容易把理智搅乱。所以一位大诗人，而请他来教诗的时候，也许会变成一个最坏的诗学教授。诗人的朗读，有时候还远不及三等优伶的演习（rehearsal）的说白。但中国却有一个恶习，每喜欢请那些创作者去教书或讲演，这才是有百害而无一利的勾当。听众一时失了望，致生出后悔被骗的心来，倒还事小，若创作家因受了一时的牵掣，而永久失去了他的灵感与诗情，那才是民族的一大损失呢！

　　　　　　　　　　　　　　　　一九三三年五月二十日

清谈的由来

凡稍懂一点历史故实的人，都知道清谈始于魏，盛于晋，衰于陈隋。以横槊赋诗的魏武帝，居然会杀孔文举，害祢正平；以述典谈文的魏文帝，竟也会煮豆燃萁，同根相逼，文士的不得不被迫入于清谈，在这里也可以想见他们的心事了。降而至晋，懿昭父子的凶狠残酷，当然要比曹魏更胜一筹。挥尘谈玄，既能免祸，又可图名，读书种子，焉得不竞尚此风，而来兼收名实呢？到了陈隋伤乱，天下纷纭，文绉绉的读书人已经是无尘可挥，无玄足述了，清谈的消灭，也是自然之理，然而文人苦矣。

近世的清谈，似乎变了一个样子。大报小志上，连篇累牍地载在那里的，大抵（一）是天灾，（二）是性罪，（三）是要人的行踪与传闻轶事，（四）是关于同时代的文人的连嘲带骂，疑假若真的消息与批评。"今朝天气哈哈哈"，果然是清谈的极品，"名教中自有乐地，何为乃尔也"，更是谈言微中，情文并至的文章。究竟还是清谈误国呢，还是国误清谈？这倒真有点儿难说。

六月二十五日

说模仿

据希腊亚利士多德说来，艺术的起源，是在模仿。若推理的倒测，是真的话，那中华民族，倒是一个最艺术的民族，何以呢？因为中国人是最富于模仿性的。虽然是好的意义的模仿呢，还是坏的意义的模仿，我们却也不敢断言。

中国人的善于模仿的秘诀，第一，是在模仿表面，而不讲实际；譬如，大家都知道了西洋文化的好处，中国人也非学他们不可了，于是乎阿猫阿狗，就都着起了西装，穿上了皮靴，捏起了手杖，以为这就是西洋文化的一切。虽然还有一种例外的吃大菜，倒是比较得实际一点。更如一说到了科学的可珍，全国上下也就会有一批歌功颂德的放屁虫出来，空空然的大喊大叫着"科学科学，科学科学"，而实际上什么是科学，怎样的提倡科学，如何的应用科学，却一概可以置之不论。虽然在政治上应用了纵横反覆之术，来争取一点地位，和收取几十万节敬炭敬之类，倒是比较得实际的唯物史观与科学方法。

模仿最易成功的第二个秘诀，是在模仿人家的坏处，顶明显的好例，只须听一听受着西洋人的教育的许多中国子弟之吃教者和吃洋行税关饭者的中国话，就马上可以看出来。他们别的事情，倒会置之不学，而独有那一口奇怪的外国人说的中国话，却个个都能够说得同外国人一样。名词动词的颠倒，抑扬顿挫的特异，你若闭上了眼睛，不看见在你面前说话的那一张黄色、斜眼、狮鼻的脸，那你会相信，是一位外国人在向你说教："耶稣是顶顶好的人！"个人既是如此，同样地，国家也是一样。从前向往着严寒的北国，现在却又有一部分人醉心于炙热的南欧的某一小邦了。

说公文的用白话

近来老听见有许多极端相反的消息，同时并传的。一个刚说，主持教育者又奖励起读经书来了，所以《皇清经解》、《（十三经）注疏》等旧籍，最近又行了时；一个却说，公文也要用白话了，至少也要用上些新式的标点与符号。前几天，并且有一位在机关里办事的朋友，来问我以白话文的作法，和标点符号的用法。我就问以文言文是怎么做的。他说："文言的做法，是容易得很，譬如说公文罢，只教几个……等因奉此……一来，将来文一抄，不怕是怎么复杂的案卷，就一目了然了。"言下仿佛是在痛惜着这美妙的公文程式的将被革除的样子。我就告诉他，可以不必悲观，这公文程式，是怎么也革不了的。因为中国向来就是崇古的国家，秦始皇的时代，还并且要使儒者以吏为师呢？

"可是现在是时势不同了！"他又担心着说。

我因为无法可以解除他的忧虑，不得已就只好想出了一个斯丹达儿（Stendhal）来说："请你放心，这一位法国的大作家，他做文章的时候，也还在模仿着《拿破仑法典》的用辞使句哩！"

白话文的提倡，到如今已经有十多年的历史了，结果只向六言告示和等因奉此的公文上占据了几个标点与符号的地位，就有这一大批人的暴怒与不平，我真不知封建制度的全部扫清，要在哪一个年头？

谈结婚

前些日子，林语堂先生似乎曾说过女子的唯一事业，是在结婚。现在一位法国大文豪来沪，对去访问他的新闻记者的谈话之中，又似乎说，男子欲成事业，应该不要结婚。

华盛顿·欧文是一个独身的男子，但《见闻短记》里的一篇歌颂妻子的文章，却写得那么的优美可爱。同样查而斯·兰姆也是个独身的男子，而爱丽亚的《独身者的不平》一篇，又冷嘲热讽，将结婚的男女和婚后必然的果子——小孩们——等，俏皮到了那一步田地。

究竟是结婚的好呢，还是不结婚的好？这问题似乎同先有鸡呢还是先有鸡蛋一样，常常有人提起，而也常常没有人解决过的问题。照大体看来，想租房子的时候，是无眷莫问的，想做官的时候，又是朝里无裙莫做官的，想写文章的时候，是独身者不能写我的妻的，凡此种种似乎都是结婚的好。可是要想结婚，第一要有钱，第二要有闲，第三要有职，这潘驴……的五个条件，却也很不容易办到。更何况结婚之后，"儿子自己要来"，在这世界人口过剩，经济恐慌，教育破产，世风不古的时候，万一不慎，同兰姆所说的一样，儿子们去上了断头台，那真是连祖宗三代的霉都要倒尽，哪里还有什么"官人请！娘子请"的唱随之乐可说呢？

左思右想，总觉得结婚也不好的，不结婚也是不好的。中庸之道若在男女之婚姻上能适用的话，我倒很想把某先生驳覆林先生的话再来加以吟味，先将同胞们都化成了像魏忠贤一样的中性者来试试看如何？

驻美德国大使的抗议

八日的路透电报说：纽约于昨晚在某公园曾举行大规模的假审判一次，以德总理希脱勒为被告；结果判决希脱勒犯有破坏文明之罪，德驻美大使向白宫提出抗议，终被却下云云。

看到了这假审判三字，却使我想起了许多与此相类的事情。杭州北廓法华山下，有一座东岳庙，俗称老东岳。春秋二节，香市之盛，比任何大展览会还要热闹。也举行审判，上坐东岳大帝，此外的皂隶书役，兵卒夜叉，无常鬼判，都由投坟的活人扮成。鼎镬刀锯，枷笼铁链，凡现世所有的严酷刑具，无一不备。据说犯不治之症，如医药无效的疯狂病者之类，只教半夜上山，去经一度朝审，病就能痊。因此无知的乡民，每年总要去参加这种朝审，人数大约一季总在三五万以上，这总算也是极盛大的假审判之一。

其次。我还看见过一出《打鼓骂曹》的昆剧。据说，原本是徐文长做的《四声猿》剧本中间的一种。剧中景况，是阎罗殿上，祢正平轻裘缓带，和阎王在道弟称兄。忽而鬼卒牵引着一位络腮胡满面，被枷带锁的罪囚到来。阎王和祢正平商量定了，就叫鬼卒开了枷锁，令那罪犯脱落囚衣，重穿起红袍玉带，装成了戏台上的曹操的样子。祢正平也脱下了轻裘，换上件破服，重演着一出《打鼓骂曹》的好戏。戏演完后，作丞相装的曹操，被鬼卒揶揄虐打几下，再换上囚衣，被上枷锁，重被牵入地狱。祢处士和阎王欢饮几杯，也就散了，阎王还弓身屈背，亲送之于殿外。这总算也是文人笔下的一次假审判，是为祢处士的幽魂吐一口气的。至若岳墓前头的铁像，于忠肃公庙貌的威仪，那又是隔世平反的判案，自然还该作别论了。一回头来再想一想希脱勒，他是孔子所说的只恐没世而名不称的人。所以墨索利尼的一举一动，他都在模仿。因此英国的通信记者说："墨索利尼是一个 statesman（政治家），他却是一个 stageman（优伶）。"犹之乎说孙叔敖是一个高士，优孟衣冠者是一个伶人。可是德国自俾斯麦、威廉二世以后，居然又出了这一个世界的人杰，至被人家模仿作假审判，在希脱勒本人，当然是心满意足的了，德国大使真不识趣，还要提出什么抗议呢？

说姓氏

姓氏的起源，当然是和人类一样的古。《白虎通》上说："古者圣人吹律以定姓；……姓有百者何？……正声有五，宫商角徵羽，转而相杂，五五二十五，转生四时，异气殊音悉备，故姓有百也。……所以有氏者何？所以贵功德、贱伎力，或氏其官，或氏其事。"《通志》上说："三代之前，姓氏分而为二，男子称氏，妇人称姓。氏所以别贵贱，故贵者有氏，贱者有名无氏。姓所以别婚姻，故有同姓异姓庶姓之别。至三代之后，姓氏合而为一。于文，女生为姓，故姓之赐，多从女，姬姜嬴姒姚妫姞妘嫶妃嫪之类是也。"从这些地方看来。姓原是最古，是女性中心的家族制度开始的时候就有了；进而有氏，是社会上有贵贱之分的时候起始的，后来再进，姓氏便合而为一了。

古代人齿稀少，所以姓只百而已。其后生齿日繁，交通日广，唐宋以后，遂有千姓万姓以上的支别。我们小时候在私塾里读的《百家姓》，以赵氏起头，大家都说它是宋初的东西，因为当时南唐未灭，吴越王割据南方，势正强盛，妃孙氏，故而《百家姓》之首，就是赵钱孙李的四族。其实通行本的《百家姓》，删繁就简，主意只在取便阅读而已，若以当时的姓氏来说，决不至有百家的。

古代姓氏的来源，既系如此，则姓氏的在封建社会，家族制度上的重要，自然是可以不必说了。现在当我们正欲打破封建社会革除家族制度的时候，对这姓氏的存废，当然是一个很可研究的大问题。"五四"时代，曾有人创议过废姓；朋友中间的有几位学科学的人，曾说废姓之后，可以以号码来代替姓名，譬如病院里的患者，上海巡捕房的巡捕，单以第几号第几号来代替姓名，也没有什么不便。北平的玄同教授，也曾实行过这主张，作家中间，更有一位叫作废名的先生。

答《申报·妇女园地》沁一先生

在《妇女旬刊》的一条短短答案之下，居然得领大教，这一块碎砖，总算还不白抛。

我的鄙见，是求全的责备，是要妇女们既顾到职业，又顾到家庭。

男子之就职难没有"之后"或"之先"，妇女方可如何如何等关于时间的问题，我记得没有说到。

小家庭的主妇，"绝对不可从事职业"的这"绝对"这"不可"，不知沁一先生从何处得来的文字。

对于五问问题，我就我的浅陋的学识所能答的地方，谨献刍荛。

第一问：请你去买一本很旧很旧的排陪儿（FerdinandAugust Bebel，1840—1913）的《妇女论》来读读，就可以明白。这书英日都有译本，中国译本也有的。

第二问：上面关于男子就职难解决的时间问题，已经说起过了。你若要知道得更详细一点，请备一公函，去问教育部的学术咨询机关程铸新。

第三问：原问的意思，我看不大懂。是不是说"现在中国，封建制度已经完全打倒，所以不复有大家族存在了"的意思。原意若是这样的话，则请你请一日假，离开上海的租界一天，到各处的乡村或城镇去实际调查一下就对。

第四问：怕见笑于封建遗孽的人，就是既不能牺牲一切，上最前线去舍身取义；又不甘同流合污，去分取一点民脂民膏，只弄弄笔杆，苟且偷生的人。

第五问：安宁的小家庭，有是有的，不过现在还是少数，你也承认，我希望将来能由少数而进至于多数。

一九三五年一月十八日

说（勖）杭州人

去年《中学生》杂志会教我做过一篇文章，题目叫做《杭州——地方印象记》。我以为杭州的景物，写的人很多很多，所以只写了些杭州人的气质。实在是因为我现在也冒籍杭州，对杭州人看了过不过去的地方太多，爱之甚故不觉言之太激。殊不知那一篇文章出后，杭州人竟有许多对我感到不满，来函切责者，一连有了好几起。我觉得一一辩解，实在也有点忙不过来，想先抄一点古人的文章，来作一个挡箭牌。

田叔禾（当然是杭州钱塘人）的《西湖游览志》与《志余》，总算是杭州最普通的一部志书了罢？而《志余》卷六里，有一段说：

> 杭民尚淫奢，男子诚厚者十不二三；妇人则多以口腹为事，不习女工，日用饮膳，惟尚新出而价贵者，稍贱便鄙之，纵欲买了，又恐贻笑邻里而止。至正十九年己亥冬十二月，金陵游军，斩关而入，突至城下，城门闭三月余；各路粮道不通，米价涌贵，一斗直一十五缗。越数日，米既尽，糟糠亦与米价等；有赀力人，则得食；贫者不能也。又数日，糟糠亦尽，乃以油饼捣屑啖之。老幼妇女，三五为群，行乞于市；虽姿色艳丽，而衣衫齐楚，不暇顾也。……

这是一段。又《志余》卷二十五里有一段说：

> 外方人嘲杭人，则曰"杭州风"。盖杭俗浮诞，轻誉而苟毁，道听途说，无复裁量。如某所有异物，某家有怪事，某人有丑行，一人倡之，百人和之，身质其疑，皎若目睹。譬之风焉，起无头而过无影，不可踪迹。故谚云："杭州风，会撮空，好和歹，立一宗"，又云："杭州风，一把葱，花簇簇，里头空"。又其俗喜作伪以邀利目前，不顾身后；如酒搀灰，鸡塞沙，鹅羊吹气，鱼肉灌水，织作刷油粒，自宋时已然，载于癸辛杂识者，可考也。

偶尔一翻，就可以翻出许多我的粉本；宋元人的笔记里，骂杭州人的地方，当然要更多，我与杭州人无仇；并且抄得太多，也觉与杭州人无益，所以不再抄下去。总之，杭州人先要养成一种爱正义，能团结，肯牺牲的风气；然后才可以言反抗，谋独立，杀恶人。否则，敢怒而不敢言，敢言而不敢行，挣扎到底，也无成效。外患日殷，生活也日难，杭州人当思所以自拔，也当思所以能度过世界大战的危机。越王勾践的深谋远虑，钱武肃王的勇略奇智，且不必去说他们，至少至少，我想也要学学西泠桥畔，那一座假坟下的武都头，做一个顶天立地的奇男子；生死可以不问，冤辱可不能不报。

三月念八日

璨霞道情

天气渐渐的热了,近来正如有一位攻击我个人的先生之所说,觉得什么也干不了,什么也不想做。这一位攻击我个人的先生,他的题目,原也是很大;但事实却与《新生》上登载了一篇无聊的文章,致惹起国交的经过(见十二日本报),正成反对。因为应该讨论的,是关于杭州人的气质的问题,而这一位先生,却置这大问题于不顾,只做了一篇向我个人作人身攻击的文章。他的论点是这样:一,不是理想的人,不应该谈理想;推而进之,就是只有猫可以说猫,狗可以说狗;你若要说苍蝇蚊子,你自己就先得是一个蝇和蚊子;所以不是俄国人来芒笃夫,也不配从俄文去译来芒笃夫的诗。二,当以人废言,总之是我这一个人不对,所以我的一举一动,一言一行,都是犯罪的证据;甚而至于死儿子也是罪,有老婆也是罪,当然写点东西,更是无往而非罪了。三,大约是这一位先生所以要做那一篇文章的顶大的理由,就是说,他的诗,他的文章,都比我做得好,人也比我伟大,或者最坏的时候,也不过和我一样。这几点,我已经在《学校生活》要我做的一篇短文里说过了,本来是可以不必再说的;事实就胜于雄辩,大家只须看了这一位先生的文章,大家就马上可以晓得他的文章和诗,的确都比我做得好,最坏的时候也不过和我一样。今天的所以要再来犯罪的原因,像是为了我们的一位长辈的一首《道情辞》,目的是在介绍,犯罪也许是犯罪,可是情有可原,也许能减轻一等。

爱读本刊的人,如那一位对我作人身攻击的先生一样,大约还能记得起去年冬天我所做的一篇颂八十三老人三姑母太太的大寿的文字;今年她是又加了一岁了,但兴致却更添得深厚,却是变成了一十八岁的样子。日长无事,于侵晨早起之余,昨天偶尔踏到她老人家那里去一省起居,问她当这火炎的夏日,用何方法来消遣纳凉。她却不忙不怕,念出了这样的一首《道情辞》来:

> 六月炎天似火烧,年轻人个个觉心焦;
> 闲来无法消长昼,十副儿消磨且解嘲。
> 一个是八一老人璨霞客,一个是摩登少女美人蕉,
> 一个是祥保母亲倪二姐,一个是绕腮胡子老莱曹;
> 四人坐定分筹马,被招的总是老年高。
> 左一看来右一看,你和我吃闹嘈嘈,
> 阎老尚书人本分,更有时失引不开优,
> 姐妹串通成活手,掉牌偷摸一团糟,
> 尚书阁老筹输尽,散场时也只好挖腰包。
> 子时过,丑时到,白米香羹味胜糕,
> 熏鱼火腿盐鸡蛋,酱油麻油拌笋梢。
> 吃完分手明朝会,第二天又来麻雀四人操,
> 猫拖老鼠加元宝,摸进财神势就豪。
> 逢场必赌尚书赵,对酒当歌醉令陶。
> 消磨长夏原非博,骨肉团圆也足骄。
> 去日苦多来日少,得逍遥处且逍遥,
> 八一老人心澹泊,道情辞不是楚离骚。

弄弄文笔并不是职业

以素无定职的我这一个长期失业者,来向青年们说些指导职业的话,实在是一件很可笑的事情。况且近来已经有一位青年在向我提出警告了,他说:一、你们若不是理想的人物,你就不配谈理想,所以只有狗可以谈狗,虎可以谈虎,你若要说到猫,你自己就得先变一只猫。二、总之是对于我个人的人身攻击,仿佛是我一日不死,中国就一日没有出路似的,所以我的一举一动,一言一行,都是不对,甚而至于死儿子也是一罪,有了老婆也是一罪,做做诗写写文章也无往而不是罪。三、这是这一位青年的最重要的论点,大约也就是他那一篇文章的所以不得不写的原因,直接痛快的说将出来,就是他要使人晓得,他的文章比我写得好,诗也比我做得好。"日月出矣,而爝火不息",致惹起了日月的不平,只能自己出马,向我来迎头一击,以灭爝火的余辉,以示日月的伟大。

我虽则不肖,可这一点爝火的自知之明,倒也是有的,故而近来绝对的不想写东西了,好让些新进的青年,来多写些既强而有力,又猛能扑人的文章。不过在世上旅(杭州骂人的俗语有旅世两字,不知是否这般的写法)得久了,几个认识的人当弄什么杂志新闻纸之类的时候,总得来硬拉;被拉不过,又只能勉强的应酬,重作着冯妇。所以半生过去,就积下了这么些个口头孽,也结下了许多不知不觉的暗中怨。老去填词,一半是空中传恨,却不防低头三尺有神明。在空中又会触犯了那些值日的恶功曹。这一大堆废话，本来是与指导职业无关的，但已田引水，既不能如职业介绍所广告文一样，说出许多有益于就职前途的话来，自然只好发些弄文笔的人的牢骚，以示弄文笔的这一件事情，绝对不是青年的正业。

我们在小的时候，谁也有一种对于文人的盲目崇拜狂，以为真的文章是经国之大业，不朽之盛事，只教文章写得好，就自然"书中自有颜如玉，书中自有黄金屋"了，所以在中学毕业后的几年之中，老想做一个文人，可以"寄身于翰墨，见意于篇籍；不假良史之辞，不托飞驰之势，而声名自传于后。"在实际上文学的麻醉力也真强，一首很好的诗歌，或一篇哀艳的小说戏曲，你读了的确要为它们所颠倒，正如意志未定，生理发育已竣完美的青年，见了妖艳的异性一样。但选职业，也犹之乎结婚，若只凭了一时的感奋，不顾前后，马上就跳入了富于诱惑、不着实地的急流旋涡之中，一生的快乐与事业牺牲了倒还事小；有的时候，恐怕连性命都要保不安全。我所以说，弄弄文笔，决不是职业，要想立意做一个文人，只是血气未定的青年时候的一个迷梦。

那么以笔杆为生，靠卖文为活的这一回事情，根本是没有的么？若然，则文学、新闻纸类、书籍等等所谓文化的结晶品，又从何处产生呢？这当然是很合理的一个问难。依文笔为生的正式职业者，自然是有的，譬如新闻记者、杂志或书局编辑、电影编剧员、国家或私营机关的书记秘书，推而广之，更如律师教员以及替人写信的测字先生代书人物之类，都是以文笔为业的人。可是读了许多年的书，不能将书本子去活用，为人类为社会去做些真真能从无中生有，足供实用的东西出来，而一辈子只在笔墨纸上翻筋斗，实在是有点交代不过去的事情。像现代中国的有些青年，简直连上列各职业都不想去干，只一味的在打算避难就易，成一个作家，以冀得名利双收，那就更不是前进的青年所应有的态度了。

我以为选择职业，第一要从事于生产的职业，使筋肉与脑子同时劳动，可以独立，不必求人的种类为最上，如自作农、机器师、土木工程师之类，下而至于编藤椅、敲石子的小工，也觉得比咬文嚼字、只说空话而无实际的写文作家，更可尊敬。必不得已而求其次，则出卖知识，得人薪水，也须以不悖良心的职业为限；饿死事小，失节事大，富贵本不可羡，若再不以其道得之，则这一个人的肉，怕也不足食了，现在的那些卖国求荣，助桀为虐的大人先生，就是这一类的禽兽。

前些日子，在天津一家报上曾见过一段劝卒业生的议论，仿佛有这么的三点，第一，要刻苦；第二，自视不可过高，自恕不可过宽，勿嫌小事而不干；第三，以回农村去为得，这议论当然是切近可用的上策。在全国经济破产的现状下，唯有刻苦耐劳的人，是生存的最适者；若个个人想享福，个个人想做官括地皮，那天下就无百姓，中国的领土，也马上要被括完卖完了。我常在计算，在目下的中国，亡了之后，也一样的可以享福无碍的人，总计大约也只有一百个，他们是美国也有一千万元存款，日本也有一千万元，英国意国法国各有一千万元存款存在那里的；所以中国亡了，他们可以去日本，日本不容，他们可以去纽约伦敦巴黎。可是他们的子孙呢？戚属呢？万一世界各国，同时一致行起希脱勒的虐杀犹太人那么的政策来的时候，他们将往哪里去逃呢？无用的私财的堆积，正像人身上生了癌病，愈积愈贫，愈容易促生社会的紊乱，国脉的凋丧，结果也不过一个人享受了十年五年，他们的子孙是一样的要做亡国流民的。古人的不以良田遗子孙，又说，家财万贯，不如薄技随身的种种教训，就在告诉我们要养成一种可以营独立职业的技术，才是做人的正道。

新年的旧事

　　看梅花还早，烤炉火没有钱买煤，而写文章又有一位大作者在对我作人身的攻击，几乎我的一举一动，都是对他所犯的不赦大罪，所以到了新年，我也只好做一点旧事情来免免罪过。旧事情是什么？就是既不得罪人家，也不损害我自己的读书。虽然，在上城隍山，买书，或哼两句旧诗，死一个儿子，有一个老婆，记记日记，都足以构成犯罪证据的现在，读书想来也必干宪忌的无疑。不过《沙发》的编者，似乎又在想给那位攻击者以材料，常常来催稿子，这一种材料也只好供给一点。

　　古人说，尽信书不如无书，这话在读史籍的中间，尤其感觉得真切。一部二十四史，读得头昏脑涨，结果却二三撮的实事，也捉摸不到。所以我今年打算把读历史的习惯改过了，来读文法。无论是外国文法书，或中国文法书，因为所载的，都是对于文字的法律，衍文自然必少，而报道想也一定正确，模仿文法书中的文字来作文，我想文体大约总可以简洁一点。

　　旧诗词，本来也是我所爱读的东西，但读旧诗既被列入罪状之一，在这里只好乖巧一点，不作声了。

　　人到了中年，感觉最切的，是无钱的悲哀。平时每在痴想："那一位由国家养活、而专门在对我作人身攻击的先生，莫非因为在猜想我有了钱，所以气不过而干出那一种同小孩写无头榜似的勾当来么？"若是这样的话，那我倒还得伶俐一点，不要被白骂了才对。今年正月,打算上市场上去找些致富奇书,或陶朱公集来读读,以期不负那一位先生的辱骂,虽然因为上了一次致富捷径的大道,买了一条航空奖券之故,我也曾被那位先生讽刺过,但富却终不可以不致。

好死不如恶活,人家来侵略,来辱骂,我但须还有退步,总还是含垢忍辱地活下去的好。讨饭子也要性命,大财主生急病的时候,总愿意把全财产拿出来换几刻的残生。我近来倒也感觉到长生的可贵了,所以新年中第一就打算去找些养生秘诀的书来读读,预备做一个念二三世纪的彭祖。

新年里为免去被骂计,只想做点旧事,还是读书;而读书的范围,大约决定是上述的三种;质之《沙发》的读者,这也够被攻击的材料不够?

读明人的诗画笔记之类

这几年来，晚明人的诗文杂集，大大的流行；推其原因，不过因时势相同，一般读书人受了高压，不敢作悲歌慷慨的狂言，就只好窜入清疏淡雅的一流，以逃避现实。在文学上如此，在书艺上也是一样。石涛和尚，八大山人，都以胜国王孙，流为平民野客，胸中的抑郁不平之气，无处发泄，便只好粗枝大叶，借一管破笔，尽情倾泻在纸上。后人无此气魄，无此胸襟，但以简易而仿之，自然要失去真义了。

晚明人的诗和画，既含蓄着这一段苦衷，我们后代人来展读他们的作品，也自然要先预备几副眼泪，设身处地的想一想才对。若只借了风花雪月来假冒风雅，或但凭着大刀阔斧来虚张声势，那就是作者的罪人，也就是不合读明人诗画的乡原，读尚不可，更何况于摹仿？

晚明人的笔记，觉得在现代，比诗画还更有实用。笔记中除专写幽人韵事，或高士名娼的一部不算外，大半都系其朝中琐事，或四海沸腾的景状的。记者无心落笔，而读者就可以看出明朝之所以不得不亡，与夫百姓的如何爱国等大关键来。最近在各书报杂志的评坛上，每看见有因明代著作的流行，故作一概抹杀的急论者，实在也系不公平的论断。

试问宫中阉竖的专横，比到现代的裙带大员，有甚差别？东林复社的兴起，原因究在哪里？将帅的互相仇视，大吏的粉饰太平,以及开门揖盗,借公济私的行为,在三百年前的明季,与三百年后的现在,是不是绝对相像的事实?

  总之,读书读画,贵有心得;要有选择的能力,判别的毅断,比较深思与活用的头脑,则不但明朝人的书画都可以读,就是南宋,五代,上而至于秦汉战国的书也可以读的。我作此论,并非在替林语堂氏解嘲,亦并非想托古人以自高身价,不过想告诉大家,矫枉不可过正,读书贵在深思的一点微意。

一九三六年一月十日

新生活与现代生活

新生活自从委员长在南昌提倡以来，推行已及两年，今天是新生活运动二周年纪念的日子。新生活的实际如何，趋向如何等问题，在南昌，在首都以及在各地，都已经由各位先生很详尽地阐说过了，在这里自然可以不必再说。新生活推行以后的状况如何，效力如何等，也都已经有报告在各处的刊物、新闻纸上披露了，这里更加可以不谈。现在我只想把新生活与近代的关系，约略地说一说。

自从欧洲资本主义的烂熟文化，流入到中国来以后，我们中国的国民生活，就起了一种绝大的变化，最简单的流露，就是在大家的心目中，人人都起了衣要洋服、食要西餐、住要高大的洋楼、行要最新式的汽车的欲望。欲望原是可以促进创造一个动机，我们当然不应该学古代的哲学家一样，一概地把欲望来杀死。可是享受欲同创造欲并不同时并进，互相致用的时候，那这社会就会枯竭而至于崩溃，永无再兴的一日。十年以来，中国人的生活，总算近代化了，摩登化了，但试问我们所享受所必需的物质上的供给，有几件是我们中国自己创造出来的？外国人要享乐，要舒服，就晓得自己去制作，去发明。所以为战胜黑暗之故，他们才有了电气；为缩短海陆空的距离之故，他们就有了飞机、火车、汽车与轮船。至于我们中国呢，只晓得坐享其成，只晓得利用人家的努力的结果，来资助我们的享乐。穿一身好衣服，住一所洋式房子,有一乘一九三六年的汽车,就自鸣得意,自己以为生活已经近代化了,自己就是一个典型的摩登绅士,一位二十世纪前半世的最新的新人。殊不知实际呢,这不过是一点近代生活的皮毛,一个将血肉生命挖去了的剥制标本而已。近代生活的真义,并不是这样简单的。

我们要想经营近代生活,先要从近代生活的精神上做起才对。先整饬个人,然后顾及团体,推而广之,使国家生活、社会生活,都合着近代的意义,那才是真正的大道。近代生活精神上的第一个特点,是在人人都能够营一种独立的生活。"日出而作,日入而息,帝力何有于我哉"的方式,是古代的独立生活。近代的独立生活,就在除去了老弱孩提和残废者之外的个人无依赖的生活,有活动能力的尽量去活动,有创造能力的尽量去创造,食求果腹,衣求蔽体,行住坐卧以及死后埋葬只须有周围五尺之地就够了。在这样的生存条件之下,照那样去操作,我不信世界上再会有一个不能独立的人。

中国的大家族制度,是养成依赖性、摧残独立人格的一种最坏的封建遗制,从前的所谓五世同堂等美谈,在近代社会里,早就不适用了,我们要营近代生活,当从先营独立生活,打破这一种富有依赖性的大家族生活做起。当然大家族生活,也有大家族生活的好处,如对于老弱者的孝敬,与对于幼小者的爱悌之类。但这些互助的好处,在近代的社会里,应该扩大一步,依社会的前提去尽责的。我们不应该为了一家一族之故,而不顾到社会,我们更不应该在大团体里分将出许多势同对垒的小团体来。爱乡之心、爱家之心,原也不坏,但扩而大之,推这一点爱家爱乡之心来爱国爱人类,社国就有进步,生活也就上轨道了。

近代生活的第二个特点,是自治生活。生活要自由,原是人家在说的一句口号,但是你要自由,人家也一样的要自由的,我们平常曲解自由，老想把我们自由建筑在他人的牺牲之上，于是乎就形成了弱肉强食，你争我夺的目前的现状。长此下去，则剃人头者，人亦剃其头，恶人当有更恶的人来磨他。欲求生存，尚不可得，更哪里还能够自由，还能够生活，所谓自强，所谓自力振拔，重要的地方，就在自制自治地做人。

英国人是最爱自由的民族，但英国却上自绅士阶级起下至劳动社会止，没有一个人不晓得尊重他人的自由，当然他们对于殖民地的异种人又是另外的一种态度，这事自当别论。但是现在我们在讲的，是同等的人在同一社会里为人处世之方，并不是在说侵略的政策，所以自治生活，是近代生活的一个重要特点，木不自腐，虫哪里能够蛀它，我们要想图存自拔，先要从这一点做起。

近代生活的最大特点，是积极的进取的一种倾向，工作的时候拼命地工作，娱乐的时候拼命地娱乐，两不相犯，各究其竟，这一种生活趋势，我们姑且叫它作积极生活吧。中国人向来的习惯，就是因循苟且，万事都作退一步想的，所以大家都没有一种轰轰烈烈的作为。人生世上，而无作无为，岂不同不生一样么？峨眉山的老道，镇日地打坐无为，虽活到了二三百岁，也只同一棵老树，或简直一块岩石的存在一样。这种生活，究竟有什么意义？所以我们要求生活，先要有作为，古人有几个"为"字，都说得很对，我们若想不违背近代生活的真义，当照着几个"为"字做去。第一，是"有所不为，然后方可有为"；第二，是"见义勇为"；第三，是"勿以善小而不为，勿以恶小而为之"，第四，是"知其不可为而为之"。

上举的三种倾向，是近代生活的特点，也就是近代生活的真义。现在既明白了这几点之后，然后再让我们来把它与新生活运动的内容比较一下吧。新生活运动第一年所提出的口号：规矩与清洁，是不是就是造成独立的生活、自治生活的始基？新生活运动第二年所提出的口号：把生活来军事化、生产化、艺术化，又是不是全合乎上面所举的三种近代生活的精神的？

　　大家以为新生活运动，与近代生活是背道而驰的两种生活方式，我以为这只是皮相上的见解，想营近代生活，要拿住近代生活的核心才对，先是出入于舞场酒馆，或穿几件摩登西服，交几个漂亮女友，这并不是近代生活的全部。享乐是劳动的补偿，不劳动者的享乐，便是社会的害虫，一般人只把享乐的一面，拿来作近代生活的真谛，那就大错而特错了。唯希望我们大家能遵守着新生活运动的三化精神，同时也不违背于近代生活的主旨来营我们的生活。若更能加一点奢望，则于三化之外，再增入一种科学化的倾向，那就更觉得完美了。世界的和平，人类的福祉，全视乎这种生活的能不能实现，在上面的这一段废话里，对于新生活运动的内容，并不详细提及的原因，就因为我在预想着大家都已经明白了这新运的前因后果，而各自在开始实行了的缘故。

东门老圃放言
—— 多事之秋

历本上写着八月八日（废历六月廿二）立秋，一年容易，今年的夏天又从此过去了。闰年节季较早，所以不到七月，就占了秋气。美国中西部大热的时候，中国的南京、西安、上海、汉口各地也陪着大热了几天；但是小台风起于南洋，席卷了中国的东南半壁，扬子江流域气压一松，各避暑地的贵客，似乎也正在起归乡之念。秋老虎当然要来，可是作伥的热鬼，先杀了势，想来今年的秋热，一定不会同上年那么的猛烈，而且也决不会继续到一星期以上。

暑期初过，稍稍凉冷了一点，大家都感觉着苏生，仿佛是一场大病的回头；人类原是健忘的动物，只教早晚清凉，就很容易地把过去的痛苦尽行忘掉；有一位英国的散文作家曾做过一篇文章，叫作《健忘的乐趣》（*The Pleasure of Forgetfulness*），所说的就是这些事情。譬如以中国人民来说罢，一场场的国难国耻，不知多到了多少次数，但都以健忘之故，而大家还可以苟安逸乐。还有从前军政当局的诸公，忽而相打，忽而相和；今日通缉，明朝上任，终于能和衷共济，一德一心者，所受的也是这健忘的恩荫。

因秋天的到来，而想到了健忘；更因健忘之颂而说到了天下国家，实在今年的秋天，真是一个多事之秋。欧洲的均势起了跷蹊，秤杆的一面，意德奥结成了一串，自然英法比与苏俄，也不得不重加铜模了，于是乎就有对洛加诺协定打强心针的五大国会议的呼号。国联破产,英国倒霉,天下的和平,弄得东倒西歪,说不定在暗云密罩之下,大雷雨就得爆发,于是几个理想主义者,就又有改正盟约条文之议。可是扶得西来东又倒,九九归源,这一个和平的假面,终于也不得不被铁与血来揭破。但请看一看西班牙新旧的交讧,左右的火并,岂非是重演出了中国内战不断时期的趣剧?杀来杀去,自然只是那些爱看牛斗的老百姓的头颅。而意德派军舰,法俄下动员,背后的争斗,倒要比台上的演员,更加来得起劲;你说一九三六年的秋天,在欧洲是不是比平时,更要多事?

再看东亚,既有了日本三相的宣言,又有了川越大使的经济提携,你望我提具体条件,我望你说最低限度,两面各在僵持硬挺的一边,华北走私增兵,华中事件迭起,西南的一角,还在称孤道寡,想做一做闭门的天子,这东亚的局面,岂不又是一个愁云黯淡的晦暝天?

气爽秋高,若能大事化小事,小事化无事,当然是大家的幸福,否则毒蕴于中,疮发在外,若不皮破血流地切开一下,恐怕终没有痊治的一天;长痛不如短痛,多情却似无情,糊涂搪塞,总不如玉碎珠沉的来得干脆。秋虽多事,秋可亦是金风肃杀,清算一切的时期。

一九三六年八月

关于使用国货

说起来很惭愧，鄙人自小到现在，就不大有购用外国货的金钱上的余裕。从小学到中学，穿的是青粗布长衫，毛布底鞋子，吃的是粗茶淡饭，用的是当时南洋公学印行或学部审定的教科书。当时的教科书，用的是一面有光，一面粗糙的洋纸；这，当然是外国货无疑，但是没有国货代替品的时候，我们当然也只能从俗。后来去日本读书，前后共十余年，这中间却是我平生受刺激最多的一段生活，从饮食品起，一直到使用的草纸等件为止，没有一件不是友邦的粗制滥造的廉价农工业产品；在这一个外国大洪水里游泳挣扎着的我这意志薄弱的青年，却终于深深地，深深地固持保有着了两件东西，没有被周围的环境所征服，那就是：一个过去曾有四千年历史传统在背后的大汉民族的头脑，和一颗鲜血淋漓地在脉动着的中国人的心。

回国以后，一直到现在十三四年，东飘西泊，也走尽了中华几万重的地面，一半原为了经济关系，一半也因便利之故，我从没有穿过一次洋服。与朋友们谈起来，大家的意见，仿佛也和我的一样，他们对于饮食起居以及日用品之类，都抱着这一个主义：有中国代替品的时候，总以国货为第一义；没有中国代替品的时候，先硬着索性不用什么，到了万不得已的最后，才吃一点痛，后愿多出些钱，尽先去买西洋的好货来用。我个人对于外国货的最大漏卮，是外国的书报，以及文房具的购买；约计一年用在买外国书报上面的钱总有六七百元，买文房具的钱也有百元内外，最近开始在利用毛笔与中国本厂纸，大约年把之后，文房具项内的一笔开销，总可以省下来了。

　　看关税上面的统计，中国每年畅销的外货，光是化装一项，数目也很可观，这理由我却总不能够了解。因为自小就受了中国礼教的遗毒，每看见一般男子的用香水雪花膏的人，心里就会起一种愤怒，以为这些简直不是男子的行为。现在当这统一功成的二十五年国庆纪念的大节，却突然接到了一封福建省妇女提倡国货委员会的征文来信，使我对于那些喜欢使用外国化装品的男子，才双重的感到了不满，因为妇女们尚且在那里提倡国货，我们男子岂能够落在妇女们的后面？纵不想比妇女们更进一步，但是至少至少，堂堂男子汉也应该做到不为妇女们所轮笑的地步才对。

二十五年双十节

九国公约开会

九国公约会议三日在比京开会，我们为被侵略国家，当然要据理力争。但设想九国公约及一切国际和平约章，是有效的话，又何待事后再来开会，会后若只来一套劝告两国和平的决议，则议了又有什么用处？求人不如求己，我们对九国公约会议，只算尽了人事，决不可有依赖之心。所以我们还要加紧团结，加强抵抗。要知我国不成焦土，便成仇土，我人不为烈士，就是倭奴，生或死，存或亡，路只有两条，决无和平妥洽的第三条路，介在其间。

抵抗已逾三月，焦土只化了十分之一，以全部中国，统化焦土来算，起码还有两年半好支持。中枢对财政，也有二年的把握，兵力即广西一隅，可出二百万以上。这一个决心，这些个准备，才是九国公约约章的兑现处，此外的繁文缛礼，条款公文，都不过是前世纪遗下来的装饰品而已。

对于九国公约国会议之要求

在四日的本刊上，本人已有劝国人勿对九国公约国会议生依赖心之警告。依赖心原不可有，但抗战心却不可不有。我们是被侵略国，我们的要求，当然是极简单。即一，望各公约会议国能一致拥护自所签订，并经各参加国批准之各条条款，尤须注意于第一条之精神，而务使此条条文得贯彻始终，收有实效。二，因违反此公约而惹起的一切关与国之损失，无论在精神上、物质上之种种损失，统应由违反公约国负责赔偿之。三，为防止此等违反公约事件之再起，应由各公约国谋一永久和平之实施方案，切实执行。如限制侵略国之武备，或设立和平制裁执行机关。更如收空军为国际军，凡关于航空（凡商业上、军事上之一切）事业，概应由国际机关处理。凡毒气、细菌、轰炸各战略，只限于国际军实施制裁时准其应用之类。

这极简单的三项要求，除第三点，更有详细讨论之必要外，一、二两点，实系天经地义，是人皆知非贯彻不可的主张，更何况乎集各国优秀分子大成的代表诸公？

各签字国及参与国之难以取决之苦衷，我们原也有充分之认识。但国际间之正义不伸，各国之自私自利心不除，则国家亦等于个人，将来终必至于同归于尽，没有出路。世界文明没落，人类灭亡之端，就开始于此，亡羊补牢，犹未为晚，星星不灭，火必燎原。是各主张正义，渴望和平国家能应注意之点。我们原已准备下抗战到底之决心，与其委曲求全，宁愿英勇拼死。但万一犹有可至和平之一线希望，终不欲走上这一条同归于尽的绝路。为人道正义及己国生存而奋斗的各友邦，对此呼声，应不能置之于脑后。

日语播音的宣传要点

中国民众，本是酷爱和平的，日本民众，想也一样。中日的民众对民众，本无仇雠敌对的可能。

日本对中国的侵略战争，完全为少数军阀，与财阀的野心所促成。成功了，他们又可以创制幕府，或摄政关白的制度，无形中完成其篡弑的行为，失败了，再来一次"二二六"事件式的虐杀。

军阀对日本国内那些愚民的宣传，完全在欺骗民众。日本民众，只须向每日报上所发表的伤亡人名栏一注目，就可以知道。死亡人数，究竟是日本民众数目多呢？还是军阀的数目多？几个发起这次侵略战事的军阀，有一个死过没有？伤过没有？

日本的庞大的预算，间接直接的租税，几十万万元。这些钱是出在哪里的？是哪一个人用得最多？

万一日本打了胜仗得好处的，是不是日本的民众？兵士的家族，以及未亡人与孤儿之所得，比起军阀来如何？

战争是在中国境内，中国民众的抵抗，系迫不得已。但中国却没有军阀，中国也并没有征兵；中国的斗士，一部分是招募而来，一部分是义勇军。中国人口有四万万七千万，日本人口有七千万。但中国是男子数比女子数多，日本则反是。

日本壮丁的人口，每日每日在大量的减少，而一般物价却在高涨。工厂劳动者，许许多多人，失了业，本来已苦得不了的日本农民，更加苦起来了。日本全国社会的金融停滞起来，大家都没有了收入，及零用的金钱。这原因又在哪里？

在中国的日本的俘虏，我们对他们都待得很好，因为我们知道他们也是不愿意跑上中国来打仗的。但对于留在日本国内的他们的父母、子女，以及弟兄、姊妹与妻友，却都抱有十二分的同情。中国人民并没有残酷这一回事，你们的军阀的宣传，说我们在如何如何虐待他们，完全是歪曲的事实，请你们千万放心。

中国的民众，个个都已有了抗战到底的决心，日本军阀若不觉悟，这战争恐怕也就要两年三年的延长下去。但我们所抵抗的，是军阀的野心，并不是日本的民众。所谓排日、侮日、抗日等等，都是军阀的逆宣传，想把我们对他们军阀所取的态度转移到你们民众身上去，激起你们的义愤，替他们来做爪牙，丧生命，希望你们不要上了军阀们的当。

我们所要求的，是人类爱，是国际间的和平，是大家的共存共荣，是文化的建设。所反对的，是侵略战争，是军阀们的野心，是对本国及他国人民的虐杀，是破坏。日本的民众们！你们假如同我们有同样的要求，有同样的疾恶之心，那请你们同我们联合起来，促使日本军阀们的觉悟，制止日本军阀们的暴行，为正义，为人道，更为我们东亚的黄色人种立下一个永久和平的基础。

手民之误

　　从前周作人先生,曾有过这样的话:"印刷出版物的错字太多,纸张太劣,是对于作者的侮辱。"原话或稍有出入,但大意是如此。这话系二十年前说的,在《自己的园地》一书中,大约还能看到。不想经过了二十年历史的现在,中国印刷品出版物的错字,还一样的多,甚至或比从前更不如的样子。每逢有这样的错字发现的时候,编辑责校对,校对推手民,也是必然的程序,不过有些手民,实际每有比作者识字识得更正确的。例如有些字,你写错了偏旁,或颠倒了上下,手民于排字时,每会替作者更正,这是手民之功,却不是手民之误了。所以归根结蒂,错字多时,责任总还在校对。

　　因校对错误而遗害最大的地方,是在外国人翻译我们的作品的时候。我自己就有许多次的经验,看到外国人译我们的作品的时候,因原作校对错了一字,或落了一字两字之故,弄得全段文字,都变成离奇可笑。

　　校对是与文化有关的,中国印刷物长此错误下去,总不是好现象。从外国的出版物来说,英国的比美国的好(校对者注意"英"、"美"两字,在许多刊物上,往往弄错),法国的比英国的好,德国的又比法国的好了。校对错误,虽系一件小事,但从这些小地方,也可以看到各国的国民性。

　　还有原稿的写法,与校对,也有相当的关系。我所见到的原稿，写得最整齐的，是已故蒋光赤（慈）的稿子，其次是鲁迅的，其次是张资平的。光赤的可以不必说，鲁迅与张资平的原稿，不管是改得如何多，但总读得很清楚，郭沫若的原稿，也还可以看得清，但有几个字体（草字）却很畸形。原稿之最看不清的，是田汉初期的作品，他的《咖啡店之一夜》，我为他校了三四次，后来错字还是很多；而田汉见了，还说我替他改坏了。我之写此短文，并非有意与校对者为难，不过求全责备，希望我们这些文化工作者，能在小处更注一点意。大事不糊涂，原无伤于盛德，但并小事亦不糊涂，岂非更好了么？

抗战自入第二期后

抗战到了第二期之后,我们的成绩如何?想是每日看报的人,都明白的。对最后胜利,必属于我的这一句话,自我军退出上海,退出南京的时候起,大家似乎都发生了怀疑。但是现在的鲁南、晋边,以及东南的捷报,还不够证明这一句话的确实么?我们应当对最后胜利,不发生疑义了罢?第二期抗战,还正在开始,而同时我们也已经在作巩固确实的第三期抗战的准备。这准备是什么?就是经这次全国临时代表大会所决定的党国诸政纲。精诚团结,如炉火里在炼的纯钢,敌人的炉火愈来得凶,团结的锻炼,也愈来得坚强与凝固;领导我们抗战的最高领袖,被大众一致推戴拥护,负起了党国的全责,总裁一切,指挥一切,我们全国的民众,只教同船上的水手们一样,竭尽全力,朝领袖所指示的方向走去就对。

领袖曾经告诉我们,小胜勿骄。我们于听到了这一次的大胜捷报之后,当然也不敢自骄与自满;反之,我们倒要更加的自惕与自励。因为胜利的得来,并不是侥幸偶然的。并且我们的目的,是在最后的胜利,这一次的大捷,不过是向最后的胜利目标接近了一步而已。

回头来,看看敌人对这次失败的结果如何呢?国内反战的声浪,愈涨愈高了。增税竭泽之后,民众全家自杀的报道,每日增加了。穷余计拙,就来使用毒气;因之国际间对这一个野蛮杀伐的民族的毒视，也到了不能再忍的程度了。人类的敌人，世界和平集团的敌人，这一群疯狂的野犬，你说还能再有几年的寿命么？我不相信，我绝对的不相信。

　　这一次的胜利，还是最初的胜利，不久的将来，我预料必有接二连三的捷报传来。其余的话，且留到下次，下次，再下次等时候再写就是。

四月五日在武昌

我们只有一条路

敌人的兵力，逼进了马当，我们自然只有一个拼死保卫大武汉的决心，来作最后的干城。

事在人为，有了决心，自然会收到成果。发动民众，加以组织与训练，使在前后方都能与军队打成一片，当然是目前最重要的一件事情。否则就不成其为全民抗战，就不成其为民族解放的革命战争。

有些人说，可惜时机太晚，缓不济急了；又有些人说，就是在这生死存亡的最后一瞬间，恐怕民众运动，还是做不好。这些杞忧，也不能说它们是完全没有根据。但亡羊补牢，尚未为晚，前车之覆，后车之鉴，这两句古话，又在那里教训我们以什么？事只在有没有决心，能不能够万众一心，上下一德地和敌人死拼。

以武汉为中心的抗战，是我们第三期抗战的开始，即使到了兵临城下的时候。我们的抗战决心，也不因之而有动摇。生物的最后武器，是一个死，国家的最后阶段，是一个亡。在死与亡的面前，什么利害打算，得失估计是没有的，也绝对不容许有的。所以在我们面前的，仍只是一条坦直的大道，抗战到底的大道，除此以外是更无第二条路的。

西方的猴子

听说猴子最善模仿,所以西蜀山中,善捉猴子的人,只教打一个活结,挂在树上,另外再以许多绳子,同时挂在附近的枝头,捉猴者远见猕猴来袭时,只须将脖子套进活结,装作悬梁自尽的样子,猴子们就都会一只一只的去上吊。这或者也是人猿同论者的一个有力的论据,你若不信,且看一看西欧舞台上的那位名角!

当希特勒正在德奥各闹市贩卖鸦片,投机博弈的时候,一看到了大音乐家华格纳儿媳未亡人的财产,他就模仿喀撒诺伐,一跃便变成了窃玉偷香的好汉。卓别灵漫游世界,到处得到了倾城倾国的欢迎之后,他就蓄起了胡子。蒂伯尔河畔的那一只雄狮,登坛大吼了几次的结果,他又树起了卍字旗。自从东方矮丑跳梁,不费一矢一炮,而强夺了我东四省的疆域以来,他又左思右想,竭尽模仿的能事,进兵莱茵区域,强并奥地利,直迫但泽市,现在且又侵及了捷克的边境。

柏林十四日的路透电若果属实的话,他又在总动员全国民众,以秋操为名,大弄干戈,不知更有什么企图了。所以有人说,墨索里尼是一位善于反复的 statesman。希特勒却是一位善于模仿的 stageman。但是东方矮丑,已经演出了一出名剧三上吊,自己把颈项送上了树枝间的悬绳去了;不知这一位大否勒所表演的下一个节目,又是什么名堂?

纸春牛可以迎春,纸老虎难道是迎秋的象征不成?

八月十七日

地大物博人口众多

中华民族，所持以抗战的最大凭借，是地大物博，人口众多的几个基本条件。外国的新闻杂志记者，以及到过中国的外籍观光者，曾屡次的在欧美各大报上著论申说，谓中国与日本的战争，你们只知道中国已经失去了几千方里，或几区地域；但是你若打开地图来一看，则中国所保有的完整省份，每一省之大，仍旧可以比欧洲的一国而有余。像这样的省份，中国在现在还有十几省之多。

至于中华民族的忍耐性，坚毅性，与反拨的弹力性呢，完全是由于我们丰富的资源，与悠久的文化所赐予的大宝；到如今抗战已及一年二阅月，而各乡村以及各内地的民众生活，仍旧是丝毫没影响，除了有飞机不时来残杀妇孺的威胁之外，他们仍在安居乐业，不改他们的常态。所以，外国人也老在说，中国人民所暗藏以及含蓄着的富庶，就是抵抗的力量，非但外国人看不到，便是最狡猾细心奸诈的日军阀，也大吃了轻视灭估的亏；并且从这一次抗战的结果看来，恐怕连中国人自己，当抗战开始的时候，也许还不自己觉得的；这潜在的国力、民族力，真是世界上的奇迹。

其次，说人口呢，谁也晓得中国有四万万七千万，日本只有七千万。若以动员可能的壮丁全数来说，照全人口的四分之一计算，中国总有一万万人以上，而日本却只一千万零一点。再以上战场的战斗员，须有特别训练的人才行的话来折算，无论如何，日本总只有二百万人可以送出，而中国则二千万人是不成问题的。

可是，上面的三大基本条件，并不是囫囵吞地便可据作万无亡理的铁律来论的；土地要利用，富藏要开发，民众要训练之后，才能发挥，增进它们的固有力量。而利用土地，开发资源，训练与组织民众，都要以政治的发动机来推动，我所以屡次的说，我们这一次在过去抗战中的失败，并不是军事上的失败，如战略不行，统帅无力，士兵少勇等，也不是物质上的失败，如炮火不继，运输不灵，给养不足等；归根结底，却要归罪于政治的不澄清，民众的不训练与不组织，国是国策的不确立这三点。

这些弊病，现在大家都已经看到了；上自中央起，下而至于极偏僻的农村，甚至已沦陷的地域内，大家正在一心一德，注意于这谬误的纠正。中国若果是一只睡狮的话，现在已经在张眼睛，振精神，预备怒吼了；中国若真是一个病夫的话，现在也已经离病榻，断药饵，在试浴、试步的时候了。×人用以刺探我国情的一种药品的广告文上，有"起死回生"的四个大字，现在我们却有了一个上联的对句，叫作"抗战建国"。

八月十八日

友人们的消息

前几天在报上，看见的鲁迅未亡人许广平女士携小儿海婴到延安之记事，正在惊异之际，却接到许女士自上海来信，知伊仍住在上海霞飞路霞飞场。海婴因天气寒冷之故，在患气喘病。许女士大有偕孤儿海婴，南迁赴一暖地暂住之意，但不知能否成行耳。

茅盾已赴迪化，报上早有记载，此次系由香港坐船至海防而转昆明。复由昆明直飞兰州，再转迪化的。担任的职务，是新疆大学的文学院长。其在香港主编之《文艺阵地》，现由适夷接编。（按：适夷于编《文阵》之外，还编画报一种，将于二月一日出第一期，适夷现新由上海返香港。）

成仿吾在延安，任陕北公学校长，已有三年半了，现在仍在那里。

郭沫若寓重庆陆家花园亦园一号，仍在主持政治部一厅宣传事务。三厅最近改组，前任第七处处长的田汉，已辞职留长沙，在任长沙善后委员会的副主任，这一次省府改组，薛伯陵去长沙后，田君谅亦将另任新职。

夏芝的逝世

据伦敦卅日路透电讯所传,诗人夏芝已经作故,举世哀悼,自然可不必说,但回顾一想,诗人活至七十四岁,所有的工作,如剧作、诗、散文等,都已有了成绩,现在逝世,也可说是不负他的所生了。但有一点,我们特别要注意的,就是由夏芝领导的爱尔兰的文艺复兴运动,在政治上,也发生了影响,这是值得我们回味的。

苏联与日本

防共协定的对象,彰明皎著地,指的是苏联;罗马柏林轴心的推磨者,当然也明显地是苏联。而照现在的世界现势来一看,倒仿佛是只有中国、英、法,与捷克、波兰、西班牙等国,卷入漩涡,实际是法西斯蒂口号中的对手苏联,反而像退居入了第二线的样子。这原因,究竟是在哪里?所以,第一,我们不得不先研究一下苏联的态度。

决定苏联态度的一个最重要的关键,自然是在他们内部统一,而以实际行动出现的清党问题。大家也都晓得,自从一九三四年十二月的基洛夫暗杀事件发生之日起,以一九三七年为顶点,直至去年年终告一段落的苏联清党事件,实在是使苏联的向外发展,和国内的生产建设,受到绝大阻碍的一大原因。反政府的托洛茨基派、新反对派、右翼偏向派肃清的结果,苏联政府,在这四年内,就完成了唯一的一件国内团结,政治上统一的工作。

一,反对政府的外国奸细的肃清。

二,官僚主义者、腐化分子的剔除。

三,参加初期革命的新贵阶级,对于建设事业不能积极帮助的老朽的驱除。

四,中下层阶级的团体负责人,利用清党而滥用职权,或挟私怨而报公仇的糊涂分子的纠正。

五,新的有力干部的拔擢登庸,渐次将国防方面、行政方面、生产建设方面的机构健全合理化。

上举的五项,是苏联在这四年内所做肃清工作的内容。这工作,现在已经是完全做了。

在这工作进行的中间,苏联自然对外不得不采取和平政策,对内更不得不定充实国力的大计。第一期的五年计划,获得了理想以上的成绩。第二期五年计划,于后半期就起了清党的妨碍作用,成绩只收到了八成。去年当第三期五年计划实施的第一年中,苏联自然只有埋头于生产建设重新整理的一条大路好走。况且各种机械,都因为竭其全力而应用了十年的结果,在最近一两年内,不得不全部加以修理与补充。出产品的数量,虽则增加了,但质的方面,更不得不使日趋优良化的现在,为苏联本身计,当然是不能倾全力来向外发展的。

此外则还有一层,美国与苏联的合作,并没有切实的表示,英法与苏联,又各有心事,貌合神离,在这一个国际情形迟疑的环境下,苏联对国际的事情,当然是不能采取积极的态度的。

所以,这一回三月十五,苏联公然拒绝了日本渔业协定的延期请求,将在海参威公开投标决定勘察加内海渔权的结果,我们也可以推想得到一二。

第一,最合理的结果,是日本付出重大的代价,仍复取得这渔业采取权,如西伯利亚东段中东铁路的样子。这代价,当然是很高很高,事实上就等于朴资茅斯条约的完全废弃。

第二,是苏联自己保有这渔权,在她的第三期新五年计划内再增加一项东海岸渔业生产的计划。

至于因这渔约问题,而或将惹起对日的战争,这一个假定,在现在的情势下,却是决不至于实现的。

第一,是日本的不敢;第二,是苏联的不值得。

我们只教将过去的历史事实来一看,就可以知道俄国的对外作战，一向是很慎重的。对拿破仑的战争，其原始，也不过因为保尔一世的疯狂乱算的结果。到了保尔被杀，亚力山大一世继世的时候，政策就绝对地变过了；把向外的苦心积虑，转向了内。一八一二年，拿破仑的飞渡尼门河，侵入莫斯科，致演成不战而自败的那一次战争，也并不是俄皇亚力山大发动的，所以他们只取了一个消极抵抗的策略。一九〇四年，和日本的开战，俄国也是被动的，否则，她的波罗的海的舰队就不会得调动得这样的慢。

所以，这次在这一个渔业约定纠纷，将次达到最大结局的现在，我们也只能以历史的事实和苏联的现实情形为根据，而来观察推断苏联的态度。

再送回祖国服务的机工同志

对于回国服务的机工同志，我们已经屡次的表示过我们的钦敬，现在又有一批，要踏上回国的征途了，在这里除表示我们热烈的敬意外，更有二三句忠告，请热心爱国的诸位机工同志铭刻在心里。

第一，因为语言不通，风俗，习惯和气候的互异，回国去的诸君，应该时时刻刻放大襟怀，留心健康，我们已在前次说过了。

第二，诸君生性纯洁，自小所处的，又是南洋各地的单纯环境，一到中国，必有许多看不惯，不服气的复杂事情发生。老实说，我们中央，虽在拼命的肃清贪污，整饬官场；然而实际上，这样复杂的一个国家，历史很旧，民性很顽，一时又哪里能够自上及下，一气肃清？所以诸君若到了中国，见到了这些不满意的现实政治之后，千万不要感到灰心。我们相信，人性总是向善的，败类终必归于淘汰，在现在的这一个混乱局势里，虽则有些小小的败类出现，但到了抗战胜利，建国成功之后，这一批螽贼，终会得被一鼓而荡尽，同敌国的万恶军阀一样。

第三，诸君虽则不一定个个是上最前线去的，但回国服务，也不一定是远在后方，所以，若有被派至火线上去的诸位同志，应该要镇定第一。这是到过火线的人，谁也会得到的经验，即初次听到排炮或炸弹的声音时，不免要惊惶，于是就不免有种种失宜的举止。须知在火线上的炮弹，也不一定是同雨点一样地密集，而在最前线的人士的死亡,也并不一定同我们想象那么的容易。飞机的炸弹,命中率更加不多,我们只教态度镇定,按法躲避,则出入前线,是危险性绝少绝少的。其次,在火线上进出几次之后,自然胆子也就练大了。可是在这时候,所最宜谨慎防戒的,是轻率与疏忽。我曾亲眼看见,南昌南站附近,敌机来炸的时候,因为一个士兵的轻率不躲避,而朝天发了一枪,致飞过的敌机全队,又飞回来丢下了许多重弹,终使一连士兵,损失了大半。所以,初上战场时,我们要用镇定来抑制慌张与惊恐;既熟练了火线进出之后,尤应该用镇定来防戒疏忽与轻率,切不可因夸示大胆而累及旁人。

凡此数点,是我对诸君的忠告;将来抗战成功之后,我们打算再来与诸君一杯痛饮,重述黄龙直捣时的景象。

关于捐助文协的事情

　　关于捐助文协的事情,自从我在《晨星》栏里提出以后,果然响应的人,日渐增多,而所提的办法,也不在少数,但觉得有许多计划,事实上是不能做到,而有许多办法,现在一时又很难实现的。

　　第一,譬如组织文协分会的事情,我开始就觉得不可能,因为从环境的关系,以及历来马华文坛的历史关系上看,都觉得不能顺调进行的。所以,有事不如无事,这事情暂时还是不提的好。

　　第二,开座谈会,召集会议,讨论办法,原也是一件轻而易举的事情;但只开几次座谈会的结果,恐怕事情不一定就马上会发生实效。况且我个人在星洲绝少交际,不悉情形。召集会议,更加不易。若由住此稍久的人,如谛克先生等来发起召集讨论,或决定办法,确实去做,我却很愿意以一从事文艺运动的分子来参加,来负责。

　　我做事情,总只想从实在有效的方面做起,开始不妨小小的来做。以后再逐渐逐渐扩大,推行开去。所以,在这里,在我的能力范围以内,所做得到的第一步,我只能提出这样一个提议。《晨星》三月份的稿费,将次结出了,凡曾在一月份的《晨星》上,发表过稿子的诸位同志,愿意将稿费的全部或一部分捐助文协者,请于今日起,即赐以一张信片,陈述志愿限度,当可由我来代向会计处取齐汇出。姓氏款数,待结清后,再行登入此栏公布。

此外还有许多朋友，直接来信，说以后每月愿担任月捐五角，将寄来由我汇齐代寄。此事当然是最合理想的自由捐助方法。但一则因为小额款子，汇来不易，再则文协于三月廿七日改选以后，会务进行及负责人等的指名，现在我还没有接到通知，所以我更想附一个折衷的办法在这里。热心捐助的同志，请按两月一寄，寄来后，可由我代转交。各地的同志，若能自组小组，负责集捐汇送，则更简捷，凡个人或集团，捐集达叻币三十元以上者，不妨直接寄至"重庆临江门三十三号文协办事处交姚蓬子或舒舍予收"。

重庆现在正在疏散人口，将来文协会址若有迁徙，或其他关于文协有重要决议案时，当再在《晨星》栏内告知一切。

此后本栏的投稿诸君，若愿以稿费之一部或全部捐助文协者，请在稿尾附带声明。

獭祭的功用

《谈苑》谓"李商隐为文,多检阅书册,左右鳞次,如獭祭鱼。"清初毛奇龄的如夫人,也向人指摘她丈夫的隐事,说:"大可作文,完全是抄的书。"獭祭的工夫与趣味,实在是别有天地,不足为外人道的。

宋明以来,文人的笔记,大抵是獭祭之余,用笔偶抄下来的东西居多,像《困学纪闻》、《日知录》、《读书杂志》等巨著,且成了研究中学者所必读的书,就是由纪文达公作总纂的那部《四库总目提要》,亦何尝不是獭祭的成绩?

其次则轻松一点笔记,如诗话之类,一书之成,也大都是如此的。抗战军兴之前,我也曾于读书之暇,摘录过许多笔记,原稿一半在杭州,一半在福州,因为不曾印行,现在也大都散失了,此刻虽再想续做这步獭祭的工夫,可是一则没有时间,再则缺少鱼类,却很难做到了。

不过有许多古人的名句轶事,间或有片断记得的,仍时时在口头脑际出没,若能补充写出,或也缀得成一幅倒翻字纸图,现在先写两段出来试试。

明初有临刑作口占诗者:"鼍鼓三声急,西山日又斜。黄泉无旅店,今夜宿谁家?"监斩官事后报知,受了明太祖的申斥,谓如此大才,何不早告,这诗记得《瓯北诗话》中亦曾记过。因此,又想起人传金圣叹临刑之日,天正大雪,他亦有四句口号的诗:

"天公丧母地丁忧，万里江山尽白头。明日太阳来作吊，家家檐下泪珠流。"这比那"少年头不负，老去臭偏遗"的汪老先生，似乎口气还要沉痛一点。

前人说富贵诗，总以"梨花院落溶溶月，柳絮池塘淡淡风"或"舞低杨柳楼西月，歌罢桃花扇底风"为例，我则最赏识唐李德裕的"内官传诏问戎机，载笔金銮夜始归。万户千门皆寂寂，月中清露点朝衣。"和宋周必大的"绿槐夹道杂昏鸦，敕使传宣坐赐茶。归到玉堂清不寐，月钩初上紫薇花。"的两绝，以其融融清雅，有古大臣的风度，并且非看到过皇都壮丽的人，不能赏识。像龚定庵的"各有清名传海内，春来各自典朝衣"，华贵处反从清寒一面来写，又是一种作风了。

看英将妥协至若何程度

倭寇的搜劫英轮，枪杀英国在华人民，封锁租界，鼓动反英罢工，与明目张胆地宣传驱逐英法势力，一半当然是倭军阀的一贯蛮干政策，一半也是倭想加入德意军政同盟的敲门砖；换句话说，就是格外卖力，以期讨好德意，表示其国力并未降到三等国以下，教德意不要看不起这矮种黄人。

倭人的色厉内荏，只怕人家看自家不起，因而开始加紧坠井下石的那一种工作，真是最得意的拿手好戏。这一次的对英强横侮辱，逼英到底，原是大家所目睹的事实；可是在历史上，当庚子年八国联兵入京的时候，倭人也曾经得意地干过这一手了；这岛国根性，若说是武士道的特点，那我也没有话说。

此次的天津事件，"结果，当然或以妥协来结束。"本来张伯伦便是世袭的妥协主义者，但我们应该促醒英当局的注意，这一次可比慕尼克不同。慕尼克约定在英国方面所牺牲的，只是一点国际的信义与面子；这一回在中国，却须牺牲及英国的实利了。一着放松，全盘便输到底，英国以后若不想在东亚保持利权则已，否则，这一回可就是一个最初的试探，以后还有印度，还有南洋问题在哩！

所以，这次天津事件英国的或出于妥协的一途，当然是必定的趋势；但我们须切实注意到它妥协的程度。

倭武人的神化

我们中国，自从抗战以来，最好的一个现象，是文人的武化，与文武的同化。关于后者，陶行知先生仿佛还曾写过一首很有趣味的诗。反之，在敌国呢？倒相反地，武人神化的倾向，近来可愈加显著起来了。

在六月号的《中央公论》上，有土肥原贤二的一篇荒唐言，他把自己的阴谋毒计，侵略中国，断送日本青年许许多多性命那一件事情，吹得至大至伟，无以复加。

最好笑的，是说他自己，比德国尼采、法国罗南、服尔德等更会革新，更为伟大；凡西洋历史上的伟人，没有一个及得上他的，原因，就在他的能向中国来逞凶图霸。

还有一事，他还没有明白的说出，但意在弦外。看他的文章时，读者自然会意。那就是"日本的天皇"在他眼里，也简直是等于零。武人的神化，蛮勇主义的压倒一切，到了这一位土肥原贤二的这一篇文字，总算也可以说是达到极点了。

倭军人的蛮横压倒一切，更可以在桥本欣五郎的在五六月《改造》及《中央公论》、《日本评论》等杂志上的言论里找出许多材料。他公然夸张他故意在芜湖炮击英国军舰的得计，大骂日本一般国民及外交家政治家的不做排外先锋的软弱无骨。

据他的意见，似乎英国的驻日大使，以及现在居留在日本的少数商人及宣教师等，都可以自由杀戮，或非杀戮不可的。

在他的无论哪一篇文字里,只是再三的说,值得拜倒的,唯有日本的"兵","兵","兵"。他也同土肥原贤二的口气一样,开口他在中国一年半,闭口他在中国一年半,他是"兵",而日本的值得拜倒的只有"兵"。在这里他也忘记了"可畏哉的天皇陛下"或"神武天皇"与"天照大神"。

敌国武人的跋扈,从前原都像挟天子以令诸侯的曹操,而现在则并王莽都不如了。从这里我们可以看出,武人在敌国的横行蛮暴,现在已经到了从古所无将来也决不会再有的顶点。

在同一《中央公论》六月号的一篇座谈会记录里,我们可又看到了几位政论家的预言,说日本将起一民间的大变动无疑,而这变动,也许可以在今天起,或明天起。但最迟最慢,总也不会得出一年以外的。

物极必反,察变在微,我们再从敌国取缔物价规程的急切施行,及恶性通货膨胀之后的黑市大涨与币价的大落来观察,则敌军阀末落的日子,恐怕就近在重阳的风雨节前了。

致电英京新闻界

友邦人士公鉴：

　　此次英日东京谈判所成立之协定，为英国给予日本对侵略以各种便利。此种协定洵违原九国公约之精神与国际联盟历届决议案，且与英国保护其远东利益之政策不符。对于正在艰苦奋斗以抵抗日本侵略之中国其不□至巨，同人等业于□日举行会议，当经一致决议反对英国不顾其条约义务与国际信义，对日所作之让步。请主持公道，督促政府，中止谈判，废止英日商约。是所盼待。谨电□闻。新加坡华侨文化界□艳。

敦请出任售票顾问函

某某先生惠鉴：

　　径启者，九月一日记者节，同人等决于是日演剧筹赈，经筹委会议，敦请先生为售票顾问。事关输将纾难，谨具芜函奉达，敬请俯允就职，借资领导，俾收成绩，至纫公谊。肃此，即颂

　　义安

主席　郁达夫

写作的内容

在最近创刊的《人间世》上，看到一篇陶亢德、戈灵等的关于写作内容的座谈录。他们所讨论的问题，是在上海这一个特别环境之下，写作人今后究应以什么为内容而来从事写作。从他们讨论的大概来抽作几点结论的话，大致不外乎下列的几点：

一、顺写与抗战有关的文字。

二、因环境关系，要以婉曲出之。

三、多取材于历史。

四、吟风弄月的闲文字，务期少写。

这几点当然可以代表目下写作人一般意念。不过"抗战文艺"要写得婉曲，实在也谈非容易。我们当然不赞成口号标语式的"抗战文艺"作品，但一经婉曲，热力自然要减少许多；在这一点上，不但是上海那一孤岛上的写作人要加倍努力，就是在南京的写作人，也应该竭力的学习。最近在《晨星》上发表的李桂君的《海上》，以及七月《晨星》上的熊居君的《到天台山去的道上》两篇，或可以算得是婉曲的"抗战文艺"了，可是读者所感受到的热力，总有点还觉得不够似的，这原因是在素材被艺术化后的力点不容易集中。

至于取史实来作写作材料一事，原是万不得已时的一种借古人言行来道出现代人的不平愤恨的办法；可以讽刺，可以垂教，也可以痛骂，法未始不善，不过要受种种的限制，是一不便的地方。第一，材料有限；第二，古今的环境，未必尽同；第三，多少要下一点考据的工夫；而结果，恐怕还有搔不着痒处的危险。所以，一讲到写作取材内容的具体问题，总没有一条坦道，可以由你去直驰；但也正因为如此，所以才能分出作家艺术手腕的高下来。

　　总之，饱满的热情，丰富的人生经验，与熟练的技巧，还是作家在任何时代所必具的条件。至于时代意识（或说时代精神），及环境影响（即环境的压迫力的摄取），则每一个艺术家的具有良心，具有上举三条件的人，多少总能把握一点的，所差只在程度的问题。譬如在目下的抗战局势下，以非战主和等为内容的创作，当然是有良心的艺术家所不愿意写的，除非是甘心卖国，别有居心的作家之外。

　　时到了现代，还死守住象牙之塔，打算在白日里做梦的作家，我想总不会得数目很多吧？

"九一"记者节演剧筹赈宣言

溯自倭夷入寇,国社西迁,我中枢奋威以御强,时已历二年又二月,诸将士请缨以赴义,众岂只一旅与一成?近则捷传晋陇,师逼羊城。江东子弟,行将卷土以重来,潍右英豪,亦既枕戈而待旦。敌困屯沿海,怨结诸邻。诚捉襟而肘见,正日暮而途穷。际兹胜利将临之日,实我全民效命之秋。同人等有志从戎,无由投笔。漫天烽火,目迷北渚之云,遍野哀鸿,泪坠南枝之雁。思老弱之转填沟壑,谁无父母,念弟兄之飘泊东南,同是天涯。爰决于记者节九月一日,借座皇宫大戏院公演话剧以筹赈。恳乞侨贤共襄义举。推己饥己溺之心,尽为国为民之责,庶几万间庐厦,因寒士而庇及天下苍生,七级浮屠,救一命而泽润中原大地矣。

语言与文字

十一月三十日晚，偶尔经过三角埔，到中国语文学院去坐了一会，以后张先生就请我去向男女学员们讲几句话。因为没有预备，没有题目，所以就顺便以语言与文字，来作谈话的资料。第二天，各报上虽亦载有简单的谈话内容，但觉得我所想讲的主要之点，还不十分抓住，故而再来写些闲谈以补它的不足。

人类借以交换意见，表示内衷的表情、动作，与声音（即言语），当然是在有文字之前的事情。先有言语，然后有文字，是一般言语学家的定论。我国在结绳（这当然也就是文字的变相，是一种简单的记号）代字之前，自然是已经有了言语了。所以，小而部落，大而国家，能团结统一起来的水门汀，第一，是靠言语，第二，才是文字。

中国的所以能保持固有的国家疆域，所以能有一个民族的文化，最重要处，还是有赖于我们的统一的文字。可是中国从前的教育不发达，文字只是士大夫阶级能享有的特权；因而虽有了统一的文字，实际上的国家统一，终还不十分的坚强。尤其是民国成立之后，统治者失了驾驭全国的能力，因而军阀互争，内乱不绝，积弱之余，就授敌人以大规模侵略的机会。

这统一不坚强，团结不巩固的最大原因是在哪里呢？就在言语的不统一，文字与言语的不能完全一致。

假使我们的言语早能统一，文字能适应时代，而与言语相一致的话，那我们的统一国家也早就成立，敌国外患就决不会有了。因为言语的不能统一，感情意思的不能互相通应，所以致演成同是中国人，而甲地和乙地的人，会有械斗争等事情发生。扩而大之，就成为省与省的斗争，派与派、阀与阀的斗争。当然，此外的原因，也很多；譬如交通的不发达，实业的不开展，贪污政治的不肃清等等；可是，言语的不统一，文字的不能与言语一致，而不成为普遍的民众智慧，却是我们过去不能成一统一近代国家，没有进步，渐渐陷成弱小国家与弱小民族的一个最大原因。

所以，现在，全国正在拼死命，为民族国家的生死存亡争血路的这时候，我们所最须努力的，就是使言语统一起来，使文字和言语一致起来的两点。这两点倘能完全做到，则中国的统一，决不会破坏，中国的民族与国家，也永远不会亡了。

国家的统一事业，虽有赖于政治工作，但是文字（文学）的功劳，也决不在政治之下。

意大利的统一，虽则靠马济尼、轧利巴尔提、卡辅尔等政治家的奋斗；可是若没有诗人配屈拉尔加、但丁等的统一语言文字的工作在先，则意大利在十九世纪中政治上的统一，决不会进步得如此之速。

同样，在拿破仑战后的德国，幸赖了歌德、雪勒等国民文学家先奠定了统一语言文字的基础以后，继弗来特力克大帝之后的铁血宰相俾斯麦才会收到那样的成功。

所以，要想国家民族，能够团结、统一，则语言文字的统一与团结，是先决的条件。

尤其是在马来亚的我国的侨胞，在目下抗战建国的过程之中，第一非把祖国语言，文字，加紧地研究，练习不可。

不过对于中国的文字，有一点要注意的，是时时要使文字活着，与语言能够一致的一点。最近，大家所说的文字要通俗化，大众化的根本理由，也就在这里。

至于说到中国的文字呢？必须改良之处，原属很多，但就文字而言，却是最优美，最富于意义的一种。我们平时虽则并不会觉得祖国语言，与祖国文字之可亲可贵，但当授到最后一课的时候，就能感觉到这一种语言，这一种文字，对我们是如何地可宝贵的东西了。

前三年我在台湾的时候，所亲见到的台湾民众在政府下令禁止百姓读中文书，禁止日报出中文版的时候的那一种悲惨哀切的情状，现在回想起来，还会得毛发直竖起来。都德写亚尔萨斯·罗伦那一天学校最后授课的情状，与台湾当时的情状来一比较，只觉得他写得还不够悲壮。

祖国的语言文字，就是祖国的灵魂，我们要拥护祖国，就不得不先拥护我们的语言与文字，虽然，使中国文字能够活着，能够适应时代，能够和语言紧紧地连结在一起的这责任，仍是横在我们的肩上，还须我们来努力的。

战时的忧郁症

战争时代，有形无形的忧郁症中间，最大的一个现象，是人的意志集中力的分散。平常的活动、事业等等，都会因此而呈动摇之象，三五成群，空谈空想，做事情决没有和平时那么的有效力。

还有一般意志薄弱的人，在战时因紧张过度的缘故，变成神经衰弱，歇斯底里的事情也很多。

据英国医生麦克克莱兰特之所说，则忧郁状态，也并不一定是坏的。有时候，在寻常过程之中，这忧郁反会变成刺激，使人增加活动的能力。

譬如家里有了病人，自然周围的人，要忧郁了；但忧郁的结果，就会去请医生，或将病人送入医院。这种种活动，在平时是不会有的，到了那时，就自然而然，很有条理地会去做了。同时譬如一家一国的经济财政上，遇到危难的时候，则负责的人，自然也会因忧郁而显出种种活动能力来，如整理规划，盘算弥补之类，像这一种忧郁状态，心理学家，叫作"自然的状态"。战时的忧郁，若止于此限，则一点儿也对人类没有损害，反而会增加一般的工作效力。

所可虑的，是这忧郁状态过了度，变成了病态，那就不对了。这一种病态的忧郁症，物理的在人身上发现的时候，会增加心脏的动悸，食欲的衰退，消化的不良，夜眠的不安，终而至于使人成大病，而影响及事业。心理的在人的生活中显现的时候，会因绝望或恐怖的结果，而去寻找过度的刺激，以作忘忧之用，如狂嫖，滥赌，痛饮，失常诸状态。

我们在这国难未已，欧战又起的时候，大家会感染到一点忧郁，自是不可避免的事实。但要紧的，是要把这忧郁善用，使它成为刺激，而去增加我们的活动力。切不可因无故的忧郁过度，而习成病的状态，终而至于消极，绝望的境地。

为救治这战时忧郁症的病的状态，最好是先去究明这忧郁症的来源，然后再直向可以扑灭这招到忧郁的本原的工作去努力。

麦克克莱兰特医生所举的救治方法中，有集中意志，去做须切实负责之事，读好书，从事运动，不使身心闲空的几项，但在我们现下的状态中呢，我想是无过于努力去做救国工作的这一件事情了。

当然，救国工作，千头万绪，一个人在一个时候，决计干不了，也干不好；但极普通的一句话，就是确守本分；在自己的岗位上竭尽他或她的最善做去，自然是遣散战时忧郁症的对症良药。这极平常的药方虽系传自古人，药草也系采自平时的，但只教用之得法，则不问战时平时，我们就可以算是不虚做了一世人了。因读了一篇最近在心理杂志上发表的麦克克莱兰特医生的文字之故，我就发生了上面的这一点感想。

文人的待遇

在一篇从重庆寄来的通信上,曾读到重庆生活费的高涨,一般中下级公务人员和文士,还不及工人与车夫的报酬来得丰厚;文士写千字,只卖得元半二元的稿费,而排字工人排千字,倒也有国币二元以上的工钱等消息。

这虽是战时的畸形景象,但是从供求的关系上说来,可也是必然的结果。排字工人,需要熟练的技巧,相当的学识,与坚苦的斗志,同文人并没有两样。他的重要和文人也分不出上下高低来。而在战时的后方,我们由友人的通信,及刊物的编辑余谈中看来,知道熟练的排字工人,印刷工人,以及印刷业经营者,都非常的稀少。

并且,因交通运输的不便,印刷材料,在后方简直是珍贵之至。铅字是少得很,印刷机也并不多;其他如油墨纸张之类,无一不在感到供不应求。在这样的情形之下,工友们自然只集中在几个大都市里,不肯千里长征的到后方去了。而宣传印刷用品,一般新闻杂志,以及初级的教育工具,在后方的需要,却比几个通都大邑,紧急得多。物以稀为贵,印刷工友的工资在战时后方的抬高,自是必然的情势。

其次,如舆夫、车夫、船夫之类的工友,因为有机可乘,临时抬高一点价钱,也是自然的现象。不过要合乎理性,不可过事要挟,形成类乎抢劫的行为,那就无可非议了。

至于说到文士呢？则平常我们就在说，中国社会，对文士的待遇，是最坏的。远之，如欧洲作家的一字几镑等，类于神话似的传说，我们暂且不提；就以英国在六十年前的情形来说，譬如乔治·葛辛，于伦敦市场上，出卖小说稿最低的价格，一部十万字的小说，还可以得到五十镑的市价。这是在当时的文人市场上，算最低的价格了。合到现在的法币，也有两千元上下的数目。而当时伦敦的生活，是四十个先令（约二十元法币），尽可以优裕地过一个月的。中国的作家，在平时就向来没有过这样的待遇。（乔治·葛辛的生活，可以从他著的《文士街》一小说，及穆来·洛勃兹以他的一生为模特儿的《亨利·迈脱兰特的私生活》一书中看出来。所以在此地举他作代表者，因为他是当时著作家中最不幸的一个之故。）

　　像我们从前在上海写稿子，每千字写得二十元的报酬时，是稀有的例外，平常总只在千字十元至十五元之间。而出书时候的版税，靠得住的书店，最高率也只抽到了百分之二十，通常是百分之十五。每一册书出来，平均每年有五千册好销，而能继续至十年的，就算好的了。即依这一个平时在中国是最好的待遇，和欧洲各国的最不遇的作家的待遇来比一比，还是觉得减色得很多的；在现今的战时后方，文士的待遇，低落得赶不上工人，那当然是不算什么稀罕的事情了。

　　对于这战时文士的苦境，我们原抱着万分的同情。但一方面，从我国历来喜以读书人自负，看其他的人都是"万般皆下品"那种态度来说，则这一个对战时的文人的打击，也未始不是一种很好的教训。文人的可贵，是贵在他有坚实的节操，和卓越的见识。对于物质享有，他决不能因自己是文人之故，而非要和一般民众或工友不同，非超出在他们之上不可的。文人和一般工人，究竟有点什么区别呢？工友及一般民众，可以吃苦耐劳，难道文士就吃不得苦？耐不得劳了么？

我们的要做文人，是想以自己和众人不同之处，能使它发挥出来；如有力者的去拉车，喜欢冒险者的去探险一样。若是为了易于得物质报酬，或易于成名得利而去做文士，则这一个人，不是呆子，便是奸人，决不是真正的文士。

因这一次的抗战，我国历来的种种封建意识，得能一扫，这是事实。这一次文士的受难，而若能也把一般文人自视过高的习惯改去，则抗战的功德，施及于文士的，也真可以说是"并非浅鲜"了。

并且，正因文人待遇的普遍低薄，赶不上工人舆卒之后，在文士之中，才会产生出意志坚强，不畏艰苦的伟人杰士来；而一些以文学为工具，想借此以投机取巧的文学商人，才会得视作文士为畏途，而不敢轻易的再去尝试。如鲁迅在遗嘱里戒子万勿作空头文学家之类的箴言，是远不及事实的教训的。

所以，一般社会，对于文人的待遇过薄，我们原要为文人抱不平；但在另一方面，则我们也正在想将许多青年之愿为文人的这一种野望，可能使转向到愿为工业创造者，机器发明者，荒地开辟者，和国家建设者等实务上面去。要而言之，一个空头文学家，终不如一个裁缝或泥水匠、木匠等实际有一技之长的人来得更可尊敬，是我们的意见。自然，对于真正的文人，我们也想促进社会付以对他所应受的待遇。

美倭之间

美倭间的商约取消，断绝有约的商业关系，将从数日后的一月廿六日起实现。大家都知道，美上院外交委员会的主席毕德门，在倡导嗣后禁止军火输日，绝对断绝经济交往，以作对日不顾公约，侵略弱小民族，轰炸不设防城市，损害美国在远东的财产与商业利权，及危害美国在中国的宣教师，侮辱美籍留中国妇女们的报复。

倭军在中国对美国的暴行事件，据去年格鲁驻日美大使的声明，已积有六百余起。现在距离该声明之日，又有好几个月了，事件总加上去，如最近上海倭军侮辱美籍妇女之类，大约总该有七百件无疑了。

美国是舆论有绝对权威的民主国家，舆论之所趋，往往会见诸政治与政策的实施；而美国全国的舆论，当中日战事起始时候的百分表，就已如下列：

同情中国的：五九巴仙

同情日本的：一巴仙

两不同情的：四十巴仙

现在当然连百人中间的一个同情日本的人也没有了。在这一种状势之下，美倭商约的再订一事，自然是无从谈起。又加以倭阁新组，政策未定，一方面在极力想拉苏联，一方面又在想联英制美（米内是主张联英的），看起来，在一月廿六日之前，美倭间的关系，决不会有如倭方所希望似的顺利的解决。

可是，我们也不敢盲目判断，以为从此以后，美倭的经济关系，就会得全部断绝。因为南部加利福尼亚州，对日的输出，在一九三八年中，总数为四五·三五六·四九九美金。比之同年该处向英国、菲律宾、苏联、澳洲、加拿大、荷兰西印度群岛、智利等七国所输出的总数四五·一三一·八九二美金，还要多两万多元。而美国全国，在一九三七年向日输出的总额为三万万美金，就是从德克萨斯输出的油与棉花，有三三·三三六·〇四四元，从纽约输出的机器军器类有六一·〇八一·三二三元，从华盛顿州输出的木材及其他有二五·〇六四·七一〇元，从金山输出的货品有二二·五三六·一九三元美金。

平均倭国对南加利福尼亚州一年之中，每日要付十二万五千的美金。虽则南加州在最近已接受了为美国商输公司建造四只大船的合同，二年之中，可以有七百五十万元美金的收入，但对于倭国购买军器材料的一个大主顾，是决不肯轻易放弃的。

况且，欧战起后，美国的海运业、商业，在欧洲方面已受了很大的打击，若要找条出路，自然只有向太平洋的一方面来。

所以美倭间的断绝商业上关系，若只限于军火、飞机材料、汽油之类，那或者还可以办到。若完全至于断绝，则南美的棉花，一年就要减少二三千万美金左右的销路。此外，则倭国每年对美输入的一万万金元的生丝，亦将绝迹。使美国而短少这一万万金元的货物抵销额，则美国的商业，亦将受到重大的影响。

倭国对美，是次于英国及加拿大的第三位商业关系者，所以，美倭之间的经济关系，完全至于断绝，想来是决无此事的。我们在这里，只希望美国的商家，尤其是南美加州、德克萨斯州及奥克拉呵马诸地的汽油商家，能够主持一点公道，将正义一方面的铜码加得重些，将金钱一方面看得轻些，能够把直接可以用来屠杀我民众的军器、汽油；及飞机材料等加以制止，禁不输倭也就够了。此外则能够绝对不买倭货，固属最好；否则，工人不穿生丝制的衬衫，女子不着丝袜，也是对中国大有帮助的一种表示，我们在这里，谨以最大的诚意，奉劝太平洋彼岸的热爱正义人道的诸位友人，要顾全到世界人类的大局，大家一齐起来，拥护毕德门的提案。

美倭商约废止期届以后

现在倭国外交上最大的困难问题，是美国对倭的不肯续订商约一事，前天在本栏里，我们已经约略说过了。可是这一次废约的期到（一月廿六日），也并不是马上美倭便会断绝一切经济关系，我们也从事实上，下过预测；现在再将这事的来由与废约来谈一谈。最后，我们总希望美国能一秉正义之心，毅然决然，将军火、飞机材料，及汽油等直接可以屠杀我妇孺的各种输出品加以制止。

原来美国政府对倭的不满，是在倭国的没有政府；这征之于罗斯福大总统的直接电倭皇抗议一事，已可见端倪。

其后倭军在中国，损害美国的财产权益，及侮辱美国的子民，尤其是妇女，事件积至六七百起，而每一次美国的抗议，终于得不到倭的答覆，或解决。原因是在倭政府不能命令在中国的军阀，而在中国的倭军阀，又不能受一个统帅的命令。甲地的倭军，就不会听乙地倭军的话，日皇自日皇，日阁自日阁，日外务省又自日外务省，在中国的倭军又各自为倭军，而无统一，而不负责任，而决不能一致。

美倭间的不能直接开会谈判解决两国悬案，原因全在乎此。倭方恐惧开会谈判，因为谈判的结果，决不能够实现。美国也不信任日阁，及在中国的倭现地军阀，因为他们都只能负一部分的责任，而不能负全责。

即以被逼不过，而勉强生出急智，希图献小媚以缓和对方的长江下游开放一事来说，就证明了倭现地军阀的各不能够一致。所以，开放长江航路，只是一句空言，而实际对于第三国在中国的权利尊重，仍是毫无裨益。

其次，则美国的内部，也还不能坚决取最后的态度，原因是在顾到实利，而还没有预备好与倭绝对断绝经济关系后的补偿方法。日元的联系到了美元；日产品生丝，在美国日常生活用品上的必要；棉花、煤油、农产品、木材等的生产过剩；大西洋及北欧航路的受到威胁等，都是使美国不能取斩钉截铁的态度的症结。

所以，美倭商约废止期届以后，大约总还有一个惰性继续商业往还的无约时期，要存在美倭之间。在这中间，倭必将竭尽其献媚邀宠的能事，而图挽回美国上下对倭的感情。其间，则代表南加州的利益，或与倭美商务间有关的各美国议员，将起而为倭活动，自属毫无疑问。我们不已经听见过波拉议员的说话了么？此外，则明年度到期的总统选举阵，对芬兰对欧战的纵横捭阖，对此事也不无影响。

从这种种方面看来，我们对美倭间的关系，也并不望其能马上有明显的结局，况且，赫尔国务卿，现在又是万事都持慎重态度在从事的。

归根结蒂，我们只希望美国在一月廿六日后，禁止军火输日一事，能够实现，那就算是美国对正义、人道，已尽了它的职责。此外，则我们的抗战，自当本自力更生的精神，一直坚持下去。

至于日阀的想将伪中央速制成功，其中就可以利用伪中央来对付美国的一层，却只是倭军阀单独的如意算盘（这原也是所以使倭对美不急急于开正式谈判的原因之一）。无论伪中央的能否成立，能否代表中国的民意；即使傀儡登了场，可是美国也决不会上日阀的当的。

勿骄勿馁的精神

自从高陶将汪逆与日寇缔订的新关系调整要纲内容公布以后，卖国的汪逆，自然已经露出了为来为去，只为了四千万元关税截留金交付的这一条尾巴。而在日寇方面呢，也实实在在显示出了近卫三原则的实际内容，与夫所谓建设东亚新秩序，以及皇道政策的具体计划。

傀儡们上了台之后的种种丑剧，我们自然不难预见；譬如伪满倭国与伪中央的交换使节啦，伪中央对英美苏各国的一边威胁排斥，一边屈意奉承的外交两重奏啦，各地土匪流氓的拉拢编组成伪军啦之类。但是最重要的一幕，恐怕还是倭寇与伪中央，伪中央与各地方伪府，以及伪中央中间自己的对分赃争利夺权的几个场面，这些当然是不在话下的应有之景，总之，只是证明了傀儡们的实际，与夫显示出敌寇的操纵手法而已。这些形形色色对我们的民众决心，对我们的抗战计划，以及对我们的与国的友谊，是决无丝毫影响的。反之，倒可以使我们更坚决地获到国内大众，以及友善各邦的更坚强的扶助与拥护，使抗战更能增加一分决定的力量。

在这一阶段里，要紧的，可并不在甘心卖国的奸党们，倒是在我们自己抗敌阵营的应该严防被敌利用，致起分化的一点。敌人放出的在山西境内，国共军队，自相残杀的恶宣传，原不值得一驳。更可笑的，还有云南与中央的乖离等不具常识的谣言，可是从这些敌谣来加以分析，则可见敌在军事上，已无法进展，以后的唯一策略，就在利用政治，来分化我们团结的阵容。

其次，则抗战日久，人心易生玩忽，胜后成骄，略挫变馁的倾向，也容易滋长；我们在这一年中，尤其更不得不重振精神，着手来准备敌军的出乎意外的袭击。譬如敌人这次在浙东的偷渡钱塘江，炮轰镇海，分明是袭取浙东，因以威胁江西福建的初步。还有粤桂两省的增兵死拼，也是敌决不肯轻易放弃打通粤汉路企图的明证。鄂中的崩溃，系大批寇兵南调的结果；而山西的失败，是严寒的季候与险峻的地势，予敌人的打击；各路前线，现在虽则似乎暂入平静的状态；但是傀儡登台，敌阁筹备稍稍就绪的一月半月之后，敌在各线，总将有一次最后挣扎的猛烈反攻无疑，我们所不得不预防的，倒是在这些地方。

所以，当抗战初期，领袖所告诫我们的两句话，叫作"闻胜勿骄，遇挫勿馁"的精神，我们在这时候，更应该重振一下，并且还要勿懈勿弛，坚持我们拼战的初衷，比抗战初期，更得奋发一点，才能在今年之内，争得到最后胜利初步第一段的成功。

错综的欧局

美国副国务卿韦尔斯到了欧洲，引起的反响，自然是甲国与乙国不同。这事，我们在本栏里已经说过，大约将来的结果，总也不过如我们所料的那样。这是目下欧局的一根纬线。

希特勒发表演说，同时拉拢意苏日作他的同党，色厉内荏，情见于辞。说包围封锁，已有漏洞。漏洞云者，小孔之谓也。素喜夸大口的希特勒，不意也竟发此小言；以欺德国民众则有余，以蒙天下人的耳目则不足，故作危言，预备讨价还价，亦是应有之事；同时来和张伯伦的演词一比，显见得一方面是君子，一方面是恶棍了，或者换一句话说，一方面是富有之家的千金之子，一方面却是穷极无赖的跳梁暴徒。

我们对于欧洲的和平，虽始终还在怀疑，但对于这次大战的将行扩大，却终不敢相信。

近东的风云，苏土的紧张局势，在六七日前，已似乎是酿成了矢在弦上的样子，可是我们终究不相信土耳其会在这一个时候，向任何国开起火来。至于苏联，则更不必急急于在这一个时候，以武力来占领黑海的锁钥，打通薄斯薄拉斯海峡，而闯入地中海东北岸来和那些海霸们以兵戎相见。此事，我们可以断定决不会发生，要紧的倒还须看黑衣首相，和韦尔斯相谈之后的计议如何而后定。

希特勒要巴尔干为他的生存空间，则墨索里尼，也不肯轻轻地答应，要联合起来攻苏联么？意大利还没有作此牺牲的准备。

芬兰问题，大约会在不久的将来解决，说因芬兰之故，而致涉及欧洲更大的混战，我们也不敢相信。

总而言之，欧战的局面，在目下似乎是很错综复杂，且也大有剑拔弩张，危机四伏的样子，但是平心静气地来分析一下，则绝大的转变，也决不会在短时期内出现，我们且静看那位美国上宾于周游欧洲之后的反应吧！

因谋保障作家生活而想起的话

由重庆的文协总会，发起了提高稿费运动，由老舍在《大公报》的一篇提议公布以后，保障作家生活这问题就成为实际运动，而由各方面的当局，出来筹划具体的办法了。

报载日前在重庆，曾由中央社会部的负责者，邀请作家及出版业者，作一次座谈会。结果，是决定了些请政府颁布保障作家的法令，命出版业者忠实支付版税或稿费，集款作贷以救济作家之用等办法。这虽仍是缓不济急的一种官样文章，但比起过去二十几年中，作家生活的简直完全没有被人注意，总要好得多了。以后的作家，我想多少总能得到一点国家或社团的帮助。

在这里，我们不得不引为遗憾的，就是中央执掌教育及文化事业的大权的诸公，何以一直到现在为止，对这事情，终于不加以一点注意。不切实际的大学、学院，以及作为政治势力背景的文化机关，尽在一个一个的设立起来。开办费、常年经费、基金之类，动辄几十万几百万的在向国库中支取；可是对于一般文化，及普通教育那样有大影响的作家集团，则直到现在，也没有一个扶助领导的机关存在。教育若只是为几个私人的位置，以及扩张自己私人政治势力之故而兴办的一种事业，那倒也还可说；教育若系为大众，为民族国家的前途着想的事业，那么它的范围决不应该限得这么狭，事业也决不应该做得那么不彻底。

假如以办一个国立什么大学的经费，来经营一所国营出版局的话，那至少至少，就可以培植出几百个著作者，印刷出几万几十万的健全书本来扶助教育；有了这一出版局后，则学校课本，优良作品，高深的科学及学术的著作，就有一统筹统销的机关了。对于宣扬文化，广播文化种子，岂不比空办几个大学，更有力量么？

与作家处在同样的状态之下受苦的，我们知道还有许多科学家和学术理论家在那里；这些纯粹从事学理研究的人，我们觉得国家还注意得不够周到。中央研究院、中山文化事业部等，虽也是为此辈而设立的机关，但是如今十余年来，它们的成绩，究在哪里？

虽则说是百年树人，文化事业的效果，或不容易立刻显现。但是一事业的当局者，究竟适任与否，却总可以从短期中，分别出来的。我们总觉得官僚万能的现象，在现时的中国还不能够打破。

所以，我们希望中央，以后切不要因敷衍个人之故，而去设立不必要的机关，总须为事业之故而去物色适当的人才对。

因保障作家生活这问题而想起的事情，还有很多。而以过去我国教育的不振，办教育的方针和人物的不对，却是这些感想中的一个中心。

傀儡登台以后的敌我情势

南京傀儡登台以后，于我的抗战到底的既定国策，于敌的速制和平，希图自拔的阴谋诡计，完全没有什么影响一事，我们已经再三说过。而敌阀及敌国议员之中，也有早见及此，自己在说傀儡们并不能发生多大作用的话。至于国际间呢，除不为内阁及议院所公认的英驻敌国大使，有模棱两可的声言以外，如美国、法国等，都曾正式有过声明，不承认这以武力制造，破坏公约的伪府。

既然是这样不中用的一群丑类，那么，敌军阀为什么偏要出四千万元的代价，买他们登台呢？这当然是有理由的。

第一，那四千万元收买金，本来是我国的关余积存之款，是敌军阀们群思染指，而各不敢一个人私吞的巴里的苹果。所以，借此机会来投一下机，做一次大家可以分赃的买卖，岂不一举而两得？何以见得这一举是敌阀的投机呢？

大家且看吧！今后的傀儡们唯一的任务，就是在欺骗中国民众，向民众搜刮，而去分别报效日军阀的私囊，这是一定的事实。私的报效了之后，还要对公的加以献金。所以有人在说，只恐怕傀儡们的政治弄得好好，我们沦陷区的民众为他们骗去，那就正中了敌阀以华制华的毒计。可是，对此一杞忧，我敢担保，傀儡们的贪污剥削与无理，将远在中国任何一期的最恶政府之上；要望傀儡们有澄清的政治，是万万不可能的。

第二，敌国国内经济崩溃，产业界破产，兵源断绝，因恶性通货膨胀，乱发赤字公债，无理增税之故，人民生活陷于极度不安，且食粮不足，频年荒旱，是我们大家周知的实情。所以，今后敌人的侵略，是不能再以兵力而来大举入寇了；到此山穷水尽之际，自然只能利用傀儡们而以政治来进攻。我们首领所说的，傀儡上台，是敌人最后的一着棋子，实系千真万确的名言。

我们且看吧，敌人利用傀儡的政治进攻，将自闽浙两省开始，渐而深入于两广苏鲁；其程序将不外乎是先行挑拨离间，利用游说收买政策（即所谓以利诱），此而不灵，然后将联合敌伪攻略些不关大局的小地（即所谓以威胁）。这就是傀儡们在今年之内所预定的计划。

最后，我可以断定，傀儡们的命运，至多不过两年。因为在这一两年之内，首先群丑将因争骨而起内讧，其次则敌阀将也因看穿了傀儡们的无用而不予以支持；若再加以我们的加紧反攻，与国际间的对敌压迫，则两年之内，寇军自身且将不保，又何以能顾及卵翼下的傀儡？

欧战扩大与中国

欧战发动了七八个月，弦上之矢，终因英法的加紧封锁，而使纳粹疯徒不得不下最后的一次孤注。德舰向丹麦、挪威进攻，挪威发炮还击，一面将首都迁至哈玛，是欧战第二期真刀真枪相见的序幕。

野蛮的日耳曼人不守公法，不尊重中立法规，事不自今日始的。第一次欧洲大战时，就曾放过毒气，用过达姆弹，侵入过比利时。这一次战事发生后，中立国的船只惨被击沉的，已经不止一次两次。德国这种野蛮的行为，若要寻对偶，只有日本的军阀们了。日阀们的追击英国驻华大使，炮击巴纳号，就是可以与德国媲美的行动。

这次德国的向北欧进攻，取的当然也是先下手为强，速战速决的战略。可是北欧各国，比不得波兰，德国的多树敌人，分散战线，当然是自取灭亡的下策。它的用意，当然是在威胁中立各国，使不附英法而为己用，如巴尔干的各小邦，就是它示威的对象；但是这一种野蛮行动的结果，恐怕终于不会逃出世界正义的最后裁判。这一次德国的失败，无疑地将与它第一次世界大战时蹂躏了比利时的中立的结果一样。

德国的这一种狗急跳墙的疯狂行为，当然是与东方的侵略国敌寇是有事先的默契的。敌寇海军的结集厦门一带，其目的当然不仅在向美国的海军演习作反示威而已；它的目的，同时是在向英法示威，而使英法的封锁网，终不能完成。

德国若可以有这最后孤注一掷之举，则敌寇何尝也不可以于南京傀儡登台的这前后，再来一次最后的大举进攻。我们已经屡次说过的，敌寇或将向闽浙两广，加强攻略，因以遮掩绥西桂南大败之羞，而间接亦可以壮一壮傀儡政府之胆。这预测恐怕会在不久之后而适中，我们且看阿部到南京部署定后的行动吧！

抗战现阶段的诸问题

我们的国策，自抗战开始之日起，就已经决定了的；不，或者再进一步说，是在未抗战以前，就决定了的。抗战的最大目的，当然是在求我民族的自由解放，与国家的独立完整，为达成这目的之故，首先必须将侵略我的日本帝国主义打倒。

要想打倒侵略我的日本帝国主义者，我们对内，只有集中意志力量，精诚团结，使无一点间隙可乘；对外，只有联合凡能助我的国家，或精神上、物质上对我表示同情，于我有利的无论哪一友邦，共同奋斗。

至于我们的策略呢，是长期持久，空室清野，以空间换时间，积小胜为大胜。中途决不言和，绝无妥协，违反者就是汉奸。

凡以上所说各点，是谁也知道的抗战常识，本来是并不须要再提的。但是直到最近，我们无论在祖国与在星洲，都听到了一种国共磨擦的宣传，甚至还有人在提倡，说制造磨擦，有时候，也属必要，所以现在先从团结问题说起。

我们是为了抗战，所以才开始团结这一事实，是谁也明白的；而且只有团结了之后，才有力量抗战这一常识，也是谁都知道的。抗战军兴之后，不但国共携手，枪口一致朝向了外，就是从前与中央不一致的中国青年党、社会民主党、国家社会党等，也都精诚团结起来了，我们抗战中国的统一与团结，到了苦战将近三周年的现在，还有什么问题，还有什么其他的第二句话好说呢？

要知道国共磨擦这一口号，原是敌人制造出来的；你们且试去看一看敌人发行的倭字新闻纸，及在敌人势力下的中文伪机关报就可以知道；他们没有一天，不在大吹大擂，宣传国共的行将分裂，重庆中央统一的势将不保。我们自己，若也来受了他们的宣传，而附和其说，岂也不就成了与敌人为伍的奸人？

并且，即使国共之间，有了些须磨擦，但站在中华民国国民的立场上来说话，我们总只希望这磨擦会减少，会消灭，以收精诚团结的实效。决不应该来过事宣传，或夸大其辞，或鼓励怂恿，使这磨擦日见扩大起来的。制造磨擦，有时候亦属必要等论调，当然不是中华民国的国民所忍说的话。

其次再说联络友邦，共同奋斗的这一方面。敌人在反英，敌人卵翼下的伪组织在反英，是天天在报上都可以看见的事实。在抗战建国的现阶段，我们站在中华民国国民的立场上，也应该反英么？

英法和德的战争，不管它的性质如何，我们难道一定要希望敌人的同盟国胜利的么？法西斯独裁国，敌人的同盟国胜利了之后，于我们还是有利的呢？还是有害的？

我们应不应该先置祖国抗战于不顾，就跑到德国去投军，而帮德国打倒了英法再说话？

英国驻重庆的大使夫人，在放映电影、募款而援助我国的难童，我们对此还是要予以赞助的呢？还是要予以破坏？

我们应该知道，援助我们敌人的敌人，就是援助我们自己。为援助我们自己之故，我们才有时需要援助他人。反过来说，帮打敌人的敌人，岂不就成了打击我们自己？

革命者应该看准现势，善用策略，不应该株守了陈腐的或幼稚的理论，来指导动作。革命的目的，是在成功，不是在白白的牺牲，而造成几个英雄。这些是在抗战的现阶段，我们所应有的信念。

再其次，要讲到祖国实际的抗战形势了。我们的战略，在持久，在消耗敌人的兵种与资源。我们的反攻，不必要一定占领几个城池，只求消耗敌人的兵力财力，而搅乱它的后方，断绝它的交通，所以，围攻一地，并不必要速战速决，这是一点。

我们的反攻，是对敌人进行的抵抗，我们的目的，是在设法使敌人消失进攻的能力之后，才一举而收到胜利，这又是另一点。

最后，是敌人的政治进攻，与经济进攻的对抗。争夺民众，敌人与汉奸决不如我之确有把握。敌人破坏我法币的工作，无论它做得如何起劲，目的终于也不能达到。我们的法币外汇跌价，自是一种经济战略；以后也许还要再跌，跌至两便士的程度；但法币的信用，仍是可以维持的，我们将自动使法币对外汇跌价，跌至敌人所收买的法币，不能发生多大效用的程度。目下，敌人所发行的华北联银券五万万元，及上海华兴券五百万元，在名义上虽则是和日元联系，对外汇率应与日元一样，但在事实上，则非要换成中国法币后，才能购买中国的外汇，就是我们要使法币对外汇率跌下去的一个原因。敌人与伪逆等，看到了前此这破坏法币的工作失败之后，现在正在计划发行一种不与日元联系，以关余作准备金的伪中央币出来，以抵抗法币；但无论这计划的能否实现，我中央却早已事先准备，定下了抵制的方法了，军政经各部联合起来的封锁委员会的设置，不过是这经济抗战的一个开端，今后的在沦陷处内外的物产集散，货币进出，以及购买外汇的再统制等，大约不日将有中央制定的整个计划发表，在这里可以不必说了。

（此稿系在数日前写就，后来接外来稿件，如洪令禹先生、欧阳健先生等的论文，论旨大抵相同，故将此稿搁起。现在欧西战事，又变一局面，大约纳粹疯狂，已到了最后关头，势将在荷比受到很大的打击,因而欧战结束期,恐将不出今年年底。欧战结束,则我国抗战形势,自当一变,大抵情形,当在两三月内可以见到,现在暂且不提。)

华中大捷与色当战役

这一次敌以七个师团的大军，分三路向我襄樊进扑，三路败绩，死伤在五万以上，演成我军自台儿庄、昆仑关以来之再度大捷。捷报飞到上海，致我国币骤涨，敌币外汇暗市大跌，敌方证券，更惨跌至不可收拾。但这华中大捷的消息，在马来亚，因正与纳粹狂侵，荷、比、卢中立消息同时传来，故反应还不见得十分狂烈；而在中国各地，却已都在庆祝欢呼，计日围攻武汉三镇了。

当然，这次的大捷，我们承认还不是最后的决战。不过从人心的奋发，与给与敌人军民的动摇打击一点上来说，则这一次鄂北豫南之役，确是使敌人全线总崩溃的一个前奏。

今后我们若能在两广及晋北等地，再来像这样的几次歼灭捷战，则敌人的反战潮，与国内的不平分子，就将一齐起来，打倒敌阀无疑。这事也许在今年年内可以出现；也许要到明年春夏之交，才会发动。总之，敌人的兵力，已到再衰三竭的边际，此后将丧失尽大举进行的能力了。我们的最后胜利，自然因此一捷，而又接近了一步。

从东亚来看欧洲，德国或可以攻进法国，而至巴黎的近郊，但两方的决战，恐怕将仍在莱姆斯与圣昆丁之间。德军若不败则已，若一有败象，则如冰山立倒，将至一蹶不能复振。所以，我们以为欧战结束，或可以不出今年年内。

英法是决不会完全溃败的。即使是意大利参加入了战争,但在西线及法国境内,联军总能转败为胜,打击德国。

我们预料欧战结束,会比中日战事结束得早,就因为德国在今后,决不能再维持到一年以上。

至于荷印呢?当然是没有问题的,中国已在替荷印拉住敌寇的泥足了。就是没有美国太平洋舰队和苏联远东军及远东舰队的威胁,敌寇已经到了精疲力竭、动弹不得的境地。

况且敌寇胆怯如兔,决没有纳粹狂徒等的魄力,要它同时与一国以上的国家交锋,就在平时,尚且不敢,何况更在中国消耗了实力百分之六十的现在。

所以,我们认为意大利的参战与否,与欧战大局的关系还不大;不过因意大利的一动,而使美国与苏联也同时撑起腰来,那时的世界大局,才有一个大大的变动。

今后的世界战局

纳粹的闪电法宝，打到了巴黎、里昂，总算是最后的一道金光，今后的世界战局，当然是又另外成一局面。

一，纳粹能不能飞渡英法海峡，打到英本国去？是一问题。我们对这问题的解答，当然是只一"否"字。

二，英国会不会动摇她抗战到底的决心？这一问题，我们当然相信英首相的演词，英国为维持她的独立、自由，与生存，是非抗战到底不可的。而足以使英国抗战，获得胜利的重要因素，是在美国的能否就行参加战争。

三，美国假如参战，当然局面会得大变。美国不必送陆军到欧洲大陆去，只教她能正式宣布参加在英法的一方，则法国的单独讲和，就不能如德意所预计般的那么完满；而英国这边，无论在空中，在海上，以及物质、战器、经济各方面，都立即能得到很大的帮助。此外即帮凶国如意大利、西班牙和日本，也将受到绝大的打击。

四，不问美国的将正式参战与否，这一次美内阁的改组结果，对日法西斯蒂，自然给与以当头的一棒。我们预料今后的美国，在太平洋上，先要施行其积极的政策。第一，南洋各属，会直接间接，受到美国的武装保卫。美日商务条约，决不会再继续订定，而美对日的禁运，在实际上，名义上，都将见诸实施。

不过最后还有一个重要关键，却是苏联与英美及巴尔于的关系。我们预料，今后苏美英必能接近，而巴尔干的火药库也不致于爆发。

土耳其现在虽则还未表明积极态度，但势必倾向于英美的一方，是已定的事实。

当然，世界局势变幻无常，在笔者草此文时，法国的议和使者，还正在奔走中呢！

不过我们相信，战争若一持久，则德意必败；若不持久，则又当别论。

敌最近的侵略形势

最近，因法德停战，欧局大变的结果，敌人的侵略形势，又呈现了一种四面加紧包围，务祈急求结束对我战事的窘象。

第一，敌在北方，竭尽了向苏俄屈膝的能事，结束诺蒙罕战后诸事宜，苏伪定界，渔约解决等交涉，将次第举行了。

第二，对于租界问题，在敌阀们的心目中，这时本是攫夺的一个最好的机会；但美英苏三国的渐行接近，又系使敌胆骤寒的重大威胁。倭人要想开罪任何一国，在中国战事牵制之下，是怎么也不可能的。所以敌对租界，只在虚言要挟，而终不敢诉诸武力。天津、上海等租界上的严重局势，此后将随英国抗战步骤的稳定而低潮。

第三，包围香港的四周，制止安南的海陆运输，甚且向缅甸方面，也有威胁抗议的企图，对瓯江的航运，以及宁波闽地的内外交通，都思垄断，这些全不过是敌最后挣扎，妄想早日结束战事的一种焦急状态的暴露。至于向我行都重庆的频频轰炸，更是彰明皎著的这一个野心的揭示了。

可是我们与法国不同，有的是土地资源，有的是人民兵种。我们的抗战实力，已经可以有独力支持的把握了。不信的话，就请细按一下欧战开始后，我们这一年来抗战的成绩，就可以知道。

所以，对于海口的严密封锁，在我并不是足以动摇我们抗战到底的决心的决定因素。法国的不愿做亡国奴的自由人民，尚且在那里整理海外武力，想和纳粹暴徒拼命到底，敌阀的这一点点威胁，又岂能压迫我这庞大的民族，甘愿求和屈服做亡国奴么？

敌人的结集海陆空军于东京湾、海南岛、围洲岛一带，看来是对安南已有矢在弦上之势；但这也还是一种试探，使报传的英美对于保卫南洋的密约属实，则敌的进攻安南，当然还有曲折的步骤，而这一次敌阀对南进政策的初步冒险，究竟敢为与否，将成为敌国内倒阁起政变的一重大原因。

我预料敌国内的政变，将不出这一两月的时间，而侵略安南之举，必然地须同时成为激起政变与安定政变的一个锈腐铁锚。

"八一三"抗战纪念前夕

当我全国奋起抗战之前年，我首领就在庐山训话里说过，敌人处心积虑，只在灭亡整个中国；然其方法，有鲸吞与蚕食的两种。蚕食中国，其来也渐，而其计更毒。我全国民众，易为敌之甘言蜜语所欺蒙。万一民众一受其毒，则我中华民国便不得不永沦为敌之属邦，万劫不复矣。至于鲸吞，则其一时来势虽猛，然敌之狰狞面目，易为我民众所认识，我但须万众一心，立定意志，坚抱宁为玉碎，毋为瓦全之决心，则抗战必胜，建国必成，最后胜利，必属于我也。"八一三"淞沪抗战，就是揭穿敌人鲸吞我的狰狞面目之第一幕。当此三周年光荣纪念日来临之前夕，吾人瞻前顾后，实有无限的感慨。

本来，在敌国前一代的大政治家中，也有目光远大，虚怀若谷的人，如已故的币原，就主张对中国只宜开诚布公，谋取真正的亲善合作，以图共存共荣者之一，他们久已晓得，中国是断不能以武力所能征服的国家，中华民族，也万万不是可以蛮勇来压抑的民族；就是到了政党首领组阁的时代，如犬养毅、原敬诸人，还服膺着这一见解，对中国不敢遽以暴力来侵略，可是，到了少壮军人跋扈嚣张，不识天高地厚，只知唯我独尊，目无法纪，脑失常态以后，敌国上下，对世界对中国就完全起了一种幻觉，于是乎乱子就迭出了。自济南的"五三"惨案以来，历"九一八"而至"七七"，其间所经岁月，虽只短短的十余年，然敌国的政治军事，却从天到地，起了一种决不是有正常意识的人所能了解的反动变革。老成谋国者，一个个的或惨遭暗杀，或被迫归田；把持军政要津、擅行疯狂国策的，不是甘作少壮军阀牵线傀儡之庸朽政客，便是专喜犯上作乱之自命豪杰，举国若狂，良知昧尽，于是鲸吞中国之大胆无敌的行为，便毫无顾忌地泛滥起来了，"人之云亡，邦国殄瘁"，诗人此语，真像似为今日的敌国而发的。

时到现在，我们也不必再来详叙"八一三"当时敌阀的向我妄启事端，先来挑衅的种种经过，我们只想简说一下"八一三"淞沪一役，在我们抗战史上的几点重要的意义。

第一，谁也知道，"八一三"是中国抗战全面化的一个重要关键；没有"八一三"，恐怕"七七"事变，早就当作了地方事件而被解决；我华北五省，或许全盘已拱手让人，而使敌得以极少之代价，而取得了整个华北的土地，也说不定。

第二，"八一三"昭告了全世界的尊重自由、尊重民主的文明国家，以敌阀的野心与凶暴，因为淞沪一带，是国际观瞻所系的地方。自此役以后，同情我之与国日益增多，敌在国际间的地位，便愈益低落，而造成了敌今日外交上完全孤立的现象。

第三，"八一三"一役，证明了我抗战实力的决不可侮；在敌人方面，先打破了敌人三月亡华，或三师团即足以征服全中国的痴迷豪语；而在我一方面，则更加坚定了我们抗战到底，必能恢复国土的自信心。

第四，当时中国反战最力，而历来系祸国殃民的资产阶级，即买办、土豪、劣绅，以及操纵金融、剥削民众的官僚资本家等，亦因"八一三"之炮火，而醒了迷梦，他们开始悔改，开始团结，开始知道起国家民族的意义来了。虽然积重难返，在今日的抗战阵营里，也还时时有这一阶级的败类混入，在起减少抗战力量的磨擦作用；然而大部分的有良心者，却都从"八一三"以后，诚心诚意地对抗战国策发了拥护之心。

第五,"八一三"是我诱敌深入,使它的泥足永难净拔的头道陷阱。自此以后,敌谋保淞沪,不得不进攻南京苏杭,而为外卫,既攻南京,又不得不北略徐州,以求打通津浦沿线,而与华北连成一气。且正因此,我得在今日作为复兴建国根据地的行都,有余裕来筹划一切,以完成长期抗战的任务。

凡此五点,皆系因"八一三"一役而造成的基础,我们但须一看敌人最近的那一种急急于谋解决中国事变的手忙脚乱之象,便更可以知道"八一三"的重要意义了。对此光荣伟大的纪念日,我们若想不负前贤、不愧后起地来纪念一下,则人无分男女老幼,地无分海外宗邦,举凡中华民国的子民,应如何地尽其出钱出力的本分,自然是不必赘说之事。而且抗战愈近最后胜利之期,变化与困难自亦愈会增加,如目下敌寇之加紧封锁我国际交通路线与闽浙沿海一带的交通,以及威胁安南而思假道攻滇,或在安南境内,设置海陆空军根据地,而作南进的准备等,都是要我们一齐起来加强团结,努力奋斗的暴行,我们要想使这光荣伟大的"八一三"纪念日在后世永放光明,自不得不以我们最后的全部力量来为国牺牲不可。

倭阁新政体制和我们的反攻

近卫上台之后，以一国一政党，以及新政治体制为号召，对外则妄自加强倭寇轴心之紧密联系，与积极南进，将南洋一带划入大东亚新秩序建设范围之内，更欲从此更进而勘定世界新秩序；对内则侈言建设高度国防国家，施行政治新体制，调整内政，刷新生产扩充机构，改进教育制度等等，然最大目标，还是在从速结束对华事变，实行南进，以求在大东亚新秩序的经济圈内，能自给自足，排斥欧美各国势力于东亚之外，造成倭所谓中国满蒙日本的联系集团。

近卫的号召，当然是堂而皇之，颇足以动倭国一般久被蒙蔽了的上下的心。且对外，也含糊措辞，一如纳粹德国之所谓生存空间，可大可小，伸缩自如，绝类橡皮气球。东亚经济圈，亦能扩张至南美各邦，或菲列宾，印度，缅甸。但究其实际，则去秋美大使格鲁，就曾声言，美国上下，对于倭所言的东亚新秩序，始终是莫名其妙。

不但去秋美大使曾发此言，就是日众议员斋藤隆夫，今春在议会亦曾代表倭全体民众说过，对于所谓东亚新秩序这一劳什子，大家还是不知其所以然。而最近苏联莫洛托夫，在他的宣言中，更再三的说，倭国的所谓新秩序，新政体，始终是模糊不清，不知是在指什么而说。

事实上，近卫上台，也已将月余，而所谓新政治体制，新政党之组织与党纲，以及施政方针等，还没有具体的公布，只模糊指出了几条极抽象的政纲，如本文头上所说的诸倾向而已。

我们试一按近卫的来踪去迹，以及这贵族公子的虚悬理想的内容等，当然，对此种种，亦不得不加以原谅。

第一，近卫是造成"七七"卢沟桥事变的祸始者；历来在敌国的内阁，如中日战争、日俄战争发动的负责者们，都必待他自己所闯下的大祸收束之后，才开始卸责去阁，以谢敌国上下；而近卫则中途规避，将这大事变之责任中途抛弃，敌全国对他的责怨，当然是众口一词，不稍宽假的。于是他亦想于内阁责任已卸之后，来组成一大政党，以民间的立场，来奉行军部的命令，而将对中国的事变作一结束，这是当米内还未倒阁，而他的两位走狗风见与有马正在奔走组新党时的宣言。风见与有马，并且还公开的说，近卫的新政党，当然是和德纳粹党相像的东西。

但军部猖狂，竟又倒了米内，而再拉出这一位出身华胄的近卫重作冯妇。既上了台，则新党云云，自然是不再成问题，所以又造出了政治新体制的一个堂皇的题目，可是这所谓政治新体制者，在敌侵略中国三载，终于毫无所得，一面反弄得全国物资缺乏，劳动力不足，生产无形停顿的现在，自不得不先顾到经济的组织，而一提到经济体制，敌财阀和军阀就势成水火的不能相容。

财阀是拥护私人资本，要减轻国家统制力量，而增加资本利润的。反之，军阀就要将资本移归公有，脱离私人或少数集团的驾驭，加强战时统制，绝对将利润作先公后私的分配的。

所以近卫的新政治体制，当遇着这近代的政治的最大基本问题时，就不得不先碰一鼻子灰。盖一方面则主张要以经济来左右政治，而一方面则又主张以军事来左右政治，以政治来左右经济，这矛盾就很难解决。

其次，是经济问题既不能解决，则高度国防何由建设？积极南进，又何从发动？

比经济体制更难解决的一个问题，在近卫新体制中，自然是外交关系。敌国到现在为止的外交体制，自从苏联和德国结了互不侵犯条约以后，如阿部，米内的两代内阁所取的政策，多少是依存英美的。现在一旦又要想从英美依存，而再转向到轴心合抱，则无论希墨二氏，能否予以一顾，就是在敌本身，也不得不重起一番大大的变动。这一次松冈的召回全倭驻外各国之大公使节，及想更动霞关内部科长以上的人员者，表面上虽则说是为刷新外交阵形，起用天才新进，而实际上却就是这一个苦闷的表现。

从敌的外交政策转换，而再来看他南进的积极措施，则敌在目下，最多最多，也只能以威胁的手段，来迫使越南和暹罗就范，然后再以甘言蜜语，取得荷印的石油与铁及非铁金属而已（见本报港电）。敌想正正堂堂、大举进攻，以兵力来攫取暹罗越南与荷印，实力上是决办不到的。在这里，我们又不得不回想到敌币原外交盛行一时的时候，他对南进的深谋远虑了。币原是主张和中国交好，而积极推行南进政策的；就是现在敌南进政策积极推行者石原产业海运会长石原广一郎，也在说满蒙的投资，几乎等于投诸虚牝，若将敌在满蒙所投之资，而早投向了南洋，则倭在目下，可以不再受美国的牵制了。

就此也可以看到，敌在中国的侵略冒险，如何地又减削了他的积极南进的实力。

所以，近卫到了现在，还不能把他所揭为登台法宝，结束对华事变的新政治体制的具体内容公布出来的原因，也就在这些地方。一面又想赶紧结束对华事变，一面又想捉住这趁火打劫、积极南进的黄金机会，敌阀的心虽则狠比天高，但是结果恐怕要变得力比狗弱。我们的所以要屡次向英美当局进言，对敌不可示弱；同时也屡次要劝越南、暹罗、荷印各属勿为敌的威胁所屈服者，就因为我们早就看到了敌阀的这一弱点的缘故。

对此积弱势成,对南对北,注意力分散的敌国,我们若不马上厉行总反攻则已,若一经下全线总动员令,同时而向敌来一有计划组织的总反攻,则摧枯拉朽,我们的胜利,是不必要等待一年以上的。

陈诚将军,已经公开报告了我们总反攻的即将开始,而敌的军事代言人,亦已公开承认,谓我在正太、同蒲、平汉各路的最近反攻,是比前有组织,有计划得多了。敌机的滥炸重庆,表面佯示要进攻四川和西北的虚势,都是病人将死时的回光返照。我们只教上下一心,对南对北,同时反攻,一面再帮助越南暹罗等地,来一次对敌的总压迫,则最后胜利,就在目前了。在这半年之中,我们对敌,自然会有极得手的局势展开,还望我海内外的同胞,当此为山九仞之时,再来加以一篑之力!

华北捷讯与敌阀之孤注

中国英勇抗战，坚持迄今，致使敌国民穷财尽，眼看着欧战这一个可以趁火打劫的黄金机会，而事实上乃毫无所得，人民大众与前线士兵，个个厌战，大有甘与好大喜功之侵略军阀，一拼生死之势。因而被军阀玩弄于股掌之上的敌国内阁，代代都以结束对华事变为最大任务，现在近卫再度登台，所高揭之抽象政治体制等等，仍是以负责结束对华事变为前提，然而结果我师愈战愈强，非将倭寇尽行逐出国土，决无与倭谈判之余地。时机一熟，我且将整师反击，以期早日获得最后胜利。本报已于星期一（廿六）日社论中，略加推断。兹据港电及路透电传来消息，则我八路军果已克复娘子关，截断平汉、正太、同蒲各干路，游击分队，且已逼近北平，进据圆明园附近，致使北平各城门紧闭，敌寇不敢再出北平城一步了。这华北大捷之讯，不但本报专电路透电，曾加以证实，即以造谣挑拨为专务的当地倭字报，亦记载历历，决非出于我之宣传，彰彰明甚。

由此大捷，而来下判断。则第一，我西南国际交通路线，滇越与滇缅两处，虽被封锁，对于我之持久抗战，仍无丝毫影响，又可得一证明。第二，敌寇之最后孤注，将竭其全力而向我再作一次总进攻之举，决无胜利希望，已可断言。我们且试看敌寇偷渡黄河，进攻西北之事，在这三年又二月之中，曾反覆了几多次，但可有一次能达到他的野望万分之一否？至于进攻重庆，则除降落伞部队，或能一试之外，敌之军舰，机械化部队等等，都无丝毫用处。我陈诚将军之专职防御长江，以及国府机关之疏散至重庆四郊，都不过是备万一之预防，敌寇虽已疯狂失去了理性，但这最后之一张牌，恐怕轻易也不会打出。至于寇我云南，夺我昆明，则事实上与打击我中央，迫使我求和相去甚远，我纵使尽失云贵，抗战仍能抗至最后胜利的到来，□□□□□□□□□□做此有损□□之空头闲事。所以敌对我十月攻势之说，即回光返照，最后下一孤注之说，事或可能，实则其结果只能自速败亡，又可断言。

近日由我此次华北的大捷看来，则我已完全先发制人，取得了主动地位；此后在华中华南，同时亦将以各个击破的战略，予打击者以打击。今后的局势，与抗战初期之敌来则御，敌去亦不穷追之守势，将截然不同。

又敌寇之十月攻势，证之于敌南进的势趋缓和，以及美国下届大总统的选举未竣，与夫德意之图英日急诸端，显然是可能之事；我负责当局，亦早见及此，而处处在加以预防了。但其结果，则反足以促成我最后胜利之早日到来，却是铁定的事实。

我们在星期一日的社论里，原已指出，敌寇的南进，只图以威胁欺诈而取胜，要想正正堂堂诉诸武力来夺取荷印与越南，是万不可能之事；现在，敌若欲倾其所有之残余兵力，而再向我来一次进袭，则其用兵力南侵之可能性，自然愈加减少。我们所以想对荷印越南各当局，恳切陈词，应该明白认识这一事实，而勿再为敌寇之威胁所压倒者，以此。

总之，我国抗战，已渐渐接近最后胜利之阶段，此次华北之捷讯，尚系我初试反攻之局部的成功，决定敌寇总崩溃命运之会战，恐怕将在敌寇冒险进攻我西北，或袭击我川滇之前后。陈诚将军所说我最后胜利之目的,将在一年之内,可以完全达到的预言,当系知己知彼,躬自参加前线作战者的经验之谈。我们且各自努力,先尽了我们出钱出力的责任,然后再徐候着捷音的传来吧!

敌人敢发动新的攻势吗？

据昨日本报所载香港专电："日方扬言日军发动九月攻势，又另传为十月攻势，又盛传我最高当局为粉碎敌人挣扎企图计，已着手调整训练优秀之国军五百万众，分赴各战场前线，准备全国反攻之总发动。"关于敌人的这种宣传，各方早有报道，且有三种推测，因为敌人今后的进攻，不外向西北攻陕西，向西南攻云南，与由宜昌溯江西上，进攻四川，但就目前敌情估计，这种宣传仍不过是宣传而已，其作用在于以军事的威吓，妄想达到政治上的求和。至于我国准备全面反攻，已非一朝一夕，实不自今日始，一至相当时机，自将予敌人以最大的打击。

我军政部何部长，最近曾检讨日本兵力的消耗："截至本年五月底止，日军共伤亡一百六十四万人，不得已才将关外防备苏联的军队，加到中国来，现在加无可加，同时每天都有很大的伤亡病废，兵员补充，非常困难。"似此情形，日阀虽欲发动大规模新的攻势，亦难调动大规模的兵力。无论敌人从上述三方面的任何一方进攻，要有重大的进展，至少需要三十万兵力。而抽调三十万兵力，向一个新的战场进攻，既难由敌国国内增调新兵，惟有在侵华各部队调动，则后方空虚，恐怕已经占据的重要据点也不能维持，敌人何敢出此？如从三方面同时进攻，当更为事势所不许。仅就兵力一点观察，敌人所谓新的攻势，已不可信，此外运输与给养及应付国际剧变等，当有更多的困难。大约所谓攻势也者，其规模至多不过相当于鄂北的襄樊随枣之战而已。

就西北方面说，仅仅山西一个战场，已足敌人疲于奔命，屡次"扫荡"，每战必败，中条山且成为敌人的盲肠。最近我军克娘子关，克晋城，攻运城，敌人尚感手忙脚乱，岂有进攻陕西的余裕？如果勉强调大部队冒险进攻西北，不仅后顾堪忧，而且得不偿失，因为西北陕甘等省地瘠民贫，空室清野，敌人无可征发，更无可榨取，只有作成极大的消耗与损失。

就中部方面说，敌人如欲溯江西上，进攻川省，则宜昌以上，江面逼窄，水急滩多，只能航行浅水汽船，日本海军无能为力。虽然小炮舰可以上驶，但一入三峡，绵延七百里，两岸崇山峻岭，江面既狭，弯曲又多，沿途尽属险要，到处可以两岸夹击，区区浅水舰艇，不足以当一击，而且两壁并无大路，只有羊肠鸟道，与船夫的纤路，机械化部队固然无从前进，即步兵进行亦极艰难，敌人想从这一方面进攻，简直自取死亡，恐怕徒劳梦想。

就西南方面说，敌人自攻占南宁以后，并无多大进展，宾阳武鸣一役，我军且获大胜，目前敌人还不敢正视北面。邕江以阳，桂越边境，敌人现有兵力，仅仅一师团半，无力向西发展，更说不上进攻云南。现在敌人正压迫安南，欲通过安南北部，假道滇越铁路进犯，所传要求在安南登陆的军队，不过一万二千，而我方大军集中安南边境者，已达十万，优劣之势，相去悬绝，即使安南接受日方要求，我军也尽有阻止敌人前进的力量。

比较以上三方面，敌人如果发动新的攻势，仍以向西南进攻为多。因为西南物产较丰，征发较易，而从海道接济，究竟比较方便，但以敌人现有的兵力，却不能作大规模的进攻。不过倘使安南对日屈服，则敌人或将陆续输送大部队，进犯滇省。但滇越铁路工程非常艰险，沿路桥梁一经破坏，修复极不容易，敌人于此一线，也难有重大的进展。

如果敌人的所谓攻势，只是小规模的进犯，则长沙与韶关两重要据点，或将再度成为敌人的目标。但是过去的湘北粤北两次大败，已经尝试过了，我们当然更欢迎再来一次。

至于我军全面总反攻，虽尚等待适当时机，惟陈诚将军不久以前的声称，似乎这种准备已逐渐成熟。问题仅在时间的迟早，但可相信不致太迟。

最近华北方面的我军，已是非常活跃的状态。平汉、津浦、正太、同浦四大铁路已被尽量破坏，交通中断，敌人大感困难。正太铁路沿线，更展开剧烈战斗，敌人死伤数千，损失相当重大。北至保定、廊坊、通州，皆已受到我游击队的严重威胁。河北省沦陷最早，敌人尚且顾此失彼，其他概可想见。敌人如敢发动大规模的新攻势，不过是自速败亡而已。

"九一八"九周年

"九一八"这一个深刻的纪念日，想来不但是我炎黄裔胄，永不会忘记，就是在这九年之中，因"九一八"之敌寇暴行而模仿继起的被各极权国家所侵略，所蹂躏的全世界诸被压迫民族，也都将世世生生，铭刻在他们的心头，标记在他们的史册之上。

试请屈指一计，阿比西尼亚、阿尔巴尼亚、奥地利、捷克斯拉夫、西班牙的为自由而奋斗的一群前进国民，荷兰、比利时、丹麦、挪威、卢森堡、法国，以及现在正被炸得在水深火热中的英国民众，哪一个不是受的"九一八"那一次敌寇的暴行之遗害？

因为"九一八"暴敌之公然蔑视正义人道，信谊和平，国际条约的结果，我们第一就认知了凡不愿做亡国奴，而酷爱自由独立的民族，都须团结得坚强，反抗得彻底，固守着自力更生的信条，才有生路。

坐等着正义公平的最后审判的实现，坐等着各顾自己利益，或只想苟安于一时的各与国的干涉以求伸，直等于白昼的做梦，是绝对不可靠的蠢事。当时美国史汀生的强硬抗议，以及不承认伪满的宣言，虽系差强人意的举动，但是互怀着鬼胎的国际之间，要想他们真诚合作，杀一儆百地出来挺身作战，为正义而助人，为自己的将来或会被欺而先事预防，又是如何地艰难的一件事情？

国际联盟的决议案，被执行了没有？调查国的报告书，发生了一丝一毫的效力没有？在"九一八"以后的诸种国际分赃会议席上的诺言，被各虎狼似的侵略者们遵守了一言半语没有？天助自助者！我们于"九一八"这一次暴行中，所得到的伟大教训，当以此一语为最切实际。此后的"一二八"之役，"七七"的奋起而抗战，以及其后之粉身碎骨，万众一心的这一次的长期死拼的决心，都是由这一教训而产生的结果。在这里，我们可以看出你愈要想苟安，人愈不让你有立足之地的真理；在这里，我们更可以看出宁为玉碎，毋为瓦全的气概的价值。当时的不抵抗将军，后来也觉悟了；当时是视政治变动为与己不相干涉的东四省老百姓，现在也大家作为义勇军而起来了；在这"九一八"九周年纪念的今日，我们试一按过去，再瞩将来，真有无限的感慨，无限的兴奋！中日的大战，虽则起始于甲午，成熟于"九一八"，爆发于"七七"，而继续到现在；但是我们的敌忾心与警觉性，恐怕要一直的延续到最后胜利以后的若干年月，才能有稍稍吁气的一天。

　　从这一次的抗战现状来立论，我们的最后胜利，决不是只依存在一场两场的大小战争之上，也决不是可由一城一地的得失来决定的。敌寇所扬言的秋季攻势，或向云南、重庆，以及西北的最后孤注之进攻，无论敌寇现在的实力毫无，诸种狂吠，等于梦呓，即使真的胆敢进攻，而再白白来送几十万倭寇的死，也是与我们最后胜利的把握，绝对没有一点儿关系的。我们应该知道，我们的胜利是寄托在各沦陷区的永不能使敌寇有开发利用的游击之上，我们的全力，是附着在我广大众多，绝对不妥协的民众之上的。敌寇的以战养战，以华制华的毒计，一日不能实现，我们便多一日胜利；我们的抗战到底的坚强决心，一日没有动摇，也就增加敌寇一日的败亡。所以笔者曾经肯定地说过，就使敌寇能从安南而侵入我云南，获取我四川，只教我们不让敌寇有一个安然开发一时占领区的机会，最后胜利就依然是我们的。

　　况且敌寇的占领越南，志还并不专在侵袭我滇桂。而在国际的严密监视之下，我们的雄厚防御之前，敌寇还不敢公然以军队侵入到安南去呢！最多最多，也不过如小偷鼠窃，混入些浪人无赖，做点私贩密卖，行些娼盗奸掠的最无耻的勾当而已。

从敌寇扬言进攻的反面，我们先已发动了华北华中的游击健儿，在以事实答覆敌人了。从晋中晋东，我们可以控制华北的平原；从平汉路中段，我们可以直下武汉；扬子江东面的一段，从安徽到江苏，我们的炮队与游击军，始终在予敌人以无情的打击。就是整个似乎在敌骑践踏之下的山东腹地，我们何尝没有省县政府及游击团队在发号施令，逐日在索取敌人的代价？江南的新四军，时常逼近南京附近，即上海的近郊方百里之区，我们的游击勇士，也在大摇大摆，直进直出。

我们的总反攻，是化整为零，乘虚击要的。今后的与敌周旋，不在大决战的施行，而在各地小部队的同时进袭。敌人于兵源枯竭，经济崩溃的现在，还想应付我这四百余州的风云扫荡，当然是下愚者，也定知其必败。更何况小蛇吞象，在中国泥足未拔之此际，敌寇又在想伸足南进，觊觎安南荷印呢？

陈诚将军已经说过，我们的最后胜利，已不出一年了。不过在最艰难的这一个关头，我们对同情我国抗战的与国，希望他们更能切实助我，如美国的借款，与英国的开放滇缅路运输等等；对敌则尤须防止它的和平进攻，再制造媾和的空气。

等明年"九一八"到来的时候，我相信东西的两侵略国，必早已同时崩溃了。且让我们预定着明年的此日，中英两国各来交换公理战胜的祝电吧！

欧局僵持下的越南

美国纽约《世界电讯报》政治记者赖蒙克拉柏，曾认欧战将成僵持之局面。苏联《真理报》上，亦有人撰论，承认德国始终未能获得英海峡及泰晤士河上之制空权，而英国海上威力之海军，则尚依然未损其实力，是以英德战局，现在终不能逆睹其胜负。即从空战方面说，英德飞机之损失，为一比三四，而英德空军战斗员之损失，为一比七八，迄今为止，显然是德国的失败。并且空袭频仍，最多只能起一点扰乱作用，大规模之决战，仍非与海陆军配合进攻，不能发生效力。况且美国对英国之飞机供给，以后每月或有五百架千架之接济，是则英德空军，从质上量上说，今后都不见得英会比德较弱。而英之飞袭法比沿海一带之纳粹军备，及荷兰法德各地之军事储藏处，亦日日见效。德对柏林上空，尚不能保住绝对优势，没有完全的制空权，时被英机侵入轰炸，他处更可以不必说了。

准此以观，则德之侵入英本国，而欲再收一次闪电战术之奇效，似乎目下尚不可能。即使换一战略，压迫西班牙而参战，先攻直布罗陀，而南渡直布罗陀海峡，转入非洲，同时令意大利由索马里兰，及爱立屈里亚之马沙华与阿沙勃两港出师会攻红海之东口；一面再由利比亚而进攻埃及，先行截断英本国与远东殖民地间之海上交通，并可以封锁伊兰南部对英国之石油供给路线。此计固属甚妙，然英国并非完全无备者。我们但须一回忆英国国防总司令在前几日所发表之谈话，就可以知道。他说，英国不但对于本土，有十分圆满之军备，即在非洲，远东自直布罗陀至香港，无论何地之一军事要港，都有充分的准备。敌人来攻，将自食其报。此语当非寻常之威胁宣传，如希特勒之说八月奏凯，或二三周内可以攻下英国等瞎吹可比。

况且，难攻不落，直布罗陀早已在历史上是享有盛名的。该港自一七〇四年归英国以后，一直就固如磐石。击败拿破仑之役，此处且是纳尔逊提督之一根据地。以德意的弱小海军，即使再加上以西班牙的疲惫陆军，来围攻直布罗陀，至少至少，守上一年半载，恐怕是不大会成问题。况且经过三年内战，弄得千创百孔元气未复之西班牙，商业及经济上，仍须依赖英国帮助之西班牙，能否马上如希特勒墨索利尼之所愿，而参加战争，还很难说呢！

苏联《真理报》上，曾经说过，英国的海上威力，迄今还屹然未动。使意国而想收地中海为内海，则至少还须有美国海军军实之三分之一力量，方能与英国较量一下；我们但须一想离意本国最近的马尔太岛，至今还在英国的手中，则攻亚丁湾，攻亚力山大，又岂是易事？况且，阿剌伯英驻军有二十余万，而英埃的联合军队，总数且更可观。战事是须凭实力，并不是单指地图来划一路线，就可以唾手成功的。

况且，德意而可以唆使西班牙参战，则英国亦何尝不可以拉拢苏联，土耳其，而向中东近东，掀起一道波澜？所以，由这各方面而来下一判断，我们还觉得西班牙的参战，或不至马上实现。利宾特罗圃之赴意，或为促成上述围攻红海地中海之计划；或为煽动罗马教皇及美国大总统出来提倡和平，也还难说。总之，美国记者及苏联《真理报》之论旨，我们认为是虽不中亦大远之确论。欧洲战局，入秋冬以后，或许会僵持下去，或许会另起一变局，都说不定。因为在非洲的许多法国殖民地，已在纷起反对贝当政府而决心抗战了,若战局持久,当然是于英国有利,于德有损的。

在欧局僵持之下,并且愈持久愈于英有利的局面之下,过去,则远东方面的变化,自然也不会得有惊人的发展。敌寇对越南,始则集中海陆军于海南岛一带,而提出要求,继则更以最后通牒而作恐喝,现则更嗾使泰国陈兵境上,索还失地,一方面更令敌所派之监查员作撤退之姿态,装腔作势,种种恶劣卑鄙之手段,已可谓无所不用其极。然究其实际,则司马昭之心,路人皆知。敌寇之最终理想,唯在不用一兵一卒,而使越南自己屈服,在恶劣的政治攻势之下,收这一块南进据点地于掌中耳。但须越南能强硬一下,坚持抗抵,或与中国合作,而对敌示以宁为玉碎之决心,则敌寇之爱的美敦书既可以收回,则敌阀准备撤退之包裹行李,哪有不再打开之理呢?所以我们预料敌阀在此时际,只有严加压迫,使越南屈服的一手把戏。在对中国的泥足未拔,对荷印的谈判未成,对美国苏联的恶感未除之前,敌阀是决不敢再冒大险,而公然向越南进兵的。最多最多,也不过派些男盗女娼,多多混入,去干些走私密输的工作,做些鼠窃狗盗的行为,作种种无赖的勾当,而一时占点小便宜而已。在这关头,我们只能切实向越南的当局下一警告:"切勿学贝当之屈辱而求和,应当学我国之挺身而抗战!"为奴为主,只在一念,对付强暴,是不能够用和平的手段的。

美国对远东及轴心国的态度

越南的消息，直到现在，也还是浑沌不明。有的说，敌法间之战争，业已停止，有的说，此后恐更将加剧。敌在海防登陆之讯，所传亦属互异，有的说，敌并未遇到抵抗，有的说，敌登陆前，曾以飞机轰炸，并报有炸死十五人之数目。

总之，推其原故，法投降政府与法驻越总督以及越南前线之驻防军，各自为政，不相为谋，是一个原因；而敌政府，敌本国军阀外交官，与敌华南寇酋，以及敌驻越南武官外交官，侵略军之小头目等，又各自为政，不相为谋，是另个原因。无论传来消息，如何歧异，但敌已侵入越南，而且不顾信义，有全部占据之势，却已千真万确。对敌寇此举之最明显的愤怒表示，除我国已进兵对敌寇加以夹击外，其次要算美国的态度，最为坚决了。

罗斯福总统，已下令完全禁止废铁石油之输出，这是对敌的第一个打击。英美在太平洋之联防，又进一步在商讨，借用星加坡军港驻美海军事，已至最后决定的阶段。不久美太平洋舰队，将由夏哇夷，马尼剌源源开至，在关岛军事建设未完成前，美太平洋舰队，将暂以星洲军港为根据地。伦敦先驱报驻华盛顿记者曾有明确的报道。这是对敌第二个打击。该记者亦说，此举实比一切抗议、声明，还来得有力。其次，则波士顿市民大会，曾通过了除战争外，将以一切财力、军力，援助英国与中国的决议，促政府即日施行，而实际上美国对中国之二千五百万美金的借款已被批准，这又是对敌第三个打击。

美国的这三种用以制敌的步骤，我们虽还嫌决行得太迟了一点。但东隅既失，桑榆可收，现在决行，犹未为晚。我们逆料半年之后，美国所加于敌寇的这种种制裁，就可以从敌方军事失势上来见应效。所以，笔者确信敌之末日，将于半年之后到来，因为在头几个月中，敌所预蓄之石油废铁，或尚能勉强应付，不至于即时大起恐慌之故。

对英美在太平洋之联防，敌寇原亦有事前的预备。德意敌三国，已签订公约六条，轴心国将联合商讨停止、扩大或延长战争的各计划，与实行军事同盟国对第三国的诸种义务了。敌寇之千方百计，想加入轴心国去，冀在此奄奄待毙之际，能得些德意的援助，可以缓和一下原料缺乏，金融枯竭等贫血绝症。总算是如愿以偿。

不过德意为先天不足之侵略国家，被英国封锁迄今，实亦已到了日暮途穷的地步。到了苦战一年以后的今日，哪里还有余力，来接济敌寇？最多最多，或者可以通过德国的互不侵犯条约的友谊，向敌寇一向反对最烈的共产主义国家苏联乞得些微石油之类的供给？但苏联对德意，最近因巴尔干多瑙河区等问题，亦已起了戒心，恐怕对这反共国家的摇尾乞怜，也不见得就会加以理会。

是以，经过了敌寇此番的南侵发动，与轴心公约的签订，对敌寇原只有义务负担的增加，与此后行动的牵制；而对我的抗战，则无异于多拉来了一批帮手。因为从此之后，世界上的侵略国与被侵略国，蔑视正义人道国际公法之黩武国与专爱和平信义的文明国，界限愈显得明白，团结自愈来得坚固。前此这正负的两大集团，因划分得不甚清楚，所以阵线也不甚明晰，行动自不免有点模棱：如英国之对敌让步，承认封锁滇缅路运输之类，都是这模棱态度的表现，今后可不再有这种矛盾的事实了。最近我在重庆与卡尔大使重启滇缅路运输的谈判,自然会顺利地进行,而英国对我在经济上、军器上的接济,或者也可以恢复一年以前的状况。

不过有一点还须注意,轴心国家系强盗集团,强盗之惯用手段,是穷凶极恶,虚声恫吓;其手段辣,其行动速,而拥护自由民主的文明国家,是君子集团,君子的缺点,是太讲礼让,鄙薄朋党;其居心仁,其防范疏。这从轴心国六条公约的内容,和英美□的联防议约来一比,就可以看出。我们深望英美的合作,以后能够加强而加速,并且勿为强盗国之虚声恫吓所慑服,则公理终可以战胜强权,轴心必至于乖离脱辐。此后之世界大势,当全看美国的态度如何,与决心如何了。

郁达夫

达夫文集

杂文集（下）

郁达夫◎著

吉林出版集团股份有限公司

缅甸与中国之友谊

缅甸与云南西康接壤，同为喜马拉雅山东南支脉盘错之区，伊拉瓦底河流，且可直溯至中国境内。汉唐以来，上缅时为中国民族迁徙移殖之地。宋元以降，有时划入云南，有时封列藩府，直至清季（一八八六，光绪十二年）始并入于英。因缅甸与中国之过去历史，关系如此密切，所以在文化上，宗教上，政治经济上，永久是在一个系统之内的兄弟之邦。更从言语文字言，缅甸与西藏，亦属一个系统，若从此而追溯既往，则人种当亦为同族之一分支。

缅甸民族与中国民族之间，宜如手如足，如兄如弟，互相扶助，互相繁荣，固属天经地义，毋庸赘说之事。但近年来因敌阀蓄意南侵，派出许多间谍，假冒作商人僧侣，广至泰国、缅甸、印度一带，侦察虚实，调查地势，并利用各种机会，以收买贿赂等手段，在各地从事挑拨诸民族间之恶感，中缅之间，遂不无时有疏远之嫌。即如滇缅公路开始之际，敌人四出活动，收买缅文报纸，收买缅甸当局，散放谣言，谓此公路一开，中国劳动者势将大量侵入缅甸，可使缅甸人至无复有劳动之机会等等，百方阻难，意欲破坏中缅的交通往来，就是一例。

而在滇缅路筑成，中缅两地人民互通声气以后，敌人尚造作谣言，以敌机将飞至缅甸轰炸为恐吓，欲使缅甸之一部分人士，起而阻遏中缅的往来。敌人的挑拨离间，威胁利诱，其种种卑劣手段之使用，诚可谓无微而不至；然两民族间，终因历史、地理、文化的关系，幸未为所惑而中暗算。不但如此，自滇缅路开后，中缅的交谊，反而日亲一日。尤其自去年缅甸访华团，在宇巴伦氏领导之下，到我国西南各地视察以还，且成立了中缅文化协会之组织，以此中缅两族间之文化往来，势将更加繁密。不但已往之误解，可一扫而空，即今后之有无相通，危难相扶，亦决能别开一从来未有之生面。吾人对此之欣喜，自难以言语来形容。今年宇巴伦氏，又代表缅甸来南洋各地作亲善之访问，吾人对宇氏，更不得不致诚挚之敬意。

所可惜者，宇氏此次之行程远而且长，恐与吾人无作长谈久叙之机会，是以不得不乘吾人致辞欢迎之便，更举二三事以为宇氏告。

第一，敌人之挑拨离间，造谣威胁等卑劣手段，如上述者，亦可见一斑。然正当敌锐意南进之此际，吾人深恐敌之阴谋，犹不止此。现敌已获占安南，今后敌之魔手自必西向缅甸而伸。图缅之先，敌所惯用之手段，必为制造恐怖，扰乱治安，以夺缅甸人之心。如今年四月二十日，当回教同人正在仰光庆祝圣人降诞之际。嗾使印度教信者与回教信者发生冲突，致使死伤累累，民族间互起反感，一时人心陷于极度不安之一事，即系敌寇所派出之第五纵队工作的效果。又如上缅喀钦族间，为当局欲教以新创言语文字之故，致使山岳中喀钦部族，与国境守备兵发生冲突，争斗至数十日之久，暗中实亦系敌人在嗾使之故。诸如此类之动作，为敌人欲施侵略以前之惯用毒计。吾人对于散处在缅甸各地之敌国佛教徒及照相营业者，与其他各种假装之敌寇商人等，都不可不加意防范；因此等敌国浪人，实皆系受敌阀指使之间谍，无孔不入，无恶不作，如虎如蛇，不宜放纵，使遗害于群众。

第二，敌人于施武力侵略之先，必以文化侵略与经济侵略为前导。如诱致缅甸学生，至敌国留学，灌输以种种不正确之思想，嗾使反英，反团结，致使青年往往因而牺牲其学业与前途，即为文化侵略之一端。至于经济侵略，则有推销劣货，使缅甸本土工业不能发达；垄断市场，以贱价收买缅甸土产原料，如棉花、锡、铝之类等都是。吾人欲防止敌人的武力侵略，当以先防止此两种侵略为急务。

第三，滇缅路交通，不独有利于中国之抗战而已，即对缅甸之商业繁荣，实亦为一主要之动脉。例如中国全国粮食，就每年不敷，非由缅甸输入若干万担不可；而上缅之木材，油类，亦为中国消费品中之重要者。中国对英美之矿产输出，行经缅甸，即堆栈搬运两项，就对缅甸有绝大之利益。是以缅甸为欲助中国，而更资自助起见，则促英当局开放滇缅路运输，及修筑滇缅铁道，实为目下不可稍缓之急务。盖滇缅路可以横断中国西南部，而直达至长江沿岸，将来中国产业若一开发，则此路之重要，决不亚于粤汉平汉的一线。易言以喻，滇缅路在今后实系中缅两地输血之命脉。两地之繁荣与衰落，庶将由此路之能否充分使用而卜之。

第四，佛教文化，同时自印度而东渐，通过□□□□播至于中国高丽等处。当时之经典文献，有缅甸尚保存、而中国已消失者，亦有中国因翻出而留存、而缅甸已无有者，为发扬光大东方之伟大教义计，中印缅在今后尤不得不通力合作，以谋文化之沟通。即西洋文化之东来，其始亦先通过缅甸，然后始传至中国者，如马各保罗之所记述，即其明证。吾人为详订文化之源流，整理东方之学术计，觉中缅文化界尤更有密切联络之必要。

语短心长，此外实尚有种种欲告之衷情，上述四端，不过一时想到之大目而已，将来大驾临星，或可当面倾谈以求教，吾人先在此于谨致欢迎之挚意外，更欲一祝宇氏及同行诸君之康健。盖敌寇临门，中缅各在受侵略威胁之今日，吾人对民族国家之责职，正重且繁也。

欧战重心的转移

最近纳粹因渡海攻英的计划，既成了画饼，而飞机狂炸英伦，又没有收到什么效果，不得已便只好广求同盟国的协助，想在无可奈何中寻出一条生路，但是各侵略者，到这时候，都已精疲力竭，是奄奄一息的时候了。从纽约传来的电讯，却又报有欧洲的两独裁者，重在计划着什么新花样。近日会晤之后，或有将战事重心，移向近东中东的消息。这消息若是可靠的话，那么欧战的展开，今后自然将在地中海，红海的两岸，以及非洲大陆上决一下雌雄。

先从地中海的北岸来说，巴尔干半岛，若仍保持现状，不动干戈，则意大利进攻的路线，当从马尔泰岛起，越过希腊的克离脱岛，东向英领赛泊拉斯岛，进叙利亚的一面，是一路。南岸呢，则自然是从利比亚而进攻埃及；可是这一路的战事，虽已发动很久，但到现在为止，却仍是没有什么进展的样子。更从近数日的战讯综合起来观察，则意大利的飞机战舰，始终没有显示过什么威力，对英国的战斗成果，似乎只在日益减少。所以在地中海上，即使有纳粹的飞机去助意大利作战，据笔者看来，恐怕所收到的效验，也决不会得比它们的轰炸英伦，更有什么成就的。

再看红海的一段，意大利的海陆空军，若是够得上和英国较量的话，那从索马里兰，吉布的，和爱利脱里亚出发，沿海北上，越过英埃苏丹，可以和西路利比亚的军队，夹攻埃及。渡海而北，则又可以向亚丁，丕林姆进攻，上阿剌伯去切断英国和印度的通路。

可是仅仅为攻取英属索马里兰的一片海角，已经费尽了九牛二虎之力的法西斯军，现在究竟还有这样大的魄力没有，却是一大疑问。

总之，在地中海、红海的沿岸作战，无论由运输调遣方面，或粮械接济方面来说，制胜的第一个关键，总还是在乎海军。而英国的海军实力，即使没有美国的援助，现在总也还是在意大利之上。"望洋兴叹"，这句中国的古语，可以很贴切地说出意大利在这一方面的苦衷。

若从非洲的北部，沿地中海红海的两岸而转看非洲的大陆，以及西非、南非、东非的三面，则局面自然又更觉得复杂。

西非洲的大部分，除里倍利亚以外，本来是法国所领有的，假使原来的法属西非各地，包括第一次欧战以前，德国的旧殖民地如妥哥阑、加美隆等在内，都是可以由纳粹法西斯蒂左右的话，则沙立拉沙漠的全部，或者可以仍复归德意去占领，这是毫无问题的。可是，第一，这些法属的领土，现在还有大部分，是在倾向于自由法国，而不甘屈服，至少至少，如达加之类，也在两不依附，想维护它们的独立。第二，西班牙还没有加入战争，德意的陆军，想渡海过去，也并不容易。而第三，即使西非洲全部归入了独裁者们的魔掌，对于英国，及英德的决战，影响也终是很少很少的。

在赤道以南的南非呢，以开泊汤为中心，当然全是英国的势力范围，纳粹，法西斯蒂，若想向这一面去发展，则除非有几十万的陆军，沿西非而去包抄后路袭击之外，主要的还是要用海军去向前面进攻。可是海军，是德意的弱点，已如上述，希脱勒和墨索利尼无论用尽什么法子，想分割这一块地盘，现在总还是鞭长莫及的马腹。

绕好望角而北上,陆地依洛特西亚为联系的英属东非洲,虽是以后世界最有希望的铜矿产地,但德意若想进攻,其困难和南非洲的状态一样,意国假使调索马里兰的军队而南下,则亚比西尼亚一带的意属非洲帝国,就会得立时崩溃。

在非洲大陆作战,除沿海地带,须用海军外,陆上的交通不便,和饮水军需的不易接济,是两大困难。这虽系是对交战国两方同样的苦事,但有海军可以利用的一方,究竟要占许多便宜。所以,从大局来看,即使德意对非洲是如何的眼红,但在目下,要想以武力来制服英国,却也是一件不容易的工作。

纳粹的一出拿手好戏,利用第五纵队去煽动非洲土著,嗾使他们起来骚动捣乱,或者可以使英国一时感到棘手。但一时的捣乱,其后若无大军接着前去进占,终也是等于狂炸英伦一样,不会有什么成果的。

综上所述,我们觉得即使欧战重心在最近会转移到中东或非洲大陆,但胜负之数,仍不可以逆睹,而战事若延长到明年,则英国因获有美国的积极援助,局面自然会得一变而有利。所以,英国之战德意,同我们的战敌寇一样,只教时间可以持久,最后胜利,就毫无问题。

谈到了敌寇,我们在最近又接到有英美切实援助我的消息,就是美国的对我再借巨款,与英国的决将滇缅路重行开放,所以于估计德意对英在地中海红海作战时,未曾将敌寇之海军算入。因我们敢断定,敌寇以后将如泥人落水,保自身尚不容易,决无余力去助欧洲侵略国作帮凶犯的缘故。

敌内阁又将改组么？

因敌派赴荷印特使小林氏之被召返国，昨天路透社东京电曾传东京《国民新闻》评论中，有敌内阁或许将行改组之推想。但敌内阁之改组，究将全部内阁臣，自首揆以下尽行更换，抑或如英国丘吉尔内阁一样，只将阁僚之一部分加以调整，该报并未明言。然据吾人之观察，近卫初次任首相时，即闯下了"七七"事变之大祸，而近卫本身又不能如中日、日俄战争时之内阁，于系铃解铃之际，来去分明。中途退避，诿责他人，近卫实已早受了一部分敌国中人之指摘。而此次重作冯妇，上台之后，不但对结束中日事变，毫无把握，且将敌上下所属望之独裁政治，弄得不伦不类，只成一大政翼赞会之空名；不宁唯是，且又中途成了轴心国联盟之一员，致使敌对英美所挑起之恶感，陷于无法可以收拾之地步。

而敌国政情，又经济濒于破产，物资耗蚀殆尽，民不聊生，上下交怨。处此内忧外患，迭相催逼之际，则欲一新敌国上下内外之耳目，于无可奈何之中，想求一勉强可以生存之道，自非改组内阁，以洽舆论不为功。

前当敌参谋总长闲院宫辞职之际，即有闲院之先解除要职，实系准备于近卫下台日，重组新阁，内则可以压服敌国之军人，外则可以加强与轴心国勾结之谣。当时我们对此谣传原只疑信参半，而敌又加以小林氏之召还，是则敌阁将倒，或将改组之风说，不啻又加一有力之证明。

不过，不问敌阁之或将改组，抑或将倒溃，总之，敌国内之矛盾，与敌在国际间之进退维谷等窘状，庶可由此而看出。

我们假定敌阁若果有变动，则其今后之路向，也决不出于加强与轴心国之勾结，抑或改变态度，希图一时与英美缓和之两途。

敌若图加强与轴心国之勾结，则首先即宜自告奋勇，于纳粹未有动作之现在，开始向香港、缅甸，或马来亚等英属地进攻。但敌在中国泥足未拔之前，究有此能力、胆量否，却属一大疑问。因英美在太平洋上的联系，系有目者所共见之事实。敌若向英一动，美国太平洋舰队，当立时出剿，能制敌之死命之一事，亦属彰彰明甚者，敌阀虽愚，或不至于出此。

是以敌之内阁变动，其目的若不在加强与轴心国之勾结。则势将虚图掩饰，取消与轴心国盟约公布时，近卫所公言之对挑衅国不辞一战之态度，转而再向英美献媚，以期缓和美国对敌之强硬表示于一时。

更从建川与苏联进行调整两国邦交，或缔订不侵约定尚未成熟的一点看来，则敌之出此，亦属大有可能。我们假定敌果出此计，而再向英美去摇尾乞怜，则决定远东大势之主要因素，当在英美今后对敌之决心。

荷印为南洋群岛中美国投资绝大之处，亦为供给美国以热带产物最多之区，且荷印安危，亦在在与菲列宾有连带之关系。正当美国民气激昂，整军开始，远东居留民渐在撤退之此际，即使敌能一改其排斥英美之态度，变而为与英美之妥协，但英美究能接受与否，却系一不可知之疑问。

是以，从敌对小林商相之召还，我们可以看到敌阁之或将有变动，又从敌阁之若有变动，我们就可以预料到敌外交政策之必将有转换。然无论其转换到若何程度，则敌因加入轴心同盟之故，而陷入了一进退不得之夹谷，却是事实。

至于在我一方，则始终可以不变应万变。苏联英美，最近之积极援我，使我在精神上，物质上，都已得到了无限的利益。我军在浙东，两广，皖赣各地连战连捷，就是我在国际间已赢得了实际助益之反证。

自滇缅路重行开放后，军火飞机，战车大炮，又再源源而来，我对于敌所声言之十月攻势，正可以作一强有力之反击。我们逆料在今年年底以前，此种胜利，将不知有多少次的反覆。积小胜为大胜，以不变应万变，实为我获取最后胜利之两大指针，而敌阁之频频倒溃，变幻无常，亦即敌日暮途穷之另一说明也。

关于租税及南洋商联会问题

昨日《海峡时报》载有十一月十七日，将在槟城开□之十九届英属马来亚各地之中华总商会联合会议议题，其中值得考虑之主要部分，约有四点。一为遗产税率过高，拟请当局酌减；如何之处，当待商联会议决后，再行向政府申请。关于此点，因影响于一般中下商人生活者不大，吾人不欲多作评断。唯望列席诸君，能有妥善之折衷议案通过，可能使政府体恤较富殷商，准予酌减。

第二点，为筹组一南洋各属（包括英属马来亚，荷属东印度群岛及菲列宾群岛）总商会联合会案。正当祖国忙于抗战建国之今日，此议案实为我南洋全体华侨所不能忽视之一重大问题。尤其当敌寇南侵，爪牙日露，太平洋风云险恶，亦已达到极点之目前，我旅居南洋群岛之华侨，为谋日后己身之安全，与救助祖国之危急，来一空前大团结以互通声气，实为刻不容缓之要图。

盖在英属荷属美属各地，虽则法律各有不同，商行为与商业习惯，亦参差互异，然以一华侨商人为本位，则其对祖国之关系，与对己身之利益，初无二致。凡祖国之难民伤兵，如何救济（尤其是医药材料）；后方之矿藏富源，如何开发；对敌之经济侵略，如何抵制；对寄留地当局，如何使其警觉；对于轴心国魔手之伸来，如何妥谋自卫；诸如此类，皆属须聚各地华侨于一堂，有采集众议，共□统一互助办法之必要。

关于筹赈一层，各地已大致都趋于一致，此后若再能互相联络,互相扶助,成绩自更可观。而投资祖国,开发后方富源,与振兴复地工商业一事,尤须广集资本与人才,非有一大组织不为功。敌人为苟延残喘,搜括外汇与物资计,近因轴心盟约公布之结果,在美国已无路可通,此后自不得不拼死命而向南洋各属与南美作最后之进攻。对此敌人无形侵略之抵制,南洋各属,我华侨实尚无一贯之略策。近代战争,胜负之待决于经济者,成分颇大,若全南洋各属之商联会组成,则对敌在南洋作经济之阵线,自然可以大振。

敌寇魔手,自伸入越南后,我华侨之财产与资本,大受掠夺,现时则已以一足而跨入荷印,我若不再促各当地之当局,一齐奋起,共谋自卫,则今后我侨在南洋,宁复再有立足之余地?

闻此一案,亦曾在历届商联会议中屡被提出,但终因意见不一,而未见其成。时至今日,实为促使此案实现之最好机会,深望列席诸君,能勿等闲视之。

第三,关于所得税问题,英属马来亚各地总商会,亦已各有建议书,分别向当局者提出,闻此届商联会更将汇集众议,作一总括,再向政府请愿。

所得税倘在产业发达之普通国家而按法征收,原不失为一公平之租税,然在马来亚则情形又属不同。第一,在马之各商人间,因民族与商业习惯之不同,其记账方法及财产估计,亦属互异,难求一划一之定则。第二,若有作弊者出,则此法实施,决难求得公允。第三,马来亚商人及产业家,因战时胶锡出口税,与货物进口税之加征,负担实已颇重,自难再有一般负担此所得税之能力,与其竭泽而渔,何如优养税源。第四,若为筹□战时经费计,则宁多发公债,广征储蓄,或至最后亦可发行奖券,当为我侨众一致所赞同,此实为侨商之公意。吾人则认为征取战时利得税之一法,亦颇可采行,深望当局者能注意及之。

第四点，自欧战发生以来，对于不谙英语，不识英文之进出口商人，因各种法令与限制之频颁，实有不胜其烦之苦楚。商联会实有集思广益，□为解除此□困难之必要。此□□虽似系不关□要，容易解决之末事，而对于中小商人，所关实亦非浅鲜。如进出口货物之申准登记，样本与货款之呈缴清汇等等，都系烦巨之手续，凡不能雇用精通现行法令□英语书记之商家，在近两年来，确已感到无货可进，无业能营之痛苦。商联会若能议决设一代办此种手续之机关，则多数之侨商，自然获益颇多。

上列□□，将□□十九届商联会议中之重要问题，吾人特先为揭出，以告列席之代表诸君。对此四案，若皆能有良好之会议成果，则受赐者，将不独为我侨商，即祖国之抗战建国工作，或亦可在此奠定一块基石。吾人谨此预祝十九届商联会议之成功！

星华文艺工作者致侨胞书
——反对投降妥协坚持团结抗战

亲爱的同胞们：

我国十年间惨痛的分裂内战，给予敌人以不少的侵略机会，而三年余来的团结抗战，却给予了敌人以致命打击。这血淋淋的历史所给予我们的教训是多么的深刻与宝贵呵！

不幸的是，时至今日，正当抗战接近胜利之际，尚有一部分封建残余，顽固败类躲藏在抗战的阵营里，而且把握着相当大的权利与地位。他们为了一己的利益，遂不惜昧杀天良，实行挑拨离间，造谣中伤，甚至歪曲事实，颠倒是非，无时无刻不在进行他们妥协投降的鬼计。他们视抗日最力的军队为眼中钉，视真正在唤起民众的集团为心脏病。千方百计，势必把进步的力量消灭，把抗战建国的力量削弱，以遂他们的主子建立"东亚新秩序"的宿愿。年来关于国共磨擦的事件，与忠心为国的进步分子如杜重远、马寅初等的被拘被陷，以及最近轰动中外的解散新四军的惨痛血案，就都是这些汪派汉奸，无耻败类所一手捏造出来的阴谋毒计！这阴谋毒计，实足以亡国而有余！

这难道尚不足给我们以反省与警惕么？

大家都很明白，我们这次的抗战，是为国家民族的生存而战，为四万万五千万人民的自由幸福而战，并不是为少数人而战，也不是为一党一派而战，更不是为那批无耻贪污，顽固败类的升官发财而战！因此，我们敢于要求贤明的政府明察秋毫，判辨忠奸，坚持各党各派的团结，严惩贪污，摒除一切投降妥协分子于抗建阵营之外，切实实行革命的三民主义，实施宪政保障言论，结社，集会出版等的自由。我们更盼望海内外全体同胞坚定"抗战必胜，建国必成"的信念，永远谨记，蒋委员长所昭告我们的"团结则存，分裂则亡"，"反共就是投降"的训示，坚持国共合作，反对妥协投降，加紧努力为国家民族的真正解放而奋斗到底！

我们是一群文艺工作者，我们热爱文艺，尤其热爱我们的祖国，值此宗邦存亡危急之秋，我们迫不得已，特向每一个不愿做奴隶的同胞喊出了这恳切而沉痛的呼声！

	郁达夫	阑	嘉	白	荻	思	明
	桃	木	文之流	刘	思	大	白
	欧阳冰	润	湖	李	洛	沈	默
	安	东	以	多	林	秋	倾	凤
星华文艺工作者	子	午	斯	波	侠	魂	力	中
	芜	青	荻	影	一	润	傅	雁
	蒂	克	君	实	柯	游	静	海
	仲	达	白	圣	柳	凤	包	得
	莫	克	蜀	士				

《马来亚的一日》的补充

关于征集《马来亚的一日》的稿件的事情，星期六的本栏，已与《总汇报》的《文汇》刊登了共同的征文启事。我们的做此事，并不是为出风头，也不是为发大财，实际上只是赔时间与精力的工作。所以，我们想请全马的各报馆，各文化机关，都能牺牲一点点工夫与篇幅，来共同襄助此举。就是请各地的报馆及文化机关能尽一点提倡、集稿之责。此外若能也有副刊篇幅刊登，则直接登载，否则能于截止期的九月十五以后，为花一点邮费，将收到的稿子，邮寄《星洲》或《总汇》报，则我们就感激不尽。各地个人，若能襄助此举，则我们尤为感激。

至于印单行本的办法，在马来亚若因统制纸张法令，而不能印书或出版时，则我们可以想法到香港去印。印刷费用，当由《星洲》、《总汇》两报筹措。若更有其他的困难时，我们也当想法子来打破这些难关。

总之，我们是为了想对马华文化界服一点务，在我们个人所能负得起的牺牲，我们是愿意牺牲的。若这牺牲范围，超过了我们的能力时，我们也当另外想出法子来，以期这事的能够实现。虽然，成绩的能不能够使大家满意，当然还是一个疑问；不过我们总以为一件事是应该做的话，做了总比不做好些。

关于《一日》的展期

《马来亚一日》的标准日期，本拟定为八月一日，但后经与同人等商谈的结果，都以为时间太接近了，恐怕作者没有多大的预备与思索的工夫，所以展期到八月的"十五"。

本来已存心欲助成此举的人，想拿起笔来写一天的经过，是无所谓准备工作的。不过我们若能把如何写法，一天中间的大事，当捉住哪几个要点来写出等，多想一想，则自然下笔时能有更好的成绩。

我们既然定了八月十五为写《马来亚一日》的标准日子，自然希望在这一日的全马来亚同胞，都能够不要轻轻放过这机会，而加以观察、考虑，和反省，当日不写，隔日也可以写，隔日不写，过两天也可以写。总之，要把这一天的一段生活全景写出来才可以。

我们的编订方法，当参考各已成的《一日》巨作，将它们的优点，全般学取。在马来亚地方若有特殊之点，我们也将顾到，须增删者增删，须特别提及的提及。

当日发行的各地英巫印报，若收罗得全，自然也想全部收罗，制版附入。

此外，则读者大众，如有建议，我们也当尽量容纳，以期这一个小小的尝试，或可以得到几分之几的成功。

总之，独木非林，众擎易举，大家若认为这事情是值得一做的事情，而都能加以一臂的助力，则将来的成绩，或者也可以有一点可观。我们并不希望一举成功，我们只希望即使失败，也能从失败中获取教训，而准备于第二次尝试时得有寸进。

编余杂谈

日本的铁蹄，踏入了越南以后，于是就揭起"驱逐洋人"的旗帜，法国人当然要吃亏，英美人士也受累。

日本的铁蹄，现在尚未踏入泰国；而泰国已充斥着日人，已有"欧洲人退出，日本人进来"的形势了，电影院、西餐馆的座上客，于是乎一本人取欧洲人而代之。

日本只会侵略，而且侵略的欲望，永无止境。中国受了几十年的教训，现在正向他清算，要打倒他的侵略主义，消灭他好战军阀。英美人士现在应该可以彻底觉悟了，对于日本的侵略野心，只有用武力来打击它，消灭它，所以"绥靖政策"。从此收场，决不能一误再误。

削弱侵略者的实力

对付搅乱世界和平，毁灭人类文化的侵略者之最上法门，第一，自然是在见机而作，防患于未然。譬如，当敌寇在"九一八"凶行之际，各国就联合起来施以制裁，则东方的野火，或不至蔓延及于亚比西尼亚与欧洲。又如正当纳粹在重整战备，或秘密制造潜艇飞机，及其后开兵入莱茵区域，或窥伺苏台德区，阴谋劫夺之初，英法若即起来加以制止，则世界大势，决不至于会混乱得像现在一样。但既经养痈遗患，铸成了大错之后，则唯一的办法，自然只有大家抱一牺牲的决心，联合加紧来削弱侵略者的实力。英对纳粹的封锁，以及这次罗斯福总统和丘吉尔的海上会谈，与今后即将在莫斯科举行的三国会议之协商，讨论的当然是这一问题。不过和平是不可分割，而侵略者的结合，又是相当微妙的。在这里我们必须注意的事情，是应该顾到全局，绝不宜倾于一偏，而使侵略者有逐个击破，或此倒彼起之机会。

现在，先从轴心盗伙来说。意大利已由侵略国家而退居了被征服国家的地位，墨索利尼的身分，只能与奎斯林及贝当、达兰等相伯仲，东西三个轴心国，实在只有两个存在了。纳粹在表面上，一时虽似侵吞了全欧，但这次在东进途中，却遇着了劲敌。目下纵还没有完全失败，而因英美苏联的全部注意力，现在集中在毁灭这一轴心主力的重点之上，迟早总不免崩溃。所以，我们在东方的反侵略目标，自然不得不着重在敌寇的一边。

照目下的情势来看，英美的八项和平主张，当然也包括惩罚敌寇的侵略行动在内。而即将在俄京举行的三国会议中，敌寇在远东的妄作妄为，以及诸种威胁姿态，自必也属被商讨的一重要项目。并且昨天合众社电，亦曾传苏俄在远东已动员二百万大军布防，准备敌寇若对美国的接济苏联军火过海参威，或在满蒙边境，一有大胆蠢动，即将迎头予以一击。故而目下敌寇，表面上实在万不敢再有若何进一步之动作。可是敌寇之北侵与南进野心，始终不会放弃的一点，则无论英美及中国的观察者，都在力说；只教防范略有松懈，或纳粹在南俄中东的侵战稍有起色，敌寇的必会趁火打劫，再乘机而窃取些土地与利权，自是铁证的事实。

正因为是如此，所以我们想大声疾呼，促各反侵略的民主国家注意，当此为山九仞，功成一篑的紧要关头，绝对不宜对敌寇有半步的放松。我们纵观现局，觉得对此点看得最为明了，而防备也最周密的，唯有澳洲政府。但从澳洲大批精军的源源来马来亚增防，以及澳首相海陆相的频频向内外呼吁，新近又增设澳洲总司令职位的诸点看来，我们就可以说澳洲政府对敌寇的防备，已经是面面俱到，无懈可击了。澳首相孟齐氏在今日且更有一场广播，虽则全辞的内容如何，我们现在还不能够预说，但其防止敌寇南进的警觉性之极度提高，已属固定的事实。我们因鉴于澳洲政府的有此远见，故而更欲唤起各民主国家，共同注意。就是要在此时，齐心协力，加紧来削弱敌寇的侵略实力。

在远东要想有效地削弱敌寇的侵略实力，目下唯有两条途径。即第一，是绝对的和敌寇断绝经济来往。第二，是竭尽全力来帮助中国向敌寇施行反攻。

最近，常有敌寇所散放的谣言，盛行在远东各通讯机关的电讯之中。如或谓荷印与敌寇，又将开始通商谈判，或谓英国已与敌寇在作物物交换的商谈之类。这些谣言固统系敌寇的诡计，我们原也知道荷印与英国决不会再上敌寇的大当,而接济以资源,致使其将进攻己身的实力得渐行加强。不过敌寇之奸诈狡诡,实在是无孔不入的。我们在此谣诼繁兴之际,也不得不加以预防,这是一点。

其次,则英美若将全力倾注到了欧洲,在太平洋方面因敌寇的一时慑服,而即使有丝毫的大意,则噬脐之祸,一定将与放任纳粹当时的局面相同。所以,对付侵略者,应该东西并进,双管齐下,一面当接应苏联在击毁盗魁希脱拉之正中,一面也应特别加强对中国之援助,使我得立时举行大规模的反攻。先将敌寇置之于死地,免其再作东西之呼应,为纳粹而帮凶。这才是削弱侵略者实力最有效的办法,这也就是使世界和平早日到来的最上法门。

关于《一日》的稿件

《马来亚一日》的稿件，截至现在为止，收到的已有一千三百七十余件。《总汇报》所收到的总数，大约也不相上下。所以，两报合计起来，已经有两千余篇了。我们每天披阅，当然一时不能阅毕，故而在两报上已发表的诸作，并不是说系从全部稿件中择优而先发表的。因常有投稿者写信来问，故特先在这里，作一总覆。

反侵略国际大会感言

十六日伦敦路透电，谓协约国之国联会，已在伦敦成立。该会将协助改造新欧洲，系由国联同志会之国际委员会所发起，其目的系为反侵略各国之共同目标而奋斗。主席薛西尔爵士，即国联同志会的会长。参加之会员国，有中、美、苏联、荷兰、捷克、加拿大、比利时、澳洲、纽西兰、印度、波兰、挪威、南菲、南斯拉夫、自由法国与希腊等。正当"九一八"十周年惨痛纪念之今日，我们重阅此电，真不觉有无限的感慨。

我们总还没有忘记，当第一次世界大战结束之后威尔逊总统抱了最高理想，尽了最大力量，欲维护国际间之正义与和平，辛苦经营，艰难缔造成功的，就是在这一次欧战起后，变得声臭全无的国际联盟。自国联成立以来，二十余年中，对国际间的贡献，原不可以说是绝对没有。譬如国际间卫生行政之推扩，救护事业的扩展，禁鸦片烟毒与贩卖人口之类的工作，实在也做得不少。可是一遇到了强弱国间的纷争，为了正义和平，正应该发挥国联固有的作用之际，却总是软弱无力，事事不能够令人得到一满意的欣慰。

别的暂且不说，单就"九一八"事件来看，中国在当时如何的热望国联，能抑强扶弱，出来主持公道。但一则因各会员国的太过于自私，再则因国联实际上亦没有强制执行议决案的力量，故而只派了一个由立顿爵士率领的调查团到东北，创制了一册报告书而了事。侵略之端既启，各强有力之会员国，自然只知道有强权，不复知有公理了。当意大利侵略亚比西尼亚后，与地中海权益有关，及在非洲大陆有殖民领土的国家，方起来对侵略国作经济之制裁。可是大家只顾私利的虚实既明，还有哪一个来尊重这一个决议，肯牺牲自己而为他人谋利益呢？

所以，理想自理想，现实自现实，国联的失败，就在于理想与实际力量的不符。自从敌寇与意国的侵略得售以后，国联实早已丧失了它的存在理由，不待纳粹此次的起来撕毁一切约章与背弃信义诺言，我们就早知道国际军缩会议的不会成功了。

可是人类毕竟不是兽类，弱肉强食的野蛮作风，终于是人类文明的公敌，故而当现在纳粹的大屠杀政策正威胁全世界之际，终古不易的正义人道文化等理想，又复抬头起来了。这一次的伦敦反侵略国际大会的成立，当然就是这一理想的具体表现。

与这反侵略国际大会的理想相呼应，同时我们还接到了纽约十六日的路透社电，谓保卫美洲委员会，也有促政府重订外交政策之十大决议（详见本报电讯栏）。足见人同此心，心同此理，对于侵略残暴者，人人皆欲得而甘心。不过要看制裁侵略者的实际力量能否与此理想相符合，我们人类的进步与退化，才能划得出一个分晓来。

团结就是力量，宽纵必遗后患，是历史上的明训。我们既经知道了对东西轴心国家若不斩草除根地施以一番痛剿，人类便永没有安宁进步的一天，则第一要紧的，自然要加强团结，不容宽纵。英美的尽力接济苏联，美国的以军舰护航，与这理想，似乎有了一步的接近。但公道正义有同盟，毒蛇猛兽，亦有恶伙，倘若我们团结有一漏孔，则恶伙的袭击便最会乘虚而窜入。我们在这里，首先想警告各民主国家，当这轴心侵略国正将东西同时没落之秋，切不可放松一步，致授盗以柄，而遗噬脐之悔。

从国联而谈到了"九一八",我们自然更不得不提及一下正在宣传的敌美谈判之内容。虽然我郭外长已有相信美国决不会出卖中国的明言,同时美众议院外交委员伊撒克氏,亦曾对合众社记者保证,谓罗斯福总统与美国会决不至有与敌寇签订害及中国的协定之事情,伊氏并且还说,相信敌美间之谈判,当以敌寇完全由中国撤兵为基本条件,否则双方就不能够达到了解的程度。话虽则是如此说,可是狡猾的敌寇,将如何的施行骗术,欲使美国去上他的当,却是很难捉摸的。所以我们对于敌寇的宣传,谓与美谈判的基本条件,并且是关于海参威港美船运输军实的问题,此项谈判业已开始在进行中(寇官电)的一节,深望美国能够不违背它所素抱的理想,与迭次的声明。必要做到这样,然后人类的正义与公理,才有维护的希望,而反侵略国际大会,才能完成它实际的任务。否则,道旁筑室,纸上谈兵,我们人类,要想维持永久的和平,就谈非容易了。

敌寇会马上向苏联进攻么？

纽约廿三日路透电传由马尼敕方面所得之可靠消息，谓敌寇在最近数周内，调往伪满及朝鲜之军队，至少有一百万人。并谓敌国向苏联进攻之准备，实早已着手，近则连敌国内之马匹，亦已扫数运往伪满，窥其用意，似在于实行南进之前，或将先取海参威，而冀免除后顾之忧云。此证之于我重庆《大公报》及其他各方面之观察，以及敌寇国防司令部之设置，与夫朝鲜、东北、河北，及察绥内蒙各地陆军寇酋之更迭，并且由前数月来，亦曾频频报道过之敌军之抽调等事实观之，或者也很可能。更何况伪满与苏联边境，近传两国间时有冲突，而对于美国由海参威运送军火，接济苏联等，敌亦曾提出意见，而至最近，则又借口于苏联水雷之流散而提出抗议。凡此种种，都可以说是敌寇对苏联妄想一逞的证据。又兼以最近纳粹在东线南路基辅卡科夫方面稍有进展，保加利亚说不定也会作纳粹的傀儡而与苏联启衅。是以最善投机的敌寇，似乎于此时决定进攻苏联，一时既可以消灭敌国内部的矛盾苦闷，其次也或者可以减少海参威这一把头上利刃的威胁。兴师北进，现在当是一个黄金机会。是以照一般的观察，敌寇必于最近发动进攻苏联，实在是十分可能的事情。但是，我们从敌寇对湘鄂粤境，正在作打通粤汉路的蠢动一点看来，则又觉得敌寇的北进，也许还仍是言之过早。何以见得？我们想先试来分析一下。

第一，敌寇之驻伪满一带的军队，在侵占越南之前，原有四十余万，而侵占越南以后，虽竭力将散布在中国二千里战线上之寇军抽调，其数最多也不过一二十万。即此一二十万之兵，一经抽调后，敌在中国之攻占各区，早就显示了岌岌难保之势。最近豫北之大部伪军反正，就是一个明证。所以，我们以为，敌寇的存心投机，打算于纳粹攻下莫斯科、列宁格勒等地，胜负之势已经明白确定以后，会向西伯利亚进兵，自属毫无疑问。但在目下，谓已有百万大军，集中在伪满朝鲜一带，似乎在数目上，不无可疑。盖敌寇在目下就是连各中学以上之学生，也当作军队，全送往前线去作炮灰。除已在中原大陆送死的百余万，被中国所吸住的百余万军队外，实在更没有一百万的人，可以向伪满增防了。据我们的估计，现在寇军驻扎在伪满一带的军队，最多也不会超过七十万，而俄国的远东军，当有百万以上，是敌寇所熟知的。此外，则我东北之义勇军，朝鲜与苏联边境之革命军，总数也不下五六十万，对此倍大之联合义军，敌寇的侵略军队，虽然是胆大妄为，我们料它或者是多少要加以顾虑的，这是一点。

第二，敌寇对俄国出兵，只除在日俄战争时，侥幸对腐败的帝俄军队，收了一次胜算外，每一次出兵，总无不是完全失败的。所以寇兵对俄国的军队，都抱有谈虎色变的惧怯之心，而对于苏联与英美联合的空军，则恐慌更甚。当寇美谈判，尚无眉目之此际，而谓敌寇会冒险就向苏联进攻，我们总觉得不甚可信。

第三，军队的风纪，是决胜的一大要素。在敌寇未侵略中国以前，敌兵的纪律，比德军更加整肃。譬如庚子年八国联军在北京的纪律，以德军为最坏，奸淫掳掠，几乎无所不为，而英军与日军，则系八国军中纪律之最佳者。但是自敌寇侵略中国以后，敌军的军纪，却完全坠毁了。凡在中国驻扎过，或只须到过中国的寇军，无论大小军阀，个个都变成了兽人，奸淫掳掠，固可以不必说，就是从前在敌国军队中绝对没有的那种贪污剥削，损公肥己的事情，现在也大大地流行了。在中国的敌国军人，不论大小上下，少则数十万，多则数百万千万之私财，都变名换姓，存储在上海平津等处的中国及英美各银行里的一事，不但敌阀知道得很清，就是敌阁及敌国人民，也完全知道的。以这样纪律全无的匪军，究竟可不可以与到处能坚壁清野，誓共要塞决存亡的苏联军队一较胜负，当然敌统帅部与参谋部不会得不晓得。况且拿破仑在莫斯科之失败，完全由于当时杂凑军队纪律之不佳的一点，是敌各军校所习熟的常谈，敌阀虽则已因侵略中国而变成了疯狂，但对这一军事常识，大约总不至于忘记。

我们从上举的三点看来，觉得敌寇在目下，或者还不会马上向苏联进攻，而决定敌寇最近究竟会不会北进的因素，第一不消说是须看中国战事的能否冻结。第二，更须看敌美谈判的进展如何，这与现正在莫斯科进行中的英美苏三强会议，自然也有密切的关系。第三，最重要的一着，还是要看纳粹在东线的进展，与纳粹在敌国内第五纵队的工作成绩。若纳粹在敌国内之第五纵队计划得售，近卫及海军系之稳健派人物，都同意国的墨索里尼一样，或完全成了傀儡，或一个个被暗杀之后，那么敌寇的马上兴兵夹击苏联，自属必然之势。否则，我们认为敌寇还是第一仍注意在解决中国战事，北进南进，现在一时总还不会得就动，除非敌国内立时有最大的政变发生以外。

遗　嘱

　　余年已五十四岁，即今死去，亦享中寿。天有不测风云，每年岁首，例作遗言，以防万一。

　　自改业经商以来，时将八载，所得盈余，尽施之友人亲属之贫困者，故积贮无多。统计目前现金，约二万余盾；家中财产，约值三万余盾。"丹戎宝"有住宅草舍一及地一方，长百二十五米达，宽二十五米达，共一万四千余盾。凡此等产业及现款金银器具等，当统由妻何丽友及子大雅与其弟或妹（尚未出生）分掌。纸厂及"齐家坡"股款等，因未定，故不算。

　　国内财产，有杭州官场弄住宅一所，藏书五百万卷，经此大乱，殊不知其存否。国内尚有子三：飞、云、荀，虽无遗产，料已长大成人。地隔数千里，欲问讯亦未由及也。余以笔名录之著作，凡十余种，迄今十余年来，版税一文未取，若有人代为向出版该书之上海北新书局交涉，则三子之在国内者，犹可得数万元。然此乃未知之数，非确定财产，故不必书。

乙酉年元日

自 传

所谓自传也者

　　自传的样式，实在多不过。上自奥古斯丁的主呀上帝呀的叫唤祈祷，以至"实际与虚构"的诗人的生涯，与夫卢骚的那半狂式的己身丑恶的暴露等等，越变越奇，越来越有趣味；这原因，大约是为了作者生活思想的丰富，故而随便写来，都成妙语。像我这样的一个不要之人，无能之辈，即使翻尽了千百部古人的自传，抄满了许许多他人的言行，也决没有一部可以使人满足的自传，写得出来的。况且最近，更有一位女作家，曾向中央去哭诉，说像某某那样颓废、下流、恶劣的作家，应该禁绝他的全书，流之三千里外，永不准再作小说，方能免掉洪水猛兽的横行中国，方能实行新生活以图自强。照此说来，则东北四省的沦亡，贪官污吏的辈出，天灾人祸的交来，似乎都是区区的几篇无聊的小说之所致。这种论调的心理，虽然有齐格门特，弗洛衣特在那里分析，但我的作品的应该抹杀，应该封禁，或许也是当这实行新生活，复兴民族的国难时期中所必急的先务。

　　因此，近年来，决意不想写小说了；只怕一捏起笔来，就要写出下流、恶劣的事迹，而揭破许多闺阁小姊，学者夫人们的粉脸。况且，年龄也将近四十了，理想，空想，幻想，一切皆无；

在世上活了四十年，看了四十年的结果，只觉得人生也不过这么一回事；富贵荣华，名誉美貌，衣饰犬马，学问文章等等，也不过这么一回事。姊姊妹妹，花呀月呀，原觉得肉麻；世界社会，人类同胞等等，又何尝不是耶稣三等传教师的口吻？若是要写的话，我只想写些养鸡养羊秘诀，或钓鱼做菜新法之类的书，以利同胞而收版税。可是对于这些的专门学问与实际经验，却比上大学讲堂去胡说两个钟头，还要猫虎不得，自省的结果，自然也不敢轻易去操觚。可是，生在这世上，身外的万事，原都可以简去，但身内的一个胃，却怎么也简略不得。要吃饭，在我，就只好写写，此外的技能是没有的。于是乎，在去年今年的两年之间，只写下了些毫无系统，不干人事的游记。但据那位女作家说，似乎我写游记，也是一罪，事到如今，只好连游记都不写了。

恰巧有一家书铺，自从去年春天说起，说到现在，要我写一部自传。我的写不出有声有色的自传来的话，在前面已经说过了；明知其写不好（我到现在为止，绝没有写过一篇"我生于何日何时何地"等的自传，但我也不大用过他人的事情来做我写作的材料）而硬要来写者，原因却有两种：（一）四十岁前后，似乎是人生的一个小段落；你若不信，我就可以举出两位同时代者来做榜样，胡适之氏有四十自述的传，林语堂氏有四十自叙的诗。（二）书店给我的定洋已花去了，若写不出来就非追还不可。

虽然专写自己的事情，由那位女作家看来，似乎也是一罪，但判决还没有被执行以先，自己的生活，总还得由自己来维持，天高地厚，倒也顾不了许多。

自传本来是用不着冠以一篇自叙的，可是，为使像一册书的样子，为增加一点字数之故；我在这里又只好犯下了这宗旷古未有的大罪；是为叙。

一九三四年十月

悲剧的出生
—— 自传之一

"丙申年，庚子月，甲午日，甲子时"，这是因为近年来时运不佳，东奔西走，往往断炊，室人于绝望之余，替我去批来的命单上的八字。开口就说年庚，倘被精神异状的有些女作家看见，难免得又是一顿痛骂，说："你这丑小子，你也想学起张君瑞来了么？下流，下流！"但我的目的呢，倒并不是在求爱，不过想大书特书地说一声，在光绪二十二年十一月初三的夜半，一出结构并不很好而尚未完成的悲剧出生了。

光绪二十二年（西历一八九六）丙申，是中国正和日本战败后的第三年；朝廷日日在那里下罪己诏，办官书局，修铁路，讲时务，和各国缔订条约。东方的睡狮，受了这当头的一棒，似乎要醒转来了；可是在酣梦的中间，消化不良的内脏，早经发生了腐溃，任你是如何的国手，也有点儿不容易下药的征兆，却久已流布在上下各地的施设之中。败战后的国民——尤其是初出生的小国民，当然是畸形，是有恐怖狂，是神经质的。

儿时的回忆，谁也在说，是最完美的一章，但我的回忆，却尽是些空洞。第一，我所经验到的最初的感觉，便是饥饿，对于饥饿的恐怖，到现在还在紧逼着我。

生到了末子，大约母体总也已经是亏损到了不堪再育了，乳汁的稀薄，原是当然的事情。而一个小县城里的书香世家，在洪杨之后，不曾发迹过的一家破落乡绅的家里，雇乳母可真不是一件细事。

四十年前的中国国民经济，比到现在，虽然也并不见得凋敝，但当时的物质享乐，却大家都在压制，压制得比英国清教徒治世的革命时代还要严刻。所以在一家小县城里的中产之家，非但雇乳母是一件不可容许的罪恶，就是一切家事的操作，也要主妇上场，亲自去做的。像这样的一位奶水不足的母亲，而又喂乳不能按时，杂食不加限制，养出来的小孩，哪里能够强健？我还长不到十二个月，就因营养的不良患起肠胃病来了。一病年余，由衰弱而发热，由发热而痉挛；家中上下，竟被一条小生命而累得精疲力尽；到了我出生后第三年的春夏之交，父亲也因此以病而死；在这里总算是悲剧的序幕结束了，此后便只是孤儿寡妇的正剧的上场。

几日西北风一刮，天上的鳞云，都被吹扫到东海里去了。太阳虽则消失了几分热力，但一碧的长天，却开大了笑口。富春江两岸的乌桕树，槭树，枫树，振脱了许多病叶，显出了更疏匀更红艳的秋社后的浓妆；稻田割起了之后的那一种和平的气象，那一种洁净沉寂，欢欣干燥的农村气象，就是立在县城这面的江上，远远望去，也感觉得出来。那一条流绕在县城东南的大江哩，虽因无潮而杀了水势，比起春夏时候的水量来，要浅到丈把高的高度，但水色却澄清了，澄清得可以照见浮在水面上的鸭嘴的斑纹。从上江开下来的运货船只，这时候特别的多，风帆也格外的饱；狭长的白点，水面上一条，水底下一条，似飞云也似白象，以青红的山，深蓝的天和水做了背景，悠闲地无声地在江面上滑走。水边上在那里看船行，摸鱼虾，采被水冲洗得很光洁的白石，挖泥沙造城池的小孩们，都拖着了小小的影子，在这一个午饭之前的几刻钟里，鼓动他们的四肢，竭尽他们的气力。

离南门码头不远的一块水边大石条上，这时候也坐着一个五六岁的小孩，头上养着了一圈罗汉发，身上穿了青粗布的棉袍子，在太阳里张着眼望江中间来往的帆樯。就在他的前面，在贴近水际的一块青石上，有一位十五六岁像是人家的使婢模样的女子，跪着在那里淘米洗菜。这相貌消瘦的孩子，既不下来和其他的同年辈的小孩们去同玩，也不愿意说话似地只沉默着在看远处。等那女子洗完菜后，站起来要走，她才笑着问了他一声说："你肚皮饿了没有？"他一边在石条上立起，预备着走，一边还在凝视着远处默默地摇了摇头。倒是这女子，看得他有点可怜起来了，就走近去握着了他的小手，弯腰轻轻地向他耳边说："你在惦记着你的娘么？她是明后天就快回来了！"这小孩才回转了头，仰起来向她露了一脸很悲凉很寂寞的苦笑。

这相差十岁左右，看去又像姐弟又像主仆的两个人，慢慢走上了码头，走进了城埤；沿城向西走了一段，便在一条南向大江的小弄里走进去了。他们的住宅，就在这条小弄中的一条支弄里头，是一间旧式三开间的楼房。大门内的大院子里，长着些杂色的花木，也有几只大金鱼缸沿墙摆在那里。时间将近正午了，太阳从院子里晒上了向南的阶檐。这小孩一进大门，就跑步走到了正中的那间厅上，向坐在上面念经的一位五六十岁的老婆婆问说：

"奶奶，娘就快回来了么？翠花说，不是明天，后天总可以回来的，是真的么？"

老婆婆仍在继续着念经，并不开口说话，只把头点了两点。小孩子似乎是满足了，歪了头向他祖母的扁嘴看了一息，看看这一篇她在念着的经正还没有到一段落，祖母的开口说话，是还有几分钟好等的样子，他就又跑入厨下，去和翠花作伴去了。

午饭吃后，祖母仍在念她的经，翠花在厨下收拾食器；除时有几声洗锅子泼水碗相击的声音传过来外，这座三开间的大楼和大楼外的大院子里，静得同在坟墓里一样。太阳晒满了东面的半个院子，有几匹寒蜂和耐得起冷的蝇子，在花木里微鸣蠢动。靠阶檐的一间南房内，也照进了太阳光，那小孩子只静悄悄地在一张铺着被的藤榻上坐着，翻着几本刘永福镇台湾，日本蛮子桦山总督被擒的石印小画本。

等翠花收拾完毕,一盆衣服洗好,想叫了他再一道的上江边去敲濯的时候,他却早在藤榻的被上,和衣睡着了。

这是我所记得的儿时生活。两位哥哥,因为年纪和我差得太远,早就上离家很远的书塾去念书了,所以没有一道玩的可能。守了数十年寡的祖母,也已将人生看穿了,自我有记忆以来,总只看见她在动着那张没有牙齿的扁嘴念佛念经。自父亲死后,母亲要身兼父职了,入秋以后,老是不在家里;上乡间去收租谷是她,将谷托人去砻成米也是她,雇了船,连柴带米,一道运回城里来也是她。

在我这孤独的童年里,日日和我在一处,有时候也讲些故事给我听,有时候也因我脾气的古怪而和我闹,可是结果终究是非常痛爱我的,却是那一位忠心的使婢翠花。她上我们家里来的时候,年纪正小得很,听母亲说,那时候连她的大小便,吃饭穿衣,都还要大人来侍候她的。父亲死后,两位哥哥要上学去,母亲要带了长工到乡下去料理一切,家中的大小操作,全赖着当时只有十几岁的她一双手。

只有孤儿寡妇的人家,受邻居亲戚们的一点欺凌,是免不了的;凡我们家里的田地被盗卖了,堆在乡下的租谷等被窃去了,或祖坟山的坟树被砍了的时候,母亲去争夺不转来,最后的出气,就只是在父亲像前的一场痛哭。母亲哭了,我是当然也只有哭,而将我抱入怀里,时用柔和的话来慰抚我的翠花,总也要泪流得满面,恨死了那些无赖的亲戚邻居。

我记得有一次,也是将近吃中饭的时候了,母亲不在家,祖母在厅上念佛,我一个人从花坛边的石阶上,站了起来,在看大缸里的金鱼。太阳光漏过了院子里的树叶,一丝一丝的射进了水,照得缸里的水藻与游动的金鱼,和平时完全变了样子。我于惊叹之余,就伸手到了缸里,想将一丝一丝的日光捉起,看它一个痛快。上半身用力过猛,两只脚浮起来了,心里一慌,头部胸部就颠倒浸入到了缸里的水藻之中。我想叫,但叫不出声来,将身体挣扎了半天,以后就没有了知觉。等我从梦里醒转来的时候,已经是晚上了,一睁开眼,我只看见两眼哭得红肿的翠花的脸伏在我的脸上。我叫了一声"翠花!"她带着鼻音,轻轻的问我:"你看见我了么?你看得见我了么?要不要水喝?"我只觉得身上头上像有火在烧,叫她快点把盖在那里的棉被掀开。她又轻轻的止住我说:"不,不,野猫要来的!"我举目向煤油灯下一看,眼睛里起了花,一个一个的物体黑影,却变了相,真以为是身入了野猫的世界,就哗的一声大哭了起来。祖母、母亲,听见了我的哭声,也赶到房里来了,我只听见母亲吩咐翠花说:"你去吃夜饭去,阿官由我来陪他!"

  翠花后来嫁给了一位我小学里的先生去做填房,生了儿女,做了主母。现在也已经有了白发,成了寡妇了。前几年,我回家去,看见她刚从乡下挑了一担老玉米之类的土产来我们家里探望我的老母。和她已经有二十几年不见了,她突然看见了我,先笑了一阵,后来就哭了起来。我问她的儿子,就是我的外甥有没有和她一起进城来玩,她一边擦着眼泪,一边还向布裙袋里摸出了一个烤白芋来给我吃。我笑着接过来了,边上的人也大家笑了起来,大约我在她的眼里,总还只是五六岁的一个孤独的孩子。

我的梦,我的青春!
——自传之二

  不晓得是在哪一本俄国作家的作品里,曾经看到过一段写一个小村落的文字,他说:"譬如有许多纸折起来的房子,摆在一段高的地方，被大风一吹，这些房子就歪歪斜斜地飞落到了谷里，紧挤在一道了。"前面有一条富春江绕着，东西北的三面尽是些小山包住的富阳县城，也的确可以借了这一段文字来形容。

虽则是一个行政中心的县城，可是人家不满三千，商店不过百数；一般居民，全不晓得做什么手工业，或其他新式的生产事业，所靠以度日的，有几家自然是祖遗的一点田产，有几家则专以小房子出租，在吃两元三元一月的租金；而大多数的百姓，却还是既无恒产，又无恒业，没有目的，没有计划，只同蟑螂似地在那里出生，死亡，繁殖下去。

这些蟑螂的密集之区，总不外乎两处地方；一处是三个铜子一碗的茶店，一处是六个铜子一碗的小酒馆。他们在那里从早晨坐起，一直可以坐到晚上上排门的时候；讨论柴米油盐的价格，传播东邻西舍的新闻，为了一点不相干的细事，譬如说吧，甲以为李德泰的煤油只卖三个铜子一提，乙以为是五个铜子两提的话，双方就会得争论起来；此外的人，也马上分成甲党或乙党提出证据，互相论辩，弄到后来，也许相打起来，打得头破血流，还不能够解决。

因此，在这么小的一个县城里，茶店酒馆，竟也有五六十家之多；于是大部分的蟑螂，就家里可以不备面盆手巾，桌椅板凳，饭锅碗筷等日常用具，而悠悠地生活过去了。离我们家里不远的大江边上，就有这样的两处蟑螂之窟。

在我们的左面，住有一家砍砍柴，卖卖菜，人家死人或娶亲，去帮帮忙跑跑腿的人家。他们的一族，男女老小的人数很多很多，而住的那一间屋，却只比牛栏马槽大了一点。他们家里的顶小的一位苗裔年纪比我大一岁，名字叫阿千，冬天穿的是同伞似的一堆破絮，夏天，大半身是光光地裸着的；因而皮肤黝黑，臂膀粗大，脸上也像是生落地之后，只洗了一次的样子。他虽只比我大了一岁，但是跟了他们屋里的大人，茶店酒馆日日去上，婚丧的人家，也老在进出；打起架吵起嘴来，尤其勇猛。我每天见他从我们的门口走过，心里老在羡慕，以为他又上茶店酒馆去了，我要到什么时候，才可以同他一样的和大人去夹在一道呢！而他的出去和回来，不管是在清早或深夜，我总没有一次不注意到的，因为他的喉音很大，有时候一边走着，一边在绝叫着和大人谈天，若只他一个人的时候哩，总在噜苏地唱戏。

当一天的工作完了，他跟了他们家里的大人，一道上酒店去的时候，看见我欣羡地立在门口，他原也曾邀约过我；但一则怕母亲要骂，二则胆子终于太小，经不起那些大人的盘问笑说，我总是微笑着摇摇头，就跑进屋里去躲开了，为的是上茶酒店去的诱惑性，实在强不过。

有一天春天的早晨，母亲上父亲的坟头去扫墓去了，祖母也一侵早上了一座远在三四里路外的庙里去念佛。翠花在灶下收拾早餐的碗筷，我只一个人立在门口，看有淡云浮着的青天。忽而阿千唱着戏，背着钩刀和小扁担绳索之类，从他的家里出来，看了我的那种没精打采的神气，他就立了下来和我谈天，并且说：

"鹳山后面的盘龙山上，映山红开得多着哩；并且还有乌米饭（是一种小黑果子），彤管子（也是一种刺果），刺莓等等，你跟了我来吧，我可以采一大堆给你。你们奶奶，不也在北面山脚下的真觉寺里念佛么？等我砍好了柴，我就可以送你上寺里去吃饭去。"

阿千本来是我所崇拜的英雄，而这一回又只有他一个人去砍柴，天气那么的好，今天侵早祖母出去念佛的时候，我本是嚷着要同去的，但她因为怕我走不动，就把我留下了。现在一听到了这一个提议，自然是心里急跳了起来，两只脚便也很轻松地跟他出发了，并且还只怕翠花要出来阻挠，跑路跑得比平时只有得快些。出了弄堂,向东沿着江,一口气跑出了县城之后,天地宽广起来了,我的对于这一次冒险的惊惧之心就马上被大自然的威力所压倒。这样问问,那样谈谈,阿千真像是一部小小的自然界的百科大辞典;而到盘龙山脚去的一段野路,便成了我最初学自然科学的模范小课本。

麦已经长得有好几尺高了,麦田里的桑树,也都发出了绒样的叶芽。晴天里舒叔叔的一声飞鸣过去的,是老鹰在觅食;树枝头吱吱喳喳,似在打架又像是在谈天的,大半是麻雀之类,远处的竹林丛里,既有抑扬,又带余韵,在那里歌唱的,才是深山的画眉。

上山的路旁,一拳一拳像小孩子的拳头似的小草,长得很多;拳的左右上下,满长着了些绛黄的绒毛,仿佛是野生的虫类,我起初看了,只在害怕,走路的时候,若遇到一丛,总要绕一个弯,让开它们,但阿千却笑起来了,他说:

"这是薇蕨,摘了去,把下面的粗干切了,炒起来吃,味道是很好的哩!"

渐走渐高了,山上的青红杂色,迷乱了我的眼目。日光直射在山坡上,从草木泥土里蒸发出来的一种气息,使我呼吸感到了困难;阿千也走得热起来了,把他的一件破夹袄一脱,丢向了地下。教我在一块大石上坐下息着,他一个人穿了一件小衫唱着戏去砍柴采野果去了;我回身立在石上,向大江一看,又深深地深深地得到了一种新的惊异。

这世界真大呀!那宽广的水面!那澄碧的天空!那些上下的船只,究竟是从哪里来,上哪里去的呢?

我一个人立在半山的大石上,近看看有一层阳炎在颤动着的绿野桑田,远看看天和水以及淡淡的青山,渐听得阿千的唱戏声音幽下去远下去了,心里就莫名其妙的起了一种渴望与愁思。我要到什么时候才能大起来呢？我要到什么时候才可以到这像在天边似的远处去呢？到了天边，那么我的家呢？我的家里的人呢？同时感到了对远处的遥念与对乡井的离愁，眼角里便自然而然地涌出了热泪。到后来，脑子也昏乱了，眼睛也模糊了，我只呆呆的立在那块大石上的太阳里做幻梦。我梦见有一只揩擦得很洁净的船，船上面张着了一面很大很饱满的白帆，我和祖母、母亲、翠花、阿千等都在船上，吃着东西，唱着戏，顺流下去，到了一处不相识的地方。我又梦见城里的茶店酒馆，都搬上山来了，我和阿千便在这山上的酒馆里大喝大嚷，旁边的许多大人，都在那里惊奇仰视。

这一种接连不断的白日之梦，不知做了多少时候，阿千却背了一捆小小的草柴，和一包刺莓、映山红、乌米饭之类的野果，回到我立在那里的大石边来了；他脱下了小衫，光着了脊肋，那些野果就系包在他的小衫里面的。

他提议说，时间不早了，他还要砍一捆柴，且让我们吃着野果，先从山腰走向后山去吧，因为前山的草柴，已经被人砍完，第二捆不容易采刮拢来了。

慢慢地走到了山后，山下的那个真觉寺的钟鼓声音，早就从春空里传送到了我们的耳边，并且一条青烟，也刚从寺后的厨房里透出了屋顶。向寺里看了一眼，阿千就放下了那捆柴，对我说：

"他们在烧中饭了，大约离吃饭的时候也不很远，我还是先送你到寺里去吧！"

我们到了寺里，祖母和许多同伴者的念佛婆婆，都张大了眼睛，惊异了起来。阿千走后，她们就开始问我这一次冒险的经过，我也感到了一种得意，将如何出城，如何和阿千上山采集野果的情形，说得格外的详细。后来坐上桌去吃饭的时候，有一位老婆婆问我："你大了，打算去做些什么？"我就毫不迟疑地回答她说：

"我愿意去砍柴！"

故乡的茶店酒馆，到现在还在风行热闹，而这一位茶店酒馆里的小英雄，初次带我上山去冒险的阿千，却在一年涨大水的时候，喝醉了酒，淹死了。他们的家族，也一个个地死的死，散的散，现在没有生存者了；他们的那一座牛栏似的房屋，已经换过了两三个主人。时间是不饶人的，盛衰起灭也绝对地无常的：阿千之死，同时也带去了我的梦，我的青春！

书塾与学堂
——自传之三

从前我们学英文的时候，中国自己还没有教科书，用的是一册英国人编了预备给印度人读的同纳氏文法是一路的读本。这读本里，有一篇说中国人读书的故事。插画中画着一位年老背曲拿烟管带眼镜拖辫子的老先生坐在那里听学生背书，立在这先生前面背书的，也是一位拖着长辫的小后生。不晓为什么原因，这一课的故事，对我印象特别的深，到现在我还约略谙诵得出来。里面曾说到中国人读书的奇习，说："他们无论读书背书时，总要把身体东摇西扫，摇动得像一个自鸣钟的摆。"这一种读书背书时摇摆身体的作用与快乐，大约是没有在从前的中国书塾里读过书的人所永不能了解的。

我的初上书塾去念书的年龄，却说不清楚了，大约总在七八岁的样子；只记得有一年冬天的深夜，在烧年纸的时候，我已经有点蒙眬想睡了，尽在擦眼睛，打呵欠，忽而门外来了一位提着灯笼的老先生，说是来替我开笔的。我跟着他上了香，对孔子的神位行了三跪九叩之礼；立起来就在香案前面的一张桌上写了一张"上大人"的红字，念了四句"人之初，性本善"的《三字经》。第二年的春天，我就夹着绿布书包，拖着红丝小辫，摇摆着身体，成了那册英文读本里的小学生的样子了。

　　经过了三十余年的岁月，把当时的苦痛，一层层地摩擦干净，现在回想起来，这书塾里的生活，实在是快活得很。因为要早晨坐起一直坐到晚的缘故，可以助消化，健身体的运动，自然只有身体的死劲摇摆与放大喉咙的高叫了。大小便，是学生们监禁中暂时的解放，故而厕所就变作了乐园。我们同学中间的一位最淘气的，是学宫陈老师的儿子，名叫陈方；书塾就系附设在学宫里面的。陈方每天早晨，总要大小便十二三次，后来弄得先生没法，就设下了一支令签，凡须出塾上厕所的人，一定要持签而出；于是两人同去，在厕所里捣鬼的弊端革去了，但这令签的争夺，又成了一般学生们的唯一的娱乐。

　　陈方比我，大四岁，是书塾里的头脑；像春香闹学似的把戏，总是由他发起，由许多虾兵蟹将来演出的，因而先生的挞伐，也以落在他一个人的头上者居多。不过同学中间的有几位狡猾的人，委过于他，使他冤枉被打的事情也着实不少；他明知道辩不清的，每次替人受过之后，总只张大了两眼，滴落几滴大泪点，摸摸头上的痛处就了事。我后来进了当时由书院改建的新式的学堂，而陈方也因他父亲的去职而他迁，一直到现在，还不曾和他有第二次见面的机会；这机会大约是永也不会再来了，因为国共分家的当日，在香港仿佛曾听见人说起过他，说他的那一种惨死的样子，简直和杜格纳夫所描写的卢亭，完全是一样。

　　由书塾而到学堂！这一个转变，在当时的我的心里，比从天上飞到地上，还要来得大而且奇。其中的最奇之处，是我一个人，在全校的学生当中，身体年龄，都属最小的一点。

　　当时的学堂，是一般人的崇拜和惊异的目标。将书院的旧考棚撤去了几排，一间像鸟笼似的中国式洋房造成功的时候，甚至离城有五六十里路远的乡下人，都成群结队，带了饭包雨伞，走进城来挤看新鲜。在校舍改造成功的半年之中，"洋学堂"的三个字，成了茶店酒馆，乡村城市里的谈话的中心；而穿着奇形怪状的黑斜纹布制服的学堂生，似乎都是万能的张天师，人家也在侧目而视，自家也在暗鸣得意。

一县里唯一的这县立高等小学堂的堂长，更是了不得的一位大人物，进进出出，用的是蓝呢小轿；知县请客，总少不了他。每月第四个礼拜六下午作文课的时候，县官若来监课，学生们特别有两个肉馒头好吃；有些住在离城十余里的乡下的学生，于文课作完后回家的包裹里，往往将这两个肉馒头包得好好，带回乡下去送给邻里尊长，并非想学颖考叔的纯孝，却因为这肉馒头是学堂里的东西，而又出于知县官之所赐，吃了是可以驱邪启智的。

实际上我的那一班学堂里的同学，确有几位是进过学的秀才，年龄都在三十左右；他们穿起制服来，因为背形微驼，样子有点不大雅观，但穿了袍子马褂，摇摇摆摆走回乡下去的态度，却另有着一种堂皇严肃的威仪。

初进县立高等小学堂的那一年年底，因为我的平均成绩，超出了八十分以上，突然受了堂长和知县的提拔，令我和四位其他的同学跳过了一班，升入了高两年的级里；这一件极平常的事情，在县城里居然也耸动了视听，而在我们的家庭里，却引起了一场很不小的风波。

是第二年春天开学的时候了，我们的那位寡母，辛辛苦苦，调集了几块大洋的学费书籍费缴进学堂去后，我向她又提出了一个无理的要求，硬要她去为我买一双皮鞋来穿。在当时的我的无邪的眼里，觉得在制服下穿上一双皮鞋，挺胸伸脚，得得得得地在石板路上走去，就是世界上最光荣的事情；跳过了一班，升进了一级的我，非要如此打扮，才能够压服许多比我大一半年龄的同学的心。为凑集学费之类，已经罗掘得精光的我那位母亲，自然是再也没有两块大洋的余钱替我去买皮鞋了，不得已就只好老了面皮，带着了我，上大街上的洋广货店里去赊去；当时的皮鞋，是由上海运来，在洋广货店里寄售的。

一家，两家，三家，我跟了母亲，从下街走起，一直走到了上街尽处的那一家隆兴字号。店里的人，看我们进去，先都非常客气，摸摸我的头，一双一双的皮鞋拿出来替我试脚；但一听到了要赊欠的时候，却同样地都白了眼，作一脸苦笑，说要去问账房先生的。而各个账房先生，又都一样地板起了脸，放大了喉咙，说是赊欠不来。到了最后那一家隆兴里，惨遭拒绝赊欠的一瞬间，母亲非但涨红了脸，我看见她的眼睛，也有点红起来了。不得已只好默默地旋转了身，走出了店；我也并无言语，跟在她的后面走回家来。到了家里，她先掀着鼻涕，上楼去了半天；后来终于带了一大包衣服，走下楼来了，我晓得她是将从后门走出，上当铺去以衣服抵押现钱的；这时候，我心酸极了，哭着喊着，赶上了后门边把她拖住，就绝命的叫说：

"娘，娘！您别去吧！我不要了，我不要皮鞋穿了！那些店家！那些可恶的店家！"

我拖住了她跪向了地下，她也呜呜地放声哭了起来。两人的对泣，惊动了四邻，大家都以为是我得罪了母亲，走拢来相劝。我愈听愈觉得悲哀，母亲也愈哭愈是厉害，结果还是我重赔了不是，由间壁的大伯伯带走，走上了他们的家里。

自从这一次的风波以后，我非但皮鞋不着，就是衣服用具，都不想用新的了。拚命的读书，拚命的和同学中的贫苦者相往来，对有钱的人，经商的人仇视等，也是从这时候而起的。当时虽还只有十一二岁的我，经了这一番波折，居然有起老成人的样子来了，直到现在，觉得这一种怪癖的性格，还是改不转来。

到了我十三岁的那一年冬天,是光绪三十四年,皇帝死了;小小的这富阳县里,也来了哀诏,发生了许多议论。熊成基的安徽起义,无知幼弱的溥仪的入嗣,帝室的荒淫,种族的歧异等等,都从几位看报的教员的口里,传入了我们的耳朵。而对于我印象最深的,是一位国文教员拿给我们看的报纸上的一张青年军官的半身肖像。他说,这一位革命义士,在哈尔滨被捕,在吉林被满清的大员及汉族的卖国奴等生生地杀掉了;我们要复仇,我们要努力用功。所谓种族,所谓革命,所谓国家等等的概念,到这时候,才隐约地在我脑里生了一点儿根。

水样的春愁
—— 自传之四

洋学堂里的特殊科目之一,自然是伊利哇拉的英文。现在回想起来,虽不免有点觉得好笑,但在当时,杂在各年长的同学当中,和他们一样地曲着背,耸着肩,摇摆着身体,用了读《古文辞类纂》的腔调,高声朗诵着皮衣啤,皮哀排的精神,却真是一点儿含糊苟且之处都没有的。初学会写字母之后,大家所急于想一试的,是自己的名字的外国写法;于是教英文的先生,在课余之暇就又多了一门专为学生拼英文名字的工作。有几位想走捷径的同学,并且还去问过先生,外国《百家姓》和外国《三字经》有没有得买的?先生笑着回答说,外国《百家姓》和《三字经》,就只有你们在读的那一本泼敕玛的时候,同学们于失望之余,反更是皮哀排,皮衣啤地叫得起劲。当然是不用说的,学英文还没有到一个礼拜,几本当教科书用的《十三经注疏》,《御批通鉴辑览》的黄封面上,大家都各自用墨水笔题上了英文拼的歪斜的名字。又进一步,便是用了异样的发音,操英文说着"你是一只狗","我是你的父亲"之类的话,大家互讨便宜的混战;而实际上,有几位乡下的同学,却已经真的是两三个小孩子的父亲了。

因为一班之中,我的年龄算最小,所以自修室里,当监课的先生走后,另外的同学们在密语着哄笑着的关于男女的问题,我简直一点儿也感不到兴趣。从性知识发育落后的一点上说,我确不得不承认自己是一个最低能的人。又因自小就习于孤独,困于家境的结果,怕羞的心,畏缩的性,更使我的胆量,变得异常的小。在课堂上,坐在我左边的一位同学,年纪只比我大了一岁,他家里有几位相貌长得和他一样美的姊妹,并且住得也和学堂很近很近。因此,在校里,他就是被同学们苦缠得最厉害的一个;而礼拜天或假日,他的家里,就成了同学们的聚集的地方。当课余之暇,或放假期里,他原也恳切地邀过我几次,邀我上他家里去玩去;但形秽之感,终于把我的向往之心压住,曾有好几次想决心跟了他上他家去,可是到了他们的门口,却又同罪犯似的逃了。他以他的美貌,以他的财富和姊妹,不但在学堂里博得了绝大的声势,就是在我们那小小的县城里,也赢得了一般的好誉。而尤其使我羡慕的,是他的那一种对同我们是同年辈的异性们的周旋才略,当时我们县城里的几位相貌比较艳丽一点的女性,个个是和他要好的,但他也实在真胆大,真会取巧。

当时同我们是同年辈的女性,装饰入时,态度豁达,为大家所称道的,有三个。一个是一位在上海开店,富甲一邑的商人赵某的侄女;她住得和我最近。还有两个,也是比较富有的中产人家的女儿,在交通不便的当时,已经各跟了她们家里的亲戚,到杭州上海等地方去跑跑了;她们俩。却都是我那位同学的邻居。这三个女性的门前,当傍晚的时候,或月明的中夜,老有一个一个的黑影在徘徊;这些黑影的当中,有不少都是我们的同学。因为每到礼拜一的早晨,没有上课之先,我老听见有同学们在操场上笑说在一道,并且时时还高声地用着英文作了隐语,如"我看见她了!""我听见她在读书"之类。而无论在什么地方于什么时候的凡关于这一类的谈话的中心人物,总是课堂上坐在我的左边,年龄只比我大一岁的那一位天之骄子。

赵家的那位少女,皮色实在细白不过,脸形是瓜子脸;更因为她家里有了几个钱,而又时常上上海她叔父那里去走动的缘故,衣服式样的新异,自然可以不必说,就是做衣服的材料之类,也都是当时未开通的我们所不曾见过的。她们家里,只有一位寡母和一个年轻的女仆,而住的房子却很大很大。门前是一排柳树,柳树下还杂种着些鲜花;对面的一带红墙,是学宫的泮水围墙,泮池上的大树,枝叶垂到了墙外,红绿便映成着一色。当浓春将过,首夏初来的春三四月,脚踏着日光下石砌路上的树影,手捉着扑面飞舞的杨花,到这一条路上去走走,就是没有什么另外的奢望,也很有点像梦里的游行,更何况楼头窗里,时常会有那一张少女的粉脸出来向你抛一眼两眼的低眉斜视呢!

此外的两个女性,相貌更是完整,衣饰也尽够美丽,并且因为她俩的住址接近,出来总在一道,平时在家,也老在一处,所以胆子也大,认识的人也多。她们在二十余年前的当时,已经是开放得很,有点像现代的自由女子了,因而上她们家里去鬼混,或到她们门前去守望的青年,数目特别的多,种类也自然要杂。

我虽则胆量很小,性知识完全没有,并且也有点过分的矜持,以为成日地和女孩子们混在一道,是读书人的大耻,是没出息的行为;但到底还是一个亚当的后裔,喉头的苹果,怎么也吐它不出咽它不下,同北方厚雪地下的细草萌芽一样,到得冬来,自然也难免得有些望春之意;老实说将出来,我偶尔在路上遇见她们中间的无论哪一个,或凑巧在她们门前走过一次的时候,心里也着实有点儿难受。

住在我那同学邻近的两位，因为距离的关系，更因为她们的处世知识比我长进，人生经验比我老成得多，和我那位同学当然是早已有过纠葛，就是和许多不是学生的青年男子，也各已有了种种的风说，对于我虽像是一种含有毒汁的妖艳的花，诱惑性或许格外的强烈，但明知我自己决不是她们的对手，平时不过于遇见的时候有点难以为情的样子，此外倒也没有什么了不得的思慕，可是那一位赵家的少女，却整整地恼乱了我两年的童心。

我和她的住处比较得近，故而三日两头，总有着见面的机会。见面的时候，她或许是无心，只同对于其他的同年辈的男孩子打招呼一样，对我微笑一下，点一点头，但在我却感得同犯了大罪被人发觉了的样子，和她见面一次，马上要变得头昏耳热，胸腔里的一颗心突突地总有半个钟头好跳。因此，我上学去或下课回来，以及平时在家或出外去的时候，总无时无刻不在留心，想避去和她的相见。但遇到了她，等她走过去后，或用功用得很疲乏把眼睛从书本子举起的一瞬间，心里又老在盼望，盼望着她再来一次，再上我的眼面前来立着对我微笑一脸。

有时候从家中进出的人的口里传来，听说"她和她母亲又上上海去了，不知要什么时候回来？"我心里会同时感到一种像释重负又像失去了什么似的忧虑，生怕她从此一去，将永久地不回来了。

同芭蕉叶似地重重包裹着的我这一颗无邪的心，不知在什么地方，透露了消息，终于被课堂上坐在我左边的那位同学看穿了。一个礼拜六的下午，落课之后，他轻轻地拉着了我的手对我说："今天下午，赵家的那个小丫头，要上倩儿家去，你愿不愿意和我同去一道玩儿？"这里所说的倩儿，就是那两位他邻居的女孩子之中的一个的名字。我听了他的这一句密语，立时就涨红了脸，喘急了气，嗫嚅着说不出一句话来回答他，尽在拚命的摇头，表示我不愿意去,同时眼睛里也水汪汪地想哭出来的样子;而他却似乎已经看破了我的隐衷,得着了我的同意似地用强力把我拖出了校门。

到了倩儿她们的门口,当然又是一番争执,但经他大声的一喊,门里的三个女孩,却同时笑着跑出来了;已经到了她们的面前,我也没有什么别的办法了,自然只好俯着首,红着脸,同被绑赴刑场的死刑囚似地跟她们到了室内。经我那位同学带了滑稽的声调将如何把我拖来的情节说了一遍之后,她们接着就是一阵大笑。我心里有点气起来了,以为她们和他在侮辱我,所以于羞愧之上,又加了一层怒意。但是奇怪得很,两只脚却软落来了,心里虽在想一溜跑走,而腿神经终于不听命令。跟她们再到客房里去坐下,看她们四人捏起了骨牌,我连想跑的心思也早已忘掉,坐将在我那位同学的背后,眼睛虽则时时在注视着牌,但间或得着机会,也着实向她们的脸部偷看了许多次数。等她们的输赢赌完,一餐东道的夜饭吃过,我也居然和她们伴熟,有说有笑了。临走的时候,倩儿的母亲还派了我一个差使,点上灯笼,要我把赵家的女孩送回家去。自从这一回后,我也居然入了我那同学的伙,不时上赵家和另外的两女孩家去进出了;可是生来胆小,又加以毕业考试的将次到来,我的和她们的来往,终没有像我那位同学似的繁密。

正当我十四岁的那一年春天(一九○九,宣统元年己酉),是旧历正月十三的晚上,学堂里于白天给与了我以毕业文凭及增生执照之后,就在大厅上摆起了五桌送别毕业生的酒宴。这一晚的月亮好得很,天气也温暖得像二三月的样子。满城的爆竹,是在庆祝新年的上灯佳节,我于喝了几杯酒后,心里也感到了一种不能抑制的欢欣。出了校门,踏着月亮,我的双脚,便自然而然地走向了赵家。她们的女仆陪她母亲上街去买蜡烛水果等过元宵的物品去了，推门进去，我只见她一个人拖着了一条长长的辫子，坐在大厅上的桌子边上洋灯底下练习写字。听见了我的脚步声音，她头也不朝转来，只曼声地问了一声"是谁？"我故意屏着声，提着脚，轻轻地走上了她的背后，一使劲一口就把她面前的那盏洋灯吹灭了。月光如潮水似地浸满了这一座朝南的大厅，她于一声高叫之后，马上就把头朝了转来。我在月光里看见了她那张大理石似的嫩脸，和黑水晶似的眼睛，觉得怎么也熬忍不住了，顺势就伸出了两只手去，捏住了她的手臂。两人的中间，她也不发一语，我也并无一言，她是扭转了身坐着，我是向她立着的。她只微笑着看看我看看月亮，我也只微笑着看看她看看中庭的空处，虽然此外的动作，轻薄的邪念，明显的表示，一点儿也没有，但不晓怎样一股满足，深沉，陶醉的感觉，竟同四周的月亮一样，包满了我的全身。

　　两人这样的在月光里沉默着相对，不知过了多久，终于她轻轻地开始说话了："今晚上你在喝酒？""是的，是在学堂里喝的。"到这里我才放开了两手，向她边上的一张椅子里坐了下去。"明天你就要上杭州去考中学去么？"停了一会，她又轻轻地问了一声。"嗳，是的，明朝坐快班船去。"两人又沉默着，不知坐了几多时候，忽听见门外头她母亲和女仆说话的声音渐渐儿的近了，她于是就忙着立起来擦洋火，点上了洋灯。

　　她母亲进到了厅上，放下了买来的物品，先向我说了些道贺的话，我也告诉了她，明天将离开故乡到杭州去；谈不上半点钟的闲话，我就匆匆告辞出来了。在柳树影里披了月光走回家来，我一边回味着刚才在月光里和她两人相对时的沉醉似的恍惚，一边在心的底里，忽儿又感到了一点极淡极淡，同水一样的春愁。

一月五日

远一程,再远一程!

——自传之五

自富阳到杭州,陆路驿程九十里,水道一百里;三十多年前头,非但汽车路没有,就是钱塘江里的小火轮,也是没有的。那时候到杭州去一趟,乡下人叫做充军,以为杭州是和新疆伊犁一样的远,非犯下流罪,是可以不去的极边。因而到杭州去之先,家里非得供一次祖宗,虔诚祷告一番不可,意思是要祖宗在天之灵,一路上去保护着他们的子孙。而邻里戚串,也总都来送行,吃过夜饭,大家手提着灯笼,排成一字,沿江送到夜航船停泊的埠头,齐叫着"顺风!顺风!"才各回去。摇夜航船的船夫,也必在开船之先,沿江绝叫一阵,说船要开了,然后再上舵梢去烧一堆纸帛,以敬神明,以赂恶鬼。当我去杭州的那一年,交通已经有一点进步了,于夜航船之外,又有了一次日班的快班船。

因为长兄已去日本留学,二兄入了杭州的陆军小学堂,年假是不放的,祖母母亲,又都是女流之故,所以陪我到杭州去考中学的人选,就落到了一位亲戚的老秀才的头上。这一位老秀才的迂腐迷信,实在要令人吃惊,同时也可以令人起敬。他于早餐吃了之后,带着我先上祖宗堂前头去点了香烛,行了跪拜,然后再向我祖母母亲,作了三个长揖;虽在白天,也点起了一盏"仁寿堂郁"的灯笼,临行之际,还回到祖宗堂前面去拔起了三株柄香和灯笼一道捏在手里。祖母为忧虑着我这一个最小的孙子,也将离乡别井,远去杭州之故,三日前就愁眉不展,不大吃饭不大说话了;母亲送我们到了门口,"一路要……顺风……顺风!……"地说了半句未完的话,就跑回到了屋里去躲藏,因为出远门是要吉利的,眼泪决不可以教远行的人看见。

船开了，故乡的城市山川，高低摇晃着渐渐儿退向了后面；本来是满怀着希望，兴高采烈在船舱里坐着的我，到了县城极东面的几家人家也看不见的时候，鼻子里忽而起了一阵酸溜。正在和那老秀才谈起的作诗的话，也只好突然中止了，为遮掩着自己的脆弱起见，我就从网篮里拿出了几册《古唐诗合解》来读。但事不凑巧，信手一翻，恰正翻到了"离家日趋远，衣带日趋缓，心思不能言，肠中车轮转"的几句古歌，书本上的字迹模糊起来了，双颊上自然止不住地流下了两条冷冰冰的眼泪。歪倒了头，靠住了舱板上的一卷铺盖，我只能装作想睡的样子。但是眼睛不闭倒还好些，等眼睛一闭拢来，脑子里反而更猛烈地起了狂飙。我想起了祖母、母亲，当我走后的那一种孤冷的情形；我又想起了在故乡城里当这一忽儿的大家的生活起居的样子，在一种每日习熟的周围环境之中，却少了一个"我"了，太阳总依旧在那里晒着，市街上总依旧是那么热闹的；最后，我还想起了赵家的那个女孩，想起了昨晚上和她在月光里相对的那一刻的春宵。

少年的悲哀，毕竟是易消的春雪；我躺下身体，闭上眼睛，流了许多暗泪之后，弄假成真，果然不久就呼呼地熟睡了过去。等那位老秀才摇我醒来，叫我吃饭的时候，船却早已过了渔山，就快入钱塘的境界了。几个钟头的安睡，一顿饱饭的快哉，和船篷外的山水景色的变换，把我满抱的离愁，洗涤得干干净净；在孕实的风帆下引领远望着杭州的高山，和老秀才谈谈将来的日子，我心里又鼓起了一腔勇进的热意，"杭州在望了，以后就是不可限量的远大的前程！"

当时的中学堂的入学考试，比到现在，着实还要容易；我考的杭府中学，还算是杭州三个中学——其他的两个，是宗文和安定——之中，最难考的一个，但一篇中文，两三句英文的翻译，以及四题数学，只教有两小时的工夫，就可以缴卷了事的。等待发榜之前的几日闲暇,自然落得去游游山玩玩水,杭州自古是佳丽的名区,而西湖又是可以比得西子的消魂之窟。

三十年来,杭州的景物,也大变了;现在回想起来,觉得旧日的杭州,实在比现在,还要可爱得多。

那时候,自钱塘门里起,一直到涌金门内止,城西的一角,是另有一道雉墙围着的,为满人留守绿营兵驻防的地方,叫作旗营;平常是不大有人进去,大约门禁总也是很森严的无疑,因为将军以下,千总把总以上,参将,都司,游击,守备之类的将官,都住在里头。游湖的人,只有坐了轿子,出钱塘门,或到涌金门外乘船的两条路;所以涌金门外临湖的颐园三雅园的几家茶馆,生意兴隆,座客常常挤满。而三雅园的陈设,实在也精雅绝伦,四时有鲜花的摆设,墙上门上,各有咏西湖的诗词屏幅联语等贴的贴挂的挂在那里。并且还有小吃,像煮空的豆腐干、白莲藕粉等,又是价廉物美的消闲食品。其次为游人所必到的,是城隍山了。四景园的生意,有时候比三雅园还要热闹,"城隍山上去吃酥油饼"这一句俗话,当时是无人不晓得的一句隐语,是说乡下人上大菜馆要做洋盘的意思。而酥油饼的价钱的贵,味道的好,和吃不饱的几种特性,也是尽人皆知的事实。

我从乡下初到杭州,而又同大观园里的香菱似地刚在私私地学做诗词,一见了这一区假山盆景似的湖山,自然快活极了;日日和那位老秀才及第二位哥哥喝喝茶,爬爬山,等到榜发之后,要缴学膳费进去的时候,带来的几个读书资本,却早已消费了许多,有点不足了。在人地生疏的杭州,借是当然借不到的;二哥哥的陆军小学里每月只有二元也不知三元钱的津贴,自己做零用,还很勉强,更哪里有余钱来为我弥补?

在旅馆里唉声叹气,自怨自艾,正想废学回家,另寻出路的时候,恰巧和我同班毕业的三位同学,也从富阳到杭州来了;他们是因为杭府中学难考，并且费用也贵，预备一道上学膳费比较便宜的嘉兴去进府中的。大家会聚拢来一谈一算，觉着我手头所有的钱，在杭州果然不够读半年书，但若上嘉兴去，则连来回的车费也算在内，足可以维持半年而有余。穷极计生，胆子也放大了，当日我就决定和他们一道上嘉兴去读书。

第二天早晨，别了哥哥，别了那位老秀才，和同学们一起四个，便上了火车，向东的上离家更远的嘉兴府去。在把杭州已经当作极边看了的当时，到了言语风习完全不同的嘉兴府后，怀乡之念，自然是更加得迫切。半年之中，当寝室的油灯灭了，或夜膳刚毕，操场上暗沉沉没有旁的同学在的地方，我一个人真不知流尽了多少的思家的热泪。

忧能伤人，但忧亦能启智，在孤独的悲哀里沉浸了半年，暑假中重回到故乡的时候，大家都说我长成得像一个大人了。事实上，因为在学堂里，被怀乡的愁思所苦扰，我没有别的办法好想，就一味的读书，一味的做诗。并且这一次自嘉兴回来，路过杭州，又住了一日；看看袋里的钱，也还有一点盈余，湖山的赏玩，当然不再去空费钱了，从梅花碑的旧书铺里，我竟买来了一大堆书。

这一大堆书里，对我的影响最大，使我那一年的暑假期，过得非常快活的，有三部书。一部是黎城靳氏的《吴诗集览》，因为吴梅村的夫人姓郁，我当时虽则还不十分懂得他的诗的好坏，但一想到他是和我们郁氏有姻戚关系的时候，就莫名其妙地感到了一种亲热。一部是无名氏编的《庚子拳匪始末记》，这一部书，从戊戌政变说起，说到六君子的被害，李莲英的受宠，联军的入京，圆明园的纵火等地方，使我满肚子激起了义愤。还有一部，是署名曲阜鲁阳生孔氏编定的《普天忠愤集》，甲午前后的章奏议论，诗词赋颂等慷慨激昂的文章，收集得很多；读了之后，觉得中国还有不少的人才在那里，亡国大约是不会亡的。而这三部书读后的一个总感想,是恨我出世得太迟了,前既不能见吴梅村那样的诗人,和他去做个朋友,后又不曾躬逢着甲午庚子的两次大难,去冲锋陷阵地尝一尝打仗的滋味。

这一年的暑假过后,嘉兴是不想再去了;所以秋期始业的时候,我就仍旧转入了杭府中学的一年级。

孤独者
——自传之六

里外湖的荷叶荷花,已经到了凋落的初期,堤边的杨柳,影子也淡起来了。几只残蝉,刚在告人以秋至的七月里的一个下午,我又带了行李,到了杭州。

因为是中途插班进去的学生,所以在宿舍里,在课堂上,都和同班的老学生们,仿佛是两个国家的国民。从嘉兴府中,转到了杭州府中,离家的路程,虽则是近了百余里,但精神上的孤独,反而更加深了!不得已,我只好把热情收敛,转向了内,固守着我自己的壁垒。

当时的学堂里的课程,英文虽也是重要的科目,但究竟还是旧习难除,中国文依旧是分别等第的最大标准。教国文的那一位桐城派的老将王老先生,于几次作文之后,对我有点注意起来了,所以进校后将近一个月光景的时候,同学们居然赠了我一个"怪物"的绰号;因为由他们眼里看来,这一个不善交际,衣装朴素,说话也不大会说的乡下蠢才,做起文章来,竟也会得压倒侪辈,当然是一件非怪物不能的天大的奇事。

杭州终于是一个省会,同学之中,大半是锦衣肉食的乡宦人家的子弟。因而同班中衣饰美好,肉色细白,举止娴雅,谈吐温存的同学,不知道有多少。而最使我惊异的,是每一个这样的同学，总有一个比他年长一点的同学，附随在一道的那一种现象。在小学里，在嘉兴府中里，这一种风气，并不是说没有，可是决没有像当时杭州府中那么的风行普遍。而有几个这样的同学，非但不以被视作女性为可耻，竟也有熏香傅粉，故意在装腔作怪，卖弄富有的。我对这一种情形看得真有点气，向那一批所谓 face 的同学，当然是很明显地表示了恶感，就是向那些年长一点的同学，也时时露出了敌意；这么一来，我的"怪物"之名，就愈传愈广，我与他们之间的一条墙壁，自然也愈筑愈高了。

在学校里既然成了一个不入伙的孤独的游离分子，我的情感，我的时间与精力，当然只有钻向书本子去的一条出路。于是几个由零用钱里节省下来的仅少的金钱，就做了我的唯一娱乐积买旧书的源头活水。

那时候的杭州的旧书铺，都聚集在丰乐桥，梅花碑的两条直角形的街上。每当星期假日的早晨，我仰卧在床上，计算计算在这一礼拜里可以省下来的金钱，和能够买到的最经济最有用的册籍，就先可以得着一种快乐的预感。有时候在书店门前徘徊往复，稽延得久了，赶不上回宿舍来吃午饭，手里夹了书籍上大街羊汤饭店间壁的小面馆去吃一碗清面，心里可以同时感到十分的懊恨与无限的快慰。恨的是一碗清面的几个铜子的浪费，快慰的是一边吃面一边翻阅书本时的那一刹那的恍惚；这恍惚之情，大约是和哥伦布当发现新大陆的时候所感到的一样。

真正指示我以做诗词的门径的，是《留青新集》里的《沧浪诗话》和《白香词谱》。《西湖佳话》中的每一篇短篇，起码我总读了两遍以上。以后是流行本的各种传奇杂剧了，我当时虽则还不能十分欣赏它们的好处，但不知怎么，读了之后的那一种朦胧的回味，仿佛是当三春天气，喝醉了几十年陈的醇酒。

既与这些书籍发生了暧昧的关系，自然不免要养出些不自然的私生儿子！在嘉兴也曾经试过的稚气满幅的五七言诗句，接二连三地在一册红格子的作文簿上写满了；有时候兴奋得厉害，晚上还妨碍了睡觉。

模仿原是人生的本能，发表欲，也是同吃饭穿衣一样地强的青年作者内心的要求。歌不像歌诗不像诗的东西积得多了，第二步自然是向各报馆的匿名的投稿。

一封信寄出之后，当晚就睡不安稳了，第二天一早起来，就溜到阅报室去看报有没有送来。早餐上课之类的事情，只能说是一种日常行动的反射作用；舌尖上哪里还感得出滋味？讲堂上更哪里还有心思去听讲？下课铃一摇，又只是逃命似地向阅报室的狂奔。

第一次的投稿被采用的，记得是一首模仿宋人的五古，报纸是当时的《全浙公报》。当看见了自己缀联起来的一串文字，被植字工人排印出来的时候，虽然是用的匿名，阅报室里也决没有人会知道作者是谁，但心头正在狂跳着的我的脸上，马上就变成了朱红。洪的一声，耳朵里也响了起来，头脑摇晃得像坐在船里。眼睛也没有主意了，看了又看，看了又看，虽则从头至尾，把那一串文字看了好几遍，但自己还在疑惑，怕这并不是由我投去的稿子。再狂奔出去，上操场去跳绕一圈，回来重新又拿起那张报纸，按住心头，复看一遍，这才放心，于是乎方始感到了快活，快活得想大叫起来。

当时我用的假名很多很多，直到两三年后，觉得投稿已经有七八成的把握了，才老老实实地用上了我的真名实姓。大约旧报纸的收藏家，翻起二十几年前的《全浙公报》、《之江日报》，以及上海的《神州日报》来，总还可以看到我当时所做的许多狗屁不通的诗句。现在我非但旧稿无存，就是一联半句的字眼也想不起来了，与当时的废寝忘食的热心情形来一对比，进步当然可以说是进了步,但是老去的颓唐之感,也着实可以催落我几滴自伤的眼泪。

就在那一年(一九〇九年)的冬天,留学日本的长兄回到了北京,以小京官的名义被派上了法部去行走。入陆军小学的第二位哥哥,也在这前后毕了业,入了一处隶属于标统底下的旁系驻防军队,而任了排长。

一文一武的这两位芝麻绿豆官的哥哥,在我们那小小的县里,自然也耸动了视听;但因家里的经济,稍稍宽裕了一点的结果,在我的求学程序上,反而促生了一种意外的脱线。

在外面的学堂里住足了一年,又在各报上登载了几次诗歌之后,我自以为学问早就超出了和我同时代的同年辈者,觉得按步就班的和他们在一道读死书,是不上算也是不必要的事情。所以到了宣统二年(一九一〇)的春期始业的时候,我的书桌上竟收集起了一大堆大学中学招考新生的简章!比较着,研究着,我真想一口气就读完了当时学部所定的大学及中学的学程。

中文呢,自己以为总可以对付的了;科学呢,在前面也曾经说过,为大家所不重视的;算来算去,只有英文是顶重要而也是我所最欠缺的一门。"好!就专门去读英文吧!英文一通,万事就好办了!"这一个幼稚可笑的想头,就是使我离开了正规的中学,去走教会学堂那一条捷径的原动力。

清朝末年,杭州的有势力的教会学校,有英国圣公会和美国长老会浸礼会的几个系统。而长老会办的育英书院,刚在山水明秀的江干新建校舍,改称大学。头脑简单,只知道崇拜大学这一个名字的我这毛头小子,自然是以进大学为最上的光荣,另外更还有什么奢望哩?但是一进去之后,我的失望,却比在省立的中学里读死书更加大了。

每天早晨,一起床就是祷告,吃饭又是祷告;平时九点到十点是最重要的礼拜仪式,末了又是一篇祷告。《圣经》,是每年级都有的必修重要课目;礼拜天的上午,除出了重病,不能行动者外,谁也要去做半天礼拜。礼拜完后,自然又是祷告,又是查经。这一种信神的强迫,祷告的迭来,以及校内枝节细目的窒塞,想是在清朝末年曾进过教会学校的人,谁都晓得的事实,我在此地落得可以不说。

这种叩头虫似的学校生活,过上两月,一位解放的福音宣传者,竟从免费读书的候补牧师中间,揭起叛旗来了;原因是为了校长褊护厨子,竟被厨子殴打了学膳费全纳的不信教的学生。

学校风潮的发生,经过,和结局,大抵都是一样的;起始总是全体学生的罢课退校,中间是背盟者的出来复课,结果便是几个强硬者的开除。不知是幸呢还是不幸,在这一次的风潮里,我也算是强硬者的一个。

一九三五年二月十九日

大风圈外
—— 自传之七

人生的变化,往往是从不可测的地方开展开来的;中途从那一所教会学校退出来的我们,按理是应该额上都负着了该隐的烙印,无处再可以容身了啦,可是城里的一处浸礼会的中学,反把我们当作了义士,以极优待的条件欢迎了我们进去。这一所中学的那位美国校长,非但态度和蔼,中怀磊落,并且还有着外国宣教师中间所绝无仅见的一副很聪明的脑筋。若要找出一点他的坏处来,就在他的用人的不当;在他手下做教务长的一位绍兴人,简直是那种奴颜婢膝,谄事外人,趾高气扬,压迫同种的典型的洋狗。

校内的空气,自然也并不平静。在自修室,在寝室,议论纷纭,为一般学生所不满的,当然是那只洋狗。

"来它一下吧!"

"吃吃狗肉看!"

"顶好先敲他一顿!"

像这样的各种密议与策略,虽则很多,可是终于也没有一个敢首先发难的人。满腔的怨愤,既找不着一条出路,不得已就只好在作文的时候,发些纸上的牢骚。于是各班的文课,不管出的是什么题目,总是横一个呜呼,竖一个呜呼地悲啼满纸,有几位同学的卷子,从头至尾统共还不满五六百字,而呜呼却要写着一二百个。那位改国文的老先生,后来也没法想了,就出了一个禁令,禁止学生,以后不准再读再做那些呜呼派的文章。

那时候这一种"呜呼"的倾向,这一种不平,怨愤,与被压迫的悲啼,以及人心跃跃山雨欲来的空气,实在还不只是一个教会学校里的舆情;学校以外的各层社会,也像是在大浪里的楼船,从脚到顶,都在颠摇波动着的样子。

愚昧的朝廷,受了西宫毒妇的阴谋暗算,一面虽想变法自新,一面又不得不利用了符咒刀枪,把红毛碧眼的鬼子,尽行杀戮。英法各国屡次的进攻,广东津沽再三的失陷,自然要使受难者的百姓起来争夺政权。洪杨的起义,两湖山东捻子的运动,回民苗族的独立等等,都在暗示着专制政府满清的命运,孤城落日,总崩溃是必不能避免的下场。

催促被压迫至二百余年之久的汉族结束奋起的,是徐锡麟,熊成基诸先烈的牺牲勇猛的行为;北京的几次对满清大员的暗杀事件,又是当时热血沸腾的一般青年们所受到的最大激刺。而当这前后,此绝彼起地在上海发行的几家报纸,像《民吁》、《民立》之类,更是直接灌输种族思想,提倡革命行动的有力的号吹。到了宣统二年的秋冬（一九一〇年庚戌），政府虽则在忙着召开资政院，组织内阁，赶制宪法，冀图挽回颓势，欺骗百姓，但四海汹汹，革命的气运，早就成了矢在弦上，不得不发的局面了。

是在这一年的年假放学之前，我对当时的学校教育，实在是真的感到了绝望，于是自己就定下了一个计划，打算回家去做从心所欲的自修工夫。第一，外界社会的声气，不可不通，我所以想去定一份上海发行的日报。第二，家里所藏的四部旧籍，虽则不多，但也尽够我的两三年的翻读，中学的根底，当然是不会退步的。第三，英文也已经把第三册文法读完了，若能刻苦用工，则比在这种教会学校里受奴隶教育，心里又气，进步又慢的半死状态，总要痛快一点。自己私私决定了这大胆的计划以后，在放年假的前几天，也着实去添买了些预备带回去作自修用的书籍。等年假考一考完，于一天冬晴的午后，向西跟着挑行李的脚夫，走出候潮门上江干去坐夜航船回故乡去的那一刻的心境，我到现在还不能忘记。

"牢狱变相的你这座教会学校啊！以后你对我还更能加以压迫么？"

"我们将比比试试，看将来还是你的成绩好，还是我的成绩好？"

"被解放了！以后便是凭我自己去努力，自己去奋斗的远大的前程！"

这一种喜悦，这一种充满着希望的喜悦，比我初次上杭州来考中学时所感到的，还要紧张，还要肯定。

在故乡索居独学的生活开始了，亲戚友属的非难讪笑，自然也时时使我的决心动摇，希望毁灭；但我也已经有十六岁的年纪了，受到了外界的不了解我的讥讪之后，当然也要起一种反拨的心理作用。人家若明显地问我"为什么不进学堂去读书？"不管他是好意还是恶意，我总以"家里再没有钱供给我去浪费了"的一句话回报他们。有几个满怀着十分的好意，劝告我"在家里闲住着终不是青年的出路"的时候，我总以"现在正在预备，打算下年就去考大学"的一句衷心话来作答。而实际上这将近两年的独居苦学，对我的一生，却是收获最多，影响最大的一个预备时代。

每日侵晨，起床之后，我总面也不洗，就先读一个钟头的外国文。早餐吃过，直到中午为止，是读中国书的时间，一部《资治通鉴》和两部《唐宋诗文醇》，就是我当时的课本。下午看一点科学书后，大抵总要出去散一回步。节季已渐渐地进入到了春天，是一九一一宣统辛亥年的春天了，富春江的两岸，和往年一样地绿遍了青青的芳草，长满了袅袅的垂杨。梅花落后，接着就是桃李的乱开；我若不沿着江边，走上城东鹳山上的春江第一楼去坐看江天，总或上北门外的野田间去闲步，或出西门向近郊的农村里去游行。

附廓的农民的贫穷与无智，经我几次和他们接谈及观察的结果，使我有好几晚不能够安睡。譬如一家有五六口人口，而又有着十亩田的己产，以及一间小小的茅屋的自作农吧，在近郊的农民中间，已经算是很富有的中上人家了。从四五月起，他们先要种秧田，这二分或三分的秧田大抵是要向人家去租来的，因为不是水旱无伤的上田，秧就不能种活。租秧用的费用，多则三五元，少到一二元，却不能再少了。五六月在烈日之下分秧种稻，即使全家出马，也还有赶不成同时插种的危险；因为水的关系，气候的关系，农民的时间，却也同交易所里的闲食者们一样，是一刻也差错不得的。即使不雇工人，和人家交换做工，而把全部田稻种下之后，三次的耘植与用肥的费用，起码也要合二三元钱一亩的盘算。倘使天时凑巧，最上的丰年，平均一亩，也只能收到四五石的净谷；而从这四五石谷里，除去完粮纳税的钱，除去用肥料租秧田及间或雇用忙工的钱后,省下来还够得一家五口的一年之食么?不得已自然只好另外想法,譬如把稻草拿来做草纸,利用田的闲时来种麦种菜种豆类等等,但除稻以外的副作物的报酬,终竟是有限得很的。

耕地报酬渐减的铁则,丰年谷贱伤农的事实,农民们自然哪里会有这样的知识;可怜的是他们不但不晓得去改良农种,开辟荒地,一年之中,岁时伏腊,还要把他们汗血钱的大部,去花在求神佞佛,与满足许多可笑的虚荣的高头。

所以在二十几年前头,即使大地主和军阀的掠夺,还没有像现在那么的厉害,中国农村是实在早已濒于破产的绝境了,更哪里还经得起廿年的内乱,廿年的外患,与廿年的剥削呢?

从这一种乡村视察的闲步回来,在书桌上躺着候我开拆的,就是每日由上海寄来的日报。忽而英国兵侵入云南占领片马了,忽而东三省疫病流行了,忽而广州的将军被刺了;凡见到的消息,又都是无能的政府,因专制昏庸,而酿成的惨剧。

黄花冈七十二烈士的义举失败,接着就是四川省铁路风潮的勃发,在我们那一个一向是沉静得同古井似的小县城里,也显然的起了动摇。市面上敲着铜锣,卖朝报的小贩,日日从省城里到来。脸上画着八字胡须,身上穿着披开的洋服,有点像外国人似的革命党员的画像,印在薄薄的有光洋纸之上,满贴在茶坊酒肆的壁间,几个日日在茶酒馆中过日子的老人,也降低了喉咙,皱紧了眉头,低低切切,很严重地谈论到了国事。

这一年的夏天,在我们的县里西北乡,并且还出了一次青洪帮造反的事情。省里派了一位旗籍都统,带了兵马来杀了几个客籍农民之后,城里的街谈巷议,更是颠倒错乱了;不知从哪一处地方传来的消息,说是每夜四更左右,江上东南面的天空,还出现了一颗光芒拖着很长的扫帚星。我和祖母、母亲,发着抖,赶着四更起来，披衣上江边去看了好几夜，可是扫帚星却终于没有看见。

到了阴历的七八月，四川的铁路风潮闹得更凶，那一种谣传，更来得神秘奇异了，我们的家里，当然也起了一个波澜，原因是因为祖母、母亲想起了在外面供职的我那两位哥哥。

几封催他们回来的急信发后，还盼不到他们的复信的到来。八月十八（阳历十月九日）的晚上，汉口俄租界里炸弹就爆发了。从此急转直下，武昌革命军的义旗一举，不消旬日，这消息竟同晴天的霹雳一样，马上就震动了全国。

报纸上二号大字的某处独立，拥某人为都督等标题，一日总有几起；城里的谣言，更是青黄杂出，有的说"杭州在杀没有辫子的和尚"，有的说"抚台已经逃了"，弄得一般居民，乡下人逃上了城里，城里人逃往了乡间。

我也日日的紧张着，日日的渴等着报来；有几次在秋寒的夜半，一听见喇叭的声音，便发着抖穿起衣裳，上后门口去探听消息，看是不是革命党到了。而沿江一带的兵船，也每天看见驶过，洋货铺里的五色布匹，无形中销售出了大半。终于有一天阴寒的下午，从杭州有几只张着白旗的船到了，江边上岸来了几十个穿灰色制服，荷枪带弹的兵士。县城里的知县，已于先一日逃走了，报纸上也报着前两日，上海已为民军所占领。商会的巨头，绅士中的几个有声望的，以及残留着在城里的一位贰尹，联合起来出了一张告示，开了一次欢迎那几十位穿灰色制服的兵士的会，家家户户便挂上了五色的国旗；杭城光复，我们的这个直接附属在杭州府下的小县城，总算也不遭兵燹，而平平稳稳地脱离了满清的压制。

平时老喜欢读悲歌慷慨的文章，自己捏起笔来，也老是痛哭淋漓，呜呼满纸的我这一个热血青年，在书斋里只想去冲锋陷阵，参加战斗。为众舍身，为国效力的我这一个革命志士，际遇着了这样的机会，却也终于没有一点作为，只呆立在大风圈外，捏紧了空拳头，滴了几滴悲壮的旁观者的哑泪而已。

海 上
——自传之八

　　大风暴雨过后，小波涛的一起一伏，自然要继续些时。民国元年二月十二，满清的末代皇帝宣统下了退位之诏，中国的种族革命，总算告了一个段落。百姓剪去了辫发，皇帝改作了总统。天下骚然，政府惶惑，官制组织，尽行换上了招牌，新兴权贵，也都改穿了洋服。为改订司法制度之故，民国二年（一九一三）的秋天，我那位在北京供职的哥哥，就拜了被派赴日本考察之命，于是我的将来的修学行程，也自然而然的附带着决定了。

　　眼看着革命过后，余波到了小县城里所惹起的是是非非，一半也抱了希望，一半却拥着怀疑，在家里的小楼上闷过了两个夏天，到了这一年的秋季，实在再也忍耐不住了，即使没有我那位哥哥的带我出去，恐怕也得自己上道，到外边来寻找出路。

　　几阵秋雨一落，残暑退尽了，在一天晴空浩荡的九月下旬的早晨，我只带了几册线装的旧籍，穿了一身半新的夹服，跟着我那位哥哥离开了乡井。

　　上海街路树的洋梧桐叶，已略现了黄苍，在日暮的街头，那些租界上的熙攘的居民，似乎也森岑地感到了秋意。我一个人呆立在一品香朝西的露台栏里，才第一次受到了大都会之夜的威胁。

　　远近的灯火楼台，街下的马龙车水，上海原说是不夜之城，销金之窟，然而国家呢？像这样的昏天黑地般过生活，难道是人生的目的么？金钱的争夺，犯罪的公行，精神的浪费，肉欲的横流，天虽则不会掉下来，地虽则也不会陷落去，可是像这样的过去，是可以的么？在仅仅阅世十七年多一点的当时我那幼稚的脑里，对于帝国主义的险毒，物质文明的糜烂，世界现状的危机，与夫国计民生的大略等明确的观念，原是什么也没有，不过无论如何，我想社会的归宿，做人的正道，总还不在这里。

正在对了这魔都的夜景，感到不安与疑惑的中间，背后房里的几位哥哥的朋友，却谈到了天蟾舞台的迷人的戏剧；晚餐吃后，有人做东道主请去看戏，我自然也做了花楼包厢里的观众的一人。

这时候梅博士还没有出名，而社会人士的绝望胡行，色情倒错，也没有像现在那么的彻底，所以全国上下，只有上海的一角，在那里为男扮女装的旦角而颠倒；那一晚天蟾舞台的压台名剧，是贾璧云的全本《棒打薄情郎》，是这一位色艺双绝的小旦的拿手风头戏；我们于九点多钟，到戏院的时候，楼上楼下观众已经是满坑满谷，实实在在的到了更无立锥之地的样子了。四围的珠玑粉黛，鬓影衣香，几乎把我这一个初到上海的乡下青年，窒塞到回不过气来；我感到了眩惑，感到了昏迷。

最后的一出贾璧云的名剧上台的时候，舞台灯光加了一层光亮，台下的观众也起了动摇。而从脚灯里照出来的这一位旦角的身材、容貌，举止与服装，也的确是美，的确足以挑动台下男女的柔情。在几个钟头之前，那样的对上海的颓废空气，感到不满的我这不自觉的精神主义者，到此也有点固持不住了。这一夜回到旅馆之后，精神兴奋，直到了早晨的三点，方才睡去，并且在熟睡的中间，也曾做了色情的迷梦。性的启发，灵肉的交哄，在这次上海的几日短短逗留之中，早已在我心里，起了发酵的作用。

为购买船票杂物等件，忙了几日；更为了应酬来往，也着实费去了许多精力与时间，终于在一天侵早，我们同去者三四人坐了马车向杨树浦的汇山码头出发了，这时候马路上还没有行人，太阳也只出来了一线。自从这一次的离去祖国以后，海外飘泊，前后约莫有十余年的光景，一直到现在为止，我在精神上，还觉得是一个无祖国无故乡的游民。

太阳升高了，船慢慢地驶出了黄浦，冲入了大海；故国的陆地，缩成了线，缩成了点，终于被地平的空虚吞没了下去；但是奇怪得很，我鹄立在船舱的后部，西望着祖国的天空，却一点儿离乡去国的悲感都没有。比到三四年前，初去杭州时的那种伤感的情怀，这一回仿佛是在回国的途中。大约因为生活沉闷，两年来的蛰伏，已经把我的恋乡之情，完全割断了。

海上的生活开始了，我终日立在船楼上，饱吸了几天天空海阔的自由的空气。傍晚的时候，曾看了伟大的海中的落日；夜半醒来，又上甲板去看了天幕上的秋星。船出黄海，驶入了明蓝到底的日本海的时候，我又深深地深深地感受到了海天一碧，与白鸥水鸟为伴时的被解放的情趣。我的喜欢大海，喜欢登高以望远，喜欢遗世而独处，怀恋大自然而嫌人的倾向，虽则一半也由于天性，但是正当青春的盛日，在四面是海的这日本孤岛上过去的几年生活，大约总也发生了不可磨灭的绝大的影响无疑。

船到了长崎港口，在小岛纵横，山青水碧的日本西部这通商海岸，我才初次见到了日本的文化，日本的习俗与民风。后来读到了法国罗底的记载这海港的美文，更令我对这位海洋作家，起了十二分的敬意。嗣后每次回国经过长崎，心里总要跳跃半天，仿佛是遇见了初恋的情人，或重翻到了几十年前写过的情书。长崎现在虽则已经衰落了，但在我的回忆里，它却总保有着那种活泼天真，像处女似地清丽的印象。

半天停泊，船又起锚了，当天晚上，就走到了四周如画，明媚到了无以复加的濑户内海。日本艺术的清淡多趣，日本民族的刻苦耐劳，就是从这一路上的风景，以及四周海上的果园垦植地看来，也大致可以明白。蓬莱仙岛，所指的不知是否就在这一块地方，可是你若从中国东游，一过濑户内海，看看两岸的山光水色，与夫岸上的渔户农村，即使你不是秦朝的徐福，总也要生出神仙窟宅的幻想来，何况我在当时，正值多情多感，中国岁是十八岁的青春期哩！

由神户到大阪，去京都，去名古屋，一路上且玩且行，到东京小石川区一处高台上租屋住下，已经是十月将终，寒风有点儿可怕起来了。改变了环境，改变了生活起居的方式，言语不通，经济行动，又受了监督，没有自由，我到东京住下的两三个月里，觉得是入了一所没有枷锁的牢狱，静静儿的回想起来，方才感到了离家去国之悲，发生了不可遏止的怀乡之病。

在这郁闷的当中，左思右想，唯一的出路，是在日本语的早日的谙熟，与自己独立的经济的来源。多谢我们国家文化的落后，日本与中国，曾有国立五校，开放收受中国留学生的约定。中国的日本留学生，只教能考上这五校的入学试验，以后一直到毕业为止，每月的衣食零用，就有官费可以领得；我于绝望之余，就于这一年的十一月，入了学日本文的夜校，与补习中学功课的正则预备班。

早晨五点钟起床，先到附近的一所神社的草地里去高声朗诵着"上野的樱花已经开了"，"我有着许多的朋友"等日文初步的课本，一到八点，就嚼着面包，步行三里多路，走到神田的正则学校去补课。以二角大洋的日用，在牛奶店里吃过午餐或夜饭，晚上就是三个钟头的日本文的夜课。

天气一日一日的冷起来了，这中间自然也少不了北风的雨雪。因为日日步行的结果，皮鞋前开了口，后穿了孔。一套在上海做的夹呢学生装，穿在身上，仍同裸着的一样；幸亏有了几年前一位在日本曾入过陆军士官学校的同乡，送给了我一件陆军的制服，总算在晴日当作了外套，雨日当作了雨衣，御了一个冬天的寒。这半年中的苦学，我在身体上，虽则种下了致命的呼吸器的病根，但在知识上，却比在中国所受的十余年的教育，还有一程的进境。

第二年的夏季招考期近了，我为决定要考入官费的五校去起见，更对我的功课与日语，加紧了速力。本来是每晚于十一点就寝的习惯，到了三月以后，也一天天的改过了；有时候与教科书本荧荧相对，竟会到了附近的炮兵工厂的汽笛，早晨放五点钟的夜工时，还没有入睡。

必死的努力，总算得到了相当的酬报，这一年的夏季，我居然在东京第一高等学校的入学考试里占取了一席。到了秋季始业的时候，哥哥因为一年的考察期将满，准备回国来复命，我也从他们的家里，迁到了学校附近的宿店。于八月底边，送他们上了归国的火车，领到了第一次的自己的官费，我就和家庭，和戚属，永久地断绝了连络。从此野马缰弛，风筝线断，一生中潦倒飘浮，变成了一只没有舵楫的孤舟，计算起时日来，大约与第一次世界大战的开始，差不多是在同一的时候。

雪　夜

（日本国情的记述）

——自传之一章

日本的文化，虽则缺乏独创性，但她的模仿，却是富有创造的意义的；礼教仿中国，政治法律军事以及教育等设施法德国，生产事业泛效欧美，而以她固有的那种轻生爱国，耐劳持久的国民性做了中心的支柱。根底虽则不深，可枝叶却张得极茂，发明发见等创举虽则绝无，而进步却来得很快。我在那里留学的时候，明治的一代，已经完成了它的维新的工作；老树上接上了青枝，旧囊装入了新酒，浑成圆熟，差不多丝毫的破绽都看不出来了；新兴国家的气象，原属雄伟，新兴国民的举止，原也豁荡，但对于奄奄一息的我们这东方古国的居留民，尤其是暴露己国文化落伍的中国留学生，却终于是一种绝大的威胁。说侮辱当然也没有什么不对，不过咎由自取，还是说得含蓄一点叫作威胁的好。

只在小安逸里醉生梦死，小圈子里夺利争权的黄帝之子孙，若要教他领悟一下国家的观念的，最好是叫他到中国领土以外的无论哪一国去住上两三年。印度民族的晓得反英，高丽民族的晓得抗日，就因为他们的祖国，都变成了外国的缘故。有知识的中上流日本国民，对中国留学生，原也在十分的笼络；但笑里藏刀，深感着"不及错觉"的我们这些神经过敏的青年，胸怀哪里能够坦白到像现在当局的那些政治家一样；至于无知识的中下流——这一流当然是国民中的最大多数——大和民种，则老实不客气，在态度上言语上举动上处处都直叫出来在说："你们这些劣等民族，亡国贱种，到我们这管理你们的大日本帝国来做什么！"简直是最有成绩的对于中国人使了解国家观念的高等教师了。

是在日本，我开始看清了我们中国在世界竞争场里所处的地位；是在日本，我开始明白了近代科学——不问是形而上或形而下——的伟大与湛深；是在日本，我早就觉悟到了今后中国的运命，与夫四万万五千万同胞不得不受的炼狱的历程。而国际地位不平等的反应，弱国民族所受的侮辱或欺凌，感觉得最深切而亦最难忍受的地方，是在男女两性，正中了爱神毒箭的一刹那。

日本的女子，一例地是柔和可爱的；她们历代所受的，自从开国到如今，都是顺从男子的教育。并且因为向来人口不繁，衣饰起居简陋的结果，一般女子对于守身的观念，也没有像我们中国那么的固执。又加以缠足深居等习惯毫无，操劳工作，出入里巷，行动都和男子无差；所以身体大抵总长得肥硕完美，决没有临风弱柳，瘦似黄花等的病貌。更兼岛上火山矿泉独多，水分富含异质，因而关东西靠山一带的女人，皮色滑腻通明，细白得像似磁体；至如东北内地雪国里的娇娘，就是在日本也有雪美人的名称，她们的肥白柔美，更可以不必说了。所以谙熟了日本的言语风习，谋得了自己独立的经济来源，揖别了血族相连的亲戚弟兄，独自一个在东京住定以后，于旅舍寒灯的底下，或街头漫步的时候，最恼乱我的心灵的，是男女两性的种种牵引，以及国际地位落后的大悲哀。

两性解放的新时代，早就在东京的上流社会——尤其是知识阶级，学生群众——里到来了。当时的名女优像衣川孔雀，森川律子辈的妖艳的照相，化装之前的半裸体的照相，妇女画报上的淑女名姝的记载，东京闻人的姬妾的艳闻等等，凡足以挑动青年心理的一切对象与事件，在这一个世纪末的过渡时代里，来得特别的多，特别的杂，伊孛生的问题剧，爱伦凯的恋爱与结婚，自然主义派文人的丑恶暴露论，富于刺激性的社会主义两性观，凡这些问题，一时竟如潮水似地杀到了东京，而我这一个灵魂洁白，生性孤傲，感情脆弱，主意不坚的异乡游子，便成了这洪潮上的泡沫，两重三重地受到了推挤，涡旋，淹没，与消沉。

当时的东京，除了几个著名的大公园，以及浅草附近的娱乐场外，在市内小石川区的有一座植物园，在市外武藏野的有一个井之头公园，是比较高尚清幽的园游胜地；在那里有的是四时不断的花草，青葱欲滴的列树，涓涓不息的清流，和讨人欢喜的驯兽与珍禽。你若于风和日暖的春初，或天高气爽的秋晚，去闲行独步，总能遇到些年龄相并的良家少女，在那里采花，唱曲，涉水，登高。你若和她们去攀谈，她们总一例地来酬应；大家谈着，笑着，草地上躺着，吃吃带来的糖果之类，像在梦里，也像在醉后，不知不觉，一日的光阴，会箭也似的飞度过去。而当这样的一度会合之后，有时或竟在会合的当中，从欢乐的绝顶，你每会立时掉入到绝望的深渊底里去。这些无邪的少女，这些绝对服从男子的丽质，她们原都是受过父兄的熏陶的，一听到了弱国的支那两字，哪里还能够维持她们的常态，保留她们的人对人的好感呢？支那或支那人的这一个名词，在东邻的日本民族，尤其是妙年少女的口里被说出的时候，听取者的脑里心里，会起怎么样的一种被侮辱，绝望，悲愤，隐痛的混合作用，是没有到过日本的中国同胞，绝对地想象不出来的。

在东京第一高等学校的预科里住满了一年，像上面所说过的那种强烈的刺激，不知受尽了多少次，我于民国四年（一九一五乙卯）的秋天，离开东京，上日本西部的那个商业都会名古屋去进第八高等学校的时候，心里真充满了无限的悲凉与无限的咒诅；对于两三年前曾经抱了热望，高高兴兴地投入到她怀里去的这异国的首都，真想第二次不再来见她的面。

名古屋的高等学校，在离开街市中心有两三里地远的东乡区域。到了这一区中国留学生比较得少的乡下地方，所受的日本国民的轻视虐待，虽则减少了些，但因为二十岁的青春，正在我的体内发育伸张，所以性的苦闷，也昂进到了不可抑止的地步。是在这一年的寒假考完了之后，关西的一带，接连下了两天大雪。我一个人住在被厚雪封锁住的乡间，觉得怎么也忍耐不住了，就在一天雪片还在飞舞着的午后，踏上了东海道线开往东京去的客车。在孤冷的客车里喝了几瓶热酒，看看四面并没有认识我的面目的旅人，胆子忽而放大了，于到了夜半停车的一个小驿的时候，我竟同被恶魔缠附着的人一样，飘飘然跳下了车厢。日本的妓馆，本来是到处都有的；但一则因为怕被熟人的看见，再则虑有病毒的纠缠，所以我一直到这时候为止，终于只在想象里冒险，不敢轻易的上场去试一试过。这时候可不同了，人地既极生疏，时间又到了夜半；几阵寒风和一天雪片，把我那已经喝了几瓶酒后的热血，更激高了许多度数。踏出车站，跳上人力车座，我把围巾向脸上一包，就放大了喉咙叫车夫直拉我到妓廓的高楼上去。

受了龟儿鸨母的一阵欢迎，选定了一个肥白高壮的花魁卖妇，这一晚坐到深更，于狂歌大饮之余，我竟把我的童贞破了。第二天中午醒来，在锦被里伸手触着了那一个温软的肉体，更模糊想起了前一晚的痴乱的狂态，我正如在大热的伏天，当天被泼上了一身冰水。那个无知的少女，还是袒露着全身，朝天酣睡在那里；窗外面的大雪晴了，阳光反射的结果，照得那一间八席大的房间，分外的晶明爽朗。我看看玻璃窗外的半角晴天，看看枕头边上那些散乱着的粉红樱纸，竟不由自主地流出来了两条眼泪。

"太不值得了！太不值得了！我的理想，我的远志，我的对国家所抱负的热情，现在还有些什么？还有些什么呢？"

心里一阵悔恨，眼睛里就更是一阵热泪；披上了妓馆里的缊袍，斜靠起了上半身的身体，这样的悔着呆着，一边也不断的暗泣着，我真不知坐尽了多少的时间；直到那位女郎醒来，陪我去洗了澡回来，又喝了几杯热酒之后，方才回复了平时的心状。三个钟头之后，皱着长眉，靠着车窗，在向御殿场一带的高原雪地里行车的时候，我的脑里已经起了一种从前所绝不曾有过的波浪，似乎在昨天的短短一夜之中，有谁来把我全身的骨肉都完全换了。

"沉索性沉到底吧！不入地狱，哪见佛性，人生原是一个复杂的迷宫。"

这就是我当时混乱的一团思想的翻译。

一九三六年一月末日

牢骚五种

一 自己的事情

美国的一位肺病诗人，在他的一本不朽的名著 Warden 的头上，仿佛有一段说到文人所写的东西，都是写他自己的事情的。实际上连我们最爱的女人身上的毛发有几多，月经有多少等问题都不明白的我们，哪里能够真真实实的描写他人的事情呢？不过写自己的事情，有两层危险。第一，你若把你得意的事情，有名的朋友和你的关系等写出来的时候，人家要说你在台房里叫好，自捧自吹。第二，你若把你失意的事情，和无钱花无职业等苦处诉说出来，人家若不说你"弱者弱者，活该活该，你像一个女人，在无聊赖的啼哭。这是靡靡之音，亡国之兆。"就要说你在发牢骚，在骂人。

但我想自捧自吹，虽则是近世中国成名的第一捷径，究竟有点于自家的良心上说不过去。所以我在此地只想写点自家的失败的话，和自家心里想说的话，即使人家说我所发的是"牢骚"，究竟还比"吹牛"高尚些。

小子在一两月前头，在某周刊上写了一点小小的文章，说了几句公道话，竟被几个能在学生时代就受小政客的津贴的高徒侮辱了一场。这一场侮辱，比起现在的大学校长的被缚被打来，总算是文明得很。他们几位受人津贴的大学生，不过向我发了一封匿名信，画了一只狗，把我的名字写在狗身上。我当时看见这封信的时候，竟不知不觉的笑了起来。因为在家里的时候，我的儿子，老受了我的母亲和女人的运动，把小手举起来，骂我"老贼"。我的儿子的这种行动，和我的学生的此番的行为，竟同一个印板印出来的一样。芝兰玉树，桃李蓊菲，竟一样的成达了。你说我这"老狗"、"老贼"，该不该掀髯大笑呢？儿子今年四岁了。

本来是肺部不强的我，两三年来，在京华的尘土里，只以 huren und saufen 为唯一的消愁之计。霜降前后，因为谋《创造》的复活，回到上海来的一天早晨，竟吐出了两三口鲜血来。我一见血痕，心里真觉得悲喜交集。朋友来吊问我的时候，我就对他们说："赤化了。"到得现在想回北京去静养，又阻于兵匪，不敢出租界一步，大约这一次的赤化，要到明年的春季，才能化白罢？

二　赤　化

现在在中国最流行的是"赤化"两字。凡政治上的政敌，互相倾陷，要哀求英美日本的援助的时候，就说对方是"赤化"了。

我想中国人本来都是赤党。有钱有势的人，大家都去捧他，社会上就叫这一个人是"红人儿"。这岂不是赤党么？窑子里的最娇、最有买卖的妓女，叫作红姑娘。捧红姑娘的人，自然都称作赤党。这一次居然有一个红姑娘自家称起大总统来了，这岂不是赤党么？几天前头，从浙江回上海来，看见沪宁杭沪一带的火车站上，满挂了红灯红布，上面写着凯旋的字样。我因为几日来没有看报，以为"五卅事件"起来以后，我们中国竟有一个像拿破仑一样的军人，去灭了英国，灭了日本回来了。后来问问旁人，才晓得这一位凯旋的拿破仑姓孙。我又问他："欢迎他的应该是全国的人民,你我也应该参加在内,何以到现在我还不晓得这一位拿破仑的海外归来呢?"他又说:"欢迎他的,就是几个从前欢迎过何丰林、卢永祥、齐燮元的老主顾。这一位拿破仑打的不是英国、日本,仍旧是中国自家的几个不打仗的兵。他的凯旋却是不打仗的凯旋。"看看车站上的红灯红布,想想那些捧红人儿的主顾,我又要说了,这岂不是赤党么?

三　共　产

与"赤化"两字相类似的,是"共产"。骂主张稍为新一点的人为共产党,我觉得比一口含糊的骂人家赤化,还要进步一点。在我们中国,在那里实行恶意义的共产的,只有军阀官僚。是谁也知道,谁也曾经说过的。所以我想劝劝攻击共产党的诸君,你们若要攻击,请拿出实力来,把那些军阀先杀个干净再说。几个附和军阀的官僚,也应该给他们一个人一个子弹。因为这些畜生,才是你们所攻击的真正的共产蛋。至于那些光是纸上谈兵,空中画饼的学生们,还不能说他们是共产主义的实行者,尽可由他们去研究共产主义的真义,是在什么地方。

攻击共产主义者的一般的目标,是在中国的共产党在收受俄国人的金钱这一点。若要对此下攻击的说话,那么我想,只有我可以攻击他们。因为我既不是收受俄国人贿买的共产党,又不是受过军阀官僚的运动的小政客,并且也不是有几万家产的"怕共产狂者"。可是话又要说回来了,共产党员,既想在中国做一番事业,当然要一个经济的后援者接济他们。孙中山当日,也曾经受过日本人的金钱的。若能点滴归公,拿了人家接济我们的资财,来做我们良心上所应做的事情,我想也未始不可的。不过在这一个地方,我想提出几个质问,要问问共产党的诸君:"你们把你们的头目认清了么？你们以为这头目是在中国可以做一番事业的么？你们的头目，不在做暧昧的事情么？借了自由恋爱的名义而娶姨太太，以共产党的名义而暗地里又受资本家的津贴的事情，一定是没有的么？他到了功成名就的现在，竟居然有反动的危险，你们对此能够安心过去的么？"上举的几个问题，若在良心上按来，你们觉得都可以答覆得过去，那么共产党诸君，你们就是再受些俄国以外的国家的金钱，也没有什么要紧，因为神圣的目的可以使手段也化为神圣。笑骂由人家笑骂，你们但去做你们的工作好了。

四　国家主义者，你们的国家在哪里？

听说攻击共产党是激烈的，除了军阀官僚以外，还有一派国家主义者。总之不打仗的凯旋也好，主义的战争也好，由我们旁观者看来，觉得诸君都是能干的人，诸君都在社会上露头角，都可以受我们一班没有主义的老百姓的崇拜的。不过崇拜之余，我们清夜扪心，仔细一想，觉得这事情有点奇怪。譬如现在，我们大家一样的寄住在租界上，在坐外国人的电车，在用外国人的电灯，并且有时候拿起笔来写点东西，还在抄袭抄袭外国人的可以扶助我们的主义的文章。现在寄寓在租界上的中国人，差不多生活境况，都是这样的。在这样的状态之下，我们当大谈国家主义之余，若受旁人一问："你们的国家在哪儿？"有时恐怕要回答不出话来。虽然有时，当我们穷促的时候，可以大声回答说："我们的国家在章太炎的身上，在宣统皇上的寓里，在我的便便大腹中。"但镇静下来一想，觉得一个章太炎，一个宣统皇帝，一个便便大腹，还有点不大够；那么不得已的时候，只好加一点添头，说张作霖、冯玉祥、李景林、孙传芳、蒋介石等等就是。但是照

415

这样的说来，那么问的人又要说了："既然如此，你们的国家，已经是很好了，你们的主义，已经可以卖钱了，明年你们还打算主张什么呢？"……

国家主义者诸君，我对你们的主义是十分的尊敬的。毫没有讪笑你们的意思，不过我想光是高谈主义，是没有用的。文天祥，史可法，并没有留过学，并没有主张过什么主义。他们因为国家没有了，就挺出身体来硬干。若能回复他们的国家，他们就愿于国家回复之日，退归田里，若不能回复国家，他们情愿干干脆脆的为国家而死。我觉得这些在中国古代的历史上的人物，由我们后人追溯上去，才可奉赠他们一个国家主义者的尊号。现在我们当事功未立之先，就以国家主义者自命，歌于斯吃于斯，坐高车驷马于斯，觉得有点不大对。

我北京有一位朋友说："强者不言，强者是不必有什么主义主张。虾蟆在田里一天叫到晚，但水蛇一来，不声不响的一口就把它吞了去。"事情须挺身出来硬干才行，不要瓦拉瓦拉的乱嚷。

五　《创造月刊》及丛书

两三年来，于无聊之极，写下来的无聊的东西，足足也有十几万字了。这些东西都散乱的在各种杂志报纸上发表的。人家每问我何以不收集起来出书呢？我当受人家这样的诘问的时候，嘴里虽则是说："这些东西，是不成东西的，没有出书的价值。"但心里却在想："凡我的著作的读者，都是些穷极无聊，和我一样的苦学生。他们连天天坐电车、买面包的钱还不能自给，又哪里能使他们再吃一刀痛，抽出几个钱来买书呢？况且出书的利得，都被书贾弄去吸鸦片烟，运动做官，我又何苦为资本家作走狗，去刮削穷学生呢？"因此我近来非但不愿意出书，就是已出的一两本浅薄的东西，都想毁了它们，免得遗臭在人间，受人家的利用。但这一次和上海的几位朋友一说，他们的意见却和我相反。他们以为我们不出书，终有一批比我们更不如的人来出书的。穷学生的受刮削，终究是一样的。我们若想救济救济这些目下正在受欺骗受刮削的穷学生，最好是由我们自家来印书出书，图作者和读者的直接交换。我被他们一说，心里也有点动了。所以第一就答应来编辑《创造月刊》，以后想继续的来把已出的丛书，加以改订，未来的丛书，马上付诸手民，无为城的王者，又想活动了。若苍天厚我，使我的痼疾能早一点痊愈，那么我们在《创造月刊》上见面的时期不远了，今天就止于此。

一九二五年十二月十八海上

广州事情

人类社会，在无论如何的状态之下，总是有进步的。譬如一条冰河，面上虽则冻有极厚的层冰，然而只教这冻不是连底冻，那么底下的水，一定还是在流动着，这流动仍旧是进步。中国自从辛亥革命以后，虽则战乱迭起，民不聊生，然而中华民族，还没有死尽，不管它几次袭来的朔风雨雪，民众在表面上虽已受了不少的摧残挫折，但实际上一般国民的思想行为，还是在向新的方面跑，还是在著著进步。

若要求中华民族进步的证据，但须向广东一看，就可以知道。中山先生在广东经营以来，曾几何时，而现在的东南天下，已全部受他的感化了。不过人类的欲望的进步，比实际的进步还要快，我们的理想的飞跃，决不是特别快车或最大的飞机所能赶得上。所以在此地，我们要许多文化批评家、政治批评家出来努力，把他们的理想，全部揭发出来，把未来和现实的政治文化比较比较，可以使我们知道现在我们所有的政治，所有的文化，去理想还有几多远，我们进步的速力，实际上只有多少，要如何的做去，然后可以增加我们的速力。这一种批评工作，与社会的进化，有极大的关系。可惜我们中国，还很少专门做这一种工作的人，可惜我们中国的当局者，还很少能够了解这一种工作的重要。

广州情形，从表面上看来，已经可以使我们喜欢了。宽旷的马路，高大的洋房，新建设的公园，威严的衙门，凡初到广州的人,见了这些表面的建设,总没有一个不眉飞色舞的,以为我们中国人,也有这一种能力,我们中国人,也有比各处工部局更有希望的经营才具。然而我们再仔细一问,才知道这一条宽旷的马路底下,曾经牺牲了多少民众的脂血。这些脂血,若完全洒在马路上面,倒也是可通的话,但是这些脂血,却被一个政府中的人吸收去了。他一个人肥胖得厉害,戴上了眼镜,坐起汽车来了,而广州的市上,便添了许多无立锥之地的穷民。这倒还是小事,我们先来放开眼睛,且看看广州的政治,教育,和农工阶级的现状之后,再作总括的批判罢。

第一先谈广州的政治。在前清的时候,到广东去做官,是没有一个不发财的。辛亥革命以后,这一种官僚的黑暗,当然除去了许多。中山先生在广州建设政府以后,这一种污点,当然更洗了一洗。但是现在怎么样呢?政府中人,位在部长厅长阶级的人,当然是很清苦。每天晚上宴客的一席几百元的开支,日夜奔驰的几乘汽车的开支,汽车边上站着的四五个拿着手枪的护兵的开支,都只能由公家给付。他们的月薪,都只在五六百元左右。并且总是身兼十几个要职,这几个兼职,都是兼差不兼薪,只能收得一二千元一月的马夫费和办公费,此外却是分文不取的。所以这一个阶级的人,是十分的清苦。因为他们中间,思想旧一点的人,家里或许有几位太太要养,年纪轻一点的人,或许有祖老太太老太太要养,并且因为他们居在最上阶级的原因,亲戚朋友,来投奔觅食者,决不少于孟尝君的食客之数。一方面他们要维持他们的地位,也要用几个和自己的政治见解一致的人,要支撑他们的门面,对于同阶级者,或比他们更有实力者,也不得不费点周旋来往的费用。所以他们的确是很清苦,至少这一阶级的大部分,都是很清白的。不过其中有两三位,因为他们的地位,和金钱太接近的缘故,所以外面的人言啧啧,但记者却没有上外国银行去调查过他们的存款，在此地断不能瞎说，总之现在广州中央分政府省政府中间的第一阶级，就是厅长、部长、委员或主席阶级，以外表来说，就是坐汽车而有拿手枪的护兵在车上站着的阶级，他们的私收入，只如上所说，比较起北政府的官僚来，当然是进步了不少。其次比他们次一级的秘书科长阶级，却不能说了。他们的利害，大约和上一阶级者相通，假如革命政府和省政府等，对于人民的剥削，有不能拿到青天白日的底下来说的地方，那么这些黑暗的罪恶，都应该归在这一阶级的身上，因为暗中的敲刮，表面的粉饰，都是这一个秘书科长阶级做成的。其他若征收机关，地方县政府，小团体等的黑暗，恐怕比前清末叶，进步不了许多。不过这一层，我们要原谅他们，因为他们都是无新的训练的人，并且大半是第一阶级的亲戚故友，一时要他们改变过来，实在是不容易，所以我们只好慢慢的待他们的自毙，或积极的作第二次的洗刷工作。这是讲到政府机关的操守方面的话，还是小事，现在我们要讲到政治中心人物的施政的思想上去了。

国民政府，是国民的政府，是为人民谋利益的政府，它的基础是建设在国民的全数上的。然实际上在这国民政府内在左右政治的大局的，只有几个人，几个和民众漠不相关的前世纪的伟人。民众的代表，虽则也有列席发言的机会，但是这几个代表，若不先表示软化，便要压迫得不能容身。因此国民政府的各机关，和中央党部的门前，民众请愿的团体旗帜，络绎不绝，结果思想上行动上，就分出了左右两派来。所谓左右派的不同的思想行动，大约大家已经知道，可以不必再说，不过这两派的分歧的要点，却很不容易看出。他们的口头都在说为民众谋利益，都在叫一样的口号。然而兵工厂的工人，完全被解散了，工会与工会的中间，受了一派的人的运动，互相攻击起来了。到得不能解决的时候，要仰仗政府的设施的时候，政府仍在说政府的话，被压迫阶级的满肚皮的苦楚,仍旧是吐不出一二分来。在这一个混乱状态之下,当然是谁也说不出什么是左,什么是右的,不过我们分析分析这两派的中心人物,或者可以看得见一点模糊的色彩。总之国民政府中的人物,有几个是在做官,有几个是在作工。做官的要承上欺下,事情要做得漂亮才对。譬如在北京是张着左倾的旗帜,是以左起家的人物,到了广州,尽可以登报声明,说:"我非左,我非左!"等到得了位置以后,又可以一面逢迎着有实力的几个人,讲极右的话,对了民众再说些调和的巧语,仍复可以不失他们的原来的声望。甚而至于要扩充他们的势力,就是拉拢一般机会主义者来,新组织一个新右派来都可以。这些人的口号也是为民众谋幸福,然而对于真正要为民众谋幸福的人,却丝毫也瞧不起,有时候竟有附和着权势来压迫民众的事情。这一派人的势力最大,位置最固,现在的政治舞台上的人数也最多。许多离奇不测的最高机关的命令,或独行独断的不近人情的行为,都是出于这一派人的献策。因为这一派人的飞扬勇跃,所以真正的欲为民众谋利益的工作者,也就隐遁不见了。事实上这些真正欲为民众谋利益的人,说话不灵,献计不取,还有什么发展的余地呢?所以说国民政府中有左右两派,却是不通之论,实际上只有一派在那里扬威作事,其他一派的势力,早已于无形中消失了,迁都大计,军事行动,各党部和政府机关的小小的意见等类,毕竟是谁定的计划,是哪一派的策略?

那么所谓左派的势力,就完全失坠了么?也不是的,物理上的精力不灭的原则,在政治上也应用得到。现在民众已经觉醒了,带了面具跳狮子的事情,被人家看穿了,工人的组织也日就坚强完善了,被利用的事情,次数积得多起来,被利用者的经验知识,当然也已经进步了。他们的势力不死,他们的工作还是有效的,不过现在不是起来作结总账的时候,他们还潜伏在社会的下层里,在作基础建筑的水门汀而已。

政治是左右社会一般的南针，广州的政治，既是在向这一个方向进行，当然广州的教育，也可想而知。

党化教育，在今日的状态之下，是谁也赞成的。现在不是读死书，做学问的时候。然而这一个党化却不是正大光明的大多数的民众的党化，仍旧是几个有势力的人在后台牵线作法的党化。所以广州的学生，年青一点，热情如火，渴慕正义的学生，现在都屈伏在旧势力之下，见了铁杖，连头也抬不起来。政府说"马"，学生就"马"，政府说"鹿"，学生也只好"鹿"。甚而至于政府对待学生和学校的高压手段，学生及社会，不能加一句批评。结果就是党政训练所的学生的开除，中山大学学生的甄别，和大批思想较激烈一点的教员和校长的革职。况且目下又当迁都移鼎的当儿，什么事情都挂在半空天里，因而广州的教育，现在也完全还是在冬眠的状态之中，什么也停顿，什么也没有。"若是冬天来了，春天大约也总不远了吧！"这一句英国诗人的至语，我希望广州的学生不要忘了。

广东的农工阶级，表面上似乎很热闹，各行有各行的工会，各乡有各乡的农会，此外还有农工商学界的大联合会，然而实际，他们的结束力很弱。几个农工运动的小头目，又都是小政客出身，对于政府的措施，非但没有监督促成的决心，有时候，且竟有受一部分人的运动，甘心作几个人的爪牙，来摧残同类的。因之一行中的工会和他行的工会冲突者有之，或竟在同一工会之内，分出两派来争闹者也有之。当农工运动起来的初期，农工阶级全体没有自觉的时候，这一种现象，原是免不了，但以农工为基础的国民政府之下，有这样的事实发生，至少也是首领人物，应该反省自责的地方，而几个野心者，还在居中利用，因此在建筑他一个人的地位和声望，这岂不是世界革命的一大耻辱吗？所以有人说，广东是一个牛奶海，许多左派，到了广东，颜色都变了。这一句讽刺，希望真正为民众工作的人，不要忘了才对。

广州的情形复杂，事实离奇，有许多关于军事政治的具体的话，在目下的状态里，记者也不敢说。总之这一次的革命，仍复是去我们的理想很远。我们民众还应该要为争我们的利益而奋斗。现在总要尽我们的力量来作第二次工作的预备，务必使目下的这种畸形的过渡现象，早日消灭才对。不过我们的共同的敌人，还没有打倒之先，我们必须牺牲理想，暂且缄守沉默，来一致的作初步的工作。末了还是中山先生的两句话："革命尚未成功，同志仍须努力。"

一九二七年一月六日

讨钱称臣考

因为考据很流行，所以想来做一点"小"考。

平常朋友很少，不大有人寄刊物给我，所以一点考据的材料，都是由我自家去找得的。而材料的获得，又都系在一大堆无聊的刊物的滥读之中。

偶尔读到了"讨钱"和"称臣"两字，想来作一点我自家身边的考据。

按："卖文来养活"似乎与"讨钱"不同。讨钱是乞丐的行为，而"卖文来养活"则是文士的行为。

我曾向商务印书馆等卖过文的，所以对商务印书馆等并不是讨钱。

至于因要"讨钱"而"称臣"，则又有一考。

按："称臣"两字很古很古，而见于近代文中的，则自《语丝》第十九期的"小资产阶级或有产阶级臣鲁迅诚惶诚恐谨呈革命的印贴利更追亚老爷麾下"始。

今又有郁达夫的向鲁迅称臣，或者鲁迅是称臣被纳，而带有"革命的印贴利更追亚老爷麾下"之号阔了，也未可知。

而又因为要向北新讨钱而对鲁迅称臣，则郁达夫之讨钱处所，又不可以不考。

原郁达夫也曾向广东革命政府下讨过钱，则其曾向总司令等称臣过也明甚。又郁达夫虽号为卖文，而其实则也曾向商务印书馆等讨过钱，则其曾向高梦旦之流称臣过也又明甚。又郁达夫为日本的官费留学生，他对于日本的文化事业基金之钱，有没有讨过，虽则还须待考，而其在日本时——也许现在也还是——曾讨过些不由劳力去换来的钱，是麟之为麟，昭昭也的，则其曾向——或许是还在向——日本政府称臣也，更其明之又明，甚之又甚。

  小子无良，一边的腿捧不上，就急急跑上一边去称臣，而且自己还在伪称系住在贵族大学内者以自豪，按《明律》第九千九百九十九条的捧腿之罪，应该割去他的两只腿以示薄惩。

一九二八年八月

《白华》的出现

    青天白日满地红旗飞到了北京，北京就改了一个名字。

    东三省一隅，因为有人在反对，所以这旗帜还没有张起来。

    南北总算统一了，第五次全体会议也算开成了，接着还有许多许多的什么会议，什么会议。

    然而革命成功的现在，我们老百姓所得到的是什么？第一是各工会的解散，第二是民众运动的禁止，第三是各地学生会的要封闭，第四……第五……同样的好处，还举不胜举。

    难道革命成功之后，民众就可以不要了么？难道革命成功之后，政治就可以由政府中几个人去包办了么？

    我们且来看一看目下的政局及社会各杂乱的情形。

    改正条约的声浪，在中国方面原是吹得很高，然而实际上日本对东三省的态度如何？非但是条约上所有的权利，他们一点儿也不肯抛弃，就是连条约上所没有的内政干涉，他们现在也在大胆地尝试了。还有济南的占据，济南死难的几千人的白骨，现在非但没有一点雪耻报复的兆头，大家连提也无人提起，谈也没有人谈及了。

    讲到裁兵，各地割据在那里的武装同志，还正在充实兵器，加募革命健儿哩！

    谈建设，谈交通，我们只见到报纸上的各种会议和国府及各地政府门前的许多请愿的团体而已。据说历史是循环的，难道十六七年一转，中国的历史又要回到辛亥年的状态去了么？

在这样的一个环境之下，还要讲乐观，还要讲理论，还要讲文学，实在是不通的事情，尤其当言论创作的自由，被压缩得同针头那么纤细的现在。

可是"不平则鸣"是中国古代传下来的金言，胸中若有积愤，要想吐露出来，也是人之常情。所以于万不得已的时候，来显现一点颜色，或者也是促进革命的一种微之又微的小力。于是《白华》就出现了。我们假定《白华》有如虹霓，虹霓虽没有彗星般的魄力，但也许是天地之间的一种怨气之所结，《白华》将来如虹霓般练得净了，化作白虹，或许也可以贯日，可以打倒日本及其他各国的帝国主义。化作长桥，或者也可以救度救度许多被压迫得没有路走的同胞。

《白华》，《白华》，我只在祝望你的成长。

一九二八年八月

谣言预言之类的诞生

谣言、预言等辈的养育处，第一就须在大家贪懒不做正经事情的地方。中国的谣言、预言，所以特多的原因，就因为中国的全部国民都是闲惰不做正经事情的缘故。从在上据高位者起，一直到都市乡村的游民乞丐为止，中国何尝有一个正经在拼命做事的人？谣言、预言的发生时期，总在大乱初平，或变乱继起之后；而酿成这些谣言、预言的重大酵素，当然是在当局者的专制压迫，与一般已被愚民政策驯服了的百姓的无知。

中国每当一次战争或天灾之后，总会有许多离奇不可思议的谣言与推背图、烧饼歌之类的预言印刷品出来。在危急多难之秋，谣言的发生，原是不得已的事情，一传两，两传三，先说是西京造反，后来就会变青菜冷饭，从一个字，变成十个字，或竟变成一件有头有尾的故事，也很容易。俄国郭果里的《巡按》，爱尔兰郭莱傲里夫人的《谣言的传布》两剧，就是这一面的传神实写。这原是不得已的事情。但在国民知识发达，社会根基巩固，统治者不是乱杀人乱压迫的地方，这种现象，究竟少些。至于预言呢，那更足以证明统治者的压迫言论的坏影响了。有识者早见到了社会破绽，但不敢明言直说，所以只好托之神意天启，造成幻妙的预言，以广流传，不是某处某地掘了一块碑，便是某村某镇出了一个怪。预言制造者，更以能利用国民弱点，了解刺激心理的人居大多数，是以预言的内容，总侧重在易朝换姓，人民大量死亡的各种事情之上。这倾向，从历史的、社会的、民族的诸观点研究起来，原可以成一部像 The Golden Bough 一样的大著的东西，在此地，我只好简单地说，中国的预言之由来，所受的是道教的影响，其源出于河图洛书，降至近世，则统治者的压迫，国民的懒惰与无知，就是造成这些无稽之谈的炉灶。

在最近半个月中的情形之下，我倒很想起了两件事情：第一，杨树浦、闸北的橡胶厂爆炸，据说因为铁锅是日本货。但不知在爆炸之先，有没有人看见日本人进去放炸药。第二，长城倒，热河崩，不晓得有没有刘伯温的碑出来。

睡病颂

新近听见美国流行有一种睡病,势甚猖獗。虽则症状如何,我还不大明白,但从病名上看来,倒觉得是一种可喜的疾病。

第一,若将这一种类似寒热的病源菌研究出来,加以相当的中和而行注射,则有失眠症者,以后可以不患不能睡觉了。

第二,有怕老婆,有不了事,以及有晕船病,和遭遇不幸的人,要想救一救暂时的急者,也可以享受享受这酣睡的乐趣,美国作家华盛顿·欧文著的那篇有名的短篇《立泊·凡·允格耳》中的理想,到此才可以毫不费力地实现出来,岂不是一件快事。

但世人的对这睡病的恐怖,似乎是因为怕它的一发而不能复醒。这,我想也不过是人无远虑的一种浅见,由想得通的人看来,长眠与短睡,原是没有什么大不了的差异的。譬如我们现代的沉醉于鸦片赌博,沉醉于醇酒妇人,沉醉于金钱权势地位的大中华同胞,一染上了习惯,何尝会有醒悟的时候呢?

暑期已过,新秋的凉爽节季又来了,我希望朝野上下,热心于名利,角逐在武坛、文坛的众同胞,都能去求一点睡病菌来酣睡酣睡,休养休养。这比到远上庐山,漫游青岛,去解避暑热总要简单便利得多。

中国人的出路

两三星期前在报纸上曾见到英国文学家威尔斯先生发表一篇预言，说中国在一九三五年要大受日本的蹂躏，直到一九三八年，始克渐渐恢复。有一班人听到此种言论，以为中国总还有希望。于是就兴奋了起来，相信将来中国自己会得强盛的。但是考究威尔斯作此预言，他对中国的实在情形，未必能够了解。目前苏俄的五年计划，刚始完成；日本的侵略政策，又正在急进的扩展中，照这样情形，似乎第二次世界大战，已无可避免，随时有爆发的可能。中国处此局势之下，当然规避不了，必得卷入旋涡中，总得振作精神，借此做出点轰轰烈烈的事业才行。

观察中国现在的情形，大致可以从两方面着眼：

（一）物质方面，现在中国农村已濒于破产。就江浙两省情形看来，尚觉得稍好一点。像在湖南、四川等省，农民的粮税都已预征到民国五十年；加之尚有天灾、兵灾等等祸患，人民负担之重，可想而知。因此农民在乡间，简直不能生存，大家都要迁入都市。但都市的负担，亦甚重。在较为富裕的人民，进到都市后，尚可勉强支持，其余农村多数人民，已经枯竭得和石子一般，生活亦感觉不易。加之尚有许多巧立名目的捐款，如治安捐、卫生捐等等，人民花了钱，却享受不着丝毫的利益，没有什么实际的事业做出来。由此可以见到都市也渐渐要入于破产了。如此情形，我看中国在十年以内，物质方面是不会恢复到常态的。

其次是精神方面，我们见到欧美物质文明甚为发达，考其发达原因，根本是建造在精神上面。欧洲在三百年前，即为谋思想之解放与自由奋斗。争得个人团体的自由，立定精神的基础，然后再向物质的途上走去。后来有英国产业革命发生，更有所谓资本主义的形成。但是道德在欧美文明中，仍未至于破产者，皆由于精神的根基，建立巩固。反观中国现在情形，一切封建思想，旧道德观念，以及家庭、男女、社交的关系等等，都起了激变。所有旧观念，摧毁无余，但新道德的建设，却未巩固，以致很形危险。大概在十年以内，精神的建设，也未必能够成功的。

再则，中国在世界潮流中，算是落后的国家。欧战以后，各国均已奋起，一增加自己国家生产；二富裕自己民族生计。但其中发生很大的困难，是在大战以后各国既尽量生产，于是生产日见增多，而人民的购买力，既没有增高，且还嫌不足。消费力既不够，遂致生产过剩，更不得不设法推广销路。一九一八年以后，世界经济渐呈恐慌现象，一九二七年时美国尚未觉以为意，直到去年，才感到恐慌的影响。股票价值跌落，工厂停闭，失业者增多。所以急谋救济的办法，召开经济和军缩会议等等，想借此可以解除恐慌的现象。可是结果给我们所见到的，在会议中各自谋划者，并不是世界共同的繁荣，乃是各谋自己国家的繁荣和出路。有许多重要问题如世界汇兑、金本位等等，不能得圆满办法，仍旧是毫无结果。经济恐慌的症结，依然存在，不能解除。因此有人更进的提倡经济的国家主义（economk nationalism），主张各谋自己利益。如此看来，无论如何，在十年以内，世界大战一定要爆发的了。

在这种紧张急切状态之下，中国将如何办理呢？譬如俄国在东北示威，若以为是对中国帮忙，这是不成功的。中国的事，总非要自己努力不可。在最近几年之内，中国的军队固然要加整顿，但最主要的有两种准备。第一种是在经济的国家主义。中国现处在外人侵略之下,受了不平等条约的束缚,关税不能自由。现在的海关,等于保护外货进口的工具,中国对外国进口货品,不能自由的加以控制。国内厂家所出的货品,质地又不及外货,抵制不住,经济日见衰落。所以要发展中国的经济,非将不平等条约完全取消不可,否则是没有出路的。

第二种要算是帝国主义者的压迫。我们国家时时在想进步发达,但是帝国主义者却利用种种方法来阻挠中国的进步和发达。因为中国如发达了起来,他们就没有侵蚀的机会,所以要设法阻止,障碍进步,压迫政府,做他们的傀儡,作他们的爪牙工具,任凭帝国主义者剥削。这就是帝国主义非打倒不可的原因。

上述两点都是中国进步的障碍,能将这两种障碍取消,方始有成功的希望。又如要完成此种使命,不是专靠政治的力量,还是要人民自己努力。譬之政府常云,"剿匪"如不能成功,则帝国主义不能打倒,不平等条约不能取消,一切的工作都不能进行。这样,一切责任只有在人民的身上。像"九一八"以后,人民觉悟起来,向前努力。因为中国人的出路,就是在取消上述的两种束缚,才可有望,其余没有什么别的准备。

至于资本制度,在外国已有了相当的成绩,但中国不好,就因为没有制度的缘故,且没有精神的根基。像基督教那样的精神,在西方已深入人心,以之为社会根基。中国现在最苦的,就是自私的思想,要想拯救目前危象,只有两方面的出路,一是压制各人自私的心,不使之发现;二是改造各人内心,有负责和牺牲的精神。只要人人都能除去自私的观念。处处为大众着想,为人民求利,有天下为公的精神,纵使在专制政体之下亦无不可。所以必须从个人着手,养成此精神,再推而广之,根基巩固,国家自然会有希望了。

如此我们当认清了方向，先作自身修养的工夫，同时对社会团体的关系，负连带的责任，这样就是中国人的唯一出路。大家知道一切对的事，若不敢做，就为无牺牲勇敢的精神。从前未和世界交往，范围狭小，还有一班人自持明哲保身的观念，以为少闻外事，自以为清高，这都是不合时代需要的。不要让这种"明哲保身"的思想，存留心中，要有牺牲勇敢锐进的精神，正如基督教十字军那种冒险的精神和热情一般。一切的事既有盼望，前途也就可以有光明了。

上海的将来

　　上海，在不久的将来，一定将变作帝国主义者们的最后的牙城。中国若将划分成有产团与无产团对立的时候，上海必然地是有产者们集中的一个中心点。大上海以后还要加大，都市的罪恶，生活的紧张，人口的增加，市民的奴隶化，买办化，将来必日甚一日；这并不是预言，也不是感想，乃是自然必然的趋势。

武士道的活用

    当离奇的藏本失踪事件发生的翌日，因为我曾在日本住过多年，又因我个人到现在也还有几位日本友人，所以就有人来问："这一位副领事的失踪，是否日本武士道的活用？"意思就是是否日本政府授意藏本，教他自杀，用此苦肉计后，日本就可以借作口实，进兵京洛，而控制华南。我言下就摇头否答，以为堂堂的大日本政府，以世界五大强国之一，东亚唯一的领导国自居的大日本政府，决不会有此卑鄙陋劣的行为的。后来果然藏本寻获了，虽则他只是忍泪吞声，始终不肯吐白隐衷，但我却自以为我的推测，还不甚荒谬。其后在报上又见了些藏本大约是愤于政府的待遇，或系一时激而出此等记载，因而想起了前十余年在北京遇见的故佐分利公使的风度与人格，反使我对于日本国民，更起了敬意。

    但又不幸得很，现在虹口的事件又连续地发生了。公共租界内的居民，弄得白昼潜居，道路以目，比到"一二八"前夜的那种恐怖状态，只有过之。这又显然是武士道的另一种活用了。我不知以后的公共租界，治安将如何的维持过去。虽名租界，但上海究竟还是中华的国土，若妇女幼童，或外国的侨民，不能在这一隅通商口岸，安居乐业，那还要工部局做什么？工部局原是直接的负责者，可是我们的政府与国民，也岂能够长此的装聋而做哑？租界的收回，和损害的责偿，自然是起码的问题。

进一步讲，又要联想到人性上去了。得寸进尺，陇蜀兼收，原是强者共通的心愿。罗马帝国，曾依此而席卷了天下，战前的日耳曼民族，也依此而雄飞到了非洲亚洲的中心。履霜坚冰至，我们租界外的民众，华南的民众，对于租界问题，华北问题，也应该想想。

清贫慰语

洪范五福,二曰富;同时五极,四曰贫。当然,富与贵,是人之所欲;而贫与贱,也是人之所恶的。可是贵者必富,似乎是"自古已然,于今为烈"的定则;因为"子夏贫甚,人曰:子何不仕?子夏曰:诸侯之骄我者,我不为臣,大夫之骄我者,我不复见。"终而至于悬鹑衣于壁,这定则,在西洋却并不通用;倍根论富,也同中国的古圣昔贤一样,以大地为致富之源,但其来也缓慢,而费力也多。其次则他在说商贾之致富,专卖垄断之致富,为役吏或因职业之致富,虽则都可以很快的发财,然而却不高尚。

西哲的视富,也和中国圣人的为富不仁,为仁不富的调子一样。倍根的大斥高利贷的地方倒颇有些近世社会主义者所说的剩余价值,与不当利得的倾向。

尤其是说得有趣的,是在讲到财神 Plutus 的势利的一点。他说财神于受到 Jupiter 大神的命令的时候,总缓缓跛行,姗姗而去;但一得到死神中之掌财魔王 Pluto 的命令的时候,却飞奔狂跳,唯恐不及了。所以致富之道的最快的手段,是在弄他人至死,而自己因之得财的一条路,譬如得遗产之类,就是。其次则如做恶事,坏良心,行奸邪,施压迫,亦是致富的捷径。总而言之你若想富,你得先弄人贫。散文的祖宗,法国蒙泰纽,在他的一篇《论一人之得就是他人之失》的短文里也说:一位雅典的卖葬式器具者,每以劣货而售重价,因而 Demades 痛斥其为不仁,因他的利益,就系悬在他人的死的上面的。蒙泰纽却又进一步说：不独卖葬具者为然，凡天下之得利者，都该痛斥。商人利用青年的无节制，农夫只想抬高谷价，建筑师希望人家屋倒，讼师唯恐天下没有事，就是善誉者以及牧师，也是因为我们作恶或死人时才有实用。医生决不喜欢人的健康，兵士没有一个是爱和平的。

如此说来，很简单的一句话，是富者都是恶人，善人没有一个不穷的了。因为弄成了我们的穷，然后可以致他的富。不过因节俭而致富，因无中生有的生产而致富，如其富得正当而不害及他人者，又当别论。

那么贫穷的人是不是都可以宝贵的呢？倍根先生也在说，对于那些似乎在看不起富的人，也不可一味的轻信，因为他们的看不起富，是实在对于富是绝望了；万一使他们也能得到，那时候他们可又不同了。所以是清而且贫者为上，懒而且贫者次之，孜孜欲富而终得其贫者为最下。像黔娄子的夫妻，庶几可以当得起清贫的两字了，且看《高士传》："黔娄子守道不屈，卒时覆以布被，覆头则足露，覆足则头露。或曰：斜其被则敛矣！其妻曰：斜而有余，不如正而不足！"

现在一般人的不守清贫，终至卑污堕落的原因，大抵在于女人；若有一位能识得斜而有余不如正而不足的女人在旁，那世界上的争夺，恐怕可以减少一半。

其次则还有一位与势利的财神相对立的公正的死神在那里；无常一到，则王侯将相，乞丐偷儿，都平等了。俗语说："一双空手见阎君！"这实在是穷人的一大安慰，而西洋人的轮回之说比此还要更进一步。耶稣教的轻薄富人，是无所不用其极的；他们说，富者欲入天国，难于骆驼之穿针孔，所以倍根也说：财富是德性的行李，譬如行军，辎重财富，是进军之大累也。

娱霞杂载

清康熙的时候，休宁赵吉士恒夫，于做了一任交城县后，就在北平住下了，做官到了给练。他的别业寄园，就在宣武门的西偏，菜市西南，教子胡同内。有人也说，长椿寺西，全浙会馆，便是寄园的故址。读查他山《九日游寄园》诗："萦成曲磴叠成冈，高着楼台短着墙，花气清如初过雨，树荫浓爱未经霜，熟游不受园丁拒，放眼从惊客路长，亦有东篱归不得，四年京洛共重阳。"可以想见当时寄园的花木楼台之胜。癸亥甲子之交，我寄寓北平，日斜客散，往往独步于菜市的附近，想寻出那寄园的遗址来；可是寻来寻去，不但旧迹无存，就是老树，也不多见。寄园藏书之富，本为当时的京官所艳称。赵著《万青阁全集》，流传不广，我也不曾见到，而其所编之《寄园寄所寄》十二卷，却为妇孺所共赏，现在还在流行。赵吉士的《万青阁诗余》，曾在《清百名家词钞》里见到十首，现在且抄一首游平山堂的《扬州慢》在这里，以见一斑："霜岸妆楼，草桥画舫，隔林几处烟钟。望江南无数，碧浪泻云峰。庐陵子、构堂以后，春风杨柳，岁岁啼红。到而今栏槛，依然半依晴空。何方歌吹，杜郎梦断竹西中。想北海荒陵，东山老桧，曲径遥通。已是小阳春候，犹留得、半壑秋容。叹刘苏难再，风流谁继遗踪。"平时喜翻阅前人笔记及时文别集，很有仿《寄园寄所寄》遗意，随时抄录，别类分门，以成一书之野心。可是近年来日逼于衣食，做卖钱投稿之文，尚无暇晷，这事是办不到了，以后只想于茶余酒后，未拿正式写稿笔之先，来抄录一点，聊以寄兴。因为霞很喜欢读这一类的诗文，所以名之曰《娱霞杂载》。

金坛于敏中，字叔子，一字重棠，《花朝舟中寄内》诗云："青山曲曲水迢迢，红白山花拥画桡，寄语归潮将信去，富春江外过花朝。""梁燕双栖二月中，小桃庭院又东风，凭栏忆到春山外，可系花间一道红。"这乃是公宦游越中时所作，细腻风光，柔情可掬。我平时很想将关系富春的诗词文赋，抄成一册，仿《严陵集》例，名之曰《富春集》。像这两绝，当然是《富春集》里的材料。公乾隆进士，授修撰，历官文华殿大学士，文渊阁领阁事，卒谥文襄。

幼时曾熟记律诗一首，题名《春景》："裁红晕碧泪漫漫，南国春来正薄寒。此处柳花如梦种，向来烟月是愁端。画堂消息何人晓，宝镜容颜独自看。珍重君家兰桂宝，东风取次一凭栏。"书题作者为柳氏，不知是否牧斋夫人杨爱之作。即系后人伪托，诗总也是好诗，而尤以前半截为更有情趣。

宋吕蒙正微时，尝于腊月祀灶日，作《送神词》云："一炷清香一缕烟，灶君今日上青天，玉皇若问人间事，报道文章不值钱。"这与刘后村《赠相士》诗："拙貌惭君仔细看，镜中我自觉神寒。直从杜甫编排起，几个吟人作大官。"一样的感慨。

厉太鸿《宋诗纪事》，八十七卷闺媛部，有寇莱公妾蒨桃，为公因会赠歌姬以束绫，作诗呈公云："一曲清歌一束绫，美人犹自意嫌轻。不知织女萤窗下，几度抛梭织始成。""风劲衣单手屡呵，幽窗轧轧度寒梭。腊天日短难盈尺，何似妖姬一曲歌。"两诗虽像是满含醋意，可是相府的爱妾，而竟能关怀到寒窗织女的苦哀，也不得不说她是仁者之言。又同卷中，转载《随隐漫录》一条，记姑苏女子沈清友一绝："昨天移棹泊垂虹，闲倚篷窗问钓翁，为底鲈鱼低价卖？年来朝市怕秋风。"也颇得风人微讽之意。

南丰刘埙，本为宋室遗民，其所著《隐居通议》二十卷，论诗论文，颇有独到之处。卷七记曾南丰一条，力辩世俗传言谓子固不能作诗之无识，曾抄有曾子固诗句若干，中有《城南》绝句一首："雨过横塘水满堤，乱山高下路东西。一番桃李花开尽，惟有青青柳色齐。"又《夜过利沙门》一首："红纱笼烛照斜桥，复观翠翚入斗杓，人在画船犹未睡，满堤明月一溪潮。"乃系曾在福建时作，的是好诗。

杭州的文人，大家都知道"到江吴地尽，隔岸越山多"的一联，以为只有十字的断句。《全唐诗》中载有此诗，乃释处默《题圣果寺》之作："路自中峰上，盘回出薜萝。到江吴地尽，隔岸越山多。古木丛青霭，遥天浸白波。下方城郭近，钟磬杂笙歌。"据编者所考，处默初与贯休同薙染，后入庐山，与修睦，栖隐游，当为唐末五代初人。《全唐诗》中存诗亦仅八首，其《咏织妇》一绝："蓬鬓蓬门积恨多，夜阑灯下不停梭。成缣犹自赔钱纳，未直青楼一曲歌。"语意与蒨桃相似，而织户苦状，和现下杭州的机织业者又略同。

绵州李调元雨村，乾隆二十八年进士，改庶吉士；三十一年散馆，改授吏部文选司主事。三十九年，放广东副考官，四十二年因画稿两议被参。旋以特旨，简授广东学政，三年任满，补直隶通永道。解组归后，以著述自娱，晚号童山老人，刻有《函海》，《升庵著书》，《全五代诗》等，《童山诗集》四十卷，《童山文集》二十卷，以及《雨村诗话》、《赋话》、《词话》、《曲话》、《剧话》等。与袁蒋赵同时而略少，后随园二十二年生，较问陶张船山又长一辈，其论诗要旨，亦重性灵，大约是当时的风尚。《诗话序》中有云："夫花既以新为佳，则诗须陈言务去；大率诗有恒裁，思无定位。立言先知有我，命意不必由人。诗衷于理，要有理趣，勿堕理障。诗通于禅，要得禅意，毋堕禅机。言近而指远，节短而韵长，得其一斑，可窥全豹矣。"又《词话序》中，有释话字之大旨两语曰："大凡表人之妍，而不使美恶交混曰话；摘人之强，而使之瑕瑜不掩亦曰话。"他的著作态度，可以想见。虽则僻处西蜀，才不如袁赵诸家，名亦不能传遍海内，但刻意好诗书，专心弄著述，童山老人当然亦是乾嘉文坛的一位健将。

遵义郑子尹，与独山莫友芝齐名，咸丰中，人目为黔中二杰，殁于同治三年。治许郑学，精三礼，故为文有根底，诗近苏黄，而不规规肖仿古人。著作除《经学笺考》诸书外，有《巢经巢文集》六卷，《诗集》九卷，《后集》、《遗集》各若干卷。现在抄录几首他的诗在这里，以见经生辞藻，亦并非专是曰若稽古的一流。《晚兴》："写毕黄庭册，归从道士家，晚风亭子上，闲看白莲花。"《寄远》："美人夜起梅花底，身载梅花渡江水，四天寻遍不相闻，遥认寒灯九万里。柔肠牵引不禁愁，暗有铜仙涕泪流，多情赖得徒相忆，若便相逢尽白头。"《邯郸》："尽说邯郸歌舞场，客车停处草遮墙，少年老去才人嫁，独对春城看夕阳。"《南阳道中》："先车雨过尘方少，未夏村明望不遮，林脚天光如野水，麦头风焰渡晴沙。春当上巳犹无燕，地近南都渐有花，昼睡十分今减半，为留双眼对芳华。"《行至静怀庄寄家》："秋山送客影萧萧，落拓吟魂不可招，村店雨来天欲晚，行人方度杏花桥。"好句正多，抄不胜抄，割取一脔，聊当大嚼而已。

张泌初仕南唐，入宋官虞部郎中，《寄故人》一绝："别梦依依到谢家，小廊回合曲阑斜，多情只有春庭月，犹为离人照落花。"尚有"扬子江头杨柳春"的遗味；至汪水云《湖州歌》中之"京口沿河卖酒家，东边杨柳北边花，柳摇花谢人分散，一向天涯一海涯。"则语意率直，真是宋人口吻。诗分唐宋，并无优劣之意，不过时代不同，语气自然各异耳。

西溪老沤袁忠节公，正色立朝，谠言殉志，自是清末一代名臣。公故里桐庐，又与富阳接壤，我收藏他的著作以及关于当时的册籍不少，人但传其诗句僻涩，上追北宋，殊不知他的长短句，也音节悠扬，直入宋人堂奥，现在且抄两阕《朝中措》在这里，以示才人的多艺。其一，《咏桂花》："一枝移得小山丛，肤粟镂金融。荷后菊前位置，秋光烂占篱东。轻浮抹丽（俗作茉莉盖译音也），冶容栀子，扫地俄空。凭仗天风吹送，余香散入房栊。"其二，《淀园》："画桥流水碧潺潺，烟外几重山。曲涧朱阑一径，垂杨青琐双环。芊绵跸路，名园相倚，花掩重关。一片晓云开处，金庭出翠微间。"

昭文孙原湘字子潇，中式乾隆乙卯恩科江南乡试，嘉庆乙丑进士，改翰林院庶吉士，充武英殿协修官。假归，得怔忡疾，遂绝意仕进，但主毓文、紫阆、娄东、游文诸书院讲席；为人乐善好施，广惠乡里，道光九年享寿七十岁卒。著有诗词古文骈体文及外集六十卷，名《天真阁集》，而尤长于艳体。其论诗主性情，讲风雅，故所作辄玉润珠圆，不施金翠，而风格天然。夫人虞山席佩兰女士，本系外家中表，为随园入室女弟子，《长真阁集》诗词数卷，亦情致缠绵，足与《天真阁集》前后辉映。闺中唱和无虚日，乾嘉诗人之饱享艳福者，当以子潇为第一，他若张船山，孙渊如，即袁子才，亦有所不及。子潇有《押环字无题诗二十四章和竹桥丈韵》，中数首为："绛阙宸妃字阿环，云軿小谪凤城间，神光离合随方变，仙梦凄迷竟夕闲。凝雪自穿衫缕莹，纤尘不上袜罗斑，玉楼咫尺如天远，何况楼中润玉颜。""一年小梦事循环，又值秋分白露间，十洞三清皆阻碍，六张五角每空闲。诉将幽怨鹍弦语，替得悲啼凤蜡斑，镇日画图中看杀，何时暂许对芳颜。""丽质休猜燕与环，秾纤修短适中间，小鬟戏学晨梳懒，中妇偷窥午梦闲。画角暗搔纤指晕，墨痕微舔绛唇斑，不知忆着何年事，半晌妆台独解颜。"夫人亦和成四章,其二云:"小阁疏帘绿树环,妆台移至北窗间,工书赢得蛮笺积,贪绣翻抛羽扇闲。藕雪素丝留有节,瓜浮碧玉瓣无斑,兰桡早绝清游想,羞共芙蕖斗粉颜。"其四云:"屈膝围屏面面环,水沉炉火置中间,金铃远报风声紧,彩线频量日影闲。蔫忝自劳盘搦粉,吟椒犹喜管拈斑,耐寒生与梅花似,冰作肌肤雪作颜。"至其《送外入都》一首:"打叠轻装一月迟,今朝真是送行时,风花有句凭谁赏,寒暖无人要自知。情重料应非久别,名成翻恐误归期,养亲课子君休念,若寄家书只寄诗。"哀而不怨,情挚且长,真备有大家的风度。

不幸而为中国女子

江淮一带，以及两广闽浙，向来有溺女之陋习；唯其如此，所以白乐天的"不重生男重生女"一语，成为中国古今独绝的反语名诗。自孔子讥女子为难养以来，国破家亡，以及一切大小不幸的事件发生，就都推在女子的身上。唐人有"小怜玉体横陈夜，已报周师入晋阳"的绝句，因而弄得现在五省之亡，罪魁也必然地是翩翩的蝴蝶。字典里女字部的文字，坏字较好字为多，古今来的诗词文选，女流总列在卷末，与僧道同居。

革命成功，女权确立的今日，还是左一道命，右一条令的在取缔女子的奇装异服，禁止女子的赤足袒胸，理由总是坏乱风化；一若风化之维持，全须女子负责者。花柳药房的广告，化女子为蛇身，舞场营业的东家，以女子为诱鸟。这种情形，大约与男扮女装的小旦一样，当是中国唯一，世上无双的道地国粹。

说写字

　　金石碑帖字画之类的嗜好，似乎中国人特别的强。当然外国人中间之偏嗜瓷器骨董，或古书古画的人，也时常有，可终没有中国人那么的普遍。到了福州之后，第一着使我感到奇异的，是福州人的风雅绝伦。做十四字嵌字的诗钟，或打打灯谜，倒还不在话下，你若上冷街僻巷去走走，则会在裁缝铺的壁上，或小酒店的白锡炉头，都看得到陈太傅萨上将的字幅。海滨邹鲁，究竟是理学昌明之地，"胡为乎泥中？"大约雨天在街上乱跑的黄包车夫，将来也势必至要念几句诗。

　　说到写字，尤其是中国人的特别艺术；外国人的尊重原稿手迹，其意在尊重作者的人格和文学事业上的成功，而中国的字，却可以独立成一种艺术的。秦碑晋帖，稍为专门一点的书法，暂且不去说它，浅近一点，就譬如说董香光的字吧，实在是看了人人都会感到愉快的东西。我想就是不识字的农工大众，你若把董香光的屏条立轴，拿一张给他看看，他总会莫名其妙的感觉到好。更何况"小学既废，流为法书"般地有考古学文化学的价值蓄在背后的古人的法书法帖呢！这些古人的字画，原是独立的艺术品，原值得我们钦敬的，可是现代的许多朋友，却将这欣赏艺术的主旨忘掉，把追求字画的一种风气，当作了烫头发、穿西服似的时髦行为看了，那才招了天下之大怪。不说别人，只先说我自己，自从到了福州之后，应人之索，乱涂乱抹，不知写尽了多少纸头，这究竟是怎么一回事？我私下想想，自小就跑进了十足洋化的学堂，十七八岁，便去异国，一直到了现在，手里总是捏铅笔钢笔的时候多；非但习字临帖的工夫没有，就是比较名贵的碑帖真迹，也看见得很少很少。若说我的歪七斜八的字里，会有一毫艺术气的话，那么强盗牌的香烟的商标，此处不准小便的乌龟，便都是艺术品了，岂不要活笑煞人？

那么我为什么不严词峻拒，偏要干这些出乖弄丑的勾当呢？这原也有我的哲学在里面的。第一，中国的纸业不振，借此来消费一些不为大众所需要的国纸，也未始不是一出有社会性的恶作剧；第二，爱逐流行的那些朋友，大抵总还是有口饭吃吃的人，教他们分出一点钱来，去惠及纸业工人及裱糊业工人，就是一种自由的罚金，间接的租税。

一九三六年四月二日

世界动态与中国
——在厦门基督教青年会演讲

诸位同学和文化界的朋友们，本人此次乘赴日之便，归途经过厦门，承文化界诸君热烈的欢迎，并于最短期间内领导游览本市名胜，本人感觉非常荣幸，非常愉快。昨天文化界诸君和厦大同学要我讲话，因为在东京、台湾等地已经讲了不少，而且时间过于短促，没有什么话好讲，今天只好很简单的随便说一说，希望下一年——明天就是下一年了——能够再到厦门来，跟诸位作较有系统的谈谈。

诸位知道，从二十世纪初期到现在，世界有两件奇事，一是科学的昌明，一是资本主义文化的烂熟。因为科学的进步，人生观、世界观以及社会建设都改变了；因为资本主义文化的烂熟，造成了人与人、国家与国家、民族与民族间的种种纠纷，这都是这两件奇事的作用。世界情形，在此十年中，非常的变动，变动最奇的是资本主义发展的结果，人与人的对垒很显明的分开，一种是采用资本主义的生产方式，一种是受资本主义压迫的阶级。以国家来讲，也可分为两种，一种是用资本主义来侵略别的国家，一种是没有资本主义的组织发展，处在被侵略的地位，好像中国便是属于这一种的。资本主义发达的结果，除了侵略是没有别的路可走的，科学便是助长了侵略者的种种便利，结果，世界便多事了。中国和其他许多小国，都处在资本主义国家的重压下，文化落后的地方，更是受到了摧残，这种情形，现在还是继续下去。

因此整个世界便分成了两个壁垒，一方面是利用资本主义的威力来推行他们的产物，一方面是受到了人家文化、政治、经济的侵略，而沦成为殖民地或次殖民地，前者就是法西斯国家，他们的代表国如德、意等，后者便是弱小民族，如印度和中国等。这些弱小民族的国家，因为工商业不发达，文化落后，处处都受人家的压迫，在巨大压力的摧残下，到了不能忍耐的时候，他们便起来反抗。又因为一个国家的力量单薄，因此，他们便联合起来，联合战线当然是有相当的力量，再加以各先进国家英、法、俄的援助，更加增进了他们的力量不少。然而侵略者的国家是最会打算的，每一件的利害得失，都得慎重的考虑，目前欧洲的形势虽然恶劣，但不幸的事件是不会发生的。东亚方面，和欧洲的情形虽然有点不同，但同样也形成了两个壁垒。东亚各国家大都以农立国，和西欧的以商业为中心不同，东方侵略者从不计及利益得失，不顾虑到将来，一遇到机会，就会爆发起来，这是东方民族的一种传统的习惯。因此，我以为第二次世界大战的中心，说不定是发生在东方。然而在这危机下的中国，应该怎样呢？我以为战争一爆发，中国是直接受到牺牲的一个，你以为中国能够适合潮流和人家开战吗？这是不够的，而且反会变成了人家的殖民地。那么最后的出路，应该怎样呢？我们的出路，便是积极的把国家整顿起来。我们不想侵略别人，只希望把自己的国家弄成一个良好的国家。中国到今日，无论军阀资本家或劳动者都知道高压政策或共产政策皆不能实行，最大的问题是在最短期间内如何努力去完成整顿国家的计划。如果世界的危机，平安的度过，那么，十年后的中国，决不会比人家落后。

反过来说，在此世界动荡中的文学是怎样呢？我们可以说，在此时期，世界文学是处在苦闷期中，除俄国外，其他各国都沉湎在苦闷的氛围中。新俄的文学虽然正很幼稚，但他们的内部已有了很好的秩序，他们充满了朝气，他们是向前走的。法国自从巴比塞死后，也很带着消沉的气息，虽然纪德是已经顶了起来，但也不见得有进展的趋向。欧战以后，法国许多青年文学家都走向逃避现实的路上去了，都在描写理想的轻快的通俗小说，伟大的作品是没有的。德国也是一样，德国的伟大作家大都是犹太人，自从希特勒登台以后，那些犹太作家都被赶到国外去了，在法西斯政府的统治下，德国是不会有伟大的作品产生的。意大利当然是法西斯国家的代表，自墨索里尼专政后，文学空气完全消沉了。在目前，欧洲任何一个国家的文学都是处在苦闷的状态中，大家都在准备着侵略和掠夺殖民地，哪里有工夫注意到文学？因此伟大的作品是不会产生的。在东方，日本从前虽然有普罗文学的出现，不久便在政府的高压下消沉了。国家经费的分配，十之七八用于军事，用于文化及建设事业者仅仅十之二三，现在日本文坛是回复到廿年前描写心理和历史的倾向去了。说到我国，这个时候大家心里都很苦闷，都想反抗，可是因为营养不良，不能充分地表现此种意识。虽然间或有一些能够表现一点的，也因受到了压迫而消沉下去，所以中国数年来不能有伟大的作品发现。

目前的世界，虽然处在大压迫之下，但无论如何还是要尽人的力量往前走，往前努力。外国的作家，很多是明白这一点的，但他们同样处在被压迫之中，他们的力量同样是薄弱的。然而我们相信，不断的努力，在将来一定是有出路的。

鲁迅先生纪念奖金基金的募集

鲁迅先生纪念委员会筹备会，最近在发起纪念鲁迅的文学奖金基金的募集，这当然是一件盛举。鲁迅在文学上的成功，鲁迅在国际间的地位，鲁迅的思想与人格，在鲁迅死后各新闻杂志上，已经登载了不少了，我在这里，可以毋庸赘说；我们要注意的事情，是在中国，像这一种纪念文豪的文学奖金的绝无而仅有。

民族是要生长的，民族文化，也是要演进培育的；我们纪念前人，若用奖励后进的方法来纪念，岂不是一举两得的美事？我在厦门的时候，已经商请厦门市政府将厦门大学前面的一条大道命名作鲁迅路，以资纪念这作家的伟大了，现在当这些筹备委员正在发起基金募集的时候，我也希望福建的文艺界中人，都能够踊跃参加，表示我们的民族，也未始不可以有为，对于发扬民族光辉的人物，也未始不个个都在崇拜。捐款请代交《福建民报》会计处收，时间当以二月底为第一期截止之期，募款启事，附在下面：

近接上海鲁迅先生纪念委员会筹备会启事一则，内云：鲁迅先生纪念委员会筹备会是办理正式纪念委员会组织事宜的临时机关，经过情形，已见公告。现在筹备会，敦请沈兼士、周作人、许寿裳、马裕藻、曹靖华、齐宗颐等先生为正式纪念会委员，并且已蒙诸先生同意了。这正式的纪念委员会，还包括了国际的文化界名人，日本方面已经接洽就绪，欧美方面已去接洽，不久也可以有回讯。

关于永久纪念方法，筹备会已收到了许多提议。"纪念文学奖金"是其中之一。这既可以纪念鲁迅先生在文化上的功业，也可以发扬鲁迅先生提掖青年的精神，用意甚善。不过既要建立文学奖金，就先得有基金，现在拟先募集基金，至于纪念奖金的详细办法，将来等正式纪念委员会成立以后，另行拟订。筹备会本已委托各地中国银行信托部代收各界输捐之纪念基金，现在为求便利起见，特商请沈兼士、周作人、许寿裳、马裕藻、曹靖华、齐宗颐诸先生负责收集后代交银行再发收据。盼望各界热心人士共襄盛举，就近与前述诸先生接洽，至为感荷。鲁迅先生纪念委员会筹备会启。

凡热心人士有愿输捐者，请将芳名并捐款示知为荷。一俟捐款有相当成数，即当汇沪请筹备会发给正式收据以昭信实。

沈兼士、周作人、许寿裳、马裕藻、曹靖华、齐宗颐谨启

不厌重复的一件事情

中国在无论哪一方面，不必要的，架床叠屋的重复多余事，做得很多很多，但必要的事情，却总只见诸言论，而不见于实行。简单地说一句，是大家只会凑锦上添花的热闹，而不肯做雪中挖炭的苦行。行政组织也是如此，经营事业，也是如此。甚至到了生死存亡关头的现在，这一种架床叠屋的重复多余事，还在那里再三再四地赓做不厌。开会，组织同性质的团体，选举委员，发宣言，拍电报，定章程，出刊物之类的事情，依旧是一样的多。可是自己拿出钱来去买救国公债，自己跑上征兵处去应募入伍的两件事情，最不厌架床叠屋，重复地去做的这两件事情，却不见得人人都在那里抢着做，或模仿着做。

在这一个时候除自己拿出钱去买救国公债，及自己跑上征兵处去应募两事之外，还有一件事情，是不厌重复的，就是用了个人自己的力量，——金钱，时间，与精力——去慰劳前方的将校士卒，与已经退入病院的受伤的勇士这一个义举。自全面抗战以后，这一种工作，由各方面用各样的方式，做得原已经很多了，但我们再重来一次，也未见得便是多余的模仿。

这一次文救协会发起书信慰劳前方将士的运动，看起来似乎也是重复的闲人事业，但我却认为和购买救国公债与去入伍一样地不妨重复的义举。

我们在后方

现在战争的唯一要素，是经济，我们大家谁也知道。敌人的经济，据外国经济家观察，最多只能支持到明年的三月（从今日起最多只有四个月），三月以后敌经济上的破绽，就将在国际汇兑大跌上，国内物价高涨上，纸币暴落上，泛现出来。我们的经济哩，对外还可以丝毫不受影响，因为我们本来就不是以国际贸易立国的工业国家。我们所有的是物质，只叫物资能够畅销畅流畅给，则天空海岸，尽管由人们去封锁，我们还可以营小规模的自给自足的国民生活。问题就在这一点，我们若要长期抗战，物质的生产还得维持。既生产了物资，则运销分送的交通，还得整理。但这两件事情，业须先以维持社会秩序，上下严守法纪为前提。

至于金融的调剂哩，要将死财化为活财才行。个人私财的堆积，货币流布得不匀，都是战时最大的症结。游资应该聚集起来，交给国家去经营大规模的适应战时的事业。

我们在后方，战时应做的事情，原是很多，可是最重要的，当是上述的几点。

国与家

"匈奴未灭,何以为家?"这虽是我们中国人夸大口的老调子,但实际上,在这一个年头儿,因老家的沦陷,而至流离失所,或挺身作战的无名小卒,却也非常之多。

浙西的沦陷,是在去年十二月尽头,正当耶稣圣诞节前后的几天。老家本在富阳,是当富春江与之江交界的湾边,庐舍为墟,家财被劫,更因老母的不愿意远离乡土,致这一位七十余岁的白发老妪,也随庐舍而化成了灰烬。这些事,早在今年春季的各报消息上,频频登载过了,我在这里,自可以不必写,也不愿意又不忍想再写。当时我还在福建,等讣报传来,星夜驰归浙境,想去收拾遗骸,闭门读礼的当儿,已经到了今年三月的初头,那时候不但道路不便,并且连想渡过江去的船只,也沿江十里,绝对难找得到一篷一橹,忍气吞声,搥胸顿足,我也就只能冒受了一个百死不赎的不孝罪名,静静儿的在这里等我们义师的北定中原。

在浙东停留了一下,向各军政当局请示了几次,觉得渡江之梦,终难实现了,末后也只能带了妻儿,又流离到了武汉。然而福无双至,祸不单行。在这东逃西避的流浪中间,不意小家庭内,又起了一层波浪。六月初头,正当武汉被轰炸得最危险的时候,我的这小小的家庭,也几至于陷入到了妻离子散的绝境。

自北去台儿庄,东又重临东战场,两度劳军之后,映霞和我中间的情感,忽而剧变了。据映霞说,是因为我平时待她的不好,所以她不得不另去找一位精神上可以慰藉她的朋友。但是在我呢，平时也不觉得对她有什么欺负；可是自从我福建回来，重与她在浙东相遇，偕她到武汉以来，在一道的时候，却总觉得她每日每夜，对我在愁眉苦眼，讨恨寻愁。六月四日，正在打算遵从政府疏散人口的命令，预备上船西去的中间，一场口角，她竟负气出走了；这原也是我的不是，因为在她出走之前，我对她的行动，深感到了不满，连日和她吵闹了几场，本来是我先打算一走了之的。她走之后，我因为不晓得她的去向，——当时是疑她只身仍回浙东去的——所以就在《大公报》上登了两天寻人的广告。而当这广告文送出之后，就在当天的晚上，便有友人来送信了，说她是仍在武昌。这广告终于又大大地激怒了她。后来经许多友人的劝告，也经我们两人的忏悔与深谈，总算是天大的运气，重新又订下了"让过去埋入了墓坟，从今后，各自改过，各自奋发，再重来一次灵魂与灵魂的新婚"的一个誓约。破镜重圆以后，我并且又在《大公报》上登了一个道歉的启事，第二天就上了轮船，和她及她的母亲与三个小孩，一道的奔上这本来是屈左徒行吟的故地，从前是叫作辰阳，现在是称作汉寿，僻处在洞庭湖西边的小县里来了。

  日人的炮火还在不断地轰飞，我们的抗战，也正在作更进一步的死拼。匈奴未灭，家于何有，我们这些负有抗战建国重任的男儿，终于是不能在这穷乡僻壤里坐而待亡的；等精神恢复一点，布置稍稍就绪之后，自然要再接再厉，重上战场上去尽我们的天职。现在却因为时机未至，而准备亦还没有充足，所以只能做几句仄仄平平的老调，聊以当过屠门的大嚼。知我罪我，也只能付之一笑云尔。

财聚民散的现状

《大学》的说财聚民散，财散民聚，是从本末内外的据点而立的言；当然，聚敛之学，是古圣昔贤所反对的害物，甚至于说"宁有盗臣"。中国在这一次抗战之中的"有钱出钱"的口号，却并不能以聚敛两字来指摘；因为国家民族都要亡了，若再不出钱出力，那这些钱与力，只有被异族来用的一个结果。亡国贱奴，等于一只猪，亡国奴的金钱财帛，等于猪身上的金毛与肥肉。与其任人来宰割，自然不如先行自救自处之为愈。

但是现在的一个大缺点，从私人经济来说，是财富的只集中于几个不劳而获的私人；从社会经济来说，是财富的只集于中央或首都都市，而不普散在各地与农村。

委员长曾经说过，我们这一次抗战的最后胜利，将决之于农村；一都市一交通要点的得失，与最后胜利的决算无关。既然是如此，则金融的普遍流动，当然是目下最重要的一个国策。我们只在报上看见中央所定的救济农村的理论与方案，但事实上土产不能销，交通运输不能便，以及小本借款之不易得，却只有得比战前更加厉害。以整个中国来说，就觉得财太聚在中央，以一省来说，就觉得财太聚在都市与省会。后方的工作，与农产物小工业之待兴与待发，是谁也知道的，但一出中央所在之地，一出省会与都市，就只是一大块绝无水润的荒地，与一大堆绝无希望的散沙。

农村与小一点的市镇，都像涸辙之鲋，在未抗战之前，早已经在死亡线下喘气了，而抗战之后，秩序乱了一下的现在，其窘状当然更可想而知。

我们要争取最后胜利，我们得先培植这最后胜利所依附的养源。农村、小都市、山区以及湖乡僻壤，都在渴望着实业部财政部的甘霖的到来；光是舍本逐末的几个慈善机关的分发一点小款，是不济于事的，何况更有善蠹的侵蚀呢？

八月廿三日

估　敌

　　中国有句俗话，叫做缢鬼怖人，其技不过七十二变，纵使变尽狞恶丑态，犹不能摇动定者之心。结果，缢鬼只能自食其报，大叫一声，化作几点腥血，入瓮而就毁灭之范。我们抗战一年有半，侵略者无恶不作，无丑不演，现在是快到第七十二变的时候了！我们镇静观变，各线都趋于稳定，一九三九年的卯运新开，这时候正好来细数一数这怪物的种种伎俩。

　　最初，敌人原懂得百战百胜，犹未为善，不战而胜，斯为上策的论法的。所以只竭尽其挑拨离间，威胁利诱的毒辣手段，以期于不费一矢一卒之间，实现其蚕食野心，灭我种族。"九一八"鬼脸一变，居然得到了绝大的成功，其后便故技是逞，得寸进尺，今日冀东，明日平津，几几乎鬼蜮而衣冠，演成了得意忘形的大丑剧。不意"七七"芦沟桥，"八一三"上海的两次玩火，终于焚毁了它的绿发獠牙，食刺猬而中伤，吞胡桃而遇壳，骑虎势成，小鬼才发见了仁慈的天使，终于也有发雷霆的一天。

　　平时自夸自号的东亚盟主，一等强×——本来似乎是个"国"字，实在却系一个"盗"字，所以从略——等纸糊高冠，一触而被人戳破，于是乎恼羞成怒，原形毕现，就不惜倾其全国之师，数十年的军火积蓄，与夫最后的经济孤注，拼死命的来施行奸淫掠劫，屠杀毒化等王道政策了。这种疯狂的兽行，在他们向自己老百姓作欺骗宣传的时候，叫作皇军的荣誉，而在全世界文明人，以及被侵略的我们大国人的眼里，简直是黄鼠狼的绝命屁。证据很多，举不胜举。最直截了当的文献，我只提一提英国 H. J. Timperley's, Japanse Terror in China（田伯烈著，《日本之暴行》）就对。

他们以恫吓和欺骗的手段，强拉了他们国内仅有的驯良老百姓，一船一船的载壮丁与军火而俱来，不旋踵间，就一船一船的载了白骨与死灰而回去。伤兵是要活烧，尸骨登岸是在夜间的。偶尔被一二新闻杂志，透漏了一点消息，军部发言人，只说"是支那大陆里拣来的狗骨"。这些狗骨，据他们自己的统计，以及中立国公正人士的计算，现在却已经积到了七十四万具了，他们的老百姓也正在疑心，支那大陆里，何以死狗竟会如此之多。他们的豫计（实际上也在一次一次的公开向他们的老百姓宣传。）是攻陷上海，攻陷南京后，我们一定会屈膝求和的。然而我们于要求了敌人一定代价，消耗了对方相当的兵力军火与经济之后，转移阵地，放弃点线，退一步稳一步，所有的土地，面积依然是那么的多，所有的壁垒，阵形依旧是那么的固。这才稍稍表现了我们一点长毛物五柱擎天的法术，而在小鬼蜮却早已力竭声嘶，手忙脚乱了。于是乎一变又一变地，再来五师团，再来十师团的攻徐州，攻武汉，攻广州。长江一役，狗骨堆积二十万具，广州附近，现在虽还不能正确的计算，但据欧美各国战地旅行者的报告，敌人伤亡数将近十万，被牵制而进退不得的瓮鳖，其数也在十万左右。

当我们没有放弃武汉之先，敌人曾集中宣传，指天赌地的向他们老百姓立欺骗之誓说："只教攻下武汉，攻下广州，我们便可以征服支那了。以后便人人可以发大财万事大福，将欧美在中国的权利，无论大江南北，马上可以全部的夺取过来，变成独占。"

但是现在却怎么样了呢？敌国内已无可调之兵，国外亦无存聚之货，国际间信用毫无，而军事上又陷入了扑空之辙，穷极无聊，只能再变一变了。这将近第七十二变的全貌，就如下述：

（一）只教攻击我们的领袖下野，目的就算达到。所用的是分化、离间、造谣、威胁等手段。

（二）破坏我们的法币，使我们民众对中央失去信仰，造成普遍的恐慌。

（三）扬言中央政府，已变成地方政府，无抗战的意志与实力，使友邦感到失望。

（四）粗制滥造些傀儡组织，造成联邦政府的伪名，由平津伪政府，南京伪维持会，蒙疆，汉口，广州等伪组织中，抽调几个走狗出来，组成一大傀儡班来代替中央。另组一对支中央机关，为太上政府，来作提线的把戏。

（五）绝断我们军火的来路，用挑拨、威胁、延宕等手段，使我们得不到国际的援助。

简而言之，缢鬼最后的一副狞面，就是如此。但是（一）我们的统一，我们的拥护领袖，拥护中央抗战到底的决心，是万不会因此伎俩而有丝毫的动摇。（二）法币的信用，因大借款的成功，与国际物资输出的增加，只有得日固一日，近来在外汇上，已见汇率的高涨了，而伪组织伪政府的准备银行券及军用券等在中国，却绝对没有外汇的价值。平津以及各游击区里的伪币，至少须贴水一成。在大部分的地方，用伪币简直买不到货。（三）中央的政权，依旧在游击区，敌人的后方发挥实力，中央的威信，丝毫也没有摇动。外使的呈递国书，必去重庆。我们所服从的政府，也只有中央，不是走狗汉奸，奴才逆种，决不承认在中华民国的领土内有什么伪政府伪组织。连敌人所竭力在煽动与诱惑的西北同胞，尤其是五马统率下的同胞全体，统在指斥伪组织的荒谬，向中央誓死效忠，其他的可不必说了。（四）各种伪组织的中心人物，试看有一个像人的人没有？不是失意三流军阀，便是地痞恶棍，人格破产，贪污恶劣到骨髓的鼠子。这些人渣，简直是连衣冠也不穿上的禽兽,世界上哪里会有承认他们是政府的理性人与正义国?有,恐怕只是些他们的同类与疯狗罢了。(五)香港的海口断了,我们还有海防,缅甸,新疆等国际交通的大道可走。国际间对我的援助,只会因敌人的将次崩溃而增强。如英美的借款与对远东态度的合作,向暴敌迭次提出的抗议,对敌人延宕敷衍政策的声斥,与夫苏联渔约的破弃等等,只举表面上我们所知道的一端来说,不已就很明显的了么?

最后,且看一看军事局面吧!敌人所占有的地方,只是线和点,有些地方,连线也时断时续,连不起来。至于面的全部,当然依旧是在我们的手里。全面游击战发动之后,大江南北可以不必说了,就是冀东与伪满境内,我们的游击队,最近也大大发挥威力。这并不是我们自己的宣传,却是从敌人的情报里传出来的正确消息。他们所觊觎不已的江西湖南,迄今相持三四个月,有一点进展没有?广州只西阻于西江,东退出惠州,我们的游击队已经在白云山下,市区四周进出了。敌人所夸的一月之内,将攻至重庆,昆明,兰州的狗屁梦话,能实现到十万分之一不能?

且看吧!敌人的壮丁,已经抽到了军需工人,敌人的百四十万万无理算段的军费,已经用到了百三十七万万有余,增税增至百分三百六十,而东碰壁西倒戈,迫不得已,只好早发一个宣言,夕来一个和议的变相屈膝,这种种丑态,这种种幻变,究竟是在说些什么?

最后胜利,当然是我们的,必成必胜的信念,我们绝不会动摇。非但我们自己有此信念,就是第三国的公平观察者,如《泰晤士报》的通信员,英国放送协会 B. B. C. 的放送家 B. Bartlett 的自叙传 *Intermission in Europe* 的一书里,也在这样的说,其他凡熟悉东方情形,或亲自来中国视察过战地的欧美各国的先进,结论都是一样。同胞们起来吧,一九三九年,便是我们复兴建国的更生年!

废历的新年

习俗的不容易除去,中外是一例的;新历定作了国历,推行以来,也已经有二十八年了。而废历新年的感人之切,动人之烈,还同没有改革的时候一样。本来,一年中间的祭日、节日,也兼有为休养,为调剂平时的干燥生活而设定的意义存在,可是结帐,诸事告一段落,便于计算等实用的意义,终是这些节日设定的重要用意。但是,年深月久,习俗既成,也老会有舍本逐末,将原有的意义失去,而流成表面仪式的一个空壳的趋势。若要斤斤较量,说穿内容,人家或会说你是杀风景,可是凡百事情,一成八股,一就了固定的形式,弊端就会得滋长出来。无为的精神与金钱的浪费;心理的弛怠,致影响于正业,得意忘形之后,往往会使乐事演成悲事,因道德律一时的放松,恶事就容易开端等等,都是从这些地方来的起因,我们所以要防微杜渐,预为戒备的用意,也就在这里。

时势不同,国家多难,将无意义的精神与金钱的浪费,转移过来用到救国救民的事情上去,这当然是当前应景的一个盛举,也不能说这涓涓小费的无补于大事。可是回过来一想,我们假如在平时,也能老以祸至无日为戒备,对国对家对自己,连一时一刻也不教育枉负之处,则到了这一个节日,正可以普天同乐,颐养一下我们平时老不弛放的心身,何至于弄得烽烟遍地,家破人亡,受敌人的这一种摧毁呢?所以,这节日的行乐之宜制止,浪费之应节省，今后的立身处世之更须奋发有为，都是平时没有准备，将光阴虚度过去了的罪罚，能了解到这一层后，再去做目前所该做的最适当的应景盛举，才算是真正地觉醒了的国民，才不愧为人世间一有用的能才。否则，随人碌碌，与世浮沉，将盛举解作嬉游，以应景当作风头，那就无可救药了。

其次，还有些人，到了这一个节日，每喜欢来发感慨，耽回忆的，这也不是我们所应有的态度。曾记得法国学院的一位会员苏武斯泰，在一本屋顶哲学家的散文集里，有一段写新年的文字，说别人家都在迎新，我却独在怀古。这一种感慨怀古的倾向，正是衰老的象征。我们为警策将来，而反省过去的缺点，借以决定今日的行动，原是可以的，但空空的发些嗟叹，做一个寻梦的人，却是不对了。像这样的倾向，我们也不得不加以防止。

总之，到了废历的新年，一般习俗，当然是不能一下子就除得了的，但我们还希望国人会有一天一天，一年一年的进步。

读《毛拉在中国》

爱特轧·安赛儿·毛拉（Edgar Angel Mowrer）生于一八九二年，在米西根大学毕业，一九一二年曾进沙而彭大学一年，一九一三年在巴黎拉丁区住下后，就以向英美各前进杂志投稿为职业了，写的多是关于哲学或文学的论文。一九一四年世界大战勃发之际，他正为去教一年轻俄国贵族的书之故，将去莫斯科。因而他就利用了这已办好了的护照，得上了法军的前线，为芝加哥《每日时事报》写了许多战地通信。后入该报社为干部，一九一五年去意大利，为该社罗马通信记者。当意军退出喀卜来笃的时候，他是随第二军步行退出的。法西斯蒂的压迫加紧之后，他于一九二三年就和墨索里尼告了别，而去柏林，仍为该报的通信记者。一九二三年，发表了《德国倒开时钟》一书，指出了纳粹诸凶的倒行逆施，就被迫而离开德国，重返了巴黎。一九三八年春天，他到香港，去武汉，上郑州，于我军放弃徐州之际，欲到兰封前线而未果。后去重庆、成都、昆明，由昆明转安南，而返欧洲去后，就写成了这一本《毛拉在中国》的书。是潘根丛书特刊之一种。全书共二百十六页，十有三章。

毛拉本不是一个中国学者。他这一次只短短地花了几个月工夫跑了一圈，居然能够写出这样的一册书来，成绩总算也已经是不错了。

开端的一篇序文，他曾写出一位外国的老外交家对中国抗战胜利的怀疑。不消说这一位保守的老外交家,脑子里只充满着"中国人多是自私自利的,中国人完全没有国家观念,中国人最喜欢起内讧,有两个人在一道的时候,就会分起党派来"等陈腐的观念。但经他到中国去一看,与委员长、陈部长(诚)、宋氏一家人会了面,更上前线去与士卒共了几日夜的甘苦,到武汉、昆明、重庆、成都去一走之后,他觉得中国只教能始终团结,能抗战到底,结果一定会得到胜利。当然,国际的援助,也是一个决定这最后胜利的重要因素。

他说,日本人占领了中国的许多土地,正如几个游泳者占据了一个水池一样,游泳者因为机械的精强,原可以为所欲为,想上哪里就上哪里,可是他前面游过,后面的水,也就聚集起来了,中国的游击战的姿态就是这样。日本人的最后失败,也就在这一个弱点,人数的不够分配。

中国军队的纪律森严,肯吃苦,认识这一次战争的意义,与老百姓的密切联络等,是持久抗战必胜的几种条件。毛拉在前线,已经亲眼看到了。只教中国的武器,能及日本的一半,那中国就可以打胜仗。日本军队的脆弱、暴行,没有计划,各自为政,经过了这一次的战争,弱点完全暴露了出来。这不待中国的军事顾问德将亚力山大·风·法儿干好善的说明,已经是谁都看得出来的事实。

而日人组织傀儡机关手段的下劣,与军队到处的奸淫掳掠,类似强盗的行为,也为他们在中国失败的一个大原因。

他说到西南五省关隘的险峻,敌人的决难得逞,与夫五省实力的雄厚,宝藏的丰富,足可以应付长期抗战的供给。至于农产物的接济,他也赞成白克先生(John Lossing Buck)的意见,只教中国能注意到(一)多营可资民食的种植。(二)减少不种植食粮的土地。(三)多垦荒地。(四)注意冬耕及冬天的种植。(五)

多用肥料。(六)多用有机物的肥料。(七)改良种植方法。(八)注意植物害虫病理。(九)适宜的排水工作。(十)保护与加强堤防。(十一)多营灌溉。(十二)水利的整理。(十三)注意仓库的积谷。(十四)防止牲畜的传染病。(十五)多种蔬菜。(十六)食糙米与粗粉。(十七)多食杂粮,如番薯、玉蜀黍、大豆、豆荚、蔬菜之类。(十八)少造酒少饮酒。(十九)少种烟吸烟。(二十)不食鸦片。(廿一)请客勿浪费食料。(廿二)衣饰用品等件可省则省等廿二件事情,就不愁衣食的不继了。

他曾看到了中国女性,在这一次抗战中的伟大的力量,他也看到了昆明与成都等地的人民的守旧。说到了这一点,他对我们的龙主席,很有些微词。从他的这一段短短的记述上看来,毛拉先生倒的确是一位女性崇拜者,大约总因为他在巴黎住久了的缘故。

说到战争中的两国的经济背景,他看得同我们所见到的一样,总之,是日人在经济上终没有办法。

当他上武汉去的时候,英美对我的经济援助,还绝对没有传播在一般人的口头,现在,则大家也都已经知道,英美两国,同时同样的对我有积极的援助了。所以,就单从经济的一方面来说,我们当然有绝对胜利的把握。

其次,是国际的通路,他走的时候,广州还没有失陷,所以在他的这册书里,只简单地说到了兰州可通俄国,缅甸可通云南的话。但现在,则缅甸与昆明的通路已经完成(去年九月);兰州通星星峡而至俄国的大道,也已经通车了。所以,香港、安南,即受到了敌人的威胁,我们的军需运输,终不会断绝。当然,影响是有一点的,但我们却也早有了准备。

他所再三在抱不平的,是美国对敌人的军火的供给,轰炸机、汽油、钢铁之类,凡敌人所用以残杀我妇孺,乱炸我不设防城市的机械物品之类，统是由美国供给的居大多数，大约日人占了海南岛，还在打算占关岛的现在，美国人、菲律宾人，总该有了觉悟了。罗斯福总统，赫尔国务卿，以及司汀生等，果然有了极明显的表示。

上述种种，他的观察，都是对的。别外只有一点点他所听到的谣传与杞忧，我觉得是他的多虑。他听人说，西南五省，封建色彩太浓厚，恐怕不能维持到底，中途或会变出花样来。并且，西南五省的联络，一向是历史上的成果，若更有英法两国来一策动，恐怕这一个五省联防，要与中央有不利的行动，这完全是他听错了谣言的结果。因为我们对中央的领导抗战，是一致拥护的，抗战愈久，团结只会得加强。你若不信，就从汪精卫的这一次因倡和议，而被全国唾弃的一事来看，就可以得到有力的证据。所以，全书中十分之九，是分析得很清很对，白璧微瑕，就在这一点点上面，可是这不过是他的好意的杞忧。

总之，毛拉终还是一位有良心的新闻记者，他的这一部小著，可以帮助我们对外的宣传，也可以补我们宣传的不足。我希望中外人民，都能花几个钟头的时间，去把这小册子从头读它一下。

二月十八日

艺术家的午睡

　　晚上沿街弄着乐器且行且唱的人，是古代的诗的遗物。世界上无论哪一国都有，中国内无论哪一处都流行的。在月光下，在微风里，或是萧条秋雨之中，或是霏微小雪之下，伤心人听之觉得悲哀，得意人听之觉得快乐。我愿跟了这些 Minstrels 走尽天下，踏遍中国。

　　世界主义的实行者是乞丐和娼妇，真的国际联盟，应该从世界乞丐同盟和世界娼妇联盟始。

　　平生最恨的是警句（Paradox）和狗。不爱警句，因为可发的警句太少，不爱狗，因为犬吠声太多。G. K. chesterton 是警句大家，M. Maeterlinck 是狗的爱护者，我平时不爱这两人的著作。

　　日本文里，译者与役者同音。译者是译书的人，役者是演戏的人。日本的役者，多是译者（因为日本的伶人多能翻译外国文的剧本）。中国的译者，都是役者（因为中国的译者只能做手势戏）。这便是中日文化程度的差异。

　　坐轮船过太平洋的时候，每想坐火车，坐火车过秦淮河外的时候，只想坐画舫。

一九二三，七月二十四日

"天凉好个秋"

全先生的朋友说：中国是没有救药的了，但中国是有救药得很。季陶先生说：念佛拜忏，可以救国。介石先生说：长期抵抗，可以救国。行边会议的诸先生说：九国公约，国际联盟，可以救国。汉卿先生说：不抵抗，枕戈待旦，可以救国。血魂团说：炸弹可以救国。青年党说：法雪斯蒂可以救国。这才叫，戏法人人会变，只有巧妙不同。中国是大有救药在哩，说什么没有救药？

"九一八"纪念，只许沉默五分钟，不许民众集团集会结社。中国的国耻纪念日，却又来得太多，多得如天主教日历上的殉教圣贤节一样，将来再过一百年二百年，中国若依旧不亡，那说不定，一天会有十七八个国耻纪念。长此下去，中国的国民，怕只能成为哑国民了，因为五分钟五分钟的沉默起来，却也十分可观。

韩刘打仗，通电上都有理由，却使我不得不想起在乡下春联摊上，为过旧历年者所老写的一副对来，叫作"公说公有理，婆说婆有理，大家有理。你过你新年，我过我新年，各自新年。"

百姓想做官僚军阀，官僚军阀想做皇帝，做了皇帝更想成仙。秦始皇对方士说："世间有没有不死之药的？若有的话，那我就吃得死了都也甘心，务必为朕去采办到来！"只有没出息的文人说："愿作鸳鸯不羡仙。"

吴佩孚将军谈仁义，郑××对李顿爵士也大谈其王道，可惜日本的参谋本部陆军省和日内瓦的国际联盟，不是孔孟的弟子。

故宫的国宝，都已把外国的收藏家收藏去了，这也是当局者很好的一个想头。因为要看的时候，中国人是仍旧可以跑上外国去看的。一个穷学生，半夜去打开当铺的门来，问当铺里现在是几点钟了？因为他那个表，是当铺里为他收藏在那里的，不就是这个意思么？

　　伦敦的庚款保管购办委员会，因为东三省已被日人占去，筑路的事情搁起，铁路材料可以不必再买了，正在对余下来的钱，想不出办法来。而北平的小学教员，各地的教育经费，又在各闹饥荒。我想，若中国连本部的十八省，也送给了日人的话，岂不更好？因为庚款的余资，更可以有余，而一般的教育，却完全可以不管。

　　节制生育，是新马儿萨斯主义，中国军阀的济南保定等处的屠杀，中部支那的"剿匪"，以及山东等处的内战，当是新新马儿萨斯主义。甚矣哉，优生学之无用也。因为近来有人在说："节产不对。择产为宜"，我故而想到了这一层。

　　有话则长，无话则短，不想再写了，来抄一首辛稼轩的《丑奴儿》词，权作尾声：

　　少年不识愁滋味，爱上层楼，爱上层楼，为赋新词强说愁。

　　而今识尽愁滋味，欲说还休，欲说还休，却道天凉好个秋。

一九三二年九月末日

寒冬小品——节季气候及迷信

《田家五行》,是一册江浙乡下农民的宝典,关于冬季的气候及迷信之类若干条,抄在下面。

十二月下雪,主来年丰稔。初三日雨,主久阴,冬春难得晴。冬至后逢第三戌为腊(按今年冬至是废历十一月廿五,第三戌为十二月廿六),腊前后三两番雪,谓之腊前三白,宜菜麦。谚云:若要麦,见三白。又云:腊雪是被,春雪是鬼。又云:一月见三白,田翁笑赫赫。霁而不消,名曰雪待伴,主再有雪。交腊后东南风多,主来年水大,岁朝如未立春,亦照此占。

十二月十二日,是蚕的生日,嘉湖各地,于此日祀神。

二十四日,谓之小年,吴中人家,必祀灶神,相传谓系辞灶之意。除夜宜安静,记云:除夜犬不吠,明年无疫疠。风俗相传,其夜有行瘟使者,降疫于人间,故宜以黄纸书"天行已过,使者须知",揭于门额。

十二月谓之大禁月,有一日稍暖,即是大寒之候,谚云:一日赤膊,三日龌龊。

冬至后九九气候谚云:一九二九,相逢不出手。三九二十七,篱头吹筚篥。四九三十六,夜眠如露宿。五九四十五,太阳开门户(一云,锥刀不入土,又云,穷汉街头舞)。六九五十四,贫儿方得志(一云,篱笆出嫩枝)。七九六十三,布衫担头担。八九七十二(读如腻),猫狗寻阴地。九九八十一,犁耙一齐出。

从冬至起，计算节季气候，似乎是东方天文家的习惯。中国则说冬至百六是清明，日本则说二百十日及二百二十日，定有暴风。元朝征倭，全军覆没，盖适逢着了这二百十日与二百二十的飓风之故。

一九三二年十二月

声东击西

中国战略上的名词,与安外攘内相对的,还有一个叫作声东击西。日本帝国主义的军队的侵占,明明是在东北,而中国大军的去向,却偏不朝着这一方面走。尤其神出鬼没,使人难料的,是西南的防御计划。自东北打来,我想无论如何大的大炮,现在一炮,总也还打不到西南,但西南的边境,却已在筑起防御工事来了。

这一种声东击西的中国战略,不但在实地作战上用得着,就是在一般的宣言上也用得着。请看五一节市总工会《告工友书》里,先说要一致团结起来,打倒国际资本主义的侵略,反抗本国资本家无理的压迫;接着就说中国生产落后,要刻苦耐劳,加紧工作,使出品成本减轻;末了尤注重于共体时艰,力谋劳资间之真诚合作(见五月一日《申报》本市新闻栏)的一段文章,就可以明白。

外国人在政战上商战上或实地作战上,用这一个战术的,原也不少,不过他们用得比中国巧妙,使人一眼看去,不容易看出所以然来。譬如日本明明有野心想并合察绥,掩占平津,积极地在暗中策动,而日使有吉向记者之言,却说日本目下所取的态度,是静观主义,大致是对中国既不打仗,又不交涉的意思。奥国为意大利修理几万枪械,表面上似乎只是商业上的买卖契约,但实际却早被英法看穿,而提出了抗议,说是为保持欧洲的和平,实行各国的军缩，不得不取这强硬的态度。

　　用这声东击西的战略，原是中外一律的，可是中国人的用处，似乎只用在对内，而外国人的用此，却专在对外，不过有这一点不同而已。

自力与他力

佛徒参禅，似乎有自力启悟和他力助成的两种，而现在中国流行的，却全是一种他力宗的思想。某院长的求神拜佛，希望菩萨来救中国，是大家周知的事实，可以不必提起，就是某委员的静待日本自毙的五年计划，也是他力宗的禅心的显露，最近则某部长又自外国传来好音，说敌若袭平津。美国必出来干涉，我们且诱敌深入罢！凡此种种，都是中国人的他力主义的乐天思想，说得好听一点，是"以夷制夷"的外交政策，说得彻底一点，是勤吃懒做，乐祸幸灾，借刀杀人，无为而治的取巧心理。

但是天理虽有必然，而人事却不能一定。俄国小说里，有一位棺材业者，看准了他邻人的一位重病富翁的必死，便私下忖度了他的尺寸，制就了一口棺材，待售重价。可是那位富翁却因病重而去试转地疗养的结果，竟死在外国温泉地方了。我们恨俄国的出卖中东路，恨俄国的不来代我们打日本人的愤怒，岂不同这位棺材匠的愤怒是一个样子？

从前，衮衮诸公，还有一个国际联盟的后盾在那里，所以敌人批我左颊，我更向以右颊，说是遵守联盟规约的君子之国，礼仪应该如此。现在再失热河，三让多伦，大约是到了褪下裤子来请敌人打屁股的地步了，若再诱敌深入，决定放弃平津而待美国的来援，正和吃了砒霜药老虎的计策一样，君子虽然是君子到了极点，但是死君子在活小人的面前，究竟有点什么意义呢？

对　话

来客　你近来发表的东西，何以总是颓丧得很，消沉得很。使你颓丧的原因，究竟在什么地方呢？

主人　我自家也不知道。并且我自家不知道我的态度究竟是不是世俗所说的消沉与颓丧。这也是当然的，因为我若自家知道自家的病状与病源，那我就可以下对症的药了。

客　你近来读书么？

主　什么也不读。

客　做东西么？

主　什么也不做。

客　你大约是一个厌世家罢！

主　这话不通。我生在世上，系由我投到世界怀里来的，决不是世界闯入我的生命里来的，只有世界可以厌我，而我决不能厌世，我哪有厌世的权力呢？

客　你大约对于中国的社会与政治，有所不满罢？

主　中国的政治弄得好也罢，弄得不好也罢，社会进步也好，退步也好，与我个人却是没有多大的关系。

客　要是大家都取这一种不问不闻的态度，中国岂不要亡了么？

主　现在的中国人谁不取这一种态度？

客　那么现在在政治舞台上活动的那些外交家、理财家，难道多在取这一种态度么？

主　喔，那些东西！他们是猴子。

客　这是什么话？

主　他们因为吃了太饱，消化不了，所以爬上秋千去耍。而站在圈外的人看了，以为是在玩把戏给他们看。并且有些猴子因为贪得不堪，于饱满之余，更要窃取圈外人的食物，被窃的那些可怜的人类，还在喜乐，说猴子好玩。

客　猴子的贪图无厌，都是由我们旁观者的不问不闻的态度养成的。

主　你难道说我有杀猴子的利器么？

客　你虽没有利器，你可以宣传他们的罪状。

主　宣传得厉害的时候，却好了一批新起的猴子，去代替旧的。法国的革命，也是如此，中国的革命，也是如此。

客　这样讲来，中国是完全绝望了么？

主　我也不能预言，不过最近三十年内，怕没有大的变革吧！

客　何以见得？

主　因为中国的中产阶级，太安乐了。改进的大障碍，不是几个有兵力的人，却是那些大猴子和小猴子，就是替那几个有兵力者吮痈的人，其次是替吮痈者吮痈的人，最后是物质生活安定的人。中国之大，有兵力者，只有几个？我们若有一个拼一个的决心，那么斩草除根，灭尽武人是很容易的。而中产阶级则不然，他们寄住在武人翼下，为类颇多，偷安苟活，情愿把自家的金钱妻女，献给武人。他们心里只欲图一时的安闲，所以听到变革二字，就惶恐得不堪，要竭力的出来阻止。这些人若一个一个的除了，那么武人就失其依据，不倒而自倒。但

　　　　　是要杀尽这一阶级，却非易事，因为你我或者多是这一
　　　　　阶级的人啊！哈……哈……哈……
客　那么我们就去宣传覆灭中产阶级吧！
主　你又来了，我不是刚和你说过。宣传是没有用的么？
客　那么现在叫我们干些什么呢？
主　什么也不要干，什么也不要做，你只须懒惰过去，就是
　　　　　第一个社会改革家。
客　你的话愈讲愈奇怪起来了。
主　这理由是很简单的。你若要造成大变革，你非要有大多
　　　　　数的贫民不可。你懒惰一天，社会就可以贫弱一天。大
　　　　　抵一个中产阶级者，当他的财产没有荡尽的时候，决不
　　　　　会对贫民表示一点同情，也决不会起一点希图变革的心
　　　　　思。非但如此，若有了一点财产，他必要欺压贫民，阻
　　　　　止变革的。所以我说，你若是一个中产阶级者，你先必
　　　　　要懒惰过去，把你的财产荡尽，然后去和贫民协力合作。
　　　　　你若已经是贫民了，那么你第一应去讲究如何能使那些
　　　　　有产者也得马上变成贫民的法子。这个法子，也只有
　　　　　"懒惰"二字，可以当之。
客　何以呢？
主　因为贫民勤劳一天，所得的大半不得不被有钱的人吞去。
客　这是马克思的学说罢？
主　不是，这是拉发古的主张。
客　那么我们来宣传"懒惰"就对了罗，何以说用不着宣
　　　　　传呢？
主　不对不对，因为你这一次教他懒惰之后，下次就不能教
　　　　　他制炸弹了。所以宣传是无用而有害的。
客　中国于最近三十年内，没有大变革，你是根据什么而

讲的？

主　我根据我自家的生活而言。中国地大物博，人民的生计，总还容易谋得。像我这样的懒惰无为，每天尚有饭吃，何况那些猴子们呢？衣食不穷的人，你无论如何诱他请他，要他加入变革运动，他一定是不肯的。所以现在的中国，决不会起绝大的变动，都因为大家的衣食，还容易谋得的原因。三十年后，怕生计的艰难，要与今不同了。以我个人的推算，大约大变更之起总在三十年以后，六十年以内。

客　你在希望这样的大变动么？

主　因为希望着也是无益的，所以我并不在希望。

客　我听你讲了半天，好像在做梦似的，什么也捉摸不到。

主　这样就对了罗，你要捉摸什么！被你捉摸着了，怕你就要生厌呢。

客　今天天气好得很，你不出去散步么？

主　我近来吃饭都懒得吃，还要散什么步？

客　我要去了。

主　你去罢！

谁是我们的同伴者

革命,革命,我们中国十六年来,革命已经革够了。然而总账一结,我们因革命而得到的是什么?

第一,先讲我们的命。罗马的奴隶,虽则没有自由权,然而同鸡犬那么的遭虐杀的事情是没有的。俄国的农奴,虽然是可以由主人自由买卖的财产,然而至少主人对于这自己的财产,总有一点爱惜之情,把这个活财产拿来腰斩,勒死,打靶的事情,想来总也是没有的。但是共和国民的中国人,却是如何?孙传芳底下的大刀队的杀人如草,现在可以不必谈起,近几月来的以共产两字而被杀的冤鬼,如数数看,还数得清么?我们的命在哪里?我们的革命的结果在哪里?

第二,来讲自由。堂堂的大英帝国,大日本帝国,他们的出版物里头,关于社会主义的书,研究经济学说,批评苏俄政体的书,一天不知要出几千百册,而共和国的中国如何?一本马克斯的传记,还不敢公然发卖的中华民国,究竟是什么政体?在我们中国,文学团体,也可以以宣传什么什么主义的罪名来解散,讨论学术的会议,也可以以秘密结社的名义来拘人。日本出兵山东,他们的无产政党,天天在公开讲演,攻击政府。英国出兵上海,他们的工党领袖,报纸上每日在作反对的宣传。我们中华民国的言论,出版,集会,结社的自由,又在哪里?

第三,讲租税。自从辛亥年革命以来,我们人民的负担,有过轻减的例子没有？最近的苛捐的骤设，得过了我们人民的同意没有？

第四，论孙先生说的考试权，就是中国人一般所说的做官，说得好听一点，就是参政的权利。试问我们背犁头握镰刀的老百姓，手里没有兵权，朝里没有亲戚的知识阶级，要想去做一点政治工作，要想去为民众服务，要想去凭良心握一点政权，这事情办得到办不到？

凡此种种，说下去有千千万万好说，平心而论，比较起来，我们现在所有的现状，比起两三年前怎样？

革命革命，革到如今，除我们老百姓死于刀枪弹丸者不计外，即以现在还活在这里的民众来讲，他们的倒悬状态，究竟减轻了一点没有？

这些失败，这些革命的反成功，他的原因究竟是在哪里的呢？是在我们认不清同伴者。我们都被些同伴者所卖了。

我们大家都承认革命是非用武力不可的，所以我们到如今就不厌含辛茹苦竭我们的脂膏，来养成军队。然而养蛇者被蛇咬，养痈者患痈死，到了革命的军队养成，现在就一变而为压迫民众的军队了。在这里我们可以知道，军队不是我们民众的同伴者，我们要革命，还须靠我们自己的力量。

我们大家都承认，革命的群众，是要指导者引导的，所以我们到如今就唯命是听的服从那些当局者。然而到了大权在握，他们就恋恋于利禄，漠漠对民生，从前的为民众争自由、谋解放的人，一旦假面揭破，投机成功之后，现在就只以做官为事，反过来要反对自由，反对解放了。在这里，我们更可以知道，将政权聚集在一处，使少数投机者去行寡头政治，是不行的。我们要将政权夺回，使他属于大多数者才可以。那些比旧官僚更恶毒的流氓新政客是卖民众、卖朋友的恶党，他们当然不是我们的同伴者，我们若要革命，不得不先打倒这一个新官僚阶级。

我们还有帝国主义者和资本家在背后，所以我们没有枪械，没有金钱。我们所有的唯一武器，就是多数。而这我们的多数中的多数，却是农民。中国自己的资本主义，还没有发达，所以在中国各埠的资本主义式的工厂里作工的工人，只够作打倒外来的资本主义（就是帝国主义）之用，而中国的新旧军阀和附属在这些军阀的尾巴上的那些新旧官僚政客及投机师之类，则非要农民起来打倒他们不可。孙总理的提倡农工政策，把农字放在头上，我以为并不是偶然的事情。中国也以农立国，是谁也在那里说的，中国的农民，是组成中国社会的重心阶级，是谁也承认的，而到现在为止的各期革命运动中，农民却从来还没有作过中枢，我以为这就是我们革命失败的一个大原因。

当然农工是要联合在一起的，在中国的外来帝国主义不打倒，中国的新旧军阀和新旧政客官僚是打不倒的。但依"我们的唯一武器是在多数"而说，那么我觉得我们对于这一个武器也未免太不注意了。

然而时机早已成熟，湖南的农民，已经把他们的锋芒露过了，船到桥门自会直，我相信闽广的这些多数阶级，也一定会相继的起来。不过我们现在正当革命吃紧的时候，想使这多数阶级，自然的起来，未免有点望孙子来报忤逆儿子的仇的样子。我们应该知道工人的组织，因为各工厂都带有外国帝国主义的色彩，所以完成是很容易的。唯有中国的农民，因为国情不同，和受压迫受了太久的原因，要他们自动的组织，却是很难。但是恩格儿斯在一八九四年所讲的话，我们现在也可以引用，人口中的庞大的大众（农民）之对于政治的不关心，是使政治社会堕落的最大原因，可是，可是这并不是不可救药，不能征服的事情。我们要革命，要引他们为我们的同伴，只看我们的宣传，只看我们的努力如何的。我们中国的小农，岂不是也日日在被大农侵蚀么？我们中国的农场佣工，岂不是比俄国的农奴，状态更坏么？我们只教能够唤起他们的不平之心，告诉他们以组织之方，帮助他们去向大地主大农那里去夺回他们的剩余劳动价值就对了。若那些大农大地主能够及早觉悟，能够看穿他们的被军阀政客的再掠夺，能够和小农佣农联合在一起，共同奋斗，那中国的农民运动，岂不就成功了么？

革命本来是荆棘丛生的一条道路，在这条路上的行旅者，多一个忠实的伴侣就胆大一点。那些欺骗我们的新旧军阀，欺骗我们的小资产阶级和知识阶级，我们已经把他们看穿了，我们应该早一点到农民中间去工作，应该早一点去锻炼我们的多数者的武器。

一九二七年九月二日

政权和民权

最近的报上，正在宣传着一位奔走南北的国民党老同志的谈话，说，政府已具绝大决心，准要把政权开放了。

政权开放，由我们这些绝对不曾尝过政权滋味的小百姓猜来，大约总不外乎是有饭大家吃，有官大家做的意思。以后天下太平，大家都有个前程，你也可以不必争，我也可以不必闹，雍雍穆穆，欢聚一堂。挂起国旗，套上皮带，诗人得预备去做个诗官，做小说的也少不得去做点稗官，听说北平的女子，且早已赶上了做女巡官，照这样子，大家做官，对外则共赴国难，对内则预备立宪——这四字在满清光绪年间也曾轰动过一时——蒸我髦士，縻尔好爵，天下英雄，入吾彀中，岂不盛哉，岂不快哉。

但仔细一想，我们有的是四万万同胞，任你把委员议员的数目，增加到无以复加，大约总也容不了四万万个鸟官。并且能者多劳，要人亲人，至少也得兼摄着十七八个显职，衙门是八字开的，宪法是纸上写的，叫花子扮作春官，一梦邯郸，后来的二百记大板，可真消受不了。所以寒酸惯了的我们这些穷骨头，还是趁早来巩固巩固我们的民权，倒来得实在些。

我想政权既要开放，何以民权却偏要那么的封闭。一本《马氏文通》，居然可以做危害民国的证据，一篇诉穷的小说，竟也构得成一个新闻记者的死罪。此外还有数不清的许多不吃羊肉，略带羊膻气的政治嫌疑犯,一次纪念先哲的集会,也得早去叩禀,必待核准,方好施行。诸如此类的事实,真很多很多,多得记不胜记,我想政权既要开放,民权又何必封闭得这么紧呢?

说冒骗

翻阅五月四日的《申报》，看见广告栏里，有周佛海先生启事一则，说：“佛海长男，年甫十龄，乃竟有不肖之徒，假借本人为长男结婚名义，印发喜柬。并于柬上注明'倘荷隆仪请投送镇江招商东巷九号'等语，显系假托名义，冀图敛财"云云。看了这一则启事，使我发生了两种感想，第一，是中国读书人的没有出路，而又不肯去走正当的革命途径；第二，是官场的婚丧庆吊的送厚礼的陋习。

这假托名义者，晓得去印喜柬，分发给相当与署名者有关的人，显然是读书人无疑。而被假冒者，又系是身膺党国重寄的现任官吏，则独在官场中，能以这些婚丧之事敛一笔财的事情，也很明白。

说到中国的冒骗，花样实在真多不过。卖酱鸭的店名，有陆稿荐、真陆稿荐、老陆稿荐、真老陆稿荐等，还有印成"如再假冒，男盗女娼"的商标印纸来表白心迹的店家。浙江绍兴乡下脚夫之狡猾者，闻每有代一健旺活着的富翁，向各亲友去假报死信，以祈骗一顿饭，和二百钱的谢礼的人。中国在冒骗上的发明的天才，实在是无奇不有，有时候每使人感到以这一种智慧，而只应用到冒骗上去，真是大材小用，可惜得很。

但中国的冒骗假造，目的也有不专在敛钱上面的。记得当安福系专政的时候，某总长为安插私人之故而大裁了一批部员。事情过后，某总长适逢着整十的生辰，正在华堂开筵，接受贺客的当中，棺材店里，忽而送来了一具白木的棺材，说这是今天府上差人来定做的，当然是被裁属吏们的把戏。还有某甲因恨某乙之故，居然去替他登了一个报，说某乙欲聘请几位五十元一月的书记，应征者须于每日早晨五点钟来某乙家面谈云云，结果弄得某乙寝食不安，无暇分辩。这些当然又是假冒的花样新翻，以期捣乱的恶作剧。

然而不管怎样，照中国近来的假作荐函以干事者之众多，和冒骗者的花样的新奇等事实看来，则目下一般读书人的绝无出路的一点，却是千真万确的铁案。

一九三三年五月五日

元旦感想

    年轻的时候，当然不知人世的苦辣，只希望新年的到来，可以多吃些果品，多花些金钱；中年多病，已切身地感到了韦苏州的"病人新年感物华"的哀感；近来渐入老境，一到新年，想起范石湖的"老病增年是减年"，少不得又要黯然神伤了。

    尤其是每年到了元旦的清晨，眼看看许多同时代者的喜乐的样子，耳听听他们的欢呼的喊声，总要想到那一位巴黎屋顶的老哲学家 Emile souvestre 所说的"人自迎新侬忆古"的一句哀话；Un Philosophe sous les Toits，像这样清新可爱的小作品，中国人不知为什么还不把它翻译过来！

    说到怀古，去年的一年，实在中国人也真是不幸。日帝国主义者在东北的杀人如草，果然是可以不必提起，就是我们自己，闹来闹去，到如今也还是在一个混沌的局面之中。黄河成患，丰收成灾，想起那千千万万的饥民，谁也不能不恻然心动。这些倒还是天下国家的大事，暂且按下不说；即以个人的身边杂事来说，一年之中，有许多朋友，都不知上哪里去了，提起文坛，更觉黯淡，只见有关门的书店，不见有热烈的新书。弄弄幽默，谈谈风月，苟且偷生，总算又是一年过了。

    闲话且少说，新正开笔，且让我来祝一祝大家的万事如意罢！

参观平津书画版画联合展览会题词

肇野的技巧，唐达的精细（杨叙才、李捷克等的平面版书式的木刻，在中国最能吸引大众），王氏一家，天才辈出，沈福文的遒劲，皆可推荐给大众的。

走马看花的印象

郁达夫

说肥瘦长短之类

❦

　　人体的肥瘦长短，照中国历来的审美标准来看，似乎总是瘦长的比肥短的美些。从古形容美人，总以长身玉立的四字为老调，而"嫫母倭傀，善誉者不能掩其丑"，也是大家所熟知的典故。按常理来说，大约瘦者必长，肥者必矮；但人身不同，各如其面，肥瘦长短的组合配分，却不能像算术上的组合法那么简单。所以同外国文中不规则动词的变化一样，瘦而短，肥且长的阴性阳性，美妇丑男，竟可以有，也竟可以变得非常普通。

　　若把肥瘦长短分开来说，则燕瘦环肥，各臻其美，尧长舜短，同是圣人；倘说唐明王是懂得近世择美人鱼的心理的人，则不该赍送珍珠，慰她寂寥。倘说人长者必美，短者必丑，则尧之子何以不肖，而娥皇、女英又如何肯共嫁一人。

　　关于肥瘦，若将美的观点撇开，从道义人品来立论，则肥者可该倒霉了。訾食者不肥体，是管子的金言；子贡淫思七日，不寝不食，以至骨立，的是圣门弟子的行为。饭颗山头逢杜甫，他老人家只为了忠君爱国，弄得骨瘦如柴。桓温之孽子桓元，重兼常儿，抱辄易人，终成了篡位的奸臣，被人杀戮；叔鱼之母，见了她儿子的鸢肩牛腹，叹曰：溪壑可盈，是不可餍也，必以贿死，遂勿视。凡此种种，都是说肥者坏，瘦者好的史实，而韩休为宰相，弄得唐玄宗不敢小有过差，只能勉强说一句吾貌虽瘦，天下则肥的硬好汉语来解嘲，尤其是有名的故事。

反过来从长短来说,中国历史里,似乎是特别以赞扬矮子的记录为多。第一,有名的大政治家矮的却占了不少,周公伊尹,全是矮子,晏子长不满六尺,而身相齐国,名显诸侯。孟尝君乃眇小丈夫,淳于髡亦为人甚小。其他如能令公喜公怒的短主簿王珣,磨穿铁砚赋日出扶桑的半人桑维翰等,都系以矮而出名者,比起长大人来(当然也是很多),矮小人决不会有逊色。武人若伍子胥,若韩王信辈,都系长人,该没有矮子的份了,而专诸郭解,相传亦是矮人。

　　看了这些废话,大家怕要疑我在赞成瘦子矮子了,但鄙意却没有这样简单。对于美人,我当然也是个摩登的男子,"软玉温香抱满怀",岂不是最快活也没有的事情?至于政治家呢,我觉得短小精悍的拿破仑,究竟要比自己瘦长因而卫兵也只想挑长大的普国弗列特克大王好得多。若鸟喙长颈的肾水之精(子华子),大口鸢肩的东方之士(淮南子)能否与大王弗列特克比肩,当然又是另一问题。

一九三四年九月

中国文学让外国人来研究

自从文学无用论——鄙人原也是这派论者之一——流行之后,果然各大学都撤销文科了;科学教科书好在外国文的都有,文学是不生产的。但是一批学理工、学机械、学造兵制炮,以及学航空海陆军的留学生回国来后,做的却都是等因奉此的工作,而实际的事情,聘的还是以外国顾问居大多数;至于生产,除人口增加之外,倒也似乎不甚见效。这原因,我想总还是中国人种的不好,所以在学问上也发生了等级的问题。第一,外国人之学政治、军事、机械、航空等者为超等;第二,中国人之学此等技术者为二等,所以降令作官,使弄文笔。准此类推,则外国人之学中国文字者,当更能比中国人超出一等,我所以提倡以后的中国文学,应尽先让外国人来研究,以冀符努力少而成功多的经济原则。若夫中国人之习外国文学者,自然比中国人之习中国文学者更胜一筹,研究中国文学者之所以不得不赴欧美留学者,原因在此。

至于孔子的应尊重,王安石、管子的宜熟读,却因为他们并不是文学家。亦犹之乎我们的读中国地理、中国历史之得用英文课本也。是不是?

战争与和平

《战争与和平》，谁也知道是俄国大托尔斯泰描写拿破仑战争时代的杰作之名；战祸之惨，战斗员的恐怖与心理，我想无论哪一个读了，也会感到不寒而栗，虽则其中也包含着许多神秘与定命论的色彩。当然，战争是一件惨事，若不是丧心病狂的人，总是拥护和平者居多。哪一个没有室家？哪一个不爱惜生命？爱国爱家爱己身，是人同此心，心同此理的。但是到了我不愿战人逼你战的时候，说话可又不同。

看了这一个冒头，大约读者总也已明白，我所欲说的是哪一回事。日本自从民国四年五月七日提出了廿一条条件之后，其后十四年的"五卅"惨案，亦发动于日帝国资本主义者之杀戮工人；十七年五月三日，又在济南阻止我们革命军的进行而有惨杀我们外交官的事情。进至二十年，急转直下，就是"九一八"事件的发生，东北四省，一夜沦亡，接连着更有上海"一二八"、长城各口之冲突，中央"为维持和平计"，先不抵抗，后诉国联，再接再退，终而至于华北冀察都成了今日之局势。简单一算，除清朝割去的台湾、高丽、琉球、旅顺口等不计外，民国以后的二十余年中，日本对中国的关系，总没有一年不再施行其侵略虐杀的政策。直到最近，武装运私，中国国家的税收，全盘被蚀；像这样的情形，若再延宕一年半载，国命的中绝，是意计中的事情，你说还能够浑浑然讲亲善说和平不能？

当局的所以不即战的苦心,当然也别有所见。战争的目的,是在求胜,并不在求败;明知必败而言战,是呆子做的把戏,非经国者的良谋。所以我们先得慢慢的准备,迟战一天,就有一天的把握。这论原也是真理;但是试问我们在准备的中间,他们是否也在准备的?准备到了十足,觉得自己有胜算的把握的时候,他们还能让你在中国更有立足的地方么?

还有一例,且看惨败在意大利铁蹄下的阿比西尼亚,就是教我们苟且迟战的一个好榜样;与其早亡,不如慢死,人当然是不愿意自速其亡的。这话也对,不过阿比西尼亚的国际关系,阿国的人口疆域与战备,和中国是不是一样的?阿意之比,是不是等于中日之比?中国的左右四周,是不是和阿国的四邻同样,全是叫唤不应的沙漠?因阿国的惨败而寒心的一点,以之自励则当然,以之自馁,却是大笑话了。

我们且一分析非战论者的层次。第一,国家的当局,负有经国济民的全责,当然要慎重考虑,不敢以国家为孤注,以胜负为尝试,隐忍不发,或许别有苦衷。第二,全国的军事专家,他们深悉彼我的虚实,觉得胜算还不能全操,所以宁愿充实内备,不肯轻易言战,而自取灭亡。这两层阶级,他们因自己所负的责任关系,虽则心有所感而口不发言,倒还情有可原;最可痛的,是一般高等华人,社会名士,以及挂牌学者,也在赞成秦桧,诋斥岳飞,力主万不可战;说今日中国的局势,亦犹之乎南宋南渡的当时,若不言战,还可以偏安一隅,苟延些时。这些人是社会的中坚,是一般知识薄弱的民众的向往者,他们这样的一唱宏论,意气激昂的民众,无异乎受到了当头的一盆冷水;学者临政,中国就只有手待亡了。

南宋主和,和的结果,已经写在历史上面,虽则苟延了几年,最后的结果,终于是亡是兴,想是读过《南渡录》的人,大家知道。所以和的结果，中国已经有了，这一回就来它一个战的尝试，也有什么不可？

我们再一回看日本，日本的民众，原不想战；大多数的兵士，也不想战，甚而至于几个军阀的首领，还不打算来同中国作战，因为他们知道中国人善于退让，可以不费一兵一卒而夺取中国全国的版图。这中间，民众的不想战，是为避免赋税兵役的苦楚；大多数兵士的不愿战，是在恨那些在上者的牺牲了他人而建筑自己的功名；军阀的不言战，是不必言战，而战功可收，系看穿了中国人的弱点。

强邻逼境的步骤，一步一步的紧起来了；我们的准备，也都注意在临时躲避，不曾筹及到将来的大计。书生无用，大家只在作纸上的雄谈，只想当局者能下一决心，以发泄一下大多数民众的郁气。在这一种饱含水蒸气的低气压之下，我深怕持之日久，中国将成一种鼓胀的痼疾，外部不去放水，内部或会破裂，非至于"盘肠大战"的局面，不肯收场。

一九三六年五月

文救协会理事会告诸同志书

诸位同志：

文救协会自改组成立以来，未及一月。蒙各文化界人热诚援助，并牺牲自己个人的金钱时间与精力，在这未满一月之内，已做了下列的几件事：

一，会员登记，已由组织部分头，且开始广大征求。

一，深入民间之干部训练班，已先决定在南台开始，初期训练组织市民之干部若干人。以后逐期更换，再及妇女、农民各部。

一，演剧宣传，决与各剧团合作，组织救亡剧团并分设四个流动剧队，出发乡村宣传。

一，系统讲演，自本月七日在文艺剧场举行第一次国际形势演讲后，以后每逢星期日上午，均请专家莅临，借文艺剧场为会场，分讲军事、经济、政治等问题。

一，刊物，先与《福建民报》合作，担任《小民报》副刊编辑事务。定期刊物，讲演稿小册子，及丛书等项，已在分别筹款集稿，俟有相当数目时，即开始发行。

一，国际宣传播音，已举行两次。九国公约会议宣传事项，除通电中外，响应拥护上海各救亡团体联席会议决议外，并发刊专号，说明中国之立场与最低限度之要求。

凡上举各事，即本会在此一月内所做之事业。同人等只认文化界救亡工作，是义务，不是权利；是天职，不必揖让。是以虽会全无，而精力有限，亦各于业务之暇，或抽出一部分工夫，或捐出一部分私财，分头干去。想到就做，就算，正其义而不谋其利，尽其份而不计其功。一切经过，已各在报上披露，想蒙鉴及，不再缕述。

又文化界救亡协会，系民众一部分之文化人，迫于爱国之挚情，自动组织，欲为国家尽微薄之力，与各救亡团体统力合作，以冀打倒侵略者而共救危亡。一方面仍须牢守着国民本份，一方面更须顾及文化人之立场。是以同人等于国民应尽之义务——如应召征兵，输财纳税，严守国法与纪律等——外，更欲以文化立场，为社会国家尽推动之力。

民族文化系无形之力量，不能以量来称轻重，亦不能以尺来计长短，更不能以货币来换算多寡与出入。"檄愈头风"，系古人之戏语，而千文万字不及会计出纳人之一笔签名，亦系浅见者片面之议。总之，文化为无形力量，精神系物外灵枢。文化事业，虽不能迅速于一时，终能奠定宏基于万世。若言其空，则饥时不能以文化来作粥，寒时亦不能以文化来制裘。若言其实，则泰山崩于前，而色不变，麋鹿兴于左，而目不瞬；我忠勇兵将之奋不顾身，古来烈士之从容就义，无一非精神之力也。创一文化不如开一金矿，或印一纸币，语言属实。但须知金矿之能开，纸币之所以能印能行，亦须恃文化为其原动力。无采矿之知识，无金融制度之创制，则金何由出，币何由行乎？

因各同志，似尚有不明本会之工作进行状况，及本会组织之宗旨与目的者，故略具数言以告。今后本会之工作及事业计划之类，拟逐日在本副刊内公布，希各同志注意指教。并请嫌其太虚、疑无其力之各同志，随时予以实力之援助，如慨助巨款及物品人力之类，共策进行，则幸甚。

预言与历史

中国在每一次动乱的时候，总有许多预言——或者也可以说是谣言——出来，有的是古本的翻印，有的是无意识的梦呓。这次倭寇来侵，沪杭、平津、冀晋的妇孺老幼，无故遭难，非战斗死伤数目，比兵士——战斗员——数目要多数倍，所以又是刘伯温、李淳风的得意之秋了：叫什么"嘉湖作战场"啦，"末劫在泉唐"啦之类。以形势来看，倭寇的不从乍浦及扬子江上游登陆，包袭上海，却是必然之势。不过前些日子，倭寇伪称关外有变，将华北大兵，由塘沽抽调南下，倒是吾人所意料不到的事情。而平汉、津浦的两路，乘现在敌势正虚的时候，还不能节节进取，如吾人之所预计一般的成功，也是吾人所难以解答的疑问。在这些情形之下，于是乎有预言。

预言倒也并不是中国独有的国粹，外国的军事学家、科学家、文学家，从历史的演化里脱胎，以科学为根据，对近五十年中的预言却也有不少。归纳起来，总说是世界大战，必不能免，中国先必受难，而到了一九四〇年前后，就可以翻身，收最后胜利的，必然是美国。

外国邵康节，当然不会比中国鬼谷子更加可靠，只是中国的预言，纯系出乎神秘，而外国的预言，大都系根据于历史及科学的推算，两者稍有不同。

可是神秘的中国民族，往往有超出科学的事情做出来，从好的方面讲，如忍耐的程度，远在外国人之上，就是一例。更就坏的方面讲，缺点可多了，而最大的一点，就在于太信天命，不肯自强。譬如有人去算命，星者说他一年后必一定大富大贵，他在这一年里，就先不去努力，俨然摆起大富大贵的架子来了，结果，不至饿死，也必冻煞。大而至于民族，也是一样，现在到一九四〇年，足足还有三个年头，若只靠了外国人的预言，而先就不知不觉地自满起来，说不定到了一九五〇年，也还不会翻身。九国公约会议，似乎是外国预言的一个应验，但一面意德日协定，也是一个相反的应验。

常识大家斯迈侯尔氏，引古语说"天助自助者"。这虽不是预言，但从历史上的例证看来，这却是实话。所以，我们只有坚竖高垒，忍苦抗战，一面致意于后方的生产，一面快设法打通一条和外国交通的出路之一法。

轰炸妇孺的国际制裁

　　国际反轰炸不设防城市大会，已于七月廿四日在巴黎会议完毕；决议案甲项大纲六条，乙项对中国之特别议案五条，早已在各报登出。冷静的国际诸先进，如何地在深恶痛疾那些法西斯军阀的兽行，即此一端，也可看出；正义人道，终于是决定胜负的最后楔子，疯犬们的乱噬狂咬，流毒必将反至于自身。

　　在这一会议之后，令人不得不想起的，却是罗素在三五年前提倡过的一个提议。他以为纸老虎决不能吓退真疯犬。国际联盟，在仲裁亚国被侵略时丢了脸，在调查伪满及中日争端时，也是一样。没有扶持正义的国际十字军，对侵略国来加以强有力的军事制裁，则世界的和平，人类的幸福，决没有保障的可能。所以他提出一个具体的建议，就是无论哪一国的航空事业，不论是商用或军用的，必须由国际来经营，来管理。各主权国不准私自制造飞机炸弹，当然也包含高射炮及防空设置事业在内。万一有一侵略国，不守条约，蔑视信义，敢向正义人道挑衅的，国际空军就可以以轰炸来施以制裁。这提议若能实现，岂非国际间的一大保障？可惜世界国家的理想，还不能实现；人类兽性的克服，还不容易完成，这也不过是一句空话而已。

　　回过来再想一想日本军阀的所以要如此残暴蛮横的理由，实在原因也很简单。他们少数军阀的唯一企图，就只在满足个人的私欲。而私欲满足的最后阶段，就是富有天下，就是取帝位而代之。"二二六"事件,军阀们本就想行废立之举的,然卒因分赃不匀而失败;这一次的侵略中国,也就是他们想挟天子以令百姓的第一步。不管他们这一次对中国侵略的成功与失败,结果必将暗杀日皇,重建摄政关白之制,是可断言的。这是自然的成果,并非是我个人的臆测;三年之内,我们就可以看到日军阀称帝的事情,换句话说,日人所夸说的什么万世一系,就将断绝在二三法西斯军阀之手。

七月廿九日

苏日间的爆竹

为争夺张高峰一带的据点,苏日间居然燃放了爆竹。衅由日起,解铃人当然仍是日本,珲春条约之前,张高峰本是我们的土地,一经订约,我们就让给了俄国。法西斯军阀手下的小喽罗辈,看到了大头目对中国的妄作妄为,于是也想抄一帖老方,也来一个立功的妄举,其目的原也只在升官发财与依次的擢为大将,×××。但结果却变作了一只似虎的劣犬,从此可以看出,为大头目的目无法纪,擅为戎首,已昭示了小喽罗们的可以不服从命令,不顾忌条约,一唯私人权利的嚣张。上有好者,下必甚焉,螳螂黄雀,就去自然不远。我所以敢果断地说,日军阀不久将要篡位,但不久之后,这篡窃者也必将依次的被××。

这一次日军阀内阁的卑躬屈节,向苏联的叩首求和,原是他们的聪明。因为自从他们发起向中国侵略以来,纸老虎戳穿,一等国早已降落到了二等国的末座。并且,军火、壮丁、经济,也早已用去了十分之三四。几十年来苦苦经营的准备,在这一年之中,已经消耗了三分之一了。而换得的收获,却是"世界上×× ××××","绝无法治精神的国家","×××××××××× ××××××××××××××××××××××××××××"等人类历史上从未有过的头衔。苏联若譬它作老于航海的奥迭赛的船,那日本必将变成独眼巨怪零克洛泊无疑。所以这一次日法西斯军阀头目的叩首乞和,的确是他们的绝对聪明。

  他们若再聪明一点，就可以悬崖勒马，撤回侵略中国的无理暴军了；可是骑虎之势已成，他们虽则眼看到了这次玩火把戏的终将失败，但心怯口强，终于是不肯走这一条上天之路的。

  对英苏叩首言和之后，××××××××××必将吐向我们的武汉。我们对大武汉的保卫，消耗疯犬气力的目的达到之时，××××××××××葬钟已经挂起，坟墓也已经掘好，××××××××××。同胞们，让我们先预备好一个最后××的准备！

八月十三日

日本思想的中心

世界上无论哪一个民族，从头脑的简单、顽固，思想的保守、荒诞的两方面来说，总要以日本民族为第一。就是印度民族、朝鲜民族、马来民族，以及蒙古民族等，在这一点上，都不及日本民族的彻底。

要想了解这奇异的民族性的来源，照理，应该要先究明了日本民族的人种问题之后，才能明白。但是，在日本，研究学问，是要受军部的指挥的；是马是鹿，学者须先去请教军部，才能说话。若一不小心，将真理说了出来，学者就要被判处死刑。当执笔者，在日本流寓的时候，帝大的助教森户辰男，就因为翻译了一段克鲁泡特金的书籍而坐牢；大杉荣，也因为翻译了《互助论》及法勃耳的《昆虫记》而见杀。这一种事情，在日本是很多很多；也不准报纸揭发，所以日本的真正学者，天天在那里被杀被囚，我们只是没有法子知道。前几年的美浓部达吉因讲授天皇机构说而被控，只是每年在日本必有的数千件焚书坑儒案中之一小事。自此次侵略战争开始之后，公开的或秘密的被日本军部所虐杀的学者，为数已不止几千了，不过我们都无从知道而已。正因为这一个缘故，所以在日本，不能够研究日本人种的起源这一类的问题的；几个军部隶属下的人种学者，所准用的唯一材料与方法，是上军人妾宅去伺候，等军人大醉之后，随便说出来的一些主张或故事，就是材料的全部。并且连这一点点材料，学者们也还没有引用的自由，因为军部之外，还有一个警部。警部的变态心理，又是一种畸形的现象。他们因为月俸的薄，升迁的难，以及同类监视阶层的复杂与繁琐，平时就养成了一种仇视警部以外的各种人的心理。警部对军部，当然也是仇视的，但因为势不及，力不逮的缘故，便只好忍气吞声，而执下走之役。正唯其如此，所以更加强了他们仇视其他各种人的心理。警部的挑剔，虐待，无理取闹的检举，比军部还要阴险刻毒到万倍。在这两重枷锁之下，像日本人种的起源这一类的问题，在日本是无论如何也不能有准确的文献发表的；倒是被日本人所轻视为野蛮民族的英法各东方学者，时常有关于这一类的研究发表。

照世界各学者的一般研究之所得，则可以断定，日本人种确是杂种。在日本民族——也就是大和民族——的血管里流着的血，有虾夷、马来、蒙古、朝鲜的种种，而汉族的一部分逋逃者，也是组成日本人种起源的一小单位。

正因为大和民族，是上述各民族的杂种之故，所以日本人自己不愿意承认；并且由军部的眼里看来，上述各民族，都是劣等民族，认他们为祖先，是一件极不名誉的事情，所以只好造出一个神或许多神道来做他们的祖先。因此，日本民族，是神的子孙这一个神话，就变成了日本人思想的中心；而近年来愈演愈奇，神就是他们的祖先，军部就是神，所以日本就是军部这一个三位一体的畸形辩证论法，也就牢不可破地在他们的头脑里凝结住了。

写到了这里，读者或者会起疑问，那么日本的天皇的地位，究竟要算什么呢？是的，日本的天皇也就是神，和每一个日本人，都是神的子孙一样。但是，由军部来说，天皇与军部以及每一个日本人，原都是神，但在这中间，却有正系旁系，及正作用副作用之分。日本天皇中，最正统的创始者是神武天皇，——日本的纪元，就系由神武天皇起的——是一位军神；所以攻城略地的日本军部,就是这一位军神的正系。至于天皇呢,不过是神的一个名义上的代表,实际上是应该受军部的支配的。故而日本的历史,名义上虽则是以天皇的名在纪年,然而实际上,却都是军部在那里左右一切,自谗杀其兄武内宿祢的甘美内宿祢起,一直下来,如苏我、物部、藤原、源氏、平氏、足利氏、织田、丰臣、德川等,都是军部的代表,在他们的治下,天皇非但没有一句话分,就是日用起居,都被逼迫得同乞丐一样;在明治以前的孝明天皇还是如此,现在又轮到昭和的头上来了,所以,无论从历史上,事实上来说,日本的军部,就是一切,日本的天皇不过是军部的一个御用品,也就是说,在日本只有军部才是神的正系,才是起正作用的神这一句话,是可以成立的。

　　因为日本的传统思想是这样,所以一切的教育、社会、法制,以及生活起居、男女问题等,都只有一个根底,就是日本就是军部,军部就是神道的这一个一元理论。凡违背这一思想或与这一元理论相反的一切言论、组织、活动,都是犯法的,都可以被秘密或公开地处死的;父以此教子,子以此传孙,陈陈相因,世世相袭,除此以外无真理,无科学,也无世界。所以,日本的军部,非但负有杀戮人民,压迫天皇的使命,并且还有统一世界,杀戮、虐待任何种族,任何国民的特权。

　　这些,就是日本人的思想,也即是日本人的全部头脑。所以地心吸力、电气、南北美洲等,在日本,只能说是日本军部所发明所发见的。你若提一提牛顿、来顿瓶、哥仑布等名词,就是不敬,就可以被处死,可以被监禁。

　　最简单的例,可以以日本武士的试刀,及日本武人的禁止女人穿裤的两件事情来说明。武士的刀,是军人的魂,凡一武人,要试试他的刀的时候,无论跑上哪里去,就可以逢人便砍。这一贯的思想与风尚,在前三年的二月二十六日的东京杀阁员,与前年当南京陷落时,两个军人的比赛杀戮中国妇孺两事上,可以看得出来。此外,则日本军人,对于无论哪一阶级,或哪一国的妇人,都有强奸的天赋之权,也是日本的神道思想之一;所以,在日本武人是禁止女人穿裤的,为的是谋军人的便利。而军人入宫,也可以自由行动;日本历史上,凡军人污乱宫闱的纪事,每朝都有。现在,则日本皇军,在中国各地的奸淫掳掠,正书不胜书。

明了了这些,我们就可以说是明了了日本民族头脑简单顽固,思想保守荒诞的正因,也便是握住了日本思想的中心。日本人常以这一个笑话,传为日本教育上的美谈。有一先生,问一小学生说:"你将来大起来,想做一个什么?"小学生立即回答说:"要做一个陆军中将!"先生问:"为什么不做陆军大将?"小学生说:"因为爸爸是陆军中将!"

日本人的思想,头脑,三千年来,是没有什么变更的。他们的学者中间,还没有一个人出来主张,立下一个中国字是日本军部所发明的学说,却也是一件不可多得的奇事。哲学家斯必诺查说:"人类的大患,只在自欺!"日本人正犯了这一个死症。

大家都在说,日本人是祖先崇拜狂者;但是这祖先崇拜的教义,却是由军人崇拜上来的。因为他们都只在说是神的子孙,是神武天皇的直系,所以要追源祖先,不得不倒溯上神武天皇的身上。而神武天皇却是一位军神。日本的政治、宗教、道德,都出于一源,就是一个"神道";而这神道,就只有一个教人崇拜军部,盲从军部的唯一理论。

总之,在日本,没有天皇,没有人民,也没有国家、法律、思想,以及近代文化所产生的一切;若要简括的来说一句的话,日本就只有军部,和附属在军部底下的许多毒蛇疯犬似的军人。日本思想的中心,也不外乎此而已。

但每一个定例,必有例外一样,在日本,与这中心思想相反的思想，不时也有得出现。从历史上来看，如每一朝被军部所惨害的各文人，各忠臣，最有名的如忠臣管原，忠臣楠子，宗教家日莲上人等都是。但是忠臣或文人的势力，终于是敌不过军部的；所以归根结蒂，我们若要把日本思想的中心一言道破的话，只能如上面那样的一个说法；军部是日本的一切，日本的一切就只是军部。所谓 Nipponism 者就是 ultra—militarism，也就是 Jingoism 的别名。

第二期抗战的成果

抗战十九个月，民族复兴的艰难行路，现在已进到了第三个年头，第二个阶段；已经是到了光明在望，渐入佳境的转弯角上了，离开最后胜利的目的地，只差了一箭的路程。

在这一个转弯角上，我们正可以放开眼来回顾一下过去，展望一下将来。

过去我们的抗战唯一弱点，是在武器的不精良，政治的不澄清，军民的不联络。

但武器的相差，只教战事一持久，两方终会渐渐地平衡起来，精良的一方面，因旷日持久，消耗过大之故，军器的质和量，势必至日就衰退。而初战时军器不优越的方面呢，因竭力追赶的结果，持久至一年两年以上，军器当然会一日千里地作长足的进步。在这背后，更有两个重要的关键，能发生莫大的影响：即一，是国际的援助，二，是对外经济信用的有无。从这两点上来说，我们的地位，当然要比敌人健全得多，这是谁也明白的。所以，敌人最初持以攻城略地的唯一强处，——就是武器的精良，——到了现在，也已成了强弩之末了。

况且，战事自入第二期以后，我所凭守的，都是山河险隘之地，进可以攻，退可以守，而敌人机械化部队，却绝对地失去了效用。

看清了这一点，并将敌人国内的一般论调来作参考，就可以知道敌寇目下的进既不能，退又不可的状态，是必然之势。

敌人当进攻武汉之先，为欺骗民众，消除反战思想起见，老早就在国内宣言，只教武汉攻下，中国全部就算被征服了；只教武汉能攻得下，中国的中央政府，就等于一地方的政权，对中国的军事行动，就告结束。以后，不必再用兵力，只用政治的力量，来改组各傀儡，使联合起来就行。这宣言，是当近卫下台之先，敌对一般反战国民宣示的誓言。所以，到了目下，敌人要想再征重兵，深入到西北或西南去，是万万不可能的事情。因而，只能把东边的兵，调往西边，南边的兵调往北边地，日日在故作增兵的样子；而实际上，则这些军队，只有在运动之间，受了我游击队的袭击，数目在日减的一个倾向。明了了这些，就可以知道，敌人于进入了武汉之后，以后就不敢再进一步，只作作毫无目的的各地轰炸，聊满足他的破坏欲望，是他们预定的计划。

所以，抗战自入第二期以后，我们就取得了主动的地位；以后，便是我们一步一步地还击敌人的时机了。各地游击队在敌人后方的日夜出击，原是我们主动作战的姿态的一种，此外，则正规军的大规模出动，也正在计划之中，大约不久的将来，失地就会一处一处的收复。

其次，在抗战发动的前后，我们中国政治的不良，是大家都晓得的。旁的事情不必说，单就贪污的一点来讲，全国上下，简直是无吏不污，无官不贪的样子。我只教举一个小例出来，就可以证明。譬如在我们江南的某省，一般人都说教育是比较进步的。但自前年十二月廿五该省首府沦陷之后，那位教育当局者，还在把各校长的缺，使人四出在那里兜卖，某校长是几千元，某校长是几百元；而附带的条件，是买了这某缺的校长到差以后，每月更要报效教育当局的私人若干。而更加荒唐的，是一江的西北部沦陷之后，到了江东复由这当局去创办了一个青年学生团，在一区水丽湖碧的风景地带。学生报到的共有三千余人，本来是由中央订定，每月每人给学生伙食费六元，服装杂用费二元，统由省府财政收入项下指拨的。但这当局呢，伙食费每人克扣剩了三元一月，服装杂用费则一文不给。所以，中央于这抗战时期，想发动青年去组织民众的这一个计划，结果，只运气了这一位当局发了大财。一个穷光蛋，到了现在，居然有数十万美金存在美国纽约银行，数十万港币存在香港汇丰银行了。而他个人在抗战中的唯一工作哩，就是诱骗良家妇女，和女学生等，一个一个在轮流和他同住。大家试想想，握一省最高教育行政权的人，尤其是在该省沦陷之后，这一位官吏尚且如此；我们的政治再不澄清一下，还有什么希望呢？所以委员长当这第二期抗战的中间，已有很大的决心来肃清这些贪污了；所谓政治重于军事的主意，就在这里。在第二期抗战的期间，只教政治能够澄清，则壮丁的补充，游击区的整理，就马上可以就绪。敌人破坏我统一，破坏我金融的阴谋，是绝对不会收效的。

况且，各地的傀儡，都半是地痞恶棍之流，民众对他们非但信用毫无，而且只教防备一疏，大家就在设法执行他们的死刑。这是我们每日在报上就可以看到的事实。敌人蓄谋已久的以华制华的梦想，终于是一个恶梦而已。

最后，是发动民众，组织民众的工作了。抗战之初，我们因为忙于军事的应付，对于组训民众的一层，没有加以十分的注意。并且又因为小组织的互争民众，致发生摩擦的现象，亦随地都有。但现在到了第二期的阶段，大家就觉悟了；大家都晓得民众实在是比土地、政权更重要的一个国家的因素。从前的古公亶父，不堪夷敌的侵凌，率老百姓而来至岐下，奠定了数百年周室统一之基，就是一个最大的历史教训。所以，我们在持久抗战的第二期里，这一个组训民众，使军民得联合一气的工作，不得不彻底去做了；而且实际上，各战地政训处，以及民众动员委员会，也已经次第成立。打游击时的交通联络，情报侦探；对敌人的破坏交通，故作谎报等工作，确已切实地在收效果。委员长所说的民众重于军队的政治设施，已在军民密切联络的一点上，见到了实行。

所以，总括起来，我们在前期抗战时期里的种种弱点，现在已都在加以改正，并且也实际上已经有了很明显的成绩；只教再进一步，就可以做到武器转弱为强，政治澄清到底，军民打成一片的理想境地。

试想在这一种自强精进的局面之下，我们抗战的最后胜利的日子，还会得很远么？所以，早则半载，迟则一年，我们就可以看见敌军因纪律的全无而崩溃，敌国内因压制的过度而骚然，国际因暴敌暴行的重复而受严重制裁等现状的迭发。

敌人的强占海南岛，乱炸香港附近的英国兵营等等，虽说是因他们海陆军部互争权势而出的乱子，但实际上恐怕也有加强对英法的威胁，想逼他们出来调停的用意在那里。

此外则世界大战，不发则已，若一旦果真勃发，则日寇的末落，更加要快一点。因为美对日的海军，是三对二的比例率，而苏俄对日的空军，是五对三的比例率。世界大战发动之后，苏联与美国，势必至于联合起来，来制止这太平洋的搅乱分子的。美国的四万吨以上的军舰，与俄国的超巨型轰炸机均可以制敌人的死命，是谁也知道的常识。英国各预言家的预言，说这一次的世界大战，若果真爆发的话，则战争期间，决不会延长至像上一次一样的根据，就在这些重兵器的进步的上面。试想想弹丸的一个岛国，值得几个大炮弹与巨量炸弹的一击呢？

抗战进入了第二期，我们距离胜利的日期自然是愈近了，同胞们，大家应该再努一步力。

谈轰炸

    飞机的轰炸，要与海陆空配合起来助战的时候，才能发生意义与价值，我已在《晨星》上说过了：像最近敌机的滥炸福州、潮汕、重庆、龙岩等处，是在作战上，一点儿意思和价值也没有的。

    并且，我们在抗战的后方住久了的人，从敌人的泄愤滥炸上来下判断，随时都可以看出：敌人在战线上的损失伤亡太重大的时候，往往接着就会有这一种滥炸的事情出来，以作报复。所以，鉴于他们的这些滥炸的频来，我们就可以断定，最近湘赣鄂晋陕豫和浙东，敌方伤亡损失，一定不少。

    轰炸的次数多了，人民习以为常，敌机去后，倒很会有幽默的余情，造些笑话出来解闷。这种幽默，当然同俄国柴霍甫的小说一样，是带眼泪的笑声。

    譬如：上海当大世界附近及先施面前落下大炸弹时，沪上的茶馆里，就流行着种种的传说。其一，说一小旅馆楼上的一位旅客，当炸弹落时，正在凭栏闲眺，忽而震天一声，房屋一动，一只女人的玉手，连臂带骨，飞到他脸上来，打了他一记耳光，他的半面被打得有点乌青，但拾起这一只还热的玉手来一看，上面却带着一两五钱重的一只金镯，和一个宝石戒指。其二，炸弹来的时候，有一洋行小鬼，正走过那里，被震倒地，身上脸上，浸透了血。救护车来把他救起，抬到医院去，一经洗涤，却一点儿微伤也没有,原来他是睡卧在他人的血泊里的。在车上时,他还叫痛连声,可是洗涤完后,大笑一场,马上就跳出医院来。

此外则幸不幸的毫发之差的轶事最多。所以,有些人,又重申了八字和定命论的古义。南京轰炸之日,中央大学附近的防空壕内,挤满了七八十人;有一个寡妇抱了一个两岁幼儿后至,也进了这防空壕。小孩一见生人挤得多,且又暗如地狱,便放声大哭;壕内避难者大动公愤,要驱逐这母子出去。寡妇也恐因儿子的哭声,累及大家,只得仍复走出那一所防空壕,而避入了西面的一条小巷。但结果,一颗炸弹,正落在这防空壕上,在壕的七八十人尽被活埋,而这寡妇的母子独全。所以,有人说,这小孩将来必成大器,也有人说,这寡妇是心好食报。

冯焕章先生,当武汉日日被炸的时候,是住在蛇山东麓的福音堂里的。有卫队百余人,和他老在一起。当飞机来时,冯先生老爱说笑话,去壮旁人之胆。他有一次问兵士们说:飞机和飞鸟,是哪一种数目多?当然是飞鸟多。又问鸟粪和炸弹,是哪一种多?当然是鸟粪多。再问你们在走路或操练的时候,有鸟粪落到你们的头上身上过没有?当然是没有。"那么,"他说,"炸弹哪里准会打到你的头上来呢?"这虽是一个笑话,但也可看出冯先生的善用譬喻,训育士兵。

所以,经过轰炸地的人,对飞机炸弹,是不十分怕的。前线的士兵和红枪会的同志们一样,说枪弹是生眼睛的,对于好人,枪弹自然会得趋避转弯。理直气壮,行为勇敢机警的人,很不容易死亡。

总之,空袭来时,最不好的现象,是大家慌张,挤聚在一起。至于讲到疏散呢,自然有永久疏散,和临袭时疏散的两种。在人口密度不大的地方,则就是临时疏散,也就可以了。我们凡在放弃以前的粤汉路南段走过的人,大约总有过飞机袭火车的经验,那时候不也只跳下火车,跑开一二里路外的草地水田里伏着就行了么?

  对于普通的空袭,我总以为是不十分可怕的,只有和海军舰上的大炮与陆军的排炮联合起来的炸弹才有点儿可怕。

教师待遇改善问题

因"六六"节的将次到来,教师的联合呼声,是待遇改善的要求。我虽则没有当过一般学校教师(尤其是马华的)的经验,但从诸友人的口中,及纪录的叙述,与在国内所见到的一切情形综合起来,总无时不觉得精神劳动者,尤其是中小学教师,在二十世纪社会里,所受到的虐待确乎超出在任何职业者之上。

工作的劳苦,与给养的菲薄,还是余事,而在马华(就是战前在国内也有这一种倾向)的教育界一个最大的缺点,是教师地位的没有保障。

国民教育的导师们所负的责任(无论在战时与平时),是如何的重大,各国的改良教育的重心,都安置在小学教育即国民教育的一点上等问题,是有知识者所一致承认的,此地可以不说。可是,对于负这样重大责任的教师们,当局者却在视为厮养走卒,可以任意招来与驱走;因而,教师们自己,也起反射作用,只以失业问题为中心思想,有抱做一日和尚吃一日斋之心,也有出卖人格,唯祈保全地位之事。在这一种局面之下,要想谋教育的进步,自然要比缘木求鱼,更加难了。

所以,关于教师待遇改善的初步,我以为不必张大其词,多举条款;第一,只从严格诠选有真才实学,与有经验与人品的教师,而给以保障,就可以奠定教育的初步基础了。先不必说百年大计,如终身年功加俸,及养老退役年金等,但只须先决定一个计划，然后去择定一个人才，计划是三年的，就加以三年之聘，十年计划则聘十年，以此类推，教育效率，自然会得增加。

要做到这个最小限度待遇改善的地步，光是依立法，或公家的命令，来作后盾是不够的。每一个学校的基金保管委员会，和董事会的健全组织，当然是首先的要着。其次，则教师们自己的团体，也该加以反省和筹济。教师之中，未必没有败类；年老或失业的，自然也要加以救济。败类的剔除，救济的互助，是教师们自己的事情，地位的保障，与人才的诠选，是学校当局的事情，两方面双管齐下，互相淬励，则教师待遇改善的始基，或能渐渐的趋于抵定。

现在是抗战时期，一切问题，都只能从权论断。可是华侨教育的不振，在过去的一大半责任，实在还应该由祖国的教育当局来负。

侨胞披荆斩棘，开辟洪荒，在南洋各埠的历史，已经有七八百年了；但自明初郑和出国的卷宗全部被焚之后，祖国和侨胞之间，就断了数百年的关系。民国成立，中央才有侨务委员会的设置，然而一则因人选失宜，二则因国内缺少统一之故，对于侨胞的教育，终于取了一种不问不闻的态度。

教育事业，既成了由几位侨领出资的私人事业，则一切的措置规划，自然要由这些出资者的私人好恶来决定了；华侨教育的变成目下这一种状态，谁能说不是必然的结果。

所以，现在虽则在军事第一的抗战时期，所有的人力物力，都应该集中到抗战胜利的一点上去，但为准备第二代民族的实力，为预造将来建国的人才起见，我对祖国还是希望能划定一笔经费，拟定一个计划，与此间的侨领及行政当局和衷共济，分力合作，来定下侨民教育的始基，来改善教师待遇的事业。

敌在浙闽的攻势

近几天来，为桂南的大捷的激刺，我们对于敌寇向浙闽的进攻，似乎少注了一点意。

这次乘大雪满江之际，敌寇偷渡钱塘江，竟占领了萧山县城；同时敌海军又迭攻宁波镇海，企图登陆，用的仍旧是两面包抄的战略。可是，我驻镇海守军，早已有备，故而终将敌寇打退。渡过钱塘江的敌兵千余，亦已被我包围，在歼灭中。

这次敌人在浙闽的冒险，显然是绥远失败、粤桂失败后的一种掩饰作用，其目的是在进占宁沿海区以后，又可以大大地向敌国内民众，及沪上外人作一次胜利宣传的企图，而且奉化一带，又是我领袖的故里，敌在西南西北无计可施之下，进占一不关大局的沿海小地区以自慰，也是穷余的一计。

所以，敌此次的进扰浙闽，其企图原不在分散我军的主力，以救粤桂之危，更不在预备大规模地攻袭浙赣路沿线，要华中再起一场激战。要之，不外乎想多占领些可以供作宣传用的城市，以掩饰半年来屡战屡败的羞辱而已。

我们在浙闽的防务，纵不能说是充实，但是敌要想长驱直入，不费几师团兵力，而占领我金华、宁绍、泉漳，却万不可能（我在刘建绪将军麾下布防的军队，约有十万）。

我军若能在浙东的山水之区（自绍兴向西南，就系山区和水流很多的区域了），要予敌以一次像在桂南似的打击，则敌军东南的全线，必将像冰山似的骤行崩溃，我们且静候着这一方面的捷讯吧！

永久的和平

二月廿二日巴黎发的路透电报,曾报有司蒂芬·金·霍尔司令的一段演词,大意是说这次大战结束以后,当由英法两国民各自警惕,组织维持和平的联合委会,勿仅仅以己国之利益,或和平时期的安易常态生活为满足。英法国民,要同时是法国国民,也同时是英国国民才对。又说,世界上的国家,要同时并进于一个文化之域后,战争才能避免,否则就不能够免除每一代的一次大战。

金·霍尔司令的这一篇演词,原只是在现在的状态下,向英法国民说的话。我们只教读西洋历史,不是健忘的话,应该想到在百余年前,当英法争霸时代的欧洲,又是怎么样的一个局面?

总而言之,第一,个人的野心,是挑起大战的直接主因,这是最简单明了的事情,如日本的军阀们,德国的希特勒等,这些人当然是死有余辜。

而第二呢,则分配不匀,不平等条约的缔结,也就是酿成第二次战争的要因。譬如一九一八年的战争结束后,凡尔赛和约,就不见得公平,在密约里已被判定作瓜分材料的土耳其,就最早起来推翻这和约了。恶魔希特勒的横行,还只是在日本强夺了满洲,墨索里尼霸占了亚比西尼亚、阿尔巴尼亚以后。

所以若要奠定永久和平的基础,也并不难,只教和约能定得和平,而定了公约之后,各能够坚守就对。

此外,还有一点,就是不要存牺牲他国,以博取己国的和平利益之心,也是非常重要的一个关键。惯玩这一手把戏的国家,最后终也不能够免于牺牲,是自然的因果律。

在这一次大战之后,我们当然希望在全世界,有一个比较长久的和平时期,但这一个比较长久的和平的造成,却必须在于这次大战的战得彻底,与这次战后和约的大公至正,与坚强有效的两点。

从苏芬停战说到远东

苏芬停战之后，东西的政论家就有许多预测将来变局的言论发表。我们自然不相信苏联会更进一步地向罗马尼亚或土耳其进攻；我们以为继续拉把洛条约精神的苏德互不侵犯约定，界限仅止于互不侵犯，或小有接济而已，此后的苏联，一定又是来一个五年的和平计划无疑。

至于苏日的对抗，中苏的友谊，我们自然只希望能比现在更有进步，可是事实上能得到怎么样的收获，则一时亦很难说。影响于我国抗建的将来最大的，倒是在美国副卿回国以后的罗斯福总统的决心，和英法对德的战意的两点。

假使英法而有和意，假使德意而有可以商谈的具体条件提出，则半年之后，欧洲的和平，就可以一时出现。报载德将在西线作总攻的准备云云一类的消息，我敢断定是希特勒的假装法术。试问德在西线进攻，有胜利的把握么？即使西线有了尺寸的进展，可以保得住在波兰捷克，甚至于在德本土，不会有大事变发生么？况此外德国还须留意到巴尔干及中欧哩！

我们前回，已经说过，芬兰问题，不久就可以解决，而欧洲的战局，将在韦尔斯返美之后，或许有一个转变。这事情就在两月之后，可以验其应否了。

可是欧战即使告一段落之后，中日问题，也必不能同时解决，是铁定的事实。我们的抗战，要抗到底，不自今日始喊出来的口号，而敌阀也先已装上了傀儡，动员了全国物资，缩短了战线，在作持久的准备了。

在这两方相对峙的局面之下，一面原要看我们的抗建工作做得彻底与否，来定最后胜利的迟早，可是另一方面，则欧美与苏联的助力，当然是一个重要的因素。英工党议员克利浦爵士，曾在上海接见记者时说："中国必获最后胜利，英国只等在欧战转变之时，对日必更有动作。"而美国的金元借款，却早已公布成事实了。在这一情势之下，我们就可以看出中日的对峙，究是于谁有利的。

汪逆的登台，敌寇的分头乱窜，对大局绝没有半点的关系。或者当傀儡政府成立的前后，敌寇在沿海各地（当然是在闽浙两省），有一点骚扰，也未可知。但这些沿海小地的一二处的得失，终是只能作为敌阀遮羞，为傀儡捧场的点缀，实际上的得不偿失，却与敌的占领我内地的点线，是一样的。所以，现在的中日战争，就无异于龟兔的赛跑，我们只有从努力持久的一法，来争取最后的决胜。

今年的"三二九"纪念日

"三二九"纪念日，谁也知道是为纪念黄花岗七十二烈士，于民国纪元前二年在广州起义殉国之故而设定的。自民国成立以来，年年此日全国各地的举行纪念，都非常盛大，尤其以广州未沦陷以前的这一日的景况为最盛。

笔者曾在广州躬逢过这盛大的纪念日两次。每年到这一日，不论晴雨，广州北郊，自北门小北门起至黄花岗的数公里路上，几乎全为热烈纪念烈士的群众所填塞。车水马龙的四字，不足以形容出这群众热烈参加纪念行列的景象。

途中的沙河镇上，在这一日销售的沙河粉的数量，据说要占全年的销售额三分之一。

但是，这一个创造民国的烈士的埋骨之区，现在是已为敌占了。我们当向空遥祭，血泪交流地在默念的几分钟内，切齿痛恨的情绪，又岂是三言两语所能道尽？

痛恨之中，尤觉得切齿的，是号称这些烈士的同胞之中，竟有一个生长在烈士们埋骨之乡的汪逆，也正在乘这一个时机，上伪京去组成了出卖党国、出卖民族子孙的伪府。

为纪念先烈之故，我们更要踏着先烈的血迹，加强抗战的决心，出钱出力，为建国的后盾，固无容更说。但今年的这一纪念日内，我们觉得还更不得不多增加一个重要的任务，这就是要尽我们的全力及粉碎汪逆的破坏我们抗建的阴谋。诚然，南京的傀儡戏，无论在国际友邦的眼里，或在我国同胞的心目中，是完全不值得一提的虫鼠狗彘的行为。可是敌人的必欲制造这一伪府，想用以来作剥削我民众，欺骗我同胞，分散我们力量的爪牙之计，却是亡我国灭我族的一个最毒辣的阴谋。假使此阴谋，而有一分半分的成功，则沦陷区的收复，敌人的经济产业的崩溃，以及兵种的枯竭等绝症，至少至少必有一二年的残喘，可以苟延下去。这就是说，我们的抗战最后胜利，必要迟一二年，方能到来。我们的抗战最后胜利，是固定的事实，当然是毫无疑问的，所争的就是时日迟早的问题。

所以，当今年这一个七十二烈士的纪念节日，我们于国民公约中所指的种种应尽的职责之外，更不得不加重一层粉碎伪中央阴谋的责任，理由就在这里。

胜利的曙光，已经在望了。而道高一尺，魔高一丈，敌人在这一个临终的生死之际，必更有一次回光的返照，加紧的进攻无疑。像南京伪府的组成，还不过是小小的一个毒例，我们的抗建精神，在这里自然也就不得不更加振奋了。但愿我们都能不污辱七十二烈士之灵而努力迈进！

《教育》周刊发刊辞

从今天起,每逢星期日,我们决定编印《教育》周刊一次。我们的目的,是在想尽我们的绵力,对于教育的理论和实际,来下一番研究。

大家都知道,教育是百年树人的大计,是一国家一民族兴盛与衰亡所系的根本问题。无论政治、军事、经济、健康、学术、文化,等等,没有一事,不须求助于教育,完成于教育的。

中国的国运中落,致受强邻欺压,到目下的境地,推源祸始,实在也是过去教育的不良,有以致之。在专制政体没有推翻以前,君主们只想使天下英雄尽入吾彀中,所施的是去势教育,自然可以不必提起。就是到了革命成功以后,三十年来的中国新教育,也因为当局者的不明教育的真谛,或则以学校为扩张政治势力的背景,或则以学生为争取个人地盘的工具,致师道无存,而所学所授的都是皮毛。所以结果大家对于西洋的物质文明,只知道享受,而不知道创造,对于中国固有的精神文化,只笑为迂腐,而不知道遵行。

虽则在清季亦有张之洞之流,提倡过中学为体,西学为用之说,而实际上也兴办了许多工厂学校,以造就新的人才(辛亥革命之所以能成,实际所受的却是张之洞的影响),可是三十年来,这说法早就被笑为荒诞,已经没有再谈起的人了。

抗战军兴,我国家民族,于屡弱之余,还能卖身挺战,致号称世界一等强国之顽敌，陷入污泥沼里，不能自拔；中枢鉴于精神力量的远胜于物质，所以最近也岌岌乎唯振兴教育，培养民气之自务，首领的屡次告诫，都以古人的设教精神，为我们的模范。远则如德智体群四育并重的孔门学说，近则如曾国藩教子弟的躬行实践的修养程序，无非想从教育着手，来改建我们的国家，重振我们的民族。

大家都知道，立国在这物质文明进步极速的时代，第一，自然须注重科学，使科学精神，能流幂在社会的各阶层与各种事业之上。但是人格的修养，精神的健全，是创造物质运用物质的根底。所以对于甄品励行的一点，在目前尤觉得比什么都还重要。当局的所以要创立复性学院，文化书院等新学府的用意，大约也就为此。

可是，在这里须辨别清楚的，是当局所定的计划，目的全在维新，并不是在复古。世界的潮流，只有向前进的一个唯一的方向，决没有往后退之理。我们只能说，以前走错了几分的路，现在想把它纠正过来，并不能说，从前走错了，现在还是走回头去。

因此，我们的这一栏研究教育的园地，也是想把古今中外的凡有关教育，而能使我们进步的材料，全部收罗。古人的学说，今人的著述，国内教育的现状，马来亚或南洋全部侨教的动态，大则一国一地的教育施政方针，小则一教员一学生的个人感想，只要是有关教育改进的来稿，我们都一律欢迎。不过篇幅有限，长篇巨著，势难登载，所以务望投稿诸君，能提纲挈领，撷取精英，撰成短稿以见惠。

《教育》周刊，从今天开始刊行了，希望读者作者，都能与我们来合作到底，使这一片小小的园地，得有盈仓满庾的丰收。

为己与为人

英大儒培根说，为学是有三种作用：一，是为一己私自的快乐；二，是为了对人作装饰，如有辩才之类；三，是为了修得能力，可以应世处理事务。

而孔子之说为学，只分作为己与为人的两类；照孔子之意，为己是为了自己的德业，不必广求人知（人不知，而不愠）的意思。为人则是专务表面夸耀的事情了，这是不对的。

古人都把夸耀他人，徒务虚名的事情，看作不是为学的本意。英国斯宾塞论教育，亦以一般人有将教育、教养，当作装饰品看的天性，以为是野性的遗留。譬如对土人，赠以食物（系人生必需品），远不如赠以贝壳珠钻等装饰品来得喜欢，就是人性喜浮夸之一端。

但我们的解释，则为人两字，应从好的意义方面来解说，就是说，我们求学问，一面原是为了想增进自己的德业，一面原也是为想服务于社会人类。孔子也曾说过，"学而优则仕"，仕是为社会国家，当无疑义。又说："君子学道则爱人，小人学道则易使也"，爱人是爱及于人，易使是易为人用的意思。

所以，我们的为学目的，当然第一是在修己，同时第二也是在为人服役；不过此地所说的为人，并非如孔子所讥讽的只图夸耀于人，求知于人的那种虚浮浅薄的欲望而已，是实实在在为国家社会人类服役的意思。

敌寇政治进攻的两大动向

敌人利用汉奸，成立傀儡政府，想实现以华制华，以战养战的恶毒计划；因知道了用兵力来征服全中国，是无论如何也办不到的事情，所以敌阀最近就趋向了用政治进攻的手段。最近，看敌国的各大杂志，及各大政治家所著的言论，综合起来，大约他们的目标有二。

一，是利用傀儡政府，来和我们的中央政府，争取民众。他们把民众，分成三种。即一，是甘心附逆的汉奸们；二，是对于国家民族，认识不甚精确，或苦于久战，不能解决生活的中间层分子；三，是抱抗日到底决心的真正中华民国的国民。对这三种民众，第一种和第三种，是不成问题，都无可挽回的；所以他们现在在竭力争取的，就是第二种的游移分子。

二，是通过傀儡政府，不惜用任何手腕，来破坏我们的法币信用。敌阀们也知道，联银券和华兴券是不够和法币在沦陷处竞争的；所以现在就想用更毒辣的手腕，更雄厚的力量，来制造出一种可以与法币对抗的货币券出来，以达到使法币失效，而民众不得不对我中央发生怀疑的目的。

这两个政治进攻的目标，第一个当然是会失败；因为我们知道，即使是游移分子，只教稍有血性的同胞，是无论如何也不会倾向到敌人一方面去的。而那些志趋不足，操守毫无的人呢，早已走上了出卖国家民族的道路了，今后改向的人，恐怕不会得再有多少。

至于破坏法币的经济阴谋呢？却多少是要我们想法对抗一下的；不过征之于过去三年的敌人的政策，则我们的壁垒，也异常的坚强。即使没有英美的援助，我们的法币，也并不是轻易能被摧毁的；这只须一看沦陷区民众，尚且对法币有极端信仰的一点上来一看，就可以知道。

况且，对此毒计，我中央也早已有备，到了敌寇精疲力竭的现在，来重兴这一经济战争，其势早已成了强弩之末，决不能同在两年前一样的足以威胁我们的。

所以，我们的抗战，无论在政治上，经济上，此后正有一个比在军事上还要紧张的时期；但这一时期我们的能安然度过，是毫无疑问的，过此而后，便是最后胜利到来的日子了。

太平洋上的"八一三"前夜

今天是"八一三"淞沪抗战的三周年，也是确定我国全面抗战的，光荣而又悲壮的伟大纪念日。关于这一纪念日的重要意义，昨天本报社论已经指陈得很详尽，现在不再赘述。这里所要说明的，是由我国"八一三"全面抗战的影响，将要造成太平洋上的"八一三"，这不是危言耸听，事实摆在面前，已经是一天比一天更急迫了。

蒋委员长说过，日本军阀占领海南岛，是太平洋上的"九一八"，那么，日本扩大封锁中国沿海，就是太平洋的"七七"，而侵略安南与荷印，也必然要造成太平洋上的"八一三"。由中国抗战的"八一三"，到太平洋上的"八一三"，有非常密切的因果关系，正如由东北事变的"九-二八"，到太平洋上的"九一八"，是日本侵略行动的扩大与延长，是一件事情的持续，而不是各各独立发展的事态，所以既然有了太平洋上的"九一八"，也当然会有太平洋上的"八一三"。

本来日本军阀的侵略步骤，早由闻名世界的田中奏折规定："欲征服世界，必先征服中国，欲征服中国，必先征服满蒙。"而由中国的"九一八"到中国的"八一三"，是日本军阀的侵略，由第一阶段跨上第二阶段，现在则是由第二阶段，即将跨上第三阶段。固然，所谓"征服满蒙"的第一阶段，直到现在并未完成，外蒙固不必说，内蒙一大部分，敌蹄亦未践入。就是伪满境内，我义勇军还在继续奋斗与发展中,而三千余万人民亦无不倾心内向,如无日本军阀的武力压迫,随时皆可反正,所以胶着住日本精兵四十万,简直不敢抽调,似此情形,还根本说不上"征服"。但是,日本军阀急不及待,就已跨上所谓"征服中国"的第二阶段,北起察绥,南迄两粤与海南岛,战线长达数千里,无前线与后方之分,形成全世界空前未有的最大混战,日本军阀固然不能征服中国,而且已是焦头烂额,无法自拔。但是,日本军阀已类疯狂,在一种无可奈何的心理状态下,不惜铤而走险,再求扩大侵略范围,又已准备跨上第三阶段了。由第一阶段到第二阶段,既是那样的迫不及待,则今后日阀之实行南侵,自不能依常理推测。

近卫新阁的国策声明,公然提及指导世界的狂妄梦想,已经暴露出征服世界的野心,而其外交方针,更作具体表示,扩大所谓东亚共同□,包括安南,荷印与南洋,可见已下决心,不惜掀起太平洋的滔天巨浪。小矶国昭宣称,必须改变荷印现状,日本政府就准备派他任驻荷印特使。将来双方谈判,显然将为荷印独立的大威胁,也就是威胁整个太平洋的安全,因为荷印现状的改变,将损及英美两国在太平洋的地位。至于安南问题,目前更较荷印为急迫。日本军阀已集中百余艘舰艇于东京湾,桂越边境的日本陆军,亦在急亟增加中,一面以海陆军威胁,一面提出在安南设军事根据地的要求,简直欲置安南于日本保护之下。法国当局忍无可忍,所以贝当政府已训令安南当局,如日军侵略安南,立即予以抵抗,此一问题确已万分严重。虽然事态演变张弛未定,但无论法国方面是屈服还是抵抗,总不免要改变安南现状,而改变安南现状,就是日本军阀实行南侵的第一步。

现在,已经是太平洋的"八一三"之前夜了。

不过,我们要特别指出,虽然局势已经造成目前的状态,事实上也并非完全不可挽救。因为目前的这种局势，是由过去的事态演进而来，自然可以检讨过去所造下的错误，作为当前的殷鉴。当"九一八"东北事变时，如果英美态度一致，联合干涉日本军阀的侵略行动，决不致酿成后来不可收拾的局面。这是举世皆知的错误，不但造成目前的中日全面大战，而且欧洲侵略国的侵略行动，也直接间接是受了"九一八"事变的刺激。此事的责任问题，姑不必论，但是英美两国应该由此而有深刻的觉悟。由"七七"到"八一三"的这一阶段，虽然日本军阀的侵略更加扩大，其实仍然可以阻止。如果美国决心干涉，立刻实行对日禁运，同时英国亦联合国联会员国切实共同制裁日本，与美国采取彼此呼应的行动，也不致酿成目前这种空前未有的严重局面，使整个太平洋的安全，皆受日本侵略的重大威胁。

现在，已经临到太平洋上的"八一三"，日本南侵行动，如箭在弦，这是一个更□的紧要关头。只要英美能够表示，切实联合行动，阻止日本南侵，则安南问题乃至荷印问题，皆不致酿成重大的危险。至少可使太平洋上的"八一三"延迟出现，因为日本军阀外强中干，色厉内荏，惟有强硬对付，可望知难而退。

一误不容再误，何况再三再四，过去的责任虽在英国，但当前的希望，却不能不寄于美国。

敌寇南进的积极步骤

敌寇的趁火打劫，乘法国战败之余，而威胁安南，提出种种苛刻条件，使安南不得不在模棱两可之间而就范，已由外电详报，且经我旅越的归客在谈话中，加以证实了。敌寇驻越调查团人数的大量增加，海军军舰在越港的自由出入，以及敌机的任意在越地起降等，不啻已显明地公布，安南当局正式承认了敌寇在安南海陆空军根据地的设置。而今日港电传来，敌寇又进一步而和泰国有了军事合作的约定。敌寇南进的积极步骤，到此已成突飞猛进之势，吾人原不得不先为祖国之桂越滇各边境致隐忧，但对于南洋各属，尤其是马来亚与荷印两地，更不得不有暴徒临门，危在旦夕之急感。

泰国与马来亚壤地毗连，朝发而夕可至。虽此次泰国国防部长与海军部长之在东京，将与敌寇结成何种密约，现在尚不可知，然于松冈声明大东亚新秩序之直后，先有海军在南海之结集，继复有龙州寇军退入安南之布置，现复有与泰国军事合作之拟议；是其毒手，不啻已挟住马来亚之咽喉，势必将其对安南不战而取之兵力，转一方向而攻略马来亚与荷印，事实已彰彰明甚。侵略者得寸进尺，欲壑难填，对于蔑视正义人道之国家的不宜让步，吾人固已再三声言在先，现在则不幸言中，大有噬脐莫及之慨了。

在此危机一发之际，吾人为南洋各属当局计，所应采取的，实唯有勿再让步，迎头赶上，先发以制人之一策。

第一，英国与泰国，在不久之前，本有互不侵犯条约之缔订；万一敌泰之间，军事合作之密约果成，则事实即成为泰国向英国属地进侵之威胁，英国即使进而放弃此互不侵犯之约定，按之常理，亦属应该。

第二，英美在远东之合作程度，吾人每嫌其不够坚强，时至今日，决不是再能顾及面子和一国私利的时候了。英国即使牺牲一点利益，亦应该拉紧美国，而使美国得尽人道的义务。

第三，英本国所受纳粹之威胁，固属严重。然对于各属地所受之威胁，亦不宜估计太轻，而不取动作，以至于坐失时机。

本报因我首领对围洲岛海南岛被占时之情形，指为太平洋上之"九一八"，亦曾指出太平洋上之"八一三"，已经来临，"和平业经绝望，牺牲已到最后关头"的两语，现在自不得不移到南洋各属来用了。

况且，目前英国在欧洲之情势，已日见好转，因连日空战之结果，纳粹的弱点已经暴露无遗；又因法西斯蒂狂徒野心之扩大，巴尔干火药库已将至爆发的程度。使意大利而果侵希腊，则土耳其自将立时兴起，联合巴尔干各协约小国而向德意寻仇。英在远东近东，拉拢苏联合作之机会，目下更适当的了。凡事穷则宜变，变即能通，英国当局，想亦早已有鉴及此了。

要从南洋的危急，而想及我国的抗战，则我大举向敌寇反攻的时机，也愈演愈近了。若英美苏在远东，一旦发动积极联合的动作，则我之五百万精兵，亦可以同时兴起，而作各路向敌之反攻。敌寇究竟人力有限，向南分散了一部分兵力之后，万无再在中国有立足之可能。欧战的命运，若将在这一月以内决定的话，则我之最后胜利，恐亦将在这半年中决定。敌寇积极南进之步骤愈加紧，同时，其崩溃的趋势，也愈加速。谓予不信，请拭目以俟之。

关于侨汇之再限制

自欧战发生之后，马来亚因施行战时统制政策，对于本邦资金外溢问题，曾由当局熟经考虑，加以种种限制，如对外汇款，以及输出进口之请准限额等，业已经过数次的改正，而维持到现在了。最近闻当局因我侨汇款回国之数目日增，又有抑低限额之议。此事虽尚未见诸实施，然曾由当局公开召集会议，加以讨论，因之侨情惶惑，或以为当局此举，实有使旅居此邦之侨民，不能安居乐业之危险。本报且曾遍询各侨领意见，借以供献当局，作为参考了，兹再申述侨汇决不能再行抑低之理由于下，以冀当局之采择。

一，侨汇为此间侨民接济留居本国家族之最低限度必需费，其性质与生产资金或商业流动资金等完全不同。侨汇之去处，大抵分散在闽广及其他各地之穷乡僻壤，汇款一到，即尽行消费，亦断无蓄积存贮用作再生产之资本之理由，当此世界战乱不已，生活程度日高一日之际，侨汇限额，只宜放宽，岂能再抑？

二，侨汇限额抑低之后，则侨界工商业必至衰落，因而影响及整个社会之繁荣，自是必然之势。因为马来亚工商界之劳资两方，十分之八九，为我国侨民；其间尤以中下之小本营生及劳动者为数最多；彼辈之经营生理，及辛勤工作之目的，无非欲以勤劳之所得，汇回祖国，以资仰事俯蓄之用。今若一限制其汇额，使每月不能有充裕之款汇回以养家，则彼辈何必抛妻别子，远旅他邦，而作无目的之苦工？即使限额终有一个数目，不至完全禁汇，然半饱不如全饥，倘限至每人每月所得，除每人在此地之生活费外，只能汇仅少之数目返家，致使居留乡邦之老小，仍不能过完满之生活，则彼辈即不相率而返国，亦必将计数而怠工。在此非常时期，而有此等现象之发生，则今后之工商各界，宁更有繁荣之希望？

三，我侨之从事中小工商业者，大抵趋向保守，对于外界刺激，一般都呈迟钝之反应。唯对于金钱及汇款等之涨落，则反应极速亦极敏。如前次之辅币缺少，即其一例，倘使侨汇限额再度抑低，则唯恐天下无事之徒，势必再来利用机会，散放谣言。或更有人出而操纵垄断，使社会发生不安。是则欲求社会稳固之当局措施，反足以促成社会之混乱，影响所及，决非浅鲜。

四，从大处言，侨汇汇回中国，自然间接亦对我之抗战建国有补益，欧美各国在中国之权益，当以英国为最广，亦最大。我国之改用法币，及抗战军兴后之稳定金融，以及每次法币对外跌价时之设法弥补，都由英国在后资助，是以得在国际间维持良好之信誉。中国抗战之能早得胜利与否，与法币之能否坚持信用，实有很大的关系。英国既已对中国尽力于过去，当然亦愿意成全于将来，维持中国法币之信用，亦即所以维持英国在华之权益。即从此一点而言，此间当局，对于足以充实法币信用之侨汇，更不宜加以过度之压抑。

五，组成马来亚社会中坚之华侨，一向对当局抱有普遍之好感，故凡此间政府举办之事业与施政，华侨都竭其全力而取合作之态度，所以然者，因华侨都了解唇齿辅车之依存，两方实有互助之必要也。使当局而一旦施行过度之压抑，令侨民发生一不良之印象，则今后侨界与政府之合作，恐将不能如旧时之完满。

上举五点，都系实情，我们希望当局能加以考虑，而再决定今后低抑侨汇的政策。

并且，为保留当地资金，勿使逃避，或使金融丰润、产业繁荣起见，当局似应采取种种积极政策，更为适当，若只从消极方面，加以限制，不但收效极少，结果反有使产业衰落之可能，前面已经说过了。

总之，我们只希望对于减低侨汇数目之一事，能在令吾侨满足之限度以内，采取相当之政策。庶使上下得以和衷共济，而度此难关。当局之苦衷，吾人原不得不加以谅察。然吾侨及侨眷之生活与安宁，望当局亦能加以切实之体恤。尤其当日寇急谋南进，正在四处鼓动反英狂潮之此际，风雨同舟，吾人更觉得两方有紧密合作之必要。

荷印·越南·以及中东

敌国实力南侵的另一支队，作为武力侵略先锋的打诊使者小林氏，已于本月十二日，到过了巴城。一面，荷方当局，亦已选任了经济长官范丽克氏，司法长官恩特芬氏，以及通商局长范奥盖斯屈拉蒂氏为代表，将与小林氏舌剑唇枪，先来一次外交上的折冲。

敌荷两方，现在所说的，都还是一套外交辞令，寒暄客套。图还未穷，匕首当然地还未现。干戈之外，仍还罩着玉帛的外衣。

虽则今后敌荷谈判的实际内容，现在还未由猜测，然大致说来，则敌对荷印的经济掠夺，当然是想趁此邻人失火之际，多抢一点好一点。如油、锡、树胶、铁、非铁金属，以及一切荷印的丰富特产，药草、金鸡纳等等，自然一概包括在内的无疑。假如是普通的两国经济交往，或商业关系的商讨，则荷印和敌国，一向还没断过正当的商业来往，又何必于此时派什么特使。若为了敦睦邦交，关心荷印的现状难保，则荷印已平安地维持了它的地位有好几百年了。现在除了东西两个黩武侵略国之外，又有谁会来危及此失了宗主国的南海孤儿？况且敌又为什么不向菲列宾、马来亚等地，派送特使，而单单要向这荷印，派出阁员来，作一番酬酢？

揣敌之意，这一次向荷印派遣特使之作用，当然是不外下列几种：

第一，先来探探荷印的虚实，在最近期内，可不可以以武力来侵略。

第二，因这一次的谈判，可以看出英美对荷印的关心更到了若何的程度；就是在试探英美对这事的反应。

第三，对荷印的这一次动作，可以分散世人，尤其是英美德的注意，借作掩护，俾便以武力强夺安南。

第四，若交涉办得好，使荷印亦如安南之容易上当，容易屈服，则乘机可以垄断全荷印的物产，而排斥英美两国在荷印的经济势力。且因美国禁止油铁出口而起的恐慌，亦可由此而得到补偿。若更能结下些秘密条约，则今后南侵的军事上，政治上的根基，也都可于此时打定。

上述四点，当然是敌寇此次派遣特使的真正用意。我们希望荷印当局，应以法属安南为前车之鉴，务须慎防侵略者阴险的毒计。须知得寸进尺，贪得无厌，是侵略者固有的心得。贪狼虽蒙上了羊皮，其原来的野心，决不会稍减也。况且敌在中国之泥足未拔，决无能力再来侵略荷印，而英美为保马来亚，澳洲，菲列宾，关岛等地之安全，也决不让敌寇在南海有所动作。对付欺善怕恶之敌寇，唯一的武器，就是"强硬到底"的四字。荷印安危，一系于此，当局者实不可不加以明察。

由荷印而来看越南，则败亡之数已定。安南一隅，今后恐已无复有自由平等之空气可吸矣。且传来消息之所以反覆不定者，多系出于侵略者故弄的玄虚。我之炸毁滇越路铁桥山洞，以及集中重兵于滇越桂越边境，当系唯一可靠的实情，我们今后，只须静候我军开入越南的消息好了。

不过敌阀在越南的猖狂，亦系短时间的昙花一梦；最后的运命，仍须待英德战事展开之后，才能决定。

德之侵英，虽似矢已离弦，马上有渡海进攻之势，然其实现，恐怕还须等中东德军进攻埃及，与向西班牙假道而攻直布罗陀之动作，同时发动。声东击西，为兵家常用手段，希脱勒之集中军队船只于法国沿海及挪威一带，或者系故意做作，也说不定；否则弗兰哥之去柏林，又为何事，而维也纳召集关于多瑙河区域之会议，又有什么作用在呢？

　　总之，英德决战，恐怕还有相当时日，英相邱吉尔之一两周内，德或将渡海来攻之语，谅系告诫国人，使增警惕之意。英德而未至决战之期，则东方强盗，恐亦将始终以恐喝作取胜之计，也还不敢擅兴兵戎，再在安南新辟一战场，而空驻下几万大军。至于兵侵荷印，更谈不上了。我们之所以要奉劝荷印当局，务须胸有成竹，勿受其愚者以此。并且，我在华北华中，已各处加紧对敌作局部歼灭之反攻，使邱吉尔之言果验，则东西两侵略国，或者会同时崩溃，也说不定。

敌寇又来求和

昨日上海路透电，曾传有《字林西报》北平通讯员之消息，谓敌寇近似又在向我中央求和。盖因敌攫夺越南，不费巨大兵力，故敌海军界之威信大振，而由海军界中人所提倡的敌南进较为有利之论，遂嚣尘上。随而敌陆军军阀不得不大受敌国朝野之鄙视；因敌陆军军阀，为满足个人之升官发财欲望，无端发动对我侵略战争以来，历时三载又三月，壮丁伤亡一百七十万余，金钱耗费两百万万元以上，而归根结蒂，还不知以后更将伊于胡底。是以敌之当局者们，亦觉得此事太不合算，故而频频想以诱和手段，来结束对华战事。

据称，日本向重庆提出之和平条件中，有（一）划扬子江流域为非军事区域，（二）华北五省，中国仍保有宗主权，但须成立自治政府，同时敌有完全控制经济之权，（三）须承认伪满洲国，（四）所有各商埠，均辟日本租界各项。若欲以此条件而梦想向我求和，则敌阀之头脑，实太简单，使我而可承认此等屈辱条件，则卢沟桥衅起之日，故张自忠将军早就可以与敌签订平津约定矣，又何必含辛茹苦，全民抗战，与敌硬拼至于今日？

我之抗战国策，早已昭示中外，非得最后胜利，中途决不妥协。而言和条件，亦极简单，即须保持我中华民国领土主权之完整；具体言之，即敌寇须扫数退出中华民国领土（包括东四省在内）以外，且给予以今后再不敢擅启衅端之保障，而附带条件，为承认台湾与朝鲜之解放，与库页岛南半部之无条件归还苏联（赔款问题另议）。除此以外，我与寇实绝对无谈商之余地。

盖我之抗战，不独为求我民族之自由解放，实亦拥护世界之正义人道，与民主主义。使我而一上敌寇诱和之当，□敌寇之泥足拔出，抽调其百余万侵华之军队，南下可攻缅甸、马来亚，菲列宾与印度荷印，北上可与德意夹攻苏联；太平洋上，将不许第二国之舰队来往，而轴心国分割世界之野心，便得大逞矣。我中华民族，素重道义，亦崇侠烈，为己国之利益，而轻轻出卖友邦，牺牲他人，只图驱狼虎而入人圈中之事，断断非所欲为。况敌又为我前线阵亡将士，后方流离同胞数十万人不共戴天之死仇哉！

我为实现孙总理之三民主义，此时不得言和；我为保障海外数千万侨胞之福利安全，此时不得言和；我为粉碎轴心国之独裁暴政，此时不得言和；我为巩固我统一建国之基础，促进我民族自强之信仰，此时尤不得言和。敌人和平进攻之狡计，对我原不值得一笑，然对敌，对南洋群岛与英美苏联，却实实在在，是一大问题。

假使敌在目下，得与中国言和而停战，我们试问，敌之侵华大军，将转向何处？而今后之世界局面，又将变成若何模样？凡与太平洋有关各国，但须一思及此，则对我抗战意义之重大，当能立见。是以苏联美国，对我军器与经济之接济，英国滇缅路之重行开放，实非只有利于中国盖亦皆为救助自己之手段。而我之抗战到底，亦非只为求自己之生存，间接亦为救助各弱小民族，以及保卫与我抱同一理想之友邦。

总之，当此抗战渐入佳境之现刻，我们为人为己决无与敌寇言和之理。而敌寇频来诱和，就足以证明敌之实力已消耗尽净，非但征服大陆之梦想，决无实现之可能，即南侵而趁火打劫之黄金机关，亦将白白地错过。敌与荷印之谈判，显见得已经失败，

□□美□的□□□华，□□□□□敌寇之□脉，从国际情势好转，与各战线上之捷报频传的两点看来，我们去最后胜利的阶段，已极近了。希望侨胞们勿为敌和平谣言所煽惑，齐心协力，再将我们的所有，全部贡献给国家，以完成这抗战建国的重任。

介绍敬庐学校

敬庐学校，系由□□教育厅长黄孟圭先生负责筹划，而由各□□出资赞助者。本系出于便利学生寄宿，自兼得修习国文国语之主旨，其教育工作大纲，已见十一日（昨日）本报版内。黄孟圭先生为教育界硕□，□学之精神，□□□人所敬服，故本栏敢负责介绍，希望对国语国文，□学习之热望者，皆能加入此校，便于寄宿之暇，得有受学之益。

因鸦片而想起的种种

鸦片的大量输入中国，自然是在英国东印度公司成立以后，不过我国《本草》中，亦曾有说明罂子粟的一条，谓该物一名"象谷"，一名"米囊"；花小名录，也说"罂粟"曰"米囊"；雍陶诗："马前初见米囊花"，咏的就是此物。

罂粟花开，大抵是在春夏之交，当烟禁未厉行之前，我国西北西南诸省，颇有千百亩地连绵植此毒物的地方，每当草长莺飞之际，于和风淡日之下，到这些地方去走走，实在也有遁迹在桃花源里的感想。

前几年曾读过一部外国人所著的中国西北诸地游记两大册，这书名实在取得很好，是《遵莺粟花而行进》，岂不很有"马前初见米囊花"的意思吗？

我们一见到鸦片二字，马上会联想起来的，自然是一八四〇（道光二十年）我们与英国之间的一场误解。现在虽则已经事过境迁，中英两国，突然打得火热，变成了如兄如弟的样子，但一翻开当时的冲突情形，则自然也有许多不得不使人感到遗憾的地方。第一，如英国当时派到东方来的使节，像纳卑埃爵士，像甲必丹、爱利奥脱等，就不是真正的第一流外交人才。而惠灵吞公爵在当时的意见，也不过是想维护英国在中国所已得的商权而已。

总而言之，我们对道光二十年的那一场战争，以及其后的南京条约，的确认为是中国国势崩颓的第一个里程碑。虽然当时的执政者，是腐化的满洲人，表面上似乎与我们汉人无关，但是从一民族整个的历史说来，则当时的失策，以后也一直影响到我们的现在。

所以，英国在己身也正处入了危殆的现在，正该对我们中国，特别的表示一点忏悔，予以各种的便利，与各种的援助才对。

旁的事情，可以不必说了，我们就只以在马来亚对我侨禁烟实施的一事来说，当地政府，正应该急起直追，勿失此时机，来和我们合作。此后，敌寇若真南进，则我们合作御敌的事情，还多着呢！

谨献给《南风半月刊》的编者

最近在南洋各地，尤其是马来亚，刊物出得很多；这从一方面说来，原是很好的现象，但从反面来看，也许是实际工作退潮时的反应。我记得在中国国民革命军北伐以后，国共分裂，有许多文化人从实际工作的领域中被迫退出，在上海曾有过这样的一个时期。现在，祖国抗战正在顺利进行中，我当然不想以那一个时候的情形来比目下南洋一部分文化人的努力工作。不过在这里，我想说一句，大家的力量不要分散，经济的原则不可忽视。我们已然想出一种刊物，当以全副精神来灌注，务期这事情做了之后能收到文化上好好的结果；切不可太过于短视，而将办杂志这事情视作了商业经营的一种。当《南风》半月刊初次创刊的这时候，我仅将这几句话来贡献给同人，聊以作诸君的参考。

欧战二周年与远东

今天是英法对纳粹法西斯蒂正式宣战满二周年的一个伟大的日子，我们为纪念这一个伟大的日子起见，先不得不简略地回顾一下过去。

第一，细究这一次大战的由来，我们依照春秋责备贤者之例，自然得举出□年前英国当局者的过于没有远见。因为德国的所以敢重整军备，撕毁降约，进兵莱茵区域，侵吞奥国，都是由于眼看到了敌寇的侵占我东四省，意大利的并吞了阿比西尼亚，而国联仍不加以有效的制裁而起的。关于这一点，立顿爵士，曾有过很沉痛的弹劾，我们在这里可以不必赘说了。

第二，过去在国际间的自私，先不必说凡尔赛条约的不公，就是到了纳粹的野心完全暴露以后，还是根深蒂固地存在着作祟，致使一时强权得战胜公理，希脱拉得逞其各个击破的诡计，虽然到了最后，侵略者自然必将归于毁灭，但是数千万的生灵，和数千年的文化，可白白地遭遇了一次大劫，而不得不蒙受着空前的牺牲。

不过，失败是成功之母。经过了这两年的恶斗，和这悲惨的教训，现在的局面，已经完全变过了。英苏与中国，事实上愈战而愈强，民主集团的联系，也愈来而愈紧，尤其是可喜的一个现象，是彻底击毁侵略种子的决心，更是愈进而愈坚，我们只须一读罗斯福大总统九月一日的广播辞，和一看英国军需生产率的加高，以及中国与苏联反攻胜利的消息，就可以知道过去数年的劫难，也并不是毫无意义的浪费。

纳粹侵略苏联的重大损失，现在还不过是一个开端，将来天时转冷，雨雪加深之后，说不定会有二倍三倍的二百五十万伤亡的数字出现。而中东伊朗一条民主国家运输线的打通，或者会使疯狂的纳粹，再向土耳其挑衅，果尔则东线一千八百里的战线，也许会加倍地拉长。同时从巴黎发动的沦陷区民众反法西斯蒂的狂潮，更会北向挪威，南及巴尔干半岛蔓延。试问纳粹究竟有多少兵种，欧洲可供榨取的究竟有多少物资？而失去了光辉的闪电，又可持续到几个两年？

所以，到了这欧战正满二周年的今日，我们敢大胆地下一句断语，就是纳粹在今后，不但是永久失去了进攻英伦的能力，就连要想保住已在掌握中的欧洲，恐怕也岌岌乎有点儿难能。

虽然，罗斯福大总统和邱吉尔首相，为了唤起民众的警觉，豫防顽敌的乘虚，正在大声疾呼，告诫全国，说世界的危机，比两年以前并不减轻，但是我们从客观的眼光来看，则纳粹的末日，实在已经到临。今后它的凶焰，只会逐日的减低，即使在东线，再或有尺寸进展的可能，但是大势已去，再也不会有席卷欧洲当时的那一种威势了。

从欧洲的战局，一转而再看远东，则我们或者可以说罗斯福大总统的那一句世界危机并不减轻的危言之所指，也许是在此而不在彼。

何以见得呢？因为敌寇的实力，虽则因陷入中国泥淖之故已减杀了大半，而敌阀中少壮派军人的盲目冒险，无知自大的倾向，却比希脱拉更要狂妄到了万倍。我们既知道美国决不会变更其固定的政策，对敌寇没有绥靖的可能，则敌阀代言人马渊之狂言，以及敌海军要员频频的更动，或许是狗急跳墙，再图一逞的先声，也说不定。据敌寇报纸所传之消息，则谓野村于会见赫尔之后，匆促出行，甚至错戴了赫尔的帽子。这虽系外交官之失态，但是谁又敢保证说，这不是他心慌意乱的表示。

　　是以，当这欧战正满二周年的伟大的日子，我们对于纳粹，虽已完全看到了它的败兆，但对于太平洋的危机，则还认为是十分的严重。总之，我们要注意到罗斯福大总统的那一句富于暗示的声言，还非得提高警觉性来严密监视敌寇的行动不可。

敌美谈商与敌阁的危机

上月二十八日合众社电曾一度有敌阁改组之讯，而其所举之原因，为近卫不能解除英美对敌资金冻结之难关。且美国接济苏联，大摇大摆而将满载军需油类之商船，开过敌国附近之海上，直至海参威而卸货。于是敌阀中之急进军人，与纳粹第五纵队相勾结，遂欲借题发挥，乘机而阴谋倒阁。但其后亦并无续讯传来，而东京二十九日合众社电，则可以近卫复亲自致电罗斯福大总统，思缓和一时紧张之太平洋局势闻。虽则此电之内容不明，然从敌于事后即开紧急阁议，与一般人之推测归纳起来，则近卫由敌驻美大使野村所亲致之电信，大致当系关于太平洋问题，欲诚恳求美国宽宥，而放松对敌之冻结，及调整敌美间诸种难题的无疑。我们在卅日的社论里，亦曾指出美国的决不至于改变对太平洋之一贯政策，以及敌美间矛盾之无法解决。重庆及伦敦各政论家之观察，亦约略与我们的相同。迄今事隔数日，敌美间之谈商内容，两国当局仍是讳莫如深，而三日伦敦之路透电，则又传自上海方面独立法国系通讯社所得消息，谓敌阁又面临危机了。且谓原因系敌国反轴心国运动渐次抬头之结果。前外相松冈洋右，敌驻美大使野村吉三郎，以及前侵华军总司令本庄繁等，实为此反轴心国运动之领袖。该电中又称若此次倒阁风潮而果成熟，则野村或将被召回而组阁。

此路透电所传之消息，果将成事实与否，我们原也不敢断言，但目下敌国进退维谷，已陷入四面楚歌之绝境，却是极显著之事实。近卫内阁，也许会倒，不过倒来倒去，即使无论何人来组阁，若其侵略野心与侵略政策不放弃，自一九三一年以来，以武力侵占之土地不交出，则敌寇与美国实绝无妥协之可言。这在华盛顿方面之观察者，亦大抵是如此看法。虽然也有一派观察者谓美国当局或将容忍敌寇之占领越南与东四省，不过美国虽可让步至此限度，但即令其退出中国本部一点，敌国当局实亦无法可以使飞扬跋扈之少壮派军人就范云云。总之，由这两派的观点来说，敌美之间，也觉得无妥协之趋势，我们若更从美国对远东一向不变之传统政策，以及屡次宣言维护九国公约之公正态度，与这次被称为大西洋宪章之罗邱八项宣言来看，则更觉得美国尚不至于容忍敌寇之占领越南与东四省，其他的话，自然更谈不上了。

野村为数次曾任驻美武官之亲美军人，当华盛顿军缩会议时，他亦曾做过随员，在美之亲交知友，也许不少，与罗斯福大总统且系罗氏前任海军部次长时之旧相识，敌阁若欲改组，而一变其亲德意政策改而欲行亲美，则野村或系下次组阁最适任之一人，不过私交自私交，国策自国策，使敌国之侵略政策而不改变，则就是由野村来组阁，亦属徒然的一番起倒，敌美间之难关，决不能够打开，太平洋上的紧张局势，亦决不会马上就变得平滑的。

三日自瑞士秋立希发之路透电，谓纳粹的首脑部，对于敌寇之改变亲德态度而亲美，近来颇感到忧虑；而敌阀代言人，前亦曾数次声明，谓敌国之对于美国由海参威接济苏联军火而提出意见，并非出于纳粹第五纵队之指使。所以，我们对于敌寇之向美求饶，声言可以退出轴心同盟的一事，认为或者事属可能。但借此一端而即欲望美国对敌寇在华之侵略可予以谅解，我们实不敢置信。

自从敌寇发动侵华战事以来，由近卫而平沼，阿部，米内，直至近卫之二次三次组阁，内阁已经改组了六次，而每次内阁上台时所宣布的大政方针，总以解决对华事变为第一要务。但是事变解决了四年，不但敌在中国的泥足愈陷愈深，最近且又因横占越南而陷入了太平洋的深渊，孽由自作，债须清偿；侵略的野心一日不放弃，侵略的政策一日不改变，则侏儒做戏，任凭你会变出如何的花样，结局还不是一个灭顶。舍本逐末，歧路亡羊，敌阁的三翻四倒，终于找不到一条出路的原因，就在乎此。

以德苏战局为中心

　　自从疯狂的纳粹，于六月廿二日晨，突然向社会主义国家的苏联发动侵略攻势以来，到今天已经是整整的三个月零三天。当时的苏联，对于和纳粹所订的不侵犯条约，并无违反之处，故而对纳粹的突然进攻，虽则并不能说是完全没有预防，但至少至少，我们可以说它决没有准备得像存心侵略他人的纳粹那么周到。所以希脱勒在进攻的当时，大言不惭，居然说三四星期，就可以完全击溃苏联。这当然是一种鼓励业已疲于奔命的纳粹兵士，和安慰国内怨声载道的纳粹民众的欺骗之辞；然在希脱勒本心，总至少也在想寒冬苤止之前，必能使苏联屈服，然后就可以一转而侵英，如统一欧洲时的局面一样，不出半年，定可以攫夺得高加索油库，与乌克兰麦田，独霸天下，奴役全世界的人民。殊不知干戈一启，竟至损失得如此之大。直到现在，诚如苏驻英大使梅斯基氏之所说，纳粹兵员死伤达三百万，飞机坦克，被毁各以万计。纳粹的侵略实力实实在在减弱了三分之一，而所收的结果，却是闪电战顿失去了效力，和纳粹军无敌的一般观念又被打击得粉碎的两个笑柄。希脱勒在侵略当时，志在必取的四大目标，列宁格勒，莫斯科，基辅，敖得萨，只在最近，才得到了一个被俄军于放弃前毁坏得片瓦不留的乌克兰的空城基辅。连德苏战争初起时，大家所预言的希脱勒将走上拿破仑旧路这一句话的前半段胜利场面，都还没有被演成事实。其后半段的悲惨命运，当然是更要比拿破仑不上了。

正因为是如此，所以最近的纳粹于疯狂之上，又再加上了疯狂，任何牺牲，也在所不惜，必欲于最近攻下列宁格勒，攻下顿河流域的大工业区，更想一举而攫夺到克里米亚的海口，与高加索的油田。自己的兵种不足，又拼命的硬拉法西斯蒂的黑衫军来殉葬，牺牲了强盗同伙的生命还觉得不够，最近就又压迫全人口也只有六百万的保加利亚来做他的虎伥。

两国交战，北自北极，南至南海，战线拉长至二千里的一条线上，胜负出入，当然是在所难免。苏联在南路一角，我们自然也承认是略有不利，不过在地广人众，资源又较我国更为丰富的苏联，仅仅于南端失去一城一地，其不至于影响全局，也不至于起决定的作用，只须证之于我国对敌寇的四年作战，也就可以明白。况且南路军总指挥布敦尼将军，又系身经百战的宿将，其退出聂泊河东岸，扼守丹内兹河防线，保卫顿河区域工业中心地的神勇，又在在使我们佩服。即使纳粹能于最近，嗾使保加利亚兵去填补他的缺口，或利用海空军去骚扰阿左夫海与高加索西岸。以及克里米亚半岛，我们只须一看敖得萨的迄今犹作苦斗，日日在要求罗马尼亚付出数千人的牺牲代价，就可以知道高加索决不是罗森堡与丹麦等地可比了。

所以，现在南路一带，苏军虽则稍稍失利，局势也相当的危急，然而纳粹的要想长驱直入，如席卷欧洲时的那么顺手，恐怕也谈非容易。

在这里更可以证明纳粹的决不能如攻马奇诺阵线时那么顺利的一个重要关键，是反侵略国家的已经到了紧密合作的阶段，再也不至有被各个击破的一点。各反侵略的民主国家之业已紧密合作的具体表现，我们可以于最近在苏京莫斯科举行的英美苏三强会议，及在伦敦开催的协约国会议中得之（详情见电讯栏）。英美的援苏，早已见之于事实，美国接济苏联的军火物质，满载而去的船只，都已在海参崴、北冰洋、波斯湾等地的海口卸下了货。而英国的援苏坦克周中所产的坦克车辆，也已由苏驻英大使梅斯基点收了许多批。此外则飞机、大炮、煤油，以及机器之类，正在源源向苏联的新设置之工业中心区和战线上输送，英国军队且更有二十五万已开入高加索去协助苏军作战的消息，而尤其令人兴奋的一事，是美国已将商船加上了武装，自红星号在北冰洋被纳粹海盗击沉以后，全国的舆论，不但只在要求中立法的废除，简直是已经到了参战的前夜，和一九一七年的紧张状态，完全是相仿的样子。

所以，若以德苏战局为中心，而综观一下世界的现势，则英苏京的两大会议，和美国即将参战的三事，就是促成纳粹法西斯蒂崩溃的号角与丧钟。我委座在重庆对胡文虎先生所说的一句话，谓中国的驱逐敌寇出境，将在明年；就是不可分割的世界永久和平的奠定，明年便可以实现的这一句预言，我们证之于上述的理由，自然是可以确信而无疑的了。

三十年的双十节

双十佳节，轮到今年，已经是第三十回。敌国明治维新，到甲午为止，其间不过数十年；苏联自十月革命起，到这次和纳粹拼命为止的经过时期，也不过二十余年。人家都曾在短期间中作长足的进步，而我们却进步得很慢的原因，一句话说尽，就是因为受了外来恶势力的压迫。这些外来的恶势力，硬要绊住我们的脚，而不愿意我们向前进。当然，一半的原因，也在我们自己民族的觉悟不早，以私害公，借了外国的借款枪炮，来肥己，来自相残杀。不过这一种恶现象，到了卢沟桥炮声响后，便一扫而空了。所以今年的双十节，我们来庆祝它，有两重的意义：即一，明天是中华民国三十年的双十节；二，是抗战事起后第五次的双十节。

从第一点意义来讲，三十而立，我们自今年双十节起，应该可以走上独立自由的坦途。

从第二点意义来讲，今年是我们开始胜利的年头，证据事实很多，简略的一举，就有下列的几件：

（一）湘北的大捷，这便证明了我们的愈战愈强，十足可以自力更生。

（二）在远东国际局势的对我有利。如星洲军港会议，马尼拉英美军政要员的会议，香港英美中三国的财政经济会议，都是与我们的抗战建国有关，而足以制敌寇的死命的。

（三）美国军事代表团的到渝，以及美国飞机厂的加紧工作，赶制助我的飞机，这些就是为敌寇挖掘坟墓的锄铲。

（四）这次重庆参政会议，就将开会，各党各派团结的问题，必有一个令人满意的解决。

（五）苏联与荷印，各已站在我们的一面，将强硬对付敌寇。

（六）纳粹的将近崩溃，就是我们间接的胜利，因为敌寇是纳粹的帮凶，而我们却是民主阵线中最初对侵略者抗战的急先锋。

有此六件事实，也尽可以证明我们今年应该大大地来庆祝一下双十节了。可是闻胜勿骄，是委员长的明训，而澹泊明志，宁静致远，又是诸葛武侯对我们的教条。所以，我们到了这最可以欢欣庆祝的日子，一方面仍旧要不忘记国父之言："革命尚未成功，同志仍须努力。"大约到了明年的此日，我们的抗建工作，必将有更伟大的成就，请大家还是到了黄龙，再来痛饮，我们目下的标语，仍旧是："军事第一，胜利第一。"

乡村里的阶级

封建时代的社会基础阶级，为农民阶级。现在各国的资本主义发达，社会的基础阶级，虽有由农民阶级而转移向工厂劳动者阶级去的趋势，然而实际上，占社会人的大多数者，仍旧是农民，像中国这样的封建势力不曾除去，资本主义还没有发达到相当程度的国家，当有产者和无产者争斗的时候，成败的决胜点，在于多数农民的依附与否。

然而农民的一个阶级里，里头更包有种种经济地位不同的阶级在那里。他们因为利害的相反，当革命起来的时候，每有背道而驰的现象。所以我们想鼓动农村革命，第一先要认清农村里的各种阶级，而施以与各阶级相应的宣传。

第一，农民中间，最悲惨的，当然是农村里的无产劳动者。他们食无定时，居无定所，全视雇佣者的有无，为他们能维持生活与否的标准。这一个阶级，其利害生死，完全与都市无产劳动者一致，当然是无产阶级联合战线上的战斗员。他们的中间，只教有人去组织，可以和都会的无产劳动者，在同一指导之下，依同一的方向，杀往前去。关于获得这一个阶级，另外没有特别的难处。

第二，是没有田地，而有相当的小资本，可以在农村里自立的小农。这一个阶级对地主的敌忾心，因为利害的冲突，无形中酿得很浓厚。所以耕者有其田的政策，于他们是有拥护的必要的。

真正农工革命起来的时候，他们一定是可以投降无产阶级，为无产阶级的侧面军。可是有一点，必须注意到，就是要使他们十分的了解第一个佣农阶级的苦楚，不可使他们两阶级中间有反目的事情。这一个阶级的获得比较容易，因为在革命的初期，最先须实行的耕者有其田的政策，是于他们没有害处的。于同时在革命的初期，小资本的保有，在相当的范围之内，也可以容忍他们。

第三，第四，是有田地的中农和拥有资本田地的大地主等两阶级，这两阶级，因为与革命的方向完全相反，所以在革命的进行中，不得不出来百方阻挠。然而他们是绝对的少数，是不足顾虑的。

所以中国农村里的阶级四层，有多数的二层，都是我们的同伴者，和我们是有十分合作的可能的。既然结成了这一条联合战线，那么想打倒几个少数中的少数者之大地主和资本拥有者，真是势如反掌的容易了。

所以农村革命，就是大家不去干，若要干起来，那革命的成功，当然是可以指日而待的。同志们，大家奋起努力，再往前进。

一九二七年九月十四日

《关于文艺作品的派》的订正

最近疑今君在《语丝》第四卷第五十期上发表一篇《关于文艺作品的派》，据说是在我们新兴伟大的文坛"一个非"缺点，就是观察（Observation）的深刻，而常能使人好笑起来；最好笑的莫大于自己"漏去了一条"。

据不佞所知，现在我们伟大文坛的派别中"漏去的一条，计开"如左：

疑今派……疑今（见《语丝》第四卷第五十期）。承上计开一大派，还有许多恐怕是我不知道吧！……

信口开河，竟开罪了"一位"伟大的作家，谅之！

据说是自己冠上了新浪漫派和新浪漫派专家"的"郁达夫"谨启"

一九二九年二月三日

大学教育

在目下的中国，有些人主张，大学教育，可以不要。更有些人主张，大学教育的门面是要装的，否则就不能够得到庚款。但文法科可以不要，或者至多，也只须留一个两个大学装装门面，其余的可以不要。

主张大学教育可以不要的那些人说："中国哪里要什么学问？举国上下，有哪一个人，哪一件事能够证明是尊重学问的？专门人才，从中外的各著名大学里毕业出来的优秀学士，饿死者饿死，猫猫虎虎，得到了一官半职，勉强糊口，把专门技术，全部抛弃者抛弃，中国究竟要什么真才实学呢？"

主张不要文法科而要留几个大学装门面的那些人说："读书的目的在做官。可是中国的做官，何必一定要文法科出身的人呢？看看我们罢！学土木工程的，学采矿的，学地质的，学应用化学的，何尝不是一样的在这里做官？要文法科干么？回头制造了许多只有息想。不识时务的人出来，说长道短，图谋不轨，倒反而是国家的不利。要撑门面，得外款，只教有几个理工科大学或科学研究所就够了。"

这两派所说的都很有道理，而且实际情形也的确是如此。试看看中国目下在发号施令的那些为党国服务者，何尝都是受过大学教育的人？不过在这里，我还有一点小小的疑问。我以为学以致用，原是不错，但人格的锻炼，当然也是教育的一个重要的职能。能够抱定主义，甘心饿死，不屑同流合污，取媚于人的迂腐之辈，正足以证明是教育的胜利。能培植出这些人才来的大学，只有嫌少，断没有可以不要的道理。其次，就以"学以致用"一方面来说，难道真的做官就是读书的唯一目的了么？以中国的全部人口来分配，则文法科毕业的人才，何尝会太多？不必去说穷乡僻壤，就是离都会稍远一点的城镇乡市里，究竟有几个文法科毕业的头脑明晰者，在那里处理事务，指导群众？目不识丁的土豪劣绅，与稍能执事的讼棍痞徒的所以横行，就因为大学教育的不普及不彻底之故呀！若说大学教育，可以不要，那教育行政机关，及其他的许多有名无实，只知聚敛的虐民机关，就先可以不要。大学教育的目的，岂真只在于做官与骗钱么？

秋阴蕞记

一　买书者言

　　前两三年，英国 Holbrook. Jackson 印行了一部 Anatomy of Bibliomania 的大著。这部《爱书狂的解剖》的内容丰富，引证赅博，真可以和 Robert Burton 的 Anatomy of Melancholy 比比。爱书狂者的心理，古今中外，似乎都是一例的。中国有宋版蝴蝶装、明印绵纸等等的研究，外国人的收藏家，也有不惜花去几万金元，买一册初版（first edition）诗集或文集的人。例如勃朗蒂氏姊妹三人的诗集之由 Aylott and Jones 发行者，薄薄的一册 Poems by Currer, Ellis, and Acton Bell 可以卖到八九百镑或千镑以上的金洋。原因是因为有一天夏洛蒂忽而发现了爱弥丽的诗稿，姊妹三人就商议着自费来印行一部诗集，恰好伦敦的 Aylott&Jones 出版业者答应以三十镑的价钱来替她们印刷发行，但一年之后，这部诗集，只卖去了两本。姊妹三人，于送了几本给友人之外，就决定把其余的诗集去售给箱子铺里糊里子去了。但后来却以较好的条件，转让给了 Smith&Elder Co. 去出版，所以由 Aylott&Jones 印行的诗集，就可以卖得到那么的高价。

　　这一种珍本市价的抬高，中国自胡适之做了几篇小说考证之后，风气也流行开来了。现在弄得连一本木版黄纸的《三字经》、《百家姓》、《龙文鞭影》之类的启蒙书，都要卖到几块大洋一本。所谓国学，成了有钱的人的专门学问，没有钱的人，也落得习些爱皮西提，去求捷径，于是大腹贾的狡猾旧书商，就得其所哉，个个都发起财来了。

前数个月，施蛰存先生曾写过一篇上海滩上买西文旧籍的记事，但根据着我自己的经验来看，则上海滩上的西书旧籍，价钱亦复不贱。每逢看到了一册心爱的旧书，议价不成的时候，真有索性请希脱勒或秦始皇来专一专政的想头。但走到了街上，平心静气地一思索，中国的同胞，饥不得食，寒不得衣的人，还有好几千万在那里待毙，则又觉我辈的买书，也是和资本家们的狂欢醉舞是同样的恶德了。

二　绍兴酒价

中国笔记中，记唐时酒价的，每以"三百青铜钱"，或"美酒斗十千"等诗句为解答，实在不可靠得很，亦犹答黄河水源之从"天上来"三字了局，是一个样子。现在中国流行最广，而色香味并佳的酒，总之是绍兴酒了，而这绍兴酒的价钱，也真奇怪，每家每处，都是不同的。绍兴城里如何，我不晓得，即以北平、天津、汉口、南京、广州、上海等处来说，因地方的不同，而酒价有别，倒还可以说得，甚至在同一地方，于同一酒名之下，价钱还时有上落，这真是怪事了。当然酒的质地和分量的如何，更是另外一个问题。据我的经验说来，杭州的绍兴酒，的确要比别处便宜，这是质地分量上来说的话，至如有几家酒店，挂起几十年陈的一块招牌，动不动就是几元一斤，那却是欺人之谈了。前几日因为落雨，曾在岳墓前大醉过一场，顺口唱来，唱出了"十日秋阴水拍天,湖山虽好未容颠,但凭极贱杭州酒,烂醉西泠岳墓前"的二十八字,也是实写。绍兴酒以东浦、阮社两地的产品为佳,其余的地方,虽也有作坊,但味道总差一点,大约是水的关系。

说产业落后国的利益

两三年来，世界经济大恐慌的波浪，席卷全球，原因当然是在生产过剩，欧洲大战后各国国民经济不裕，一般购买力的消失，国际间赔款偿还的结果，资本偏在堆积而不能流通等地方。恐慌的落局，自然就发生出失业的问题，政治和社会的不安问题，国际商场争夺更烈的问题等等。

但中国因为产业落后，所受到的世界经济大恐慌的影响，却不甚显著，所以有些论客，反在歌颂我们中国产业落后的好处。

第一，说到失业，中国的四万万同胞，有业者本来不多，除了几处都会的工业劳动者外，大部分的壮丁，都以当兵打仗为职业。本来无业，失也无从失起，近来且到处皆在招募新兵，所以失业问题，在中国是容易解决的。

第二，说到政治和社会的不安，中国二十余年来，本来也就没有安过，所以老百姓对于怎么是安定的状态，怎么是不安定的状态，委实也分辨不清楚。

第三，国际商场的争夺，中国向来就没有过这么一回事。夺来夺去，我们自己人中间，也还忙不过来，还管它什么国际不国际。

产业落后，既有此三得，最后还有一个大利，就是中国人乘此世界大恐慌的时期，却得着了一个买外国便宜货的机会，非但买者便宜，就是卖者，只教把中国商标一印一贴，也立时可以制造出许多同外国货一样的国产货品来，岂不快哉，也岂不痛哉！

新年试笔

　　小的时候，父兄们教我们元旦起来，应该先裁一方红纸，写"新正试笔，万事如意"的八个字，贴上书窗上去。现在老了，这些事情非但觉得可笑而不愿再干，并且从性情上说，也觉得懒得干了。假若要我说出新年的心愿，而来作我的一年的希望的话，那我只盼望着今年一年能够不动一动笔，不写一写字，而可以生活过去。

就家字来说

家这个字,在《说文》里不知道是怎么样的解释,但从我们的直觉来解说文字,总觉得宝盖底下的一个豕字,当然有将野兽的野心野性收服驯致下去的意思。

人有了家,就不能同没有家的人一样,少不得要思前顾后,畏首畏尾;从文明进化的一点上讲,或者是人类社会的进步也说不定,但从艺术的人生观来说,家却是一副套在自由人身上的枷锁,因为艺术家的天性,多少总带有些薄命汉倾向的。

从家字出发的字,最容易使人想起的,是加上一个女旁的嫁字。

女子与家庭,正如眼睛和眉毛一样,眉毛虽则没有多大的用处,但眼睛上若缺少了这一簇毛,根本就不成一个样子。不过独身的男子,还可以开闭几次,做些视察、落泪、或睡眠的事情,但独身的女子,却不能代替牙刷、毛笔之类,收一点功用。

美国的华盛顿·欧尔文,大家都知道他是一位独身的文学家,可是他的称赞主妇,歌颂妻室的文字,却写得比中国的许多多妻主义者还来得动人,这或者是同没有眉毛的麻风病人一样,是一种不及错觉(inferiority complex)的结果。唯其是如此,所以没有家室的人,只想娶妻、生子、成家、立业;而苦于家累太烦,妇权太重的立泊·凡允·格儿先生们,又在想逃到山中去修仙学道,长醉不醒。一正一反,一反一正,社会人类,就永远地在这种矛盾错综之下维持过去。家若在这些地方有一点功用的话，那就因为它是一个永也不会被人猜破的长续的哑谜，永也不会被人吃厌的亚当的苹果。

当国事吃紧，民族垂亡的目下，我们自然又不得不想起国字下面的一个家字。"匈奴未灭，何以家为？"这句话人人能说，但未必人人能够做到。陈伯南先生下野，先必将现银物件和莫夫人送到香港，战事未来，而军人的家眷却必同候鸟似的先搬赴安全地带。军人与国难期间的平民，不准结婚，不准成家立业的法规，虽则没有，可是到了 Hektor 将要去出征赴战的一瞬间，看见了眼泪汪汪的 Andromache 抱了小孩来送的情形，总到底不免有些英雄气短的牵挂与离愁。中国的国民，到了这里，于是就逢着了种种的难题：保国呢还是保家？没有了国有没有家？国字底下何以必定要带一个家？等等，等等。

一九三六年十一月

可忧虑的一九三七年

被世界各国的预言家所断定,以为第二次世界大战,必定在这一年里要勃发的一九三六年,竟在我们的惶恐与危难之中,匆匆过去了。来临不久的这一九三七年,究竟是和平之鸽呢,还是□械之神?现在谁也不能够预料。但是日德意合了纵,英法俄连了横,派黎斯的釐婆果一掷到欧西,卡尔门的产地,斗牛师的故国,就变作了血肉横飞的恶战场。

不幸的中国,在艰难苦恼之中,虽勉强完成了统一,可是四面楚歌,糜烂的危机,也因这统一的成功而孕酿到了百分之九十有九。一九三七年,或者是中国的一个转机;一九三七年,也许是中国的一个濒于绝境的年头。

"祸福无门,惟人自'造'",太上之言,现在也还是真诠。其亡其亡,系于苞桑,日居月处,应思危卵。民族的中兴,国家的再造,就要看我们在这一年内的努力的如何!

亲爱的众同胞,现在决不是酣歌宴舞的时候!

一九三七年元旦

救亡是义务

　　救亡是义务，不是权利。救亡在无论何时何地都可以遵各人良心的指示，去做工作，不必人来聘请，如发请帖之类，或预计报酬，如救亡一日所得几元几角之类。救亡若有团体，都应该统力合作，若为个人，亦应开诚布公将细流合入巨流中去。救亡没有阶级性，你可以救，我也可以救。你出十元，我出一钱，只教是已照良心尽了最大的力量就对，出十元者，并非上级救国者，出一钱者，亦非下级救国人。救亡并不是出风头，也不是可靠以吃饭，只闻有殉国之义士，未闻有救亡专家，或吃救亡饭而发财者。救亡与选举、或当委员无关。我不当委员，我所以不必救国，甚至卖国也可以，这理论，断不可通。救亡不必有名义，也不必有奖章或报告单，敲铜锣。救亡并不是争私人的权益名位，如救亡官几等几级，或置救亡地产若干顷之类。

　　存亡生死之谓何？精诚团结之谓何？这些普遍的口头语，若大家自一想，就可以明白救亡的意义。包办救亡，或疑人独占救亡，闭而自己偏去助亡，都是民族的罪人。

图书的惨劫

外骑纵横,中原浩劫中之最难恢复的,第一莫如文物图书。元胡金虏,原也同样地到处施过杀戮奸淫,然而他们的文化程度低,末劫还不及图籍书册;这一次的倭寇的虏掠奸淫,则于子女玉帛之外,并文化遗产,也一并被劫去了。

我所亲见的藏书家,如山东聊城杨氏之海源阁,常熟瞿氏之铁琴铜剑楼,吴兴刘氏之嘉业堂,宋元旧籍各具数百;明清以下之版本,无虑千万,现在则虽不全部被焚,也都已被敌人窃去。

江浙两省,小藏书家比别处更多,藏书及数万卷的人,光在浙西一隅,亦有数十家以上。此次事起仓卒,大抵都不及搬走,这一笔文化损失的巨账,恐怕要数百年后才算得清。

我个人之损失而论,在杭州风雨茅庐所藏之中国书籍,当有八九千卷以上,最可惜的,是宋元明以来,及至清末之类书。上自《太平御览》及《广记》起,下至李氏五种,商务、中华之辞书,名人年谱,人名地名辞典止,只从这一部门来计算,我的损失,要上四五千元。而有许多像同文石印的字类编等,系精本中之尤精者,即使有了钱,一时也收集不到的。

其次,是明末清初的禁书,因欲撰明清之际的小说而收集者,共有大小三百余部。

更其次,是清初的百名家词抄诗抄,及清末道咸以后的词集等,将六百余种。

风雨茅庐所藏书籍，除中国线装书外，英德法日文书更有两万余册。英文自乔叟以前之典籍起，至最近尚在之詹母斯·乔斯、物其尼亚·伍尔芙、诗人爱利奥托止，凡关于文学之初版著作，十八世纪以前者不计，自十九世纪以后印行的各种，总收藏至了十之八九。德文全集本，则自歌德以前之情歌作者群起，至马里亚利儿该止，全部都齐。法文著作，亦收集到了罗曼罗兰、安特来、琪特、去亚美儿为止。最可惜的，是俄国文学之德译本，自十九世纪以下，至《静静的顿河》第二册止，俄文豪的新旧德译本，差不多是完全的。

杭州沦陷之前，我在福州，当时只带了几部极简略的书在身边；后来在福州临时添买的古今杂籍到这次南行时止，也有二千余册了，现在尚存在永安的省府图书馆内。

此次南来，书籍一本也不曾带得。所以，每伸管作文，想写些东西的时候，第一感到不便的，就是类书的不足。

有许多书，为一般人所轻视，从来也不登大雅之堂的兔园册子，加八股盛行时代之《经策通》，我就藏有三部之多，就是这种等而下之的类书策本，现在也不容易找到了。

前几天，和几位喜欢研究旧诗词的朋友谈起，第一，大家都觉得在海外做文章时所感到的最大缺点，是中国参考书的不易得到，我所以想劝几位热心的前辈，能捐助出几千元叻币来办一小小图书馆，收集些类书，四部中之重要专著，及著名之总集等，来作研究的底子，则中国五千年之文化，至少可以保全得一部分，而吾道南行，炎荒热海，也得有一个读书种子的养源了。

倭敌已在想绝计了

最近在《日本评论》六月号上，读到武者小路氏的《牟礼随笔》，中间有一段说，敌机来侵中国之时，假如不用炸弹，而来散发中国的法币，大约中国的人民，必会大加欢迎。在起初，或者中国人还会疑心，法币上有毒药，或有细菌。但利之所在，必有不怕死的人去拾着试试；一经试过，觉得确是法币，则大批人民，必会前来争夺，而欢迎日机的飞来。

他并且还极希望军阀们去实行试试，说不必过多，即用二三万元法币去试试，成绩一定可观。这虽是一个不负责任的文学家的幻想，但从这里，我们也可以看出一点日本除了军阀以外的人民，是如何地在厌战，如何地在希望战事的能早日结束。

这种厌战的心理，怕战事拖长，先天不足的岛倭必至陷入泥潭而遭灭顶的心理，不但是敌国的一般人民有之，就是敌国的政客与军阀中间，也未始没有。

敌国的杂志新闻，都在异口同声地说，平沼的上台，当然是抱有结束事变的自信的，若没有这一种自信，而不能赶快把事变结束，则何必换一个内阁，何必你平沼的来担任总揆？

并且，自平沼上台以后，时间已经有半年多了；但结束事变的象征，还一点儿也没有。因此，有些气急的评论者，已在开始猜测平沼倒台后继任的人物了。

另外还有一个铁证，是最近小矶的入阁而做了大臣。听说小矶的所以能入阁，是因为平沼晓得他对于结束事变，是有成算的缘故。并且他也是军部中的一个八面玲珑的人，老平沼对军部有走不通路的时候，也可以由小矶来通一通气。小矶和平沼，原是从前国本社（日本法西斯蒂最初的团社，系由平沼领导的）中的老同志。

小矶入阁之初，对新闻记者，也曾露过口风，说他对于结束事变，原也有一个很好的案在胸中。

凡此种种，都在证明敌人的再而衰，三而竭的症候已近了绝地。敌国总崩溃的时期，但看它这次的最后一次疯狂——对英威胁——的结果如何，便可断定寿命。万一英国完全屈服，则倭军阀还可以大张旗鼓地再向西北及东南狂拼一下，然后毕命，否则就只能这样地灯尽油干下去，而最后可由倭国人民起来一下子便送终了。

这些并不是无根据的推断，也不是居于交战国地位的我们对己有利的偏见。这实在是目下倭敌阵营内的铁样的事实。

所以，主和论者们，老在煽动我们视听的一句问话，就是"抗战到底"，究竟是要到怎么样的底（？）的这一个解答，事实就会来答覆了。或者说，倭敌所想出来的这种种绝计，已经是一个很明显的答覆，也是一样。

抗战两年来的军事

抗战两周年，我们沿海的各省，就是平汉粤汉线以东的各省，在战事初发的时候，就有人主张全部放弃的，而到了今日，在面积上，仍有十分之七八，在我们的控制之下，敌人所占的，谁也晓得，只有几个据点，和几条时断时续的游丝似的线。

先就山东、安徽、江苏的三省来说，二百余县，我们的政令所及，敌兵所未到，及被收复的县份，共达一百三十几县。在这区域里的我们的正规军，尚有三十余万，配备齐全，战斗能力，异常坚强。此外的游击队、民众自卫队，以及红枪会的军民不分的我们抗战分子，总计约有七十万内外，山东西南部，皖西北部，以及皖南全部，江苏中部西部，全在我军的控制之下。

浙江六十几县，被敌占去的，只浙西的七八县，其余的各县，敌兵简直完全不敢进入，虽则濒海的宁波、温州、台州，最近或有敌兵上陆的可能，但几个已经塞死的海口的一时被占，于全般战局，早不生什么影响。

在浙东西皖南一带（即第三战区），我军的布置，川军、湘军及新四军，混合起来，约有四十万内外，而保卫乡土的民间自卫队，散处在各地的游击队，尚不算在内，所以连鲁皖苏浙各地合计起来，我正规军共有七十万，游击队及自卫军等当有百万以上。

福建，谁也晓得，被敌占去的，只有金厦两岛，最近敌在三都澳上陆，决不敢西进入古田，南下至罗源，而袭取福州。因为只占领一个福州,在作战上,是一点儿意义也没有的。分布在福建省内的我们的正规军,共有八万,自卫队,以及可以充游击队的壮丁,总计共有五十万以上。在福建,决不会展开大战,而敌人也不会愚蠢到如此,想向闽西闽北进展,而包围浙赣;最多亦不过空占几个沿海孤岛及县城而已。

至于广东呢?敌最近占了汕头,前卫伸至潮安,又为保卫广州,而向西向北,只占了百里内外的三角洲一带。我军最近且已攻近广州七里之内,敌人的西入广西的迷梦,早已惊醒了,而这一方面的我们的布防部队,又是最富于广东精神的两广健儿;正规军的数目,在十万以上,此外的老百姓,都是可以作游击战的斗士,男女合计起来,壮丁不会下于百万之数。

这是单从沿海各省而说的敌我军事对峙的局面。在抗战开始的时候,就有人主张全部放弃这些地方,现在我们尚有这样大的潜势力在,在其余的腹地,敌海军大炮,以及飞机的毒气恶弹势力所不能及的河南、两湖、江西、山西,更可以不必说了。

先从陇海铁路自郑州以东算起,一直西去,沿陇海线及黄河的两旁百里内外,完全是我们的重军驻守之地。河南一省,被敌占去的,只豫东北的几县,及平汉路上二三据点而已。湖北,则汉水,襄河以西的山地,敌人虽则在他们五月攻势之下,付了将近十万人死伤的代价,也不能再进一步。湖南的敌人,只局促在岳阳附近,其用意唯在保卫汉口,冀免被我军逐出。要想南下长沙,而攻衡州,直冲桂林,决非敌现在的兵力所能达到。江西亦只在南昌以西,高安以南,奄奄待毙而已。

敌人的想全占山西,因以巩固察绥河北,而又西可以袭陕,南可以下川,这梦已经做了一年多了。但五台山一直到了现在,还是在我们游击队的手里。太行、中条两山区中,敌人总攻八次,倭尸堆积,终不得逞。晋西的偏关、离石一带,只在拉锯,攻入河套的企图，当然是在以后一两年之内，决不能实现的。而山西全省内部的我们游击队的布置呢？在六月中，路透社记者曾亲身去遍历过了，铁路线以外的十里之遥，敌人就不敢冒险轻进一步的。

此外，在河北，在东三省，在察绥，在内蒙，我们的游击队，与反正的伪军，当有八十万以上，这是在每日的战报上，都可以看得见的事实，并非凭空捏造之数。

所以，变敌人的后方为前方，以空间换时间，积小胜为大胜等战略，我们已经实际上做到了。

以后，我们只须比较一下敌我尚剩的战斗实力，就可以知道最后胜利的终将谁属。

照陈诚部长的估计，敌人自发动侵略战争以来，常备军五十余万，早已牺牲殆尽，因为敌死伤已经到了八十余万的数目。现在散置在中国各线的敌人军队，共计有三十三个师团，百十余万兵力。以后敌人的兵员，即使以后备军及苏伪边境的驻军与台鲜并国内的防守军合计起来，总共也不会越出一百万以上的人数。所以即使扫数调来中国，也不过百万左右，可是事实上，这是绝对不可能的。除苏伪边境的驻军二十万，各地及国内防守军二十万不能调动，训练未成年龄过幼及过老的预备军五十万不可以用上战线之外，现在所尚能调动的敌军总数，最多也不过十余万人。以这十余万的老弱残兵，要想来征服腹部中国，岂不是在做梦？

与此相反，我们中国现存的实力呢？除上述沿海各省的兵数之外，最精锐的中央军队，还有整整未用的一百九十八个师，共两百万人保留在那里。——这是根据六月份《亚细亚》杂志美国记者哈儿同·汉森氏的统计的——此外则机械化部队，与新空军的编制，最近也完成了，即使各地的游击队，及旧日的各省杂牌军都不算在内，我们的抗战主力，还有这一百九十八个师。

至于指挥的将帅呢，除敌人所最怕的蒋委员长、白副参谋总长，八路军、新四军之外，还有卫立煌、李宗仁、汤恩伯、孙连仲、薛岳、胡宗南、张发奎、张自忠的几位虎将。中下级军官的干部，自从放弃徐州与武汉广州之后，全部都改任补充过了，改任了都是有国家民族观念，有军事政治学识的新进青年。

军火的储藏，自放弃广东时起，已满可以支持两年的战争。最近西北从中苏路，西南从滇缅路日夜输入的数量，因系军事秘密，我们也不晓得详细，但是照外电所露的一鳞半爪来计算，当然是不会比从前由香港输入的，更为短少。

最后，还有两件可以注意的事情。我们在各地训练的新兵，尚未编入队伍的壮丁，总计还有二百三十几万。而各沦陷区的青年，以及海外的侨胞，与夫沿海各省的工人农民，日日向军事当局呈请作志愿兵的，当局正在苦于收容不了。而敌人则最近新在施行总动员法第四条，要无理强迫民众去当兵了，这是一点。其次，我国的士兵，个个都以驱逐敌寇出境为天职，敌忾心的一致高涨，与夫保国家保民族的信念的例外坚强，是比抗战当初，更增加了十倍；而敌阵营里的自杀，反正亦投降我军，自动毁坏火药库、汽油库、司令部的事情，近来只日见其多。这在人和上的不同，又是一点。

上面所述，只极粗略地举了一点军事上的大概，以后当再从财政、政治上来作一点比较，或就可以窥见一斑敌我在这两年战后的总势。

抗战两年来敌我之经济与政治

敌人自从"七七"以来，到本年度会计年度终结时止，已经和将支出的军费约共一百七十五万万元有奇。

一九三七年，一般军事费十四万一千万元，临时军事费二十五万五千万元，共三十九万六千万元。

一九三八年度，一般军事费十二万五千万元，临时军事费四十八万五千万元，共六十一万万元。

一九三九年度，一般军事费十一万五千万元，追加军事费九万一千万元，临时军事费四十六万零五百万元，外国库开支七万万元，共七十三万六千余万元。

这是从他们公开标明的军事费中积算下来的数字。此外更有与军事有关，当局为避免百姓的诽议，而改头换面，从预算项下支出的，如厚生省的伤兵疗养费，农林省的马政费，工商省的军需贸易补助费之类统计起来，当不会比二十万万元更少的。

所以，我们说得简略一点，就可以说是敌自发动侵略战争以来，已经用去了二百万万元的军费了。而其他的行政经费，及一般预算当然还不计在内。譬如一九三九（本年）年度的预算全部就有一百十一万五百万元，其中是包括其他的政费等在内的。

大家都知道，日本是一个先天不足，专赖轻工业和不正当营业以维持命脉的国家，这庞大的支出，当然要靠发行公债（国内的，因对国际，敌全无信用），剧增租税，滥发国家银行不兑换纸币，限制入口货，强迫百姓节衣缩食，和强制百姓储蓄这种种方法来挖肉补疮。

敌国的内外公债，截至一九三八年末止，已累积至一百七十万万元了，再加以一九三九年度，汇合起来而不得不发行的内债八十万万元，合计内外公债，已达两百五十万万元之数。我们总该记得，敌理财名家高桥是清翁百万元公债可以使日本破产之语，现在则这破产限额的公债，已经超出了一倍又半。

敌国公债的承销，完全是由国家银行及其他的邮政储金局与地方银行等负担的；所以发行公债的结果，无异于纸币的滥发，结果自然终到了通货恶性膨胀的地步。

因这恶性通货膨胀而起的物价飞涨，生活不安，早已为敌国举国上下的一大问题。去年则限制人民购买货物，变成一人一物的制度，结果弄得八十岁的老妪老翁和三岁的小儿女，也不得不到商店中去充数购买。今年又施行物价统制的强制执行，致弄得黑市横行，货物质料粗劣到不能再劣的境地。

对国内原可以用高压政策来压服，但对国外，敌却没有方法了。因为敌在国外的存金，于今年六月，已经用完，以后的出口货，将从减少而至于绝无。而军需的原料，油、钢铁及其他一切重工业的生产资财等，敌都须向外国用现金来购买。敌国的纸币和伪币，是对外没有信用的，所以，只能想出法子来劫夺我们的关税白银现金和法币去弥补对外的亏损。天津对英的强硬侮辱，以及破坏我法币信用的种种阴险毒策，原因就多在这里。

至于敌国百姓的负担呢？从"七七"到本年会计年度终了时止，以人民七千二百万人口来计算，敌人民每人的侵略费负担额（包括租税、摊派公债，及强迫储蓄等在内）已经有三百四十七元。而总计敌每人的收入，以敌国经济学者所算定的每年总得一百二十万万元来计算，只得一百六十六元而已。

大概说来，敌自开始侵略以来，因限制输入，与物料征收的结果，输出工业（中小工业），已完全陷于停顿的状态。又因军需工业特别膨胀的原因，军需原料输入的数量自然加至几十倍还不止。壮丁都当了兵，农村也完全破了产，渔业虽还能以女工来代替，但因遭受各国杯葛的结果，输出也骤形见少。人造丝、生丝、棉织物等工业，当然是同一样的状态。

至于政治哩，更完全不值得一谈。敌国所以能致富强的旧法治精神，早就破产了，政党中人，只有因互捧财主为总裁的内讧与分裂（如最近的政友会），以及卑谀军部而欲分得微利的合并（如已往社会大众党与东方会的合并而未成）之类，此外便什么也没有了。

军阀之间，也浸成了只知分赃掠夺的风气，在中国被侵略区里所搜括去的货财税额，完全是几个头目没入私囊的，敌国国家，原得不到丝毫的利益。并且因分赃不匀之故，海陆军起磨擦，各特务机关又起磨擦，宪兵与步兵，步兵与工兵又起磨擦的事情，是日常的现象。

上面所说的，是敌国政治、经济公开的大致情形，还有内幕的黑暗与冲突矛盾，自然更是厉害，在这里当然不能细说。

反过来看一看我国的经济状态，则自抗战以后，于廿六年九月一日，发行救国公债五亿，廿七年五月一日，发行国防公债五亿，七月一日救济公债一亿，以及最近发行的建国公债六亿，共计十七万万元。并之金公债，关金一万万单位，英金一千万镑，一共也不过四十二万万元。

至于去年年底一亿二千万美金，和伦敦二千五百万镑的借款，系存在外国的正货，用以平衡外汇的储金，并非拿来作为战费的。这一笔存款，我们现在只用去了十分之三，现在还有十分之七，存在那里，用以保障法币的信用。此外则战前白银和金子的输出，存储在英美的金额十六万万元,到现在也还有六万万元以上的积存。

而我国对于国民生活的限制全无,即租税的增加,在半沦陷区反而全免,在未沦陷区,亦只增加了百分之二的事实,是大家所知道的。

至于我国公债的推销呢?一半由于人民之竞购,一半分摊给各省去派销,国家银行所承受的,只有十分之三强。所以纸币绝对没有乱发,准备金亦完全没有移用。法币信用的所以能对内对外,都维持过去;伦敦市场的公债所以能不跌(见敌《日本评论》六月号木村增太郎《中国在财政上的抗战力》),原因就在这里。

一面再看看我国自抗战以来的政治吧,大家都晓得的,中国自民元以来,绝不能做到的全国统一事业,却铁样的做到了,澄清吏治,统一政令,发展交通,各党合作,此外的种种政治设施,要五十年才做得成的长足进步,统在这两年之内完成了。以后的团结,只会得日坚一日,建设发展,也只会得日快一日。

抗战整整两年了,现在的敌我之间,军事(见昨日《晨星》栏)状态是如彼,政治与经济的状态又如此。我不敢妄断一句最后胜利将在何时,我只把实际的情形,报告了一个极简略的大概。

至于国际的同情,以及今后世界大战万一发生——(照我的判断,是但泽问题决不会在最近就引起大战)——之后,中日的局面更得如何,却又当另作检讨了。

利用年假

古人说，读书用三馀。冬者岁之馀，自然可以用来读书。但由一年到头，在读书的学子们说来，则这一个假期，又当好好儿的利用一番，才是道理。

譬如救国工作，访问亲友，游旅，恋爱，或补足学业等，都是读书以外的事情，都是要有很多的时间才办得到的。各人若自认为这些是目前必须做的事情，那当然是可以利用年假来做成这些平时无暇做的工作。

但我的所谓利用年假的意思，却又是这些以外的一种反省工作。一年又过去了，在这一年中，我们究竟做了些什么？所做的事情，有没有缺点？这些缺点，应该怎样去纠正？

追思、检讨了过去，我们还应该顾及到将来。自己一身的事情顾及到后，更应该考虑一下己身以外的社团，亲友，或国家与民族的种种。

以自己为中心，以社会为背景，以民族国家为奉仕的对象，我们在这时此地，应该立下一个怎样的计划，遵循做去。

热带的天气，只有在年尾年头，清凉一点。而时间的分割，虽系人为的区划，但为结束和开创事业起见，也是很觉便利的一种制度。所以到了这一年将尽，而另一年又将开始的时候，来下一番反省的工夫，我以为终于是利用年假的一个好方法。

一年来马华文化的进展

到星洲以后，恰恰满了一周年。虽然对于南洋一般的文化状态，还不能十分的明白，对于星洲的社会，也还不十分认识，但就我所经历的一角来下判断，则马华的文化，正在向前迈进的一句断语，是可以说的。

一年来的具体的总账，我没有能力来结算；譬如某人对某事，或某人在某一个文化创造品上，有了若干的进步之类。关于这一类的评论，我想总有比我更适当的人已在做了。这里所说的，只限于几个抽象的趋向。

第一，文化界团结起来了。中华民族一向是被人视作为没有团结，缺少合作精神的民族，原因是在私心重于公义，民族中间的有知识的文化人，尤其是善于相轻，善于挑拨离间，因而造成他自己的地位。这倾向，在抗战以前的祖国，当然是十分显著，而一向以帮派作文化界后盾的南洋，照理是应该比抗战以前的祖国，更要显得奇形怪状，百鬼昼行的。可是，这一年来，照我本身所亲见到的情形来说，则马华的文化界，却相反地，各走上了团结的大道。

举个例来说明，譬如教育界的团结，新闻记者们的团结，书业服务人员的团结，以及为救国筹赈之故，于每一卖花节日或纪念日的各社团、各学校团体、各乡土团体的大团结等，也许从前是已经有过，但在我所亲见的这一年中，觉得气势格外的浓厚，团结也格外的巩固；这当然是要感谢敌人的残杀侵凌之所赐。但团结者本身，若无自觉，若没有捐除小我成见之心，是决不容易办到的。

团结就是力量，文化人是推动社会国家进步的主力；一般民众，是在等候着文化界领导而向前进的。所以，这一个文化界团结的倾向，也就是保证中华民族不会沦亡的倾向。

第二，拥护祖国文化的决心坚强起来了。南洋本来是工业商业角逐的市场，什么文化不文化，本来都可以不管的。谁弄钱弄得多，谁就是王者；问什么教育？问什么文化？可是这一年来，倾向却改变了。各地的学校，孜孜地从物质上，精神上在求改进；各种新闻、杂志、壁报、宣传用的文化作品，都无形地进了步。极简单的一个证明，就可以从各位国内的艺术家，到南洋来开画展而各得到了成功的一点来指出。而国内的出版界，因各地都遭受了敌寇的侵凌，现在在上海香港的出版业者，又各以南洋为唯一推销文化出品的巨埠。这从正面来讲，原可以说是南洋的华侨在文化上进了步，而从侧面来说，则就是侨胞坚定了拥护祖国文化的决心。

至若国语的普遍提倡，教育程度的一般提高，中国语文的特别为侨胞们所重视等，都是这一倾向的流露。中华民族的国民，有此坚强的决心以后，自然中华文化不会灭亡了；而文化不灭，也就是民族永生的铁证。

第三，从狭义的艺术界来说，马华的艺术家们，已从纸上谈兵的空言状态，进步到了脚踏实地的实践阶段。文艺作者们自己编印的杂志也有了（《文艺长城》），南马北马中马的剧运，气势蓬蓬勃勃，现在正进展到了从来未有的盛境，歌咏团体，音乐集团，也增加了不少的数目。各报的副刊，内容都进了步。意识不正确，或文字欠通顺的稿子是绝迹了。同时，像文艺通信，报告文学，指摘奸细的论文之类，都与时并进地发挥了它们的作用。国内的作家，向南洋各报投来的稿件，也日多一日；祖国与侨胞中间的隔阂，渐渐地除去，声气渐渐地相通了。

　　第四，也是文化部门之一的工商业的进步。我虽是外行，但有一点，我觉得总可以说，就是劳资的互助，与经营的合理化的一点。最近发生的各劳资纠纷，大部分都未及恶化，而得到了相当的解决。如永安堂药厂的接受工人全部的要求，自是难得的好例。即其他各业的劳资谈判，也大抵都达到了由两方互让，而获得圆满解决的结果。这进步原是产业界振兴的预兆，因为在战争时期，我们的共同目标，是在对付敌人，内部的分裂，能够减少一分，抗战力量就增加一分；劳资两方，都能明白到这一点，则我们的统一，决计不会破坏，持久抗战的基础，也就如磐石般的奠定得下来。

　　第五，是妇女界的文化的进步。要知道妇女界的文化程度，是应从女子教育，消费品输入统计，婚姻事件，儿童保育状态，家庭状况，女工生活，和妇女救国工作诸方面来研究的。仔细的情形，我并不能够详述；但只就女子教育的比往年进了步，女子就学的人数增加了大半的一点，以及在救国工作，宣传工作上，女子也和男子平等地，分担了她们的职责，这两点上来下判断，则马华的妇女界，现在正在从旧的封建文化圈里，蜕变成新时代的文化斗士这一倾向，是不可否认的。

　　妇女是家庭的主宰，是次一代国民的产源，要想得到人种改良，国族前进的结果，妇女界的文化，是先决的条件。旧道德的好处，原应该摄取，而新文化的缺点，也应该严厉地矫正。在这一年来，我所见到的马华妇女界的进展，似乎是正在向这一个方向推动，这当然是极正确，极合理的动向。

　　文化两字，包括的范围实在太广泛；盲人摸象，我所触着的，也许只是马华文化的极表面的一层皮相,但自我以为以上所说的,却是不过于苛求,也不居心自媚的由衷之言。高明的读者,或有和我见解不同的,若能开诚赐教,那就感激不尽了。

迎年小感

一九三九年，祖国在浴血抗战的苦斗里过去了，现在已经是一九四○年的新春。这个一九四○年，断断乎是我们争取最后胜利的一个转纽；新年开始，就有了粤南的大捷，与赣鄂的连胜，以后，自然只会得一层更上，我们的反攻，只有着着胜利的一途。

胜利原是我们的，当然无可疑问，可是到胜利之路，却并不是一条坦途。我们全国的民众，不问在海内海外，必须团结得更加巩固，责任的偿尽，必须做得更加彻底，为国牺牲的觉悟，必须更加坚决，才有希望。

因小故而自致分裂，执己见而妄责他人，事未做而先来一番叫嚣，都不是制胜之道，这一点我们可得留意。对于同一阵线内的人，只有鼓励与劝导，或好意的批评，使他的错误能够纠正，方是真革命者对待同志的爱。舍大前提而不谈，先来争论细事，甚或至于因理论而乱及于行动，自家先在战壕内，杀得血流漂杵，这是为仇者所快举动。

当然，对于汉奸、汪派，我们是不必姑息容情的，但是对于同道者们，决不能怀有对敌人以上的仇嫉。所以，在这一个最后胜利年内，我们只希望大家都能脚踏实地的去做我们的工作，依最有效力，最经济的原则，去完成我们的任务，用远大而正确的眼光，去分剔出我们的敌人友人。

图书馆与学者

图书馆在大众教育上的重要意义,是一般人都明白的,在这里,可以不必赘说;图书馆对于专门学者的贡献,尤其是不少的一点,却往往为人所忽视。

先让我来举一个例。英国十九世纪的大作家乔其·葛辛,他始终对伦敦有着热切的眷恋,但一按他所以要眷恋伦敦的原因哩,却完全是为了那图书馆。

他晚年因为婚姻之故,去法国南部作暂时的寓公,但当时他正在着手写一部罗马时代的小说。他在法国常常写信给住在伦敦的朋友,要求他上图书馆去调查这些,调查那些,好做他那一部大著的材料。后来这部大著还没有终结,而他已经去世了;现在我们所能读到的这部大著,还是他的未完之作。这是从事文学的专家,不得不求助于图书馆的一个好例。

此外,则史学家、科学家,以及其他的各种专门学者,出身大抵是贫寒者居多,他们对于图书馆所给与他们的益处,往往在晚年的自传回忆录里述说得很详细,在这里,当然是抄不胜抄。

以这些史实为根据,而来谈我们现在所处的环境,则星加坡一地,华侨之亟宜筹设一公共图书馆的事情,实在是刻不容缓的要图。现在,这事情,已经由六六社发起进行筹设了,在这里特将他们征求发起人公函的缘起重抄一遍,希望这一件侨界的文化巨业,能够有很好很快的成功。

夫公共图书馆，大众精神食粮之供给所也。其影响所及，大如人类社会文化之提高，小如个人学问等之修养，价值之大，识者类能言之。时至今日，世界现状，瞬倏万变，科学知识日新月异，大众之所需公共图书馆者，尤为迫切。欧美文明国家之稍具繁荣小城镇，苟无一公共图书馆之设立，则鲜有不被视为落后者，其故在此。

星洲为南洋文化、经济之总枢纽，住有华侨五十余万，人数为南洋各属之冠。公共图书馆之亟宜设立，除上述理由外，举其荦荦大者，约有下列四点：

（一）居廿世纪之今日，商场斗争，可谓登峰造极，当夫运筹决策之时，其所需乎经济、科学知识之程度，与昔大相悬殊。星洲为南洋侨胞经济活动之中心，苟无大规模公共图书馆之设立，以网罗中外各种详确之情报与专门著作，供侨胞之参考，又焉足以维持已往经济上优越之地位者哉！

（二）星洲地方虽大，人口虽多，惟可供青年高尚娱乐之场所者，竟如凤毛麟角。一般青年子弟，不知如何利用其空闲时间，以作有益身心之修养，而误入歧途者比比皆是，危险殊甚。

（三）迩来星期休业至为普遍，店员一遇假日，无所事事，难免浪费光阴，或作不正当之娱乐，不无可惜。

（四）自我民族复兴以后，星洲文化水准，因之渐次提高，有志作高深研究者颇不乏人，惟苦无公共图书馆可资利用，进修极觉困难，是诚国族文化上之一大损失。总此数因，星洲华人公共图书馆之宜早日促其实现，已彰彰明甚。同人有鉴及此，不揣冒昧，爰敢出而提倡。愿与赞助诸公，共策进行焉。

文人的团结

老舍先生自重庆来书,曾说起了国内文人已经如何地坚强团结起来。他并告我们在海外的文化工作者,也应该认清敌人,把力量集中起来,齐向着这一个共同的目标拼去。

同时,我驻马来亚的高总领事,也发表了通告,揭穿汉奸辈正在煽惑侨胞,附和汪伪等反英,意图破坏我们的团结,破坏我们的筹赈等阴谋。

到了现在,我们还要来说团结,还要来对民族中的败类的阴谋,不得不谆谆告诫,说起来实在是一件很伤心的事情。不过事实俱在,这一批蓄意破坏我们的团结,甘心将我们的国家民族利益出卖的无耻之徒,正在日夜进行他们的工作,教我们又有什么办法,来为之隐讳。

而在这一批歹徒的中间,竟也有号称文化人者掺杂其间,以前进为煽惑的招牌,以攻击个人,为自己成名的手段,那就更加不得不令人伤心气馁了。

事到如今,我们别的话,实在也可以不必再讲;根本的认识,就只有两个,就是我们要做自由独立的中国人呢?还是要做卑鄙无耻的汉奸走狗?我们假如要做自由独立的中国人的话,那现在我们的敌人,就只有一个,就是侵略我们的日本法西斯蒂。先明乎此,则我们的行动路线,也只有一条:就是来用如何的方法,尽如何的力量,去打倒这一个唯一的敌人。

文人的本分，当然是在宣传，宣传的主旨，自然也很简单，就是要教人能够分出谁是敌，谁是友，以及用什么方法去打倒敌人。某人的声望或比我大一点，某人的地位比我高一点，或某人的收入及资产比我丰裕一点，所以我的目的，我的全力，就非要先全用在打倒这某人的一点上不可，其他的一切，都可以不问，这就是汉奸的论调，也就是汉奸的行动。

说到文人的团结，实在比一般人的团结并没有两样，只教能把我们的私心，把我们个人的名利观念，完全撇开，那团结便自然不成问题了。

轴心国联盟与中国

当轴心国德意日结成军事政治经济的同盟消息公布之日,世界舆论,都指其系为对付美国与英在太平洋联防,及预防将来万一美国之或可能参加战事者。该同盟主意虽在威胁美国,而同盟约中则曾明言以欧洲德意对英战争及东亚中日战争为对象,虽则英国当局对此,尚未有正式之声明发表,然我中枢则已有宣言公布,表明了我之态度。

第一,我绝对不承认敌寇在东亚有领导之权,亦永久不承认所谓"大东亚新秩序"之有效。

第二,我对世界各国在东亚之合法权益,自然仍予以尊重,决不以武力或侵略手段来改变秩序。

第三,我之抗战到底,自力更生国策,决无丝毫动摇。

第四,凡助我抗战者为我友,助敌侵略我者为我敌之对国际信念,亦不至因此盟约而有所改变。

我国对该同盟之坚决态度,已尽包括在上述四款之中,兹拟再加以一言之伸引,借作内容之解释。

我国对政治领导方式,向有王霸之区分;以德服人者为王道,以力服人者为霸道,在我国虽三尺之童,亦认识得很清。所谓王道,是以和平公正之态度,作解纷排难,扶危济弱之举动,而使人心悦诚服者之语。准此而言,则过去唯我中国所取者,是此种态度;美国当日俄战后,在泰奥道·罗斯福总统领导之下,所执行之和平运动,是此种态度。岂有凶酷残暴之国家,实行趁火打劫之行为,而可以暴力强迫人承认有领导权之理?

并且强盗结盟,私相授受,此领导之权,究为何人所赋与?

至言及大亚细亚门罗主义,与大东亚新秩序等等,都无非是侵略野心之别名,对此名称不固定、内容解释亦常变动之欺人谎语,不但我中国绝对不能予以承认,就是位居东亚之各国,亦断断不能予以承认的。

中国对国际条约,及世界各国在东亚之合法权益,决不愿以暴力来破弃,是一向的主张。若因条约已不合时宜,或各国权益,有损及中国之主权与领土时,类皆以和平协议之方式来改变现状,这从改正关税及收回满期之租借地等国际交涉上可得证明。我国对门户开放,机会均等等国际口号,本来也没有成见,并没有垄断独霸的野心,当然世界各国所共见。

至于我抗战到底的决心,则已经再三宣示中外,非至敌寇尽行退出我国土,是绝没有动摇或妥协的余地的。况且自轴心国之盟约宣布以后,侵略国与被侵略国之界限愈分得清,对垒阵势,亦愈团结的坚强了;从我国的处境说,德意敌的联盟,对我的抗战反为有利;说到影响,只有使我愈感兴奋,愈有胜利的把握而已。

最后,是我之敌友的问题了。英美两国,依该同盟的盟约言,显然是轴心国的敌人,敌人之敌,即为我友,这当然是普通的常识。况且在过去,英国之助我抗战,亦不亚于美国。虽则因滇缅路封锁问题,致使中国民众,一时对英国大感失望;然时至今日,则该路之即须恢复原状,不但美国与中国民众,均抱此信念,即英国之有识者,亦同声提创了!我想英国的贤明当局,决不至于再受敌寇之愚,而重望与敌寇有调整关系之一日。

美舰之得借用星加坡军港,以及澳洲和纽西兰之与美国联防,且已渐将成为事实，难道英国对我之借用滇缅路一段运输，会横加阻碍不成？况且，援助我国，亦无异于英之自助，我们在昨天社论中，亦已经谈及。所以，今后英美对我之援助与友好，自然只会得日增，决不会得倒退，因为事实上是非如此不可，这当然可以不必再说。即以中苏关系而论，苏联虽似已被轴心国盟约尊重其中立，德外长利宾特洛，虽已有飞赴墨斯哥之消息，然在欧亚两洲，已全成了被领导国的苏联，对我抗战的援助，决无中途停止之理。

轴心国在过去，是以反共为目标的这一段史实，苏联当不至于会完全忘记，轴心国若万一胜利，实施其欧亚两洲之领导权时，苏联必将为其宰割这一个可能，苏联也决不会得看过。最多最多，因敌寇南进，与己国之利害无甚冲突，苏联或不至于打劫趁火打劫之人而已。所以，苏联与敌寇一时的妥协，或有可能，至加入轴心同盟，而对中国取敌对的态度，则万不至有此事。所以，我国国际问题研究者，亦曾以此疑问而在向敌寇索解答，足见轴心国盟约之矛盾，不单在埃及参战的一点了。

又若甚嚣尘上之西班牙，即使被迫而加入轴心国同盟，其作用当然只限于西欧西非的局部，与我之抗战漠不相关；当然还谈不到与我为友为敌的问题。

对于德意，系敌之同盟，虽则在实际上对敌的侵略我国，绝没有丝毫的助益，但既经公开宣布了盟约，则自然也成为我之敌国，是以我对德意之条约义务，已经解除，即视作外交关系，已经断绝，也未始不可。

总之，经轴心国同盟之公开宣布，在敌方则反成多树敌人，与扩大战场之结果，在我方则正得接近与国，与把握胜利之机会。塞翁得失，庶可于我今后之反攻阵容上见之。

美国、苏联与轴心国

近几日来，最轰动世界视听的消息，当仍无过于轴心国的同盟；此同盟虽系久在人意想中的一个结果，然经六条盟约的公开一宣布，即原来亦猜中八九的政论家，自然也不得不感到一点兴奋。

该盟约的第三条，显然是为对美国而设，我们在初接这同盟的消息时已经说过。不过美国的诸种政策，大抵都系受舆论的催逼的结果；而舆论一致之后，又经当局的专家们慎重计议，必群认为与美国传统，既无违逆，且与世界潮流，美国国运，亦皆无阻障时，始行公布，实施。是以在美国之一政策既经决定之后，便得沿直线而施行下去，决不至于中途有任何更换，这便是民主国与独裁国不同的地方。美国的援英，援华，反纳粹与敌寇的侵略，不承认以暴力改变世界的现状，是他们的既定国策，且也是已在开始一步一步施行的政策。不问前途有多大的威胁与障碍，在美国是政策既决之后，绝对非施行下去不可的。故而此次轴心国的同盟缔结，意若在恫吓美国，欲使美国在中途改变他们的既定政策，便系不识美国政治趋向的盲动行为。其结果，必适得相反的反应无疑。

侵略者们，只知美国的传统政策，是美洲的门罗主义；孤立派决不会赞成加入任何美洲以外之战事；美国对于世界任何一国，都无领土的野心。这原是对的，但是美国的门罗主义者，孤立派，是和英国张伯伦等不同的积极门罗主义者，与有远见的孤立派，却不曾为侵略者们所识破。所谓积极，所谓有远见云者，就是他们认定侵略者们若一胜利，则美国的门罗主义就守不住，孤立派就不能孤立，势必将被动地也被侵略。所以美国门罗主义的外围是在欧洲，在南太平洋；而有远见的孤立主义者，亦绝对与无抵抗主义者不同。明乎此，则美国自受到轴心国同盟之恫吓以后，反更进一步地非急施他们的既定国策不可的意义，就也可以得到解答了。

美国的加紧援英的步骤，恐将不止在西太平洋英美海军的联防，对英旧债之勾销，及军舰，飞机，坦克在与其他军器之大量供给，到了大总统选举事竣之后，恐怕还更将取再进一步的积极态度。其援华的限度，同时也不止在借予中国以巨款，完全禁止废铁石油及其他军器的向敌国输出，与不买敌之生丝等产品。从他们的撤退留华留港的美侨，以及尽量的扩张海军，训练陆军的决心看来，则明年四月，将参加战争之说，也并非是臆测之谈。

而敌寇驻美大使堀内，还在发美日间破绽犹可挽回，但须在东京开诚意之谈判等梦呓，实属不识美国政治趋势之尤甚者，其可笑可悯，自可不必说了。现地的外交官尚且糊涂如此，更无怪东京《日日新闻》的论客，要说出怕不怕等小儿语来。我们可以直截了当的说一句，敌寇若果真是不怕美国的话，又何必说出来呢！

总之，美国是舆论可以左右政治，而既定政策不易变动的国家，敌寇若将苏联在敌寇前竟能一改历来态度，与纳粹缔结互不侵犯条约的例子来猜度美国，以为一面恫吓，一面献媚，就可以使美国改变政策，恢复旧日的邦交，那就是很大的错误。

与这次轴心国同盟，看来似很无关，实际上似乎也与欧战前和德国缔结互不侵犯条约时一样，对于侵略国和资本主义的冲突尖锐化，在隔岸观火，取幸灾乐祸的态度的苏联，表面上虽则是如此，但细按其内情，恐怕也并不如此的简单。

　　苏联的最大威胁，在欧洲是纳粹，在亚洲是敌寇，这系基于国家根本制度与意识而来的事实。政策可以临时转变，而国家的制度与国民的意识，却不能随时而移易。苏联的所以要取芬兰，并波罗的海三小国，收复罗马尼亚北境之旧地，在波兰与纳粹接壤处，步步设防的原因，就是为了防止纳粹的"向东方进攻"，对希特勒及其信徒之"誓欲获取欧洲的谷仓乌克兰"一语，苏联始终牢记在心头。对于轴心国的日渐肥大，月增军势，当然不是苏联的本望。对德国既如此，对敌寇自然也是一样。因为满蒙一带与苏联无天然的界线，亦无强固的屏障，海参威的港口，且无时不在敌寇的海空军能侵袭的范围之内。万一苏联与敌寇结一互不侵犯条约，则敌寇可以抽出满蒙的驻军来大举侵略中国。待过一二年养肥之后，倘敌寇不南进而北上，转其锋以向苏联，同时又与欧洲之德意作呼应，来实行其亚洲与欧洲的所谓轴心国领导权，则苏联宁复有在世界立足之余地？并且，中国不是波兰，美国亦非英法，敌寇更比不上德国；所以，敌苏互不侵犯条约之缔订，在这时我们认为决不可能。敌方之代言人，虽在故弄玄虚，仿佛要教人相信，敌苏间条约已经订定，究其实也不过是对美国对中国的一种虚声恫吓而已。

　　所以我们认为这次轴心国的同盟，对苏联在表面上似乎并不发生任何关系（因盟约中有对苏联不改态度的一□），在内中，恐怕一定会增加苏联对轴心国的警戒之心；若英美在此时，能一改过去的犹疑态度，而加紧对苏联的联系，则民主国对轴心国的一大阵线，也不难结成；而侵略国之凶焰，当能立时灭绝，苏联之南端防务，在巴尔干半岛，黑海地中海间之壁垒，更可由此而稳固。今后之世界大局，终须视英美在这一方面之作用如何，方能立下定论。不过苏联在相当期间，仍将取一静观态度，却是已定的趋势。

再来提倡《马来亚的一日》

自从很久以前,有人提倡过集体创作《马来亚的一日》以后,虽则响应者也时时有人,但终于因为工作太艰巨,计划太广大,后来就也被大家所搁置。不过我想,这事情若必须做的话,那不问规模的大小,我们总须想出法子来去做才好。小规模的做,比不做总要好些。现在,我们想和《总汇报》联合起来,订定一个简单易举的方法,先来试办一下。譬如,各地的读者,不问是从事哪一种职业的人,都不妨先试来写出一日的工作思想行动,投寄给我们。由我们先行逐渐的在《晨星》和《文汇》上发表。稿子积得多了,再来选择编订,集合起来出书。

我们因为想使马来亚的作者,在这战事紧张之际,都有一个反省的机会,所以,重行提出此议,读者诸君,若有更简单更切实的方法,也不妨写出来供大家的讨论。指定哪一日的日期,就说"八月一日"吧。

一方面,我们也希望是好的事情,就应该急做。读者诸君,于读了这一短短的提议之后,若以为这《马来亚的一日》,是值得一写的,则不妨马上拟定办法,寄给我们,以后在本栏里,我们将特设一栏,登载这关于"一日"的稿件。

《马来亚的一日》试征规约

关于《马来亚的一日》，我们想小规模的来试办一下，虽则规模太小，成绩或不能令人满意，但假使这事情是值得一做的话，那不管是大做小做，做了总比不做好些。我们本此精神，现在想和《总汇报》联合起来试办一下，现在先将征稿规约，简列在下面，希望马来亚各地的各阶层同志，都能抽出一点时间来，来共同帮助此举。

一，一日的时间，先定八月十五日为标准。写作者不限定文艺作家，各地各阶层各职业之男女，能将这一日各人自己的思想、行动、环境及观察等写出者，都可投稿。

二，来稿每篇以一千字至二千字为限。

三，稿到后，先由《星洲》、《总汇》两报择优在副刊发表，稿费照给。

四，来稿截止期暂定九月十五。

五，稿子过多时，当由两报组织编审委员会，连同已发表及未发表各稿，编印单行本，凡投稿而被采用者，每人赠送两本。

上举五条简约，取其轻而易举，读者诸君，若有高见，亦请提出来讨论，凡在八月十五日前三日投到者，我们可以一一刊登。

郭诞过后

本月十五日的庆祝郭沫若氏诞辰的聚餐与游艺，总算是很顺利地举行过了。剩下来的，是结束会务，再为基金筹募一点寿礼的事情。这一次的聚餐会中，承华兴公司连瀛洲先生报效啤酒，精美虎标汽水公司李俊承先生报效汽水，和美蓝载章先生报效烟支，特别是要在此地声明一下，表示感谢。其次，则漳州十属会馆平剧部，及职业剧社诸公，帮演游艺，我们也得致谢他们的热忱。至于爱华乐队，及吴盛育先生，出钱出力，更是忙得不可开交。而汾阳公司的郭京先生，及胡迈先生，同为筹备会中的总干事，费去的心力，也着实不少。对上列各位，或为团体，或为个人，我谨在这里，统表一个"谢"字。

祝郭氏诞辰中最重要的一点，是为了助成郭氏奖金基金的集成，想为郭氏筹一点寿礼寄去中国。彭亨的文德甲同人，已经有了组织在发起了，我们也想比较有组织地来一次征劝。因为这并不是募捐，也不摊派。所以，我们只能说征劝。我们的办法，还没有商妥，当然期限是更加难说，但我们总想于最近期间，有一个具体的结果。因为夜长梦多，而热带地方的人士，每天又多忙健忘，做事是非快不行的。

我们在这一次祝郭寿的集会当中，还觉有两件事情，是很好的预兆。第一，是中国的文化，不管敌寇在如何的想加以摧残，但往后只会发扬光大。因为中国的文化人，大抵是爱护祖国，爱护祖国的文化的。第二，是南洋的文化人，大家都在趋于团结的一途，小我的固持，帮派的畛域，在文化界，并不存发生破坏团结的力量。我们于这一次祝郭集会之中，能得到这两大教训，总算是在精神上已经有了丰富的报酬。至于今后如何更好地使这两倾向能凝固与滋长，把它们如何的具体化起来，那当然还有待于我们的努力。

悼罗佩脱·孝脱义士

义士罗佩脱·孝脱！你是生长在美国，皮色言语血系，完全和我们中国人不同的美国市民。中国亡了，中国的四万万人民都做了亡国的被压迫者或奴隶，与你是一点儿关系也没有的。中国不亡，或者竟强大起来，与你也是一点儿益处都没有的。然而你因为看不过军阀的纵火劫掠奸淫破坏，看不过强权者的侵入中国国土来屠杀劳苦群众与无辜的妇孺，所以竟为中国挺身作战，以一当千，而身殉了正义。

我们中国自己原是有一个全国海陆空军副司令的。去年六月，阎冯复返中原，密谋再起，副司令似乎微露了一点做总司令的野心。于是总司令就将向中国四万万贫苦的群众身上榨取剥削来的金钱二千六百三十余万，由中国汇出，贿赂日本的陆军当局，于八月中旬在上海划付，由东京的南某收受，去私自在陆军部、参谋本部、关东军司令部里边平均分配。交换条件，是务须于最短期间内，将张胡子数十年中所积贮在那里的军械火药，烧炸一个精光，结果就发生了"九一八"暴军入占北大营的事情。

我们中国自己原是有一个海陆空军总司令的。今年一月二十七日，日本军阀因满蒙的无抵抗，既各得了贿赂，又建立了功名，就来威胁上海，提出最后通牒。主要题目是要求总司令杀尽中国的爱国群众，封闭一切中国的言论出版集会结社处所，让出自吴淞至真如西三十里以及龙华一带的地盘来作日本租界。二十八日，总司令的命令来，是日本的要求件件答应，但有一个交换条件，是请日本军快点来盘踞闸北，建设租界。（在这事情之先，上海有一家 T. U. S 与 C. K. S 的地产公司出现，于去年十二月中，几乎把宝山县地皮一直买到了松江。）总司令威震中国，令出必行，要旧日防守在上海一带的中国驻军，全部退出，午后六点，已有监视缴械的大军开到了苏州、枫泾的两处。革命的士兵，感到了前后被夹攻的危险，觉得死在自己同胞的阴谋之中还不如死在日帝国主义的炮火之下，于是乎就有了自二十八日夜起到今日止的上海附近的孤军血战。

　　义士罗佩脱·孝脱！我们中国全国有军队三百余万，开来援沪的军队，半月以前只听见了一次张发奎的旧部到了湖南的株洲，但是以后就忽而不听见了，说是不容易假道，仍复是被阻在那里。还有一月以前，广东的航空队早已出发来援沪了，可是到今日为止，我们被包围在上海的三百万市民，却终于没有见到过一只中国的战斗飞机。只在五月以前，日本机飞到了杭州，听说在筧桥一带炸毁了许多中国的战机，是深藏隐伏在那里作教练之用的。

　　义士罗佩脱·孝脱！这些总司令、副司令等，都是我们中国的同胞，而你却是与我们皮色言语血系各异的美国的市民。

　　义士罗佩脱·孝脱！我在这里的吊你哭你，也不过是亡国之民的一种表现，只不过想空学学耶利米的哀歌而已。更进一步来说，则我简直比亡国之民，还更怯弱万倍。因为宣判那不知是何处马骨的所谓日皇的死刑，而毅然决然竟独自去执行的，却是一位已亡了国而正在计划重新建设的大韩民国的壮男儿。

一九三二年三月二日

梦想的中国梦想的个人生活

我只想中国人个个都不要钱，而只把他们的全部精力用到发明、生产、互助。与有意义的牺牲上去。将来的中国，可以没有阶级，没有争夺，没有物质上的压迫，人人都没有，而且可以不要"私有财产"。至于无可奈何的特殊天才，也必须使它能成为公共的享有物，而不致于对大众没有裨益。譬如天生的声学家，可以以他的歌唱，天生的画家，以他的美的制作，天生的美人，以他或她的美貌，等等，来公诸大众，而不致于辜负他或她们的天才。至于这一个乌托邦的如何产生，如何组织，如何使它一定能于最短时期内实现，则问题又加大了，这一个短篇幅里说不胜说，而在这漫长的冬夜里，也有点不敢说。

因目下的社会状态压迫我的结果，我只想成一个古代的人所梦想过的仙人，可以不吃饭，不穿衣，不住房屋，不要女人。因为仙人是可以不受到实际生活的压迫的。这当然是不能实现的梦想，来问中提出了这话，我落得大着胆，偷着懒，作这一个答覆。

谈健忘

五分钟的热忱，是说中国人对于任何的奇耻大辱，在五分钟后便会忘记的，比到烂柯山的樵夫，虽则经过时间的长短有点不同，但都系健忘则一也。说起健忘，似乎也不一定是中国人独有的特性，记得在德国文学家轶事里，也曾看到过一则：

戏剧作家兼文艺批评家勒辛（Lessing）氏，有一次在写作之余，出去散步，于途中遇见了一位送信的邮差。"有我的信没有？"勒辛问。"先生叫什么名字？"邮差反问。勒辛搔着头皮，想了半天，却终于想不出自己的名字，所以只好苦笑着说："让我回家去问一问来。"

像这一种集中注意力之后的失心状态，似乎是各国人所通有的，不过中国人的健忘却来得更实际一点。譬如军阀的火并开始，互发通电的时候，两方各骂得狗血淋头，誓不俱生。但不久之后，又化干戈为玉帛，一刹那间便称兄道弟，情逾骨肉了；军阀们是如此，政客们也是如此。我们只教把旧报拿出来一翻，便可以看见许多这样的事实。国民革命军到上海的时候，宣传揭贴上所要打倒的，尽是些北洋军阀。所画的是一个乌龟，身上挂着一个军阀的名字。易帜之后，却张三李四，都是同志了。有通缉明令的张宗昌被杀之后，政府还给以抚恤。替父报仇的某某，国家也予以特赦。五四运动起后，大家都主张着非孝，现在的宪法条文里，却又规定儿子有孝敬父母的义务来了，除去这些实利主义的健忘不谈之外,则一般的健忘,对于我们人类的益处,的确也是不少。

第一,最普通的事实,就是晚上有了不得了的急事,一宿之后,早晨起来见了太阳,就什么也冰消雾散,所急的事也觉得可以有出路了,这是任何人都常常在遭遇的经验。第二,生死的痛苦,是尽人皆知的,幸亏健康者会忘记死,所以才去经营事业,形成社会;女人产后,会忘记临盆的痛苦,所以又会去生第二第三的小孩,保存种族。现代英国散文家 Robert Lynd 所著的一篇《无知的快乐》(*The Pleasures, of Ignorance*)里,也曾谈起过这些,我在这里却想把末一字易作 *Forgetfulness*,叫作"健忘的快乐"。对这题目的最具体的证明,就是西太后于战败之后,将海军经费拿来营造的那座颐和园。现在日本帝国主义者的军队,似乎只以长城为界,不再南侵了。我不知为了航空救国之故,特烦电影皇后等提倡娱乐救国而得来的许多爱国捐,会不会去庐山或西湖造起第二座颐和园。

有目的的日记

偶尔在友人的案头,看到了一册薄薄的什么座谈之类,其中有一篇日记,却是我留学时代的同学某君所作。因为我自己曾出过一本日记,被人家攻击得体无完肤,就是到了七八年后的现在,这册日记也还在作各种小报及什么文坛消息等取笑的材料,所以平时一见到日记之类,就非常注意。

某先生的那一篇日记,虽只短短一二页,但他的为什么要写那篇日记,他的目的在哪里,却一看就十分明了,明了得同小孩子的直率痛快,在墙头上写"某某真正不好,可恶可杀,是一只狗"等匿名揭帖一样。

他的第一个目的,是在攻击某先生的对日本人所发的议论。据这一位先生说来,则日本的无产者群,是在同情于我们中国的被压迫的民众的;但这日记的著者,却完全以为不对,说日本的无产者,个个都是帮助军阀,主张侵略中国的黩武主义者,日记中并且还举出了一位他自己的朋友的话来作证。

我不幸早出世了几年,所以当日本来侵的这一二年中间,失去了在日本留学的机会。但以平常遇见的几位日本朋友的谈话,及见到的他们中间所印行的小册子之类看来,则日本民众的反对政府出兵侵略中国的议论纪事,也不只是一次两次。所以我觉得日本的无产者群,完全是他们的军阀的走狗这一句话,显见得是过火的议论,是"欲加之罪,何患无词"的对人的挑剔。

其次是在日记的末一节里，忽然说到了债主的将来催逼，以证明他的穷到了无地立锥的境遇。一读到了这里，我真失声笑出来了。同人之中，我的惯于喊穷喊苦，是大家每用来取笑我的话柄，而独有这一位日记的著者，却是众人周知的文人中的富者。正因为他的理财方法，比我们稍好了一点，所以买我们的嫉视怨恨之处也着实不少。这事情是他也知道，我们也知道，他也知道我们知道的一种公开的秘密。而现在却突如其来的喊出了这一声穷，这岂不是同"中有黄金三百两，隔壁王儿不准偷"的告白一样地可笑么？天气怪热，写这一点感想，原不过想同这位老同学开开心，妄言多罪，健作为佳。

　　　　　　　　　　　　　　　　　　　七月二十日

东南地狱

东南本来是富庶之区，俗语也说："上有天堂，下有苏杭"，可是今日的东南却变成了地狱了。

这地狱里的百鬼夜行图，大约在各报的记载上。总早已经有了一点浮面的报告，但诸通讯记者所见到的地方，恐怕还只是地狱上面的最上一二层，自十层以下，到十八层为止的真相，总还要狰狞，还要险恶。

我，富春人也，所见所闻，不出富阳的一角，现在且先来写几件实例，借以添上些流民图里的波澜。

前年去年，是民国纪元以来的大有之年，米如沙粒，谷不值钱。所以乡民在年下，不但将新收的谷子，一齐出售，就是向来的积谷，也不得不洗仓变卖，以抵补谷价的折蚀低倾。今年春间，农民本来大家都不想再种田了，可是江浙内地的老百姓，没有工业可以从事，没有资本可以营商，除了力田苦作以外，更有什么法子？阿宏的老婆，到了要整理秧田的时候，苦劝她男人去借了三分钱的高利贷，买几升谷子来做种的见解，按理原也不错。

秧田做了，分秧布种的时候到了，以阿宏夫妇，以及七岁五岁的两小孩之力，怎么也不能把六亩田在三天之内种好。先要耕，次要车水，再要耙平，然后插秧下种，少算算也得雇两三个人工来帮助，于是乎只得再去求借。田种下了，第一次的肥料也加了，耘也耘过了，但苍苍者天，就一直的不肯下一点雨。阿宏夜半起来,跑上田头,去向东向西地诅咒春星的晚上,不知接连有了几夜。眼见得秧变了黄,田开了裂,而天还不雨,不得已自然只好再去借了钱来车水。七八天后。秧仍是黄,田又加了裂,这可真没办法了。于是乎阿宏就日夜的埋怨他老婆,说尽嚷着种田种田,现在你去种去!埋怨之下,想来总也少不得几下拳打脚踢。

有一天五月中旬的月明的晚上,阿宏上田头去看了星月回来,向床头一摸,却不见了他的老婆。将两个小孩摇醒,问你娘呢?小孩们自然只张大了眼,在月光里发呆。阿宏出去,走了半天,田野里只见了几个同他一样在田头对星月长叹的自耕农夫,老婆的影子,却半个也不曾看见。绕了一圈,从屋后的一条小道,走回来时,月亮已经西斜了,在后屋的茅檐底下,阿宏方才看见一个长长挂在那里的他老婆的背影。现在阿宏的六亩田,同左右邻舍的田一样,只长满了些莠子,还有几茎青色的空壳稻头,在秋风里摇动。两个儿子,却在诸暨的两家寺院里读书,改了名字,变了僧服。而阿宏自己,不知上哪里去了。他住的那一间同猪圈似的茅舍,门也没有了,窗也吹倒了,空到如今,已经有两个月来的样子。乡下人到了晚上,每不肯走过这间空屋,说有七孔流血的女缢鬼要出来讨替身的。这是离县城不远,去西北乡只有十八里路的黄叶村里的事情,是我表弟来杭州对我说述的旱灾悲剧中的一小段。

富阳西乡,有一大平原,名叫黄天坂。三面是山,一方临水,每年山洪暴发,这黄天坂里的几千亩田,总比他处早几日积水,迟半个月退清,所以是十年九不收的地方。但前两年丰收的年岁,每亩田也收起了好几担谷。断桥头的王成发,今年五十二岁,向来是以勤俭著名的,今年特鼓老勇,租了好几十亩黄天坂的田来耕种。下种、插秧、借钱车水的情形,当然同阿宏是一样。田的干涸,秧的枯黄,当然又是同阿宏一样,这老先生,因旱生气,因气发疯。在六月后半个月,因为他田里的秧,都成了干草,索性就点了一把火,把秧都烧了。经他那么一烧,田的四周,沿烧过去,就成了几十亩的一块黑地。现在这几十亩的周围,都青青长出了秋草,而富阳乡下却添了一个骨瘦如柴,白发盈头的疯汉,天天在大道上指天骂地,见水就拜。这是我回富阳,上西乡去的时候,亲眼目睹的事实。

诸如此类的事情,在富阳是多得来记不胜记,而农村中的中坚分子,虽则不疯不去自尽,但因积忧成疾,饥饿而死者不知有几千百人。可是城里的棺材铺的老板,也因忧愁成病,死了好几个。原因是为了农民自杀者多了,棺材铺的老板想投机发财,进了许多的木料,但结果却一具也没有卖了。乡下人在这个年头,哪里还有钱来买棺材、营丧事呢,死了的人,都是同野狗一样,光身白埋在干燥的土下的。

一九三四年十月

毫毛三根

一　骂的礼让

平湖陆清献公稼书,是清朝一代理学名儒,行事丝毫不苟,平时尝戒绝诙谐。但一翻他的《三鱼堂日记》,觉得有几处也很幽默。当他成进士,选庶吉士后,这道学先生似乎也处处在留心学说京话,日记卷三乙卯年的记载里,有许多音注:如"阜城,北人读阜若吴音之武","长班读郝若好上声","问长班,乍字读若灼,又窄字读若宰,近字读若形"之类,日记里记得很多。而最有趣的,却莫过于戊戌(顺治十五年)十月初五的一条:

> 十月初五,在家中,大人与谈及仰春公曰:"逊翁每为余言仰春公之德;公尝与沈肖山有隙,两家皆大姓,各长一方,及有隙,各聚徒数百人,隔水而骂。沈氏之骂甚虐,而我众之骂者,未尝及其父母妻子也。沈氏之徒皆笑曰:'甚矣,泖人之不善骂也!'骂三日,而沈氏之徒皆去,无有骂者。怪而问之,则肖山阴使人问所以不及父母妻子之故,皆曰:'我翁之谕也!故骂者如是。'肖山感悔,召其人去,勿令复骂。……"

看了这一段日记之后,我们觉得君子之相骂,实在有点好笑。第一,是各聚徒数百人,隔水相骂的一点;当时相骂的声音,想来一定要比现在上海马路上的声音,还要嘈杂。第二,是三日的骂;这些人当勤勤恳恳从事于骂的中间,若要吃饭喝水大小便的时候,不知有没有停一停口。列阵相对而打仗,原是常事;至于列阵隔水而相骂,却是奇事了;大约最大的原因,总因为当时的印刷术报章杂志之类,还没有发达到现代那样的缘故。

二　建设的双重意义

去年秋后,旱期过去,却落了许多天的雨,所以有几条未曾铺上柏油的马路,弄得泥浆没膝。正当那时候,我有一位外国朋友,来杭州游览。陪他在泥途里游泳了半天之后,他问我,这是什么意思?我说:"今年天旱谷少,民食维艰,将来我们就打算在马路上种麦种稻。"他听了倒很以为是,说中国到底是一个农业国家。后来走到湖边,两旁的道路树上,都挂满了青虫,致地上铺着一地的虫粪,空中飞绕着许多的丝网。他又问这是什么意思?我说:"这是昆虫局养在那里的秋蚕,因为外国的人造丝价太便宜,将来我们可以以这些天然丝来抵制。"他听了又点头称是,说江浙到底是丝绸的产地。

三　揩油的出典

人问上海俗语"揩油"的出典,有一位先生答得很有道理。他说:"这话的来源,是于西洋物质文明,借了帝国侵略主义的扶翼,远征到上海的时候起的。那时候,上海还没有电灯,行人夜半走路,都以为不便。于是人民集会,推举会长,去请地保代达贰尹，要求点几盏街灯。从此贰尹告县令，县令告太守，太守上督抚，督抚奏京曹，一直达到了皇上的天听。皇上批准，发下几十万国帑来设街灯，数目先就是半数。以后一层一层，半之又半，发到了地保那里，只剩了块把钱了；地保又收取了一半，以一半发给人民代表；代表也收取一半，以一半钱交给去实际买灯点火的人。买灯点火者，再以一半入腰包，以余下的一半，买了两根灯草，几勺菜油，总算在大路旁点起了一盏像放在棺材前头似的街灯。后来有一个黄包车夫路过，觉得这一盏灯也无济于事，就索性将几滴菜油，也并入了他自己车旁的油灯之内。"

教育要注意发展创造欲

今天，蒙贵校要我讲演，我觉得非常高兴。其实，我是个不擅于辞令的人，所以有的大学，要我去开文学课，我也不愿意去。写文章倒还马马虎虎。今天，要我演讲，我只能随便谈谈。

湘湖，我是闻名已久的。从前，我也曾与友人谈起过湘湖的风景。至于熟悉贵校，还是二年前的事。那时，有个穷苦学生，要我想办法，我就介绍到这里来，但这个人现已不在这里了。近来，我打算到各处跑跑。这次，应晓晚兄之邀来到湘湖，参观了贵校一切设施，觉得非常满意。因为现在的学校，大都是贵族式的，要像贵校那样，有的种田，有的搞印刷，有的搞缝纫，半工半读，我所知道，还不多见。据我了解，陶行知所办的晓庄师范和晏阳初办的定县平民教育，也有其特色。贵校倒是后起之秀，据你们校长和老师对我说，同学们家庭都很困难，因此，攻读很用心。早上五点钟就起床学习，这是一种很好的学风。你们将来要去改造中国的农村，这是很有意义的事。如果读书是为了升官发财，那就错了。近年来，中国农村经济破产，因为农民被抓去当了兵，田就没人种了。中国的旧教育，把学校办成为大小官僚培养所。其实，如何使大家有饭吃，有衣穿，才是当务之急。学校培养人才，应当培养能使大家吃饱穿暖的发展经济的人才，也要培养能使大家增进知识，提高科学文化的人才。你们今天又读书，又做工种田，将来自己不怕没饭吃，不怕没衣穿，至于男婚女嫁,只要你努力追求,总会达到要求。人最难的是"创造"。创造确是一件不容易的事,创造是以自己的认识和经验来发明新的事物,为大多数人谋福利。英国大哲学家罗素说:"人有两种欲望,一是创造欲,二是占有欲。"如果中国人个个能够把创造欲发展起来,中国就有办法了。但现在的中国人,创造欲并不扩张,占有欲却大大扩张。譬如一片风景秀丽的园林,本来可以给大家来观赏,有人却把围墙围起来,人家踏不进一只脚去。还有的人,把平民的血汗钱刮来存在银行里,据为己有,他吃鱼吃肉,别人连三餐青菜淡饭也顾不牢。一个国家,大家讲究如何去占有,不去研究如何去创造,就不可能富强起来。贵校的设施和校风,我看创造性很强。我希望你们以湘湖为中心,把这种精神,扩大到外界去。由一县一省乃至全国,使整个中国翻过身来,大家重视发明创造,中国才有救。

怎样消夏——唯有读书好

今年的夏天,似乎不十分热。旁人的消夏方法如何,我可不晓得,但今年的夏期,我却比往年更多读了一点书。尤其是关于日本史的书,读了不少;并不是因为杭州等处的地图要变,所以事先准备的读书,却因下半年怕要到上海去教这一门功课。

人与书

书本原是人类思想的结晶，也就是启发人类思想的母胎。它产生了人生存在的意义，它供给了知识饥渴的乳料。世界上的大思想家和大发明家，都从书堆中进去，再从书堆中回出来。

因书本与人类关连之亲密，所以古来学者多把书本当作人类的朋友看待。史曼儿说得好："一个人常常靠了他所读的书而出名，正像他靠着所交的朋友而出名一样；因为书本和人们一样，也有交谊。一个人应该生活在很好的友伴中间，无论是书或是人。"

同时亦有一位，他却把人生当作书本子来看，那就是诗人高法莱了，他说："一个人好像一本书，人诞生，即为书的封面；其洗礼即为题赠；其啼笑即为序言；其童年即为卷首之论见；其生活即为内容；其罪恶即为印误；其忏悔即为书背之勘误表；有大本的书，有小册的书，有用牛皮纸印的，有用薄纸的，其内容有值得一读的，有不值卒读者。可是最后的一页上，总有一个'全书完'的字样。"恕我续上一个"貂尾"，就是在人的诞生之前的受精成孕，就是书版未曾付印前之文人绞汁草稿了。

书即是人，人亦即是书。

这假冒还胜似那假冒

前几天,台江的一旅馆内,来了一位盲目军人,说因参加上海抗敌战争,被烟幕毒气所中,现在是受伤回来了。于是慰劳者,给予金钱者,便纷至沓来,这军人倒得了不少援助。后来报上揭穿事实,说这军人是在假冒骗钱。这是假冒之一。

上海报上,也曾登载过一位奸商,放送无线电的歌曲弹词,说是将所得利益,归数送抗敌后援会转致前方应用的。但后经查出,此人系假冒救国而图发财者,结果予以枪毙。这是假冒之二。

厦门报上又登有金门有假冒难民之汉奸数名,混入厦市,意图刺探军情,业已捕获正法。这是假冒之三。

同为假冒,同为骗取金钱,我觉得那伤兵的假冒,性质却来得特别的可敬。第一,因为他晓得在这时候,男儿应去挺身杀敌。第二,他晓得卫国的军人,必受大众的拥护爱戴。第三,他的假冒,并不危害及社会国家。

因他的假冒,因社会人民之被他所骗者之多,在反面就可以证明我们民众抗敌意识之普遍,证明后方的人民与前方的将士还紧紧地联系在一道。

一面也可以看出,我们在从前,对于退伍的军人,太不顾及他们的生计;现在中央颁发征兵制度,用意周到,深致意于兵士家族,以及退伍后的生计问题之确有意义。

至于假爱国之名,而来行窃取之实,甚且危及社会国家之假冒者，如上海的那位奸商，厦门的那些汉奸，总是死有余辜，出卖民族的大罪人。从前每一次抵制日货运动起来的时候，各地总有这样的几个吃抗日饭的暴发户发现，结果总被漏网，逃之夭夭。现在国法严明，若再有这一种卖国者出现，可真得千刀万剐他了，大家应该注意，严密地来检举才行。

承前启后的现代儿童

亲爱的小朋友们，现在是我们全中国的民众在受难的时候，而受难最烈的，尤其是我们的小朋友们，和老年人与女子。日本军阀打进我们中国的土地，抢、掠、放火、杀人，还要对我们的妹妹、姊姊、母亲、叔伯母、嫂嫂、婶婶，甚而至于祖母，都加以非礼。人家说，日本军阀是强盗，所以叫他们作日本强盗。但是，由我看来，日本军阀比强盗更要凶、恶、坏，比禽兽，就是畜生，都还不如，因为强盗和畜生，不会杀人放火，不会侮辱女子。

亲爱的小朋友们，你们是创造新中国，打倒日本军阀，建设世界理想国家的主人公，是承前启后的我们中国这一代的重要人物。你们应该记住日本军阀的凶、恶、坏，应该想法子把这些比畜生强盗还不如的日本军阀统统弄杀，好教世界上的人，大家得过平安的日子。你们还应该将这些畜生强盗的行为告诉你们的后一代，好永远教不忘记日本军阀——也叫做倭寇——是我们的世仇。

每年到了儿童节的日子，请你们回想一下，"我的打倒倭寇，为中华民族复仇的责任尽了没有？将倭寇的凶、恶、坏的种种暴行，告诉了大家没有？"你们的责任比什么都是重大，因为你们是在这时候的承前启后的人。

南洋文化的前途

    到星加坡还不久,对于一切问题,都有研究的兴趣,而都还没有入门。譬如树胶椰子的种植,和世界市场的起落;锡矿的采掘,和供求的分配;米谷之能否在马来半岛成为主要农植物之一等等。此外还有像人种的问题,杂婚在优生学上的现象,以及言语系统等,也是很有意义,并且更富于趣味的问题,可惜都还没有时间与根底来研究,所以不能乱谈。但自脱离学校以来,二十余年,其间没有三日半月,离开过书本;所以若要讲些什么,或发挥一点意见,当然只好在文化这两字上翻筋斗,我因而想陈述一点南洋文化的所见所感,以应半月刊编者的抬举。

    提到文化两字,当然也有广义狭义之分;广义的文化,则凡一切自然界物,曾经过人力的修造改进的东西,都是文化货财,所以广义的文化,几乎可以包括宇宙,如行政、国防、道路、电力、水力、渔业、气候调整、日光利用等,都是文化工作,要逐样讲来,至少也得有将来星洲的韦尔斯那么的精力才办得了,因而我所讲的范围,只能限于狭而又狭的精神文化中间的一小方隅。

    第一,先来讲人。人这一个两脚动物,亘古以来,一直到现在,也还是一个猜不透的哑谜。有原始人,有文化人,也有半开化人。而由原始人的所以能进至半开化及全文化的程度的推进力,要而言之,总不外乎教育。教育也有先天遗传教育——是人种历史的剩余价值——,以及胎教母教家教,进而至于学校社会的教育等种种的过程。在这种种教育过程当中，古今来似乎以学校教育为最注重。中国自三代起，在耶稣纪元前三四千年的时候，已经有学校的规模了；其后一直下来，到了最近，又采取西洋的文化，才成了目下的一种中国特有的教育程序；而这中国的教育，因人种的关系，播迁到了南洋，又变了一个和祖国大不相同的局面。

所以南洋的学校教育（以后简称教育），一面原也在继承中国四五千年来的文化系统，阐发中华民族特有的智慧与灵性；一面却也不得不适应环境，以求与殖民地当局及多少也变质了一点的侨民社会能够配合适用。南洋教育的特点，原在这里，南洋教育的难处，也就在这里。

依我所接触不久的诸南洋教育界中人说来，在南洋从事教育事业的困难，第一，就须受到客观环境的种种限制，凡创办学校，排定课目，选择教本，聘请教员等等，都不能有绝对的自由，如在中国一样。而我们又是有祖国的异地被治阶级，要完全忘掉了我们自己的文化，无条件地去迁就客观环境所束缚的一切，终有点儿不可能。第二，是侨民社会，对教育事业的解释和期待，根本与国内的不同；所以在组织上、规程上、办事上，不能有永久的计划，彻底的改进，与新异的试验。

因有这两重困难的结果，所以南洋的华侨教育，终不能放异彩，收实果，使教育家得大展其材，而受教育者得各尽其致。可是反将过来，倒因为果，操权的人，和一部分侨胞的父老，反而愈是不以教育为重，把从事教育事业的精神劳动者，看得更轻，仿佛就和自己私人出了钱雇在那里的佣人一样。

这大约是南洋华侨教育在过去，以及现在的一般情形。可是，话又得说回来，世界上，无论什么事情，在当初总有困难的症结的；最大的毛病，是在患了死症，而不晓得它的病原。现在呢？

对于南洋教育的种种症结,差不多是人人都知道的了,就是侨胞的父老以及握治权的当局,也未始没有不明白这缺点的人。既然是上下都了解了这症结之所在,则倘能推诚布公,捐除私见,两方折合让步起来,图谋补救,再定百年的大计,也决不是一件难事。重要的,是在最初开始做的几个人。若有一区或一帮的学校,能本着和衷共济,为国为民,为世界的文化,而努力改进;则其收效之大与速,必可以转移风气,渐渐的影响及于全体。所以,我以为南洋侨民教育的新世纪,已由这一次的抗战,而渐露曙光了,只要有几个人,肯认定改善侨胞教育,为毕生的大业,孜孜兀兀,不休不息地做去,至诚终可以感人,理想也终有实现的一天;对这一点,我同对抗战的必能胜利一样,是抱有绝大的确信的。

教育若能改善,则一切狭义的文化,自然一定会随教育的进步而俱进。譬如说吧,工业的发展,生活的向上,卫生状态的改良,以及最狭义的文化——艺术的进步等,都是要以教育为前提的后果。没有教育,便没有文化,这一句话,或者有些近于武断,但事实上却的确是如此。所以,要想提高南洋的文化,第一,当从提高南洋的教育做起。

复次,试问南洋这一块工商业的新开地里,将来有没有文化灿烂,照耀全球的希望的呢?我以为绝对地是有的。即从在过去那么重重枷锁之下的教育所培养出来的人才而论,下一代的人(the younger generation)已经比前一代的人进步得多了,无论在思想上、知识上、体格上。他们都知道了有一个祖国,他们都想活用他们的资财,他们也在为后来者的教育奠基础。由这进步率来推算,更加以人工的加速力,和世界文化的互应交响的势力上去,南洋的我们侨民的文化,还有不能蒸蒸日上的道理么?况且在这里,没有同在祖国一样的旧文化的痼疾,没有像祖国同胞一样的缺少冒险和勇敢的保守病，更没有那一个文化大阻碍的敌寇的摧残。礼失，则求诸野，道长，必随人而南；我在南洋，只感觉到有一股蓬蓬勃勃的新生气。这生气的扶植与发扬，只看我们这些以文化为事业的人的能否竭尽其最善去做而已。

再告投稿诸君

自从达夫来接编《晨星》以后，承诸君的不弃，投来的稿子，特别的多。达夫因为初任编辑，看稿未惯。对一篇稿子，总要反反复复，细看三五次，才能编定，所以费时间特别的长，而诸君心念。每有投函来催促的，说"登即早登，不登亦请发还！"这些催促，原也即是诸位热心的表现，但可苦了我这看稿者，幸得废寝忘餐，头昏脑胀地患了神经衰弱症了。故而特别在此声明一句，都请诸君静候些时，将来定有令诸君满意的答覆！

又有几位投稿的同志，以划一栏地方，为久登续稿之计为请；这事情却很难办到。因为《晨星》领域本来不大，而投稿者大抵也都有割据之心。若一块一块的划定之后，恐后来者无处插足。所以，我想还是照常的散排下去，择时择地，请信用着我，我总不会辜负诸位来投稿的好意。

此外，由长稿太多，实在很难刊出，因为日报上登连续的作品，是一般读者所不乐意的。匆匆敬告。

战时学生修养

鄙人刚自中国来南洋，一切情形，都不熟悉，但是一看了此地侨胞的努力为国，青年的富有朝气，就更加强了我们抗战必胜建国必成的信念。

祖国的抗战情形，可以向各位报告的，是军事，经济的各有把握，长期抵抗下去，我们的人力、物力、财力，都只会得加强。失地，只失去了交通线。敌人的后方，我们是可以自由出入的。所以最后胜利的信心，一点儿也没有动摇的理由。

要紧的是我们将来战胜之后的建设问题。无论在精神上，物质上将来的中国建设，都要靠诸君回去做主人翁。所以，我们不得不在这时候打下一个基础。第一，要锻炼身体；第二，要充实学识，凡是将来在精神或物质的建设上要用的学问，都是在□□□打下一个坚固的基础□□。

我们必须先守住自己的本分，而从根本上来做救国的工作。

辍了学业，专劳心于外务，这不是学生应有的态度。

救国的表示，不在不读书，而在根本有益于国家的事情，眼光要放得远，志向要立得坚。

你们现在既有了这么好的环境，又有了这么好的师友，正是发愤读书，预备将来为国至大用的好机会，还望诸君加倍的努力前进。

杂谈近事

（一）讨论问题

这一次金鉴先生和张天白先生的讨论，终于因牵涉人事，触发感情，而致浪费了许多笔墨和精神。少年豪气未除，好胜心强，这当然是免不了的情形；我把这些，并不在当作恶德看，倒反而以为是年青血气方刚时的活泼的表现。

不过，最重要的一点，我们应该认清，讨论问题，并不是在决胜负。对于一个真理，或近似真理的探讨，并没有胜负或个人的成功失败之可言。一个问题，一个真理，各人有各人的看法，看错了的，自然因被人证明之后而会相信，看得对的人，对真理自然有绝大的贡献。然而对于自己，却并不在希望得着荣誉。已故告尔斯华西，将诺贝尔奖金捐给了笔会，萧伯纳以人们赠以作品的优赏而发脾气，虽是英国人的气质使然，但也是对于真理的阐明，不私据为己功的一个好榜样。

所以，这一次对于金鉴先生和张天白先生的讨论，我也只想劝以这几句话。现在还有第三者的两篇文字在我这里，打算于下一回的文艺栏里登载完后，敬劝两位不要因讨论而涉及友谊的乖离。

（二）捐助文协的事情

二十日在本栏发表的姚蓬子君的一篇通信，大约读者诸君，总也已经看到。老舍与蓬子他们的奋斗精神，真不得不使我们佩服，而他们最大的困难，当然还是在于经济的不充裕。文协所能做的事情，自然不外乎笔墨的宣传，但宣传的推行，总须有待于印刷。而重庆的报纸，要四十元国币一令，且还常常感到纸荒，印刷工具，又不十分完备，我相信，卷筒机是一定很少，只脚踏架，手摇机，或用马达的平版机是最普遍。在这一个状态下，想发动大规模的宣传运动，当然是很困难的。他们在重庆，既然是在那样的苦战恶斗，我想，我们在后方的文艺工作者，至少也应该助以一臂推动之力。

要想在南洋来组织文协分会，一时恐怕很难，但竭尽我们绵力的自由捐助，我想是可以办得到的，所以，现在想请读者诸君，大家来想出几种有效的方法，发动一下募捐的事情。

款不在乎巨细，我们只教能尽我们的力，对我们的良心对得起，就可以了。假使马来亚有六百个从事文艺，热爱祖国的人，能够一人每月负担叻币五角的捐钱，那岂不是文协就有每月千元国币的收入了么？

有了一千元的国币一月，则他们又可以多印几千份书报杂志，送上前线去给苦战的兵士们以知识上的慰安了。这事情，我想只教我们有心，有好一点的组织系统，做起来，一定是很容易的。

和从哪里讲起?

日本军阀,每到了一个进既不能,退又不可,泥足陷得更深一层的狼狈境界,总老是勾结汉奸,来倡和议;南京放弃的时候,是这样,武汉放弃的时候,也是这样。起先声明说,必要打得中国屈膝;往后又说不以国民政府为对手;现在这一位在国内向军阀们屈膝,在国外向苏俄又屈膝的屈膝首相,已经去职了,换上了以警吏起家的平沼骐一,又在四处勾结,高唱和议了;说什么华中华南尽可以撤兵,仍旧以国民政府蒋委员长及国民党为对手,只教中国能够讲和就行等等热昏语,在那里乱喊。

和平,本来是世界上有正义人道感的各国家,都一致拥护的;而我们的抗战,实际上也正是为了拥护和平与正义;与日德意等所发动的侵略战争绝对相反。但是到了目下这抗战第二期的阶段,在我们形势上势非牺牲不可的土地与人民,已经照预想到的样子牺牲殆尽,此后只是渐渐趋向胜利的一途前进的现在,还有什么和议可讲呢?

并且,在视条约如废纸,以信义为刍狗的侵略热狂军阀操纵下的政府,配不配和我们来讲和,有没有在和约上签字的资格呢?

我们虽则并不发出声明,不承认敌方现在军阀操纵下的政府,绝对不欲以侵略军阀为对手,但实际上,我们四万万五千万的同胞,对敌方军阀政府的不承认,不屑以为对手的心理,却大家都是一致的。

所以，即使退一万步说，日本要想向中国求和的话，我们的对手，绝对不是日本侵略军阀当权的政府，而是日本爱好和平的民众。只有日本的民众，大家起来，推翻了侵略热狂的军阀，肃清了军阀的走狗和余党，公然向中国来提出报上所传的那四条条件：一，不索土地军费；二，撤回驻华及满洲国的驻兵；三，取消反共协定；四，与中国及苏联签订互不侵犯条约的话，那中国自然可以有磋商的余地。

因必要像这样的议和，根据了这些条件而签订的和约，才有东亚永久和平，中日共存共荣的希望。否则，不过是一时糊涂之策，两国借作第二次大战准备的休战状态，断断乎不是和议。敌方军阀，不过想假此以欺骗国内民众，夸耀自己的军功，预备作第二步蚕食的一次消化午睡而已；我们中国，决不会上他们的当，日本的民众，想也不愿意受他们的欺的。

南宋李伯纪公曾经说过，能战者然后能守，能守者然后能和。说到能战，我们已经打了二十个月的仗了；说到能守，则此后的西北与西南，敌人休再想更前进一步。在这一个战守两可的现势下，和不和的主权，绝对操在我们的手里。所以，我们的政府当局，亦曾声明，愿由九国公约签字国出来凭公处理，其他的诡计、勾结、阴谋、暗算，一例地不予接受。虽不直言不以日本侵略军阀操纵下的政府为对手，但实际上已经很明显地表示出了视条约为废纸，毫不顾及国际信义与公法的"手执机关枪的野蛮人"，是没有资格来和我们讲话的。

敌人正唯其看穿了我们的这一决心，所以，只好使用种种劣策，来勾结在其掌握中的失意军阀，和国民党内意志薄弱的人，大倡其和议。殊不知心劳日拙，国人早就看出了他们的肺腑，中央马上也有极坚决的表示了。他们虽极其煽惑的能事，但终不能摇动我们的信心于万一。

外国人，曾经有人说过一句趣味隽永的谐谑，说："日本对中国既已不宣而战，将来少不得必至不讲而和。"他的意思，就是说，中国只教长期抗战下去，日本的民众和士兵，一定会看穿军阀们的恶毒，而倒过戈来和我们握手言和的。这话渐渐有了证明的事实了。试一看各地敌兵的厌战和暴动，敌国内军需工厂的爆炸与怠工，就可以明白。自然，久战之后，和平当然是会来的，可是在侵略军阀操纵下的政府，却断然不是我们的和平的对手。

空袭闲谈

一般安居乐业的和平的国民,所最怕的,当然是生命的骤然停止。在太平之世,平常一个人的最大伤感,就在生离死别的两件事上。所以,没有经过战争,或自己的故乡,没有做过战场的人,提起空袭的两字,自然会谈虎而色变;因为空袭,就是等于被袭的地方的每一个人的生命的赌博;而在这赌博里,又是万无赢望的一个包输的局面。

英国人民的反对战争,就因为第一次世界大战时萑背林机伦敦夜袭的恐怖心理还没有除去,英伦三岛,当飞机大炮等近代科学战具完成之后,还没有做过战场。

并且,恐怖的心理,又是一种奇怪的心理现象;凡对一件事情的遭遇,怀抱恐怖的人,往往在这一件事情并未遭遇之前,就可以因恐怖而致死。浙江在这一次战争的开始时期,绍兴地方,就有一位我所认识的五十几岁的老先生,因听到了空袭预报而死去;但实际上敌机却并没有飞到绍兴的上空,只在炸萧山(离绍兴有二百多里)的地面。卢骚在他的忏悔续录,那一部《孤独者的漫步》里,曾有一段写过他自己的被迫狂的恐怖心理,的确是那一种样子。

对空袭的恐怖,是谁人也免不了的;尤其当空袭预报发后,敌机将至而未到,或远远听空中推进机的响声的几分或几十分钟中间,这时候的紧张逼迫的那一种恐怖——就是死的恐怖,实在可以令多血的人而发狂，少血的人而毙命。但是到了飞机一到头上，或联珠似的炸弹声一爆发之后，便什么也不怕了。恐怖之心，会一变而成敌忾之心；大家想一下子就制止这一个恶魔的死命，大家想为惨死者雪耻复仇，是一定有的过程。

至于到了日日来袭，夜夜来袭之后呢，大家的神经也会变得麻木起来，对空袭的恐怖心，只剩一层复仇报国的心理，此外就什么也没有了。大约在沦陷之前的广州，或到战区前线去走过住过的人，都有这一个经验，胆量是越练越壮，敌忾心是越炸越激的。

所以，凭空看看新闻的报道，或看看被炸地面的照片，及被炸死者的惨酷情形，只会得加强我们的恐怖和仇恨的心理，可是到了受过几次空袭以后，却心理自然会得变过。像未放弃前的武汉，现在的潮汕重庆，何以当局日日在下疏散的命令，而居民会不愿意散去呢？原因就因为习惯了空袭，对这一种威胁是不生反应了。

空袭时的炸弹，也有会炸裂的，也有不会炸裂的，大约燃烧弹的炸裂，比平常的爆炸弹来得准确，因为前者的钢皮薄，药性足。炸弹的铁片，若打中头部及胸部的时候，自然危险性大。所以当空袭来时，最好是到旷地有树木茂草之处去伏下，头不可着地，身体全部，不可高出在地上二尺的样子。像这样，只教炸弹不准落在你的背上，就决无被炸之虞，最多是身上积了一身泥土，或震动得厉害，身体跳一下而已。

在前线，我曾亲见过一个周围有四五十丈宽的树林；在这树林的中间，落了一个大约五百磅内外的炸弹，炸弹的土穴，有一丈来深，直径有两丈来长，在这洞穴四周的树木，二三十丈周围，都被弹片切断了；但树干的根，离地约有二三尺长的根干，都还留在那里不动。到我们去看那一个炸区（是在安徽的宁国）的时候,已经离被炸时有两个多月的样子,老树残干上,又在发长新芽,有树叶了。

国内各地,从前造防空壕时,多不得法。大抵掘一个很大的地洞,通几条路,上面用木板及木头支持住,当作屋盖,盖上再加以泥土,青草,外面看来,像一个土阜的样子。

像这一种不坚固的防空壕,只教在一千米远之内,有一个重炸弹下来,就马上会得震坍。结果,在防空壕内避难的人,就全部会被活埋。这惨事,我在徐州也看见过,在武昌的粤汉车站附近,也看见过。所以,空袭来时,最不好的是许多人的集中在一处。多人数聚集在一道躲避的时候,非但敌人炸弹会找到它的好目标,就是低飞的时候,用机关枪扫射一下,生命也就会伤失掉不少。

若要挖掘防空壕的话,只教在空地里,挖一条二尺宽三尺深的土壕就够了;顶好是一条锯齿形的长壕。壕上面盖点薄板也可以,若盖钢板不宜太厚,实际上,就是不盖都可以。

至于空袭来时,静居室内,当然也可以,但须顾虑到房屋若被震坍,己身有没有不被炸毙而被压毙的危险。实际上,居民密集之处,被炸毙的人数,恐怕每较被压毙的为少;这一层顾虑得到,则静心守住在如亚搭屋之类的家里,也毫无问题。

还有,假若是有山坡的地方,则最安全的避空袭处,就是山的斜坡上面,不过要有一点遮蔽物,如草木树类等,才行;否则就有被机枪扫射的危险。

总之,像这些,还多是消极的防空,对于制空权的控制,并不发生多大的问题。最要紧的,自然在积极的防空诸设施上。

第一,就是在防袭方面的战斗机的数目多而且敏,一有警报就老远的出去迎战,勿使敌机有接近或窜入所防区域的机会。

第二,高射炮和探照灯的多而且准,使敌机不敢低飞到三千尺以下。

第三，海上或四周防空哨的机警迅速，一有敌机远来，就四面发连贯的通知。

这几件积极防空的工作，若做得好，则敌机的踪影，决不会在防空区域里出现，是自然趋势。况且，空袭轰炸，在战争中不过是一种助战的策略，光是带破坏性的轰炸，像敌人的炸重庆、潮汕等地，在战事上，是没有多大意义的。说到炸弹的成本，连飞机的价钱及养成一航空人才的费用等合算起来，起码也要五十元钱一磅的样子，所以，敌人用一五百磅的炸弹时，成本也要两万五千元。他以这一炸弹，去炸一不设防城市，只丧死些老弱妇孺，结果是不够本钱的。

所以，对于防止空袭，我只想要大家注意在积极方面，至于消极方面呢，当然是有胜于无，可是实际上，却是收效不大的工作。

捐助文协的计划

全国文艺界抗敌协会,自去年四月在武汉成立以来,已经有一年三个月了。在这中间,文协曾出了《抗战文艺》前线增刊,和诗歌专刊等刊物。最近,又组织了前线访问与宣传队,分派各作家上最前线去收集材料,送发精神食粮,与鼓励士气。同时更计划在香港出一英文刊物,作海外的宣传。其他如利用国际间的刊物,出版中国抗战特辑等,亦已经实现了。凡此种种工作,都已前后在本栏里公布过,读者诸君,想总不会忘记的。我以一理事的资格,在过去曾发起请各文艺爱好者,自由捐助文协,以便在这苦难期间,协助文协诸大计划的进行。一面在《晨星》栏里,也继续地在提倡着稿费的义捐。每月的捐款,虽则不多,但当重庆被炸,由我第一次将捐款汇寄文协之后,在渝的各理事们,都表示了无限的钦敬。

现在,胜利的到来,眼见得就在目前了;大约不出一月,我们反攻胜利的捷电,一定会同雪片似的飞来。因此,敌人的最后挣扎,也愈显得手忙脚乱。

对我们的坚决抗战,敌人实在是已经到了山穷水尽,无法应付的最后关头了,所以,只能狗急跳墙,凶噬我各相与友好的邻邦。像对反英运动的雷厉风行,对外蒙的无理进攻,就是敌计无所出的苦闷的表现。对此,我们当然也要加以周到的反击。所以,在这时候,文协的重要工作,如对国际的宣传,以及出前线增刊等事情，就不得不立即加重赶办起来。但做事第一要有钱才行，在我们为应付法币战而自行减低对外汇率的这时候，国内尤其需要我们在海外的同胞，能接济祖国以汇率很高的外币。因此，我们想连同《星中》、《总汇》的各副刊，来一个捐助文协的文稿义卖周。日期定在下月（八月）七日起至八月十二日止的一周间。

投稿诸君，若赞同这计划的，请于来稿后注明。像这一种文稿义卖的运动，在上海，在香港，早已风行得很久了。我们这里，这还算是第一次。亲爱的诸文友，请大家来努一下力，尽一点推动最后胜利早日到来之责吧！

致重庆国民政府电

国民政府林主席、军事委员会蒋委员长
暨全国各军政长官钧鉴：

新加坡华报记者全体同人，誓以至忱，拥护固定国策，团结全国人民，抗战到底，谨电奉闻。

新加坡华文报记者纪念"九一"节
筹赈大会主席郁达夫叩

"九一"记者节

"九一"记者节的由来，是源于民国二十二年《镇江日报》记者刘烈士煜生的被害，后经浙江《东南日报》的提倡，定这日为新闻记者节。于是"九一"这一个日子，便永为全中华民国的新闻记者所纪念，所祝福。

推源祸始，刘烈士的被害，原也只为了一篇抗敌的文章；因为当时中央还被恐日病者们所包围，采取的犹是睦邻的政策。不久之后，杜重远的一篇《闲话》，也曾经惹起了一场文字狱来。

记者节的设定，当然是为了保障言论的自由，保障记者的人身安全，和敦励记者的品格，使记者在社会上的地位得提高。

新闻事业，是社会的事业，所以记者所负的社会的使命，比任何公务员及自由人，还来得重大。所谓无冕帝王的这一个称号，由来也即在此。

社会是动的，永久在向前迈进的，新闻记者的使命，自然也不能落社会之后，而凝固在一个圈内，新闻记者不但要和社会取同一的向前迈进的步骤，并且还要比社会先进一步。所以，新闻事业的发达与否，言论界的被不被人尊重，新闻记者的社会地位高不高，就可以很准确地反映出这国家这社会的进步不进步。

军阀专政的各独裁国内，言论绝对须服从指挥刀，笔阵只成了一层炮弹后面的烟幕；这结果，自然是只有一条路，那就是文化的没落，与社会的衰退。

当中国抗战正转入第三年的这紧急关头，我们为中国的新闻记者的，自然也只有一条路，就是先要谋解放我们的民族，抢救我们的祖国。内则鼓励民众，尽出力出钱之责，巩固团结，肃清败类，决意抗战到底，自不必说；外则对善邻修好，尊重以平等待我的国家与国民，努力于世界和平，人类幸福，与国际文化的促进，也是目下急切的任务。

东亚既已战云笼罩了大地，西欧又似乎在山雨欲来的前夕，在此危机一发的瞬间，我们所须要的定心丸，还是以最沉静的理智，来死守住我们的岗位。

我们在这一节日，首先自然得为我们的那些殉国的勇士们志哀，其次更不得不为我们的那些卫道的文化烈士们致敬。不论在平时，或在战时，那些为社会正义而牺牲的热情记者们，才是我们的榜样，亦即是冥冥中在监视我们的英灵；纪念"九一"记者节而不思为国家社会献身，不思为正义人道殉职的人，这人就根本不是记者。所以，我们的信条，就是：

（一）新闻记者们的必须团结。

（二）将生命献给正义与人道。

（三）拥护抗战到底国策。

（四）实行精神总动员。

（五）誓守国民公约。

（六）为世界和平，人类进步而努力。

对新闻纸的饥渴感

——为《星中日报》四周年纪念作

大约像我们这样的中年人，在四十岁上下的人，总都有一种对新闻纸抱饥渴感的怪癖。在我们的日常生活里，若把读报这一件事情除去，那么，我想不管是生活如何过得美满，谁也总会感觉到一种大大的缺憾，如少吃一顿饭，或饭后少抽一支烟一样。

这一种对报纸的饥渴感，我们在平时就抱得很深，在四海多事的目下，当然更可以不必说了。而当我们这一代，就是这短短四五十年中间，世界的变化，实在也的确比任何一代，来得更大，更复杂。

同饥渴者的想望好的可口的饮食品一样，我们也希望当世的报纸，能与时俱进地增加它的内容，味色，来配合我们的胃口，这当然又是人之常情。

《星中日报》出世已经有四年了：它的幼稚时代，我不曾见到，可是自三周岁四周岁的这一段童年，我却亲自在旁边守视着，我觉得它正在一寸一寸伸展，如幼虫的长成为小动物一样，它的翅膀，坚强起来了，由会爬到了会飞，而祖国的抗战，和欧洲的战事，更在最短时期中，增强了它的飞行的能力。

它虽则不能说完全能够充实我对报纸饥渴感的全部，但觉得它也已经具备了可以成为一独立饮食品的资格，唯其是尚未完全，所以还有将来；唯其是有将来，所以值得在这一定时期内，来一番检讨和庆祝的工作。

"《星中日报》是在长成中,它的将来是没有限量的!"

这两句话,就算作为我对它的祝词。

纪念"九一八"

今天是"九一八"八周年纪念日！关于"九一八"的由来，意义，以及这八年中敌军阀对我的阴谋续出，与夫我全国上下，一致团结，誓死保卫我们的国土、主权、独立与自由，等等，已在十五日的本栏钟达琳君的一篇纪念文字里说过了。在这里可以不必赘述。

我们今年的纪念"九一八"，第一在纪念着它是给与我们新中国以复兴之机的催生针。

我们只须冷静地考察一下，中国的政治、军事、经济、文化、国民生活，在这八年之中，完成了一个如何惊天动地的大飞跃，以八年以前的诸种状态，来和今天——虽则在敌军的践踏蹂躏之下——全中国的一切情形一比，谁也会觉到这长足的进步，是摩西以后的一种奇迹。

其次，我们纪念今年的"九一八"，和往年不同之点，是我们这一次的抵抗侵略战争，使国际间前进的诸人士，不得不承认我们中华民族，是反侵略的急先锋；是为主张世界的和平正义，不惜牺牲一切，来抨击法西斯蒂强盗的先觉者，我们是最早看穿了法西斯蒂的欲壑难填，最早觉悟到非以武力来抵抗，是不足以打倒这些疯犬们的民族与国家。我们是能以实际行动来贯彻我们的主张的。

又其次，今年的纪念"九一八"，是在后代历史意义上，迥然特出的一个转变点,恐怕在五年、十年,甚至百年、千年以后,也'永会保持着它的异彩的,这特异的意义是什么?就是我们建国复兴的最后胜利期,决然地于今年"九一八"以后,将很迅速的到来。

这并不是一句空话,这是可以种种方面的实事来作证明的。

(一)敌国上下,自受了美日废止商约,苏德缔结不侵犯条约两大打击之后,愈见得手忙脚乱了,先是反英的,现在想反过来拜英。内阁的更迭频频,在中国军部的寇酋的朝令夕改,再三变换组织,终无法压制反战各士兵之心,以收速结速和,以华制华的实效。而敌国最大的窘状,尤其是人口的大量减少,兵员的不够应付,敌国全国,自都市至农村的人心厌乱,生活的不安。

更有甚者,是敌新组的内阁,和横蛮军阀,还是势成水火,暗斗明争,在阿部未上台之前,就已见之于陆军当局所公布的一篇谈话(见八月廿九日大阪《每日新闻》"陆军对新内阁的希望"条)。

敌军阀们还在要求急进侵略,不尚空言(对内阁的施政而言,即对速和速结的政策而言)。绝对反对和英国妥协,要独霸东亚、独吞中国(这对阿部于九月一日所公布的谈话,在中国对第三国家有妥协可能时,也愿意妥协之意,针锋相对)。

这从敌的一方面来分析,是我们的最后胜利,必然地就在目前的一个证明。

(二)从我们的一方面来讲呢,新训练成的机械化部队,有国家民族意识的青年新军三百万,已于最近配备完成,枕戈待命,在晋中,在长江流域,在东战场,在粤沿海一带,各只在静候着总攻击令的颁发了。

我们的最大的凭借,总之,是在兵种的源源不绝,土地资源的广大无垠,以及抗战到底,精诚团结的这绝对不会摇动的一个大决心。

敌寇的傀儡，也许最近会袍笏登场，敌国的外交，也许最近会颠倒一变，但是，这些丑剧，结果只有一个用处，就是可以用来证实敌人的百计俱穷，最后的一个回光返照，即敌国所说的"断末魔的苦闷"而已。

因此种种，所以我们今年的纪念"九一八"，和往年以及将来的纪念"九一八"有迥然不同的特殊意义。我们更要以万分乐观的情怀，来争尽我们出最后一个钱，沥最后一滴血的天职，因为这就是最后胜利的另一个名称。

至于欧洲大战的与我抗战无损，以及我们是和欧洲英法波站在一条抵抗侵略的线上等等，本栏已屡有文字发表过，这里自然不必再说了。

二十八年九月

敌人的文化侵略

敌人除用了飞机大炮的屠杀进攻以外，谁也知道，还有政治进攻，经济进攻，甚而至于和平进攻，谣言进攻，毒物进攻，娼妓进攻等，种种手段。但是兴亚院的工作做得最起劲，一批军部御用的学者文人也顶卖气力的文化进攻或文化侵略，才是敌人用以灭我种亡我国的一个最毒辣的计划。

他们先要使我们忘记国族，所以就授以日文，改变小学教科书；再要证明中日亲善的实际，所以就从由我们这里劫掠去的金钱中拿出一小部分来，示义卖恩，颁赐小惠。或设奖学金，或选派优秀学生至敌国留学；或对于一二稍有声望，甘为奸人走狗的堕落文人与所谓学者，予以小小的荣誉。这么一来，沦陷区的读书种子，就尽入敌人的彀中。再过几十年后，便可将中文完全废止，使炎黄子孙，完全甘心情愿自称作日本的臣民了。

这是他们的计划大概，与希望的一般，可是事实上，他们这一个侵略，又和他们的军事侵略一样地失败了。

第一，我们在沦陷区的小学生，教科书有公开的与秘密的两种，这事情，已在各报的通信栏里，登载过了好几次；第二，是沦陷区的各教员，大部分都还是良心未泯的青年，他们的嘴，他们在课余之后的工作，却是敌人的刺刀手枪所压服不下的。

厦门小学生在敌人的节日所写的标语，各战地后方的秘密报的销行的广泛，就是这倾向的证明。

其次，且看汪逆在上海所发行的报纸，虽说销路有了三万，但这一个数目，却是奴才向主子报账时的幽灵数目，实际上恐怕连三千都还不到，而读者又只是受津贴的汪派的徒子徒孙。

至于什么文化协会，什么文化座谈会之类的文人拉拢政策呢，被拉的又多半是在中国并没有地位声望的四五流以下的文人。他们又大抵是几个报酬一拿到之后，就可以公然声明，并非是心甘情愿出卖灵魂的奸人，这一条死路，是敌想尽方法，怎么也走不通的。

最近在十一月号的《改造》杂志上，读到朝鲜籍的一位作家张赫宙所写的杂文，说在间岛、图们之间，日本人所说的匪，我们所说的义勇军，还是有绝大的势力。他们所散布的主义宣传，文化种子，据日本军事当局自己说来，也是决不能以日本的兵力来消灭，除非是他们情愿自己来投降送死以外。

文化侵略，原是各种侵略之中，最毒辣的一种，可是敌人于施行侵略之际，第一，没有远大的计划；第二，拉不到有力的干部；第三，摸不到有效的路线（方法），它的结果，非但没有正的力量，反而还增加了负的声势。

我们的文化，历史实在太长久了，虽经了辽金元清数百年的压抑，复经了最近西洋文化二百余年的侵蚀，可是，结果，还依然一点儿的动摇也没有。

在文化上取他人之长，补自己之短的雅量，我们当然自有的。物质文明，精神文明，都须加以一番科学的精练的决心，在近几年来，也已经一步一步的确定起来了；我们的文化阵营，在长期抗战的中间，只会向坚实的一方面发展。反之，敌人的固有文化，不但不够来向我们进攻，恐怕将要在敌军事、政治、经济，同时崩溃的时候，完全消灭成一张白纸。所以，将来若须建设东亚新文化，使敌国上下，能受到真正文化的恩惠，这责任反而还在我们的肩上，同隋唐之际，我们去开发倭夷时的情形一样。

等春季过后

在前些日子，我们就料到敌人在两广总有一次最后挣扎的攻势；而同时在东战场的浙皖、北战场的晋绥，也必于春到雪融之后，再有一番动作。在我，是沉着应战，勿馁勿骄，始终抱着长期抗战的决心；在敌，则这一次攻势，就是孤注一掷的总进攻。若攻而得手呢，则傀儡马上可以上台，一面也将利用欧战春期猛烈交攻的当中，要挟张伯伦，欺蒙罗斯福，在既沦陷区中，和英美成立一妥协局面。若攻而失败呢，则势将缩紧战线。致意于华北及长江下游的整理，而勉强制造一可以持久的计划出来。这是一二月后，敌人所必取的态度。

我们是原早已料到这一层的，所以，最近就注全力于西北西南内部交通网的完成。滇越铁路若有问题，滇缅铁路就可以起而代之了。若能照目下的情形，各地时时获得小胜，而较大规模的战事，取一个争夺进退的形势，要求敌人以较大的牺牲，则我们只须等至今年的六月，敌人就会因内部的崩溃（从食粮、经济、政治各方面），和国际的箝制（从九国公约签字国的谴责方面），而呈一个很显著的败兆。

兵败如山倒，攻心得利，自然比攻城更有效力；今年是我们的最后胜利年，这话的索隐，该从这些地方着眼的。

废历新年

我国自废除旧历以来，历年已有二十九岁；但习俗总不容易除了，尤其是一般商家的结账，及银钱来往的交代上，总爱以旧历年终作结束的居多。

这习惯的养成，只能归之于一般人的惰性、习熟性、封建性，和科学知识的不广泛流布等原因。

说这是守旧或这是恶习惯，也很难说。因为中国的历史传统，每当换朝代、易主子的时期，总以改正朔，设祭祀，创服式，或制装饰等为正民视听的基本制度。不记年号，但书甲子，痛恶披发左衽，以及清朝入关之后的因不肯剃发而甘殉国族的事情，历史上皇皇各有记载，一样是守旧，从国家民族的立场上来恪守旧制时，我们倒也并不反对，并不能一言以蔽之曰：其愚为不可及。

所以，到了旧历的新年，在商业上来一次结束，在日常生活上来一个休息的节日，也未始不可。

不过节日不可过多，快乐不可过度。因休息而致心身放弛，因作乐而致发生灾祸，是常有的事情，这在平时，尚且不可，更何况乎在这国家多难的战时？

有人提倡节约年节宴会以及一切糜废之金钱来救国，当然是极合理的主张。

可是，我们的最终理想，总还是在服从国家的命令，确守一元的理论，不要把元旦弄成一年之内有两个，将大好的光阴和精力金钱，枉费在嬉游作乐的上面。

平时在国内，我们大抵自国历新年起至废历新年间的一段光阴，往往会在惶惑、松弛、期望里白白的过去；这是由历日二元制给与一般人的精神上的打击。

其次，说到商行为的结束账目，若立意要改，亦何尝改不过来，岂不是每月结账的制度，一般也在那里施行遵守，大家并不觉得有什么不便么？

总之，历日、划期、记数等等，都是人与人之间的一种约定，是对于时间、空间、以及无限等抽象对象加以限制的一种方法。但历日既久，人为之法，反来支配着人，亦犹之乎人造的货币反能支配人的命运是一样的道理，我们但从根本上一想，则克服这一种习性，本是很容易的事情。

敌军阀的讳言真象

这次日民政党议员斋藤隆夫，因在众议院提出质问，问政府以对付中日战争的具体计划；即如何处理事变？对于日本这一次的空前大牺牲，将如何取得补偿与善后？所谓"东亚新秩序"的内容，究竟是什么等，为军阀们所不满，举国骚然，分成赞助军阀与反对军阀的两派，互相水火，结果如何，虽无从预断，然而我们从这里，却可以看出以下的诸点。

一，日军阀的野心，大者在侵吞整个中国，小者在掳掠中国的子女玉帛，饱一己之私囊，进个人之爵位，这才是日军阀财阀们的具体目的与计划。若经人一问，自然难以直说出来，恼羞成怒，指鹿为马，原系日军阀之惯技；"二二六"事件，不妨重演，芦沟桥发端，也不妨轻启，而要他们具体答覆，说出真情，则是万万做不到的。

二，这次敌军阀的发动侵略，实系不度德，不量力之行为。其牺牲之大，人民之苦，远超出于日本任何时代之任何对内对外战争。军阀们只想以一手掩尽天下耳目，蒙蔽人民，假造出种种胜利的虚伪报道（对内），与皇道仁政、新秩序等好听名词（对外）。但一经揭破，则真相毕露，温犀有灵，诸怪自然无色；其必拼死命，而来一次反动，自是当然。

三，则证明敌国上下，厌战心理的高涨，对军阀们的一意孤行，实在是忍无可忍了。

四，足见敌阁的速制傀儡中央，也决不是一条出路，这在我固早已见及，即在敌国的为政者中，亦已大家知道是弱点了。

因斋藤的一问，与军阀的一怒，我们便可以看出上列的四点，大约敌国在今后，像这一种的言论，也将迭出不穷，我们且看军阀们再有什么方法来掩饰他们的野心与失败吧！

侵略者的剿灭文化

在最近伦敦《泰晤士报》的文艺附刊上,看见有下列的两个消息:

一,三月九日《文艺周刊》消息栏:美国自由文化协会,曾以一千镑赏金,奖给在德国境外各流亡作家所著之德国文学书中去年最佳之作品。这奖金,为居住曼彻斯泰之德流亡作家亚诺儿特·盘代氏所得。审查委员会系在汤麦斯·曼主持之下所审定;委员中有里翁·福希脱房轧氏、勃罗诺·弗兰克氏、亚儿弗来特·诺衣曼氏及罗道儿夫·奥儿藤氏等,都系被纳粹逐走之德著名作家。盘代氏得奖之小说,为以瑞典作背景之政治小说,系氏之第一部作品。盘代氏旅居英国六年,当希特勒未当权之先,系德国西部一民主主义日报之投稿者。该得奖小说之出版处,在欧美两地,正在进行谈商中。

二,三月十六日《文艺周刊》消息栏:据国会图书馆东方部长亚赛·罕美儿博士所谈,现有数万千之中国古版书籍及未印之手写稿等,大量在向美国输入。其中有不少为数世纪来所罕见及未被发现之珍本。此等书籍,大部系从东四省及中国西北部售出,因收藏者恐被日寇掠去,而使文化种子绝灭,故咸愿以低价售给能负责保藏之美国图书馆内;因一经美国保存,此项珍品,将来始有公开供给研究或再作影印之希望。

读了这两项消息,我们就可以看出黩武穷兵的军阀,是如何的一种动物。而东西一例,侵略国家会同时同样的作剿灭文化的刽子手,也是一件奇事。

但是,文化是不会被暴虐者灭尽的,同人类的不会尽被侵略者虐杀净尽是一个样子。秦始皇在焚书坑儒之后,也还有伏生的口授经籍,孔壁的埋藏孤本,结果,独裁者终传不上二世,而中国文化却已传下来到现在有了五千年的光荣历史。

侵略者,譬如是野火,被侵略的文化譬如是长江大河的流水,水流决不会绝塞,被火烧得沸了,反会得跃出流程,来消灭火种。

这一譬喻,可以用之于文化,也可以用之于侵略者和被侵略者的战争,史绩俱在,这是决不会错的定理。

祝新中国剧团的成功

新中国剧团,最近在星洲成立了。赵洵先生,王莹女士,以及其他各位演员,大抵都是艺坛素负盛誉的干才,在此地可以不必再事介绍;而他们的目的,是在敦睦中英邦交,援助祖国抗战中的伤兵难民,更是大家所周知的事实。

这一次他们组织剧团以后的成绩,也将公开表演在大家的面前,我更可以不必事先为他们吹捧。在这里所不能已于一言的,就是希望我们各地的侨胞,能多多予以援助,如从前的对武汉合唱团一样,务使他们能够收到预期以上的成功。因为他们的成功,就是我们抗战建国成功的先声。

叙关著《现代报纸论》

由古时邸报，进化至现代报纸，其间经过之年代虽久，然宣扬政令，广达舆情，报纸对民众之需要，古今固无二致。

时至近代，政治、经济、工业、教育诸部门愈发达，言论宣传之职分，自亦随之而愈加重要。欧美各国，无论其政制为独裁，抑为民主，对于宣传一事，总半步不肯放松。苏联革命之所以得成功，人皆谓为实由于宣传之得力；而宣传之工具，当无有比报纸更广泛而普及者，现代报纸之日新月异，进步不已，势固有所必至也。

同事南海关楚璞先生，服务报界，逾二十年，大江以南，言论界几无人不知有关楚公者，其评论时事，分析中外政情，大抵言简意赅，一针见血，抉隐摘微，有老吏断狱之风。近出其往日在香港主讲生活职业学社新闻科时之旧稿相示，其中所述，凡对于报纸之历史、兴革、进化、特质，以及全世界各国报纸之分布情形，无不一一列举，了如指掌。此稿不独对于初欲从事于新闻事业之学者，大有裨益，即对于一般文化界人，凡欲丰富一己之常识，而对近代报纸，有所议论者，实亦有一读之必要。

关先生久将此稿藏诸箧底，本不欲以之问世，及逐章在《星洲半月刊》发表后，索阅者日众，同人等因劝其付印，以公同好。达夫与关先生《星洲日报》同事年余，每于暇日，得谛聆其谈论，亦日读其评著，私心倾倒，窃以为"博学能文"四字，唯关先生足以当之。喜其旧稿之将新印也，特为叙其经过如右。

敌人对安南所取的策略

敌人于法本国溃败之余，必将发动其趁火打劫之侵略行为，原早为吾人所料及；不过敌人此次所用的策略，却是不战而取的步骤，是容易为吾人所忽略的。

希特勒之并吞奥国、捷克，原是这一种策略之最成功者；到了养肥之后，则虽用英法的大军，也不能制裁他了。这是一个不远的殷鉴，而日本对安南，也正在模仿着这一个法子。

我们预料敌人今后的步骤，第一着，当然是派兵舰去控制海防、西贡，以及沿海一带；然后再制造出一种藏本事件之类的事件，而公然令陆军上陆；第三步，则要看他的还是南下，还是西进了。南下则渐渐的蚕食马来半岛，西进则图谋缅甸、印度。敌人原早已把中国和印度及南洋群岛视作囊中之物的，只看他想于何时，及用哪一种方法来探取而已。

但在中国因急进而失败之后，此后的敌国，对南洋，对印度，所取的当然是渐进的蚕食政策。他的触须，近已伸到了缅甸，我们只须看他另一只小足，究将跨向南来，或跨向西去。

英法一误再误，既已受张伯伦、达拉第之累在先，照理，此次是决不应再踏慕尼克之覆辙的；可是消息传来，似乎颇有于西方绥靖失败之后，再来东方绥靖一下试试之概；这真教旁观者清的我们，不得不为英法再捏第二把冷汗。

总之，敌人的侵略安南、缅甸，从根本上说来，有关于我国军火接济的事小，有关于南洋群岛及印度的事大，美国终还是一位鞭长莫及的门罗绅士，提出几次抗议原是可以的，但并无切身之痛，所以用不着来拼命力争，不知英国的当局，对这一位模仿希特勒氏的小小胡子，究将用什么方法来对付？

密锣紧鼓中之东西战局

自伦敦、罗马、开罗诸地的外电传来，据称利比亚集中意军廿五万，大有奋力东进，向埃及冲杀之势。一面，在索马利兰半岛之英属部分，如赛拉、哈格萨、奥特文纳等地，已被意军占领。马德里情报，则更传伐冷西亚南方地中海中，据渔民之所说，非洲北岸，阿及利亚附近，似亦有炮战发动。而英伦海峡，此次空战，德机被击落有五十三架之多，英战斗机亦损失十六架。将这些消息综合起来一看，似乎英对德意的战斗，目下已到了白热化的程度。一般人或者更会想到德军的渡海而攻英本国，或一部分德军的假道西班牙而攻直布罗陀等大规模战事，也就会在最近几天内勃发，神经过敏的人，或者又要忧虑到天之将坠，或海之将枯了。但是，事实恐怕还不会到这样的程度。

何以见得？我们可以以下列几个理由来作根据而下判断。

第一，意国陆军的不振，是世界有名的，而且非洲天气炎热，姑无论饮水与给养不周等困难，或容易克服，即从汽油不足，与交通不便的两点来说，也尽够意军消受了；以这一种劳师远袭之窳劣陆军，而欲与准备有素、主客势定之英埃联军来对垒，胜负之势，也早就可以预见一二，聪明如墨索利尼，以及曾因侵略阿比西尼亚之故而元气未复的意国当局者们，当然不会得这样的卤莽。

第二，空军，海军，当然是英国比意国更占优势。若意国要攻埃及，要想得到苏彝士运河与红海地中海的制海权，则海军不能及英国之半的意国，如何能够有胜利的把握？

第三，索马利兰陆上之一时胜利，与海上之持久抗战，究属两事。英国之所以放弃索马利兰，而但集中全力于保持海上交通，及加紧对敌封锁，正是它善用自己优点的聪明处。英属索马利兰，虽巴布拉及其他各地，全被意军占去，亦并无多大的损失可言；而在意军方面，且将如敌寇之在中国，于阿比西尼亚这一泥沼之外，更踏入一不易自拔的沼泽。

第四，德意究竟能否同时并进，协力以攻英，还是一个疑问。对于德渡海而攻英，及假道以攻直布罗陀之困难，我们已早在前次说过了。

况且哀军必胜，是兵家之定论。在此次欧战初期，德以一国而战英法，德系哀军；现在则以英一国而战德意，地位与士气，完全与前期的欧战相反了。

照上述各点看来，我们相信，欧战仍旧还没有到决战的最后阶段。并且，即使独裁者们，想下一孤注，而欲乘美国尚难参战之此际，来对英作一次进攻，则胜负之势，也颇难预料。所以我们对于欧战目下的局势，觉得总还未脱外张内弛的境况。若照此局面，英国而能维持至本年的冬季，则欧洲大陆之粮食恐慌，与燃料衣料及其他物质的缺乏，将使独裁者们马上会感到拼饮毒杯的痛苦，全欧瓦解，恐是势所必至的归宿。

从欧战局面而反过来一看东方，则这几日日寇的占侵越南之行动，似乎更加露骨了。倭海军总司令之进据围洲岛，大批军舰航空母舰之集中东京湾，接连不断自台湾开来之运输舰，此外更传华南重兵之调往桂越边境者为数已达三万；虽则倭向越南之无理要求中，究竟有无假道以攻滇，及在安南获取海陆军根据地之两条，现尚未能证实，但敌寇之有意提出难题，而存心侵占安南，则已是铁定的事实。

目下之所成问题者，就是安南总督及贝当政府究将拟作如何之答覆。使安南当局，而与我合作，尊重中法关于越南之条约，向敌取一极强硬之态度，则敌之种种恫吓行动，行将立即如水泡之消逝，远东现状，尚不至有出人意外之大变化。这当然是对侵略者所能取的唯一态度。但若安南总督，而一被敌寇威胁所压倒，对于敌假道攻滇或在安南驻扎重兵等要求，有一许可，则我军为自卫计，自当立即开入安南。远东局势，恐将一变，而英美苏联合起来对敌寇的态度，恐也将即时表明了。

所以，敌阀这一次的虚声恫吓，结果，恐将不能下台。玩火者之被火灼伤，原属咎由自取，势所必然，而我之抗战过程，恐亦将在此得一绝大转机，踏上最后胜利之途径。

华南及上海英驻军之撤防，苏联和美国对远东问题已趋于意见一致，或已订密约之消息，和敌寇这一次的陈师海上，跳梁欲试，都有关系。我们虽则还不信日阀会全无理性，一味蛮干到此地步，但鉴于狗急跳墙，铤而走险之古语，则侵华三年，毫无所得，反弄得内而饥寒交迫，外而与国全无之敌阀，或竟会出此下策，以求暂时渡过难关，也说不定。盖欲压抑反战高潮，与减轻内部矛盾之日形尖锐，敌阀们实只能走上这一条吃了砒霜药老虎的绝路也。

介绍杜迪希

　　杜迪希（Karl Duldig）先生，系奥国之名雕刻家。此次被希特勒所逐，先来马来亚住，达夫曾与友善，并为介绍雕刻工作。此次去澳洲，深望我国同胞亦能加以爱顾。此间胡文虎、文豹先生，曾乞以为塑铜像也。

郁达夫具。

　　一九四〇、九、一六，在星加坡。

今天是"九一八"

　　时间过得很快,今天又是"九一八"九周年的纪念日了。关于这日阀公开侵略我国的最初蛮动的经过,想系我们每饭不忘祖国的侨胞们,所永不能忘怀的至痛事,现在可以不必再说。我们要特别于每年的这一个日子,不得不站起来说几句话的,是世界上的被压迫被侵略的民族,都应该存一个自力更生的心,联合起来,自己来解放自己。原因是为了那些不关己事的安定国家,对了隔岸的火灾,决不肯出死力来挽救的。

　　虽然,当时美国史汀生,也曾仗义执言,指斥过日阀的不该,要求过英国的合作,出来共同对付这一搅乱太平洋和平的罪魁。可是安卧在厝火积薪之上的英国,当时哪里会想到九年之后的今日,这些炮火炸弹,也竟能飞到伦敦的皇宫!

　　从"九一八"之后的意对亚比西尼亚的侵略,与夫德意合作,推翻西班牙民主政府的阴谋,以及这次欧洲诸中立国弱小国的被侵被并,原因虽则久已伏于"九一八"的敌阀的一举,然重要之点,总仍在于诸被压迫民族的不肯真诚合作,自己起来解放自己。

　　历史是循环,盛衰也是起伏互易的。我们的抗战伟功,虽则还未完成,但最后胜利的把握,已竟有了十之八九。洗雪"九一八"之耻,洗雪甲午以来的累代国耻的时日,恐怕已经不远了。要紧的,还是在我们自己的努力。

　　出钱出力,已经做到了我们的饱满点没有?精诚团结,已经有具体的事实表现了没有？抗战到底，最后胜利定属于我的信念，有时候有动摇没有？凡此种种，都是要我们来夙夜匪懈地反躬自问一下的。阖闾死后，吴王夫差，曾使人立于门侧，于出入时令喝门一声："夫差，尔忘杀父之仇乎！"夫差必对曰："唯，不敢忘！"我们的必于此日，想特别站起来向大家高喝一声的，也就是这一个意思。我民族代代，对这比毒蛇猛兽更凶恶万倍的敌阀，将永永不忘，非至寝其皮，食其肉，鞭其尸后，此仇方得雪也。

廿九年双十节的前夕

每年逢到双十节日，我们缅想革命诸先烈拼头颅热血艰难缔造民国之伟勋，总一则以喜，一则以惧。喜则喜我黄帝之子孙，决非任人宰割，甘为奴隶之民族，惧则惧我先烈用如许牺牲而争得之中华民国，生恐被后人遗误，致有重受外族欺凌，生民涂炭之浩劫。自民国成立以还，军阀割据，官僚专政，甚至不惜勾结外国，出卖民族利益，唯图稳固一己之权势。自袁世凯以下，诸如此类之国贼，诚可车载而斗量，计不胜计也。

即在"七七"衅起，抗战已垂四载之此日，我国之唯一缺点，尚在各人之自私自利，视一己之权益，高于国族之生命的一点。如非礼勿义，寡廉鲜耻之汪逆精卫，及其一味徒党，固可以不必说，即现在我自由中国之诸般政治，实亦贪污重重，赶不上军事仍远甚。凡曾至抗战后方，细察各地及中枢之行政机构者，大抵都众口一辞，谓经济赶不上政治，政治赶不上军事。即以香港一隅之寓公而论，诸外国银行之存款最多者，前十名庶为我国之贪污官僚。而全世界各国之银行中，凡巨额存款，长年不去提用者，亦大批为中国之官僚资本家。盖此辈贪污官僚，只知剥削民脂民膏，不知进用资本，又恐中国国内之银行，有危险而不可靠，故甘愿每年每月贴用保管费若干，而将其巨款，分存于外国银行，以资外国人再来向中国投资营利之用。

是以中央在数月之前，尚三令五申，决严惩贪污，而澄清吏治,有若干科长科员,县长及鱼雷学校负责人之类,且已明正典刑,昭示中外以执法不贷矣。无奈积重难返,恶货驱逐良货,窃钩者虽诛,窃国者尚有盘据于要津者。使今后而果欲做到彻底廉洁,上下为国之地步,恐尚须费许多周折,方能收效也。

使我国之国脉垂危,招致强邻压境之第一原因,原在我国历来官吏之贪污。而其次,则政治当局之度量狭窄,排挤国家有用之人才,亦为我国运中落之另一主因。

以党治国,奉行真正的三民主义,原为我辈所拥护。然一党之中,良莠不齐,阳为三民主义之信徒,实则在营私舞弊,陷害忠良之党棍,亦滔滔皆是。黄钟毁弃,瓦釜雷鸣,中枢各省,以一身而兼数职,明中暗中,在领干薪、打回扣之高官,不知共有几许。更有假小组织之名,挟天子以令诸侯,在抗战后方,横行不法,动辄以异党之罪名,加诸真正抗战救国之志士者,诸如此类之现象,皆系破坏我团结,削弱我抗战实力之动因。我们每当国庆节日之来临,决不可不加以三思,而须急谋改正之者也。

至于我国之军队,则忠勇绝伦,视死如归,久已为世界各国所称颂;我国抗战之所以得维系迄今,愈战愈强者,厥唯此辈无名英雄之是赖。即今后之最后胜利,再造国家,亦唯赖此辈少年气壮之新中国勇士,能不惜生死为国捐躯耳。

当中山先生创导革命之初期,我海外华侨,因受各地统治者之虐待,出力出钱,靡不争先而恐后,华侨为革命之母的一语,现已家喻户晓,几于无人而不常挂在口头,是以今后我华侨对于抗战建国之重任,自亦应比革命当时,更积极的挺身起而负全责,为国捐输,固愈多而愈妙,然监督用途,改良政治,使我侨众之血汗金钱,皆能收抗建之实效,亦为一重要之职分。

其次,则向祖国之投资,开发矿产,振兴实业,勿使诸贪官污吏,得染指于其间,亦系此际我侨所应尽之义务,完全以我侨众之资本与人才，去应用人祖国之土地；中原大陆，富藏无尽量，劳力亦无尽量，所缺者唯资本机械，及技术、材具。

又其次，则中国抗战阵营内之团结，现时还尚嫌其不固与不坚；我侨胞之返国者，或可作为弥补裂缝之水门汀，以极诚恳之态度，使各党各派，都能团结一致，尽弃前嫌，而一唯抗建之是图。

最后，则国民外交之推行，当为我侨胞最适宜之任务；凡与国之联络，对外之宣传，以及为祖国与国际间之桥梁，我旅居海外之侨胞，无不随时随地，都可以实践而躬行。如弦高之犒师，如申胥之泣血，以我赤诚，感彼外族，使过去只在作口头之声援者，以后得予以实际之助力，则侵略者自将冰山立倒，不能终日矣。

滇缅路重开与我抗建的步骤

滇缅路三月禁运军火之期，今天届满，自明日起，大量积存在缅甸境内的旧军火，以及新自苏联美国等处运来之弹药飞机，与军器原料等，又将源源运入我抗战后方，作有效之接济了。我抗战实力，就是没有外来的接济，也很足以应付拖累三年，业已精疲力竭的敌寇。这可以从最近我克复马当，攻占周围重要据点，及在安徽、浙江、江苏、江西、湖北等地，迭获胜利的消息上获到证明。所以，我已愈战愈强，敌则愈来愈弱一事，并非漫无实据的□传。当然，在今后我反攻的阵容上，大炮飞机、弹药汽油等的供应，自然是愈多愈好；滇缅路运输恢复以后，我之战斗力将大大的加强，自属必然之事。这从物质上来讲，是这次滇缅路重开，我所获得的实际助力。

至于因这一次滇缅路的重开，我在精神上所获得的助益，较之物质上的实益，恐怕意义更为重大。

第一，因这次滇缅路的重开，英美与我，事实上不啻已结了同盟，坚强地列成了一条阵线。

第二，我海内外同胞，以及前线将士，得了这一个消息之后的兴奋，当比什么还能起巨大的反应，及后的加倍出钱出力当系必然之事。

第三，我之精神振奋，即敌之打击颓伤，以后敌国内外反战运动，自然会更加热烈兴起，而敌在前线□伏于防御工事以内，不敢离城池一步之厌战将兵，将更生畏惧恐慌之心。

第四，敌在拼死命献媚拉拢的各中立国，如苏联等，将鉴于敌之必败命运，而不理会敌之哀求。

即此四点，已足够使敌胆惊碎，站立不稳了，其余细节，更可不言而喻。至于敌在此后向我滇省各地的横施滥炸，自然也在我意料之中。我散疏的散疏，戒备的戒备，种种应付之策，当局者早已有成竹在胸，决不能使我后方实力，会有丝毫的摧损。

敌机对我文化慈善机关，与第三国使领给医院教堂，以及老弱妇孺，滥炸得愈厉害，我之复仇雪耻之心，反愈坚决，中立国对敌之恶感亦愈深。这种跳梁恶技，断不能动摇我抗建工作于万一，是谁也看得到的。沦陷之前的广九路，现在的行都重庆，岂非也日日受到敌机的滥炸的么，我们的抗建决心，有一点动摇没有？

是以今后我之抗建步骤，不愁敌国外患之加凶，更不愁各民主国助我之不力。最重要的一点，还在我自己政治的澄清，与团结之加紧。当滇越路尚未被敌寇截断之先，负责管理此路者，少运□□之军需用品，多运足获巨利之私货一事，几成公开之秘密。致使寇兵开入安南之日，我尚有大批运货汽车及大宗军需弹药，积留在安南境内。此次致中央不得不颁发明令，对于滇缅路，以后绝对禁止运载私货。此景此□，言之伤心，贪污官吏，其□□□□，其罪比汉奸更加一等□。

对于专为军事设置之运输路线，尚有此等败类混迹其间，则后方之各机关，各党政要枢，尚有重重黑幕，自然更不待言。即以后方各地物价之惊人高涨一点来说，其原因大抵在各贪污官吏之囤积居奇。重庆的经济学者及专家们当开会讨论时，各已确凿拿出证明，在大事声讨了；此等败类，若不除去，则我抗建之根基，又哪里能立得稳固？

说到我们的团结，本来是不成问题的，然自抗战发动以来，

郁达夫全集

三年又三个月之间，仍复有不少磨擦或误解之事实发生者，一半原系由于汉奸们之挑拨离间，一半则显然系出于不明事理之投机党棍，在兴风作浪之故。三民主义青年团中之败类，甚至有出卖同志名单，而向汉奸政府投诚输款者，此虽系少数分子之耻辱行为，然害群之马，不可有一。过去党中政策，阴阳二面，与夫各据小组织而争夺势力，实即促生此种恶现象之根源。此风不去，后患无穷。

须知我们现时，并无党派，亦无阶级，此际只有抗敌与卖国的两大境界。凡抗敌者，都系同志，反此便是卖国汉奸。事甚分明，亦甚简单。所谓防止某派活动，以及与自己人争夺民众等等，都系破坏统一，减少抗战力量之行为。我们只须清算此种偏见，克服宗派主义，放弃私人权势利益，一心为国，一致抗敌，则团结便不固而自固，力量亦不增而自加了。

既已澄清政治，巩固团结之后，则抗建之初步基础，可说已经打定，其次便是紧握时机，如何利用我伟大的民众力量的一点了。

向敌反攻，是要齐一步骤，同时并进，方能收效的。既获胜利于甲地，对乙地亦不可以放松。而敌前敌后，辽阔漫长的战线之上，只有动员民众，方能制敌之死命。民众之能被运用与否，要看各地党政军的当局，平时工作做得如何以为断。未闻有亲民爱民之长官，出战不获胜利者；亦未闻有纪律败坏之军队，得完成其任务者。我中央之向□□派□□□□□□□□□□□□□□□□伪组织争夺民众之主要关键，成否亦在于此。

总之，抗建工作，万绪千头，生聚教训，在在要费九牛二虎之力，方得有极微细之成效。我们今后要不骄不馁，不休不急地努力下去，才能最后走上最后胜利之坦途。滇缅路运输开始，对我原有绝大之帮助，然而要想收到旁人助我之实益，还须先求我们自助得力才行。

美国的决心与轴心国

自从轴心国的六条盟约正式公布以来，在轴心国加盟者方面，却也并没有什么大的反应与变化发生；侵略国家的兵力，并不见得加强，侵略者们所获得的掠夺品与地盘，也并不见得加广；纳粹在罗马尼亚，和敌寇在越南，一样地似已被胶着住了的样子。我们到了此日，倒反在起一种疑问，这一种盟约签订的目的，究竟在哪里？这同盟的效力，究竟有多少？

对这一个疑问的最显明的解答，我们只可以从美国的积极备战的一方面来得到。

美国对英国的接济，大量地加多了。美国飞机的制造工业，加速地增大了。昨路易·约翰生，前美国陆军部助理秘书的广播词中之所说，则美国的整军，两年之内，可以超过纳粹七年的辛勤搜集；在美国的壮丁，向当局登记服兵役者，有一千六百万人，美海军舰队，频频开向了夏华夷与菲列宾；在远地的美侨妇孺，全部接到了撤退命令。废铁，汽油，以及其他的军需制造品等，有七十六种，禁止了出口，对敌寇的商业往来，停止了直接汇划。借巨款接济中国，以及运送飞机至仰光的货船等，一次二次地尽在重复，扩军的预算费，增加了之后，又再增加。罗斯福总统表示了连任的决心，其他如与英国在太平洋的联防，保卫西半球的各新借得的海岛及军事据点的增设防御工事等还是余事。尤其觉得重要的，是美当局者向世界的频频声明，倘若有人向美国来挑

677

衅，美国决与周旋到底；以及美国将直接采取行动之类。至于积极联络苏联，并促使英苏接近，还不算是直接与参战有关的表示。

上举的一算总账，就是轴心国同盟缔结以后的唯一的反应。吾人看了这一个反应，大约对于美国孤立派的主张，总不会再相信是足以代表美国舆论的言论了吧？美国的决心，当然是已经有了百分之百的备战沸点；从这一个饱和姿态，而转移到实际参战，其间相去，大约只有一发可容；十一月的大总统选举，到现在似乎已经不是重大的问题了。

照这样看来，美国的参战，似乎只是时间与地点的问题，那么这决定的时间，究竟将在今年呢？还是明年？这交战的地点，究竟将在太平洋上呢，还是在地中海内？到了这里，我们又不得不举出两个可靠的前提。

第一，我们应该知道，美国并不是侵略的国家，他也并不如穷极无赖的纳粹、法西斯蒂或敌寇一样，需要战争来解决她国内的矛盾。假使英国还可以支持过去，美国但用经济封锁或军火与借款的接济，足以制轴心国的野火放大的话，美国也可以不必参加战争的。

第二，轴心国若能度德量力，估计到美国这一支生力军的加入战争，便是轴心国的全部毁灭时，则轴心国的无论哪一方，也决不会再有刺激美国的行动发生的。

所以，照我们的观察，美国在目下虽已有了不辞立刻参战，不辞两洋参战的决心，但轴心国的威胁联盟，却早已显露了脱辐之势。因为轴心同盟，是毫无道义的强盗同盟，他们的结合，只在利得的两字上面，所以在他们之间，撕毁盟约这一件事情，本来是毫不为意的常玩把戏。纳粹利本特洛甫，已经有了怨恨敌寇为什么不进攻荷印的表示，而敌寇也同样可以反诘纳粹，为什么不渡海去进攻英国。

而一入多雨雪的冬节,德国的不敢进攻英伦与侵入埃及,同敌寇的不敢向香港或缅甸进兵一样,局面只有暂时僵持过去的可能。但是时间,却是反侵略国家抗战的最大支持者,我们只须照现狀维持到半年以上。就是不举行反攻,轴心国的内部,恐怕就要起腐蚀作用了。到那时候才是公理正义,得到最后胜利的日子。

所以,我们敢说,美国的决心,足以摧毁德意敌的轴心,而轴心的脱辐,就是民主主义为世界人类保全文化,自由,与独立的任务的完成。

配合抗战形势的抗战文艺

中国抗战进入了第五个年头，国际形势与我抗战实力，与时俱进，我们现在，已经到了总反攻的前夕。从中央军事当局的声明来下判断，则一入秋季，等美国接济我的大量军火（重要的是飞机坦克车与大炮等重军器），运抵前线后，大规模的总反攻，就可以开始。

第一，是飞炸敌国：我们在四年之内，只试行了两次，对敌国的飞炸，一次是在敌本国，熊本、福冈等处，投下的都是纸弹。第二次，则在台湾（台北），曾炸毁敌寇之机场及油库与停在地上的飞机多架。秋季反攻开始之后，我们自然要更作有效的敌国轰炸，以报复敌向我后方不设防城市的施虐。

第二，是各大城池的围攻：到现在为止，我们因为缺少飞机大炮，围攻敌寇所占领的大城池，都不能顺利进行。最多，只能冲入城中，毁坏它的军需及粮食等后而自行退出。今后，若反攻开始，则情形当然与前此不同。

第三，在国际间，我们可以促进民主国家加紧联合围剿敌寇的阵线；使敌兵力分散，不能再在我国有分寸的进展，而只有后退。

所以，到了目前，我们的抗战形势，最重要两个关键，一是战斗形式，将由小规模的游击战，进而为大规模的歼灭战。二是抗战局面的世界化。

配合着这种形势，今后我们的抗战文艺，当然也会变质。就是从零碎的片断文艺之不断产生，而至汇合成巨型文艺的创造；更由我国固有的中国气派与中国作风，推广至于以中国作风而参加入世界文艺圈，作为今后人类文化的一大支柱。这两种倾向，在这半年中，已经渐渐地显露出来了，苏联《世界文学》中国号之编印，以及英国"新作风"派的作家之翻译我国的现代创作，就是两个证明。

　　自从西班牙内战以后，以西班牙战争为内容的作品，在英法美等国，出得很多。那一场民主主义与法西斯蒂的苦战恶斗，在战事上，虽未曾获取完全的胜利，但在文艺上已产生了划时代的纪录。我们这一次的为民族解放，国家独立，民主胜利而作的对敌战争，自然除由我国的作家自己创造出伟大的史诗而外，将更有许多国际的作家，也出来歌颂与宣扬。这一种作品，今后，一定将在英美俄等国，继续的产生。已有的作品，如英国诗人奥登与伊舍乌特合作的中国战事参观记，与美国各左倾作家的作品，还不算在内。

　　总之，文艺的产生与传播，是与国势不能分离的，这只须翻开世界的文学史来一看，就可以明白。这一次我们因抗战而得到的世界地位，当然要在文艺上反映出来。

太平洋风云险恶中之"八一三"

当敌寇侵占我琼州岛时，我中枢当局，曾对与远东有关各国，发出过警告。指敌寇之占领琼州岛，实即太平洋上"八一三"将届之先声。曾日月之几何，敌寇果以海陆空军侵吞了全部越南，不旋踵间，更以威胁利诱，卑劣阴险之手段，复作侵吞泰国之企图。今则矢已离弦，大有不并泰国，誓不休止之势。于是在国防工业上必不可缺乏之物资须仰给于南洋之美国，及重要属地紧接泰边之英国，始临时奋起，于断然对敌提出严重警告之后，更调兵遣将，实际上亦已布置了作战之准备。澳洲首相孟齐氏，且取消了澳洲南部视察之旅行，召集紧急阁议，预备于敌军一入泰边时，即作迎头之痛击。美国与英国联防马来亚菲列宾之会议，在华盛顿有特夫古柏与赫尔之商谈，在大总统休假中之游弋艇上，更有丘吉尔与罗斯福两巨头之商会。总之，到了现在，太平洋上的战云，已呈现着百分之九十九的饱和状态。只待敌寇之兵一步入泰国，大战就可以立时开始。危机一发，正是此时此地的好形容词了。在这一种现状之下，我们今日来纪念这一个"八一三"的大日子，实在有无限的感慨。

不过，话分两头，事实亦有表里之不同。若从另一角度，来估计敌寇，则从军实上，经济上，物力人力上讲，各方面显然都不是英美的敌手。况且民主国家之联合阵容，还不只英美两大海军国家而已。北有中国苏联，南有荷印澳洲，英在地中海之舰队，朝发而夕可至，美国夏威夷之飞行堡垒，与太平洋舰队，也一举而可以荡平三岛。敌阀虽则疯狂透顶，荒谬到了不可以理喻，然对于己身的死活，总不至于全不计及。即从此次敌寇实施之总动员法令看来，究属仍系一种威胁的性质。所以，美国的观察者，大抵都断定敌寇决不敢轻易在此时与英美来交战。即我国之政论家，亦大半赞同此说，以为敌寇受到了英美的警告，看到了英美的决心，是绝对不敢开兵入泰国的。

这一个观察，原系洞悉敌国国情者之至理名言。不过我们平心而论，敌寇对于南洋之野心，终不会因英美的一警告而抛弃，而敌阀征服世界之迷梦，也不会因这一次的在泰边受阻而觉醒，这当然也是铁定的事实。所以，我们以为民主国家，若欲防患于未然，则在这一个时候，正应取积极的攻势，断不能再作消极之防堵。在远东有"九一八"之殷鉴，在欧洲有慕尼克之教训，对付野蛮残酷之侵略者，实在只有先发制人，斩草除根的一法。迟疑犹豫，顾惜牺牲，决不是我们在这时候所应有的态度。

所以，我们热切希望，英美在这一个战云密布的"八一三"的今朝，马上应该来提倡民主国家的军事大同盟，使受侵略威胁及已与轴心国交锋的欧亚各国，旗帜鲜明地联合起来，对侵略者，说包围就加以包围，说制裁就施以制裁，直截了当，先寻得侵略国家的弱点，而予以一击，这比到警告，声明等等纸上的空言，显然要有效得多。这是易被动而为主动，由消极而进至积极的一点。

其次是当应付紧急局面之时，行动不宜过于迟缓。人以闪电来攻，我当以比闪电更速之还击相对。国家的自私，利害的打算，以及战后实力的保存等心理。在这一个时候，更应立时清算，全部祛净，才能捍卫得自由，保持得民主。否则，我们的会议未终，而侵略者逐个击破的计划已售，差之毫厘，失之千里，棋先一着，鸡口牛后，实不可以不力争，这又是一点。

从太平洋的大局，而再来看我们中国的抗战，则今年的"八一三"，显然又比过去的三年，光明得多。第一，不问敌寇的行将南进北进，或全然不进，其在我国的军队势必将减少至不能再减的地步。战线延长，防区扩大，直接的敌人增多，明明是敌寇今后的不利。所以，敌寇军队的南抽北调，频开御前会议，就是它彷徨苦闷，毫无出路的一种绝望表示。不管太平洋战事之会不会勃发，而我国今后的反攻顺利，沦陷区之必能逐次收复，已是固定的事实。故而今年的"八一三"，在太平洋上或是一个最大的危机，但是在我国的抗战史上，却是一个绝好的转机。

远东情势变化的豫测

昨日曼谷路透电，曾传英阁驻远东大臣特夫古柏氏之断言，谓远东局势，将会有一重大的变化。在同一电中，路透通信员并报知泰国态度的渐趋强硬。盖泰国已探知英美对敌寇之决心，并非以一声警告，或一纸抗议书了事者。万一泰国而至被迫作战时，英美更可予以实际上之援助。且在最近美国之钢铁，与英国之汽油，接济泰国，业已见诸事实云云。若使此电之所言果为确凿，则吾人可以预测，所谓远东情势之将有变化云者，盖系侵略者自知不得逞而不敢再进一步之意。若然，则太平洋上的战争，自不至于爆发得很快。

第一，且让我们来分析一下，最近远东局势之所以会突然变得很紧张的主因，不消说是为了敌寇的完全侵吞了越南。所以从这一方面来说，若是敌寇的侵略野心，再进一层，自然远东情势马上会发生变化。

第二，目前在远东可以制止敌寇的侵略，而再进一步，亦可以使远东情势发生变化的，是英美二大海军国家。从这一方面来说，除非英美澳荷，于加强对敌经济封锁之外（如已见诸施行的对敌资金冻结，与废弃通商条约等），更有积极强硬之要求提出，如和敌寇报纸之所宣传的一样，向泰国要求军事根据地，或竟向敌寇要求退出越南，退出中国，以及退出轴心国同盟，则自然远东又会发生变化。

不过综合各方面的报道而加以观察，则可以使远东情势发生大变化的上述两种因素，可能性都不很大。就是第一，敌寇的发言人口吻，昨日已经变得异常软弱。石井非但否认有对泰国进兵之意，并且还否认了对美国利用海参崴而接济苏联军火，敌寇曾提抗议的事情，故而敌寇的侵略步骤，似不至于操之过急。第二，英美并非是愿意挑战的国家，而且在目下更不是有侵略意志的国家，所以对泰国要求驻兵，或向敌寇令其退出越南，退出中国及轴心同盟等事，也绝对不会得发生。

因此，我们可以预测，特夫古柏氏之断言，远东情势将有重大变化的内容，实在不过是英美加紧合作，民主国阵势结得更为稳固，而制止敌寇在远东妄作妄为的钳子（也即是敌寇的所谓包围），也更加绞得紧一点而已。这从敌寇通信社（同盟社）昨日自伦敦发出的电讯中亦可以看出。该电讯虽只说出了英美会商，已得到一致的结论，因鉴于德之攻苏，不易取胜，所以对远东的态度将更加强硬。说不定于罗斯福大总统回华盛顿之后，美国将对敌提出更进一步的警告。本来民主国家在过去的最大失策，往往是在行动的迟缓，与态度的互不一致。现在，似乎这一个缺点，已渐渐在改变过来了。我们但从英苏的同时向土耳其保证，并无侵略野心，以及英苏的同时向伊朗要求驱逐纳粹间谍的两事上，可以得到证明。因而我们对于特夫古柏氏的所谓远东情势的变化，自然可以作对于民主国家，尤其是对于抗战中的中苏两国有利的解释，至如法西斯蒂报上之所传，谓远东即将发生大战等谣言，原不值得读者一笑的。

其次，是在各民主国舆论界已被议论得很久的有许多问题，也许会在最近，彻底的被决定与宣布。如关于远东的太平洋联防，由中英美苏荷澳等国，实际上结成一军事大同盟，来联合阻止侵略国家的横行。又如美太平洋舰队之进驻星加坡，或中英美苏荷澳各军事根据地与航空站之互相通用等，都系可以使远东情势发生重大变化的事实。若使特夫古柏氏之断言，果系含有这些意义的话，则这一个远东局势的变化，自然是民主国家间的一大福音了。因为维喜政府的出卖法国，与敌寇的虚张声势，作纳粹的帮凶，近日来实在已演成了很严重的局势。民主国家间，若没有更进一步之团结与表示，恐怕世界人类的自由、平等、正义、与文化，便要沦入万劫不复之惨境。我们热切地在希望，此次罗斯福总统与丘吉尔首相之会谈，以及澳洲政府紧急阁议之所决定，尽能如我们的预测，是对侵略国家的一种明显而坚决的态度。那么，世界的混战，就不久可以结束。而战后的平等、自由，与光明的理想大同世界，也就有实现的把握了。

图书在版编目（CIP）数据

郁达夫杂文集/郁达夫著 .—长春：吉林出版集团股份有限公司，2017.6（2021.5 重印）

（昨日芳菲：近现代名家经典作品丛刊/杜贞霞主编）

ISBN 978-7-5581-2719-9

Ⅰ.①郁… Ⅱ.①郁… Ⅲ.①杂文集—中国—现代 Ⅳ.① I266.1

中国版本图书馆 CIP 数据核字（2017）第 129731 号

郁达夫杂文集（上下）

著　　者	郁达夫
策划编辑	杜贞霞
责任编辑	齐　琳　史俊南
封面设计	老　刀
开　　本	650mm×960mm　1/16
字　　数	600 千字
印　　张	44
版　　次	2017 年 10 月第 1 版
印　　次	2021 年 5 月第 2 次印刷
出　　版	吉林出版集团股份有限公司
电　　话	总编办：010-63109269
	发行部：010-69584388
印　　刷	三河市京兰印务有限公司

ISBN 978-7-5581-2719-9　　　　定价：108.00 元（全 2 册）

版权所有　侵权必究